Teil 3 der großen Hanse-Saga

Hansegold

Lockruf des Südens

Originalausgabe

Anschrift:
Martin Ostheim
Ulmenstraße 8 d
22299 Hamburg

Kontakt:
m.ostheim@gmx.de

Umschlagmotive:
©Sergey Kamshylin/stock.adobe.com
©Curioso.Photography/stock.adobe.com
©Harald Schmidt/shutterstock.com

Umschlaggestaltung: Antje Panniger

Veröffentlichung im Dezember 2021

ISBN: 9798486735769
Imprint: Independently published

Personenregister

Lübeck:
Torben = jüngster Sohn des Kaufmanns Siegfried Voigtherr
Werner = Bruder von Torben, ist fünf Jahre älter
Sandra = Schwester von Torben, ein Jahr jünger
Siegfried Voigtherr = Hanse-Kaufmann, der Vater
Maik = seit zwanzig Jahren Knecht bei den Voigtherrs
Katja Ehlers = Tochter von Goldschmied Tom Ehlers
Mathias = ehemaliger Dieb und Freund von Torben
Sascha und Tobias = Bootsbauer und Tagelöhner
Marco = Seemann
Karl Strache = Hansekaufmann und Freund von Torben
Johann Steinhoff = Ratsherr Lübecks & Fernhandelskaufmann
Turan Al-Buri = Araber aus der Stadt Homs

Venedig:
Gian Pazzi = Fernhandelskaufmann

Elbing (Hafenstadt im Gebiet des Deutschen Ordens):
Sigurd Johannsen = Torbens Geschäftspartner

Nowgorod:
Jaroslav Dolgoruk = Bojar
Ilka = seine Tochter
Mischa und Sergej = Jäger von Jaroslav

Rendsburg:
Heinrich II. = Graf von Holstein-Rendsburg, genannt *der Eiserne*
Richard, Arnold, Erwin, Rupert, Tilo und Hanno = Söldner des Grafen
Cadoc & Dylan = walisische Bogenschützen im Dienst des Grafen

Inhaltsverzeichnis:

1. Kapitel

Rendsburg in Holstein, im Jahre des Herrn 1370

Torben war noch immer verblüfft über das unverhoffte Aufeinandertreffen mit dem Araber Turan Al-Buri, dem er in Nowgorod das Leben gerettet hatte. Es kam ihm vor, als wäre dies in einem anderen Leben geschehen. So viel war zwischenzeitlich passiert.
Turan Al-Buri war von diesem Moment an nicht mehr von Torbens Seite gewichen. Auf dem Weg von der Beizjagd zurück in die Stadt ließen sie ihre Pferde gemächlich nebeneinander hertrotten, während sie sich über ihre Erlebnisse austauschten.
„Damals in Nowgorod habe ich eine Woche mit dem Tod gerungen“, berichtete Turan, während er den blauen Himmel über sich musterte. „Der wunderliche alte Kauz, in dessen Obhut ihr mich gegeben habt, verstand etwas von der Heilkunst. Die ersten Tage habe ich fast nur geschlafen. Aber dann ging es mir jeden Tag ein wenig besser und zwei Wochen später lief ich bereits wieder herum. Man könnte sagen, ich bin von den Toten auferstanden.“
„Du hättest erfrieren können. Die Nacht war eisig. Du hast großes Glück gehabt“, erwiderte Torben.
„Nein, mein Freund. An Glück glaube ich nicht. Hier hatte Allah seine Finger im Spiel. Er lenkt jeden unserer Schritte und wacht über uns.“
Torben war es längst gewohnt, dass jedermann eine Wendung, die er sich nicht erklären konnte, auf das Wirken des Allmächtigen zurückführte. Ganz gleich welchen Namen dieser auch haben mochte.
Turan bemerkte das leichte Lächeln in Torbens Gesicht, beschloss aber darüber hinwegzugehen.
„Was hast du eigentlich in Nowgorod gemacht?“, fragte Torben stattdessen. „Ich habe in dieser russischen Stadt nur eine Handvoll arabische Reisende gesehen. Und das waren meist Kaufleute, die mit den Russen Geschäfte machten. Wie ein Kaufmann siehst du mir allerdings nicht aus.“
Turan nickte leicht.
„Das stimmt“, bemerkte er. „Einige meiner Landsleute nehmen

weite Wege in Kauf, um mit den Russ oder den Italienern Geschäfte zu tätigen. Ich hingegen habe mich einfach treiben lassen."
Torben starrte ihn verwundert an.
„Wie meinst du das?"
Turan lächelte geheimnisvoll.
„Mein Vater ist ein hoher Beamter der Stadt Homs in Syrien."
Torben hob neugierig den Kopf.
„Liegt das nicht in der Levante?"
Turan nickte erstaunt.
„Nur die wenigsten Menschen können heute mit diesen Ländern und Namen noch etwas anfangen. Nun, da die Zeit der Kreuzzüge vorbei ist und Akkon als letzte Festung und Zufluchtshafen schon vor achtzig Jahren gefallen ist, haben die Menschen in den christlichen Königreichen vieles von dem vergessen, was sie damals über diese fernen Landstriche wussten. Das Heilige Land ist nur noch ein leerer Begriff für sie."
Nachdenklich klopfte er seiner Stute den Hals.
„Wenn dein Vater so ein einflussreicher Mann ist, warum hast du deine Heimat dann verlassen?", fragte Torben neugierig. „Es wäre dir doch bestimmt leichtgefallen, dort einen einträglichen Posten zu erhalten, oder?"
Turan sah ihn mit seinen dunklen Augen abschätzend an.
„Es lag nicht an meiner Heimatstadt, Torben. Homs ist wundervoll. Während der Kreuzzüge ist meine Heimat niemals den Kreuzrittern in die Hände gefallen. Die Stadt war immer hervorragend befestigt. Zudem ist sie für ihre ausgezeichneten Bewässerungsanlagen bekannt. So wurde sie zur Oase, in der es sich gut leben lässt. Vor über hundert Jahren haben die Mongolen sie einmal erobert und grausam verwüstet. Auch Erdbeben haben schreckliche Zerstörungen angerichtet. Aber meine Landsleute sind gottesfürchtige Menschen, die ihr Schicksal klaglos hinnehmen und alles wieder aufbauen, sobald die Gefahr vorüber ist. Als nach der Vertreibung der Mongolen die Mameluckenherrscher die Macht übernahmen, haben wir dies erduldet, wie wir alles erdulden in unserem Leben."
„Von den Mamelucken habe ich noch nie gehört", gestand Torben ihm.
„Anfangs waren die Mamelucken Kriegersklaven, ausgebildet, ihrem Herrn zu dienen", erklärte Turan. „Jeder Kalif, der etwas auf

sich hielt, hatte damit begonnen, sich eine Leibwache zuzulegen. Die Zeiten waren rau und von Unruhen und Aufständen geprägt. Da war es von Vorteil, wenn man Männer unter seinem Befehl hatte, die ihrem Herrn treu ergeben waren. Die Mamelucken waren solche Krieger. Sie wurden oft schon als Knaben auf Sklavenmärkten gekauft. Meist stammten sie aus der Kaukasusregion oder Innerasien. Sie wurden in den Kasernen der Herrscher zu Berufskriegern herangezogen, die keinen Feind zu scheuen brauchten. Viele verkauften sich auch freiwillig an einen Herrscher, um ihm mit der Waffe zu dienen."
Torben runzelte die Stirn.
„Warum sollten sie das tun?"
„Weil sie sich eine gute militärische Ausbildung versprachen und vor allem eine Zukunft. Wer nichts hat, hat auch nichts zu verlieren. Aber alles zu gewinnen. In solchen Armeen konnten diese Kriegersklaven zu hohen Ämtern aufsteigen. Schon bald gab es Mamelucken, die es bis zum General brachten. Irgendwann erkannten die Mamelucken, dass sie die Macht in ihren Händen hielten, wenn sie nur zusammenhielten. Schon bald begannen sie eigene Reiche zu gründen."
Zwar starrte Turan auf den Weg vor ihnen. Doch in seinen Gedanken schien er weit weg zu sein.
„Heute herrscht einer ihrer Emire in Homs", fuhr er fort. „Sie bedienen sich dabei der lokalen Mächtigen. Deshalb ist mein Vater einer ihrer wichtigsten Berater. Du hast Recht mit deiner Vermutung. Auch mir hätte dieser Weg offen gestanden. Aber will ich den Rest meines Lebens tun, was andere Männer mir auftragen? Ich habe schnell erkannt, dass ich nicht wie mein Vater bin. Anderen zu dienen, ist nicht mein Weg."
Unwillkürlich hob er die Schultern.
„Mir ist meine Freiheit wichtig. Ich wollte schon immer etwas von der Welt sehen und meinen eigenen Pfad beschreiten. Mein Leben soll nicht bequem sein, sondern wahrhaftig. Wenn ich einmal alt bin, möchte ich auf einer Liege ruhen und mich an all die Abenteuer erinnern, die ich in jungen Jahren erlebt habe. Das ist für mich das wahre Glück."
Seine Augen glühten vor Lebenslust, als er sich Torben zuwandte.
„Verstehst du mich?"
Torben nickte erst langsam, dann kräftiger. Es fiel ihm leicht, die Gedankengänge des Arabers nachzuvollziehen. Vieles stimmte mit

seiner Überzeugung überein, auch wenn er dafür andere Worte gewählt hätte.
„Vielleicht sind wir gar nicht so verschieden, Turan“, bemerkte er. „Auch ich habe nie etwas anderes gewollt, als meinen eigenen Weg gehen zu dürfen und dabei meine eigenen Fehler zu machen.“
Sie hatten den Weg in die Stadt hinter sich gebracht, ohne es wirklich zu bemerken. Turan saß geschmeidig ab.
„Jetzt muss ich mich um die Falken kümmern. Aber wir sehen uns heute Abend beim großen Fest. Bis nachher, Torben.“
Sie nickten sich wohlwollend zu und dann übergaben Torben und Sigurd ihre Pferde an einige Knechte. Anschließend schlenderten sie durch die kleine Stadt, um sich einen Eindruck zu verschaffen. Überall herrschte aufgeregtes Treiben. Milchmägde trugen Eimer mit sich herum, aus denen die Milch herausschwappte, wenn sie irgendwo gegenstießen. Bäckergesellen buken riesige Brote, die dampfend aus dem Ofen kamen und in großen Körben auf ihren Abtransport warteten. Es roch herrlich nach allerlei Leckereien. Obwohl sie etwas zum Frühstück gegessen hatten, meldete sich sogleich Torbens Magen zu Wort.
Zwei junge Mägde liefen so dicht an ihnen vorbei, dass ihre Arme sich in der Enge kurz berührten. Die Mägde blickten ihnen länger als nötig in die Augen und kicherten dann aufgeregt miteinander. Sigurd musste lächeln.
„Allmählich beginne ich mich hier wohlzufühlen.“
Mittlerweile war der Großteil der Gäste eingetroffen und es herrschte ein dichtes Gedränge auf den Wegen. Es war noch früher Nachmittag, doch der Graf hatte dafür gesorgt, dass sich seine Gäste nicht langweilten.
Spaßmacher und Gaukler liefen durch die Menge und trieben allerlei Schabernack. Die Spaßmacher schlugen Purzelbäume und redeten dabei pausenlos mit ihrem Publikum. Sie gaben lustige Anekdoten zum Besten und brachten die Menge mühelos zum Lachen. Die Gaukler hingegen zauberten alle möglichen Gegenstände wie Münzen, Knöpfe oder auch Hühnereier hinter den Ohren einiger Gäste hervor. Einer wirbelte mit bunten Tüchern durch die Luft, die sich wie von Zauberhand auf komplizierte Weise miteinander verknoteten, nur um sich gleich darauf wieder voneinander trennen zu lassen. Die Gäste staunten mit weit aufgerissenen Augen. Immer wieder waren überraschte Ausrufe zu vernehmen. Einige boten Zauberkünste feil, die Torben

sprachlos zurückließen. Oftmals traute er seinen Augen nicht. Das konnte einfach nicht mit rechten Dingen zugehen!
Sigurd hatte solche Darbietungen schon häufiger gesehen und war nicht so leicht zu beeindrucken. Daher zog er Torben am Ärmel mit sich in eine Ecke des Hofes, wo ein Schwarzbär angebunden war. Sogleich musste Torben an seine Jagderlebnisse in den Wäldern Nowgorods denken. Da hatte Jaroslav, sein Gastgeber, einen Bären zur Strecke gebracht, bevor dieser ihm mit seinen Klauen zusetzen konnte.
Torben blies die Backen auf und strich sich über die Stirn. So leicht wurde er die Erinnerungen an die Wildnis nicht los. Vorsichtig musterte er den angebundenen Bären. Doch dieser war viel kleiner, als sein Vetter aus den unendlichen Wäldern im Osten und wirkte beinahe verspielt. Neben ihm stand der Bärenführer und trieb ihn zu einigen Kunststücken an, die dieser brummend ablieferte. Meist wurde der Bär dafür mit einer kleinen Leckerei belohnt.
Während einige der adligen Gäste in lauten Jubel ausbrachen und nicht genug von den Vorführungen bekommen konnten, stand Torben mit verschränkten Armen neben seinem Freund und musterte die Darbietung mit unbewegtem Gesicht.
„Ich habe diese Tiere in Freiheit erlebt“, erklärte er Sigurd mit bitterer Stimme. „Da waren sie wild und unbezähmbar. Es macht mir keine Freude, sie hier angekettet zur Belustigung der Menschen zu sehen.“
Sigurd verstand seinen Freund.
„Solche Bärenführer mit ihren abgerichteten Tieren habe ich schon häufiger gesehen. Diese Männer holen sich ihre Bären aus dem Schwarzwald oder von noch weiter her, aus den waldigen Regionen des Balkans. Sie haben es in erster Linie auf Bärenjunge abgesehen. Wenn sie auf Bären treffen, töten sie die Bärenmutter und nehmen nur ihre Kinder mit. Das ist eine gefährliche Angelegenheit, denn Bären sind schnell. Auch wenn man das kaum glauben mag, wenn man sie so tapsig dastehen sieht.“
Er strich sich eine Strähne aus dem Gesicht und sah zu, wie der Bär mit einem Ball spielte und sich dabei im Kreis drehen musste.
„Ich glaube es“, erwiderte Torben. „In den Wäldern Nowgorods sind wir welchen begegnet. Dabei war das Glück auf unserer Seite.“
Sigurd stieß die Luft aus.
„Tatsächlich? Puh! Mir ist so etwas zum Glück noch nie widerfahren. Dabei könnte ich in meiner Heimat durchaus

unverhofft auf einen Bären stoßen. Die Wälder dort sind ebenfalls unwegsam und voller wilder Tiere. Dort gibt es sogar noch Wisente, riesige freilebende Rinder, die durch die Urwälder streifen. Sie erreichen eine Größe von fast acht Fuß und wiegen bestimmt sechshundert Pfund, wenn sie ausgewachsen sind. Du kannst dir ja vorstellen, was für ein Anblick das sein muss, wenn ein Bulle mit riesigen Hörnern unverhofft vor dir steht. Diese Tiere sind reizbar und verdammt schnell. Ich habe schon von Jägern gehört, die von ihnen niedergetrampelt wurden. Wer da nicht aufpasst, findet sich schnell auf den Hörnern wieder."

Er schnaufte vielsagend. Dann legte er den Kopf schräg.

„Was genau rätst du mir, sollte ich jemals auf einen Bären stoßen?"

Torben hatte die Stirn in Falten gelegt und dachte angestrengt nach.

„Du solltest auf jeden Fall niemals in Panik geraten. Schließlich kann der Bär deine Angst wittern. Außerdem triffst du dann falsche Entscheidungen, die dich unweigerlich das Leben kosten würden. Versuche niemals, einem Bären den Rücken zuzudrehen und davonzulaufen. Das ist zwecklos. Damit weckst du nur seinen Jagdinstinkt. Er hält dich dann für seine Beute, die es zu erlegen gilt."

Torben kratzte sich nachdenklich am Kinn, während er weitersprach.

„Auf Bäume zu klettern, ist übrigens auch keine gute Idee. Das können sie nämlich besser als du. Ich habe mit eigenen Augen gesehen, wie ein riesiger Bär bis in die Krone eines Baumes geklettert ist, um sich am gesammelten Honig eines Bienenvolkes gütlich zu tun. Der Stamm hat bedenklich gewackelt. Aber um nichts auf der Welt hätte der Bär von seinem Vorhaben abgelassen. Und er hat es auch geschafft."

Sigurd ließ ernüchtert die Schultern hängen.

„Du verstehst es, einem Mann Mut zu machen. Was hilft denn nun in solch einem Fall?"

„Stelle dich tot! Der Bär wird an dir schnuppern und dich mit seinen Tatzen einige Male prüfend berühren. Aber dann schnell das Interesse verlieren."

Torben sah ihn aufmerksam an, während er nachschob: „Wenn du Glück hast."

Dann musste er doch lachen, denn das entsetzte Gesicht Sigurds ließ ihm keine andere Wahl.

„Und was passiert dann mit den Bärenjungen?“, wollte Torben nun von seinem Freund wissen.
„Die armen Tiere werden mit grausamen Methoden abgerichtet. Sie müssen in winzigen Zwingern hausen. Manchmal werden sie tagelang nicht gefüttert. So wird ihr Wille gebrochen, bis sie schließlich alles tun, was die Menschen ihnen auferlegen. Sollte doch mal ein Bär ein Kunststück verweigern, wird er mit glühenden Eisen oder Spießen gequält, bis er endlich pariert. Sieh dir diesen Bären mal genauer an. Siehst du die kahlen Stellen in seinem Fell? Dieses bedauernswerte Tier macht regelmäßig mit einem glühenden Eisen Bekanntschaft, da halte ich jede Wette. Man sollte die Bärenführer mal der gleichen Behandlung unterziehen, damit sie am eigenen Leib spüren, was sie den Tieren zumuten. Der Bär hat böse kleine Augen, aber das kann ich ihm nicht verdenken. Er hat noch nie gute Erfahrungen mit uns Menschen gemacht.“
Sigurd hatte sich richtig in Rage geredet und war selbst ein wenig erstaunt darüber.
„Mir haben diese armen Kreaturen immer leidgetan. Wir Menschen schwingen uns zum Herrscher über die Tiere auf und sind doch selbst die grausamsten aller Kreaturen auf Gottes Erde.“
Sie liefen weiter, schließlich gab es noch mehr zu sehen.
Neben der Burgmauer hatten die Männer des Grafen eine Zielscheibe aufgestellt, vor der zwei Bogenschützen Aufstellung genommen hatten.
Um sie herum redeten und lachten die zahlreichen Gäste. Doch diese beiden Gestalten wirkten wie ein Ruhepol inmitten des Durcheinanders.
Der kleinere der Beiden blickte gutgelaunt zum Ziel hinüber. Dann sagte er etwas zu seinem Freund, woraufhin sie ein vertrautes Lächeln austauschten. Schließlich nahm der Kleinere einen Bogen an sich, der fast so groß war wie er. Sein Freund tat es ihm nach. Sie schwiegen jetzt und konzentrierten sich.
Vor sich hatten sie ein Dutzend Pfeile mit der Spitze in den Boden gebohrt. Das würde es ihnen erlauben, blitzschnell weiterzuschießen. Jeder ihrer Handgriffe verriet ihre jahrelange Erfahrung.
Sie hielten ihre Bögen mit ruhiger Hand. Beide waren sie kunstfertige Schützen, die hier ihr beeindruckendes Können demonstrierten. Schon nach wenigen Schüssen waren sie von einer

Reihe männlicher Gäste umgeben, die ihre Treffer anerkennend kommentierten.
Doch das reichte den Schützen nicht. Sie hatten sich mit diesen Pfeilschüssen erst aufgewärmt. Nun ließen sie die Zielscheibe beiseiteschaffen. Stattdessen stellten einige Pagen kleine Ziele auf Balken in einiger Entfernung bereit. Allerdings musste man nun schon genau hinsehen, wenn man diese erkennen wollte.
Torben war beeindruckt und verfolgte das Geschehen gebannt. Längst hatten Sigurd und er alles andere um sich herum vergessen. Mit verschränkten Armen beobachteten sie die beiden Bogenschützen.
Als erstes fegten ihre Pfeile einen Ritterhelm vom Balken hinunter, der sich scheppernd mehrfach überschlug. Dann schossen sie auf einen Kürbis, der von den Pfeilen gleichzeitig durchschlagen wurde.
Als letztes befestigte ein Page einen Apfel auf einem Pfeil und befestigte diesen in den Steinen der Wehrmauer.
„Das ist unmöglich zu schaffen“, raunte ein graubärtiger Edelmann seinen Söhnen zu.
Wetten wurden abgeschlossen. Die meisten Zuschauer setzten darauf, dass die beiden Schützen ein solch kleines Ziel verfehlten. Immer mehr Gäste strömten zusammen und erstaunliche Summen wurden gesetzt. Die meisten schüttelten bei dem Vorhaben der Bogenschützen die Köpfe. Doch ein Edelmann in der ersten Reihe löste eine gut gefüllte Börse von seinem Gürtel und setzte alles auf die Kunstfertigkeit der beiden Waliser.
Aufgeregtes Gemurmel begleitete die Vorbereitungen der beiden Bogenschützen, die noch immer äußerst zuversichtlich wirkten.
Torben hatte noch nie so gute Bogenschützen gesehen. Selbst die hanseatischen Söldner im Krieg gegen Dänemark hatten immer mal wieder Pfeile versandt, die ihr Ziel verfehlten. Mit Unbehagen erinnerte er sich daran, wie er in Nowgorod beinahe einem Pfeil zum Opfer gefallen wäre. Dieser war haarscharf an ihm vorbeigeschrammt. Er war heilfroh, dass er es damals nicht mit einem dieser beiden Männer zu tun bekommen hatte. Dann wären seine Tage ganz sicher gezählt gewesen.
Er schüttelte die Erinnerung ab und fand wieder in die Gegenwart zurück.
Die beiden Söldner suchten sich zwei scharfe Pfeile aus und strichen prüfend über die Gänsefedern am Ende des Schafts. Dann

nockten sie den Pfeil ein. Geduldig blickten sie zu einer kleinen Fahne hinauf, die auf dem Burgtor gehisst war. Sie hing schlaff herab und kein Wind war zu spüren. Schließlich suchten sie sich einen festen Stand und zogen die Bogensehne bis zum Ohr. Ihre Pfeile peitschten gleichzeitig davon. Das Auge vermochte ihnen kaum zu folgen, so schnell flogen sie dahin.

Doch dann begann der Apfel zu tanzen, als der erste Pfeil ihm die Haut ritzte. Einen Wimpernschlag später durchschlug der zweite Pfeil den Apfel und nagelte ihn mit einem dumpfen Knall an einen Holzbalken. Die Menge tobte vor Begeisterung. Eine solche Treffsicherheit hätten sie niemals für möglich gehalten.

Die beiden Bogenschützen lösten die Sehne an ihrem Bogen und verneigten sich dankend vor ihren Zuschauern. Die Männer, die ihnen das Kunststück zugetraut hatten, strichen mit zufriedener Miene ihren Gewinn ein. Der Adlige, der seine ganze Börse auf die beiden Schützen gesetzt hatte, lächelte vergnügt. Sein Blick hatte ihn nicht getrogen. Trotzdem war er ein hohes Risiko eingegangen. Doch es hatte sich gelohnt. Er bekam den dreifachen Einsatz als Gewinn ausgezahlt und brauchte die Hilfe eines Dieners, um die schweren Münzen in Empfang zu nehmen. Trotzdem vergaß er nicht, wem er diesen Erfolg zu verdanken hatte. Daher drückte er jedem der beiden Schützen einige klirrende Münzen in die Hand und lobte sie für ihre beeindruckenden Fähigkeiten.

Die beiden Bogenschützen freuten sich sichtlich über die anerkennenden Worte als auch die Gabe. Sie waren Söldner, die schon vielen Herren gedient hatten. Zurzeit hatten sie keine Anstellung und waren frei wie der Wind. Als sie erstmals von diesem hohen Fest hörten, hatten sie schnell entschlossen, hier ihre Kunstfertigkeit vorzuführen. Und ihr Einsatz war belohnt worden. Diese Münzen würden dafür sorgen, dass sie sich zwei Wochen lang in den besten Gasthäusern die Bäuche vollschlagen konnten.

Sogar der Graf war auf sie aufmerksam geworden, wie Torben feststellte. Er hatte gewartet, bis der Trubel sich gelegt hatte. Nun, da die Zuschauer sich anderen Attraktionen zuwandten, hielt er auf sie zu und verwickelte die Bogenschützen in ein Gespräch. Torben stand zu weit entfernt, um zu hören, worum es dabei ging. Doch er fand es bemerkenswert, dass sich ein Graf für zwei Bogenschützen interessierte.

Schließlich lachten sie sogar zusammen, was ihnen einige Aufmerksamkeit einbrachte. Graf Heinrich schien wirklich keine

Berührungsängste vor dem einfachen Volk zu haben.
Nun ließen sich auch Torben und Sigurd weitertreiben. Mägde verteilten Becher mit verdünntem Wein und auch Torben griff danach und trank durstig.
Mittlerweile war die Sonne am Horizont entlanggewandert und begann zu sinken. Wenig später verkündeten Herolde, dass sich die erlesenen Gäste im Hauptsaal der Burg zum Beginn der Feier einfinden mögen. Diese Meldung wurde von einem sehnsuchtsvollen Raunen begleitet.
Aufgeregt strömten die Menschenmengen herbei und betraten die Halle der Burg. Hübsch herausgeputzte Mägde wiesen ihnen den Weg und rückten Stühle zurecht. Zahllose Tische waren aneinandergestellt und mit Tischtüchern bedeckt worden, um all die Gäste unterbringen zu können. Je edler die Abstammung der Gäste, umso näher rückten sie an den Kopf der Tafel heran, an dem die Familie des Grafen Platz nehmen würde.
Überall standen silberne Kerzenleuchter auf den Tischen.
Torben und Sigurd wurden an einen Tisch geführt, der nur ein gutes Dutzend Schritte von dem Tisch des Grafen entfernt stand. Turan hatte bereits Platz genommen und winkte sie zu sich herüber. Erleichtert darüber, der dichtgedrängten Ansammlung von aufgeregten Menschen entkommen zu sein, ließen sich die beiden Freunde auf ihren Stuhl sinken. Nun hatten sie endlich Zeit, ihre Umgebung genauer in Augenschein zu nehmen.
Die Halle war gerade groß genug, um den einhundertfünfzig Hochzeitsgästen ausreichend Platz zu bieten. Hunderte Kerzen, die in Halterungen an den Wänden brannten, erhellten die Umgebung. Torben fielen sie sofort auf.
„Allein die dicken, wohlriechenden Kerzen aus bestem Wachs müssen ein Vermögen gekostet haben. Sieh mal, wie ruhig sie abbrennen und was für ein warmes, heimeliges Licht sie herbeizaubern."
Sigurd nickte beifällig.
„Wenn es billiger Talg gewesen wäre, würden sie längst flackern und rußen. Der Graf hat keine Kosten gescheut. Achte nur mal auf die silbernen Kerzenleuchter. Diese sind mehr wert als alle meine Bernsteinfunde der letzten fünf Jahre zusammengenommen."
Sie ließen sich aus großen Karaffen Wein in kostbare Kelche einschenken und stießen mit Turan an, während sie die übrigen Gäste beobachteten.

„Sind das alles Adlige?“, fragte Torben misstrauisch, während er eine ältliche Frau beobachtete, die verschwenderisch mit Edelsteinen behängt war.
„Ganz sicher nicht“, beruhigte ihn Turan. „An unserem Nebentisch sitzt der Bürgermeister Rendsburgs mit seiner Frau. Auch andere Amtspersonen hat der Graf eingeladen. Er weiß genau, wie er Eindruck schindet und sich für die Zukunft Vorteile verschafft. An den Tischen weiter unten hat er auch einige seiner Männer untergebracht, mit denen er gemeinsam als Söldner in Italien gedient hat.“
„Ob das eine gute Idee ist?“, fragte Sigurd vorsichtig.
Turan Al-Buri blickte sie fragend an.
„Wir waren beim Feldzug der Hanse gegen Dänemark dabei“, erklärte Torben ihm. „Daher wissen wir recht gut, wie rau es unter Söldnern zugehen kann. Gerade wenn Wein und Bier in Strömen fließen.“
Turan runzelte die Stirn.
„Täuscht euch da nur nicht. Der Graf ist ein scharfer Hund. Wenn der einen Befehl gibt, dann spuren seine Männer. Die haben jahrelang unter ihm gedient und würden für ihn durchs Feuer gehen. Da lässt es niemand an Respekt fehlen und schlägt bei einem solch wichtigen Anlass über die Stränge.“
„Weißt du mehr über den Grafen und seine Zeit als Söldner?“, fragte Torben neugierig.
„Manchmal erzählt er davon, wenn er einen guten Wein trinkt, der ihm die Zunge lockert. Ihm ist es wichtig Menschen um sich zu haben, die er schätzt und gern hat. Dann blüht er auf und wirkt sogleich zehn Jahre jünger. Ich glaube, er war mehr Jahre in der Fremde, als in seiner Grafschaft Holstein-Rendsburg.“
„Da hat er einiges mit uns gemein“, schmunzelte Sigurd. „Wir sind noch jung, haben aber schon mehr von der Welt gesehen, als viele andere, die noch nie die Stadtgrenzen übertreten haben.“
„Auch wenn wir es gemeinhin vorziehen, dies als Händler zu tun“, bemerkte Torben beiläufig.
Turan nickte ernst.
„Das entspricht auch mehr meinen Neigungen. Von Krieg und Tod habe ich genug gesehen. Der Graf allerdings ist von rastlosem Gemüt. Ich schätze, es wird ihn nicht lange hier halten. Dann bricht er wieder auf zu einem der Kriegsschauplätze, die ihn in den letzten Jahrzehnten immer wieder angezogen haben.“

„Du kennst dich gut aus“, lobte Sigurd ihn. „Wie lange bist du eigentlich schon beim Grafen zu Gast?“
Turan legte für einen Moment den Kopf in den Nacken. „Mittlerweile seit fast drei Monaten“, stellte er verdutzt fest. „Eigentlich wollte ich nur einige wenige Tage bleiben. Aber der Graf ist ein guter Gastgeber und liebt es, sich mit Männern zu schmücken, die seinem Hof Glanz verleihen.“
Er griff nach seinem Kelch und trank durstig. Dann stellte er diesen eilig ab und wies mit dem Kinn zum Eingang hinüber. „Dort hinten könnt ihr einen Blick auf die Braut werfen. Sophia, die jüngste Tochter des Grafen, kommt gerade durch die großen Flügeltüren herein. Der Mann an ihrer Seite ist ihr zukünftiger Ehemann, Bogislaw VIII., der Herzog von Pommern-Stolp.“
Sie betrachteten das Paar aus der Ferne, während sich die Gäste von ihren Stühlen erhoben und um sie herum die ersten Hochrufe ausbrachen. Sophia war klein und ein wenig drall geraten. Ein diamantener Haarreif hielt ihr üppiges blondes Haar zurück. Das prachtvolle Kleid saß ihr wie angegossen. Sie strahlte über das ganze Gesicht, während sie sich fest an ihren Versprochenen klammerte.
Bogislaw war ein gutaussehender, kräftiger Mann, der Sophia um einen Kopf überragte. Jetzt hob er die Hand und winkte den Gästen dankbar zu.
Sie steuerten ihre Plätze an und setzten sich an den Kopf der Tafel. Der Graf ließ sich bereits zum zweiten Mal seinen Becher nachschenken. Solche feierlichen Anlässe waren nicht das richtige für ihn. Die Beizjagd war schon eher nach seinem Geschmack gewesen. Doch nun musste er sich um ein höfliches Lächeln bemühen, während unentwegt Höflinge und Gäste zu ihnen herüberstarrten und grüßend die Kelche in die Luft reckten.
Eine ältere Matrone schenkte ihm ein Lächeln und spielte mit ihrer Perlenkette. Sie war die Mutter des Bräutigams, wie er sich erinnerte. Daher lächelte er gewinnend zurück und bedachte sie mit einem herzlichen Kopfnicken. Das konnte er, sehr gut sogar. Schließlich spielte er dieses Spiel schon sein ganzes Leben lang. Allein, es machte ihm nur wenig Freude.
Doch es waren wichtige Gäste anwesend. Und dieses Fest sollte dazu dienen, ein festes Band zwischen ihnen und seiner Grafschaft zu knüpfen. Das würde ihm seine Pläne erleichtern, die in seinem Kopf längst Gestalt angenommen hatten.

Seine Männer wussten sehr genau, was in ihm vorging. Sie hatten ihn immer im Blick. Ihnen konnte er nichts vormachen. Und das wollte er auch nicht. Die Gefolgsleute, die ihm seit Jahren auf seinem Streifzug durch die christlichen Königreiche gefolgt waren und als Söldner unter seinem Befehl gedient hatten, waren ihm so nah, wie nur Brüder es sein konnten. Sie hatten zusammen gekämpft, gelitten und geblutet. Unzählige Nächte hatten sie an kleinen Lagerfeuern verbracht und wussten genau, was den Einzelnen umtrieb und wann es besser war, ihn in Ruhe zu lassen. Doch sie hatten auch prachtvolle Siege errungen, die ihnen ein kleines Vermögen eingebracht hatten. Er hatte es ihnen freigestellt, ihm zurück in die Heimat zu folgen. Nicht alle hatten das Angebot angenommen. Einige gute Kämpfer waren lieber in den Dienst der italienischen Stadtstaaten getreten, als sich wieder an ein friedliches Leben im hohen Norden zu gewöhnen. Im Süden konnten sie in Fehden mit anderen Städten ihr Leben weiterführen, das sie nur zu gut kannten. Kriege führen, unter ihren Feinden Angst und Schrecken verbreiten und ungehindert Beute machen. Wer wollte es ihnen verdenken? Es zog ihn ja selbst mit Macht dorthin zurück. Jeden Tag vermisste er das vertraute Gefühl, zwischen hunderten Gefolgsleuten zu sein und Entscheidungen zu fällen, die Leben oder Tod bedeuten konnten.
Das waren Dinge, die die meisten Männer in seiner Position nicht verstanden. Sie hatten höchstens mal eine kleine Fehde unter Edelleuten erlebt, die aber oft mit Geld beigelegt worden war. Die meisten Adligen spannen ihre Intrigen, um politische Macht zu gewinnen und ihren Einfluss auszudehnen. Doch für ihre Interessen mit dem Schwert in der Hand eintreten, das war vielen nicht geheuer. Es hatte schon seinen Grund, warum die Kreuzzüge zum Erliegen gekommen waren.
Mit einem leisen Seufzen griff er erneut nach seinem Becher. All diese Gedanken führten zu nichts. Erst einmal musste er mit Anstand dieses Fest hinter sich bringen. Dann konnte er weitersehen.
Er beobachtete seine Tochter, die von den Gästen hofiert wurde. Um diese ungeteilte Aufmerksamkeit beneidete er sie nun wirklich nicht. Doch die schien ihr nichts auszumachen. Im Gegenteil. Sie wirkte lebendig und heiter, wie er sie schon lange nicht mehr erlebt hatte.
Beinahe hätte er gegrinst. Diesen Charakterzug hatte sie nicht von

ihm geerbt.
Allmählich hatte er genug von dem zu lauten und hysterischen Lachen einiger Hofdamen und gab den Pagen mit einem Kopfnicken zu verstehen, dass der Schmaus beginnen konnte. Sogleich legte sich die Aufregung ein wenig und machte erwartungsvoller Spannung Platz. Einige Diener eilten mit dem ersten Gang herbei. Leckere Gerüche begleiteten sie und ließen den Gästen das Wasser im Mund zusammenlaufen. Jeder Gast hatte einen Teller vor sich, der aus einem dicken Brotfladen bestand. Neben wertvollen Kelchen standen auch silberne und goldene Becher bereit. Silberne Platten wurden hereingetragen, die sich unter der Last der Braten bedenklich zu biegen schienen.
Torben griff nach einer Schale mit Gemüse und einem Püree vom Wilderpel. Schon der erste hungrige Bissen ließ ihn genießerisch die Augen verdrehen. Das Fleisch zerging fast auf der Zunge. Während sie zu speisen begannen, rollten unentwegt weitere gutgefüllte Platten auf sie zu. Sigurd griff nach einem Taubenbrüstchen in Safransoße und lächelte Torben verschwörerisch zu, während er sich ein großes Stück Fleisch in den Mund stopfte, welches er zuvor üppig mit Safransoße beträufelt hatte.
Torben zwinkerte ihm zu, während er ein Gespräch am Nachbartisch mithörte. Dort saßen einige Adlige beisammen, und einer von ihnen schien sich tatsächlich ein wenig auszukennen. „Safran soll sein doppeltes Gewicht in Gold wert sein", kommentierte ein Adliger mit grauen Schläfen nüchtern. Doch seine Gesprächspartner winkten gelangweilt ab und blickten sich bereits nach dem nächsten Gang um. Das Thema interessierte sie offensichtlich nicht sonderlich.
Torben beobachtete die Männer verstohlen. Sofort fiel ihm die hervorragende Qualität ihrer Kleidung auf. Bestes Tuch, vermutlich aus England. An den Füßen trugen sie weiches Leder. Allein ihre üppig verzierten Gürtel waren mehr wert als Torbens gesamte Kleidung. Geld schien keine Rolle für sie zu spielen. In diesen Kreisen war Besitz und Geld einfach etwas, was man immer zur Verfügung hatte.
Kurz überlegte er wie befreiend es sein musste, wenn man sein ganzes Leben nicht über Geld nachdenken musste. Die meisten Adligen schwelgten in unvorstellbarem Luxus.
Die Familie Voigtherr hingegen hatte ihr ganzes Leben lang nichts anderes getan, als über Geld zu sprechen. Unter ihrem Dach wurde

kalkuliert, Preise berechnet und verglichen und dann Pläne für ein neues Geschäftsjahr geschmiedet. Alle Kaufleute verfuhren so. Es lag ihnen einfach im Blut. Sie kannten es nicht anders.
Torben war nicht geizig. Wenn er Preise verglich, dann einfach aus einer Notwendigkeit heraus. Schließlich war Geld der Grundstock seines Daseins. Er hätte sich schlecht gefühlt, wenn er es einfach verprasst hätte, so wie der Adel es tat. Schließlich brauchte er das Geld um Anschaffungen zu leisten und Waren einzukaufen. Ohne dies wäre keine neue Handelssaison mehr möglich. Nur wer am Ende Geld übrig hatte von seinen Unternehmungen, war ein guter Kaufmann und gewann die Achtung und den Respekt seiner Konkurrenten und Nachbarn. Daher erfüllte ihn die große Verschwendung, die er hier in den zahllosen Kleidern, jedem einzelnen Gegenstand auf dem Tisch und in jedem Gespräch des Adels heraushörte nicht mit Neid. Es weckte eher tiefes Unverständnis in ihm. Er konnte sich nicht vorstellen, so ziellos zu leben.
Sigurd stieß ihn an und riss ihn aus seinen Gedanken.
„Ist das etwa ein Storch?“
Torben kniff die Augen zusammen, um zu erkennen, was auf den vielen Platten an ihnen vorbeigetragen wurde. Längst rollten weitere Gänge auf die Gäste zu.
„Tatsächlich“, murmelte er verwirrt. „Wie schmeckt ein Storch eigentlich?“
Turan und Sigurd hoben gleichzeitig die Schultern.
Die endlose Auswahl erschütterte sie ein wenig. Noch nie hatten sie einen solchen Überfluss erlebt. Diener trugen Schweine- und Lammbraten zu ihnen herüber. Aale, Schollen sowie unzähliges Kleinwild wurde aufgetischt in einem niemals endenden Strom. Dazu gab es frisches weißes Brot, zartes Gemüse, köstliche Saucen mit Ingwer, Zimt und viel Pfeffer.
Sigurd schluckte angestrengt und spülte kräftig mit Wein nach.
„Turan, eins musst du mir noch erklären. Wie ist es möglich, einem Falken den menschlichen Willen aufzuzwängen? Er könnte doch einfach wegfliegen, wenn er erst einmal in der Luft ist. Schließlich heißt es doch „Frei wie ein Vogel sein“!“
Turan legte das Hühnerbein auf seinem Teller ab und lehnte sich aufatmend zurück.
„Das geschieht höchst selten. Meine Familie betreibt die Beizjagd seit Generationen. Schon als ich ein kleiner Junge war, hatte ich

meinen ersten Würgfalken auf der Faust. Damals konnte ich ihn kaum halten. Aber ich werde nie vergessen, wie stolz ich an dem Tag war.
Raubvögel werden abgerichtet, ähnlich wie der Bär, den ihr im Hof gesehen habt. Nur fallen die Maßnahmen ein wenig subtiler aus. Meist werden die Falkenküken früh aus ihrem Nest geraubt. Aber es gibt auch viele, die in Gefangenschaft aufwachsen und niemals die Freiheit kennengelernt haben. Am wichtigsten ist hierbei die Fütterung, ein Falkner spricht von Atzung. Denn jeder Greifvogel muss dazu angehalten werden, etwas zu erlernen. Das geht am besten, indem man sich das Hungerempfinden der Tiere zu Nutzen macht."
„Also gibt es nur Fleisch, wenn der Vogel mitspielt?", fragte Torben.
Turan lächelte.
„So ähnlich. Ein guter Falkner kommuniziert mit seinem Greifvogel über die Nahrung, indem er ihn mit einem mit Fleisch bestückten Federspiel anlockt oder im Jagdbetrieb in Form eines lebenden Wildes. Schließlich kann er nicht wie bei einem Hund eine drohende Stimme oder Körperkontakt nutzen."
Torben und Sigurd nickten nachdenklich.
„Nur die ständige Wiederholung führt zum Erfolg. Ich belohne meine Falken jedes Mal mit einem Happen Fleisch dafür, wenn sie auf meiner Faust landen oder die gewünschte Beute anjagen. Wenn ein Jungtier bei meinem Anblick aber von der Stange springt oder ein Wildtier mit Nichtachtung straft, bekommt es nichts. Auf diese Art trainiere ich sie und diese edlen Tiere lernen, diese Handlungen freudig und ohne Zwang auszuführen. Mittlerweile wissen meine Tiere bereits, dass es auf die Jagd geht, wenn sie nur die Transportkiste sehen, mit der sie hierhergeschafft werden. Auch wenn sie die Hundemeute kläffen hören, signalisiert ihnen dies bereits, dass es gleich Wild gibt und sie eine Belohnung in Form von frischem Fleisch erwartet. Es sind schlaue Tiere."
Er seufzte und trank einen Schluck, um seine Kehle zu befeuchten.
„Viele vergessen, dass der Vogel eines Falkners, sei er auch noch so zahm und zugeneigt, in seinen Lebensgewohnheiten und seinem Verhalten einem wilden Tier so nah ist, wie es ein Tier, das mit Menschen zusammenlebt, nur sein kann. Vor allem bleibt er ein Jäger. All das macht die Arbeit eines Falkners so herausfordernd. Deshalb gibt es so wenige gute Männer, die sich tatsächlich darauf

verstehen. Das ist auch der Grund, warum der Graf mich am liebsten nicht mehr gehen lassen möchte. Er weiß seine Falken bei mir in guten Händen."
Torben schürzte die Lippen.
„Und der Graf ist ein Mann, der in der Regel bekommt, was er sich wünscht."
Turan lächelte sanft.
„Er weiß, dass er mich nicht festhalten kann. Ich bin frei wie der Wind. Das war Teil unserer Abmachung. Er mag ein harter Mann mit einem unerschütterlichen Willen sein. Aber vor allem ist er ein Ehrenmann."
Turan wollte noch etwas sagen, doch da erhob sich der Graf und breitete mit einem gewinnenden Lächeln die Arme aus.
„Liebe Gäste! Die Vermählung des Brautpaares fand schon gestern früh in kleinem Kreis in unserer Hauskapelle statt. Doch das Haus Holstein-Rendsburg ist hocherfreut, euch alle zur großen Hochzeitsfeier in unserer Halle begrüßen zu dürfen. Seht nur, wie meine jüngste Tochter Sophia strahlt! Ihr Bräutigam, der junge Bogislaw VIII., der Herzog von Pommern-Stolp, steht ihr da in nichts nach. Es ist schön, in meinem fortgeschrittenen Alter ein solch ungetrübtes junges Glück mitansehen zu können."
Er griff nach seinem Pokal und reckte ihn in die Höhe.
„Möge euch beiden ein langes, glückliches Eheleben beschieden sein."
Die Menge jubelte und rief Segenswünsche, während überall Kelche in die Luft gehalten wurden.
Bogislaw und seine Sophia erwiderten die Geste mit einem fröhlichen Lachen. Dann leerten sie ihre Kelche und ließen sich sogleich von aufmerksamen Pagen nachschenken.
„Und jetzt lasst uns feiern und die Speisen und Getränke genießen!", rief der Graf und ließ sich wieder auf seinen Platz sinken.
Die Gäste kamen dieser Aufforderung gerne nach. Sie langten kräftig zu und tranken den Wein, als wäre es Wasser.
Der Graf scherzte mit einigen wichtigen Amtsträgern und gab dabei jedem Einzelnen das Gefühl, für ihn wichtig zu sein. Torben beobachtete ihn dabei, wie er sich von Tisch zu Tisch begab, Männern die Hand gab, Frauen seine Aufwartung machte und immer einen Spruch beisteuerte, der für wohlwollendes Gelächter sorgte.

Torben war gerade dabei, ein großes Stück von einer Geflügelpastete in seinen Mund zu schieben, als sich eine vertraute Gestalt an ihren Tisch schob.
„Ich hoffe, es schmeckt den Herren Kaufleuten“, zwinkerte ihnen Hans Plattner, der Haushofmeister, zu, der in herausgeputzter Kleidung vor ihnen stand.
„Sagt um Gottes Willen nichts Gegenteiliges. Denn es ist vor allem Euer Verdienst, dass dieses Fest in Erinnerung bleiben wird. Jedes einzelne Gericht ist mit Euren unvergleichlichen Gewürzen verfeinert. Selbst über die Braten habe ich noch Safran streuen lassen. Es wurde an nichts gespart. Das darf ich Euch versichern. Um ehrlich zu sein: Ich könnte Ihnen sofort die gleiche Menge noch einmal abkaufen. Denn nahezu alle Vorräte werden für diesen Abend draufgehen. Da bleibt so gut wie nichts mehr, um in den nächsten Wochen und Monaten bei hochgestellten Gästen Eindruck zu machen.“
Er atmete tief durch und blickte sie mit seinen kleinen Schweinsäuglein betrübt an.
Sigurd und Torben nickten verständnisvoll.
„Jedes einzelne Gericht ist ein Genuss. Und wir haben schon einige Gäste über die schmackhaften Speisen sprechen hören. Gelohnt hat es sich also auf jeden Fall“, beeilte Sigurd sich zu versichern. „Leider können wir zurzeit keine weitere Lieferung gewährleisten. Doch sobald sich das ändert, werden wir uns sehr gern sogleich an Sie wenden.“
Der Haushofmeister nickte kräftig, dass sein beeindruckendes Doppelkinn in Wallung geriet.
„Unbedingt. Ich bitte darum.“
Er zögerte kurz.
„Gibt es denn schon Anlass zur Hoffnung, dass dies in Bälde geschehen würde?“, fragte er drängend.
Torben verzog peinlich berührt das Gesicht. Diese Lage war ihm sichtlich unangenehm. Er war Kaufmann und hasste nichts mehr, als einen hervorragenden Kunden vertrösten zu müssen.
„Wir werden in Kürze aufbrechen und die kostbarsten Gewürze höchstselbst aus Venedig heranschaffen“, versprach er mit ernstem Blick.
Der Haushofmeister runzelte die Stirn.
„Aus Venedig? Ein langer Weg. Das ist sicher ein Wagnis. Ich wünsche den Herren bei diesem Vorhaben gutes Gelingen. Soviel

Einsatz muss doch belohnt werden. An mir soll es nicht liegen", machte er ihnen Hoffnung auf gute Preise.
„Vielleicht finden wir ja in den folgenden zwei Tagen noch einmal Zeit, um mein Anliegen zu konkretisieren? Dann wissen Sie gleich, wonach Sie gezielt Ausschau halten können."
Torben nickte beflissen. Das senkte sein Risiko beträchtlich.
„Das wird sich sicher einrichten lassen", bekräftigte er mit einem herzlichen Lächeln.
„Ausgezeichnet", freute sich der Haushofmeister, während er ein Seidentuch hervorzog und sich die Wangen damit abtupfte.
Zwei Damen drängten sich zu Hans Plattner hindurch und bestürmten ihn mit Fragen zu einem der Gerichte, welches ihnen vorzüglich geschmeckt hatte. Der Haushofmeister winkte den Kaufleuten entschuldigend zu und wandte seine ganze Aufmerksamkeit den adligen Frauen zu.
Sigurd pfiff leise durch die Zähne.
„Es hilft nichts. Wir müssen diese Fahrt wagen. Wenn wir Erfolg haben, ist das mehr wert, als alle unsere anderen Unternehmungen zusammengenommen."
Torben war tief in Gedanken versunken und nickte abwesend. Doch gleich darauf stimmten einige Gäste ein fröhliches Lied ein, in das sie allesamt miteinfielen. Es wurde immer lauter in der Halle. Zahllose Menschen redeten wild durcheinander und die Stimmung wurde immer ausgelassener.
Sie ließen sich noch einige der Köstlichkeiten schmecken. Doch irgendwann konnten sie einfach nicht mehr. Auch wenn das in Anbetracht der erlesenen Speisen beinahe ein Verbrechen war. Sigurd und Torben ließen sich den Wein schmecken, während Turan bei Wasser blieb. Längst tat der schwere Wein seine Wirkung. Torben hatte allmählich Mühe, die richtigen Worte zu finden. Um sie herum tobte das Fest. Musikanten spielten auf. Man verstand allmählich sein eigenes Wort nicht mehr.
„Lasst uns einen Moment hinausgehen", schlug Sigurd vor.
Torben und Turan waren sogleich einverstanden. Geschickt schlängelten sie sich an den vollen Tischen und der Dienerschaft vorbei.
Als sie endlich die frische Luft einatmeten, waren sie ein wenig erleichtert. Torben wusste, dass er zu viel getrunken hatte. Doch jetzt nahm er sich vor, es dabei zu belassen. Gemeinsam genossen sie die Stille und die unzähligen Sterne, die in verschwenderischer

Pracht am Nachthimmel funkelten. Einige Gäste wankten an ihnen vorbei und hielten sich gegenseitig aufrecht. Sie tuschelten miteinander und lachten übertrieben laut.
Einer der Gäste pfiff laut, aber falsch, dafür aber voller Inbrunst eine Melodie, die die Musikanten vorgegeben hatten.
Torben musste lächeln. Hier draußen war es ja noch unterhaltsamer als in der Halle.
Plötzlich senkte Turan das Haupt und murmelte ehrerbietig.
„Condottiere."
Torben hatte das Wort schon mal gehört. Das wusste er genau. Doch im Moment war er froh, sicher auf den eigenen Beinen stehen zu können.
„Was hast du gesagt?", fragte er mit leicht verwaschener Aussprache nach. Irgendwie fühlte sich seine Zunge schwer an.
Turan ignorierte ihn. Gerade wollte Torben seiner Empörung Ausdruck verleihen, als er eine befehlsgewohnte Stimme vernahm.
„Er sagte Condottiere", raunte der Graf.
Seine Stimme hörte sich ein wenig heiser an und doch lag eine Spur Wehmut darin.
„Wie das klingt! Ich habe diesen Ausdruck immer geliebt. Das weiß Turan, daher nennt er mich manchmal so, um mir eine Freude zu machen."
Torben hatte nicht mitbekommen, dass der Graf sich ihnen genähert hatte. Plötzlich war der Nebel vor seinen Augen verschwunden.
Der Graf stand vor ihnen, als hätte er alle Zeit der Welt und nicht zahlreiche Gäste, die in der Halle um seine Gunst buhlten.
„So nennt man in den großen italienischen Stadtstaaten die Söldnerführer, die ihre eigenen Söldnertruppen befehligen", fuhr er genüsslich fort.
Torben sah ihm direkt ins Gesicht und stellte fest, dass sie beinahe gleich groß waren. Obwohl der Graf schon sechzig Jahre zählte, stand er kerzengerade da und strotzte geradezu vor Gesundheit. Sein üppiger weißer Haarschopf war kurzgeschnitten und verlieh seinem Kopf etwas Kantiges. Der Graf wirkte hart, die Haut war sichtlich vom Wetter gegerbt. Dieser Mann hatte es vorgezogen, seine Zeit nicht in irgendwelchen gepolsterten Betten zu verbringen. Das sah man sofort.
Viele Gäste hatten sich verschwenderisch herausgeputzt und üppig mit Schmuck ausstaffiert. Sie versuchten einander zu beeindrucken,

indem sie die neuesten Obergewänder mit Stehkragen trugen. Einige waren in Herrengewänder mit Scheinärmeln gehüllt, die an den Schultern nur teilweise angenäht waren, wie es der neuesten Mode entsprach. Jede Menge unterschiedliche Kopfbedeckungen waren heute zu besichtigen gewesen. Eine extravaganter als die andere. Oft mit Pfauenfedern geschmückt.
Einzig der Graf schien auf diesen Pomp nur wenig Wert zu legen. Er war schlicht gekleidet, hatte sich in ein knappes Obergewand gehüllt, welches eng tailliert war und bis zu den Oberschenkeln reichte. Ein dicker Siegelring, als Zeichen seiner Macht, schmückte seine linke Hand. Auf sämtlichen anderen Schmuck hatte er verzichtet.
Doch es war sein Mantel, der sogleich ins Auge stach. Dieser hing ihm schwer über den Schultern und wies ihn als hohen Adligen aus. Der Mantel war aus Zobelfell gefertigt worden, wie Torben sogleich mit Kennerblick bemerkte.
Der Graf war eine respekteinflößende Gestalt und zählte noch lange nicht zum alten Eisen.
Hinter ihm standen drei seiner Männer, die ihm auf Schritt und Tritt folgten. Trotz des Festes und der ausgelassenen Stimmung waren sie wachsam und beobachteten ihr Umfeld unentwegt.
Das waren Krieger. Torben kannte diese Blicke, mit denen sie jedermann musterten, um abschätzen zu können, ob eine Gefahr drohte.
„Venedig, Florenz, Genua und einige weitere Stadtstaaten sind durch ihren Orienthandel unermesslich reich geworden“, fuhr er fort. „Aber reich sein allein genügt in diesen Zeiten nicht mehr. Man muss seinen Reichtum auch schützen können. Doch dafür sind diese Städte zu schwach. Sie gebieten nur über wenige Truppen. Daher lassen sie ihr Geld für sich arbeiten und mieten Söldnertruppen an. So können sie sich vor fremden Mächten oder auch neidischen Nachbarn schützen.“
Er ließ eine Pause folgen, in der sich ihm ein Mann in den Vierzigern näherte und ihm wortreich zu dem gelungenen Fest gratulierte. Der Graf ließ es über sich ergehen und bedankte sich knapp. Dann zog der Gast weiter und Heinrich, genannt der Eiserne, verschränkte die Arme vor der Brust und sprach einfach weiter.
„Die Söldner kommen aus allen christlichen Königreichen. Zuletzt waren es viele Söldner, die zuvor in Frankreich gekämpft hatten.

Dort tobt mit einigen Unterbrechungen schon seit über vierzig Jahren ein Krieg zwischen England und Frankreich. Und es sieht nicht so aus, als wäre er bald vorüber. Außerdem viele Adlige aus Schwaben, die keine festen Lehensbindungen hatten. Er schürzte die Lippen und ließ seinen Blick über seine Männer gleiten, die wie Statuen neben ihm standen.
„Mit den richtigen Männern im Rücken kann man dort einiges bewirken, was hier, im Heiligen Römischen Reich deutscher Nation, unmöglich erscheint."
„Was zum Beispiel?", fragte Sigurd neugierig. „Schließlich habt Ihr doch Eure eigene Grafschaft, in die Euch niemand hineinreden kann."
Der Graf winkte gelangweilt ab.
„Hier gibt es einen König, der bei Bedarf ein großes Heer zusammenstellen kann. Jedermann ist ihm zur Treue verpflichtet. Damit sind wir kaum mehr als Marionetten, bei denen man an den Fäden zieht. In den italienischen Landen jedoch hat jeder Stadtstaat seine eigenen Bündnisse und Allianzen. Und die Söldner sind die Schlüsselfiguren in diesem Spiel. Sie üben die militärische Macht aus und können ihren Arbeitgebern ihre Bedingungen diktieren. Da ergeben sich für Männer mit einem gewissen Machtbewusstsein ganz andere Möglichkeiten."
Sigurd wechselte das Gewicht auf das andere Bein.
„Torben und ich waren beim Kriegszug gegen Dänemark dabei. Das war eine aufregende Zeit und ich verstehe jeden Mann, der einmal das Kriegshandwerk erleben möchte. Denn nie fühlten wir uns lebendiger, als wenn es galt, gegen die Festung vorzurücken. Aber für immer?"
Zweifelnd wog er den Kopf.
„Ich glaube, das wäre nichts für uns. Oder Torben?"
Torben ließ seinen Blick vom Grafen weiter zu seinen Männern wandern.
„Die Kameradschaft unter den Hansetruppen hat mich schwer beeindruckt. Auch wenn wir alle aus verschiedenen Städten kamen, so verband uns doch das gleiche Ziel. Dieses Gefühl hat man als eigenständiger Kaufmann nicht, wenn man allein über seinen Büchern sitzt. Ich verstehe, dass dies auf manchen Mann einen gewissen Reiz ausübt. Doch wir haben uns diesem Kriegszug angeschlossen, um unseren Heimatstädten zu helfen und den freien Handel über Nord- und Ostsee wieder in Schwung zu bringen.

Den Kampf, die verwüsteten Städte und den Geruch des Todes vermisse ich nicht."
Der Graf nickte bedächtig. Trotz der Dunkelheit vor der Halle war gut zu sehen, wie seine Augen voller Leidenschaft blitzten.
„Ihr seid noch so jung. Und doch habt ihr schon gewisse Erfahrungen gemacht, die ihr all denen, die dort hinter mir feiern, voraushabt. Daher wisst ihr, wovon ihr redet und habt euch eure eigenen Gedanken gemacht. Ich wusste schon bei unserem ersten Zusammentreffen, dass mehr in euch steckt, als man auf den ersten Blick wahrnimmt."
Er rieb sich kurz das Kinn, während er nachdachte.
„Und was das Söldnerleben im Süden angeht, so ist es längst nicht so blutig, wie ihr vermutet. Söldner wollen auch leben. Daher achten wir darauf, wem wir dienen und ob es sich für uns lohnt. Da kommt es schon mal vor, dass sich Söldner mit anderen Parteien absprechen, sowohl vor als auch während einer Schlacht. Der Kampf ist dann meist schnell vorbei. Denn ein Söldner hat nur seine Gesundheit und sein Leben, die er in die Waagschale werfen kann. Deshalb geht er vorsichtig damit um und überlegt sich sehr genau, wann er etwas riskiert."
Seine Stimme war eindringlicher geworden und hatte an Wärme gewonnen. Es war leicht zu erkennen, dass er liebte, wovon er sprach.
Torben räusperte sich.
„Wenn Ihr mir die Offenheit verzeihen wollt: Ihr führt hier ein Leben, um das Euch jedermann beneidet. Und doch klingt es so, als würdet Ihr das Leben im Süden schmerzlich vermissen."
Der Graf schmunzelte.
„Das würde ich nicht abstreiten wollen."
Seine Männer grinsten ihm verschwörerisch zu.
„Das Leben als Graf mag auf viele Menschen reizvoll wirken. Doch ich empfinde es als schrecklich eintönig und trist. Oft weiß ich nicht einmal welchen Tag wir haben, weil sie sich kaum voneinander unterscheiden. Dann gehe ich mit meinen Männern auf die Jagd oder kümmere mich um meine Falken, bei denen mir Turan so vortrefflich zur Hand geht. Aber dieser Nervenkitzel hält nie lange vor. Hier ist mir die Luft zum Atmen zu dünn. Anders kann ich es kaum beschreiben. Ich habe das Gefühl, dass mich das Alter anspringt, sobald ich sesshaft werde und ich in einem der dick gepolsterten Sessel Platz genommen habe.

Dafür habe ich zu unruhiges Blut. Hatte ich immer schon. Als junger Mann war ich in Frankreich, England, Russland und später länger als ein Jahrzehnt in Italien. Es ist wie ein Rausch, dem ich mich nur schwer entziehen kann. Wenn ich hunderte Bewaffnete in die Schlacht führe, alle bestens ausgerüstet und ausgebildet, dann hat das Waffengeklirr schnell ein Ende. Schon vorher versucht der Gegner meistens meine Loyalität mit viel Geld ins Wanken zu bringen. Und ich höre immer zu. Dabei lerne ich viel. Früher ging es nur ums Geld. Doch heute lässt sich mit einer gutbewaffneten Armee auch politischer Einfluss gewinnen. Ich gestehe, es kitzelt meine Eitelkeit, wenn sich die lombardischen Städte dabei übertreffen, unsere Gunst zu erringen."

Er war richtig in Fahrt gekommen und gestikulierte wild mit den Händen, um seine Worte zu unterstreichen. Nicht nur Torben, Sigurd und Turan, auch seine Männer hingen an seinen Lippen. Dieser Mann verstand es, Getreue an sich zu binden.

„Aber ich will auch nicht verhehlen, dass es mein Blut prickeln lässt, wenn wir uns nach kurzem Kampf über die Beute hermachen. Dann fühlte ich mich immer lebendig und so jung wie meine Männer."

Er schmunzelte über seine eigenen Worte, während er prüfte, ob seine Zuhörer ihm folgen konnten.

„Und eine Siegesfeier unter Söldnern, die eine Schlacht überlebt haben, ist etwas anderes als eine Feier am Hof eines Adligen. Das kann ich euch sagen. Diese Männer verstehen es, das Leben zu feiern. Eine solche Siegesfeier vergeht wie im Rausch und lässt Waffengefährten zu Brüdern werden, die sich ewige Treue schwören. Das wisst ihr aus eigenem Erleben."

Die Kaufleute nickten ernst.

„Diese Gemeinschaft ist mir heilig. Vielleicht hätte ich sie nie verlassen sollen. Allein die Erinnerung daran macht mich tatenhungrig."

Seine Gefolgsleute blickten zu ihm, als würden sie nur auf ein Nicken warten, um sich sogleich in den Sattel zu schwingen.

Der Graf seufzte und schüttelte dann den Kopf.

„Alles zu seiner Zeit. Heute feiern wir die Hochzeit meiner jüngsten Tochter. So lange können alle Pläne warten. Aber genug von einem alten Mann und seinen Erinnerungen. Erzählt mir lieber etwas von euch. Ich habe mit Interesse gehört, dass ihr für eure Stadt mit der Waffe in der Hand eingetreten seid. Das ist nicht

jedem Mann eingefallen. Damit habt ihr euch den Dank eurer Heimatstadt verdient. Ich rate euch, diesen beizeiten einzufordern. Denn heutzutage gerät ein Dienst schnell in Vergessenheit. Außerdem weiß ich, dass ich euch die Gewürze für mein Fest verdanke. Wenn ich meinem Verwalter Glauben schenken darf, so hat euch Gott persönlich geschickt, um dieses Fest zu retten."
Er lächelte mokant. Es war leicht zu erkennen, dass er sich wenig aus Gewürzen machte. Doch als Graf musste er seinen Gästen etwas Besonderes bieten.
„Da ich nun auch noch Zeuge eures Wiedersehens mit Turan wurde, beginne ich zu glauben, dass mehr in euch steckt, als man auf den ersten Blick sieht. Daher sagt mir: Was sind eure nächsten Ziele?"
Sigurd und Torben tauschten einen schnellen Blick.
„Am liebsten würden wir nach Venedig reisen und im berühmten Lagerhaus, dem Fondaco dei Tedeschi, Handel treiben."
Der Graf zog überrascht die Brauen in die Höhe.
„Mir scheint, in euch pulsiert das gleiche rastlose Blut, welches auch uns antreibt. Womit gedenkt ihr denn im Süden Handel zu treiben?"
Torben deutete auf den eindrucksvollen Zobelpelz.
„Wir handeln mit erstklassigen Pelzen aus Russland sowie Bernstein aus dem Herrschaftsgebiet des Deutschen Ordens. Dafür wollen wir in Venedig Gewürze erstehen. Denn diese Ware ist in Brügge oder unseren Hansestädten unverschämt teuer. Die Italiener lassen sich ihre langen Wege aus der Levante mit hohen Preisaufschlägen bezahlen. Wenn wir diese umgehen könnten, winkt uns ein lohnendes Geschäft."
Der Graf nickte interessiert. Vom Handel verstand er nur so viel, als dass er wusste, welche Beute es sich zu rauben lohnte.
Ein wölfisches Grinsen umspielte seine Lippen.
„Dann kennt ihr euch ja mit so etwas aus."
Er strich behutsam über seinen Mantel und ließ Torben dabei nicht aus den Augen.
„Der hat mich ein Vermögen gekostet. Von dem Geld hätte ich auch ein halbes Dutzend Bogenschützen für drei Monate verpflichten können."
„Darf ich?", fragte Torben und deutete auf den Mantel.
Der Graf machte eine einladende Handbewegung.
Torben trat näher und warf einen prüfenden Blick darauf. Seine

Hände glitten tastend über einige Stellen an der Schulter und den Ärmeln. Dann hatte er sein Urteil gefällt.
„Was immer Ihr dafür bezahlt habt. Dieser Mantel ist sein Geld wert und eines Grafen würdig. Er ist aus dem dunklen, dichten Winterfell des Zobels gemacht. Darum sind die langen Haare so seidig. Es gibt Händler, die versuchen ihren Kunden gefärbte Felle zu verkaufen. Beliebt sind auch gefälschte Waren, bei denen kleinere Felle zusammengenäht wurden. Wenn man sie abtastet, entdeckt man die Nähte. Da braucht man schon ein wenig Erfahrung, um solchen Spitzbuben auf die Schliche zu kommen. Doch diese Qualität ist hervorragend. Selbst ich habe selten schönere Felle gesehen. Und ich habe in Russland selbst schon Zobel gejagt."
Ein trockenes Lachen entrang sich der Kehle des Grafen. Auch seine Soldaten blickten interessiert auf.
„Du warst in Russland auf der Jagd?"
Torben breitete die Arme aus.
„Mir blieb nichts anderes übrig. Ich musste zu Geld kommen, um meine Familie aus den Händen von Piraten zu befreien. Deshalb habe ich mich mit einigen Freunden einem Bojaren aus Nowgorod angeschlossen und habe mit ihm in den tiefsten Wäldern Bären, Wölfe, Hermeline und Zobel gejagt. Aber das ist eine lange Geschichte."
Die Soldaten des Grafen schnauften anerkennend. Sie hatten normalerweise wenig Respekt vor Kaufleuten. Aber diese jungen Burschen schienen aus einem besonderen Holz geschnitzt zu sein. Der Graf begann aus vollem Hals zu lachen. Es war ansteckend. Schon bald hielten sich alle Männer die Bäuche und rangen nach Luft. Es dauerte lange, ehe sie sich halbwegs wieder beruhigt hatten.
„Und ich habe gedacht auf meinem Fest stolzieren nur langweilige Adelsärsche herum, die keinen Fuß aus ihrer Kutsche setzen, um sich ja nicht schmutzig zu machen. Und dann kommt ihr und fallt von einer Geschichte in die nächste. Herrlich!"
Er wischte sich eine Träne aus dem Auge.
„Zobel, he?", vergewisserte er sich mit einem breiten Grinsen.
Torben fuhr ungerührt fort.
„Viel weiter im Osten, in Sibirien soll es übrigens so viele Zobelfelle zu erbeuten geben, dass die Häute aufgrund der Menge kaum noch einen Wert haben. Die Einheimischen tauschen sechs

Felle für ein Messer ein. Dort soll es ein feststehender Handelsbrauch sein, dass der Käufer eines Kupferkessels als Kaufpreis den Kessel mit Zobelfellen füllt."

Er ließ eine Pause folgen.

„Der Preis für gute Zobelfelle ist also relativ zu sehen."

Der Graf kniff die Augen zusammen.

„Ihr habt es faustdick hinter den Ohren. Ich bin sicher, so leicht macht man euch nichts vor. Kommt wieder mit hinein. Ich will noch mehr von euch hören. Und dann saufen wir zusammen, wie es sich gehört. Und wenn ihr kaum noch bei Verstand seid, dann mache ich euch vielleicht ein Angebot. Wir werden sehen."

Dabei zwinkerte er ihnen vergnügt zu, so dass Torben und Sigurd sich nicht sicher waren, ob er dies ernst gemeint hatte.

Sie stürzten sich ins Getümmel und tranken von dem blutroten Wein, den Torben im Verdacht hatte, ebenfalls aus den italienischen Landen zu stammen. Er war dunkelrot und schmeckte hervorragend.

Die Männer des Grafen hatten genau verfolgt, wie der Graf zu den beiden Kaufleuten stand. Da er ihnen wohlgesonnen war, legten auch sie ihre Zurückhaltung ab und stießen ausdauernd mit ihnen an. Die sechs Söldner waren große, durchweg kräftige Gestalten, die das Herz auf dem rechten Fleck hatten. Nachdem sie sich einander vorgestellt hatten, leerten sie einige Krüge miteinander und amüsierten sich prächtig. Richard, Arnold und Erwin stammten aus der Umgebung von Rendsburg. Hatten aber keine große Lust verspürt, als Bauern ihr Auskommen zu finden. Stattdessen ließen sie sich als Soldaten anheuern und hatten es nie bereut. Rupert, Tilo und Hanno waren erfahrene Söldner und erst in Italien in Heinrichs Dienst getreten. Sie hatten schnell erkannt, dass ein erfahrener Anführer gute Beute und ein längeres Leben bedeutete. Daher waren sie ihm bis in seine Heimat gefolgt und dachten nicht daran, jemals wieder unter jemand anderem zu dienen.

So erzählten sie immer wieder launige Geschichten aus ihrer Zeit, die sie abwechselnd im Dienst von Florenz und Genua verbracht hatten. Dabei schafften sie es mehr als einmal, einen drohenden Krieg zwischen verfeindeten Söldnerhaufen zu vermeiden und es sich in den reichen Landstrichen der Stadtstaaten gutgehen zu lassen.

Immer wieder lachten sie johlend und zogen durch ihre Heiterkeit

die Aufmerksamkeit der übrigen Gäste auf sich.
Der Graf ließ sich immer wieder bei ihnen blicken und wurde nie müde, einen Becher mit ihnen zu trinken. Es war klar, bei wem er am liebsten seine Zeit verbracht hätte. Doch es gab noch eine Menge anderer Gäste, um die er sich zu kümmern hatte.
Anfangs hatte Torben Mühe, sich all die neuen Namen zu merken, doch je länger der Abend andauerte, umso leichter fiel es ihm.
Turan fühlte sich in ihrer Runde rundum wohl und ließ immer wieder eine Episode aus seiner Wanderschaft von Hof zu Hof einiger Fürsten miteinfließen. Dann staunten sie, wie gewandt er sich in solchen Kreisen zu bewegen wusste.
Doch als sie ihm dies sagten, musste er lächeln.
„Am Hofe des polnischen Königs, Kasimir I., genannt der Große, musste ich sogar Hals über Kopf flüchten. Das sah nur wenig gewandt aus, möchte ich behaupten."
„Warum?", fragten Arnold und Erwin wie aus einem Munde.
„Weil es die Tochter eines Grafen auf mich abgesehen hatte und alles tat, um mich in ihr Bett zu bekommen."
„Sah sie denn hübsch aus?", fragte Erwin.
Turan nickte langsam, dafür aber umso nachdrücklicher.
„Dann hätte sie sich bei mir nicht sonderlich anstrengen müssen", schmunzelte Erwin.
„Und warum musstest du dann fliehen?", bohrte Sigurd nach.
Turan seufzte.
„Wenn man am Hof eines Adligen, in diesem Fall sogar am Hofe eines Königs zu Gast ist, hat man sich einigen Gepflogenheiten zu unterwerfen. Dazu gehört auch, nicht mit jungen adligen Damen durch die Betten zu tollen. Noch dazu, wenn sie einem äußerst eifersüchtigen und heißblütigen Edelmann versprochen ist, der nichts lieber täte, als dich mit seinem Säbel aufzuspießen."
Die Söldner nickten verstehend.
„War sie das Risiko trotzdem wert?", fragte Arnold mit schwerer Zunge.
„Auf jeden Fall", antwortete Turan versonnen. „Ihr Haar war wie flüssiges Gold und ihre Haut wie Honig. Ich habe ihr nicht lange widerstehen können, zumal sie es immer wieder einzurichten verstand, dass wir uns abseits von den anderen wiederfanden. Doch nach einem weiteren Schäferstündchen hätte ihr Versprochener uns beinahe erwischt. Ich musste aus einem Fenster springen und bin in einem Heuschober gelandet, der meinen Sturz

bremste. Danach roch ich nicht gerade vorzeigbar. Doch ich blieb am Leben. Also habe ich nichts zu klagen. Doch an dem Tag gab ich Fersengeld, das kann ich euch sagen. Ich habe Warschau noch am selben Tag im Galopp verlassen. Es war an der Zeit weiterzuziehen."
Seine Zuhörer johlten freudig.
Turan lächelte ihnen verschmitzt zu.
„Wisst ihr! Ich liebe die Frauen und verehre sie von Herzen. Aber möchte ich wegen einer sterben? Ich denke nicht."
Arnold reckte seinen Becher in die Höhe und skandierte einen Trinkspruch, der so unflätig war, dass zwei ältere Matronen in ihrer Nähe entrüstet die Hände vor den Mund schlugen.
Torben hätte vor Lachen beinahe seinen Becher verloren.
Sie hatten noch eine Menge Spaß und feierten bis tief in die Nacht hinein.

Am nächsten Morgen bereute Torben, dass er dem Trank so verschwenderisch zugesprochen hatte. Aber es war ein schönes Fest, ein besonderer Wein und eine noch bessere Gesellschaft gewesen. Daher beschloss er, dass es das sehr wohl wert gewesen war. Das würde auch Sigurd ganz sicher so sehen, wenn er irgendwann die Augen aufbekommen sollte. Doch noch lag dieser nur da und versuchte stöhnend seine Augen vor dem gleißenden Licht zu schützen.
Darüber musste Torben ein wenig schmunzeln und seine Stimmung wurde schnell besser.
Im Hof war längst hektische Betriebsamkeit ausgebrochen. Mägde und Diener eilten umher, um die letzten Spuren der Feier zu beseitigen und denjenigen Gästen Speisen aufzutischen, die schon wieder ein Frühstück vertragen konnten.
Er setzte sich zu einigen anderen Gästen und ließ sich eine ordentliche Portion Rührei mit frischem Weißbrot schmecken, das verführerisch duftete.
Bei den ersten Bissen war er noch vorsichtig, um herauszufinden, was sein Magen von fester Nahrung halten würde. Doch bis auf ein leises Grummeln ging alles gut, also ließ er es sich schmecken und vertilgte die beachtliche Portion. Anschließend fühlte er sich schon wieder unternehmungslustig genug, sich im Hof umzuschauen.
Dort traf er auf einige Männer des Grafen, mit denen er herumscherzte und ein wenig die Zeit totschlug.

Obwohl es noch nicht einmal Mittag war, trafen sie auf die beiden Bogenschützen, die sich schon wieder an ihren Langbögen übten. Es war mittlerweile ein vertrauter Anblick, wie sie eine Zielscheibe mit ihren Pfeilen übersäten. Dabei schafften sie es, die meisten Pfeile auf der Fläche einer Männerhand unterzubringen.
Torben konnte es immer noch nicht glauben. Er hatte in den Nowgoroder Wäldern mehrmals versucht, mit dem Bogen zu jagen. Doch das Ergebnis war mehr als dürftig gewesen. Ihn beschlich der Verdacht, dass man mit dieser Waffe von Kindesbeinen an vertraut sein musste und ein tägliches Training erforderlich war, um sie perfekt zu beherrschen.
Nachdem die beiden Bogenschützen ihre Übung beendet hatten, zogen sie ihre Pfeile aus der Zielscheibe und prüften die Federn, die am Pfeilschaft saßen.
Sobald einige zu sehr in Mitleidenschaft gezogen worden waren, sonderten sie diese aus, um sie später neu zu befiedern.
„Seid ihr Engländer?“, sprach Rupert sie an.
Die Köpfe der beiden Soldaten ruckten herum. Dann schüttelten sie gleichzeitig den Kopf.
„Waliser“, entgegneten sie voller Stolz.
„Engländer beherrschen den Langbogen nicht“, schob der größere von ihnen hinterher.
„Ihr sprecht unsere Sprache wirklich gut“, lobte Rupert sie.
„Wenn man lange genug als Söldner durch die Lande zieht, kann man sich überall halbwegs verständigen. Ich bin Cadoc, mein Freund hier hört auf den Namen Dylan.“
Rupert stellte ihre kleine Gruppe vor und lächelte den beiden Männern gewinnend zu.
„Graf Heinrich liebt Bogenschützen“, bemerkte er mit einem Augenzwinkern.
Cadoc nickte ernst.
„Das wissen wir. Er hat schon mit uns gesprochen. Ein beeindruckender Mann, soviel steht fest. Aber wir Bogenschützen haben mittlerweile spürbar an Achtung gewonnen. Schließlich haben wir schon so manche Schlacht entschieden. Fragt mal die Franzosen. Es ist knapp fünfunddreißig Jahre her, als der Streit um die Thronfolge in Frankreich zwischen Englands König Edward III. sowie dem französischen König Philippe VI. ausbrach. Beim ersten großen Aufeinandertreffen wollte Frankreichs Adel die kleine englische Armee einfach niederreiten und den Konflikt

sogleich wieder beenden. Doch da hatten die Froschfresser die Rechnung ohne die walisischen Bogenschützen gemacht. Mein Vater kämpfte in dieser Schlacht und hat noch auf seinem Totenbett voller Stolz davon berichtet. Die Franzosen waren fünfundzwanzigtausend Mann stark. Darunter Tausende berittene Ritter. Fast der gesamte Adel Frankreichs hatte sich versammelt, um unter der Oriflamme, der Kriegsfahne des französischen Königs, in die Schlacht zu reiten.
Und das taten sie. Eine Walze aus Stahl kam auf die englischen Reihen zu. Die Engländer zählten nur zwölftausend Mann, die Hälfte davon walisische Bogenschützen, die mit ihren Langbögen in langen Reihen Aufstellung genommen hatten. Vor sich hatten sie ihre Pfeile mit den Spitzen in die Erde gedrückt, damit sie keine Zeit verloren, wenn sie nach dem nächsten Pfeil griffen.
Als der Befehl kam die Pfeile abzufeuern, regnete es geflügelte Geschosse mit stählernen Spitzen auf Frankreichs Adel. Tausende wurden niedergestreckt, noch bevor sie die englischen Reihen erreichten. Ihre schweren Rüstungen boten kaum Schutz. Seit diesem Tag beten die Franzosen: Möge Gott uns vor den walisischen Bogenschützen bewahren!“
Die Männer des Grafen waren beeindruckt. Als Söldner, die schon in einigen Gefechten ihren Mann gestanden hatten, konnten sie sich recht gut vorstellen, wie einschüchternd der Ansturm gewappneter Ritter auf das englische Fußvolk gewirkt haben musste.
Sie erkannten, dass die Waliser jeden Tag üben mussten, um im Gebrauch ihrer Waffe so gut werden zu können. Das sah man auch ihren Gestalten an. Ihre Brust war kräftig. Besonders ihre Schulter- und Rückenmuskulatur stach hervor.
Die Waliser bemerkten die beeindruckten Blicke. Sie hatten so etwas schon oft erlebt.
„Unsere Bögen müssen massive Rüstungen durchschlagen können. Dafür brauchen wir ein hohes Zuggewicht bei unseren Bögen. Nur so lässt sich eine so hohe Durchschlagskraft erreichen, dass wir auch Kettenrüstungen und sogar Plattenpanzer mit unseren messerscharfen Pfeilen durchschlagen können.“
Der kleinere Waliser lächelte überlegen.
„Eichenplatten werden von unseren Pfeilen einfach durchbohrt. Man sollte sich dahinter also nie zu sicher fühlen, wenn man es mit Langbogenschützen zu tun bekommt.“

Die Männer tauschten ein Lächeln.
„Habt ihr auch schon in dem Konflikt zwischen Engländern und Franzosen mitgekämpft?“, fragte Arnold, während er die Männer abschätzend musterte.
Beide Waliser nickten bedächtig.
„Einige Jahre lang. Doch vor einem Jahr hatten wir das Töten satt und haben uns auf Wanderschaft begeben. Seitdem tingeln wir herum und zeigen auf Festen unsere Fertigkeiten. Da lässt sich auch gutes Geld verdienen und es ist lange nicht so blutig.“
Die Söldner nickten. Sie verstanden genau, was die Bogenschützen damit meinten.
„Heute Nachmittag findet eine Jagd statt. Der Graf will seinen hohen Gästen schließlich abwechslungsreiche Unterhaltung bieten. Schließt euch uns doch an. Vielleicht könnt ihr etwas zur abendlichen Tafel beitragen.“
Die Waliser tauschten einen verkniffenen Blick.
„Wir sind Bogenschützen. Keine Reiter.“
„Aber ihr könnt reiten?“, fragte Arnold zurück.
Die beiden Waliser nickten zögerlich.
„Aber vom Pferderücken aus können wir unsere Langbögen nicht verwenden. Und eine Armbrust ist nichts für uns. Die kann jeder Waffenknecht handhaben. Dafür ist keinerlei Geschick notwendig.“
Arnold mischte sich gutgelaunt ein.
„Es geht nur um ein wenig Abwechslung. Ihr müsst keine Heldentaten vollbringen. Wir wissen längst, dass ihr mit euren Bögen unschlagbar seid.“
Die Waliser erwiderten sein Grinsen und nickten kurzentschlossen.
„Diese Einladung nehmen wir gern an. Bis nachher also.“
Kurz darauf stieß Sigurd zu ihnen. Als er von der Jagd hörte, verzog er das Gesicht.
„Vielleicht ein anderes Mal. Wenn ich daran denke auf einem galoppierenden Pferd durch die Wälder zu jagen, dreht sich mir sogleich der Magen um.“
Torben lächelte gutmütig. Ihm ging es schon wieder gut genug, um sich auf das Ereignis zu freuen.
Am Nachmittag versammelte sich eine bunte Jagdgesellschaft im Hof. Dreißig Adlige samt Knappen und Dienern hatten sich versammelt. Dutzende Jagdhunde sprangen aufgeregt kläffend umher.

Als der Graf erschien, setzte sich die Truppe in Bewegung und ritt bei strahlendem Sonnenschein über das flache Land. Die Adligen plauderten angeregt miteinander. Die flache karge Heidelandschaft, die mit Wacholderbüschen durchsetzt war, bot dem Auge wenig Abwechslung. Doch das tat der guten Stimmung keinen Abbruch. Einmal sprang ein Hase vor ihnen auf und flitzte so schnell davon, dass niemand schnell genug zum Bogen greifen konnte.
Von da an wurde die Gruppe vom Jagdfieber gepackt und die Gespräche erstarben allmählich. Selbst die vier Frauen, die noch aufgeregt miteinander getuschelt hatten, schwiegen nun.
Sie ritten noch eine halbe Meile durch die Landschaft, bis sie einen lichten Kiefernwald erreichten, der ihnen ein wenig Schutz vor der Sonne bot.
Torben atmete tief ein. Er nahm den Geruch der Tannen wahr. Es roch frisch und würzig – irgendwie belebend. Seine Augen hatten sich schnell an das Halbdunkel zwischen den Bäumen gewöhnt. Die Jagdgesellschaft löste sich allmählich in kleinere Trupps auf, die sich im Wald verteilten.
Torben schloss sich mit den beiden Walisern den Söldnern des Grafen an. Sie ritten schweigend, während ihr Blick unablässig die Umgebung prüfte. Dann ging alles ganz schnell. Vor ihnen öffnete sich eine kleine Lichtung, die den Blick auf einen Rehbock freigab. Dieser hielt den Kopf gesenkt und knabberte am frischen Gras. Plötzlich hob er den Kopf und beäugte misstrauisch die Gegend. Arnold, ein junger Söldner des Grafen, reagierte sofort. Blitzschnell legte er die Armbrust an und löste den Bolzen aus. Dieser sirrte durch die Luft. Dabei klang er wie eine zornige Hornisse. Der Stummelpfeil grub sich tief ins Blatt des Rehbocks, der noch zum Sprung ansetzen wollte, dann aber einknickte und auf die Seite fiel. Die Männer gratulierten Arnold, der flink vom Pferd sprang und dem Rehbock die Kehle durchtrennte.
In der nächsten halben Stunde bekamen sie kein einziges Stück Wild zu sehen. Tilo, der an der Spitze ritt, hielt plötzlich sein Pferd an und deutete auf Schlammpfützen, um die herum sich deutliche Spuren abzeichneten.
„Wildschweine“, murmelte Rupert und hielt seine Armbrust schussbereit.
Wenig später stießen sie auf dichteres Unterholz, in denen sie einige Mulden ausmachen konnten.
„Haltet die Augen offen, Männer“, ordnete Rupert an.

„Das sind sogenannte Kessel, mit Gras und Reisig ausgestopfte Mulden, die den Wildschweinen tagsüber als Schlafplatz dienen. Sie sind bestimmt noch in der Nähe."
Sie ritten weiter, doch noch immer ließ sich kein Wild blicken. Ein Eichhörnchen sprang über ihnen keckernd von Ast zu Ast. Doch in den dichten Bäumen war es nur schwer auszumachen. Plötzlich scheuten die Pferde. Wachsam blicken die Männer sich um, doch nirgends war eine Gefahr zu sehen.
„Was hat die Pferde so nervös gemacht?", fragte Arnold leise. Doch seine Kameraden hatten keine Antwort für ihn.
Mit einem Mal stürmte ein riesiger Keiler aus dem Gebüsch, rannte quer über den Pfad und rammte Cadocs Stute. Diese stieg empor, warf ihren Reiter ab und preschte im Galopp davon.
Cadoc fand sich auf dem Erdboden wieder. Seine Hände suchten seinen Bogen. Doch diesen hatte er aus gutem Grund in der Burg zurückgelassen. Noch bevor er reagieren konnte, wandte der Keiler sich um und stürmte auf ihn zu.
Das Tier wog bestimmt dreihundert Pfund. Seine kleinen bösen Augen waren fest auf sein Ziel gerichtet. Die mächtigen Eckzähne waren trotzig emporgereckt.
Cadoc blinzelte ein einziges Mal. Dann zog er mit einer Geste, in der etwas Endgültiges lag, ein unterarmlanges Messer aus seinem Gürtel. Er wusste, dass er diesen Kampf kaum gewinnen konnte. Torben zögerte nur einen winzigen Augenblick. Dann hatte er seine Überraschung als erster überwunden. Mit einem Schrei auf den Lippen drängte er vorwärts. Während er sein Schwert zog, stieß er seinem Pferd die Fersen in die Seite. Ungestüm warf er sich dem Keiler in den Weg. Er wusste nur zu gut, dass er nicht nach dem Kopf des Keilers hauen durfte. Denn dieser bestand nur aus Knorpel, Hauern und Knochen. Dort war keine Wirkung zu erzielen. Stattdessen zog er ihm mit einem kräftigen Schlag das Schwert in die Flanke und drängte das mächtige Tier ein Stück weit ab.
Arnold blieb vollkommen beherrscht. Er trieb sein Pferd einen Schritt zur Seite, um freies Schussfeld zu haben. Mit einer geschmeidigen Bewegung riss er eine kleine Armbrust hervor, die er gespannt mit sich herumtrug. Er hob die Waffe an, zielte kurz und drückte sofort danach ab. Nur einen Wimpernschlag später, bohrte sich der Armbrustbolzen tief ins Blatt des Ebers. Gleich darauf war Tilo heran und stieß ihm eine Lanze tief in die Seite.

Der Eber blieb stehen, zitterte und brach dann wie vom Blitz getroffen zusammen.
Die Männer atmeten schwer. Sie hätten es nicht für möglich gehalten, dass eine vergnügliche Jagd so schnell zu einem Kampf auf Leben und Tod ausufern konnte.
Dylan lenkte sein Pferd zu seinem Freund hinüber, der mit weitaufgerissenen Augen den toten Keiler anstarrte.
Selbst im Tod sah dieser gefährlich aus. Er hatte ein kräftiges Gebiss. Spitze, gelbliche Hauer ragten lang und gekrümmt aus seinem Unterkiefer hervor. Mehrere alte Narben zeichneten sich auf seinem Fell ab. Das hier war ein alter Keiler, der so manchen Kampf ausgefochten hatte.
Cadoc wandte sich von dem Tier ab. Sein Blick suchte Torben. Sogleich hielt er auf ihn zu und reichte ihm die Hand.
„Ich habe keine Ahnung, wo dieser Keiler so plötzlich hergekommen ist. Aber du hast mir gerade das Leben gerettet. Dieses Vieh hätte mich einfach gerammt und mir seine Hauer ins Fleisch gebohrt. Ich danke dir!"
Torben wechselte die blutbefleckte Klinge in die linke Hand und reichte ihm seine Rechte. Noch immer schlug ihm das Herz bis zum Hals. Er hatte kaum Zeit gehabt, sich der Gefahr bewusst zu werden. Jetzt, wo er das riesige Tier vor sich liegen sah, zweifelte er daran, ob er noch einmal so waghalsig reagieren würde.
Auch Arnold und Tilo wurden mit einem festen Händedruck für ihr schnelles Eingreifen belohnt. Dylan hingegen raufte sich die Haare.
„Ich habe zugesehen und konnte nichts tun. Als Langbogenschütze bin ich auf einem Pferd wertlos. Instinktiv griff ich nach meinem Bogen. Aber was will ich damit auf einem Pferd? Um diese Waffe zu spannen, benötige ich einen festen Stand auf dem Boden. Noch nie habe ich mich so hilflos gefühlt."
„Es ist ja noch mal gut ausgegangen", beruhigte ihn Rupert.
Kurz darauf stieß der Graf mit einigen Gästen der Jagdgesellschaft zu ihnen.
„Was ist los mit euch, Männer? Keine Lust mehr auf die Jagd?"
Dann fiel sein Blick auf den Keiler und er verstummte sogleich. Er sprang neben dem Tier aus dem Sattel und legte dem riesigen Eber die Hand auf den Kopf, als könnte er die gewaltige Kraft des Tieres selbst jetzt noch spüren.
„Ist jemand verletzt?"

Die Männer verneinten.
„Aber nur weil Torben, Arnold und Tilo so schnell reagiert haben", bemerkte Rupert.
Der Graf hatte die blutige Klinge in Torbens Hand längst bemerkt. Er zog den Bolzen heraus, der so tief im Fleisch steckte, dass er sich anstrengen musste. Er reichte den Pfeil Arnold, der ihn schweigend entgegennahm.
„Ein guter Schuss."
Anschließend klopfte er Cadoc auf den Rücken, der noch immer ein wenig bleich wirkte.
„Kommt weiter, Männer. Mit diesem alten Keiler war sicher nicht zu spaßen. Aber für die Festtafel heute Abend ist er nichts. Der ist nämlich genau so zäh und ungenießbar wie ich es bin."
Die Männer lachten rau. Cadoc hatte sein Pferd wieder eingefangen und so gaben sie ihren Pferden die Sporen und folgten dem Grafen. In den nächsten Stunden brachte die Jagdgesellschaft noch ein halbes Dutzend Rehe, einige Fasane, Rebhühner sowie vier Hasen zur Strecke. Genug, um es sich an der Festtafel schmecken zu lassen. Der Graf war zufrieden und auch die Gäste der Jagdgesellschaft hatten den Ausritt genossen.
Während die Knechte sich um die Beute kümmerten und diese für den Abtransport vorbereiteten, trabte die Jagdgesellschaft vergnügt plaudernd zurück in die Festung. Die meisten der Gäste hatten von dem Erlebnis mit dem Keiler nichts mitbekommen.
Der Nachmittag plätscherte angenehm ziellos dahin. Torben und Sigurd ließen sich vom bunten Treiben ablenken, naschten an einem Stand ein wenig Gebäck und wenig später verspeiste jeder noch eine mit Honig beträufelte Pastete.
Dann ließen sie sich jeder einen Krug wundervoll schäumendes Bier geben und zogen sich an einen Tisch im Schatten der Mauer zurück.
Sie hatten kaum ihre Becher gefüllt und einen kräftigen Zug genommen, als auch schon Hans Plattner mit kleinen Trippelschritten energisch auf sie zuhielt.
„Hier steckt Ihr also", rief er schon von weitem, während er die kurzen Arme ausgestreckt hatte. „Da bin ich ja erleichtert, denn ich wollte zu gern noch meine Bestellung loswerden. Ich weiß, dass Ihr mir nichts versprechen könnt. Aber falls doch, habt Ihr in mir einen treuen Kunden. Schon jetzt fragen mich etliche der hochgestellten Persönlichkeiten, wie es mir gelungen ist, solche

Köstlichkeiten zu zaubern."
Er zwinkerte Torben und Sigurd verschmitzt zu.
Torben deutete auf die Bank.
„Setzt Euch zu uns. Dürfen wir Euch von unserem Bier abgeben? Es schmeckt vorzüglich, wie Ihr sicher wisst."
Der Haushofmeister nickte nach kurzem Zögern. Dann ließ er sich auf die Bank fallen, die unter seinem Gewicht bedrohlich knackte. Torben winkte derweil eine junge Magd herbei und ließ noch einen weiteren Becher bringen.
Wenig später prosteten sie sich herzlich zu.
„Auf gute Geschäfte!", rief Hans Plattner, während er seinen Becher so schwungvoll an Torbens knallte, dass ein wenig Schaum überschwappte. Sigurd war gewarnt und zog ihn rechtzeitig zurück. Sie tranken mit Genuss, stellten die Becher ab und wischten sich den Schaum von der Oberlippe.
„Das Bier stammt aus Lübeck", berichtete der Haushofmeister in vertraulichem Tonfall.
Torben nickte zufrieden.
„Habe ich gleich geschmeckt", scherzte er.
Sigurd musste grinsen. Er wusste, dass Torben nicht sonderlich wählerisch war, was sein Bier anging. Hauptsache, es war nicht zu warm und es gab reichlich davon.
Doch Hans Plattner glaubte ihm dies sofort und fühlte sich in seiner Auswahl bestätigt.
„Der Lieferant ist eine Brauerei aus der Wahmstraße", erzählte er Torben und Sigurd, als würde er ihnen ein Geheimnis anvertrauen. „Ich habe es zuerst in der Gegend des Doms versucht, dort aber weit und breit keine einzige Brauerei gefunden. In der Wahmstraße gab es hingegen gleich mehrere. Jedenfalls hatte ich dieses Geschäft schon abgeschlossen, kurz bevor ich das Vergnügen hatte, Euch kennenzulernen."
Torben nickte kräftig.
„Eine gute Wahl", bestätigte er. „Die Standorte der Brauereien in Lübeck sind leicht zu erklären", legte er dem Haushofmeister dar. „Vor achtzig Jahren wurde Lübecks erste Wasserleitung gebaut, und zwar auf Betreiben der Brauer. Sie verläuft im südöstlichen Teil der Stadt. Es handelt sich dabei um eine Druckwasserleitung, die das Wasser aus dem Hüxtor entnimmt. Erst später folgten dann weitere Wasserleitungen für den westlichen sowie den nördlichen Teil der Stadt. Die Brauereien liegen alle entlang der

Wasserleitungen. Im gesamten Domviertel und in den Straßen der Kaufleute, vom Markt hinab bis zum Holstentor, findet sich keine einzige Brauerei. Doch in den unteren Teilen der Becker-, Fischer- und Engelsgrube und auf der anderen Seite der Stadtinsel auf den mittleren Teilen der Glockengießer-, Fleischhauer-, Hüx- und Wahmstraße findet man sie zuhauf."
Der Haushofmeister lauschte interessiert.
„Ihr seid außergewöhnlich gut informiert", lobte er den jungen Kaufmann.
Torben lächelte geschmeichelt.
„Lübeck ist neben Hamburg der größte Bierbrauer der Hanse. Jedes Jahr werden hunderte Fässer in alle Herren Länder verschickt. Als Hansekaufmann muss ich dieses Geschäft natürlich kennen. Zumal ich eine innige Beziehung zu diesem Handelsgut pflege."
Sie tauschten ein vertrautes Lächeln.
„Hier wird Dünnbier gebraut, das vor allem die Armen trinken. Dann Dickbier für die Vermögenden. Außerdem Konvent-, Stop- und Schiffsbier. Selbst Kinderbier wird in Lübeck gebraut. Es hat sich längst eingebürgert, dass die Bewohner Hamburgs und Lübecks morgens eine süße Biersuppe löffeln. Die schmeckt selbst kleinen Kindern. Mittags gibt es häufig Getreidegrütze oder Hering. Dazu gibt es ein gutes Bier, denn Fisch muss schwimmen. Oft genug ersetzt dann ein Feierabendbier das Abendbrot. Da ist es kein Wunder, dass die Brauereien kaum mit dem Brauen hinterherkommen."
„Eure Erzählung macht mich durstig", beschloss Hans Plattner.
Torben beeilte sich, diesem Umstand abzuhelfen. Allmählich leerten sich beide Krüge in beeindruckender Geschwindigkeit.
„Was genau ist es, womit wir Euch eine Freude machen könnten, so wir denn in Venedig Erfolg hätten?", fragte er den Haushofmeister ohne weitere Umschweife.
Dieser verschränkte die Hände vor dem üppigen Bauch und dachte nach.
„Eure Lieferung für dieses Fest war schon ein Fingerzeig Gottes. Es waren sieben Säcke, die mit Zimt, Nelken, Pfeffer, Muskat und sogar Safran gefüllt waren. Schon bei der Nennung dieser Gewürze läuft mir das Wasser im Mund zusammen."
Er seufzte leise.
„Wenn Ihr es schafft, mir von diesen Dingen mehr zu besorgen,

würde ich Euch auch die doppelte Menge abnehmen. Aber das ist noch nicht alles. Ihr habt gesagt, ich darf Wünsche äußern. Das will ich gern tun. Denn die habe ich!“
Er stützte sich auf dem Tisch auf und sah die Kaufleute nacheinander vertrauensvoll an. „Beschafft mir zusätzlich noch Mandeln, Feigen und Rosinen. Und wo wir schon mal dabei sind: Auch Kurkuma, ein indisches Gewürz, reizt mich ungeheuer. Einige Gäste des Grafen würden ein Verbrechen begehen, um in den Genuss von Speisen zu kommen, die damit üppig gewürzt sind.“
Er lächelte verträumt.
„Macht es möglich. Und ich werde Euch mehr als angemessen für Eure Strapazen belohnen.“
Torben hatte nur eine sehr vage Vorstellung davon, was sie in Venedig vielleicht erreichen konnten. Doch sie waren fest entschlossen, ihr Glück zu versuchen.
„Zählt auf uns“, gab er mit fester Stimme zurück.
Sie tauschten einen kräftigen Händedruck. Dann stolzierte der Haushofmeister zufrieden davon und war gleich darauf im Gedränge der Gäste verschwunden.
Sigurd seufzte leise.
„Von einem Abenteuer ins nächste“, murmelte er Torben zu.
„Stimmt. Über die grobe Planung mit Venedig als Ziel waren wir uns ja schon einig. So eine Reise geht sich leichter an, wenn man wie wir schon einen zahlungskräftigen Abnehmer gefunden hat.“
Sigurd ließ die Fingerknöchel knacken.
„Nach diesem Fest werde ich nach Elbing aufbrechen. Es wird Zeit, dass mein Vater mich mal wieder zu Gesicht bekommt. Außerdem muss ich die Fischer im Auge behalten, damit im Frühjahr genug Bernstein zusammenkommt. Diese Kaufmannsfahrt soll sich ja schließlich auch lohnen.“
Er stutzte kurz.
„Wollen wir dorthin tatsächlich mit einer Kogge segeln?“
Torben starrte ihn verblüfft an.
„Soweit gingen meine Überlegungen bisher noch nicht. Eigentlich haben wir dafür alle Zeit der Welt. Die sollten wir uns auch nehmen, denn für dieses Wagnis müssen wir gerüstet sein. Im Herbst wollte ich mal bei dem Lübecker Ratsmitglied Johann Steinhoff vorstellig werden. Dort kann ich gleich mal vorfühlen, was es Neues gibt. Der Mann ist nämlich unverschämt gut

informiert. Vielleicht hat er Informationen, die uns weiterhelfen könnten."
Sigurd nickte knapp.
„Gute Idee. Dann frag ihn doch gleich mal, ob wir im Frühjahr eine seiner Koggen mieten dürfen. Das hat ja für die Fahrt nach Brügge schon gut funktioniert und war ein lohnendes Geschäft für ihn. Warum sollte das nicht wieder möglich sein?"
Torben lachte bitter.
„Das habe ich mir fest vorgenommen. Aber ich weiß genau, dass er dann wieder davon anfängt, dass ich mir eine eigene Kogge zulegen soll. Das ist sicher reizvoll. Aber wie du ja weißt, fehlt uns für solche Spielereien das nötige Kleingeld."
Er griff zu seinem Becher und leerte ihn entschlossen.
„Allerdings muss ich sagen, dass mir die Aussicht auf eine Fahrt bis ins Mittelmeer ein wenig Bauchschmerzen bereitet. Das würde eine endlose monatelange Reise bedeuten. Vielleicht sollten wir darüber noch mal nachdenken."
„Der Landweg hat aber auch seine Tücken", bemerkte Sigurd säuerlich.
„Ich weiß", schnaufte Torben. „Lass uns diese Entscheidung noch ein wenig aufschieben. Wir haben ja noch jede Menge Zeit."
Der Müßiggang gefiel ihnen. Sie hatten nichts zu tun und konnten machen, worauf sie Lust hatten. Also scherzten sie ausgiebig mit den Mägden und schlossen sich später noch einer Führung durch die Festung an. Sie kannten zwar die Festung von Kopenhagen. Doch ansonsten war ihnen der Anblick von Burgen nicht gerade vertraut. Auf Torben wirkten sie immer wehrhaft und abweisend. Aber das war wohl auch der Zweck dieser Bauten.
„Wohnen möchte ich hier nicht", bemerkte er leise zu Sigurd, als sie zusammen mit zwei Dutzend anderen Gästen von einem kundigen Diener durch die Gänge geführt wurden.
Der Diener beantwortete ihre Fragen und hatte für jedes Gemach eine Anekdote parat.
Sigurd rollte mit den Augen.
„Ich auch nicht. Nicht einmal im Sommer wird es hier so richtig warm. Und im Winter frierst du dich halbtot. Selbst wenn jeder Kamin angefacht wird, wird es in diesem zugigen Gemäuer niemals richtig warm. Schon die Vorstellung jagt mir eine Gänsehaut über den Rücken."
Er schüttelte sich.

„Aber für solche Feste ist eine so stattliche Burg natürlich eindrucksvoll, das muss ich schon zugeben.“
Als sie einen Blick in die Waffenkammer werfen konnten, mussten Torben und Sigurd an ihre Erlebnisse in Kopenhagen denken.
Dort hatten Unmengen von Waffen ungeordnet herumgelegen, so dass sie einige Kettenhemden und Schwerter heraustragen konnten.
Damit hatte Torben dann sein Wort beim Nowgoroder Bojaren halten können, dem er ein halbes Dutzend Kettenhemden zugesagt hatte.
Hier hingegen hingen sämtliche Waffen fein säuberlich an den Wänden oder waren zu Stapeln aufgeschichtet. Die meisten sahen so aus, als hätte man schon längere Zeit keine Verwendung mehr dafür gehabt.
„Wann gab es hier zuletzt Kämpfe auszufechten?“, fragte prompt einer der adligen Gäste.
Der Diener runzelte die Stirn.
„Das liegt schon eine ganze Weile zurück. Mittlerweile ist das Land befriedet. Doch als Graf Heinrich II. zusammen mit seinem Bruder die Macht übernahm, sah das noch anders aus.
Da hat er die Stadt Flensburg befestigen lassen, um seine Herrschaft zu sichern. Mauern, Türme und Tore wurden errichtet und so eine geschlossene Stadtbefestigung geschaffen. Der Graf hat sich tatkräftig durchgesetzt, überall dort, wo ihm Widerstand entgegenschlug.
Auf diese Weise hat seine Familie alle Ansprüche in Schleswig gegenüber den Dänen und auch den immer wieder aufbegehrenden Nordfriesen energisch durchgesetzt.“
Er wies ihnen den Weg, der sie eine enge Wendeltreppe hinaufführte. Oben angekommen fuhr er fort.
„Heute hat er seine Herrschaft durch Bündnisse abgesichert. Er ist in zweiter Ehe mit Ingeborg von Mecklenburg-Schwerin verheiratet, der Tochter Albrechts II., Herzog von Mecklenburg-Schwerin. Sie haben auch einen Bündnisvertrag unterzeichnet, der beiden Seiten Sicherheit bietet.“
Die Gäste murmelten beifällig.
„Dürfen wir auch den Kerker besichtigen?“, fragte eine vornehme Adlige, die die Spannung in ihrer Stimme nicht verbergen konnte.
„Leider nicht“, gab der Diener zurück. „Der Graf hat ausdrücklich befohlen, diesen auszulassen.“
„Schade“, murmelte sie enttäuscht. „Er wird doch nicht zu viele

Wilddiebe eingekerkert haben?", ließ sie nicht locker.
Der Diener bewahrte die Haltung.
„Das entzieht sich leider meiner Kenntnis. Wenn ich bitten darf, die Besichtigung ist hiermit zu Ende. Graf Heinrich bedankt sich ausdrücklich für das Interesse."
Die Gäste begannen sich zu verstreuen.
„Was machen wir mit dem Rest des Tages?", fragte Sigurd.
„Ich schätze, das erfahren wir gleich", murmelte Torben. „Der Graf hält direkt auf uns zu."
Sigurd zog die Augenbrauen in die Höhe, verriet sich aber durch keine Bewegung.
Dann erklang auch schon die einprägsame Stimme des Grafen.
„Die Herren Kaufleute", begrüßte er sie mit einem Lächeln.
In seiner Stimme lag immer ein wenig Spott, wenn er das Wort Kaufleute aussprach.
„Hat euch die Führung gefallen?"
Sigurd und Torben nickten beifällig.
„Wahrscheinlich würde ich mich hier im Dunkeln verlaufen", gab er zu. „An dieser Stelle noch einmal ein herzliches Dankeschön für die Einladung, Graf Heinrich."
Dieser schnalzte gutmütig mit der Zunge, während er sich wie selbstverständlich neben sie stellte.
„Schon während der großen Feier habe ich euch beide ausdrücklich darum gebeten, dass ihr mich wie alle meine Männer entweder Heinrich oder Condottiere nennen sollt, wenn wir unter uns sind."
Torben nickte knapp. Er erinnerte sich dunkel daran. Doch diese Worte kamen ihm noch immer schwer über die Zunge.
„Ich habe euch heute zusammen mit meinem Haushofmeister gesehen. Ich kann mir vorstellen, was er von euch wollte."
Er blinzelte ihnen verschmitzt zu.
„Ihr hattet mir während der Feier ja schon erzählt, dass euch euer Weg vielleicht nach Venedig führen könnte. Bleibt es dabei? Und wisst ihr vielleicht schon, wann ihr aufbrechen wollt?"
Torben und Sigurd waren an diesem Abend reichlich angeschlagen gewesen. Daher konnten sie sich beim besten Willen nicht mehr an Einzelheiten erinnern. Der Graf schien deutlich trinkfester zu sein als sie.
Torben überschlug kurz, wann die beste Reisezeit für ein solches Unterfangen war.
„Im Mai nächsten Jahres", antwortete er. „Wir müssen abwarten,

bis sich die Stürme in der Biskaya gelegt haben. Dort sind schon viele Schiffe gesunken, die diese Gefahr unterschätzt haben.
Heinrich bemerkte, dass Torben bei dem Gedanken an das weite Meer nicht wohl zumute war.
„Seid ihr euch sicher, dass ihr mit dem Schiff dorthin segeln wollt?“, bohrte er nach.
„Um ehrlich zu sein, wir wägen noch ab. Der Landweg ist zwar um einiges kürzer. Doch sicher auch teurer. Dort warten dann an jeder Brücke Zölle und Abgaben auf uns. Jeder Adlige hält die Hand auf. Oder noch schlimmer: Er beraubt uns und wir stehen vor dem Nichts. Ich habe schon Erzählungen von Kaufleuten gehört, die vor Raubrittern und Diebesbanden gewarnt haben. Da gilt es höllisch aufzupassen. Diese Gefahr schätze ich noch höher ein, als eine Fahrt mit der langsamen Kogge auf dem weiten Meer.“
Heinrich musterte Torben und Sigurd abschätzend.
„Ihr wollt diese Reise aber unbedingt antreten. Auch wenn ihr um die Gefahren wisst, die auf jeder der Routen auf euch lauern können?“
Torben lächelte verlegen.
„Wenn Sigurd und ich uns etwas in den Kopf gesetzt haben, dann bringt uns nichts mehr von unserem Ziel ab. Keiner von uns will als alter Mann den Dingen nachtrauern, die er nie getan hat. Da sind wir uns einig.“
Sigurd nickte entschlossen dazu.
Heinrich zeigte sein Wolfslächeln. Diese Einstellung gefiel ihm sehr. So hatte er es auch immer gehalten. Und es bisher nie bereut.
„Habt ihr mir nicht erzählt, dass ihr eure letzte Ladung Felle in Lübeck an den Mann gebracht habt?“
Torben räusperte sich verlegen. Dann dachte er kurz nach. Ganz dunkel erinnerte er sich, dem Grafen davon erzählt zu haben. Hoffentlich hatte er ihn damit nicht allzu sehr gelangweilt.
„Das wäre möglich“, gab er verlegen zu.
„Das bringt mich auf eine Idee“, fuhr Heinrich fort.
„Wie wäre es, wenn ihr euch uns anschließt? Zufällig habe ich vor, im nächsten Frühjahr nach Italien zurückzukehren.“
Torben und Sigurd blickten ihn überrascht an. Bisher hatte Torben gedacht, der Graf sei für solche Abenteuer zu alt und wollte hier einen ruhigen Lebensabend verbringen. Auch wenn er gestern immer wieder von den aufregenden Zeiten als Söldnerführer im Dienst der italienischen Stadtstaaten erzählt hatte. Da hatte er den

alten Haudegen wohl unterschätzt.
Er erinnerte sich, dass Turan so etwas prophezeit hatte. An dem Abend hatte er ihm aber noch nicht so recht geglaubt.
„Wenn ihr einen Teil der Ladung schon in Lübeck verkauft", ließ der Graf nicht locker, „hättet ihr doch sicher genug Reserven für diese Reise. Und wenn ihr die schönsten Felle zurückhaltet, habt ihr so viele kostbare Waren, auf dass den Venezianern bei ihrem Anblick das Wasser im Mund zusammenläuft. Dann bräuchten wir nur einige Packpferde und keine sperrigen Ochsenkarren. Damit wäre sichergestellt, dass wir schnell genug vorankommen. Und da wir in einer größeren Gruppe reisen, wärt ihr auch besser geschützt vor irgendwelchen Wegelagerern."
Die beiden jungen Kaufleute saßen mit offenem Mund da. Der Vorstoß des Grafen hatte sie vollkommen überrascht. Heinrich schien sich schon intensiv mit diesen Gedanken beschäftigt zu haben.
Torben rieb sich nachdenklich die Stirn. Er hatte schon häufiger über die möglichen Routen nachgedacht. Auch der Landweg barg eine Menge Unwägbarkeiten. Aber in Begleitung des Grafen und seiner bewährten Söldner? Er musste zugeben, der Vorschlag hatte einiges für sich.
„Die Reise mit dem Schiff ist schon ein Wagnis, vor dem ich großen Respekt hätte", begann Torben vorsichtig.
Heinrich nickte bedächtig.
„Bedenkt auch, dass ihr dann das Emirat von Granada passieren müsst, welches im Süden Spaniens liegt und die Kontrolle über die Meerenge von Gibraltar ausübt. Wenn ihr dort entlangsegelt, dürft ihr euch nie sicher fühlen. Wenn sie euch aufbringen, sind eure Waren ganz schnell verloren."
Er legte die großen, vernarbten Hände vor sich auf dem Tisch ab. Sie waren rau und hart. Die Hände eines Kämpfers, keines Adligen, der sich auf seinem Besitz ausruhte. Dann lehnte er sich vertrauensvoll ein Stück vor.
„Ich bin nicht sonderlich stolz darauf, aber ich muss gestehen, dass ich mit der See nichts anfangen kann. Vor vielen Jahren bin ich einmal mit dem Schiff nach Rostock gesegelt. Es war keine lange Fahrt. Aber ich habe sie bitter bereut. Sobald ich die Kogge betreten hatte, wurde mir schon flau im Magen. Das Gefühl war mir bis dahin fremd. Das Schiff lag noch am Bootskai vertäut, doch mir zitterten schon die Knie. Sobald wir in See stachen, war

es um mich geschehen. Noch bevor der Hafen hinter uns lag und wir die offene See erreichten, war ich schon grün im Gesicht. Und wenig später fütterte ich die Fische und die Möwen, dass es eine wahre Pracht war. Kein schönes Benehmen für einen Grafen, der seinen Männern ein Vorbild sein muss, das kann ich euch sagen."
Er lachte über sein Ungeschick. Eine Eigenschaft, die ihn noch sympathischer werden ließ.
„Seitdem ist für mich eines in Stein gemeißelt: Ich reise immer an Land. Mag der Weg auch noch so beschwerlich sein. Glücklicherweise habe ich genug Geld, um die Zölle und Abgaben zu entrichten, die unweigerlich auf uns zukommen werden. Und der Weg ist beschwerlich, da will ich euch nichts vormachen. Oftmals verdienen die Straßen den Namen nicht. Aber immerhin hätten wir nur überschaubares Gepäck dabei, das wir auf Packtieren unterbringen können. Daher reist es sich schnell. Die Kaufleute müssen sich mit ihren schwerbeladenen Wagen entlangquälen und schaffen keine zehn Meilen am Tag. Das wäre weiß Gott nichts für mich. Wir hingegen bringen es auf gute dreißig Meilen am Tag. Denn ich verfüge über die besten Pferde, die es für Geld zu kaufen gibt."
Er blinzelte ihnen listig zu.
„Meine Männer habt ihr bereits kennengelernt. Einige dienen mir schon seit vielen Jahren und sie alle sind die besten Kämpfer, die man sich wünschen kann. Daher werden wir sicher reisen und müssen uns keine Sorgen machen, irgendwelchen hergelaufenen Strauchdieben zum Opfer zu fallen."
Torben verbiss sich eine entsprechende Bemerkung.
Wenn er ganz ehrlich war, dann war der Graf in seinen Augen auch eine Art Strauchdieb. Schließlich hatte er als Söldnerführer vom Raub und Krieg gelebt. Nur dass er ein hoher Adliger war, der noch dazu so viele Männer anführte, dass ihm das niemand ins Gesicht zu sagen wagte.
„Ihr könnt es euch ja in Ruhe überlegen", schlug er ihnen vor.
Die beiden Kaufleute nickten zustimmend.
„Danke für das Angebot, Heinrich", bedankte sich Torben.
Er zögerte kurz bei dieser vertrauten Ansprache. Aber Graf Heinrich nickte wohlwollend und so fühlte es sich allmählich nicht mehr so fremd an.
„Dein Vorschlag klingt ungeheuer reizvoll. Wir werden darüber beraten und sagen dir noch vor unserer Abreise Bescheid."

„Lasst euch Zeit damit. Es ist eine wichtige Entscheidung. Die Reise dorthin ist allerdings nur die eine Seite der Medaille. Auch bei den Italienern selbst gilt es höllisch aufzupassen“, warnte er Sigurd und Torben.
Torben nickte vorsichtig.
„Sie können recht rachsüchtig sein, wie man hört“, schloss er sich der Meinung des Grafen an. Er hatte nicht vor, ihm von ihren Erlebnissen in Brügge zu erzählen.
Doch der Fürst kannte die Italiener besser als jeder andere und nickte kräftig.
„Sie haben heißes Blut. Wer sie beleidigt, fängt sich schnell ein Messer ein. Aber wenn man ehrlich zu ihnen ist und sie besser kennenlernt, findet man unter ihnen wahre Freunde. Und feiern können sie wie kein Zweiter. Ein solch beschauliches Bankett wie das meinige in der letzten Nacht, hätte es dort nicht gegeben. Dort wäre die Feier sicher immer noch im Gange. Dazu wären jede Menge Tische und Stühle zu Bruch gegangen. Und bestimmt hätte es auch den einen oder anderen Toten gegeben. Aber hinterher wären sich alle einig gewesen, dass es eine großartige Feier gewesen war“, beschwor er sie mit neu erwachter Leidenschaft.
„Bis auf den Toten, natürlich“, bemerkte Sigurd mit einem verschmitzten Lächeln.
Der Fürst musste lachen.
„Das ist sicher richtig.“
Er schmunzelte noch, während sich die beiden Kaufleute mit kurzen Blicken verständigten.
Was sie in den Augen des anderen lasen reichte ihnen, sich bestätigt zu fühlen. Schließlich war ihnen beiden bewusst, dass sie es kaum besser treffen konnten.
„Condottiere!“, richtete Sigurd wieder das Wort an Heinrich.
„„„Es wäre uns eine Ehre, wenn wir uns deiner Truppe anschließen dürften.“
Heinrich rieb vergnügt die Hände aneinander.
„So gefällt mir das. Es wäre doch schade, wenn wir unsere Bekanntschaft nicht noch vertiefen könnten. Den Winter über habe ich noch einiges vorzubereiten, um meine Grafschaft bei meinem Bruder in sicheren Händen zu wissen. Aber dann kann ich es kaum erwarten, wieder gen Süden aufzubrechen. Und langweilig wird die Reise sicher nicht. Soviel kann ich euch versprechen.“
Torben und Sigurd hätten nun wirklich nichts dagegen gehabt,

wenn die Reise ohne den geringsten Zwischenfall verlaufen würde. Je langweiliger, umso besser, wenn es nach ihnen ginge. Aber Heinrich schien sich geradezu danach zu sehnen, endlich wieder unterwegs zu sein. Der Gedanke, noch ein halbes Jahr hier aushalten zu müssen, bereitete ihm sichtlich Unbehagen.
Doch dann klatschte er unternehmungslustig die Hände aneinander und forderte sie mit einem Wink auf, ihm in den Hof zu folgen. Dort trafen sie wenig später auf Turan sowie die Söldner Rupert, Tilo und Arnold. Der Graf ließ es sich nicht nehmen, seinen Männern die neuen Weggefährten anzukündigen. Rupert besorgte sogleich Wein für alle und so stießen sie frohgemut auf ihre Pläne an.
„Mir würde diese Reisegesellschaft übrigens auch zusagen“, bemerkte Turan wie nebenbei.
Torben verschluckte sich fast am guten Wein.
„Heißt das, du würdest uns bis nach Norditalien begleiten wollen?“
Turan nickte bedächtig.
„Von dort ist es noch eine Seefahrt von knapp vier Wochen bis an die Küste Syriens. Es wird Zeit, dass ich wieder nach Hause komme. Mein Vater wird schon krank vor Sorge sein. Er war nicht begeistert, als ich vor anderthalb Jahren auf eigene Faust ins Unbekannte aufbrach.“
„Das kann ich mir vorstellen“, erwiderte Torben. „Und wir begrüßen deine Entscheidung. So werden wir für eine längere Zeit zu Gefährten.“
Auch Heinrich zeigte ein zufriedenes Lächeln.
„Wo wäre in der Nähe Lübecks ein guter Treffpunkt?“, fragte er die Kaufleute.
Sigurd musste nicht lange überlegen.
„Da fällt mir gleich eine Herberge außerhalb Lübecks ein. Sobald man Lübeck durch das Hüxtor verlässt, ein einstöckiges, spitzgiebliges Haus mit Tordurchlass, sind es vielleicht zwei Meilen auf der Straße nach Lüneburg. Die Herberge heißt „Zum roten Hahn.“
Heinrich tauschte ein Grinsen mit seinen Männern.
„Das klingt, als würde man dieser Herberge regelmäßig einen roten Hahn aufs Dach setzen.“
Erst jetzt verstanden die Kaufleute die Anspielung. Unter Söldnern hieß das nichts anderes, als ein Gebäude anzuzünden und bis auf die Grundmauern niederzubrennen.

„Eigentlich steht die Farbe Rot für das Bier, das sie dort brauen. Was der Hahn soll, weiß ich ehrlich gesagt nicht. Aber das Willkommensschild überzeugt mich jedes Mal."
Heinrich musterte ihn neugierig.
„Da ist auf einem großen Holzschild ein Hahn abgebildet, der rittlings auf einem Fass sitzt und jedem Besucher zuprostet. Dabei sieht er aus, als hätte er schon einige Krüge geleert. Da fühlt man sich gleich willkommen."
Sie brachen in Gelächter aus.
„Das hört sich gut an", schmunzelte Heinrich. „Dann treffen wir uns dort am 15. des Monats Mai. Reittiere für euch und ein halbes Dutzend Packtiere werden wir mit uns führen."
„Abgemacht", erwiderten Sigurd und Torben gleichzeitig.
Dann widmeten sie sich wieder dem Wein und tauschten Anekdoten aus ihrem Söldnerleben aus, bei denen auch die Kaufleute einiges beizusteuern wussten.

2. Kapitel

Am nächsten Morgen verabschiedeten sich Torben und Sigurd herzlich von Heinrich und seinen Männern. Auch Turan drückte ihnen die Hand und versprach ihnen ein baldiges Wiedersehen. Zuletzt kam auch noch Hans Plattner auf sie zu. Er nahm sich die Zeit, jedem einzelnen Gast die Hand zu schütteln und ihnen für ihr Erscheinen zu danken.
Das Fest war ein voller Erfolg gewesen. Drei Tage lang war ununterbrochen gefeiert worden. Dabei wurden aber auch Beziehungen geknüpft und Bündnisse bekräftigt. Der Graf wusste schon, wie er seine Gefolgsleute beeindrucken konnte.
Doch nun ging es auf dem Burghof wuselig zu. Die zahlreichen Gäste brachen auf. Einige kamen von weit her und würden tagelang unterwegs sein. Da war es klug, sich beizeiten auf den Weg zu machen.
Als ein Stalljunge Torben und Sigurd ihre gesattelten Pferde brachte, bedankten sie sich bei ihm. Sie schnallten ihr Gepäck hinterm Sattel fest und schwangen sich aufs Pferd. Sigurds gutmütige Stute ließ es willig über sich ergehen. Nur Torbens feuriger Hengst scharrte mit den Hufen und tänzelte ungeduldig. Er schien ihren Aufbruch kaum erwarten zu können.
„Keine Angst, Sigurd. Ich warte auf dich", neckte Torben ihn, während er mit spöttischem Blick von der ruhigen Stute zu Sigurd hinübersah.
Dieser lachte lauthals. Dann trieben sie ihre Tiere an und preschten im wilden Galopp durch das Tor. Die Hufe polterten laut auf den Pflastersteinen. Doch sobald sie die Festung hinter sich ließen, führte ein sandiger Weg leicht geschwungen in die Wälder.
Sie mussten die Pferde kaum antreiben. Wie von selbst galoppierten sie dahin. Auch ihnen steckte der Müßiggang in den Knochen, so dass sie froh zu sein schienen, sich bewegen zu können.
„Wir sollten versuchen, jeder für sich noch einige Ausritte zu unternehmen, bevor es Zeit für den Aufbruch ist", rief Sigurd seinem Freund zu, während sie dahinjagten.
„Warum?", schrie dieser zurück.
„Wenn wir zu Pferd aufbrechen, werden wir jeden Tag gute dreißig Meilen zurücklegen müssen. Da kann ein wenig Übung nicht

schaden, oder?“
Torben war einsichtig.
„Gute Idee. Schließlich wollen wir dem Grafen ja nicht zur Last fallen. Und beschwere dich im Mai unter keinen Umständen über einen schmerzenden Hintern, hörst du?“, setzte Torben nach. „Sonst machen wir uns zum Gespött unter seinen Männern. Das muss ja nicht sein.“
Sigurd lachte lauthals.
„Ich kann nichts versprechen.“
Dann setzte er sich an die Spitze und zog das Tempo an, so dass Torbens feuriger Hengst eine ganze Weile brauchte, um wieder zu ihm aufzuschließen.
Der Rückweg kam ihnen kürzer vor. Sie kannten die Strecke und schafften es, sogar einen Tag einzusparen. Sie waren sich darin einig, dass dies an der Aussicht lag, im nächsten Jahr ein noch größeres Wagnis einzugehen, die sie regelrecht beflügelte.
Als sie Lübeck schließlich gegen Mittag eines sonnigen Tages erreichten, gaben sie die Pferde bei dem Stall in der Nähe der Rehderbrücke zurück, wo sie sich die Tiere auch ausgeliehen hatten.
Dann gingen sie steifbeinig durch die Stadt, jeder mit seinem kleinen Bündel Kleidung unter dem Arm.
Als sie Torbens Elternhaus erreichten, seufzte Torben leise.
Er liebte es in die Fremde aufzubrechen und etwas von der Welt zu sehen. Aber genauso gern kam er auch wieder nach Hause zurück. Dies hier war der Ort, an dem er sich am wohlsten fühlte. Auch wenn die Anwesenheit seines Vaters und auch Bruders es ihm manchmal nicht leicht machten.
Schon als sie durch das Tor traten, öffnete sich die Eingangstür und Don sprang ihnen entgegen. Zwar gab er keinen Laut ab. Doch die wilde Freude, seinen Herrn nach tagelanger Abwesenheit endlich wiederzusehen, war ihm deutlich anzusehen. Beinahe hätte er ihn umgerissen.
„Du bist ja schon wieder gewachsen“, rief Torben, während er ihm ausgiebig übers Fell strich. „Wir waren doch kaum zehn Tage weg.“
Maik erschien in der Tür und lächelte ihnen entgegen.
„Das kommt davon, weil er für zwei frisst“, erklärte er gutgelaunt. „Wenn die Lehrlinge so viel verschlingen würden, müssten wir sie loswerden.“

„Wie war es denn mit ihm?“, fragte Torben neugierig.
Maik lächelte versonnen.
„Anfangs ist er jedes Mal aufgesprungen, wenn sich jemand dem Tor genähert hat. Es war kaum auszuhalten, wie er ständig mit aufgestellten Ohren zur Tür hinüberlauschte. Aus irgendeinem Grund scheint er an dir zu hängen.“
Maiks Augen blitzten vor Freude, als er fortfuhr.
„Weißt du, Torben, Don ähnelt dir in vielen Dingen. Meist saß er den ganzen Tag herum, ließ kaum was von sich hören und brummte oder knurrte manchmal vor sich hin. Wenn er nicht hin und wieder los jagen würde, um Enten zu erschrecken, würde ich gar keinen Unterschied feststellen und nicht mal merken, dass du fort bist.“
Torben schüttelte grinsend den Kopf.
„Immer noch zu Scherzen aufgelegt, was? Daran merke ich immer, wie wenig du zu tun hast.
Aber es freut mich, dass ihr so gut zurechtgekommen seid.“
Maik begrüßte die beiden Männer mit einem festen Händedruck.
„Schön, dass ihr von euren Vergnügungen unbeschadet zurückgekehrt seid“, empfing er sie.
Torben schüttelte übertrieben vorwurfsvoll den Kopf.
„Das war rein geschäftlich. Um seine wichtigsten Abnehmer muss man sich persönlich kümmern. Persönliche Kontakte sind das Gold eines Kaufmanns.“
Maik winkte ab.
„Den Vortrag kenne ich zur Genüge. Nun kommt endlich herein. Könnt euch gleich mit an den Tisch setzen. Das Essen ist gerade fertig.“
Sigurd rieb sich verstohlen den Bauch.
„Man muss auch mal Glück haben“, lächelte er und folgte Torben ins Haus.
„Sind mein Vater und Werner zurückgekehrt?“, raunte Torben Maik leise zu.
Dieser bestätigte dies mit einem kaum wahrnehmbaren Kopfnicken.
„Vor drei Tagen. Aber ihre Fahrt scheint zufriedenstellend verlaufen zu sein. Deshalb sind sie ganz verträglich. Also verärgere sie nicht gleich wieder.“
Dieser Rat war nur gutgemeint. Torben wusste selbst, dass er manchmal ein wenig unwirsch reagierte. Allerdings hatte er sich

auch vorgenommen, sich von seinem Bruder nichts mehr gefallen zu lassen. Er war zu alt, um die herablassenden Bemerkungen seines Bruders wortlos herunterzuschlucken. Darüber ärgerte er sich dann später meist noch wochenlang. Da war es ihm schon lieber, mit ähnlicher Münze zurückzuzahlen. Das mochte nicht gerade zur Besserung des Familienfriedens beitragen. Doch ein brüchiger Familienfrieden, der nur Bestand hatte, weil er bereit war einzustecken, konnte ihm gestohlen bleiben.
Gemeinsam betraten sie das Haus und blickten sich um.
Am großen Esstisch der Familie saßen schon Torbens Vater und Bruder samt den Lehrlingen versammelt. In der Mitte stand ein riesiger Topf, aus dem es appetitlich duftete.
Torben und Sigurd gingen um den Tisch und gaben jedem die Hand. Während die Lehrlinge sich über ihre Rückkehr ehrlich freuten, war seinem Vater kaum eine Regung anzusehen.
Torben hatte ihn vor über einem halben Jahr zuletzt gesehen und musterte ihn kurz.
Sein Haar war schon nach der Gefangenschaft komplett ergraut gewesen. Damals stand es wirr in Büscheln ab. Jetzt trug er es kurzgeschnitten, so dass sein kantiger Schädel gut zur Geltung kam.
Natürlich war er älter geworden. Die Falten um den Mund schärfer. Doch von seiner Tatkraft hatte er nichts verloren. Auch die sonstigen Spuren der Gefangenschaft waren fast verschwunden, wie er sofort bemerkte. Die lange Handelsfahrt auf Nord- und Ostsee hatte seinem Vater gutgetan. Seine Wangen wirkten wieder ein wenig voller. Auch wenn er den Gewichtsverlust noch nicht komplett wettgemacht hatte. Doch seine Augen wirkten lebendiger und blitzten unternehmungslustig.
Auch Werner zeigte sich gut erholt. Braungebrannt und von kräftiger Statur, wippte er mit dem linken Bein und wirkte voller Tatendrang. Doch sein Gesicht zeigte keine Freude. Seine Augen waren dunkel und leblos. Er war auch der Einzige, der den Händedruck kaum erwiderte und Torbens Blick auswich.
„Setzt euch“, sagte Siegfried. „Es ist genug für alle da.“
Torben nickte dankbar. Ein warmherziger Mensch war sein Vater noch nie gewesen. Daher hatte er bei ihrer Rückkehr auch keine Freudensprünge erwartet.
„Das riecht großartig“, bemerkte Sigurd höflich.
Torben schloss sich sogleich an.

„Henrike und Lisbeth haben sich mal wieder übertroffen. Und auch nicht am Fisch gespart, wie ich sehe."
Anerkennend nickte er den beiden zu, die soeben mit Krügen voll Bier und Bechern aus der Küche zurückkehrten. Lisbeth schenkte ihm ein warmes Lächeln, das er sogleich erwiderte. Henrike wurde sogar ein wenig rot, wie er bemerkte. Manche Dinge änderten sich eben nicht so schnell, wie er feststellte. Er nickte ihr herzlich zu und wandte sich dann wieder dem Fischeintopf zu.
„Ist das Kabeljau?", fragte er, bevor er sich eine große Portion in den Mund schaufelte.
Die Lehrlinge nickten eifrig.
„Heute Morgen fangfrisch vom Hafen geholt", erwiderte Stefan. „Das Boot vom alten Matzen lief gerade ein. Seine Netze waren gutgefüllt. Er schien zufrieden gewesen zu sein. Auch wenn man das bei ihm immer schwer sagen kann. Seine Mundwinkel hängen immer herab, ganz egal wie gut der Fang auch war."
„Vom alten Matzen."
Torben schnaufte belustigt.
„Bevor sein Vater vor drei Jahren starb, hatte er diesen Namen. Wie ich höre, ist der Name nahtlos auf den Sohn übergegangen. Dabei ist Matzen noch keine vierzig Jahre alt."
Stefan winkte ab.
„Er sieht aber älter aus, wenn du mich fragst. Sein Gesicht wirkt wie gegerbt, wahrscheinlich wegen der Sonne, der er auf dem Meer ausgesetzt ist."
Roman, der bisher schweigend seine Suppe gelöffelt hatte, beugte sich ein Stück weit vor.
„Vielleicht kommt auch noch etwas anderes infrage?", fragte er scheinheilig.
„Er soll doch so ein junges Mädchen geheiratet haben. Eine Näherin, kaum siebzehn Jahre alt. Ihre Eltern sollen verstorben sein. Daher blieb ihr nichts anderes übrig, als seinem Drängen nachzugeben. Sie sieht nicht besonders gut, aber sie hat eine prachtvolle Gestalt mit bemerkenswert großen…. Nun, ihr wisst, was ich sagen will", lächelte er verlegen. „Vielleicht ist sie der Grund, warum er so abgekämpft aussieht."
Maik schmunzelte in seinen Becher. Henrike schmachtete Torben an. Siegfried sandte einen ärgerlichen Blick zu Roman, der sogleich die Augen niederschlug.
„Sprich nicht so lasterhaft an meinem Tisch!", donnerte er los.

„Es scheint dir nicht bekommen zu sein, dass du Torben nach Brügge begleiten durftest."
Er wandte sich Torben zu.
„Was hast du dem Bengel bloß beigebracht? Ich will lieber nicht wissen, wo ihr euch überall herumgetrieben habt."
Torben verzog keine Miene. Er hatte nur darauf gewartet, dass die Laune des Alten umschlug. Er kannte es ja nicht anders. Werner hatte ein gehässiges Grinsen auf den Lippen. Genüsslich trank er seinen Becher leer.
Doch Torben machte sich nichts daraus.
„Er weiß sich sehr wohl zu benehmen. Das hat er oft genug bewiesen. Er ist jung. Da würde ich nicht jedes Wort auf die Goldwaage legen oder ihm den Mund mit Seife auswaschen. Er hat ja keine Gotteslästerung begangen."
Trotzdem sandte er Roman einen scharfen Blick hinüber, der sogleich Reue vortäuschte. Er wusste, dass Torben ihm nicht ernstlich böse war.
Stefan sah eine Gelegenheit, die Wogen zu glätten.
„Jedenfalls versteht der alte Matzen etwas von seinem Handwerk. Er hat mit erzählt, dass vor Island und Norwegen riesige Kabeljau-Schwärme zu finden sind. Die größten Exemplare sollen so groß sein wie meine ausgestreckten Arme und fast hundert Pfund wiegen."
Sigurd verzog lächelnd das Gesicht.
„So einen hatte ich in Kopenhagen auch mal an der Angel. Aber er hat sich losgerissen. Schade! Der hätte uns eine ganze Woche ernährt."
Die Lehrlinge starrten ihn mit aufgerissenen Augen an.
„Wirklich, Sigurd?"
Torben schüttelte grinsend den Kopf.
„Sigurd nimmt euch auf den Arm. Sein Fang war so klein, dass es nicht lohnte, diesen auszunehmen. Und wenn ihm etwas abgerissen ist, dann war es vielleicht der Haken.
Normalerweise würde ich die Erzählung vom alten Matzen für Anglerlatein halten. Bei jedem Bier wird ein einmal gemachter Fang größer und schon bald hat man mit einem Wal gekämpft. Aber in dem Fall bin ich mir nicht so sicher, ob er nicht doch Recht hat. Denn Karl hat mir mal etwas Ähnliches erzählt von einem Fischer aus Bergen. Da könnte also etwas dran sein. Aber ich halte es da wie immer: Solche Wunder glaube ich erst, wenn ich sie mit

meinen eigenen Augen gesehen habe.“
Roman blinzelte Torben listig zu. Er hatte den Braten gleich gerochen.
„Und wie ist es euch ergangen, Vater?“ wandte Torben sich an den Hausherrn.
„Ihr wart lange unterwegs. Hat sich die Fahrt ausgezahlt?“
Siegfrieds sturmumnebelte Stirn hatte sich wieder geglättet. Die Frage brachte ihn auf andere Gedanken.
Er richtete sich auf und blickte Torben fest in die Augen.
„Brügge war ein schwieriges Pflaster in diesem Jahr“, bekannte er.
„Die Unruhe in der Stadt war mit den Händen greifbar. Jeder Hansekaufmann kannte genug warnende Beispiele, so dass wir uns sehr beeilten, unseren Handel abzuschließen. Aber einige einheimische Händler waren Narren und ließen sich von ihrem Zorn leiten. Sie waren kaum gewillt, mit uns Geschäfte zu machen. Als wir endlich doch noch ein paar vernünftige Kaufleute aufgetrieben hatten, war einige Zeit verstrichen. Die Preise waren recht hoch. Aber wir hatten keine große Wahl. Immerhin sind wir noch früh genug von dort weggekommen. Aber danach wurde es in Brügge immer schlimmer, wie wir schon gehört haben.“
Dabei deutete er zu Roman, der eifrig nickte. Er wusste genau, ab wann er sich nichts mehr herausnehmen durfte.
Siegfried hatte die zernarbten Hände gefaltet und blickte gedankenverloren vor sich auf den Tisch.
„Als wir mit vollem Frachtraum aufs offene Meer steuerten, dachten wir, es würde leichter werden. Das Wetter hielt sich prächtig und die Stimmung war gut. Leider war unser Steuermann die falsche Wahl. Er war ein Trinker, der einfach nicht wusste, wann er genug hatte. Manchmal ließ er sich so volllaufen, dass er auf meine Fragen nicht zu antworten vermochte. In der dritten Nacht auf See kippte er volltrunken über Bord und versank in den Fluten. Danach waren wir auf uns allein gestellt.“
Torben zerbiss einen Fluch zwischen den Lippen.
„Aber du hast doch schon öfter eine Kogge über die Ostsee gesteuert“, bemerkte er angespannt.
„Auf der Ostsee durchaus“, erwiderte Siegfried. „Da kenne ich mich aus. Aber in der Nordsee? Die Nordsee ist schwierig zu befahren. Die Strömungen sind tückisch. Das Meer verzeiht keine Fehler. Aber am schwierigsten war es im Inselgewirr im Kattegat, bevor wir die offene Ostsee erreichten. Da gibt es jede Menge

Untiefen und hunderte kleine Inseln. Wenn man da nur einmal nicht aufpasst, kann es schon zu spät sein."
Er fuhr sich mit der Hand durchs graue Haar.
„Da habe ich zwei Tage nicht geschlafen", murmelte er. „Aber Werner und ich haben uns abgewechselt. Dein Bruder ist längst ein guter Schiffsführer geworden. Zusammen haben wir es geschafft."
Seine Stimme klang stolz. Werners Augen leuchteten, als er den Blick seines Vaters suchte. Torben hätte sich gewünscht, eine solche Anerkennung nur ein einziges Mal von seinem Vater zu hören. Aber das würde wohl nie passieren.
Allmählich hatte er auch erkannt, dass er sein Glück nicht vom Wohlwollen seines Vaters abhängig machen durfte. Manchmal versetzte es ihm noch einen Stich. Doch dann erkannte er, dass er allmählich immer besser damit umgehen konnte.
„Das freut mich zu hören", erwiderte er. „All diese Schwierigkeiten konnten euch nicht von eurem Ziel abbringen."
Werner, der bisher kaum ein Wort gesagt hatte, schob seinen Teller weg und blickte zu Maik und den Lehrlingen hinüber.
„Leichter wurde es danach auch nicht mehr", führte er die Erzählung seines Vaters fort.
„Wir fuhren bis nach Riga. Die Fahrt war sogar recht angenehm. Und Riga selbst ist eine schöne Stadt, in der es sich gut leben lässt. Die Stadt liegt am rechten Ufer der Düna, die bei Riga in die Ostsee mündet. Die Lage ist vorteilhaft. Riga hat einen geschützten Hafen. Und die Düna ist die Verkehrsader ins Landesinnere. Über sie kann man die Flüsse Wolga und den Dnjepr erreichen und bis tief nach Russland hinein vorstoßen."
Er brummte nachdenklich und trank einen Schluck, bevor er weitererzählte.
„Außerhalb der Stadtgrenzen gibt es ausgedehnte Moore und Sümpfe, die einen natürlichen Schutzgürtel um die Stadt bilden. Daher kommen die meisten Waren über den Fluss in die Stadt. Das Erzbistum Riga wächst jedes Jahr. Als Hansestadt kann sie längst Lübeck Konkurrenz machen. Bei unserer Ankunft sind wir mit der Besatzung in den Dom zu Riga gegangen, um dort um himmlischen Beistand für unsere Geschäfte zu bitten. Es ist die größte Kirche im Baltikum. Eine so riesige Orgel habe ich noch nie zuvor zu Gesicht bekommen. Sie hat mehr als sechstausend Holz- und Metallpfeifen."
Torben bemühte sich Interesse zu zeigen. Auch wenn Werners

Blick ihn während seiner Erzählung nur ein- oder zweimal gestreift hatte.
Mit Kirchen und deren von ihrer Wichtigkeit überzeugten Priestern konnte man Torben nicht beeindrucken. Er hielt wenig von diesen verkniffenen Priestern, die nichts von der wirklichen Welt wussten. Dennoch nahmen sie sich das Recht heraus, jedermann zu erklären, wie sie nach Gottes Vorstellung zu sein hatte. Da reichte auch das Spiel einer sicher wohlklingenden Orgel nicht aus, um ihn zum Glauben zu bekehren.
„Leider war die ganze Stadt voller Kaufleute. Und wir waren nicht die ersten, die ihr Glück mit Stoffen aus Brügge versuchten."
Jetzt wirkte er zerknirscht. Siegfried hörte schweigend zu. Bei diesem Satz streifte er Torben mit einem knappen Blick.
Torben versuchte sich nichts anmerken zu lassen. Schließlich war er es gewesen, der seinen Vater vor ihrem Aufbruch auf genau diese Gefahr hingewiesen hatte.
„Schon im Hafen sahen wir mehr als zwanzig Koggen vor Anker liegen. Die Rigaer Händler sind gerissene Hunde, die ihr Geschäft verstehen. Das Leben als ehrliche Hansekaufleute wird mit jedem Jahr schwieriger, soviel steht fest," schimpfte er vor sich hin.
„Jedenfalls haben wir zwei Wochen lang Verhandlungen geführt. Dann hatten wir sämtliche Tuche losgeschlagen. Natürlich hat die harte Konkurrenz uns zum Einlenken gezwungen, was die Preise anging", gab er ein wenig verlegen zu.
„Aber wir hatten Erfolg. Und das ist es, worauf es ankommt. Es war wichtig, dass mal eine Handelsfahrt lang kein Unglück über uns hereinbricht und wir Gewinne machen. Schließlich haben wir noch Schulden beim alten Torgensen, die wir abstottern müssen."
Torbens Gesicht verfinsterte sich bei diesem Namen. Der alte Torgensen hatte sich mit dem Hansekaufmann Ralf Huntenberg verbündet, um die Familie Voigtherr ins Unglück zu stürzen. Diesen beiden Männern war es zu verdanken, dass Siegfried und Werner eine lange Zeit in der Gefangenschaft von Piraten verbringen mussten. Ihr Helfershelfer, der gefürchtete Tom Jagehorn war mittlerweile tot. Auch Huntenberg hatte das Komplott nicht überlebt. Einzig Torgensen erfreute sich bester Gesundheit und hatte seinem Vater Geld vorgestreckt, um ihm diese Handelsfahrt zu finanzieren.
Torben hätte von diesem Mann nicht die kleinste Kupfermünze angenommen. Lieber hätte er gehungert. Am liebsten hätte er

gefragt, auf welche Summe sich die Schulden der Familie bei diesem Gauner noch beliefen. Er hatte so dass Gefühl, dass diese eine Fahrt nicht ausgereicht hatte, um schwarze Zahlen zu schreiben. Aber das würde er später in einem Gespräch unter sechs Augen nachholen. Der Winter war lang. Es würde sich schon eine Gelegenheit ergeben.
Siegfried hatte sich Bier nachgegossen und den Becher in schnellen Zügen geleert. Er trank recht viel, stellte Torben fest. Schließlich war es gerade einmal Mittag.
„Zwei Tage vor unserer Abfahrt tauchte das nächste Problem auf", erzählte Siegfried nach längerer Pause.
„Unsere Mannschaft wurde von einem Fieber erwischt. Der Koch starb sogar daran. Wir mussten länger als geplant ausharren, bis der Rest der Besatzung sich wieder erholt hatte. Jeder Tag kostete uns Geld, das wir nicht eingeplant hatten. Auch ein neuer Koch war nicht so leicht zu finden. Dafür verlief aber die Rückfahrt ohne Vorkommnisse", schloss er seine Erzählung.
Torben war zwiegespalten. Einerseits freute es ihn, dass sein Vater und Bruder eine gute Handelssaison hinter sich hatten. Andererseits klang mehrfach durch, dass es sehr wohl etliche unvorhergesehene Ereignisse gegeben hatte, die den Gewinn deutlich geschmälert haben dürften.
„Aber genug von uns, Torben", drang die Stimme seines Vaters an sein Ohr. „Nun erzähl uns von deiner Fahrt. Roman hat schon eine Menge berichtet. Aber wir wollen es von dir hören."
Torben lehnte sich zurück und berichtete von ihrer Fahrt nach Brügge. Dabei fasste er sich kurz. Schließlich kannten die beiden die Hansestadt. Er berichtete von seinen Gesprächen mit den Italienern aus Mailand und Venedig, erzählte von seiner Einkerkerung und der gelungenen Flucht aus der Stadt. Mehr als einmal wurde er von Nachfragen unterbrochen, die er geduldig beantwortete.
Dabei hob Siegfried mehrfach die Augenbrauen in die Höhe. Werner hingegen schnaufte ausgiebig und rollte mehr als einmal mit den Augen. Als er von den Tagen im „Stein" berichtete, umschlich ein boshaftes Lächeln Werners Mundwinkel.
Doch als er von den Verhandlungen mit dem Haushofmeister des Grafen von Holstein-Rendsburg berichtete, weiteten sich die Augen Werners neidvoll.
Torben nannte keine Zahlen. Doch sein Vater und Werner waren

erfahrene Hansekaufleute. Sie hatten genug Vorstellungsvermögen, um sich die Verhandlungen und die Preise ausmalen zu können. Dann berichtete er von der Einladung zur Vermählung der jüngsten Tochter des Grafen und was sie in den Tagen dort erlebt hatten. Mehr als einmal unterbrachen Ausrufe des Erstaunens seine Erzählung. Als er den Keiler beschrieb, auf den sie während der Jagd gestoßen waren, sahen alle zu Sigurd hinüber. Doch dieser bestätigte Torbens Worte mit einem knappen Nicken.
„Ich war nicht dabei“, schränkte er ein und hüstelte verlegen.
Es ging schließlich niemanden etwas an, dass er nur nicht an der Jagd teilgenommen hatte, weil er am Vorabend zu viel gebechert hatte.
„Allerdings haben die Söldner des Grafen jedes Wort bestätigt.“
Als die Fragen beantwortet waren, beendete Torben seine Erzählung.
Siegfried hatte seinen Becher erneut gefüllt und stemmte ihn nun in die Höhe.
„Auf die gesunde Heimkehr der Voigtherrs von ihren Handelsfahrten. Möge uns das Glück auch weiterhin treu zur Seite stehen.“
Nun griffen alle nach ihren Bechern und reckten diese in die Luft. Anschließend tranken sie die Becher leer und ließen sich auf ihre Sitze zurücksinken.
Kurz darauf löste sich die Runde auf.

Torben und Sigurd hatten in den nächsten Tagen genug Zeit, um sich mit ihren Freunden Tobias, Sascha und Mathias zu treffen. Dabei ließen sie sich wie in alten Zeiten durch die Gastschenken treiben und genossen es, die Abende in vertrauter Runde zu verbringen.
Lübeck war Torbens Heimat. Aber er hatte schon lange erkannt, dass dies vor allem an seinen guten Freunden lag, auf die er sich zu jeder Zeit verlassen konnte. Ohne sie würde ihm diese Stadt sicher nur halb so sehr am Herzen liegen.
Obwohl sie sich nur zwei Wochen nicht gesehen hatten, war ihre Wiedersehensfreude so überwältigend, als ob sie Jahre unterwegs gewesen wären. Sie klopften sich auf die Schulter, hielten sich in den Armen und tauschten launige Sprüche aus, dass es eine wahre Freude war.
„Sascha, du siehst unverschämt glücklich aus. Kann es sein, dass da

ein gewisses Mädchen eine Rolle spielt?“, neckte Torben seinen Freund.
Der kräftige Bootsbauer wirkte einen winzigen Moment verlegen. Aber dann strahlte er übers ganze Gesicht. Schon ihn dabei zu beobachten, ließ jedem von ihnen das Herz aufgehen.
„Was soll ich sagen?“, entgegnete er. „Seit Katja aus Wismar zurück ist, ist mein Leben aus den Fugen geraten. Die meiste Zeit verbringe ich mittlerweile bei ihr in ihrem hübschen Zimmer in der Herberge in der Alfstraße.“
Er reckte sich und spannte seine gewaltigen Arme an, dass sein Hemd bedenklich spannte.
„Das hat aber auch Vorteile“, fügte er hinzu.
„Mathias wohnt jetzt in meinem alten Zimmer, zusammen mit Tobias. Die beiden kommen hervorragend miteinander aus.“
Tobias und Mathias bestätigten dies mit einem kräftigen Nicken.
„Und wie läuft es mit Katja?“, fragte Torben einfach direkt nach.
„Du weißt, dass wir mit ihr zusammenarbeiten und auf ihre Fähigkeiten bei der Bernsteinveredelung angewiesen sind. Also gib dir ja Mühe.“
Saschas Lächeln enthob ihn aller Sorgen.
„Ich gebe zu, ich bin verliebt wie zuletzt mit zwölf in die junge Bäckerin unten in der Wrahmstraße.“
Tobias rollte mit den Augen.
„Das war schon damals kaum auszuhalten gewesen“, erinnerte er sich.
„Nur, dass meine Katja genau wie ich empfindet“, entgegnete er stolz.
Mathias lächelte boshaft.
„Ja, komisch oder? Was findet sie bloß an dir?“
Sascha zog eine Augenbraue hoch. Kurz spielte er mit dem Gedanken, seine wuchtige Faust auf einen empfindsamen Punkt am Oberarm sausen zu lassen. Danach hätte Mathias den Arm für einige Zeit vergessen können. Das würde ihm sicher helfen, sich daran zu erinnern, seine flinke Zunge im Zaum zu halten. Aber andererseits war er in viel zu guter Stimmung, um solche Sprüche ernst zu nehmen. Außerdem wusste er, dass jeder von ihnen ihm sein Glück von ganzen Herzen gönnte.
Deshalb schenkte er ihm ein fröhliches Lächeln, auf das selbst Mathias nur noch ein leise gerauntes „Glückspilz“ einfiel.
„Und wie ist es euch unter den ganzen Adligen ergangen?“, fragte

Tobias.
„Das ist eine eigene Welt, in der wir wenig verloren haben", murmelte Sigurd. „Aber wir haben uns auch mehr an den Grafen und seine Söldner gehalten. Daher fiel es uns kaum auf. Das waren spannende Tage, keine Frage. Wir waren auf der Jagd. Haben einen alten Keiler zur Strecke gebracht, einige Weinfässer vernichtet und hübsche Mägde getroffen", zählte Sigurd auf.
Torben verzog das Gesicht.
„Eine Kleinigkeit hat er noch zu erwähnen vergessen. Wir werden im nächsten Jahr Mitte Mai mit dem Grafen und einigen Söldnern auf dem Landweg nach Italien ziehen."
Die Freunde tauschten erstaunte Blicke.
„Da seid ihr doch monatelang unterwegs", staunte Sascha.
Torben nickte.
„Und werden uns den Hintern wundreiten, keine Frage. Aber es hat unbestreitbar Vorteile, in der Gesellschaft des Grafen zu reisen."
„Und was genau ist euer Ziel?", fragte Mathias neugierig. „Denn der Handel in Brügge war doch auch recht auskömmlich, will mir scheinen. Aber ihr wollt mehr, richtig?"
Torben schenkte ihm ein Lächeln. Er hatte den schnellen Verstand des ehemaligen Bettlers zu schätzen gelernt.
„Venedig", raunte er verheißungsvoll. „Die Venezianer haben überall ihre Kolonien und Handelsstützpunkte. Deshalb besitzen sie das Monopol auf Gewürze aus dem Heiligen Land. Wenn wir warten, bis sie es nach Brügge weiterverschiffen, steigen unentwegt die Preise. Daher versuchen wir schon vorher zuzuschlagen und uns ein Stück vom Profit zu sichern. Das ist ein hohes Risiko. Aber dank des Haushofmeisters des Grafen haben wir schon einen ersten wichtigen Abnehmer gefunden. Und Gewürze sind haltbare Handelsgüter, die sich überall prächtig verkaufen lassen."
Mathias nickte begeistert.
„Ich habe geahnt, dass euch Brügge nicht mehr ausreicht. Ich bin sicher, dein Vater wird dir tüchtig die Leviten gelesen haben und eurer Vorhaben für ein unverantwortliches Risiko halten, richtig?"
Torben nickte wehmütig.
„Noch weiß er nichts davon. Aber alles andere würde mich dann doch überraschen."
Er hob die Schultern und griff dann nach seinem Becher.
„Trotzdem bin ich mir sicher, dass unser Handel mit Gewürzen in

diesem Jahr deutlich mehr eingebracht hat, als sein Handel mit Tuchen."
Während er seinen Becher leerte, sprang Sigurd ein.
„Schließlich riskieren wir auch mehr. Es ist durchaus gewagt, unsere Felle und den Bernstein in Venedig an den Mann bringen zu wollen. Ich darf gar nicht darüber nachdenken, was alles schiefgehen könnte. Wir könnten unterwegs alles verlieren und als arme Männer zurückkehren. Aber wenn wir uns dort durchsetzen können, dann wären wir in der Lage drei- oder viermal so viele Gewürze einzutauschen, wie es uns in Brügge gelungen ist."
Ihre Freunde lauschten dieser Vision andächtig. Schon die Handelsfahrt nach Brügge und die dort erzielten Gewinne hatten sie überrascht. Ihr Anteil, den Torben ihnen hatte zukommen lassen, hatte pro Mann sechzig Schilling betragen. Soviel Geld hatte keiner von ihnen jemals zuvor besessen.
„Bei dieser Vorstellung bekomme ich Kopfschmerzen", bemerkte Tobias. „Dass ihr dabei nachts noch ruhig schlafen könnt, ist mir ein Rätsel."
Torben nickte wissend.
„Glaub mir, auch ich grüble des Öfteren darüber nach, ob wir nicht ein zu großes Rad drehen. Aber wir wollen nicht wie unsere Väter enden und ein Leben lang entweder mit ungeschliffenem Bernstein oder in meinem Fall mit Tuchen aus Brügge handeln. Dafür habe ich zu viel Lust darauf, mich an neue Geschäfte heranzuwagen. Wir gehen ja auch nicht blauäugig an die Sache heran, sondern überlegen uns ganz genau, wie wir vorgehen wollen. Und wenn sich dann eine Möglichkeit bietet, so wie jetzt mit dem Grafen, dann gilt es zuzupacken. Bereuen würde ich nur, wenn ich vor lauter Angst vor allem zurückschrecken würde."
Mathias beobachtete ihn mit leuchtenden Augen.
„Früher hat mich deine Tatkraft eingeschüchtert. Aber so langsam verstehe ich, was euch beide antreibt. Ihr könnt euer Schicksal in die eigenen Hände nehmen. Das ist wie ein Rausch. Ich wünsche euch so sehr, dass ihr damit Erfolg habt."
Torben dankte ihm, indem er ihm kurz den Arm auf die Schulter legte. Seiner Stimme traute er in diesem Moment nicht so recht.
„Werdet ihr Don mitnehmen?", fragte Tobias nach einer nachdenklichen Pause.
„Auf jeden Fall", bestätigte Torben. „Er ist der beste Wächter, den man sich nur wünschen kann. Außerdem kann ich ihn nicht so

lange Zeit allein bei Maik lassen. Maik hätte zwar sicher nichts dagegen. Die beiden verstehen sich glänzend. Aber ich möchte nicht so lange von Don getrennt sein. Und er hoffentlich auch nicht von mir."
Die Freunde nickten verstehend. Gerade Tobias, der sich zumindest mit Hunden bestens auskannte, konnte dies nachvollziehen.
„Was habt ihr in den letzten zwei Wochen so getrieben?", fragte Torben seine Freunde.
Tobias seufzte übertrieben laut.
„Ich habe seit vier Tagen nichts anderes gemacht als Koggen zu entladen, die mit Heringsfässern beladen waren. Die Fässer sind vielleicht schwer. Selbst wenn du sie rollst, musst du sie erst einmal kräftig genug anstoßen. Ich spüre jeden einzelnen Knochen im Leib."
Die Freunde nickten mitfühlend. Gerade Torben war in solchen Momenten heilfroh, dass er als Kaufmann den Handel verantwortete, den Transport aber in Auftrag geben konnte. Auf eine solch schwere Arbeit jeden Tag hätte er auch keine Lust gehabt.
„Und dann noch der Geruch. Es ist kein Wunder, dass jede hübsche Dienstmagd einen Bogen um mich macht", klagte er. „Ich kann mir die Hände schruppen so oft ich will. Ich werde den Geruch nicht mehr los."
Sascha zwinkerte ihm zu.
„Sicher, dass es am Fisch liegt?"
Tobias ignorierte sein freches Grinsen.
„Wenn du glücklich bist, bist du unerträglich", murmelte er seinem Freund zu.
„Dafür habe ich aber meinen Anteil von unserer Brüggefahrt noch nicht angerührt", freute er sich. „Ich kann mir also jederzeit eine Pause gönnen, wenn mein Rücken nicht mehr mitmacht. Das ist ein gutes Gefühl."
Sascha schlug ihm kräftig auf die Schultern.
„Du musst nur ordentlich zupacken, dann sind deine Muskeln so kräftig, dass dein Rücken keine Probleme macht. Ich für meinen Teil vergesse alles, sobald wir uns auf der Werft an eine neue Kogge machen. Der Werftbesitzer hat sich nicht lumpen lassen und zwei neue Arbeiter eingestellt. Seitdem brauchen wir nur noch gut vier Wochen, um eine neue Kogge zu bauen. Sogar unsere

Löhne hat er angehoben. Und mit Aufträgen werden wir geradezu überschwemmt. Mir kommt es so vor, als bräuchte jeder Hansekaufmann eine neue Kogge. Es ist schon verrückt. Seitdem Dänemark den Handel auf der Nord- und Ostsee nicht mehr blockiert, hat der Handel über See mächtig angezogen. Das spüren wir jeden Tag aufs Neue. Es könnte nicht besser laufen. Seit dem Kriegszug gegen Dänemark will jeder Hansekaufmann seine Kogge mit einem Bug- und auch Heckkastell versehen haben. So können Angreifer besser abgewehrt werden. Und Bogen- sowie Armbrustschützen können aus der Höhe besser ihre Ziele ins Visier nehmen. Das ist auch bei einem Piratenangriff nicht zu unterschätzen. Das bedeutet aber auch, dass eine Kogge nicht mehr sechshundert, sondern gute siebenhundert Mark lübisch kostet. Denn es ist eine Menge gutes Bauholz, was dafür draufgeht. Aber der Werftbesitzer kommt vor Lachen kaum in den Schlaf. Er sieht rosige Zeiten auf sich zurollen."
Sigurd reckte seinen Becher in die Höhe.
„Das bestärkt mich darin, dass wir das Richtige getan haben, als wir uns freiwillig gemeldet haben."
„Schade, dass Bruno Warendorp seinen Triumpf nicht mehr erleben konnte. Die Hansestädte haben ihm viel zu verdanken. Hoffentlich tragen sie sein Andenken in Ehren", murmelte Torben.
Mathias lächelte zufrieden.
„Da kann ich dich beruhigen, Torben. Die Lübecker Ratsherrn mögen ja oft genug ihren eigenen Eitelkeiten frönen. Doch in diesem Fall waren sie sich einig, diesem Mann die Ehren zuteilwerden zu lassen, die er verdient hat. Schließlich fällt sein Glanz auch auf die Stadt zurück. Deshalb haben sie an seinem Wohnhaus eine kostbare Gedenktafel anbringen lassen."
„Wenigstens etwas", schnaufte Torben.
„Das war noch nicht alles", fuhr Mathias fort.
„Außerdem haben die Ratsherren beschlossen, ihm ein offizielles Grab neben dem Bürgermeisterstuhl beim Chor der Marienkirche einzurichten. Genau gegenüber haben sie außerdem noch seinen eisernen Helm aufgebahrt, als ehrendes Andenken."
Torben zog überrascht die Augenbrauen in die Höhe.
„Lübeck ehrt seine Helden. Das freut mich zu hören. Der Mann war es wert, dass die Nachwelt sich seiner erinnert."
Eine ganze Weile hing jeder seinen Gedanken nach. Schließlich hatten sie Bruno Warendorp selbst kennengelernt und mehr als

einmal mit ihm gesprochen.
Sie hatten längst die zweite Runde Bier vor sich stehen, als Sigurd die Lippen schürzte.
„Haben wir euch eigentlich schon erzählt, dass wir den Araber wiedergetroffen haben, dem Torben damals in Nowgorod das Leben gerettet hat?“
Tobias blies die Backen auf, während Mathias den Kopf schüttelte.
„Ihr nehmt uns auf den Arm, oder?“
Torben blickte sie ernst an.
„Jederzeit! Aber in diesem Fall reden wir die Wahrheit. Der Mann heißt Turan Al-Buri und kommt aus einer Stadt namens Homs. Das liegt im Heiligen Land, einige Tagesmärsche von der Küste entfernt. Dort ist sein Vater ein hoher Beamter.“
„Also hat er den Messerstich und die Eiseskälte in Nowgorod überlebt“, schlussfolgerte Sascha überrascht.
„Nicht nur das“, ergänzte Sigurd. „Er bewegt sich unter den Adligen wie unter seinesgleichen. Wie kein Zweiter kennt er sich mit Falken und ihrer Aufzucht aus. Daher wird er unter den hohen Herren sehr geschätzt. Der Graf hat ihm alle möglichen Ehren zuteilwerden lassen. Wir haben eine Jagd mit Falken beobachtet. Das war vielleicht ein Erlebnis, kann ich euch sagen.“
Die Freunde staunten. So etwas hatten sie noch niemals mit eigenen Augen gesehen.
„Wo ist eigentlich Marco abgeblieben?“, fragte Torben schließlich.
„Den habe ich letzte Woche noch am Hafen getroffen“, bemerkte Sascha. „Er hat sich für eine Fahrt nach London anheuern lassen.“
„Dann brauchen wir uns um ihn keine Sorgen machen“, bemerkte Torben.
„So lange er Planken unter den Füßen hat, ist er zufrieden.“
Mathias rekelte sich und gähnte ungeniert.
„Ich bin gerade furchtbar faul. Von dem Geld für Brügge komme ich noch lange aus. Das ist verführerisch.“
„Nicht verführerisch genug, Mathias“, murmelte Torben.
„Morgen hat das Faullenzen ein Ende. Ich erwarte dich am Vormittag. Wir haben einige Bücher auf den neuesten Stand zu bringen. Außerdem muss ich eine Menge an Vorbereitungen treffen, wenn ich im Mai gen Süden aufbreche. Und beim Kalkulieren kann ich auf deine unschätzbare Hilfe nicht verzichten. Deine Schrift ist auch viel schöner als meine. Also gib dir Mühe.“
Mit blitzenden Augen nickte Mathias dem Freund zu. Er wusste zu

schätzen, dass Torben sich solche Mühe mit ihm gab. Mittlerweile konnte er recht gut Lesen und Schreiben. Am meisten Spaß machte ihm aber das Rechnen. Allmählich waren seine Fertigkeiten so gut, dass Torben immer mehr Arbeiten an ihn übertrug.
Sascha grinste vergnügt.
„Um dich mal aus deiner Lethargie zu erretten, Mathias. Stiefel los und besorge uns mal eine neue Runde Bier. Der Bengel, der für den Ausschank zuständig ist, hat gerade das zweite Bier fallen lassen und ist mit dem Rest der Bestellungen hoffnungslos überfordert. Dabei ist nur jeder zweite Tisch besetzt."
Mathias machte ein zuversichtliches Gesicht und gelobte, umgehend Abhilfe zu schaffen.
Sie ließen den Abend beizeiten ausklingen, denn nicht nur Mathias wollte hellwach sein, wenn Torben ihn morgen mit Aufgaben bedachte. Auch Sigurd hatte vor, in der Frühe gen Elbing aufzubrechen.
Daher verabschiedeten sie sich bald und nahmen Sigurd das Versprechen ab, sich spätestens im Mai nächsten Jahres wiederzusehen.

Am nächsten Morgen brachte Torben Sigurd zum Hafen. Er hatte sich schon am Tag zuvor auf einer Kogge angemietet und somit die nächsten zwei Wochen nichts weiter zu tun, als sich vom Koch Essen servieren zu lassen und das hoffentlich gute Wetter zu genießen.
„Ich drücke dir die Daumen, dass die Bernsteinausbeute wieder so üppig ausfällt, wie im letzten Jahr", bemerkte Torben hoffnungsvoll.
Sigurd war davon überzeugt.
„Rechne im April mit mir. Dann hat Katja noch genug Zeit, um die Funde zum Strahlen zu bringen."
Torben reichte ihm noch einen prall gefüllten Beutel, aus dem ein sattes Klirren zu vernehmen war.
„Lässt du die hundertfünfzig Mark lübisch wieder dem Bojaren zukommen, Sigurd? Ich zahle gern vor Erhalt der Ware. Er hat mich noch nie im Stich gelassen."
Sigurd nickte kräftig. Aus Elbing waren ständig Kaufleute gen Osten unterwegs, die für eine sichere Überbringung sorgen würden.
„Mach es gut, Don", verabschiedete er sich von dem Wolf, der die

ganze Zeit ruhig auf seinen Hinterpfoten gesessen hatte.
Sigurd legte ihm sanft die Hand auf den Kopf und streichelte ihn kurz. Normalerweise ließ Don sich nicht von anderen Menschen berühren. Doch einige Ausnahmen aus Torbens engerem Umfeld genossen manchmal das seltene Privileg.
Dann schüttelten sich die beiden Kaufleute die Hände und klopften sich kräftig auf den Rücken.
„Gute Fahrt, Sigurd."
„Halt dich wacker, Torben. Ich freue mich schon jetzt auf die vor uns liegenden Abenteuer", rief Sigurd über die Schulter, während er an Bord ging.
Sie winkten sich noch einmal zu. Dann lief Torben mit Don an seiner Seite zurück in die Stadt.
Als sie zum Haus zurückkehrten, wartete schon Mathias auf sie. Torben nickte zufrieden. Er sah es gern, wenn Mathias seine Ausbildung ernst nahm.
Für die nächsten Stunden zogen sie sich in die kleine Schreibstube zurück und nahmen Eintragungen in Torbens Kaufmannsbuch vor.
Dieses Buch war noch recht dünn. Das Buch seines Vaters wirkte alt, abgegriffen und verwittert. Das Pergament wellte sich, weil er oft Eintragungen weggeschabt und einige Stellen mehrfach überschrieben hatte.
Torben versuchte sorgfältig zu arbeiten. An seiner Handschrift konnte er nichts ändern, so sehr er sich auch anstrengte. Obwohl er sich mit dem Federkiel abmühte, erinnerten ihn seine Buchstaben noch immer an eine Herde Pferde, die in alle Richtungen auseinanderjagten. Selbst Mathias lächelte immer gutmütig, wenn er die Eintragungen sah.
„Kein Wort zu meiner Kinderschrift", knurrte Torben dem Freund zu.
Dieser winkte ab.
„Würde mir nie einfallen. Aber ich stelle immer wieder fest, wie schwer du dich damit tust, diesen Federkiel ruhig und sanft in der Hand zu halten. Du hast mir doch das Schreiben beigebracht. Mir gezeigt, wie ich die Feder halten soll. Du hingegen wirkst immer ein wenig verkrampft dabei. Sobald du aber ein Schwert in der Hand hältst, lässt du es herumwirbeln, als ob es die Verlängerung deines Arms wäre. Dabei ist dieses Stück Stahl schwer und unhandlich. Wie kommt das?"

Torben stieß die Luft aus.
„Ich habe keine Ahnung", gab er zu.
„Versuche die Feder leicht zu führen. Du kratzt die Buchstaben und Zahlen aufs Pergament, als wolltest du Runen in einen Stein schlagen. Versuche die Buchstaben zu malen, als wären sie ein Bild."
Torben versuchte es, aber er wirkte angestrengt dabei.
„Schon besser", ermunterte Mathias ihn.
„Wenigstens kann man deine Kinderschrift gut lesen. Darauf kommt es doch an."
„Genau", bestätigte Torben. „Deshalb lass uns nicht noch mehr Zeit verschwenden. Hast du die Ausgaben für Katja und auch für die Felllieferungen eingetragen?"
Mathias wies stolz aufs Pergament.
„Hier oben. Auch die Auszahlungen an jeden, der euch begleitet hat. Nebenbei bemerkt, eine sehr üppige Auszahlung. Ich bin dir immer noch dankbar."
Torben wischte die Bemerkung beiseite.
„Nicht ablenken. Jetzt üben wir mal, wie gut deine Schreibkünste sind. Ich habe etliche Schreiben vorzubereiten. Du wirst in den nächsten Wochen viel zu tun bekommen."
Mathias lächelte breit.
Er schrieb gern. Manchmal konnte er kaum glauben, dass er es war, der ein Pergament mit Zeichen gefüllt hatte, die ihm vor zwei Jahren noch ein Rätsel gewesen wären. Natürlich gab es noch immer eine Menge Worte, bei denen er sich unsicher war, wie sie geschrieben wurden. Doch er lernte schnell und wenn er stockte, half Torben ihm sofort mit einem Hinweis weiter. Meistens kam er dann selbst auf die Lösung, wenn Torben das Wort noch einmal langsam und deutlich aussprach.
„Siehst du", bemerkte Mathias dann gern grinsend. „Wenn du nicht so nuscheln würdest, wäre es für mich viel leichter."
Torben schüttelte dann nur vorwurfsvoll den Kopf. Er hatte insgeheim große Freude daran, seinem Freund beim Schreiben zuzusehen. Außerdem kamen sie so recht zügig voran, denn dieser kämpfte nicht gegen den Federkiel an und füllte das Pergament wesentlich zügiger als Torben es jemals vermocht hätte.
Anfangs hatte Mathias noch den einen oder anderen Tintenfleck aufs Pergament getropft. Doch mittlerweile waren seine Briefe so gut, dass er auch als Schreiber in einer Amtsstube hätte arbeiten

können.
In den nächsten Wochen schrieben sie eine Unmenge an Briefen, die Torben in die Welt hinaussandte.
„Du schreibst an Gian?“, fragte Mathias neugierig, als er die Adresse des venezianischen Kaufmanns aufs Pergament schrieb. „Aber es dauert doch Monate, bis du eine Antwort erhältst?“
Torben nickte träge.
„Der Mann ist mein wichtigster Kontakt in Venedig. Wenn Sigurd und ich im Frühjahr dorthin aufbrechen, kann Gian sich schon mal für uns umgesehen haben. Er weiß genau, was wir kaufen wollen und hat versprochen, uns zu unterstützen. Er kennt den Plan, nach dem die Galeeren Venedigs ausschwärmen, um die kostbarsten Güter aus dem Osten heranzuschaffen. Außerdem kennt niemand so gut die Preise vor Ort. Mit seinem Wissen lässt sich viel leichter kalkulieren und vor allem lassen sich so auch Fehlkäufe vermeiden. Solche Kontakte sind Gold wert. Daher gilt es sie zu pflegen.“
Mathias nickte nachdenklich. Das leuchtete ihm natürlich ein. Er verstand erst nach und nach, wie viel Arbeit es bedeutete, wenn man als Hansekaufmann sein Geschäft vernünftig betreiben wollte.
„Und dieser Brief hier?“, hielt er einen weiteren Bogen Pergament in die Höhe.
„Das ist ein Brief an den Stalhof in London.“
„Was war noch gleich der Stalhof?“, fragte Mathias mit verkniffener Miene. Er hatte das Wort schon gehört, konnte es aber nicht so recht einordnen.
Torben legte ein Blatt Pergament zur Seite.
„Das ist ein großes Gelände am Nordufer der Themse in London, auf dem sämtliche Hansekaufleute Quartier beziehen, die in England Handel treiben wollen. So ähnlich wie der Peterhof in Nowgorod“, erklärte er geduldig.
„Den habe ich ja gar nicht geschrieben. Was hast du denn mit England zu schaffen? Du warst doch noch nie da?“
Mathias war ernstlich erstaunt.
„Stell dir vor, ich kann auch schreiben und habe mich erdreistet, ihn selbst zu verfassen“, rief Torben schmunzelnd. „Trotz meiner Sauklaue.“
Mathias sah ihn noch immer fragend an.
„Bei einem meiner Besuche beim Ratsherrn Johann Steinhoff hat mir dieser einen guten Rat gegeben. Als Hansekaufmann sollte man immer versuchen in Erfahrung zu bringen, was auf den größten

Märkten vor sich geht. Denn jede Information hat ihren Wert, so man sie denn zu nutzen weiß. Er hat zum Beispiel recht früh davon erfahren, dass es in England so viel geregnet hat, wie seit vielen Jahren nicht mehr. Das Korn ist auf den Feldern verfault. Damit war eine Hungersnot früh abzusehen. Er hat sich große Bestände an Korn gesichert und brachte diese in den letzten Monaten nach und nach zum Verkauf nach England. Damit hat er ein Vermögen gemacht. Dabei hat er nur einige gute Informationen die ihm halfen, frühzeitig die richtigen Entscheidungen zu treffen. Du siehst also, gute Informationen können genauso wichtig sein, wie hochwertige Waren."

Mathias schaltete schnell.

„Du versuchst also, deiner Konkurrenz auf diese Weise immer einen Schritt voraus zu sein."

Torben nickte zufrieden.

„Jetzt hast du es verstanden. Nur wenn ich rechtzeitig in Erfahrung bringe, welche Waren wo gerade hoch im Kurs stehen, kann ich Gewinne erzielen. Denn ich kaufe ja nur Waren auf, die ich anderswo mit Profit weiterreiche. Ich stelle nichts her, mit Ausnahme des hübschen Bernsteinschmucks, den Katja mit unvergleichlichem Geschick fertigt."

Torben gestikulierte wild mit den Händen, während er vor Mathias auf- und abwanderte.

„Durch meine Kontakte versuche ich an Informationen zu gelangen, die meine Geschäfte auch auf andere Weise beeinflussen können", fuhr er fort.

„Alles kann wichtig sein. Daher versuche ich, meine Ohren überall zu haben. Ich muss wissen, wann der Feingehalt von Silber in einer Silbermünze sinkt. Denn dann verliert sie an Wert und ich lasse mich lieber mit Waren oder Goldmünzen bezahlen. Für unsere nächste Handelsfahrt wird es wichtig zu wissen sein, ob die Rosenkränze aus Bernstein in Venedig gerade Mode sind. Wie sieht es mit guten Fellen aus? Wenn wir Pech haben und Venedig wurde gerade mit beiden Gütern überschwemmt, bleiben wir darauf sitzen und können keine Gewürze kaufen. Dann kann ich mir die Reise sparen."

Er schnipste mit den Fingern.

„Mir fällt noch mehr ein. Wenn ich von der Reise spreche, ist es wichtig zu wissen, auf welchen Wegen Räuber lauern. Vielleicht lassen sie sich umgehen? Und der Weg ist weit. Welcher Fürst plant

gerade einen Krieg gegen seinen Nachbarn? Und ist das schlecht, weil damit die Straßen unsicher werden – oder vielleicht sogar gut, weil er Waren sucht, die ich ihm liefern kann? Du siehst, jede Information kann Gold wert sein."
Mathias brummte an diesem Tag gehörig der Schädel. Aber er lernte viel und hatte mehr als einmal Gelegenheit Torben zu beweisen, dass er ein heller Kopf war, wenn er sich Mühe gab. Selbst Siegfried und Werner bekamen mit, wie viele Schreiben Torben versandte und wie oft ihm ein Bote eine Antwort übermittelte. Werner blickte ihn immer nur missmutig an, wenn Torben mal wieder ein Siegel erbrach und eifrig zu lesen begann. Auch Siegfried hatte dafür nichts übrig und rümpfte mehr als einmal abfällig die Nase. Was gab es schon zu wissen, was diesen Aufwand rechtfertigte? Sie würden sowieso wieder nach Brügge fahren und dort Tuche kaufen.
Torben ließ sich nicht beirren. Ihm halfen diese Informationen dabei, seinen Weg zu finden und die richtigen Entscheidungen zu treffen. Außerdem beließ er es nicht bei Schreiben. Jeden Morgen ging er zum Hafen und sprach mit jedem Kapitän, der im Hafen ein- oder auslief. Das hatte er schon früher mit großer Leidenschaft getan. Doch nun halfen ihm auch diese Neuigkeiten aus erster Hand weiter.
Er befragte die Kapitäne nach ihren Fahrten, dem Wetter, nach Neuigkeiten von allen Küsten. Alles war ihm wichtig. Er erfuhr Preise und konnte abwägen, wo ein Handel lohnend erschien. Oft machte er sich auf einer leicht wieder glatt zu streichenden Wachstafel hastig einige Notizen. Manchmal hatte er dann später Mühe, sie wieder zu entziffern. Das behielt er aber lieber für sich. Etliche Eintragungen schafften es bis in sein Kaufmannsbuch, da er diese Informationen später noch verwenden wollte.

An einem sonnigen Freitag klopfte Katja an die Tür. Torben ließ sie herein und führte sie in die kleine Schreibstube, in der sie ungestört reden konnten.
Sie hatte sich ein kleines Bündel unter den Arm geklemmt und setzte sich neben das winzige Fenster, das nur wenig Licht hereinfallen ließ.
„Du bist ziemlich fleißig", stellte sie fest und deutete dabei auf einen Haufen Manuskripte.
„Das meiste sind Schreiben, bei denen mir Mathias zur Hand

ging“, schränkte Torben ein.
Katja strich sich eine Locke ihres blonden Haares aus der Stirn.
„Hast du mit Sigurd besprochen, dass er früh genug aus Elbing zurückkehrt? Nur dann habe ich ausreichend Zeit, um die Bernsteine zu bearbeiten.“
Torben nickte beruhigend.
„Das hatten wir so abgesprochen. Keine Sorge. Auf Sigurd ist Verlass.“
„Wie läuft es mit Sascha?“, fragte er ungeniert nach.
Katja zeigte ein Lächeln, das jedes Herz erwärmen musste.
„Er wirkt so stark wie ein Fels. Aber er hat auch ein großes Herz. Wir sind sehr glücklich miteinander.“
Torben lächelte ihr wohlwollend zu.
„Das freut mich sehr. Das habt ihr euch verdient. So, aber jetzt verrate mir doch mal, warum du vorbeigekommen bist. Ich vermute stark, es hat mit dem Bündel zu tun, welches du neben dem Fenster abgelegt hast, oder?“
„Dazu komme ich gleich. Ich will dich nämlich noch ein wenig im Ungewissen lassen.“
Sie zwinkerte ihm schelmisch zu.
Torben wurde neugierig. Katja hatte von ihrem verstorbenen Vater, der als Goldschmied gearbeitet hatte, eine Menge gelernt. Was immer sie sich Neues hatte einfallen lassen, er war sehr daran interessiert.
„Vorher habe ich nämlich noch eine Frage an dich, Torben.“
Torben wandte sich ihr ganz zu und sah sie erwartungsvoll an.
„Nur zu“, ermunterte er sie.
„Lübeck ist die größte und wichtigste Hansestadt im Bund der Hanse, oder?“
Torben blickte sie prüfend an. Auf diese Frage vermochte er sich noch keinen Reim zu machen.
„Das stimmt, Katja. Deshalb finden innerhalb der Mauern unserer Stadt auch häufiger als überall sonst die Hansetage statt. Und aus diesem Grund hatte Bruno Warendorp, ein Mann Lübecks, auch den Oberbefehl über die versammelten Streitkräfte der Hanse im Krieg gegen Dänemark inne. Worauf willst du hinaus?“
Katja strich sich eine Strähne aus dem Gesicht.
„Wenn Lübeck die wichtigste Hansestadt ist, warum ist dann in dieser Stadt kein einziges bedeutendes Gewerbe ansässig? Ich weiß natürlich, dass Lübeck der größte Umschlagplatz für Waren aller

Art ist. Aber diese Güter kommen von weit her und werden gleich an die Abnehmer weiterverschifft. Da habe ich mich gefragt, was hier eigentlich produziert wird?"
Torben musste nicht lange überlegen.
„Bier! Und zwar gutes! Davon überzeuge ich mich mit meinen Freunden regelmäßig. Daher weiß ich das."
Er lächelte verschmitzt. Doch dann wurde er wieder ernst.
„Deine Frage ist vollkommen berechtigt. Es gibt wenig Nennenswertes, was in Lübeck produziert wird. Als Vermittler zwischen Produktionsstätten und deren Abnehmern im gesamten Nord- und Ostseeraum sowie weit ins Binnenland sind wir aber unschlagbar!"
Er rieb sich das Kinn und beäugte das Bündel.
„Aber jetzt wäre ich dir dankbar, wenn du mich nicht länger auf die Folter spannen würdest."
Katja lächelte geheimnisvoll. Dann nahm sie das Bündel an sich und begann es auszupacken.
„Was ich mit Bernstein alles machen kann, habe ich Sigurd und dir ja schon bewiesen. Den Sommer über hatte ich viel Zeit, um mir Gedanken zu machen. Dabei erinnerte ich mich an etwas, was ich in Wismar oft gesehen habe. Martha, die Frau von Hans Golzer, besaß Schmuck, der aus Korallen gefertigt war. Erlesene Stücke, die ich so noch nie zuvor zu Gesicht bekam. Ich weiß nicht, ob das ein Handelsgut wäre, mit dem sich etwas anfangen ließe. Mit der kaufmännischen Seite kenne ich mich nicht aus. Aber eines weiß ich genau: Diese Stücke sind wunderschön."
Sie schlug das Tuch zur Seite und gab den Blick auf einige ausgewählte Schmuckstücke frei. Torben trat unwillkürlich dichter.
„Was glaubst du, Torben? Mögen ehrbare Bürgerfrauen in Venedig einen solchen Schmuck?"
Torben hatte es die Sprache verschlagen. Vor ihm lagen ausgewählte Armreifen, Fingerringe sowie diverse Ketten mit unterschiedlich großen Anhängern.
„Die Anhänger und Schmucksteine sind alle aus Korallen gefertigt. Dabei habe ich mich von Marthas Schmuck inspirieren lassen. Aber schon bald damit begonnen, meine eigenen Vorstellungen umzusetzen."
Torben musterte die Stücke ausgiebig und ließ seinen Finger über einen schwarzen Anhänger wandern.
„Den Anhänger habe ich aus dem Skelett einer schwarzen Koralle

angefertigt. Das Material ist hart und ähnelt in seiner Beschaffenheit einem Horn. Aber wie du weißt, habe ich dank deiner Hilfe das nötige Werkzeug, um es zu bearbeiten. Funkelt es nicht traumhaft?"
Torben nickte begeistert und sah Katja fasziniert an.
„Weißt du, Katja. In deiner Art bist du Sigurd und mir sehr ähnlich. Du gibst dich niemals mit dem Erreichten zufrieden und hältst immer die Augen offen, ob sich dir noch eine Gelegenheit bietet. Dann greifst du zu und lässt dich durch nichts von deinem Ziel abbringen."
Er hielt einen Fingerring ins Licht und begutachtete ihn ausgiebig.
„Was ist das genau? Es leuchtet so geheimnisvoll rötlich."
Katja lächelte glücklich.
„Dieser Schmuckstein besteht aus einer roten Edelkoralle. Wenn ich sie erst einmal bearbeitet und eingefasst habe, kann man kaum den Blick davon abwenden."
Sie griff nach einem weiteren Schmuckstück und zeigte es Torben.
„Hier habe ich ein Amulett gefertigt. Es soll vor Krankheiten schützen. Ich werde auch noch Rosenkränze aus Korallen fertigen. Ein Hansekaufmann hat mir erzählt, dass gerade in Italien der Volksglauben besagt, dass Korallen Kinder vor Unheil bewahren. Und wenn du mal genau darauf achtest, dann wirst du feststellen, dass auf vielen Darstellungen das Jesuskind mit einer Korallenkette in der Hand zu sehen ist."
Torben verzog das Gesicht.
„Davon habe ich keine Ahnung", gestand er ihr. „Du kennst doch meine Abneigung gegen alles Kirchliche. Aber wenn uns dieser Umstand in die Karten spielt, werde ich mich nicht dagegen wehren."
Katja nickte wissend. Das hatte sie nicht vergessen.
„Es gibt auch noch weitere Anwendungen, die die Korallen so begehrt machen", fuhr sie fort.
„Sogar in der Heilkunde. Einige Heiler zermahlen die Korallen zu Pulver und geben es den Kranken zu trinken. Das soll gegen Milz- und Harnsteinleiden helfen. Und wenn Menschen unter einem Bannspruch leiden oder sogar verhext wurden, so kann Korallenstaub oder ein solches Amulett den Zauber brechen."
Sie bemerkte Torbens skeptischen Blick.
„Zermahlener Korallenstaub hilft auch dabei, Felder wieder fruchtbar zu machen. Man munkelt sogar, damit lässt sich

Dummheit heilen.“
Torben schüttelte lächelnd den Kopf.
„Wenn es doch nur so einfach wäre“, seufzte er. „Vielleicht sollte ich meinem Bruder etwas in seinen Schlaftrunk geben. Schaden kann es nun wirklich nicht“, zwinkerte er Katja zu.
„Vieles davon ist sicher Aberglauben“, entgegnete Katja. „Aber wer weiß das schon so genau?“
„Hast du genug Korallen, um noch einige weitere Stücke davon herzustellen?“
Katja nickte sogleich.
„Davon habe ich ein ganzes Pfund unbehandelter Ware eingehandelt. Bei einem Franzosen, irgendwann im Frühjahr unten am Hafen. Er war froh, als er es los war. Ich glaube, er kannte sich damit nicht sonderlich gut aus. Ich hingegen kannte den Wert der Ware recht genau, weil ich ja Marthas Schmuck vor Augen hatte.“
„Du bist wirklich etwas Besonderes“, stellte er fest. „Hoffentlich weiß Sascha das.“
Katja schmunzelte leicht.
„Ich darf dir versichern, er weiß es. Ich erinnere ihn schließlich jeden Tag daran.“
Sie brachen beide in ungezwungenes Lachen aus. Ein Geräusch, das in dieser engen Schreibstube nun wirklich selten erklang.
„Dann mach ich mich mal an die Arbeit, damit ich damit fertig bin, sobald Sigurd im Frühjahr mit dem Bernstein-Nachschub kommt.“
Torben nahm sie in den Arm und drückte sie fest.
„Und grüß Sascha von mir.“
Sie lächelten sich zum Abschied zu und Torben blieb allein zurück. Seine Konzentration war dahin. Diese Stücke waren so wundervoll gewesen, dass er sie nicht mehr vergessen konnte. Es kribbelte ihm schon jetzt in den Fingern. Am liebsten wäre er sofort gen Venedig aufgebrochen.

Die Wochen zogen schnell dahin. Längst hatte der Herbst Einzug gehalten, was Torben nicht davon abhielt, jeden Morgen mit einem Bad in der Trave zu beginnen. Allmählich wurde das Wasser kalt und seine zurückgelegte Strecke kürzer. Aber noch hielt er daran fest.
Auch seine Schwertübungen absolvierte er regelmäßig. Allerdings langweilte es ihn schnell, immer wieder die gleichen Abläufe zu erproben, ohne sich mit einem Gegner messen zu können. Das

brachte ihn auf eine Idee.
Am nächsten Morgen lief er zur Stadtmauer und betrat die karge Unterkunft der Stadtwache. Dort gab es eine steinerne Bank, einen wackeligen Tisch und ein Kohlebecken, damit sich die Wachen im Winter die eisigen Hände wärmen konnten. Eigentlich waren immer mindestens zehn Soldaten vor Ort, die sich regelmäßig abwechselten. Lübeck war eine reiche Stadt, die sich ganz dem Handel verschrieben hatte. Sie konnte es sich nicht erlauben, Unruhestifter innerhalb der Mauern zu dulden. Deshalb dienten hier Männer, die mit dem Schwert umgehen konnten und denen das Kriegshandwerk nicht fremd war.
Als Torben die Tür aufstieß, schlug ihm ein muffiger Gestank entgegen, so dass er erst einmal stehenblieb und sich zu orientieren versuchte.
„Sind Harald und Frank hier?“, fragte er in die Runde.
Weiter hinten erhob sich eine große Gestalt.
„Wer will das wissen? Ah, jetzt erkenne ich dich.“
Harald trat auf ihn zu und hielt ihm die gewaltige Pranke hin. Sie tauschten einen festen Händedruck aus. Harald deutete zur Bank.
„Setzt dich, Torben. Was führt dich zu uns? Lust auf eine weitere Übungsstunde?“
Sie tauschten ein knappes Grinsen.
Torben hatte den großgewachsenen blondgelockten Waffenknecht sofort wiedererkannt. Dieser überragte ihn nicht nur um einen halben Kopf, er hatte auch eine breite Brust, die er mit großem Selbstvertrauen rausstreckte. Sogar seine Beine, die früher recht dürr gewirkt hatten, wirkten stämmiger.
„Um ehrlich zu sein. Genauso ist es. Ich will mein Schwert nicht nur zur Zierde mit mir herumtragen. Wer ein Schwert trägt, sollte auch damit umgehen können. Dafür ist jede Menge Übung nötig und Gegner, von denen ich noch etwas lernen kann.“
Harald blickte ihn überrascht an. Doch dann lächelte er. Das passte zu Torben.
„Das wird Frank gefallen. Er ist gerade auf einem Rundgang und müsste gleich zurück sein. Ich würde dir ja einen Becher Wein anbieten. Aber der Fusel, den die Stadt uns bewilligt, ist so sauer, dass ich nicht einmal meine Füße darin baden würde.“
Torben winkte ab.
„Dafür wäre es mir auch noch ein wenig zu früh.“
Hinter ihnen öffnete sich die Tür und Frank trat ein. Noch immer

gebot er über eine ehrfurchtgebietende Gestalt. Seine dunklen Augen leuchteten auf, als er Torben erkannte.
„Welch hoher Besuch beehrt uns denn da? Wenn das nicht Torben Voigtherr ist. Der Mann, der mitgeholfen hat, Lübeck im Kampf gegen den dänischen König zum Sieg zu verhelfen."
Torben gab sich große Mühe, nicht rot anzulaufen.
„Das ist schon eine ganze Weile her und außerdem haben sich noch hundert weitere Lübecker freiwillig gemeldet."
Frank verzog grinsend das Gesicht.
„Soso. Mit Lob kannst du also immer noch nicht umgehen."
Forschend musterte er Torbens Gesichtszüge.
„Du wirkst härter als ich es in Erinnerung hatte. Ist dir nicht schlecht bekommen die Zeit."
Zwei der Wachen strichen neugierig um sie herum. Aber da waren sie bei Frank an den Falschen geraten.
„Solltet ihr nicht die Tore bewachen und den Kaufleuten ein Gefühl von Sicherheit vermitteln? Raus mit euch, oder ich mach euch Beine!"
Leise murrend verließen die übrigen Wachen den Raum.
Torben nutzte die Zeit, Frank genauer zu betrachten. Sein alter Ausbilder wirkte gesund und zufrieden. Die silbrigen Strähnen in seinem Haar waren mehr geworden. Doch noch immer war er ein harter Hund, den man sich besser nicht zum Feind machte.
„Sag nicht, du willst in der Stadtwache anfangen?", meldete sich Frank zu Wort. „Oder steht dir der Sinn mal wieder nach einer kräftigen Abreibung?"
„Keineswegs", erwiderte Torben. „Der Schutz der Stadt liegt bei euch in den besten Händen. Und an eine Abreibung kann ich mich nun wirklich nicht erinnern. Vielleicht verwechselt ihr da was."
Er grinste den beiden Waffenknechten zu.
„Aber ihr scheint mir euer ruhiges Leben hier doch sehr zu genießen. Mich treibt die Sorge um, dass ihr allmählich fett werdet und euer Waffentraining vernachlässigt. Da wollte ich lieber mal nach dem Rechten sehen. Wer weiß, vielleicht kann ich ja meinen Teil dazu beitragen, dass dies nicht geschieht."
Frank wölbte die Lippen vor.
„Also doch eine Tracht Prügel."
Dann blickte er Torben ernst an.
„Meine Männer üben sich jeden Tag eine Stunde lang im Schwertkampf. Und noch immer müssen sie regelmäßig gegen

mich antreten. Auch wenn sie vor Harald mittlerweile größeren Respekt haben.“
Harald grinste bei diesen Worten und zeigte seine schneeweißen Zähne.
„Jeden Morgen, wenn die Kirchenglocke die neunte Stunde schlägt. Also, wenn du tatsächlich Zeit und Lust hast, bist du uns willkommen“, lud Frank ihn ein.
„Vielleicht werde ich ja ein wenig altersmilde. Aber du warst ein guter Schüler, wenn ich mich recht erinnere. Ein würdiger Gegner wird meinen Leuten zeigen, dass sie längst nicht so gut sind, wie einige von ihnen glauben. Denn die Kniffe von Harald und mir kennen sie allmählich.“
„Abgemacht. Danke, Frank!“
In den nächsten Monaten machte er es sich zur Regel, mit Don im Schlepptau bei der Stadtwache aufzutauchen.
Sie übten auf einer großen Wiese gleich hinter der Stadtmauer. Dort waren sie vor neugierigen Blicken geschützt.
Anfangs fiel es Don schwer, so einfach an seinem zugewiesenen Platz zu bleiben, während sich Torben mit anderen Waffenknechten im Zweikampf maß. Doch schon bald hatte er erkannt, dass seinem Herrn keine echte Gefahr drohte. Dieser lachte und scherzte mit den Männern. Auch wenn die Übungen härter wurden, spürte Don doch instinktiv, dass er die Zeit ruhig für ein Schläfchen nutzen konnte. Davon machte er dann auch ausgiebig Gebrauch.
Frank ließ Torben gerade in den ersten Wochen kaum aus den Augen und trat auch immer wieder selbst gegen ihn an. Vom Kampfgeist und Willen des jungen Hansekaufmanns war er sehr angetan und bedachte ihn mehr als einmal mit einem anerkennenden Nicken. Das war seine Art ein Lob auszusprechen. Wenn ihm hingegen nicht gefiel was er sah, dann brummte er manchmal wie ein hungriger Bär, so dass selbst Don für einen Augenblick träge die Augen öffnete.
Torben stellte schnell fest, dass jeder einzelne Waffenknecht der Stadtwache zu kämpfen verstand. Der regelmäßige Umgang mit dem Schwert machte sie gefährlich und schnell. Genau das war es, was Torben erreichen wollte. Er wusste genau, wer sich nur auf seinen Fähigkeiten ausruhte, der wurde selbstsicher und bequem. Ein solcher Mann ging mit einem trügerischen Gefühl der Überlegenheit in eine Auseinandersetzung. So etwas sollte ihm nie

passieren.
Meist sorgte Frank dafür, dass die Männer, die gerade nicht kämpften, den anderen zusahen. Sie sollten von ihnen lernen. Daher machte er sie immer wieder auf Kleinigkeiten aufmerksam und schulte so ihren Blick für die Haltung der Füße, des Rumpfs und der Arme.
Manches wiederholte er immer wieder. So lange, bis es allen in Fleisch und Blut übergegangen war.
Aber wehe dem, der dann im Kampf schon wieder vergaß, was er ihnen so mühsam einzutrichtern versucht hatte. Der litt unter einigen kräftigeren Schlägen und zog sich eine Menge blauer Flecken zu. Spätestens dann war sichergestellt, dass der Pechvogel dies so schnell nicht wieder vergaß.
Torben fand großen Gefallen an diesen Übungen. So konnte er sich noch einige Kniffe abschauen und war selbst jederzeit bereit, den ein oder anderen Tipp zu geben.
Außerdem stellte er fest, dass er den Zweikampf mochte. Sich mit einem Gegner im Kampf zu messen und herauszufinden, wer die Oberhand behielt, war durchaus reizvoll. Dieses Gefühl, dem Körper alles abverlangt zu haben, war ein guter Ausgleich für die lange Arbeit über den Büchern.
Jede Übungsstunde läutete er mit einigen Lockerungsübungen ein. Das hatte er sich schon vor Jahren angewöhnt. Außerdem verflog so die morgendliche Müdigkeit schneller. Sobald sein Körper auf die Übungen reagierte und ihm allmählich warm wurde, ließ er die Klinge ein paar Mal um sein Handgelenk wirbeln. Erst dann wusste er, dass er bereit war. Vorher spürte er oft, dass sein Handgelenk durch die Eintragungen ins Kaufmannsbuch oder durch das Schreiben einiger Briefe ein wenig fest war.
Meist teilte Frank die Männer ein, so dass irgendwann jeder gegen jeden gekämpft hatte. Dazu teilte er Holzschwerter aus, die mächtig wehtaten, wenn man einen kraftvollen Hieb abbekam. Doch ernsthafte Verletzungen waren damit kaum möglich. Jeder von ihnen hatte mal Körperpartien, die nach einem solchen Kampf schmerzten. Doch meist waren die Schmerzen und einige eindrucksvolle blaue Flecken schnell wieder verschwunden.
Torben hatte sich angewöhnt, vor jedem Kampf seine Atmung zu kontrollieren. Erst wenn er ruhig und gleichmäßig atmete, suchte er sich einen festen Stand im Gras und bedeutete seinem Gegner, dass er bereit sei.

Torben neigte oft zum Grübeln. Pausenlos schwirrten die Gedanken in seinem Kopf umher. Er dachte gern über Dinge nach und wägte ab, ob ihm vielleicht noch eine bessere Lösung einfiel. Doch vor einem Kampf hörte sein Verstand auf, an irgendwelche Dinge zu denken.
Stattdessen ging er Bewegungen durch, die er im Kampf vollführen wollte. Er konzentrierte sich so sehr darauf, dass das plumpe Holzschwert in seiner Hand fast wie eine Verlängerung seines Körpers wirkte.
Männer, die mit dem Schwert kämpften, holten meist weit aus und schlugen mit roher Kraft zu, um den Gegner mit aller Gewalt zu bezwingen. Davon hielt er wenig. Ein Mann, der mit einer Klinge umgehen konnte, würde in einem solchen Kampf immer die Oberhand behalten. Torben hatte während des Kriegszugs Söldner beobachtet, die voller Wut zuschlugen und dabei wild schnauften. Denen fehlte die Körperbeherrschung, die Konzentration und auch die Reaktionsfähigkeit, dem Kampf eine andere Wendung geben zu können.
Torben legte großen Wert darauf, dass ein Gegner, der sich mit ihm messen wollte, niemals wusste, was als nächstes geschah. Heute Morgen war es ihm auf diese Weise gelungen, einen flinken und gefährlichen Waffenknecht zu besiegen. Im Umgang mit dem Schwert waren sie beide annähernd gleich gut. Das wusste Torben schon nach den ersten Schlägen, die sie ausgetauscht hatten.
Doch dann änderte Torben seine Taktik.
Er versuchte den fünf Jahre älteren Mann mit einer vermeintlichen Blöße zu ködern.
Nach kurzem Zögern ließ sein Kontrahent sich darauf ein und setzte zum Angriff an. Torben wehrte diesen beinahe beiläufig mit einer Parade ab. Dann ließ er blitzschnell eine Riposte folgen, die seinen Gegner überraschte und direkt auf seinen Hals gezielt war. Der Waffenknecht verzog verärgert das Gesicht.
„Ich wusste, dass dies eine Falle war. Aber du hast so schnell gekontert, dass meine Abwehrbewegung zu spät kam. Gut gemacht!“
„Ich hatte Glück“, wiegelte er ab.
Frank beobachtete die beiden ungerührt.
„Ihr hattet beide Glück“, schränkte er ein. „Dieses hilflose Herumgestochere kann man nur mit viel gutem Willen einen Kampf nennen.“

Er zwinkerte Torben zu.
„Allerdings hat mir gefallen, wie du zuvor erst auf seinen Oberschenkel gezielt hast, nur um im letzten Moment die Richtung zu ändern und auf seinen rechten Arm zu gehen. Damit hättest du beinahe Erfolg gehabt. Da sah es für mich erstmals so aus, als hättest du einen Plan."
Torben lächelte versöhnt.
„Das ist dir also aufgefallen? Schön. Ich dachte schon, der Angriff wäre zu schnell für dich gewesen?"
Die Männer lachten belustigt. Selbst Frank schüttelte bei dieser Frechheit nur träge den Kopf. Wer Leistung zeigte, durfte sich auch mal etwas herausnehmen. Das hatte er immer so gehalten. Deshalb war auch der Zusammenhalt innerhalb der Stadtwache beeindruckend, wie Torben schon mehrfach beobachtet hatte.
Frank ließ sie noch einige Schlagfolgen üben. Erst übten sie die Abwehr eines Angriffs. Immer wieder ließ er seine Waffenknechte das Gewicht verlagern und eine unsichtbare Klinge beiseite schlagen. Das übten sie so lange, bis niemand mehr über seine Bewegungen nachzudenken brauchte. Sie waren einem jeden Mann in Fleisch und Blut übergegangen. Dann ließ Frank sie zuschlagen, als wollten sie die Deckung eines Gegners öffnen. Gleich darauf schnellten sie vor, wie eine zupackende Schlange. Das kostete eine Menge Kraft. Daher waren sie allesamt froh darüber, als Frank die Übungen für heute für beendet erklärte.
Während Torben sich den Schweiß von der Stirn wischte, lief er zu Harald und Frank hinüber, die leise die Einteilung der Männer für den restlichen Tag besprachen.
„Habt ihr viel zu tun, um die Ordnung auf Lübecks Straßen aufrechtzuerhalten?", fragte er die Beiden.
Harald ließ seinen Blick träge über die Männer wandern.
„Jetzt im Spätherbst wird es ruhiger", gab er zu. „Da sind nur wenige Fremde in der Stadt. Da haben wir es manchmal mit betrunkenen Seeleuten und pöbelnden Söldnern zu tun. Es gibt immer mal junge Handwerksburschen, die sich einen angetrunken haben und plötzlich Ärger suchen. Aber meine Männer bringen sie meist schnell wieder zur Vernunft. Eine Nacht in unserer Zelle wirkt Wunder. Danach sind sie wieder lammfromm und geloben Besserung."
Er grinste belustigt.
Frank runzelte die Stirn.

„Im Frühjahr versammeln sich hier die Kreuzfahrer, die an einem neuen Kriegszug ins Pruzzenland teilnehmen wollen. Sie schließen sich den Truppen des Deutschen Ordens zu einer Sommerfahrt an und wollen dazu beitragen, die einheimischen Pruzzen zu bekehren und zu unterwerfen. Dafür werden ihnen von der Kirche all ihre Sünden vergeben und ihre unsterbliche Seele wandert ins Himmelreich. Das reicht ihnen, um sich auf diesen gefahrvollen Weg zu begeben. Auch wenn sie kaum wissen, wo dieses Preussen, wie der Deutsche Orden diesen Landstrich nennt, überhaupt liegt."
Er spuckte ins Gras um zu zeigen, was er davon hielt.
„Sobald sie sich in der Stadt sammeln, wird es unzweifelhaft Ärger geben. Diese weltlichen Kreuzfahrer mögen vorgeben, für Gott und ihr Seelenheil streiten zu wollen. Aber hier sind sie fern ihrer Heimat und saufen und huren herum, als gäbe es kein Morgen. Bei dem einen oder anderen Kreuzfahrer mag der Grund sogar stimmen. Denn dieser Kampf im wilden Osten währt schon viele Jahre und noch immer sind die Pruzzen nicht unterworfen."
Torben schnaubte abfällig.
Er würde für Gott und die Kirche keine harmlosen Stämme weit im Osten mit Feuer und Schwert überziehen. Ganz gleich, wie es um sein Seelenheil bestellt sein sollte.
Er verabschiedete sich von den Männern der Stadtwache, rief Don zu sich und machte sich auf den Heimweg.

Jaroslav Dolgoruk, der Bojar aus Nowgorod, saß neben dem großen Ofen in seiner weitläufigen Halle und lauschte neugierig nach oben. Irgendwo über ihm, in einer kleinen Kammer unter dem Dach, hatte sich Ilka, seine einzige Tochter, mit Jacob, seinem alten Freund und Trinkkumpan zurückgezogen. Seine Aufgabe war es, ihr Lesen, Schreiben und Rechnen beizubringen.
Jaroslav wusste noch immer nicht, ob das eine gute Idee war. Vielleicht hätte er seiner Tochter diesen Wunsch abschlagen sollen? Doch er wusste genau, dass er das nicht fertiggebracht hätte. Wenn sie ihn mit ihren dunklen, blitzenden Augen ansah, schmolz sein Widerstand dahin wie Schnee in der Märzsonne. Dummerweise wusste sie das nur zu gut, befürchtete er.
Daher hatte er sich schließlich doch noch erweichen lassen, als sie schon vor Monaten mit diesem Wunsch auf ihn zugekommen war. Anfangs hatte er schallend gelacht, weil er ihre Worte für einen Scherz gehalten hatte. In ganz Nowgorod gab es wohl keine Frau,

die lesen konnte. Geschweige denn schreiben. Nur einige Kaufleute und Männer der Kirche waren dazu in der Lage. Selbst um seine eigenen Fähigkeiten war es schlecht bestellt. Was ihn aber überhaupt nicht kümmerte. Dafür hatte er seine Leute, die ihm Schreiben verfassten oder vorlasen.
Doch nachdem er erkannt hatte, wie ernst es Ilka damit war, hatte er begonnen sich umzuhören. Als erstes hatte er sein Glück bei einem alten Priester versucht, den er schon seit Jahrzehnten kannte.
Dieser hatte ihn ungläubig gemustert. Als der Bojar ihm jedoch versichert hatte, wie ernst es seiner Tochter damit sei, hatte er nachdrücklich den Kopf geschüttelt.
„Du wirfst dein gutes Geld zum Fenster heraus“, warf der alte Priester ihm vor. „Wo gibt es denn so etwas, dass ein junges Mädchen lesen lernt? Stattdessen sollte sie lieber heiraten. Sie ist im richtigen Alter dafür. Das ist gottgefällig. Wenn sie dann bald zwei bis drei Kinder gebärt, sieht die Welt anders aus. Dann hat sie sicher anderes im Kopf, als Buchstaben und wie man sie auf Pergament kritzelt.“
Ilka tobte nicht, als der Bojar ihr davon erzählte. Sie wusste, dass dieser Traum nicht leicht zu erfüllen sein würde. Trotzdem konnte sie nicht verhindern, dass ihr Tränen der Enttäuschung über die Wange liefen. Das konnte Jaroslaw einfach nicht ertragen. Gequält wand er sich auf seinem Platz.
„Warum kann Jacob mich nicht unterrichten?“, ließ Ilka nicht locker.
Jacob, ein grauhaariger, vom Alter gebeugter Mann, saß mit dem Bojaren am Tisch und trank seinen Becher aus. Als sein Name fiel, verschluckte er sich beinahe und musste kräftig husten. Er war nicht mehr ganz nüchtern, denn er trank gern.
Als der Bojar ihn prüfend ansah, wackelte er nachdenklich mit dem Kopf.
„Unterrichten? Ich? Deine Tochter, diesen Wildfang?“
Er ließ ein listiges Lächeln folgen.
„Ich bin kein Lehrer. Und ich habe weder Zeit noch Lust dazu.“
„Du kennst Ilka doch“, fuhr der Bojar fort. „Sie hat es sich in den Kopf gesetzt und wird sich nicht davon abbringen lassen. Wenn du nein sagst, wird sie dich so lange fragen, bis du doch einwilligst.“
Der alte Kaufmann schnaufte schwer. Damit könnte sein alter Freund durchaus Recht haben, ging ihm auf. Ihm fielen noch

einige Ausreden ein. War er nicht viel zu alt, um noch zu arbeiten? Andererseits hatte Ilka ihn immer wieder beeindruckt. Sie war ein aufgewecktes Mädchen. Es könnte vielleicht sogar Spaß machen, sie zu unterrichten.
Er musterte das Mädchen mit seinen alten, klugen Augen.
„Und mit wem trinkst du dann dein Bier, wenn ich tatsächlich versuchen sollte, deinem Mädchen etwas beizubringen?“, bemerkte er beiläufig.
Bei dem Bojaren hatte sich die Idee schnell festgesetzt. Je mehr er darüber nachdachte, umso besser erschien sie ihm. Er glaubte, dass sein alter Freund das Zeug dazu hatte.
Jacob war vor langer Zeit Kaufmann gewesen und hatte mit den Hansekaufleuten aus den deutschen Landen viele Jahre lang Handel getrieben. Er beherrschte ihre Sprache und war ein findiger Kopf. Außerdem fehlte ihm eine Aufgabe. Das hatte er ihm schon seit Jahren immer wieder vorgehalten. Doch Jacob war ein wenig faul und außerdem der Meinung, in seinem Leben schon genug geleistet zu haben.
Sie waren schon seit vierzig Jahren befreundet und verbrachten viel Zeit miteinander. Abends unterhielt Jacob mit seinen Geschichten den ganzen Hof, auch wenn die meisten seiner Erzählungen längst bekannt waren. Es war mehr die Art und Weise wie er sie erzählte, so dass sie selbst beim wiederholten Male noch spannend klangen.
Grübelnd fuhr sich der Bojar durch den Bart.
„Vielleicht wäre es einen Versuch wert.“
Jacob schmunzelte fröhlich vor sich hin. Als junger Mann hatte er viel von der Welt gesehen und sprach mehrere Sprachen fließend. Er liebte sein Leben. Beim Bojaren war es warm, er bekam so viel Bier wie er vertrug und die einfachen Leute liebten seine Erzählungen. Doch die Aussicht Ilka etwas beizubringen, weckte allmählich seine Lebensgeister. Aufmerksam rieb er seine dicke, rotangelaufene Nase.
„Vielleicht wäre es ganz gut, wenn ich mal eine Zeitlang weniger trinke und mein Wissen weitergebe? Was meinst du, Ilka?“
Ilka strahlte ihn an und nickte eifrig. Sie würde am liebsten sofort damit beginnen.
Doch er bremste ihren Eifer.
„Heute nicht mehr, mein Engel. Ich bin ein wenig bierselig und nicht mehr so recht zu gebrauchen, wenn ich ehrlich sein darf.“
Er bemerkte ihre Enttäuschung und gab sich einen Ruck.

„Aber schon morgen Abend beginnen wir. Du hast mein Wort."
Ilka bedankte sich lächelnd bei ihm. Auch Jaroslav schmunzelte ein wenig.
„Na da bin ich ja mal gespannt. Lass bloß die Finger vom Bier morgen. Das bemerkt sie sofort."
Jacob legte die Stirn in Falten. Da hatte er sich ja etwas eingebrockt. Achselzuckend goss er sich seinen Becher voll bis zum Rand.
Am nächsten Abend setzten sich Ilka und Jacob in eine kleine Kammer unter dem Dach.
Ilka saß auf einem kleinen Schemel und beobachtete die zwei Federkiele, die auf einem Tintenfass lagen. Beinahe ehrfurchtsvoll griff sie danach. So behutsam, als wäre der Federkiel ein rohes Ei. Jacob hatte einige Seiten Pergament vor ihr auf einem Stapel zurechtgelegt. Sie waren schon mehrfach abgeschabt und beschrieben worden. Sie strich eine Seite glatt und sah den alten Mann auffordernd an.
„Du musst erst das Alphabet können, bevor du Wörter schreiben lernst."
Er hatte noch nie Unterricht im Lesen und Schreiben gegeben, daher wusste er nicht genau, wie er beginnen sollte.
Ilka unterbrach ihn.
„Ich kenne schon einige Buchstaben. Und ich kann auch schon meinen Namen schreiben."
Der Kaufmann war verblüfft.
„Wer hat dir das beigebracht?"
„Ich habe es mir von einem der jungen Söhne der Hansekaufleute zeigen lassen, der im letzten halben Jahr bei uns war, um unsere Sprache zu erlernen."
Jacob war beeindruckt. Tatsächlich kannte er mehrere Fälle, in denen die Knaben einiger Hansekaufleute aus Lübeck oder Hamburg bei einer Kaufmannsfamilie in Nowgorod unterkamen, um dort Beziehungen zu knüpfen und die Sprache und Gepflogenheiten ihrer Handelspartner zu erlernen. Dies sorgte für gute Beziehungen und erleichterte ihnen die Geschäfte untereinander.
„Ich habe immer wieder geübt, was er mir gezeigt hat", setzte Ilka nach. „Sieh doch!"
Vorsichtig malte sie auf dem Pergament herum. Es dauerte eine Weile. Doch dann stand da in geschwungenen Buchstaben ihr

Name – Ilka.
„Weiß dein Vater, dass du deinen Namen schreiben kannst?"
Sie schüttelte verlegen den Kopf.
„Er hält das nicht gerade für eine wichtige Fähigkeit bei einer Frau."
Jacob schnaubte belustigt. Wenn er ehrlich war, dann sah er das genauso. Doch Ilka war kein gewöhnliches Mädchen.
„Ich glaube, du lernst schnell. Und du bist wissbegierig. Es könnte Spaß machen, dir etwas beizubringen."
Sie arbeiteten sich durch die ersten Buchstaben. Vieles kannte sie tatsächlich schon. Sie hatte ein sehr gutes Gedächtnis. Trotzdem hatte sie manchmal einen Buchstaben falsch in Erinnerung, so dass er sie korrigierte, wo es nötig war.
Jacob war immer wieder verblüfft, wie schnell sie lernte. Ihr Wille ließ es nicht zu, dass sie etwas nicht zuwege brachte. Unermüdlich arbeitete sie, bis sie zufrieden war.
„Lass die Hand locker, sonst erwürgst du den Federkiel noch", meinte er lächelnd.
Ilka errötete und löste ihren Griff. Sofort wurden ihre Buchstaben anmutiger, was er sogleich lobend erwähnte.
Sie arbeiteten sich durch das Alphabet, die großen und kleinen Buchstaben und schrieben erste Worte. Als nächstes ging er mit ihr die Zahlen durch. Diese fielen ihr noch leichter, als die Buchstaben. Schnell hatte sie die Ordnung verstanden und stellte erste Berechnungen an, die sie sogleich niederschrieb. Im Kopf hatte sie das alles schon hundertfach geübt, doch nie niedergeschrieben. Sie wurde immer wissensdurstiger. Stundenlang arbeiteten sie und vergaßen dabei die Zeit. Es wurde allmählich dunkel, als er zur Besinnung kam und dem ein Ende machte.
Die Zahlen und Buchstaben flackerten schon vor ihren Augen. Doch von allein hätte sie kein Ende gefunden.
„Das soll uns für heute genügen. Übe fleißig. Nächste Woche komme ich wieder."
Sie strahlte über das ganze Gesicht und dankte ihm mit samtweicher Stimme.
Zum Üben musste sie niemand antreiben. Wenn Ilka etwas wirklich wollte, dann tat sie alles dafür, dieses Ziel zu erreichen. Jeden Tag setzte sie sich auf den harten Schemel und malte stundenlang Buchstaben aufs Pergament.
Manchmal zweifelte Jaroslav daran, ob es richtig gewesen war, Ilka

unterrichten zu lassen. Sie ließ Mahlzeiten ausfallen und verbiss sich regelrecht in ihre Übungen. Und selbst wenn sie sich losreißen konnte, saß sie beim Abendbrot mit am Tisch und zeichnete mit ihren Fingern gedankenverloren Buchstaben auf die Tischplatte. Dabei wirkte sie so konzentriert, dass sie alles um sich herum ausblendete.
Am nächsten Tag verbot er ihr einmal das lange Üben. Stattdessen nahm er sie mit ins Freie. Doch es war schwer, Ilka etwas vorzuschreiben. Wenig später erkannte Jaroslav, dass Ilka Worte in den Schnee malte. Über so viel Leidenschaft konnte er nur den Kopf schütteln. Von wem hatte sie das bloß? Von ihm sicher nicht. Noch nie hatte er jemanden so eisern üben sehen.
Doch all die Mühen zahlten sich aus. Sie beschrieb ganze Seiten mit kleinen, wohlgeformten Buchstaben. Sie schrieb eng gedrängt, um den Platz auszunutzen. Schon bald las sie erste Sätze und wurde immer mutiger.
Jaroslav musste bei ihrem Anblick immer mal wieder lächeln. Insgeheim war er unheimlich stolz auf seine Tochter. Für ihn würde sich das Durcheinander der Buchstabenkolonnen niemals entschlüsseln. In seinen Augen war dies reine Magie.
Als Jacob in einer der nächsten Wochen mal wieder die kleine Kammer betrat, empfing Ilka ihn mit einem Ausdruck purer Freude im Gesicht.
„Ich kann lesen!“, schrie sie ihm schon zur Begrüßung entgegen.
Jacob grinste voller Freude.
„Das wirst du mir aber beweisen müssen“, drohte er ihr mit dem Finger.
Und das tat sie. Langsam und stockend zwar. Doch sie las eine ganze Seite. Und wenn sie mal nicht weiterwusste oder ein Wort nicht verstand, ging sie die einzelnen Buchstaben durch, bis das Wort einen Sinn ergab.
Der Feuereifer, mit dem sie sich ans Werk machte, war ansteckend. Selbst Jacob berauschte sich an ihren Lektionen.
Ilka schrieb mit roten Wangen Buchstaben und erste einfache Worte auf, die er ihr nannte. Fast alles war fehlerlos. Er staunte und konnte kaum glauben, wie sicher sie mit dem Federkiel herummalte.
Manchmal korrigierte er sie geduldig. Dann ärgerte sie sich über sich selbst und machte es beim nächsten Mal besser.
Stundenlang trieb Jacob sie an, während sie mit niemals

erlahmendem Eifer den Federkiel über das Pergament kratzen ließ. Sie formte die Buchstaben in Vollendung, als hätte sie niemals etwas anderes gemacht. Sie übte jeden Abend, bis die Kerzen heruntergebrannt waren.

„Du kannst stolz auf dich sein", lobte er sie nach einer solchen Übungseinheit gelegentlich. Das tat er nicht, um sich bei ihr einzuschmeicheln. Ihre Fortschritte waren tatsächlich bemerkenswert.

„Warum genau wolltest du eigentlich Lesen und Schreiben können?", fragte er sie eines Abends, als sie ihre Übungen beendet hatten.

„Das habe ich mich schon seit unserer ersten Übungsstunde gefragt."

Ilka zögerte einen Moment. Sie war sich nicht sicher, wie viel von ihrer Seele sie offenlegen wollte.

„Mein Vater kann weder Lesen noch Schreiben. Immer ist er auf die Hilfe Untergebener angewiesen. Dabei liegt das Schicksal vieler Menschen in seinen Händen. Da würde es ihm als Bojar gut zu Gesicht stehen, wenn er als gutes Beispiel vorangehen würde und sich diese Fähigkeiten aneignen würde. Nur dann wäre er in der Lage, mit den Kaufleuten und Priestern gleichberechtigt sprechen können. Sonst ist er ihnen gegenüber immer im Nachteil und wird nicht ernst genommen."

Jacob hob die Augenbrauen in die Höhe. Ilkas Weitsicht beeindruckte ihn. Zwar war ihr Vater ein Bojar, der seine Untergebenen gut behandelte. Doch er war auch dem Trunk und der Jagd zugetan. Irgendetwas verriet ihm, dass Ilka für all diese Menschen die bessere Wahl gewesen wäre.

Ilka hatte mit ihrer Antwort die Wahrheit gesagt. Doch sie hatte noch einen weiteren Grund gehabt, sich diese Fähigkeiten unbedingt aneignen zu wollen.

Der Hansekaufmann Torben Voigtherr war ihr in den langen Monaten seit seinem Aufbruch nicht mehr aus dem Kopf gegangen. Er konnte Lesen, Schreiben und natürlich auch Rechnen und führte als junger Mann seine eigenen Bücher. Das hatte sie tief beeindruckt. Wie gern wollte sie von ihm als Frau wahrgenommen werden, die dies ebenfalls konnte.

Außerdem hatte sie sich vorgenommen, ihm mit der nächsten Felllieferung einen Brief zu schreiben. Schon jetzt freute sie sich diebisch darauf, als sie sich sein Gesicht vorstellte, wenn er diesen

öffnen würde.
Das war mehr als genug Antrieb für sie, um auch weiterhin fleißig zu üben.

Einige Wochen später fiel der erste Schnee. Es waren dicke, schwere Flocken, die lautlos zu Boden schwebten und die Giebel der Häuser mit weißen Tupfern versahen. Torben wurde allmählich rastlos. Zwar war er täglich bei seinen Freunden von der Stadtwache zu Besuch. Außerdem brütete er häufig in der Schreibstube über seinen Geschäften. Doch das alles füllte ihn nicht mehr aus. Sämtlicher Handel war zum Erliegen gekommen. Kein einziges Schiff fuhr mehr die Trave entlang, um im Hafen festzumachen.
Auch das Haus kam ihm zu eng vor. Er fühlte sich darin eingesperrt. Auch wenn Platz genug war und er sein eigenes Zimmer hatte. Noch immer gingen Siegfried, Werner und er sich aus dem Weg, so gut sie es vermochten.
Torben hatte einige Male versucht, mit den beiden über die nächste Handelssaison zu reden. Doch sein Vater hatte immer gleich abgewunken und ihn auf später vertröstet. Dabei wollte er ihnen nur mitteilen, wohin ihn sein Weg führen würde. Es war ihm herzlich gleichgültig, was sein Vater plante.
Diesem bekamen die dunklen Monate immer schlechter. Längst hatte er die Sommerfrische verloren, die er sich auf der Handelsfahrt von Brügge nach Riga geholt hatte. Zugleich sank seine Stimmung immer weiter ab.
Torben registrierte sehr wohl, dass sein Vater nachts schlaflos durchs Haus lief und er morgens mit rotgeränderten Augen zum Frühstück erschien. Das feuchte, kühle Wetter war seiner Gesundheit nicht zuträglich. Immer wieder griff er sich verstohlen an den Rücken oder die Gelenke. Er beklagte sich nie. Doch dabei war er in so schlechter grummeliger Stimmung, dass alle tunlichst einen weiten Bogen um ihn machten.
Irgendwann fiel Torben auch auf, dass sein Vater schon am Nachmittag zu trinken begann. Das war etwas, was er sich früher niemals erlaubt hätte.
Torben begann sich ernsthaft Sorgen zu machen. Doch sein Vater war kein Mann, der etwas auf die Meinung seiner Söhne gab.
Die dunkle Jahreszeit ging auch an Torben nicht spurlos vorüber.
Es fiel ihm schwer, mit dieser erzwungenen Untätigkeit

zurechtzukommen. Seine Schwester hatte ihm bei jedem ihrer Besuche ungefragt ihre Weisheiten mit auf den Weg gegeben. Er möge die Zeit zur inneren Einkehr nutzen und zu sich finden. Die Zeit vor dem Weihnachtsfest sei eine Zeit des Friedens und der Besinnung. Da dürfe man auch einmal nichts tun.
Mit diesem Gerede konnte er nichts anfangen. Aber das sagte er Sandra natürlich nicht. Er war ja nicht lebensmüde. Stattdessen nickte er beflissen und wartete, bis sie zu anderen Themen fand. Karl war ihm dabei keine Hilfe. Er war zu schlau, um Sandra zu unterbrechen. Nur einmal musste Karl grinsen, als er mit ansah wie Torben sich wand. Dann zwinkerte er dem Freund zu und hatte dabei eine diebische Freude. Torben hätte ihn schlagen können. Stattdessen stellte er sich vor, wie der Bojar in Nowgorod seine Jäger versammelte und mit ihnen zur Jagd aufbrach. Die endlosen Wälder und die Stille, die dort herrschte, hatten ihn tief beeindruckt. Ein wenig vermisste er auch den Nervenkitzel der Jagd. Auch wenn er nicht unbedingt wieder einem Wolfsrudel begegnen wollte.
Als Sandra und Karl endlich wieder abzogen, fiel sein Blick auf Don, der neben ihm lag und gelangweilt gähnte.
Sein Vater lief mal wieder grollend durchs Haus und schimpfte lautstark. Es war schwer, es ihm recht zu machen. Er beneidete Henrike nicht um ihre Arbeit bei diesem alten Griesgram.
Als der Lärm kein Ende fand, zog er sich eine derbe Kutte über und schnalzte mit der Zunge.
Don stand sofort neben ihm und sah ihn erwartungsvoll an.
„Zeit für uns, dass wir mal rauskommen, mein Junge."
Er hielt dem Wolf die Tür auf und dieser huschte lautlos hinaus. Mitten hinein in die wirbelnden Flocken, die sich allmählich wie eine Decke über die dreckigen Straßen legten.
Den Rest des Tages tollte Torben mit Don durch die Wälder. Er lief so lange, bis er vollkommen außer Atem war. Don stöberte einen Hasen auf, den er eine Weile durch den Schnee jagte, bis er ihn mit einem schnellen Biss tötete und fraß.
Über ihnen tobte ein Eichhörnchen durch die Baumwipfel. Oft war es in den weitläufigen Wäldern aber so still, dass er einfach nur voller Freude zusah, wie sich der Schnee auf den Ästen auftürmte. Hier draußen fühlte er sich wohl. Für einen Moment wich die Unruhe, die ihn erfasst hatte. Vielleicht war an Sandras Worten ja doch etwas dran? Auch wenn er das natürlich niemals zugeben

würde.
Während er seinen Gedanken freien Lauf ließ, fiel ihm ein, dass es im Haus zukünftig stiller werden würde. Vor drei Tagen hatten die beiden Lehrlinge Roman und Stefan ihre Lehrjahre bei den Voigtherrs abgeschlossen. Torben hatte zusammen mit seinem Vater und Werner ein großes Abschiedsessen für die beiden jungen Männer veranstaltet und dabei keine Kosten und Mühen gescheut. Es war ein schöner Abend gewesen. Selbst sein Vater hatte nicht mit lobenden Worten gespart. Das wollte schon etwas heißen.
Die Trennung fiel auch Roman und Stefan nicht leicht. Für sie begann nun ein neuer Lebensabschnitt. Sie würden ins Familienunternehmen einsteigen und ihren Vätern bei den Geschäften helfen. Dabei konnten sie dann zeigen, was sie gelernt hatten.
Torben war zuversichtlich, dass sie gut zurechtkommen würden. Außerdem hatte er ihnen versprochen, dass sie sich gern an ihn wenden konnten, wenn sie vielleicht mal einen Rat brauchten. Falls er dann in Lübeck wäre, würde er sich die Zeit nehmen, ihnen zu helfen. Das schien ihnen den Abschied ein wenig erleichtert zu haben.
Don lief noch immer unermüdlich zwischen den Bäumen umher. Manchmal war er eine Zeitlang verschwunden, nur um dann unverhofft wieder aufzutauchen. Allmählich näherte sich der Wintertag seinem Ende. Torben schlug den Weg zurück in die Stadt ein. Aber der Tag hatte ihm gefallen. Das würde er zukünftig häufiger machen, um auf andere Gedanken zu kommen.
Zuhause angekommen war es mit der Ruhe auch gleich wieder vorbei.
„Wo treibst du dich denn wieder rum?“, empfing Werner ihn mit einem grantigen Gesichtsausdruck.
„Komm mal mit. Vater will mit dir reden.“
Torben seufzte lautlos. Dabei hatte ihm der Tag bisher ausnehmend gut gefallen.
Ihr Vater saß in einem Sessel, den er sich vor die Feuerstelle geschoben hatte. Dabei streckte er seine Hände zum kleinen Herdfeuer aus, welches eine wohlige Wärme aussandte.
Torben und Werner nahmen auf einem der Hocker Platz und warteten darauf, dass ihr Vater bereit war, das Schweigen zu brechen.
Sein Vater war alt geworden, stellte Torben fest. Er saß schnaufend

im Sessel und starrte noch immer ins Feuer. Irgendwie kam ihm der Mann kleiner vor, als er ihn in Erinnerung hatte. Nur seine Stimme hatte noch nichts von ihrer Kraft verloren.
„Der Winter wird nicht ewig dauern“, meldete Siegfried sich schließlich zu Wort.
„Jetzt ist die Zeit, um neue Pläne zu schmieden. Dieses Jahr war ein gutes Jahr. Keine Katastrophen, die unsere Familie ins Unglück stürzten. Stattdessen gute Geschäfte, die uns dabei halfen, allmählich wieder auf die Beine zu kommen.“
Er ließ eine Pause einkehren und knetete seine Hände.
Torben hatte Zeit. Es kam nicht oft vor, dass sein Vater das Gespräch mit ihm suchte. Und ganz sicher fiel es ihm nicht leicht, mit ihm übers Geschäft zu reden. Denn noch immer hegte er einen Groll gegen Torben, dass dieser seinen eigenen Unternehmungen nachging. Und das auch noch mit einigem Erfolg. Statt sich darüber zu freuen, dass sich sein jüngster Sohn als guter Kaufmann erwies, schien es manchmal so, als neidete er ihm den Erfolg. Das verstand Torben nicht. Schließlich waren sie eine Familie. Und wenn er konnte, würde er seinem Vater immer mit Startkapital aushelfen, wie er es schon einmal gemacht hatte. Aber vielleicht war das der Grund des Übels. Sein Vater war zu stolz, um sich von ihm helfen zu lassen, überlegte Torben. Vielleicht machte es dieser Umstand nur noch schlimmer?
Je mehr Torben darüber nachdachte, umso einleuchtender erschien ihm dieser Gedanke.
Beinahe hätte er verärgert den Kopf geschüttelt. Männer und ihr verdammter Stolz. Die Welt da draußen war hart genug. Da mussten sie doch nicht noch Grabenkämpfe innerhalb der Familie ausfechten! Das wollte einfach nicht in seinen Kopf.
Ob es vielleicht mit der langen Gefangenschaft zusammenhing, die Siegfried und Werner nicht nur gesundheitlich zugesetzt hatte?
Über solche Dinge hatte er lange nicht mehr nachgedacht, weil er mit seinen eigenen Unternehmungen genug zu tun gehabt hatte. Doch jetzt, da er so viel Zeit hatte wie schon lange nicht mehr, drängten solche Gedanken mit Macht an die Oberfläche.
Am liebsten hätte er seinen Vater darauf angesprochen. Aber die männlichen Voigtherrs waren nun wirklich nicht gut darin, über ihre Gefühle zu sprechen.
Als die Stimme seines Vaters an sein Ohr drang, wäre er beinahe zusammengezuckt. So sehr war er in seinen Überlegungen

gefangen gewesen.
„Aber ein gutes Jahr reicht nicht, um wieder Oberwasser zu gewinnen“, raunte Siegfried.
„Zwar haben wir Gewinne gemacht, aber bei weitem nicht genug, um unsere Schulden beim alten Torgensen zu begleichen.“
Torben sah ins Feuer. Drei Holzscheite glühten vor sich hin und verbreiteten ein wenig Wärme. Die flackernde Glut faszinierte ihn immer wieder aufs Neue. Außerdem lenkte sie ihn davon ab, über Torgensen nachzudenken. Denn allein bei dem Namen stellten sich ihm schon die Nackenhaare auf.
„Ungefähr ein Drittel der Schulden konnten wir tilgen“ fuhr sein Vater fort. „Mehr war nicht möglich, weil uns dann das Kapital für neue Waren im nächsten Jahr gefehlt hätte.“
Torben sah vom Feuer auf und starrte überrascht erst seinen Vater und dann Werner an.
Er hatte gehofft, dass die Schulden der Vergangenheit angehört hätten. Stattdessen steckten sie noch immer mit beiden Beinen im Sumpf fest.
Er bemühte sich, seine Stimme nicht vorwurfsvoll klingen zu lassen.
„Dann gehören diesem Halsabschneider auch weiterhin unsere Lager am Hafen?“, fragte er mit rauer Stimme.
Schon bei dem Gedanken daran, stieg die Wut in ihm auf. Dieser Mann hatte sich an dem Komplott gegen seine Familie beteiligt und war ungeschoren davongekommen. Zudem hatte er reichlich Profit daraus gezogen. Und noch immer berechnete er hohe Zinsen auf die ausstehenden Gelder. Am liebsten hätte er ihn mit vorgehaltenem Schwert dazu gezwungen, die Schuldscheine ins Feuer zu werfen.
„So ist es“, bestätigte Werner. „Und das wird noch eine ganze Weile so bleiben.“
Er wirkte übellaunig und müde. Ersteres konnte Torben ihm nicht verdenken.
Siegfried richtete sich auf und wandte sich Torben ganz zu.
„Aber davon dürfen wir uns nicht unterkriegen lassen.“
Er rieb sich die Stirn und richtete den Blick auf seinen jüngsten Sohn.
„Wie steht es mit neuen Vorhaben bei dir, Torben? Brügge könnte ein gewagtes Unterfangen werden im nächsten Jahr. Vielleicht wäre es ratsam, sich nach einer Alternative umzusehen?“

Torben blinzelte überrascht. Sein Vater war bisher beinahe jedes Jahr nach Brügge gesegelt. Es musste ihn Überwindung gekostet haben, sich auf einen neuen Gedanken festzulegen.
Er wollte gerade darauf antworten, als Werner neben ihm tief die Luft einsog.
„Im nächsten Frühjahr werden Vater und ich nach Bergen aufbrechen“, berichtete er voller Stolz. „Jetzt kommen jedes Jahr Kreuzfahrer nach Lübeck, um den Deutschen Orden im Kampf gegen die Pruzzen zu unterstützen.“
Torben runzelte die Stirn. Das hatte er bereits von Frank gehört.
„Das sind viele hundert Bewaffnete, die allesamt Verpflegung brauchen. Daher werden wir in Bergen große Mengen Stockfisch aufkaufen und an die Kreuzfahrer weiterverscherbeln. Das sind oft reiche Adlige, die nicht jede Münze zählen müssen, wenn sie ihren Proviant zusammenstellen. Hauptsache, sie leiden keinen Hunger.“
Werner brach ab und sah zu ihrem Vater hinüber.
Dieser nickte schwermütig. Torben sah, dass seine Hände leicht zitterten.
„Bergen ist der Hauptumschlagplatz für den Stockfisch. Die Norweger fangen ihn im Nordatlantik. Sie machen ihn haltbar, indem sie zunächst Kopf und Innereien entfernen. Und die Reste dann paarweise auf einem Gestell im Wind trocknen. So wird aus dem Kabeljau der Skrei – der begehrte Stockfisch. Er ist recht günstig und kann, anders als der Hering, ohne weitere Zutat gelagert und transportiert werden. Das macht ihn als Fastenspeise bis tief ins Binnenland attraktiv.“
Torben lauschte gebannt. Es freute ihn zu hören, dass seine Familie sich so viele Gedanken gemacht hatte. Zumal dieses Vorhaben recht vielversprechend klang. Natürlich würden sie mit dieser Idee nicht allein sein. Doch das war immer noch besser als es mit Tuchen aus Brügge zu versuchen, von denen man nie wusste, ob man sie dort überhaupt würde erwerben können.
Werner leckte sich aufgeregt über die Lippen. Seine Augen hatten wieder etwas an Glanz gewonnen.
„Im Gegenzug bringen wir Getreide nach Norwegen. Denn dieses Land hat nur wenige fruchtbare Anbauflächen und ist auf Lieferungen angewiesen. Noch bevor die Herbststürme einsetzen, werden wir unsere Geschäfte abgewickelt haben und wieder nach Hause kommen.“
Er räusperte sich kräftig. Seine Stimme gewann an Sicherheit.

„Natürlich gibt es etliche Hansekaufleute, die in Bergen überwintern. Das hat eine Menge Vorteile: Sie knüpfen dauerhafte Verbindungen zu den Einheimischen und nutzen diese, um frühzeitig Lieferungen für den sommerlichen Export zu vereinbaren. Allerdings sind die Winter dort oben saukalt und einsam. Dort ist es die meiste Zeit dunkel und die Winterstürme sind grausam. Keine sehr verlockende Vorstellung. Da sind wir lieber zu Hause und planen unsere nächste Kaufmannssaison. Von Kälte, Dunkelheit und Nässe haben wir nun wirklich genug für ein ganzes Leben."
Torben nickte zustimmend. Das konnte er sofort nachempfinden.
„Habt ihr schon Getreidevorräte aufgekauft? Und wo wollt ihr sie lagern, wenn wir unsere Lager am Hafen nicht benutzen dürfen?"
Ein Schatten huschte über Werners Gesicht. Er blickte zu ihrem Vater, der stattdessen antwortete.
„Wir nutzen die Lager am Hafen", gab er zu. „Allerdings zahlen wir Torgensen eine üppige Gebühr dafür."
Torben atmete tief ein um seinen Ärger unter Kontrolle zu halten.
„Ich kann diesen Kerl nicht ausstehen", gab er mit grollender Stimme zu. „Dieser Hundsfott presst aus allem Geld. Wir hätten ihn beim Rat der Stadt anklagen sollen, damit er für seine schmutzigen Geschäfte zur Rechenschaft gezogen wird."
Siegfried breitete hilflos die Arme aus.
„Es ist, wie es ist", entgegnete er. „Noch ein gutes Jahr. Dann sind wir wieder unser eigener Herr und hoffentlich alle Schulden los."
Torben nickte stumm.
„Bisher haben wir zwanzig Säcke Getreide im Lager vorrätig. Wir haben das Korn zu einem guten Preis in Riga erworben. Denn schon dort war uns bewusst, dass wir auf neue Geschäfte sinnen müssen."
Torbens Gesicht hellte sich auf.
„Das klingt gut. Der Preis sollte seitdem gestiegen sein."
Siegfried verzog das Gesicht.
„Ja, das habe ich genau verfolgt. Hätten wir mehr Geld gehabt, hätten wir die dreifache Menge aufgekauft. Aber so mussten wir damit Vorlieb nehmen."
Eine ganze Weile sagten sie nichts und starrten einfach ins Feuer. Torben rieb nachdenklich das Kinn an der Schulter. Dann räusperte er sich.
„Für mich kann das Frühjahr gar nicht schnell genug kommen. Die

Felllieferung des Bojaren aus Nowgorod wird hoffentlich schon im April eintreffen. Und Sigurd wird mit den Bernsteinen, die er den Fischern von der Ostseeküste im Land des Deutschen Ordens abkauft, auch schon im April in Lübeck sein. Dann hat Katja bis Mitte Mai Zeit, diese zu schleifen und zu Gebetsketten, Broschen, Ketten und Anhängern zu verarbeiten. Nach Brügge allerdings werden wir so schnell nicht mehr fahren."

Werner tauschte einen schnellen Blick mit seinem Vater. Dann beugte er sich lauernd vor. Dabei versuchte er seine Neugierde hinter einem gelangweilten Gesichtsausdruck zu verbergen.

Torben registrierte es sehr wohl. Doch er hatte nicht vor ihnen etwas zu verschweigen.

„Sigurd und ich wollen uns stattdessen am fünfzehnten des Monats Mai mit dem Grafen von Holstein-Rendsburg und einigen seiner Söldner treffen. Zusammen werden wir auf dem Landweg nach Venedig aufbrechen. Dort kommen die Schiffe der venezianischen Handelsfahrer an, die die begehrten Gewürze aus dem Osten geladen haben. Mit etwas Glück lassen sich dort gute Geschäfte machen."

Siegfried wandte den Blick vom Feuer ab und starrte seinem jüngsten Sohn ins Gesicht.

„Venedig?", stieß er verächtlich hervor.

„Habt ihr noch nicht genug schlechte Erfahrungen mit den Italienern gemacht? Beim letzten Mal hat es euch beinahe das Leben gekostet."

„Das ist richtig", bestätigte Torben. „Aber das hatten wir den Mailändern zu verdanken. In Venedig haben wir Freunde, mit denen wir schon vertrauensvoll Geschäfte getätigt haben. Darauf wollen wir aufbauen."

Werner hatte den Blick zu Boden geschlagen, während sein Vater vor sich hin grummelte.

Zwar hatte er sich Torbens Pläne angehört. Doch seine Miene wirkte abweisend. Ist es, weil Torben ein zu großes Wagnis eingehen wollte und sein Vater dies nicht guthieß? Oder missgönnte er ihm seine Pläne und die Kraft, sein Schicksal selbst in die Hand zu nehmen? Nur darum war er doch lange Jahre auf die Handelsschule gegangen. Es war immer sein Ziel gewesen, auf eigenen Beinen zu stehen und seine eigenen Geschäfte zu tätigen. Sicherheit gab es schließlich nirgends. Das hatten sein Vater und Werner doch schon am eigenen Leib erfahren müssen.

„Tue, was du tun musst“, entgegnete Siegfried kühl. Dann wandte er sich ab und widmete sich wieder dem Feuer.
Wenig später griff er sich eine dicke Jacke und verschwand ohne ein Wort in der einbrechenden Dämmerung.
Torben blickte ihm nachdenklich hinterher.
„Weißt du, wo er um diese Zeit hingeht, Werner?“
Sein Bruder hob den Kopf und blickte ihn missmutig an. Nach einer Weile verzog er den Mund und nickte kaum sichtbar.
„In ein Bordell unten in der Kanalstraße. Mittlerweile zweimal in der Woche.“
Torben sog zischend die Luft ein.
„Na toll. Wie kann er sich das denn leisten?“
Werner winkte gefrustet ab.
„Das ist es ja eben. Er kann es sich nicht leisten. Er verprasst das wenige Geld, das uns noch geblieben ist. Außerdem macht er Schulden. Denn manchmal betrinkt er sich und lässt anschreiben. Überhaupt trinkt er zu viel.“
Torben nickte verdrossen. Das war ihm auch schon aufgefallen. Er hatte bemerkt, wie seinem Vater manchmal die Hände zitterten.
„Du musst verstehen“, versuchte Werner zu erklären, „die Dunkelheit und Kälte machen ihm zu schaffen. Dann ist mit ihm nur schwer zu reden. Du hast es ja selbst erlebt.“
„Kannst du nicht trotzdem versuchen, auf ihn einzuwirken?“, bohrte Torben nach. „Auf dich hört er wenigstens.“
Doch Werner schüttelte den Kopf.
„Wer sagt das?“, entgegnete er. „Oft will er mir nicht einmal in die Augen sehen. Ich habe mit ihm die schlimme Zeit der Gefangenschaft durchgestanden. Lange Monate in einem dunklen Kellerloch. Ohne die kleinste Hoffnung, das Sonnenlicht noch einmal zu sehen.“
Er seufzte und rieb sich die Augen. Jetzt sah er müde und niedergeschlagen aus.
„Daran muss er denken, wenn er mich ansieht. Das erinnert ihn immer wieder an die schlimmste Zeit seines Lebens. Wer will es ihm verdenken, dass er zu viel trinkt und ins Bordell geht? Das ist sein Weg, diese furchtbare Zeit zu vergessen. Ich werde ihn nicht daran hindern.“
Werner zog die Schultern in die Höhe und starrte seinen Bruder hilfesuchend an. Doch dieser wusste sich auch keinen Rat mehr. Gemeinsam schwiegen sie und starrten in das Feuer, dass

allmählich verglühte.

Der Dezember war nasskalt und dunkel. An manchen Tagen wurde es nicht mal richtig hell. Torben spürte, dass ihm diese Zeit allmählich zu schaffen machte. Seine Stimmung wurde ein wenig düsterer, so sehr er sich auch dagegen wehrte. Ihm fehlten die beiden Lehrlinge, die immer zu Scherzen aufgelegt waren. Zwar sprach er oft mit Maik und hatte auch für Lisbeth und Henrike häufig ein gutes Wort übrig. Doch die griesgrämige Stimmung seines Vaters ließ keine rechte Vorweihnachtsstimmung aufkommen.
Auch die Fastenzeit, die am 25. November begann, trug nicht gerade zur Besserung des Befindens bei. Bis Weihnachten durften nur Speisen wie Fisch, Fastengebäck, Lebkuchen, Honigkuchen und Fastenbier zu sich genommen werden. Gerade letzteres fiel ihm alles andere als leicht.
Mathias tröstete ihn immer, während sie in der Schreibstube über einem Schreiben brüteten.
„Wir leiden keinen Hunger. Glaub mir, ein wenig zu fasten ist nun wirklich nicht schlimm. Das habe ich lange Jahre geübt."
Dabei zwinkerte er seinem Freund fröhlich zu. Torben war sich sicher, dass ihm diese herzliche Geste auf dem Markt mehr als einmal zu einem kostenlosen Apfel verholfen hatte. Die ein oder andere Marktfrau hatte sich von seiner guten Laune sicher anstecken lassen.
„Und Fisch ist nahrhaft", fuhr Mathias fort. „Das hält man mal eine Zeitlang aus. Und wenn du jetzt schon klagst, dann freue dich mal auf den 23. und 24. Dezember."
Torben verzog das Gesicht. Er wusste, worauf Mathias anspielte. An diesen beiden Tagen wurde das Fasten auf die Spitze getrieben und es gab nur ein wenig Brotsuppe.
Bei dem Gedanken musste er ein Seufzen unterdrücken. Er sehnte sich schon jetzt nach einem deftigen Braten. Allein bei dem Gedanken lief ihm das Wasser im Mund zusammen.
„Und am 25. gibt es dann ein zünftiges Festmahl", fuhr Mathias fort, als hätte er Torbens Gedanken gelesen.
Torben wusste, dass die am 25. Dezember servierten Speisen oftmals eine symbolische Bedeutung hatten. Es gab viel Fisch, der für Fruchtbarkeit und Leben stand. Besonders Hering und sein Rogen wurden mit Hoffnung auf Glück und Reichtum in

Verbindung gebracht. Beides konnte Torben durchaus gebrauchen. Auch Linsen und Bohnen sollten Wohlstand bringen. Äpfel standen für Gesundheit, Salz und Brot spiegelten die Hoffnung auf ein langes Leben.
Mathias riss ihn aus seinen Gedanken.
„Gestern habe ich ein Krippenspiel gesehen. Die Kirche hat sich alle Mühe gegeben, die wundersamen Begebenheiten zur Geburt Jesu darzustellen."
Torben schenkte ihm ein müdes Lächeln.
„Ist das nicht jedes Jahr das gleiche Schauspiel?"
Mathias, der genau wusste, dass Torben mit der Kirche und vor allem Priestern nichts am Hut hatte, ließ nicht locker.
„Wirklich nicht, Torben! Da hast du was verpasst. Diesmal haben sich einige Gemeindemitglieder die größte Mühe gegeben. Zwei Müller spielten Hirten, Frank, dein Freund von der Stadtwache, spielte einen der Heiligen Drei Könige. Sie hatten sich die Gesichter geschwärzt und führten einige Esel mit sich herum. Das Jesuskind war ein Junge mit gelocktem Haar. Der sah beinahe schon wie ein Engel aus. Und Maria und Josef wurden von einem Bootsbauer aus Saschas Werft und dessen Frau gespielt. Es war tatsächlich wunderschön und sehr feierlich."
Torben brummte nur gelangweilt vor sich hin.
„Schön, schön."
„Bis auf den Moment, in dem der Bootsbauer lästerlich fluchte", fuhr Mathias ungerührt fort. „Da hat ihm nämlich einer der Esel auf die Schuhe gepisst. Da hat der gute Mann sich und seine Rolle kurz vergessen und dem Esel einen kräftigen Tritt verpasst."
Mathias grinste spitzbübisch. Er liebte es sehr, wenn in solch einer wohldurchdachten Vorführung etwas Unvorhergesehenes passierte.
„Die Priester waren natürlich entsetzt, als sie ihn schimpfen hörten. Ich vermute, er wird die Rolle kein zweites Mal spielen."
Dabei rollte er treuherzig mit den Augen, als würde es ihm tatsächlich leidtun.
„Warum spielst du das nächste Mal nicht mit?", warf Torben ein.
„Wenn dir dieses Schauspiel doch so am Herzen liegt?"
Mathias schmunzelte vergnügt.
„Wenn ich so darüber nachdenke, hast du vielleicht Recht.
Irgendwie ist es ja doch jedes Jahr das Gleiche."
Sie tauschten ein verschwörerisches Lächeln.

„Vergiss dein Krippenspiel", bemerkte Torben. „Kennst du eigentlich die Wilde Jagd?"
Mathias runzelte die Stirn.
„Ich wurde in der Vergangenheit schon häufiger über die Märkte der Stadt gejagt, wenn es das ist, was du meinst. Dabei ging es vielleicht wild zu, das kann ich dir sagen. Wenn ich nicht so verteufelt flink wäre, hätte mir manch ein Händler bestimmt schon mal das Fell gegerbt."
Torben verbiss sich ein Lächeln.
„Das meine ich nicht, obwohl ich es mir lebhaft vorstellen kann. Was ich meinte, ist ein Brauch, der vor allem weiter im Süden am Leben gehalten wird."
Mathias sah ihm erwartungsvoll entgegen.
„In der Mitte der Rauhnächte, also etwa zu Silvester, bricht nach altem Volksglauben die Wilde Jagd am Himmel los. Dann soll das Geisterreich offenstehen und die Seelen der Verstorbenen sowie die Geister haben Ausgang. Dann ziehen sie durchs Land. Deshalb gibt es auch den Brauch, zu Silvester Lärm zu machen, um die Unholde fernzuhalten."
Mathias lauschte ergriffen. Davon hatte er noch nie gehört.
Torbens Stimme wurde unheilvoll und dunkler, als er fortfuhr.
„Ich habe aus Hildesheim und sogar der Hansestadt Rostock von seltsamen Riten gehört. Demnach haben sich vermummte Bürgersöhne mit ihren Knechten in feierlicher Prozession durch die Stadt bewegt. Teilweise sollen sie sich als Teufel ausgegeben haben. Nach dem Umzug sollen sich diese „Teufel" in den Straßen herumgetrieben haben. Ein schauerlicher Anblick, sag ich dir."
Mathias war begeistert.
„Was für eine unterhaltsame Vorstellung. Das hätte ich gern einmal gesehen."
Torben winkte ab.
„Es kommt noch besser. Im letzten Jahr hat es in Braunschweig tumultartige Szenen gegeben. Da sind diese „Schauteufel" genannten Gestalten mit abschreckenden Masken durch die Straßen gerannt. Dieses Umherlaufen artete in echte Raserei aus. Die Anführer solcher Rotten mussten vorher Geld als Pfand hinterlegen, um eventuelle Schäden im Voraus abzudecken. Außerdem durften sie sich nicht in Kirchen, Amtsstuben oder Badstuben zeigen. Und natürlich waren jegliche despektierliche Aktionen gegen geistliche Personen bei Strafe untersagt."

Mathias‘ Augen funkelten.
„Selbstverständlich“, bekräftigte er. „Weiter! Was geschah dann?“
Torben verzog das Gesicht.
„Die Schauteufel haben jegliche Ordnung fallen lassen. Irgendwann trafen zwei solcher Rotten aufeinander und es kam zu einem Totschlag. Seitdem findet das wilde Treiben in dieser Form nicht mehr statt. Stattdessen gibt es jetzt nur noch einen Festumzug, bei dem die Teilnehmer verkleidet sind, sich aber manierlich benehmen müssen.“
Mathias seufzte enttäuscht. So etwas ähnliches hatte er schon befürchtet. Solch ein gottloses Treiben konnte der Kirche nicht gefallen haben.
Sie hörten die Glocke der Marienkirche schlagen. Torben runzelte die Stirn.
„Das hätte ich beinahe vergessen“, murmelte er. „Ich bin bei Johann Steinhoff eingeladen.“
„Dem Ratsherrn?“, fragte Mathias.
„Genau der.“
Mathias grinste neckisch.
„Oder ist es wegen seiner Tochter?“
Torben schnaufte ungehalten.
„Das kann ich ausschließen. Zumindest was mich betrifft.“
Er erhob sich und rückte sein Wams zurecht.
„Damit du mir hier nicht auf dumme Gedanken kommst, habe ich noch eine hübsche Aufgabe für dich. Beende das Schreiben an den Kölner Kaufmann, welches wir gestern begonnen haben. Berichte ihm alles, was wir besprochen haben.“
Er sah Mathias prüfend an, doch dieser nickte sogleich.
„Auflebender Handel im nächsten Frühjahr wegen der Beseitigung der Dänengefahr, jede Menge Kreuzfahrer in der Stadt, die ins Gebiet des Deutschen Ordens übersetzen wollen, gestiegene Getreidepreise in England und Norwegen“, zählte er auf.
Torben nickte beeindruckt.
„Manchmal überrascht du mich. Schön zu hören, dass du während unseres Gesprächs nicht weggenickt bist.“
„Es hat nicht viel gefehlt“, gab Mathias lächelnd zurück. Doch dann ließ er sich auf Torbens Platz niedersinken, griff zum Federkiel und machte sich an die Arbeit.
Torben verbarg ein Grinsen und zog die Tür zu.

Den Weg zum Ratsherrn kannte er im beinahe Schlaf.
Dabei konnte er sich noch gut an ihre erste Begegnung unten am Hafen erinnern. Damals hatte er nicht so recht verstanden, was der Ratsherr ausgerechnet von ihm wollte. Doch bei den nächsten Treffen hatte er erkannt, dass Johann Steinhoff einfach nur seine Stadt am Herzen lag und er alles dafür tat, um Lübeck zur ersten aller Hansestädte zu machen. Dazu war es nötig Gleichgesinnte zu finden, die den Handel Lübecks vorantrieben und sich nicht auf längst verblassten Erfolgen ausruhten. Das unterschied diesen weitblickenden Mann grundlegend von seinem Vater. Dafür bewunderte Torben Johann aufrichtig.
Während er seinen Gedanken nachhing, bog er von der Breiten Straße in die Mengstraße ein. Von hier aus ging es ein ganzes Stück in Richtung Trave weiter.
Er wich zwei Mägden aus und wartete geduldig in einer Schneewehe. Die Mägde trugen jede einen Korb im Arm und bedachten ihn mit einem dankbaren, aber auch neckischen Lächeln. Er grüßte höflich und wurde mit einem Seufzen belohnt.
Direkt vor ihm lief ein Schwein über die Straße und blieb mitten im Weg stehen. Während Torben einen Bogen schlagen wollte, hatte ein junger Bursche weniger Geduld. Dieser trat dem Tier schwungvoll in den Hintern, woraufhin das Schwein protestierend das Weite suchte. Dabei rutschte es beinahe aus und schlitterte haltsuchend umher, bevor es wieder festen Boden unter den Füßen fand.
Bei diesem Anblick konnte Torben sich ein Lächeln nicht verkneifen. Beinahe übersah er dabei einen riesigen Haufen, den das Schwein hinterlassen hatte. Mit einem gewagten Satz sprang er darüber hinweg und landete sicher. Das fehlte ihm noch, sich kurz vorher sein Schuhwerk einzusauen.
In einiger Entfernung sah er schon das schmiedeeiserne Tor und das hohe Eingangsportal vor sich aufragen. Kurz darauf ergriff er den kunstvoll geschmiedeten Türklopfer, der einen prächtigen Löwenkopf darstellte. Er war sich sicher, dass für eine solche Spielerei ein Hafenarbeiter eine ganze Handelssaison lang schuften müsste.
„Torben, sei mir willkommen!", begrüßte ihn der Ratsherr. „Komm herein. Das ist doch eine Saukälte da draußen."
Torben musste dabei an das Schwein denken und lächelte vergnügt. Sein Atem zeichnete sich als weiße Wolke vor seinem

Gesicht ab. Erst jetzt bemerkte er, wie kalt seine Hände geworden waren. Während er sie fest aneinanderrieb, folgte er Johann ins Haus.
Dieser führte ihn in die große, gemütliche Stube. Wärme schlug ihm entgegen. Sogleich ließ er die Schultern sinken, die er die ganze Zeit zum Schutz gegen die Kälte hochgezogen hatte.
Ein Diener servierte warmes Bier in schlichten Steinbechern. Torben bedankte sich und stieß mit Johann an. Dann genoss er den herrlichen Trank, der warm durch seine Kehle rann und seine Lebensgeister weckte.
Der Ratsherr war wie immer vornehm gekleidet. Selbst hier in seinem Haus trug er ein schneeweißes Leinenhemd, das über ein engrgeschnittenes Wams aus Wollstoff fiel. Die Ärmel waren aus Seidenbrokat. Sofort fiel Torben der Preis pro Elle ein. In Brügge hätte er für solche Waren ein Vermögen bezahlt.
Der Ratsherr musterte ihn mit einem langen Blick, auch wenn nur wenige Monate zwischen ihrem letzten Treffen lagen.
„Nun, da der Kriegszug gegen Dänemark endlich ein gutes Ende genommen hat, kann die Hanse wieder freien Handel treiben und seine Bewohner am Reichtum teilhaben lassen. Spätestens im nächsten Frühjahr sollte der Handelsaufschwung für alle sichtbar sein."
„Die Aufträge für den Bau neuer Koggen ziehen schon mächtig an", bestätigte Torben.
„Die Dänen werden keine Kaufmannsschiffe mehr aufbringen. Daher wittert jeder gute Kaufmann seine Chance auf gute Geschäfte."
Johann Steinhoff lächelte geheimnisvoll.
„Wusstest du eigentlich, dass selbst Lübeck für 25 Jahre unter dänischer Herrschaft stand?"
Torben blickte ihn verwundert an. Davon hörte er heute zum ersten Mal. Konnte das tatsächlich wahr sein? Sein Blick verriet seine Skepsis.
Doch der Ratsherr nickte bekräftigend.
„So vieles gerät mit der Zeit in Vergessenheit. Mein Vater pflegte immer zu sagen: Wer die Gegenwart verstehen will, muss die Geschichte kennen. Und da ist oftmals etwas Wahres dran."
Er räusperte sich kurz.
„Damals, vor fast zweihundert Jahren, hatte Graf Adolf III. von Holstein-Schauenburg Lübeck zugesetzt. Er hat von der Burg

Travemünde aus einen Trave-Zoll von den Lübecker Kaufleuten verlangt. Danach hat er Hamburg gegründet, um von dort seinen Einfluss auszuüben. 1192 wurde er sogar Stadtherr von Lübeck. Vorher hat er Lübeck belagert und sich unter den stolzen Handelsleuten keine Freunde gemacht. Diese verfielen auf die gewagte Idee, die Stadt dem Dänenkönig zu übergeben. Schließlich hatte Waldemar I. „der Große", wie er genannt wurde, auch schon die slawische Jaromarsburg auf Rügen erobert. Ganz Rügen wurde dänisch. Das dänische Reich umspannte damals ganz Jütland und die östlich gelegene Inselwelt. Auch das südschwedische Schonen gehörte dazu. Selbst die Küsten Mecklenburgs und Vorpommerns gewannen die Dänen allmählich dazu. Und sogar Schweden und Norwegen unterlagen dänischem Einfluss."
Nachdenklich fuhr er mit dem Zeigefinger der rechten Hand am Griff des Bechers entlang.
„Als der streitbare Adolf III. im Jahre 1200 die Mecklenburger angriff, hatte er den Bogen allerdings überspannt. Der dänische Herrscher war ihm überlegen und schlug ihn zurück. Daraufhin schickten die Lübecker eine Delegation nach Dänemark und trugen ihm die Herrschaft über ihre Stadt an."
Er breitete die Hände aus.
„Kaum zu glauben, oder? Aber der Dänenkönig bot damals die Sicherheit, die Lübeck für den Handel brauchte. Die Bewohner waren pragmatisch. Unter welcher Flagge sie Handel trieben, war ihnen ziemlich gleichgültig. Wenn nur der Handel nicht gestört wurde. Im Jahre 1202 wurde der dänische König mit allen Ehren empfangen. Seine Herrschaft über die Stadt dauerte tatsächlich 25 Jahre. Damals zog ein königlich-dänischer Vogt in die Burg am Nordrand der Stadt. Aber der hatte wenig zu melden. Ein neu gegründeter Rat der Stadt traf alle Entscheidungen, so wie es auch heute noch gehandhabt wird."
„War die dänische Herrschaft über Lübeck denn nicht schädlich für die Entwicklung unserer Heimatstadt?", fragte Torben misstrauisch.
„Oh keineswegs", entgegnete Johann.
„Um der Wahrheit die Ehre zu geben: Die Stadt entwickelte sich prächtig. Dänemark bestätigte die städtischen Freiheiten und verlieh den Lübecker Händlern neue Privilegien. So erhielten die Händler die Rechte für den Schonenmarkt auf der Halbinsel Fasterbo, eine Messe zur Zeit des Heringsfangs. Sie profitierten

also durchaus. Zugleich wurde in dieser Zeit der Aufbau Lübecks vorangetrieben. Die Siedlungsfläche vergrößerte sich um die Hälfte. Die ganze Stadt war eine einzige Baustelle. Die Halbinsel wurde von einer neuen Stadtmauer umspannt. Und es wurde fast nur noch mit Stein gebaut, um Feuerkatastrophen zu verhindern. Alles Entschlüsse, die zum Aufstiegs Lübecks beitrugen. 1216 wurde dann die Holstenbrücke über die Trave errichtet. Seitdem ist der Hafen zweigeteilt. In der Nordhälfte findet der Überseehandel statt und die großen Koggen legen dort an. Im Süden wird der Binnenhandel abgewickelt. So kennen wir es heute noch. Aber zu verdanken haben wir das den Dänen. Allerdings war dem dänischen König das Glück nicht lange hold. Er geriet in den Konflikt mit norddeutschen Fürsten und wurde bei einem Jagdausflug gefangen genommen. Im Zuge dessen wandte sich auch die Lübecker Bürgerschaft gegen ihn und er musste noch im selben Jahr auf die Länder zwischen Eider, Elbe und Rügen verzichten.
Für Lübeck war es trotzdem eine wirtschaftlich erfolgreiche Zeit. Zumal der Kaiser Friedrich II. der Stadt alle Privilegien bestätigte und Lübeck einen Reichsfreiheitsbrief ausstellte. Seitdem ist Lübeck nur dem Kaiser untertan und damit eine freie Reichsstadt."
Er lächelte stolz.
„Du siehst, deine Heimatstadt hat einige Überraschungen zu bieten. Aber genug von diesen alten Geschichten. Erzähle mir lieber, wie dir das Fest des Grafen von Holstein-Rendsburg gefallen hat?", fragte Johann ihn neugierig.
„Ist seine Tochter so hübsch, wie man sich erzählt?"
Torben wölbte die Lippen vor.
„Ehrlich gesagt habe ich sie nur kurz gesehen. Sie sah sehr glücklich aus, mit ihrem Gemahl an ihrer Seite. Viel mehr ist mir nicht in Erinnerung geblieben. Aber das Fest war großartig."
Torben berichtete ihm sowohl von der Feier als auch von den Unternehmungen am Tage. Dann erzählte er von ihren Plänen fürs Frühjahr und dass sie an der Seite des Grafen nach Venedig zu reisen gedachten.
Der Ratsherr war beeindruckt.
„Von euren Überlegungen nach Venedig zu reisen, hast du mir bei unserem letzten Treffen schon erzählt. Aber an der Seite des Grafen? Meine Hochachtung! Das wird die Reise hoffentlich leichter und auch ungefährlicher für alle Beteiligten machen."

Er lächelte zufrieden.
„Wie ich dir seit längerem erzähle, Torben, sind für einen Kaufmann Kontakte so viel wert wie ein guter Geschäftsabschluss. Irgendwann zahlt sich so etwas immer aus. Dass es in eurem Fall so schnell geht, ist natürlich eine glückliche Fügung.“
Torben berichtete ihm von dem Bernsteinschmuck, den Katja aus den ungeschliffenen Steinen zu fertigten verstand. Er vergaß auch nicht die Korallen zu erwähnen.
Johann verschränkte die Arme und ließ sich in seinen Stuhl zurücksinken. In seinen Augen nistete ein warmes Lächeln.
„Diese Katja passt wirklich gut zu euren Unternehmungen. Leider dürft ihr in Venedig nur in einem riesigen Lagerhaus, dem Fondaco dei Tedeschi, Handel treiben. Dort trefft ihr dann auf kundige Venezianer die versuchen werden, euch diese Waren zu einem Spottpreis abzukaufen. Seid ausdauernd und verhandelt selbstbewusst, lautet mein Rat. Aber solltet ihr eine Gelegenheit finden, eure Kontakte vor Ort zu nutzen, dann wären euch höhere Preise gewiss. Das ist natürlich ein Risiko. Aber ihr nehmt den weiten Weg ja nicht auf euch, um euch dann von den Venezianern ausnehmen zu lassen.“
Torben nickte nachdenklich. Auch er hatte schon darüber nachgedacht, ob er bei einigen Schmuckstücken nicht lieber mit Gian reden sollte, sobald sie Venedig erreicht hatten.
„Du möchtest Gewürze kaufen, habe ich das richtig in Erinnerung, Torben?“
Dieser nickte bestätigend.
„Pfeffer, Safran, Muskat. Aber auch Rosinen, Feigen, Mandeln und Ingwer. Alles, was ich bekommen kann.“
Der Ratsherr nippte nachdenklich an seinem Becher.
„Neben Brügge gibt es solche Dinge auch im Südosten, auf dem Markt in Lemberg zu kaufen“, bemerkte er. „Natürlich nicht zu solchen Preisen wie in Venedig“, schränkte er sogleich ein.
„Händler aus Griechenland und den italienischen Stadtstaaten bringen diese begehrten Waren dorthin. Aber es gibt zu viele Zwischenhändler. Der lange Transport lässt die Preise schnell ansteigen. Jede Zollgebühr wird doppelt und dreifach draufgeschlagen.“
„Genau deshalb nehmen wir dieses Wagnis auf uns“, murmelte Torben entschlossen.
Johann hatte eine Hand an seine Schläfe gelegt.

„Das begrüße ich sehr. Natürlich darf man Risiken nur mit Bedacht eingehen. Aber viele Hansekaufleute unserer Stadt sind mir einfach zu vorsichtig. Die kaufmännische Umsicht bedeutet ihnen alles. Zuverlässig sein, grundsolide, nur nichts riskieren. Das ist gutes hanseatisches Wirtschaften – allein: Sie machen kaum Gewinn! Nimm den alten Berger als Beispiel. Seit fünfundzwanzig Jahren ist er Hansekaufmann mit Leib und Seele, Ratsherr wie ich. Wenn der ein Geschäft per Handschlag besiegelt, gilt sein Wort, egal was auch geschieht. Erst letzte Woche sagte er mir voller Stolz, dass er in den letzten zwei Jahren einen Gesamtgewinn von zehn Prozent eingefahren hat."
Dabei schnaufte er angestrengt.
„Zehn Prozent, in zwei Jahren. Das ist bestenfalls solide, ja. Aber nicht herausragend. Wie will er da genug Reserven anlegen, um vernünftig zu investieren?"
Fragend streckte er die Hände in die Luft.
„Und warum verdient er nicht genug?", fragte er schließlich.
Torben lächelte.
„Weil er nichts riskiert."
„Richtig, Torben. Er kauft seit Jahrzehnten Metalle wie Kupfer und Eisen auf, aus den Bergwerken in Ungarn. Damit beliefert er dann die Brauereien, die das Metall für die Fassproduktion brauchen. Sein Sohn ist längst in das Geschäft eingestiegen. Sie werden es so lange betreiben, bis sie ein billigerer Konkurrent hinausdrängt."
Torben nickte sinnend.
„Ich verstehe Hansekaufmann Berger durchaus. Aber in seinem Geschäftsfeld verwaltet er nur. Er kennt schon heute die Preise, die im nächsten Jahr gelten werden. Ganz sicher hat er den Großteil seiner Metalle schon zu Festpreisen an die Brauereien weiterverkauft. Er muss sie nur noch abholen und liefern lassen. Ich hingegen will selbst gestalten und zugreifen, wenn sich neue Gelegenheiten bieten. Bei seinem Gebaren würde mir die Luft zum Atmen fehlen. Mir tut sein Sohn leid, der nie etwas anderes kennengelernt hat und ewig so weitermachen wird."
Johanns Augen funkelten. Das war sein ganzes Leben lang auch seine Einstellung gewesen. Ohne ein solches Wagnis hätte er es niemals zu einem der reichsten Ratsherren gebracht, dessen Wort großes Gewicht besaß.
„Allerdings liegt es mir fern, irgendwelche Risiken kleinreden zu wollen", gab er zu bedenken.

„Jeder muss wissen, worauf er sich einlässt. Einer meiner Kontakte auf Sizilien hat mir vor kurzem mal wieder von einem lokalen Pestausbruch berichtet. Die Pest hat sich aber diesmal wohl nicht weiter ausgebreitet."
Torben biss die Zähne zusammen. Er wusste genau, dass der Ratsherr ihm dies nur sagte, um ihn vor der Gefahr zu warnen. Und nicht, weil er ihn von seinem Ziel abbringen wollte. Torben kannte die Erzählungen über den großen Pestausbruch von vor gut dreißig Jahren nur zu gut. Damals war jeder vierte Bewohner Lübecks dieser Krankheit zum Opfer gefallen.
„Ich werde mich sehr genau umhören", versprach er dem Ratsherrn.
Johann stellte den Becher ab und blickte Torben direkt in die Augen.
„Sobald dich die ersten Nachrichten von einem Pestausbruch erreichen, nimm die Beine in die Hand. Hörst du? Dann musst du Venedig umgehend verlassen. Ziehe dich irgendwo aufs Land zurück. Städte sind immer am schwersten von einem Ausbruch betroffen. Keine Ahnung, warum das so ist."
Torben versprach es ihm mit einem Nicken.
Der Ratsherr strich, tief in Gedanken verloren, über seinen Ärmel aus Seidenbrokat.
„Als die Pest damals in Lübeck ausbrach, wurden neun der dreißig Lübecker Ratsherren von der Seuche dahingerafft. Die Pest machte keinen Unterschied, ob ein Bewohner arm oder reich, fest im Glauben oder ein Sünder war. Es erwischte auch eine große Zahl Priester. Es gab sogar Gerüchte, dass Priester mit dem Teufel im Bunde standen und vorhätten, ihre Gemeinden zu vergiften."
Torben sah ihn ungläubig an. Doch der Ratsherr nickte bekräftigend.
„In Rostock wurden tatsächlich zwei Priester lebendig begraben, weil sie dessen verdächtigt wurden. Das müssen Auswüchse gewesen sein!"
Er seufzte leise und leerte dann genüsslich seinen Becher.
„Doch Gefahren lauern überall. Ein Hamburger Kaufmann ist im Sommer in der Trave ertrunken, als er betrunken ins Hafenbecken fiel. So ein sinnloser Tod."
Torben schwieg eine Weile. Dann fiel ihm noch etwas ein.
„Da du meine Pläne nun kennst, wollte ich dir auch schon so früh wie möglich mitteilen, dass ich im nächsten Jahr deine Kogge nicht

brauchen werde.“
Johann schlug beide Hände klatschend auf die Oberschenkel.
„Das ist gut. Denn ich werde ganz sicher jeden Laderaum brauchen. England wird noch immer jeden Sack Getreide herbeisehnen, der es in einen der englischen Häfen schafft. Außerdem will ich eine große Ladung Eibenholz aus Preußen nach England verschiffen. Aus diesem Holz fertigen die Engländer ihre Langbögen. Das verleiht ihren Pfeilen eine so große Durchschlagskraft, dass sie damit selbst gepanzerte Ritter vom Schlachtross schießen können.“
Torben hatte die beiden Waliser schon mehrfach von den Vorzügen ihrer Waffe sprechen hören. Einiges hatte er für Übertreibungen gehalten. Aber wer weiß? Sie klangen auf jeden Fall sehr überzeugend und waren unbestritten wahre Meister im Umgang mit dieser Waffe.
„Also liegt Krieg in der Luft?“, fragte er nach. Johann würde nicht ohne Grund auf ein solches Handelsgut setzen. Obwohl auch Torben durch seine zahlreichen Briefe über viele gute Informationen verfügte, schien das Netz des Ratsherrn noch einmal deutlich engmaschiger zu sein.
Johann schürzte die Lippen.
„Tut es das nicht immer?“, bemerkte er mit einem bitteren Zug um den Mund.
„Zumal dieser Konflikt das Zeug hat, uns alle zu überleben“, orakelte er düster.
„Als Eduard III., König von England, vor vierzig Jahren in Frankreich einfiel, ernannte er sich selbst zum französischen König. Er war nicht nur souveräner englischer König, sondern auch größter Grundbesitzer in Frankreich und damit der mächtigste Vasall des französischen Königs. Sein Heer war den Franzosen allerdings zahlenmäßig unterlegen. Dennoch schlug er sie in der Schlacht von Crècy 1346 vernichtend. Sein Schlachtenglück hatte er einzig und allein 8.000 Langbogenschützen zu verdanken. Deren langen Pfeilen war keine Panzerung gewachsen. Die Blüte des französischen Ritteradels fand dort den Tod.“
Torben hörte aufmerksam zu. Mittlerweile hatte er eine ziemlich gute Vorstellung davon, was Langbogenschützen anrichten konnten.
„1355 flammte der Krieg dann erneut auf“, fuhr der Ratsherr fort,

„als der Schwarze Prinz, der älteste Sohn Eduards III., bei Bordeaux landete. Unter seiner Führung siegten die Engländer bei Poitiers und nahmen den französischen König Johann II. gefangen. Vor zehn Jahren schlossen die Parteien Frieden. Eduard III. erklärte seinen Verzicht auf den französischen Thron und verlangte ein hohes Lösegeld für Johann. Außerdem erzwang er die Abtretung großer Gebiete wie die Gascogne, Poitou sowie Limousin, in denen er ohne Lehnsabhängigkeit von der französischen Krone herrschen wollte.“
Er breitete die Hände aus.
„Natürlich fand Frankreich sich mit dieser Niederlage nicht ab. Es wollte die verlorenen Gebiete zurückerobern. Seit dem letzten Jahr ist der Krieg wieder aufgeflammt. Unter dem neuen französischen König Karl V. gelang es, mithilfe zahlreicher Söldner, viele der Gebiete zurückzuerobern. Außerdem hat Frankreich sich mit dem Königreich Kastilien verbündet. Zusammen besiegten sie die englische Flotte bei La Rochelle. Jetzt tobt der Kampf in der Normandie und der Bretagne.“
Er blickte Torben düster an.
„Es sieht nicht so aus, als würde eine Seite nachgeben wollen. Die Engländer werden alles tun, um ihre Streitkräfte aufzufüllen und neue Bogenschützen ausheben. Da werden sie auf das Eibenholz angewiesen sein.“
Torben bewunderte den Ratsherrn für seinen unfehlbaren Instinkt. Dieser profitierte sowohl von einer Hungersnot in England als auch vom Krieg, in dem es so oft nur Verlierer gab. Doch Torben war ganz froh, dass er mit anderen Gütern handelte, zu denen er einen Bezug hatte. Von Fellen verstand er dank der Jagd mit dem Bojaren eine Menge. Und auch die Bernsteine hatten es ihm angetan. Dass dieses Gold der Küste, wie die Steine oft genannt wurden, so viele nützliche Verwendungen fanden, war ihm früher nicht bewusst gewesen.
Ein Bediensteter trat näher und schenkte mit sicherer Hand ihre Becher nach.
Torben lockerte die Schultern. Er war ein wenig eingefroren durch die Kälte.
Dann zog er ein winziges Bündel unter seinem Wams hervor.
„Von unserem Bernstein weißt du schon. Aber in Venedig werden wir auch Korallenschmuck feilbieten. Der sucht seinesgleichen.“
Johanns Augen begannen zu leuchten.

Vorsichtig griff er nach einer Brosche und berauschte sich am Funkeln der schwarzen Koralle sowie der roten Edelkoralle. Torben erklärte manchmal ein wenig dazu, soweit ihn Katja in die Geheimnisse eingeweiht hatte.
Johann lächelte versonnen.
„Das wird euch in Venedig in eine gute Verhandlungsposition bringen. Felle können durchaus einige Kaufleute anbieten. Vielleicht nicht in so guter Qualität wie du. Doch da mag die Konkurrenz schon größer sein, wenn du Pech hast. Selbst Bernstein ist nicht sonderlich selten. Es gibt etliche Hansekaufleute die wissen, dass diese Steine in Italien begehrt sind. Aber Korallenschmuck ist selten und deshalb kostbar. Und was Katja daraus zaubert, ist mit nichts vergleichbar. Am liebsten hätte ich meiner Tochter eine solche Kette mit einer schwarzen Koralle geschenkt. Sie würde ihr unheimlich gut gefallen. Da bin ich mir sicher."
„Wo ist Johanna eigentlich? Rufen wir sie doch zu uns, damit sie sich die Kette einmal ansieht", erwiderte Torben.
Johann verzog bedauernd das Gesicht.
„Wenn sie gewusst hätte, dass du zu Besuch kommst, hätte sie sich sicher gefreut. So gut kenne ich meine Tochter dann doch. Auch wenn mir meine Frau und auch Johanna schon oft genug gesagt haben, dass mich meine Pflichten als Ratsherr viel zu oft von meinem Heim und der Familie fernhalten."
Er breitete entschuldigend die Arme aus.
„Das Los eines erfolgreichen Kaufmanns, der seinen Beruf liebt."
Er strich noch einmal bedauernd über die Kette.
„Ich habe Johanna für den Winter zu ihrer Tante nach Hamburg geschickt. Sie soll mal aus ihrem behüteten Umfeld rauskommen und andere Menschen kennenlernen. Das Mädchen ist mir zu schüchtern. Vielleicht blüht sie da ein wenig auf."
Er schmunzelte leicht, doch Torben erkannte, dass er sich ein wenig um seine Tochter sorgte.
„Dann wäre es doch bestimmt schön, wenn du sie mit dieser Kette überraschst, sobald sie im Frühjahr zurückkehrt", erwiderte Torben mit einem Lächeln.
Johann nickte kurzentschlossen.
„Genau das sollte ich tun. Ich weiß genau, dass ich ihr damit eine große Freude machen werde. Wieviel verlangst du für dieses schöne Stück? Und sei nicht zu knauserig, hörst du? Ich kann es

mir wahrlich leisten."
Torben schüttelte nachdrücklich den Kopf.
„Es wäre Katja und mir eine Ehre, wenn wir ihr diese Kette zum Geschenk machen dürften. Möge Johanna lange Freude daran haben."
Johann wollte energisch widersprechen, doch Torben hob die Hand.
„Jedes weitere Wort kannst du dir sparen. Entweder so, oder ich nehme die Kette wieder mit. Du hast schon genug für mich getan. Ich freue mich, wenn ich mal etwas für dich und deine Familie tun kann."
Johann legte ihm kurz die Hand auf die Schulter.
„Ich kann es kaum abwarten, bis ich sie Johanna um den Hals legen kann. Bitte richte Katja meinen Dank aus. Und wer weiß? Bestimmt kann ich mich eines Tages für dieses kostbare Geschenk erkenntlich zeigen."
Nun war es an Torben, abwehrend die Hände auszustrecken. Doch Johann hatte schon genug gesagt und zeigt ihm nur ein wölfisches Grinsen.

Die Feiertage vergingen viel zu schnell. Weihnachten feierten sie in großer Runde im Kreis der Familie. Sandra und Karl brachten einen riesigen Braten mit. Sascha und Katja hatten Brot gebacken und eine schmackhafte Suppe bereitet. Selbst Ralf und Mathias brachten sich ein. Sie hatten ein Loch in die Trave geschlagen und einige Barsche und Zander aus dem Wasser gezogen. Henrike nahm die Fische aus und schon bald zog der Geruch schmackhafter Fischsuppe durchs ganze Haus.
„Eure Fische sind ja ganz lecker. Aber vielleicht ein wenig klein geraten", neckte Torben sie gutmütig. „In Kopenhagen habe ich einen Dorsch gefangen, der hat ein halbes Dutzend Männer satt gemacht."
Mathias winkte ab.
„Das lässt sich hinterher natürlich leicht sagen. Sigurd ist ja nicht da, um deine Worte zu bestätigen. Und Don guckt gerade ziemlich betreten zu Boden. Bestimmt weiß er, dass du mächtig flunkerst."
Torben sah irritiert zu Don, der neben seinem Stuhl Platz genommen hatte. Tatsächlich sah dieser gerade so aus, als wäre ihm etwas unangenehm.
Doch dann musste Torben lachen.

„Das lag nicht daran, dass er mich bei einer Lüge erwischt hat. Schnuppere ruhig mal. Dann weißt du, warum er so unauffällig zu Boden guckt und jedem Blick ausweicht."
Jetzt rochen sie es alle und brachen in Gelächter aus. Henrike ließ schnell frische Luft hinein und das Festessen konnte weitergehen.
Zwischendurch lief Torben manchmal über die zugefrorene Trave, um ein wenig Bewegung zu haben. Dabei lachte er sich jedes Mal schlapp, wenn er sah wie vorsichtig Don neben ihm hertrottete.
Manchmal schlug er freiwillig Brennholz, nur um nicht wieder den ganzen Tag in der Schreibkammer zu verbringen.
Irgendwann im Februar hielt Torben die Ruhe kaum noch aus.
„Wann wollte Sigurd zurückkommen?", fragte er Mathias zum wiederholten Male.
Dieser saß neben ihm in der Schreibstube und ging aufmerksam einige Eintragungen durch.
„Immer noch im April, Torben", rief dieser zurück. „Die Zeit wird auch nicht schneller vergehen, wenn du morgen noch einmal fragst."
Torben verzog schuldbewusst das Gesicht. Abwarten gehörte nicht zu seinen Stärken.
Doch dann richtete Mathias sich kerzengerade auf.
„Das Lagerhaus am Hafen, das wir für die Felle angemietet haben, ist schon wieder teurer geworden."
Torben schreckte hoch. Dann knirschte er vernehmlich mit den Zähnen.
„Dieser Halsabschneider Torgensen macht mit unserem Lager in seinem Besitz ein hervorragendes Geschäft. Wenn er so weiter macht, hat er durch die Mieteinnahmen so viel Geld eingenommen, dass er sich gleich noch eines kaufen kann."
Mathias zuckte mit den Schultern.
„Er hat Maik wohl gesagt, dass Lagerflächen Mangelware seien. Wenn es uns zu teuer wäre, könnten wir unsere Waren ja einfach woanders unterbringen. Er könnte den Platz schon morgen für den doppelten Preis vermieten."
Torben hob zerknirscht den Blick.
„Da liegt er leider nicht ganz falsch. Lübeck erlebt einen Aufschwung. Jeder Kaufmann giert danach, seine Waren irgendwo in Hafennähe unterzubringen."
Er stutzte kurz und rieb sich die Unterlippe.
„Wenn ich es recht überlege, hätte das durchaus ein

Geschäftsmodell für mich werden können. Statt mich mit Waren aus allen Ecken der Welt im zähen Konkurrenzkampf mit Hunderten anderer Kaufleute zu messen, hätte ich auch einfach auf die Vermietung von Lagerräumen setzen können."

Er schnaufte laut.

„Stell dir das mal vor! Wir hätten nur rechtzeitig genug günstige Flächen am Hafen aufkaufen müssen. Dann hätten wir von der Vermietung leben können und jedes Jahr die Preise angehoben. Stattdessen riskieren wir oft genug unser Leben in weit entfernten Ländern. Allein, die Erkenntnis kommt zu spät, fürchte ich."

Mathias riss überrascht die Augen auf.

„Das klingt beinahe schon zu leicht, wenn du mich fragst. Aber ist es nicht auch der Tatsache geschuldet, dass Dänemark nicht länger den Handel über die Ostsee einschnürt? Wer hätte das voraussehen können?"

Torben nickte beeindruckt.

„Donnerwetter. Da hast du Recht. Es kommt immer auf den richtigen Zeitpunkt an. Die Jahre zuvor wäre eine solche Investition nicht gerade von Erfolg gekrönt gewesen. Ich glaube, ich bleibe besser bei meinen Handelsgütern. Damit kenne ich mich wenigstens aus."

Er blickte aus dem kleinen Fenster um abzuschätzen, wie weit der Tag schon fortgeschritten war. Es konnte nicht mehr lange dauern, bis die Dämmerung einsetzte. Torben konnte diesen dunklen, viel zu kurzen Tagen, nur wenig abgewinnen.

„Wenn es nur schon April wäre", seufzte er, während Mathias übertrieben mit den Augen rollte.

„Komm mit! Wir gehen Eislaufen auf der Trave."

Torben blickte überrascht auf.

„Jetzt?"

„Willst du warten, bis es dunkel ist? Ich ertrage deine Ungeduld nicht länger. Außerdem haben wir uns doch die Arbeit mit den Kufen nicht umsonst gemacht, oder?"

Torben gab sich einen Ruck. Die Idee war glänzend. Das Herumsitzen fiel ihm immer schwerer. Umso wichtiger war es, sich draußen zu verausgaben und auf andere Gedanken zu kommen. Don hatte bereits erwartungsvoll den Kopf gehoben. Er schien zu spüren, dass gleich etwas passieren würde.

Torben musste lächeln. Sie hatten sich schon im Herbst mit großer Sorgfalt daran gemacht, aus Tierknochen Schlittschuhe zu fertigen.

Mit den geschliffenen Tierknochen unter den Füßen lief es sich klobig und schwerfällig. Doch immerhin fielen sie nicht hin. Als Sascha sie so laufen sah, hatte er sich halbtot gelacht.
Dann hatte er ihnen dabei geholfen, aus Holz und Eisen bessere Schlittschuhe zu bauen.
Er hatte solch ein Modell schon in Kopenhagen gesehen. Auch wenn Torben das längst wieder vergessen hatte. Aber Sascha war Handwerker und liebte es, mit seinen Händen etwas zu erschaffen. Also besorgte er sich gutes Holz, welches er sorgsam bearbeitete. In dessen Unterseite steckte er ein spannenlanges Stück geschliffenes Eisen. Noch immer waren diese Schlittschuhe recht klobig. Es kostete eine Menge Kraft, mit diesen recht breiten Kufen über das Eis zu rutschen. Aber auf diese Weise konnte man sich allein mit seinen Beinen vorwärtsbewegen. Und es war ein Riesenspaß!
So geschickt Sascha auch in der Herstellung dieser Schlittschuhe war. Auf diesen Kufen bewegte er sich wie ein Bär, der gerade erst aus dem Winterschlaf erwacht war. Torben stellte sich ein wenig geschickter an. Auch wenn er mehr als einmal kräftig auf die Nase fiel. Mathias hingegen schien mit seinen Schuhen verwachsen zu sein. Er bewegte sich so sicher darauf, als hätte er sein Leben lang nichts anderes gemacht. Torben wurde immer ein wenig neidisch, wenn er seinen Freund beobachtete, wie dieser mit unvorstellbarer Leichtigkeit über das Eis zog.
Auch jetzt liefen sie los. Zwar setzte die Dämmerung schnell ein. Doch das Eis strahlte genug Helligkeit ab, um immer noch weiterzulaufen. Don sprang zwischen ihnen herum und ließ sich von ihrer Freude sogleich anstecken. Einmal sprang er Torben so aufgeregt vor die Beine, dass dieser aufs Eis plumpste und sogleich von Don in eine wilde Rauferei verwickelt wurde.
Als sie schließlich wieder ins Haus zurückkehrten, war Torben restlos glücklich und hatte alle Sorgen, die ihn sonst so oft quälten, für eine Weile vergessen.
„Danke, Mathias“, raunte er ihm leise zu, als sie sich abends verabschiedeten.
Dieser zwinkerte ihm verschwörerisch zu, bevor er in der Dunkelheit verschwand.

Als der März Einzug hielt, schmolz das Eis auf der Trave endlich. Torben hatte es sich zur Angewohnheit gemacht, jeden Morgen

nach seinen Übungen mit den Männern der Stadtwache beim Hafen vorbeizuschauen. Anfangs war das ein sinnloses Unterfangen. Auf der Trave und erst recht auf der Ostsee trieben noch eine Menge Eisschollen umher, die jeden Schiffsverkehr zum Erliegen brachten.
Doch es gab erste Anzeichen, dass der Beginn einer neuen Handelssaison nicht mehr weit entfernt war. Saschas kleine Werft hatte längst wieder geöffnet. Von dort kündigten laute Sägegeräusche von hektischer Betriebsamkeit.
Die ersten Koggen wurden zu Wasser gelassen. Die meisten Schiffe waren im Winter gründlich überholt worden, so dass die Rümpfe saubergeschabt worden waren. Neues Tauwerk und Segelzeug leuchteten in der Sonne, die nun allmählich an Kraft gewann.
Auch die Lager am Hafen standen sperrangelweit offen. Kaufleute gingen ihre Bestände durch oder schufen Platz für Waren, die in Kürze erwartet wurden. Jetzt war es leicht mit jedermann ins Gespräch zu kommen. Die erwartungsfrohe Stimmung machte gute Laune und sorgte für ein Lächeln in den Gesichtern.
Überall liefen Tagelöhner umher, die Waren aus den Kaufmannshäusern heranschleppten, um sie in der Nähe des Hafens unterzustellen. Von dort waren es kurze Wege zum Bauch einer Kogge. Allmählich erwachte der Hafen aus dem Winterschlaf.
Torben wusste genau, dass nun jeden Tag mit Sigurds Eintreffen zu rechnen war. Es kribbelte ihm bereits in den Fingerspitzen, all die Bernsteinfunde durchzugehen und gemeinsam mit Katja zu entscheiden, welche davon für die Verarbeitung zu Broschen, Ketten oder Ringen geeignet waren.
Doch es war nicht Sigurd, der als erstes in der zweiten Aprilwoche für hektische Betriebsamkeit im Hause Voigtherr sorgte.
„Eine große Ladung Felle wurde soeben im Hafen angeliefert“, bemerkte Maik an einem bewölkten Nachmittag Anfang April. „Sechzig Fässer!“
Er war ein wenig außer Atem, denn er war den ganzen Weg gerannt, um Torben nicht zu lange warten zu lassen.
Torben fuhr hoch, als würde er auf glühenden Kohlen sitzen.
„Die Felle?“, wiederholte er. „Noch vor Sigurd? Das ist ja allerhand. Da hat der Bojar aber keine Zeit verloren.“
Unternehmungslustig klatschte er die Hände zusammen.
„Lass uns loslegen, Maik! Such dir Tagelöhner zusammen und bringt alles im Lager unter. Dann machen sich diese Ausgaben

endlich bezahlt."
Wenn er sich vorstellte, wie sie sechzig Fässer voller schwerer Felle auf dem eigenen Dachboden lagern sollten, wäre ihm jetzt schlecht geworden. Das war im letzten Jahr wahrlich kein Spaß gewesen.
Maik stemmte die Hände in die Hüften.
„Ralf hat sich der Sache schon angenommen. Er war gerade mit einem anderen Auftrag fertig. Da kamen unsere Felle zur rechten Zeit. Ich habe ihn zusammen mit einem halben Dutzend weiterer Tagelöhner schon auf unsere Fässer angesetzt. Gleich gehe ich wieder zum Hafen, um ein Auge darauf zu haben."
Torben nickte erleichtert. Er wusste ja, dass Maik sich um alles kümmern würde.
„Hast du denn schon Interessenten für die Felle?"
Torben zeigte ein verkniffenes Lächeln.
„Interessenten durchaus. Aber ob es auch Käufer werden?"
Fragend hob er die Hände in die Höhe.
„Wenn alles eingelagert ist, werde ich mir einen Überblick verschaffen. Dann suche ich die besten Felle aus und versuche den größten Teil der Ladung an den Mann zu bringen. Aber ich war nicht untätig. Vier Kaufleute warten nur darauf, von mir zu hören. Die Qualität unserer Felle hat sich schnell herumgesprochen. Gerade die Kaufleute, die im letzten Jahr nicht zum Zuge kamen, sind in diesem Jahr sehr interessiert."
Maik wischte sich den Schweiß von der Stirn.
„Wollen wir es hoffen. Bis später, Torben."
Auch Torben hielt es nicht mehr lange in der Schreibstube. Noch am Abend überzeugte er sich davon, dass alle Fässer sorgfältig im Lager aufeinandergestapelt worden waren. Ralf und die übrigen Tagelöhner hatten ihr Geld noch am selben Abend erhalten.
Gemeinsam mit Mathias und Maik machte Torben sich dann daran, die große Ladung Felle durchzusehen.
Dabei stieß er auf ein in ein Wachstuch gewickeltes Pergament.
„Hat der Bojar dir schon mal einen Brief zukommen lassen?", fragte Maik erstaunt.
Torben schüttelte überrascht den Kopf.
„Soweit ich weiß, kann er nicht einmal schreiben."
Neugierig faltete er das Blatt auseinander. Der Text war recht kurz. Aber die Schrift war wunderschön. Jeder Buchstabe wirkte wie gemalt. Er beneidete den Schreiber um die Leichtigkeit, mit der dieser den Federkiel zu benutzen wusste. Bei ihm ähnelte das

Ganze eher einem Kampf, in dem er dem Pergament Buchstaben um Buchstaben abrang.
„Der Brief ist von Ilka", murmelte er verblüfft.
Maik und Mathias tauschten einen kurzen Blick. Beide wollten unbedingt mehr erfahren. Doch Torben entfernte sich einige Schritte, während er das plötzlich so kostbare Schreiben las:

An Torben Voigtherr, den Hansekaufmann aus Lübeck.
Torben!
Die nun folgenden Zeilen habe ich mit eigener Hand niedergeschrieben. Ein alter Kaufmann und Freund meines Vaters lehrt es mich seit einem halben Jahr. Er bringt viel Geduld mit mir auf und allmählich werde ich besser. Aber natürlich geht mir das alles viel zu langsam. Du ahnst nicht, wie oft ich dieses Schreiben angefangen und dann wütend weggelegt habe, weil ich mich schwer damit tat, meine Empfindungen in Worte zu fassen.
Ich hoffe sehr, dass deine Handelsfahrten von Erfolg gekrönt sind. Auch beneide ich dich um all die Dinge, die du in fernen Ländern siehst und erlebst. Jetzt ist es schon über ein Jahr her, dass wir uns in Nowgorod unter so besonderen Umständen kennengelernt haben. Es vergeht kein Tag, an dem ich nicht an dich denke. Denn schließlich warst du es, der mir das Leben gerettet hat.
Mögen dir diese Felle dabei helfen, deine Träume zu verwirklichen.
Vergiss mich nicht, Torben!
Und wehe du grüßt Don nicht von mir! Ich vermisse das Fellknäul sehr.
Herzlichst, Ilka

Torben las die Zeilen zweimal hintereinander.
Wenn Ilka wüsste, was aus dem „Fellknäul" Don inzwischen für ein stattlicher Wolf geworden war. Er hatte einen Kloß im Hals und musste sich mehrfach räuspern. Ilka konnte schreiben! Er bewunderte die junge Frau dafür, mit welcher Ernsthaftigkeit sie sich einem solchen Vorhaben widmete. Er war sich sicher, dass der Bojar bei ihrem Wunsch erst einmal losgelacht hatte.
Mit diesem Schreiben hatte sie ihm eine riesige und unverhoffte Freude gemacht. Bei der Erinnerung an sie lief ein wehmütiges Lächeln über sein Gesicht. Wie gern würde er sie wiedersehen. Doch sie war tausende Meilen weit entfernt. Unwillkürlich griff er nach dem silbernen kleinen Kreuz, das er noch immer um den Hals

trug. Es war ein Geschenk von Ilka gewesen, welches er seit diesem Tag immer mit sich getragen hatte.
Die fragenden Blicke von Maik und Mathias ignorierte er einfach. Ihm war nicht danach, über Ilka zu sprechen und damit seine Gefühle bloßzulegen.
Doch das musste er auch nicht.
Die beiden trugen ein breites Lächeln im Gesicht, das einfach nicht mehr weggehen wollte. Sie wussten genau, wie es um ihn stand. Es war kaum auszuhalten. Doch Torben fühlte eine Leichtigkeit in sich, die er seit Ewigkeiten nicht mehr gekannt hatte. Selbst das breite Grinsen der beiden war ihm da vollkommen gleichgültig.
„Ich bin sicher, ihr habt noch zu tun, oder?“, rief er sie zur Ordnung.
Sie grinsten zwar immer noch. Aber wenigstens machten sie sich wieder an die Arbeit.
In den nächsten Stunden sahen sie die gesamte Lieferung durch. Torben hielt immer wieder inne, um ein Fell zu begutachten, das ihm besonders wertvoll erschien.
Längst hatte sich bei ihm eine gewisse Routine eingeschlichen, so dass er nicht mehr bei jedem Fell in Entzücken ausbrach. Schließlich handelte er nun schon seit längerem mit diesen Waren und wusste um die hervorragende Qualität.
Sie stapelten wunderschöne Eichhörnchenfelle, Wiesel-, Zobel-, aber auch einige Biber- und Bärenfelle aufeinander. Die Auswahl war beeindruckend. Maik strich immer wieder bewundernd über ein Zobelfell, das es ihm besonders angetan hatte. Das fast schwarze Winterfell des Zobels mit seinen langen, seidigen Haaren fühlte sich unbeschreiblich schön an.
Torben entdeckte auch ein halbes Dutzend weicher Wolfsfelle. Es mussten große Tiere gewesen sein. Bestimmt hatten die Jäger des Bojaren die ein oder andere brenzlige Situation meistern müssen. Denn freiwillig hatten diese Räuber ihr Fell ganz sicher nicht hergegeben. Torben erinnerte sich noch an den Wolfsangriff, den er bei seinem Jagdausflug im tiefsten Winter in den Wäldern Nowgorods miterlebt hatte. Es war ein bedrückendes Gefühl gewesen, beim dichten Schneetreiben von einem Wolfsrudel attackiert zu werden. Denn diese Räuber griffen auch Menschen an, wenn sich ihnen die Gelegenheit bot und der Hunger groß genug war.
Nach harter Arbeit hatten Maik, Mathias und Torben die Felle so

nebeneinandergestapelt, dass Torben sich einen Überblick über das gesamte Angebot verschaffen konnte.
„Zufrieden?", fragte Mathias ihn, als sie es endlich geschafft hatten.
„Sehr", rief Torben ein wenig kurzatmig. Es war eine elende Schinderei gewesen. Aber die Arbeit hatte sich gelohnt.
„Als nächstes werde ich die Nachricht verbreiten, dass ich auf einem großen Angebot bester Felle sitze, von denen ich mich, den richtigen Preis vorausgesetzt, unter Umständen trennen würde."
Er grinste verschmitzt.
„Ich habe auch Wolfgang Bendler eine Nachricht zukommen lassen."
Mathias blickte von dem Stapel Wolfsfelle auf.
„Ist das nicht der Hamburger Hansekaufmann, der dir die Felle im letzten Jahr abgenommen hat?"
Torben nickte beeindruckt.
„Genau der. Schön zu sehen, dass du anfängst, dir die wichtigen Dinge zu merken", zwinkerte er seinem Freund zu.
„Hast du schon eine Antwort erhalten?"
„Bisher noch nicht. Aber natürlich erhoffe ich mir von ihm einiges. Ich schätze, er wird im letzten Jahr mit den Fellen gute Geschäfte gemacht haben."
In der nächsten Woche führte Torben erste Gespräche mit interessierten Hansekaufleuten. Doch der erhoffte Durchbruch war nicht dabei. Er beschloss geduldig zu sein und an seinen Preisvorstellungen festzuhalten.
Katja fragte jeden Tag bei ihm nach, ob es Neuigkeiten von Sigurd gab. Doch jedes Mal musste er missmutig den Kopf schütteln und sie auf später vertrösten. Er verstand sie nur zu gut. Jeder Tag, den Sigurd Lübeck früher erreichte, gab ihr die Gelegenheit, seine schönsten Bernsteine zu echten Schmuckstücken herauszuputzen, bevor die Kaufleute Mitte Mai wieder aufbrechen wollten. Es kribbelte ihr mächtig in den Fingern. Sie wollte endlich loslegen.
Dafür hatte Torben größtes Verständnis.
Dabei hatte Katja ja längst vorgelegt. Ihr Korallenschmuck war fertig und wartete nur auf zahlungskräftige Kundschaft. Dieser Umstand beruhigte sie ein wenig.

Dann ging es Schlag auf Schlag. Mitte April kehrte Sigurd aus Elbing zurück.
Torben hörte sogleich davon und eilte mit Mathias und Maik zum

Hafen. Sie machten einen kleinen Umweg und informierten Ralf über sein Eintreffen. Zwar gab es für Tagelöhner allmählich wieder genug zu tun. Aber sie bemühten sich immer, dabei zuerst an ihre Freunde zu denken.
Als Sigurd von einer Kogge, die schon recht verwittert aussah, an Land sprang, kamen sie ihm bereits entgegen. Schon an seinem breiten Grinsen konnte Torben ablesen, dass Sigurd gute Nachrichten im Gepäck hatte.
„Wie war die Fahrt auf diesem Seelenverkäufer?", fragte er seinen Freund.
Dieser verzog das Gesicht.
„Im April geht es auf der Ostsee manchmal rau zu. Kräftige Winde haben uns mehr als einmal ziemlich ins Schaukeln gebracht. Aber die Kogge hat sich den Widrigkeiten wacker entgegengestemmt. Ich wurde zwar einige Male nass bis auf die Haut, aber sonst ist uns nichts passiert. Allerdings wäre das keine Fahrt für Mathias gewesen."
Sie lachten beide herzlich, während Mathias schmollend die Lippen kräuselte.
„Trotzdem bin ich recht froh, heil angekommen zu sein. Auch die Aussicht, den langen Weg nach Venedig auf dem Rücken eines Pferdes zurückzulegen, kommt mir immer mehr wie eine gute Idee vor."
Torben ging es ähnlich.
„Was gibt die Bernsteinausbeute in diesem Jahr her?", fragte er neugierig.
Sigurd schüttelte vorwurfsvoll den Kopf.
„Ich bin noch aufgeweicht vom Salzwasser und mir wurde noch nicht einmal ein Bier angeboten. Da fragst du schon nach der Ladung."
Torben sah ihn zerknirscht an.
„Ich werde schon wie mein Vater. Bitte entschuldige, Sigurd. Wir lassen deine Ladung dort hinten im Schuppen unterbringen. In der Zwischenzeit kehren wir in unser Haus zurück. Dort ziehst du dir erst einmal trockene Sachen an und isst etwas Warmes. Henrike hat nämlich einen leckeren Fischeintopf gemacht. Davon versteht sie wirklich etwas. Dazu gibt es frisch gebrautes Bier, bis du den Salzgeschmack loswirst. Na, wie klingt das?"
Sigurd strahlte ihn an.
„Ein Traum! Genauso hatte ich mir das vorgestellt."

Torben wies Ralf, Maik und Mathias an, die Ladung Bernsteine sicher im Lager zu verwahren. Die Kisten waren bis oben hin gefüllt. Torben sah mit einem kurzen Blick, dass die Ladung keineswegs kleiner war, als im letzten Jahr. Das reichte ihm als erste Information.
Dann zog er den Freund mit sich. Kurz darauf saßen sie sich am gemütlichen Esstisch gegenüber. Vor jedem von ihnen stand ein Teller dampfender Fischeintopf, der herrlich duftete.
Sigurd löffelte ein großes Stück Fisch in sich hinein und verzog genießerisch das Gesicht.
„Henrike, das schmeckt himmlisch."
Die Magd wurde ein bisschen rot, brachte aber sogleich noch einen Laib frisches Brot herbei und stellte es mit einem Lächeln vor Sigurd ab.
Dieser dankte ihr und aß mit großem Appetit weiter.
„Wie geht es deinem Vater?", fragte Torben.
Sigurd brach sich ein großes Stück frisches Brot ab und tunkte es in den Eintopf.
„Tja, das glaubst du mir ganz sicher nicht. Ich habe ihm dieses teure Stück Ingwer geschenkt und ihm genau gesagt, wie er es zubereiten soll. Er hat sich brav daran gehalten, auch wenn das sonst nicht wirklich seine Stärke ist. Aber der Leidensdruck war wohl groß genug. Jedenfalls war das Ergebnis beeindruckend. Nach zwei Wochen verschwanden die Schmerzen in seinen Gelenken. Die Entzündungen klangen ab. Das war vorher auch schon der Fall gewesen. Meist kamen sie dann umso stärker wieder zurück. Doch diesmal blieb der nächste Krankheitsschub fast völlig aus. Ich habe meinen Vater schon lange nicht mehr so zufrieden und glücklich erlebt. Er war wie ausgewechselt und wirkte oft zehn Jahre jünger."
Torben war beeindruckt.
„Dann sollten wir ihm unbedingt noch einige Ingwerknollen mitbringen."
Sigurd nickte kräftig.
„Unbedingt. Da spielt der Preis kaum eine Rolle. Vater hat irgendwann angefangen im Hof Holz zu hacken. Sogar den Knecht hat er davongejagt, der ihm helfen wollte. Mein Vater!", staunte Sigurd. „Das hat er bestimmt seit sieben oder acht Jahren nicht mehr gemacht. Dabei pfiff er sogar ein vergnügtes Lied. Es war kaum auszuhalten!"
Torben grinste.

„Wieso? Pfeift er so furchtbar wie du?“
Sigurd lächelte überlegen.
„Nicht übermütig werden, mein Freund. Sonst kitzle ich dich mit dem Zahnstocher, den du ständig an deiner Seite mit dir herumschleppst.“
Sie tauschten ein verschwörerisches Lächeln.
„Wann kann Katja loslegen?“, fragte Sigurd nach einer Weile.
Torben hatte ebenfalls gerade an sie gedacht. Sie hatten einfach keine Zeit zu verschenken.
„Sie hat nur auf dich gewartet. Jeder Tag ist Gold wert für unsere Unternehmung. Ich schicke ihr gleich einen Boten. Wenn es nach mir geht, sollten wir morgen früh die Steine auswählen, die sie für tauglich hält.“
Sigurd war einverstanden. So kam es, dass sie sich am nächsten Morgen kurz nach Sonnenaufgang mit Katja im Lager trafen. Sie waren alle drei gespannt, was sie dort erwarten würde.
Im Hafen ging es noch ruhig zu. Möwen saßen träge auf einer Kaimauer und krächzten laut. Das Wasser der Trave glitzerte verheißungsvoll in der Sonne.
„Hast du eigentlich schon wieder mit deinem morgendlichen Schwimmen angefangen?“, fragte Sigurd seinen Freund.
Torben nickte stolz.
„Schon seit einigen Wochen. Auch wenn es anfangs kein Spaß war. Aber wie sage ich immer: Wenn man erst einmal die Eisstückchen beiseiteschiebt, geht es ganz gut.“
Katja schüttelte lächelnd den Kopf.
„Das ist noch viel zu kalt. Da würde ich nicht für den schönsten Bernstein der Welt hineinspringen.“
Sigurd hob warnend den Zeigefinger.
„Sag das nicht, Katja. Du hast unsere Schätze noch nicht in Augenschein genommen.“
Sie betraten das Lager und öffneten das Tor sperrangelweit, um so viel Sonnenlicht wie möglich hineinzulassen.
Während Katja und Torben neugierig um die Kisten mit Bernstein schlichen, beeilte sich Sigurd, ihnen die schönsten Funde vorzuführen. Zwischendurch fand er aber auch ausreichend Zeit, um die großen Stapel Felle zu begutachten, die das Lager zu einem großen Teil ausfüllten.
Katja sah sich alles genau an. Torben und Sigurd wiesen immer wieder auf einige Steine hin, die ihnen besonders geeignet

erschienen, um daraus Schmuckstücke zu fertigen. Oftmals lagen sie richtig und Katja legte die Steine abseits von den anderen bereit. Manchmal widersprach sie ihnen und griff stattdessen zu einem anderen Bernstein, der auf den ersten Blick wenig hermachte. Es war Torben manchmal ein Geheimnis, nach welchen Kriterien Katja ihre Auswahl traf. Doch sie widersprachen ihr nicht. Sigurd und er hatten längst gelernt, ihr blind zu vertrauen.
Einer der Steine hatte es Torben sogleich angetan. Er war so groß wie seine Faust und hatte schon ungeschliffen eine hübsche Farbe. Als er ihn Katja zur Ansicht reichte, schüttelte sie ablehnend den Kopf. Dann schlug sie den Stein kräftig gegen einen Felsbrocken, der vor der Tür lag. Der Bernstein zerbröselte unter ihren Händen in zahlreiche Splitter.
„Er hatte zahlreiche Brüche, die ihn wie feine Gitternetzlinien durchzogen. Das ist mir gleich aufgefallen."
Torben seufzte laut. Diese Frau hatte ein ganz besonderes Talent, stellte er nicht zum ersten Mal fest.
Als Katja alles durchgesehen hatte, blieb eine bis zum Rand mit erlesenen Bernsteinen gefüllte Kiste übrig.
„Diese hier sollten für meine Pläne ausreichen", freute sie sich. Sie schien es kaum erwarten zu können, endlich loszulegen.
Sigurd nickte sogleich.
„Du hast bis zum vierzehnten Mai Zeit. Dann müssen wir die Steine zusammen mit Fellen verladen. Wir machen es wie im Vorjahr: Für jeden der bearbeiteten Steine bekommst du ein Drittel vom Verkaufserlös. Wollen wir hoffen, dass die Venezianer deine Arbeit zu schätzen wissen."
Torben und Sigurd griffen sich die Kiste mit den ausgewählten Steinen und trugen sie zu Torbens Haus. Dort auf dem Hof hatten sie für Katja schon im letzten Jahr eine hübsche kleine Werkstatt eingerichtet.
Die Kiste war ziemlich schwer und die beiden Hansekaufleute kamen allmählich ins Schwitzen.
„Wir hätten Maik und Ralf dazu holen sollen", bemerkte Sigurd kurzatmig.
„Hinterher ist man immer schlauer", murmelte Torben.
Ihm tat allmählich die rechte Hand weh. Aber er wollte lieber über glühende Kohlen laufen, als sich diese Blöße vor Katja einzugestehen.
Als sie die Kiste endlich in der Werkstatt auf einem robusten

Holztisch absetzen konnten, war den beiden Freunden ihre Erleichterung anzusehen.
Katja lächelte sie voller Vorfreude an.
„Vielen Dank euch beiden. Und jetzt schlage ich vor, ihr lasst mich ans Werk gehen."
Das ließen sich Torben und Sigurd nicht zweimal sagen.
„Mittags erwartet dich ein leckeres Essen. Bis dahin hast du vor uns deine Ruhe", versprach Torben ihr zum Abschied.
Er zog sich mit Sigurd auf den kleinen Steg zurück. Dort stand eine kleine Holzbank, auf der sie sich niederließen. Don kauerte sich zu Torbens Füßen und ließ sich wohlig den Kopf kraulen. Allerdings ließ er selbst in solchen Momenten niemals seine Umgebung aus den Augen.
Ein Kormoran hatte sein Interesse geweckt. Dieser hockte nur einen Steinwurf weit entfernt auf der anderen Flussseite auf einem Stein. Schon eine ganze Weile hatte dieser sich nicht bewegt, beobachtete aber die sich leicht im Wind kräuselnde Wasseroberfläche mit starrem Blick.
Plötzlich vollführte der Kormoran einen kleinen Sprung und setzte zum Tauchgang an. Pfeilschnell verschwand er unter Wasser. Don hatte sich aufgerichtet. Das Jagdfieber hatte ihn gepackt. Am liebsten hätte er sich in die Fluten geworfen und wäre hinübergepaddelt. Doch Torbens Stimme unterband diesen Versuch.
„Der Kormoran ist längst unter Wasser weitergetaucht, Don. Den fängst du nicht. Der ist viel zu schnell für dich. Sicher wird er an einer ganz anderen Stelle wieder auftauchen. Dann wollen wir mal sehen, ob er Jagdglück hatte."
Don hatte eine Pfote vom Boden gelöst. Sein Körper war angespannt. Doch als er sah, dass sich nichts mehr tat, gähnte er herzhaft und kauerte sich wieder zusammen.
„Gut so, mein Junge", lobte Torben ihn ausgiebig.
Sigurd lachte trocken.
„Dort vorne ist er aufgetaucht. Hast du es gesehen, Torben?"
Torben ließ seine Augen über einen schmalen Schilfgürtel wandern. Dann entdeckte er den Kormoran. Dieser schwamm zum Ufer zurück. In seinem Schnabel war ein Fisch zu erkennen, der wild zappelte, seinem Schicksal aber nicht entkommen konnte. Der Kormoran legte ihn sich zurecht und schlang ihn hinunter. Dann hüpfte er auf den Stein zurück und fuhr seine Schwingen aus.

„Was macht er denn jetzt?“, fragte Sigurd.
„Nach dem erfolgreichen Tauchgang muss er sein mit Wasser vollgesogenes Gefieder wieder trocknen lassen“, murmelte Torben. „Dazu breitet er die Flügel aus, damit Wind und Sonne ihre Arbeit tun. Ein herrlicher Anblick.“
Sie schwiegen eine ganze Weile. Irgendwann hatte der Kormoran genug und flog davon. Sie sahen ihm hinterher, bis er hinter Baumwipfeln verschwand.
Torben verschränkte die Arme vor der Brust.
„Morgen kommen zwei Kaufleute vorbei, um sich unsere Felle anzusehen, die wir nicht mit nach Venedig nehmen wollen.“
Sigurd nickte träge.
„Und die Bernsteine müssen wir auch noch an den Mann bringen. Wenn das gelingt, haben wir nur noch die wenigen Felle, die du zurückgehalten hast. Außerdem die Kiste mit den ausgewählten Bernsteinen.“
„Vergiss die Schmuckstücke aus Korallen nicht, die Katja gefertigt hat“, bemerkte Torben.
Sigurd schnipste mit den Fingern.
„Die hätte ich beinahe vergessen. Zum Glück ist das nur ein pralles Bündel und fällt kaum ins Gewicht.“
Torben warf einen kleinen Kiesel ins Wasser und sah zu, wie sich an der Wasseroberfläche Kreise bildeten, die sich von innen nach außen ausbreiteten.
Längst stand die Sonne hoch am Himmel. Es versprach ein schöner Tag zu werden. Sie nutzten die Zeit, um nach dem Mittagessen am Hafen entlangzulaufen und mit den übrigen Hansekaufleuten zu sprechen, auf die sie bei ihrem Rundgang trafen.
Dabei vergaßen sie natürlich nicht zu erwähnen, dass sie auf einem großen Stapel bester Felle und jeder Menge Bernstein aus dem Land des Deutschen Ordens saßen und einen Käufer für diese Waren suchten.
Die Handelssaison stand noch ganz am Anfang. Da hatte es niemand sonderlich eilig, sein Geld auszugeben. Trotzdem trafen sie auf einige interessierte Kaufleute, die versprachen, sich die Ware einmal anzusehen.
In den nächsten Tagen führten sie die ersten Interessenten durch das Lager. Die Felle erregten einige Aufmerksamkeit. Zum einen war die Qualität hervorragend. Zum anderen war Torben ein

begnadeter Verkäufer, der zu jedem Fell eine Geschichte zu erzählen wusste, als wäre er bei der Jagd dabei gewesen.
Er erzählte den Kaufleuten, wie Eichhörnchen mit stumpfen Pfeilen aus dem Baum geschossen wurden, um die Felle nicht zu beschädigen.
Schließlich legte er sich ein Wolfsfell um die Schulter und beschrieb den Kunden, wie die Jäger des Bojaren weit im Osten im tiefen Schnee an ihrem Lagerfeuer saßen, während der eisige Wind heulte und die langbeinigen Räuber ihre Kreise um die Menschen immer dichter zogen. Er beschrieb die gefährlichen Fänge der Wölfe. Außerdem das unheimliche Gefühl das einen beschlich, wenn aus der Dunkelheit ein Dutzend gelblicher Augenpaare aufleuchteten. Und wie einem unwillkürlich eine Gänsehaut über den Rücken zog, wenn ein Wolfsgeheul die Stille durchbrach.
All dies imponierte den Kaufwilligen. Zwar fanden Torben und Sigurd keinen Käufer, der alle auf einen Schwung aufkaufte. Doch nach und nach leerte sich das Lager. Die letzten fünfhundert Felle erwarb ein Kaufmann aus Rostock, der schon im letzten Jahr Torbens Angebot durchstöbert hatte, damals aber noch nicht zugeschlagen hatte.
Nach einer Woche war das Lager so gut wie leergeräumt. Torben hatte ein breites Grinsen im Gesicht. Das war ein schweres Stück Arbeit gewesen. Aber er würde lügen, wenn er behaupten würde, dass ihm das Ganze nicht auch einen Heidenspaß bereitet hätte. Von den Bernsteinen hatten sie bisher kaum ein Drittel ihres Bestandes losschlagen können. Aber das trübte ihre Freude nicht. Es würden sich schon noch Möglichkeiten ergeben, sich mit einem Interessenten handelseinig zu werden.
„Wieviel haben wir für die Felle denn insgesamt bekommen?“, fragte Sigurd, als sie nach einem langen Tag im Lager noch in die Schreibstube einkehrten, um die letzten Eintragungen in ihren Kaufmannsbüchern vorzunehmen.
Torben war selbst gespannt. Bei den zahlreichen kleineren Abschlüssen hatte er ein wenig den Überblick verloren. Da er aber sorgsam darauf achtete, seine Eintragungen auf dem neuesten Stand zu halten, war diese Information ein Kinderspiel. Er schlug sein Buch auf und begann Beträge zu addieren. Doch dann schob er das Buch von sich und lächelte zu Mathias hinüber.
„Das kannst du doch viel besser. Komm her und sag uns, was wir verdient haben.“

Die Augen seines Freundes leuchteten voller Vorfreude. Er hatte das Rechnen lieben gelernt. Das Torben ihm eine so wichtige Aufgabe auftrug, erfüllte ihn mit Stolz.
Voller Eifer machte er sich ans Werk.
Seine Finger flogen über das Manuskript. Einige Eintragungen waren ein wenig schwer zu lesen, weil in Torbens eigenwilliger Handschrift die Ziffer Zwei manchmal verhängnisvolle Ähnlichkeit mit einer sieben aufwies.
Mathias nutzte diese Gelegenheit nur zu gern, um übertrieben vorwurfsvoll den Kopf zu schütteln. Allerdings kannte er Torbens Schrift in- und auswendig und ließ sich davon keinen Moment aufhalten.
„Lass dir Zeit“, mahnte Torben, der nicht umhinkam, Mathias‘ Eifer zu bemerken.
Mathias nickte abwesend, wurde aber keineswegs langsamer. Zwischendurch notierte er sich eine Zahl am Rand, um sie nicht zu vergessen. Immer wieder kontrollierte er seine Ergebnisse. Schließlich wollte er sich dieser Aufgabe gewachsen zeigen.
Dann blickte er Torben und Sigurd nacheinander erstaunt an.
„Die Felle haben einhundertfünfzig Mark lübisch gekostet“, setzte er an.“
Torben lächelte breit.
„Stell dir vor, das weiß ich schon.“
Mathias fuhr einfach fort.
„Insgesamt haben wir zweihundertneunzig Mark lübisch eingenommen. Nach der Bezahlung der Felle an den Bojaren haben wir also einen Gewinn von einhundertvierzig Mark lübisch erzielt.“
Sigurd stieß einen anerkennenden Pfiff aus.
„Das kann sich sehen lassen. Und dazu kommen noch die dreihundert Nerz- und Hermelinfelle, die wir für Venedig zurückgehalten haben.“
Torben strahlte voller Zuversicht. Damit verfügte er über genügend Geld, um die Reise nach Venedig anzutreten.
„Ich habe in meinem Leben drei gute Entscheidungen getroffen: Dazu gehört der Handelsvertrag mit dem Bojaren, die Handelspartnerschaft mit dir, Sigurd, sowie der klägliche Versuch Mathias das Rechnen beizubringen. All diese Mühen haben sich wahrlich gelohnt.“
Er blinzelte Mathias zu, der vor Stolz ein wenig rot geworden war.

Sigurd ging seine eigenen Aufzeichnungen durch. Dabei gähnte er mehrfach.
„Wovon bist du denn müde?", neckte ihn Torben. „Du hast doch heute nichts nennenswertes getan."
Sigurd rieb sich die Augen und winkte dann nachlässig ab.
„Wo war ich? Ach ja, hier ist es ja. Wenn wir jetzt noch…"
Ein Klopfen an der Tür unterbrach ihn.
„Da will euch ein Fernhandelskaufmann aus Lüneburg sprechen."
Torben zog die Augenbrauen in die Höhe.
„Herein mit ihm."
Maik führte einen vielleicht dreißigjährigen Kaufmann herein, der sich neugierig umblickte.
Er hatte schulterlanges braunes Haar und ein gutgeschnittenes Gesicht. Allerdings war seine Nase ein wenig schief. Die musste er sich schon einmal gebrochen haben. Sein grünes Wams war aus bestem Tuch und hatte sicher eine Menge Geld gekostet. Seine Stiefel sahen bequem aus und waren aus feinstem Leder. Auch wenn es ihnen nicht schaden würde, mal wieder kräftig poliert zu werden. Man sah sofort, dass er einige Tage unterwegs gewesen war. Er wirkte wie ein Mann der Tat und nicht wie ein eitler Geck.
„Torben Voigtherr?", fragte er mit kräftiger Stimme.
Torben trat auf seinen Besucher zu und streckte ihm die Hand entgegen.
„Das bin ich. Seid mir herzlich willkommen. Mögt Ihr uns Euren Namen verraten? Soweit ich mich erinnere, sind wir uns noch nie zuvor begegnet."
Der Lüneburger deutete eine Verbeugung an.
„Gustav Berger, Hansekaufmann aus dem schönen Lüneburg. Danke, dass Ihr so kurzfristig Zeit für mich habt. Ihr werdet es sicher nicht bereuen."
Torben schmunzelte leicht.
„Das wird sich zeigen. Vielleicht mögt Ihr uns verraten, was Ihr auf dem Herzen habt?"
„Das will ich gerne tun", eröffnete der Lüneburger Kaufmann mit voluminöser Stimme.
„Dank der Salinen meiner Heimatstadt verfüge ich über einen beträchtlichen Warenbestand an kostbarem Salz. Mein Plan ist es, in Eurer schönen Hansestadt Fässerweise Heringe zu erwerben und diese mit meinem Salz zu pökeln, auf dass die Fracht auch eine längere Reise übersteht."

Sigurd war zu ihnen getreten, hatte die Arme verschränkt und lauschte gespannt.
„Soweit klingt das ganz vernünftig. Und mit dem günstigen Salz aus Lüneburg dürfte das Ganze ein lohnendes Unterfangen werden. Wo soll die Fahrt denn hingehen und vor allem: Was haben wir damit zu tun?"
Gustav Berger zeigte ein belustigtes Grinsen.
„In diesen Punkten will ich gern für Aufklärung sorgen. Mein Reiseziel ist das Königreich Kastilien auf der iberischen Halbinsel. Dank der zahlreichen kirchlichen Feiertage hat es sich bis dort herumgesprochen, dass Fisch eine hervorragende Fastenspeise ist."
Er breitete die Arme aus.
„Nun ist mir zu Ohren gekommen, dass Ihr in der letzten Zeit hübsche Felle und auch eine größere Menge an Bernstein zu verkaufen habt."
Torben legte die Stirn in Falten.
„Für die Felle seid Ihr leider nicht schnell genug gereist. Die Ware wurde bereits verkauft."
„Ich bin mit einigen anderen Kaufleuten im Verbund gereist", bemerkte der Kaufmann. „Es reist sich sicherer in Gesellschaft. Und die Alte Salzstraße stellt noch immer die schnellste Verbindung zwischen Lüneburg und Lübeck dar. Natürlich ist es schade, dass ich für die Felle zu spät komme. Aber mein größeres Interesse gilt sowieso dem Bernstein, wenn ich so offen sprechen darf."
Sigurd schürzte die Lippen.
„Ihr dürft", bestätigte er mit einem Schmunzeln.
„Das Gold der Küste ist selbst in so fernen Landen ein Begriff. Ich würde damit gern meine Kogge auslasten, die ich angemietet habe", erklärte der Lüneburger.
„So wir uns denn handelseinig werden", ergänzte er mit einem breiten Lächeln.
Sigurd und Torben tauschten einen knappen Blick aus. Das reichte ihnen um sich zu verständigen.
„Wir sollten noch zwei Stunden Tageslicht haben. Genug, damit Ihr Euch einen Überblick verschaffen könnt. Lasst uns noch einmal hinunter zum Hafen gehen. Dort befindet sich unser Lager. Vielleicht finden wir ja noch einen Anlass, anschließend in eines der angrenzenden Wirtshäuser einzukehren", schlug Sigurd gutgelaunt vor.

Die Aussicht auf ein lohnenswertes Geschäft hatte ihn hellwach werden lassen.
Sie machten sich auf den Weg und nahmen den Lüneburger dabei in die Mitte.
„In Lüneburg soll es zu kriegerischen Auseinandersetzungen gekommen sein", sprach Torben ihn ohne Umschweife an. „Hat das Eure Reise nach Lübeck erschwert?"
Gustav Berger sah ihn überrascht an.
„Ihr seid bemerkenswert gut informiert. Ich wusste gar nicht, dass sich die Neuigkeiten schon bis Lübeck herumgesprochen haben."
Torben lächelte matt. Schade, dass Mathias diese Bemerkung nicht mitangehört hatte. Dann würde er nicht mehr fragen, wozu all die Briefe gut seien, die Torben in großer Zahl in die Welt hinaussandte und den vielen Antworten, denen er diese und viele weitere Informationen zu verdanken hatte.
„Lüneburg war immer ein Fürstentum", hob der Hansekaufmann zu einer Erklärung an. Seit dem Jahr 1330 war Wilhelm II., Herzog von Braunschweig und Lüneburg, unser Fürst und Landesherr. Er war ein guter Herrscher. Lüneburg gedieh unter seiner Herrschaft. Er hat uns Kaufleute immer unterstützt. Denn ihm ist früh bewusst geworden, dass eine reiche und selbstbewusste Stadt auch höhere Steuern und Abgaben zahlen kann. Daher hat er den Lüneburger Handel unterstützt, wo er nur konnte. Ihm verdankt Lüneburg die Schiffbarmachung der Ilmenau zwischen Lüneburg und Uelzen. Außerdem eine ganze Reihe einträglicher Wirtschaftsverträge zwischen Lüneburg und Sachsen-Lauenburg. Leider starb er Ende des Jahres 1369. Wilhelm II. wurde in der Kirche St. Michaelis in Lüneburg bestattet. Nur leider hinterließ er keinen männlichen Erben, der sein Werk fortführen konnte. Darüber kam es zum Konflikt, der ziemlich schnell ausbrach und mit Waffengewalt ausgetragen wurde."
Sigurd und Torben runzelten die Stirn. Lüneburg war kaum neunzig Meilen entfernt. Eine Distanz, die man mit einem guten Pferd in drei Tagen bewältigen konnte. Es bereitete ihnen durchaus Sorge, dass es so nah ihrer Heimatstadt zu Kämpfen gekommen war. Jeder Konflikt war in ihren Augen einer zu viel. Es war immer besser, sich zu einigen, als Blut zu vergießen. Zumal als erstes immer der Handel unter solchen Konflikten litt.
Gustav Berger sprang über eine erbärmlich stinkende Lache, die ihnen den Weg versperrte.

„Wer hat sich denn nun durchgesetzt?", fragte Torben erwartungsvoll. „Das hat mir mein Kontakt nämlich noch nicht geschrieben."
Gustav Berger schnalzte mit der Zunge.
„Das kann er auch kaum geschafft haben. Die Ereignisse haben sich nämlich in den letzten Tagen überschlagen. Nachdem nun das älteste Haus Lüneburgs erloschen war, wäre eigentlich der Braunschweiger Herzog Magnus II. erbberechtigt gewesen. Allerdings hatte er einen mächtigen Widersacher: Kaiser Karl IV. betrachtete das Reichslehen Lüneburg mit dem Tode des Fürsten als ans Reich zurückgefallen und belehnte Albrecht von Sachsen-Wittenberg mit dem Fürstentum."
Er warf seinen Begleitern einen bedeutsamen Blick zu.
„Und wie das so ist, wenn die hohen Herren ihre Interessen bedroht sehen, gibt es Krieg, der auf dem Rücken der einfachen Leute ausgetragen wird."
„Auf welche Seite hat sich die Stadt Lüneburg gestellt?", fragte Torben sofort nach.
Der Lüneburger warf ihm einen anerkennenden Blick zu.
„Darüber gab es im Rat der Stadt lange Unterredungen. Aber als unser Fürst starb, befand sich Magnus II. gerade auf Seiten Dänemarks im Krieg gegen die Hanse. Da wir ebenfalls eine Hansestadt sind, fühlten wir uns natürlich Lübeck, Rostock und den übrigen Hansestädten verbunden. Das sorgte für erste Spannungen zwischen dem erbberechtigten Nachfolger und Lüneburg. Aber es gab noch einen weiteren Grund, der unsere Stadt dann vollends gegen ihn aufbrachte: Herzog Magnus forderte die Beschlagnahmung der Salinenrechte. Das bedeutete nichts anderes, als dass er es auf die insgesamt vierundfünfzig Siedehütten Lüneburgs abgesehen hatte, in denen das Salz in großen Siedepfannen gewonnen wurde. Diesen Siedehütten verdankt Lüneburg seinen Reichtum. Wir werden uns niemals freiwillig davon trennen. Magnus versuchte dann die Stadt zu erpressen und forderte hohe Geldzahlungen. Außerdem verstärkte er die Besatzung der Burg auf dem Kalkberg und baute die Befestigungen aus. Um dies zu erreichen, hat er die Klosterkirche teilweise abgerissen, um freies Schussfeld auf die Stadt zu haben. Das hat ihm natürlich auch keine Freunde eingebracht. Daher war sich der Rat Lüneburgs recht schnell einig, dass wir in diesem Krieg die Wittenberger unterstützen sollten. Das bot uns die Gelegenheit,

uns dem Zugriff des Herzogs zu entziehen. Also riefen wir die Truppen der Stadt zusammen und nahmen auch Söldner in unseren Dienst. Vor einigen Monaten griffen wir dann die herzogliche Burg auf dem Kalkberg an. Es gelang uns, die Truppen des Herzogs zu überraschen und die Burg in unsere Gewalt zu bringen. Der Herzog Magnus II. musste seine Residenz nach Celle verlegen. Viele Bürger wollten schon den Sieg feiern. Doch der Rat der Stadt war davon überzeugt, dass Magnus nicht so schnell aufgeben würde. Daher blieben unsere Stadttore immer geschlossen und auch die Wachen wurden verdoppelt. All die Söldner kosteten viel Geld. Aber dieser Kampf musste ausgefochten werden. Leider sollte der Rat Recht behalten. In der letzten Woche hat Magnus einige wichtige Lüneburger Adlige um sich geschart. Er stellte ein Heer von siebenhundert Rittern und Knappen auf und rückte auf Lüneburg vor."
Gustav Berger stemmte die Hände in die Hüften und schüttelte den Kopf. Es war ihm anzusehen, dass ihn die Geschehnisse noch immer nahegingen.
Sigurd vergaß fast zu atmen.
„Nun berichtet schon, Mann! Wie ging es weiter?"
Der Lüneburger schnaufte schwer und kratzte sich am Kopf.
„Die Ritter verstanden etwas vom Kriegsgeschäft, das musste man ihnen lassen. Sie warteten die Nacht ab und attackierten einen Mauerabschnitt, in dem nur wenige Wachen aufgestellt waren. Dort schafften sie es mithilfe von langen Leitern über die Mauer und drangen in die Stadt ein. Doch unsere Wachen gaben sofort Alarm. Noch in den Straßen kam es zu blutigen Kämpfen zwischen den Männern des Herzogs und der Lüneburger Bürgerwehr, die durch zahlreiche Söldner verstärkt worden war. Die Kämpfe waren furchtbar. Gerade die Bürgerwehr, die sich aus Kaufleuten und Salzsiedern zusammensetzte, hatte noch nie zuvor gegen schwer gerüstete Streiter gekämpft.
Aber wir gaben nicht auf. Den Eindringlingen gelang es nicht, die wichtigsten Punkte der Stadt zu erobern. Wir waren ihnen an Zahl überlegen und drängten sie langsam aber stetig aus der Stadt heraus. Es waren die Söldner, die sich keinen Augenblick aus der Ruhe bringen ließen und den Rittern mit ihren Armbrüsten schwer zusetzten. Ihre kleinen mit Federn bewehrten Bolzen sirrten durch die Luft wie zornige Hornissen und durchdrangen auch die besten Rüstungen. Immer wieder sanken Ritter zu Boden. Gegen Morgen

ergaben sich die Angreifer endlich. Es war eine blutige Nacht gewesen. Vierundfünfzig Kämpfer des Herzogs waren gefallen. Auch unsere Bürgerwehr hatte einen hohen Blutzoll zu beklagen. Aber wir haben unsere Stadt erfolgreich verteidigt. Von den gefangengenommenen Rittern wurden zwei Dutzend des Raubrittertums angeklagt und einen Tag später öffentlich hingerichtet. Der Großteil der übrigen Überlebenden wurde gegen ein hohes Lösegeld freigelassen."
Er breitete die Arme aus.
„Damit hat sich Lüneburg als brave Reichsstadt des Kaisers erwiesen. Kaiser Karl IV. hat bereits angekündigt, dass er Lüneburg das Stapelrecht verleihen wird. Damit sind reisende Kaufleute gezwungen, mit ihren Fuhrwerken Lüneburg aufzusuchen und ihre Waren dort zu stapeln, also zum Verkauf anzubieten. Damit die Kaufleute Lüneburg nicht umfahren können, wird im Rat der Stadt sogar darüber nachgedacht, westlich und östlich von Lüneburg eine unpassierbare Landwehr anzulegen."
Torben blinzelte dem Lüneburger zu.
„Das ist schlau ausgedacht. Das muss ich schon sagen."
Als der Hafen vor ihnen auftauchte, hielten sie sich links, bis Torben und Sigurd vor einem ein wenig heruntergekommenen Schuppen stehen blieben.
„In Lübeck wird mittlerweile jeder Flecken als Lagerplatz vermietet", entschuldigte Torben sich für den gewöhnungsbedürftigen Anblick.
„Hauptsache, das Lager hat ein festes Dach. Auch in Lüneburg steigen die Preise für Lagerplätze immer weiter an. Das befeuert wiederum die Preise für jegliche Waren. Denn die Ausgaben müssen ja wieder eingespielt werden. Es ist eine Spirale, die bisher nur eine Richtung kennt. Ich bin gespannt, wann das Ganze zu kippen beginnt."
Sigurd runzelte die Stirn und tauschte einen besorgten Blick mit Torben aus. Eine solche Entwicklung würde auch an ihnen nicht unbemerkt vorübergehen.
Sie baten den Lüneburger hinein und begutachteten die Bernsteinfunde.
„Etwa ein Drittel der Ware wurde in der letzten Woche schon verkauft", bemerkte Sigurd.
Gustav Berger sah in mehreren Kisten nach und durchwühlte den Inhalt sorgfältig.

„Gute Ware“, bemerkte er beiläufig.
„Ein kundiger Kunstschmied kann sicher einige wunderschöne Ketten und Broschen daraus fertigen. Ich bin sicher, dass die kastilische Kirche sich für Gebetsketten aus Bernstein erwärmen kann. Wer so etwas einmal in der Hand gehalten hat, möchte diesen Schatz nie mehr weglegen.“
Erneut begutachtete er die Steine, bis er sich zu einem Entschluss durchgerungen hatte.
„Sagen wir einhundert Mark lübisch für alles zusammen?“
Sigurd lächelte verschmitzt.
„Für einhundertfünfzig Mark tragen wir Euch die Bernsteine eigenhändig zum Schiff.“
Der Lüneburger zog die Brauen in die Höhe.
„Ich hatte den Bernstein nur als Zuladung gedacht. Aber ich wollte schon noch einen Gewinn damit machen. Der Preis erscheint mir recht hoch zu sein. Ich muss die Herren Kaufleute sicher nicht daran erinnern, dass der Gewinn im Einkauf liegt.“
Torben hielt einen hübschen Bernstein in Richtung der allmählich tief im Westen stehenden Sonne. Das Sonnenlicht ließ den Stein warm glitzern.
„Einige kennen von allem den Preis aber von den wenigsten Dingen den Wert“, bemerkte er beiläufig.
Der Lüneburger stutzte kurz. Dann lächelte er.
„Das gefällt mir. Also sagen wir einhundertdreißig?“
Torben blickte Sigurd an und dieser lächelte zufrieden.
„Lüneburgern kann ich nur schwer etwas abschlagen. Wir gratulieren Euch zu einer Ware, die als Beiladung fast zu schade ist.“
Gustav Berger musste schmunzeln. Dann trat er auf Sigurd und Torben zu und schüttelte ihnen nacheinander kräftig die Hand.
Im Anschluss trugen sie die Bernsteinladung gemeinsam zur Kogge des Lüneburgers. Erst als alles sicher verstaut war, und auch das Geld den Besitzer gewechselt hatte, war ihr Tageswerk getan. Natürlich ließen sie sich nicht lumpen und luden ihren Geschäftspartner im Anschluss auf ein frisch gebrautes Bier in eine der Schankstuben am Hafen ein. Als sie im besten Einvernehmen auseinandergingen, war längst der Mond aufgegangen und leuchtete ihnen mit seinem kalten Licht den Weg.

In den ersten Maitagen hatten Torben und Sigurd ihre

Reisevorbereitungen abgeschlossen. Irgendwann hatten sie kaum noch etwas zu tun, so dass sie täglich bei Katja vorbeisahen, um ihre Fortschritte bei der Bearbeitung der ausgewählten Bernsteine zu bewundern. Katja ließ sich das gern gefallen und zeigte ihnen immer wieder einige ihrer schönsten Kunstwerke. Irgendwann brauchte sie dann jedoch Ruhe, um weiterarbeiten zu können. In solchen Momenten warf sie die beiden Faulpelze, wie Katja sie unverfroren nannte, einfach aus ihrer kleinen Werkstatt. Das war häufig genug Anlass für die beiden, sich anschließend mit ihren Freunden zu treffen. Dort waren sie niemandem im Wege, wie sie nicht müde wurden zu betonen.
Häufig zechten sie mit Sascha, Ralf und Mathias und genossen die Zeit, die sie noch zusammen verbringen konnten. Um den Zehnten des Monats stieß auch Marco zu ihnen, der von seiner Fahrt nach London zurückgekehrt war.
„Wie ist es dir da draußen ergangen, Marco?“, fragten sie ihren Freund, nachdem sich die erste Wiedersehensfreude gelegt hatte.
„Das Frühjahr ist eine gefährliche Zeit auf See“, bemerkte er lakonisch. „Da gibt es immer mal einen Sturm, der sich gewaschen hat. Dafür musste der Kaufmann auch eine ordentliche Heuer zahlen.“
Er grinste listig.
„War es schlimm?“, fragte Mathias beklommen. Er war nur froh, dass er auf absehbare Zeit kein Schiff besteigen musste. Die Fahrt nach Brügge im letzten Jahr hatte ihm vollkommen gereicht.
„Was heißt schlimm“, rief Marco, bevor er seinen Becher in einem Zug leerte, diesen auf den Tisch donnerte und sich zufrieden den Schaum vom Mund wischte.
„Dich hätten bestimmt schon die Meerjungfrauen in die Tiefe gezogen. Aber einen richtigen Seemann kann so schnell nichts erschüttern.“
Er bleckte die Zähne, als er Mathias mit einem Schmunzeln bedachte.
„Die Ostsee war kaum mehr als eine Badewanne. Aber die Nordsee wird von einigen Kapitänen nicht umsonst mit dem Spitznamen Mordsee bedacht. Einige große Brecher haben die Kogge ziemlich ins Kränkeln gebracht. Aber wir hatten alle Waren in Fässern verschlossen und diese gut festgebunden, so dass auch das vorüberging.“
Er gab der Bedienung ein Zeichen und deutete auf seinen leeren

Becher. Kurz darauf stand ein neuer Becher vor ihm und Marcos Laune besserte sich sogleich.
„Ich habe einige Nächte im Stallhof in London verbracht. Dort kann man sich eine winzige Kammer mieten. Eigentlich wollte ich mir außerhalb des Stallhofs etwas suchen. Schließlich bin ich kein Hansekaufmann. Aber in den Wochen zuvor hatte es kurz hintereinander vier Mordfälle gegeben. Daher folgte ich dem Rat des Oldermanns und blieb im Stallhof der Hanse."
Marco schmunzelte.
„Die Mundart des Oldermanns war allerdings gewöhnungsbedürftig. Er kam aus Köln und redete ohne Unterlass. Allerdings verstand ich kaum die Hälfte."
„Hat man die Täter denn gefunden?", fragte Ralf nach.
Marco blinzelte irritiert. Er hatte die Morde schon wieder vergessen. Dann erinnerte er sich.
„Meist sogar recht schnell", versicherte er. „Da haben zum Beispiel zwei Männer ihren Kumpan beseitigt, mit dem sie zuvor einen Diebeszug begangen hatten. Meist war ein Messer im Spiel und kurz darauf lag ein weiterer Toter in einer dunklen Ecke. Sogar ein Pfarrer wurde verhaftet, der mit einem Gläubigen dermaßen in Streit geriet, dass er ihn erschlug. Aber nie vergessen werde ich den letzten Mordfall. Da wurde ein Straßenmusiker von genervten Anwohnern zum Schweigen gebracht, weil sie seine Musik nicht mehr ertrugen."
Sigurd musste grinsen.
„Torben pfeift auch recht oft eine Melodie, die nur er erkennt. Und das nicht sonderlich gut. Bisher ist ihm deshalb aber noch nichts Schlimmeres widerfahren."
Torben wollte entrüstet aufbegehren. Doch dann besann er sich eines Besseren, strafte Sigurd mit Nichtachtung und trank lieber noch einen Schluck.
Marco schüttelte den Kopf.
„Nach solchen Geschichten weiß ich sofort wieder, was mir an der Weite des Meeres so gut gefällt. Der Stallhof selbst ist übrigens recht eng, da dort ja auch sämtliche Waren untergebracht werden. Als Gegenleistung für die Privilegien im Stallhof haben sich die Hansekaufleute übrigens verpflichtet, im Kriegsfall das in der Nähe gelegene Stadttor namens Bishopsgate zu verteidigen und auch verteidigungsbereit zu halten. In letzter Zeit mussten die Kaufleute zweihundertvierzig Mark zahlen, um das Tor instand setzen zu

lassen. Im Gegenzug wurden sie aber von der Steuer für den Unterhalt der Stadtmauer befreit."
Er schnaufte vielsagend.
„Ich kann euch sagen. Es ist nicht billig, ein Hansekaufmann im Ausland zu sein. Ich beneide euch nicht um euer Vorhaben."
Erneut trank er durstig.
„Und ihr wollt tatsächlich den Landweg nach Venedig wählen?", fragte er verständnislos. „Unterwegs kann euch doch wer weiß was passieren."
Torben hob die Schultern.
„Das Los eines Fernhandelskaufmanns. Aber die Männer des Grafen sind bewährte Kämpfer. Da machen wir uns wenig Sorgen."
„Und was ist mit dir, Mathias? Wirst du die beiden begleiten?"
Mathias winkte ängstlich ab.
„Bei der Gnade der Jungfrau Maria. Meine Lust auf Abenteuer ist noch immer gedeckt. Ich werde die Mauern Lübecks nicht verlassen."
Sascha stemmte seinen Becher in die Höhe.
„Wir wünschen euch eine erfolgreiche Handelsfahrt. Auf dass ihr gesund zurückkehrt und wir uns hier allesamt wieder beim Bier zusammenfinden. Dann lauschen wir auch gern euren Erzählungen."
Ihnen fielen noch einige weitere Trinksprüche ein, so dass sich auch dieser Abend bis tief in die Nacht erstreckte, bevor sie sich auf unbestimmte Zeit wortreich voneinander verabschiedeten. Sascha drückte Torben dabei so fest an sich, dass Torben Angst um seine Rippen bekam.

ঌ 3. Kapitel ঌ

Am Tag vor ihrem Aufbruch war Torben von großer Unruhe erfüllt. Er hielt es kaum noch aus irgendwo stillzusitzen. Sigurd war da deutlich gelassener, worum Torben ihn ein Stück weit beneidete. Ein letztes Mal stattete er der Stadtwache einen Besuch ab und beteiligte sich an den Übungen.
Schon vor Wochen hatte er Frank in seine Pläne eingeweiht. Dieser hatte mehr als einmal die Stirn gerunzelt und ob dieses Vorhabens den Kopf geschüttelt.
„Du hast hier doch alles, Junge. Was treibt dich nur immer in die unbekannte Ferne? Dort lauern Gefahren, die du nicht einmal kennst“, versuchte er ihn mehr als einmal von seiner Handelsfahrt abzubringen.
Doch wenn Torben sich einmal etwas in den Kopf gesetzt hatte, ließ er sich durch nichts und niemanden davon abbringen. So gut kannte Frank seinen Schützling längst. Daher drang er irgendwann nicht weiter in ihn. Nur am letzten Tag, als Torben sich von ihnen verabschiedete, sprach er noch einmal eine Warnung aus. Schließlich war er viel herumgekommen und wusste, dass die Welt da draußen so manche böse Überraschung bereithielt.
„Es sind unruhige Zeiten, wie man so hört, mein Junge. Also pass gut auf dich auf. Dort draußen können Harald und ich dir nicht den Arsch retten.“
Harald grinste bestätigend zu diesen Worten. Torben war heute bei den Übungen nicht wirklich bei der Sache gewesen. Harald hatte ihm zwei oder drei kräftige Hiebe verabreicht und damit sichergestellt, dass Torben ihn in den nächsten Tagen nicht so leicht vergaß.
Doch Frank war es ernst mit seiner Warnung. Und er konnte hartnäckig sein.
„Nur Stümper denken nicht über die möglichen Risiken nach, Torben!“
Torben nickte bedächtig.
„Ja, aber nur Feiglinge lassen sich deshalb von ihren Plänen abbringen.“
Frank schnalzte anerkennend mit der Zunge. In seinen Augen nistete ein wehmütiges Lächeln.
„So ein Feuer loderte früher auch mal in mir. Ich weiß es noch.

Keine Ahnung, wo es hin ist. Aber übereile es nicht. Es nützt niemandem, wenn du vorschnell in einem kalten, dunklen Grab landest."
Torben dankte ihm mit einem knappen Nicken.
„Das war auch nicht der Plan", entgegnete er mit einem selbstbewussten Lächeln.
„Ich bin nur beruhigt, dass ihr in Gesellschaft des Grafen reist. Der Mann ist ein alter Haudegen und schon länger Söldner, als du an Jahren zählst. Der Graf hat schon mehr über das Kämpfen vergessen, als du jemals lernen wirst."
Torben musste lachen.
„Das hast du schön formuliert. Da könnte tatsächlich etwas dran sein."
Harald schob sich neben Frank und blickte Torben ungewohnt ernst an.
„Wenn die Männer des Grafen lange Jahre als Söldner gedient haben, seid ihr bei denen gut aufgehoben. Die werden sich nicht so schnell ins Bockshorn jagen lassen und Räuber und Diebe hoffentlich abschrecken, auf dass diese sich leichtere Beute suchen. Trotzdem solltest du nicht wieder alles vergessen, was wir dir hier mühevoll beigebracht haben."
Dabei grinste er schelmisch. Schließlich wussten sie beide, dass sie an guten Tagen gleichwertige Gegner waren und einen Kampf jederzeit für sich entscheiden konnten.
Sie drückten sich fest die Hand.
Auf dem Heimweg fühlte Torben, wie eine seltsame Stimmung von ihm Besitz ergriff. Diese Abschiede setzten ihm ein wenig zu. Er vermisste seine Freunde schon jetzt.
Wenigstens Katja machte es ihnen etwas leichter. Sie sprühte vor guter Laune. Ihre Arbeit mit den ausgewählten Bernsteinen hatte sie innerhalb von vier Wochen zum Abschluss gebracht und sich dabei kein bisschen geschont. Erneut war es ihr gelungen so prächtige Ketten, Ringe, Amulette und Gebetsketten herzustellen, dass sie alle drei davon überzeugt waren, diesen Schmuck zu einem guten Preis in Venedig veräußern zu können.
„Gebt euch gefälligst Mühe!", spornte Katja sie leidenschaftlich an. „Und wehe, ihr lasst euch von diesen gerissenen Venezianern über den Tisch ziehen. Ihr wisst genau, was diese tollen Schmuckstücke wert sind. Ihr dürft mich gern mit guten Nachrichten überraschen, was meinen Anteil am Verkaufserlös angeht, sobald ihr zurück

seid“, zwinkerte sie ihnen zu.
„Wir geben unser Bestes“, versprachen Torben und Sigurd wie aus einem Munde.
Einzig der Abschied von Siegfried und Werner verlief kühl und recht wortkarg.
Sie wünschten sich zwar Glück bei ihren Unternehmungen, doch es war ihnen anzumerken, dass ein jeder froh darüber war, demnächst wieder eigene Wege beschreiten zu können. Werner war noch verschlossener als ohnehin schon. Torben wurde den Verdacht nicht los, dass sein älterer Bruder ihn um seine selbstbestimmten Handelsreisen ein Stück weit beneidete. Schließlich war Torben für sich selbst verantwortlich. Ein Misserfolg war nur ihm anzulasten. Hatte er jedoch Erfolg, so war auch dies ganz allein sein Verdienst. Werner hingegen war noch immer den Entscheidungen seines Vaters unterworfen und zeigte wenig Neigung, daran etwas zu ändern.
Torben war durchaus gespannt, ob die Pläne seines Vaters und Bruders aufgehen würden. Aber ab jetzt hatte er genug mit sich selbst zu tun.

Am fünfzehnten Mai luden sie ihre gut verpackten Waren auf ein Fuhrwerk und ließen sich in gemächlichem Tempo die zwei Meilen bis zum vereinbarten Treffpunkt bringen. Die Herberge „Zum roten Hahn“, war nicht zu verfehlen.
Da sie zuerst eintrafen, kehrten sie ein und tranken einen Becher Bier, um sich die Zeit zu vertreiben. Torben war ein wenig angespannt. So vieles konnte ihre Pläne durchkreuzen. Was sollten sie tun, wenn der Graf es sich anders überlegt hatte?
Doch ihre aufkeimenden Zweifel verflüchtigten sich sogleich, als sie in der Ferne schon bald einen Trupp Reiter ausmachten, der zielstrebig auf sie zuhielt.
Sigurd staunte nicht schlecht.
„Ich zähle zehn Reiter. Darunter unseren Freund Turan Al-Buri, der an seinem Turban nun wirklich leicht zu erkennen ist. Außerdem den Grafen sowie sechs seiner Männer. Aber wer sind die anderen beiden am Ende des Trupps?“
Torben kniff die Augen zusammen. Dann musste er grinsen.
„Da soll mich doch der Teufel holen. Sieh dir doch nur mal den eigenwilligen Reitstil an. Das habe ich bisher nur bei dir gesehen. Die beiden sitzen auf den Pferden, als würden sie diese Reise schon

jetzt verfluchen."
Sigurd prustete los und drohte ihm schelmisch mit dem Finger. Seine Gesichtszüge hatten sich sogleich aufgehellt.
„Die beiden Waliser Bogenschützen. Weiß der Himmel, was der Graf ihnen versprochen hat, damit sie ihn auf dieser Reise begleiten. Wie hießen die beiden doch gleich?"
„Dylan und Cadoc", entgegnete Torben.
Ihm gefiel es sehr, dass die beiden Bogenschützen dabei waren. Er war vielleicht nicht übel im Umgang mit dem Schwert. Aber von der Kunst des Bogenschießens verstand er nichts. Und gerade diese Waffe war bestens dafür geeignet, ihnen Räubergesindel auf einige Entfernung vom Hals zu halten.
„Jetzt verstehe ich, was ihr mit dem roten Hahn gemeint habt", rief der Graf ihnen zu, als der Trupp näherkam. „Wie er so rittlings auf seinem Fass sitzt und einen großen Bierkrug in der Hand hält, sieht er recht glücklich aus."
„Genau deshalb wussten wir, dass dies der richtige Treffpunkt ist", entgegnete Torben. „Vielleicht fiel unsere Wahl aber auch auf diese Herberge, weil es hier einen Stall gibt und wir uns mit Packtieren ausstatten könnten, falls noch welche fehlen sollten."
Heinrich schwang sich elegant vom Pferd und kam auf die beiden Kaufleute zu.
„Ich glaube kaum, dass dies nötig sein wird. Schließlich haben wir schon acht Packtiere mitgebracht. Vielleicht reicht das schon für eure Waren, die ihr mitzunehmen gedenkt."
Sie blieben voreinander stehen und nahmen sich in Augenschein. Der Graf wirkte zufrieden. Die bisherige Reise hatte seine Lebensgeister geweckt. Seine Augen blitzten unternehmungslustig.
„Auf dein Wort ist Verlass, Condottiere", begrüßte Torben ihn respektvoll.
Heinrich schmunzelte verwegen.
„Nicht nur das Wort eines Kaufmanns ist Gold wert. Schön, dass wir uns endlich wiedersehen. Der Winter ist mir doch ein wenig lang vorgekommen. Glücklicherweise haben die Waliser beschlossen, sich uns anzuschließen. Mit euch zählen wir daher zwölf Mann."
Sie begrüßten sich mit festem Händedruck.
Auch die Gefolgsleute des Grafen waren währenddessen aus dem Sattel gestiegen und hatten sich um Torben und Sigurd versammelt. Nachdem das Händeschütteln und Schulterklopfen ein Ende

gefunden hatte, klatschte der Graf unternehmungslustig in die Hände.
„Seht zu, dass ihr eure Waren auf die Packtiere geschnallt bekommt. Und dann hoch mit euch in den Sattel. Eure Pferde sind gutmütige Tiere. Die werden euch schon nicht abwerfen. Schließlich wollen wir heute noch ein tüchtiges Stück Weg hinter uns bringen. Die Reise wird lang genug werden."
Torben pfiff gellend auf zwei Fingern. Sogleich erhob sich Don, der bisher reglos hinter einem Schuppen im Schatten gelegen und nur auf ein Zeichen seines Herrn gewartet hatte.
Mit langen Sätzen kam er näher und legte sich dann zu Torbens Füßen ins Gras.
Einige der Reittiere scheuten vor dem Wolf zurück. Doch Torben hob beruhigend die Hände.
„Das ist Don, ein Wolf, den ich mit eigener Hand aufgezogen habe. Er tut niemandem etwas, der es nicht verdient hat. Die Pferde werden sich schnell an ihn gewöhnen."
Tatsächlich beruhigten sich die Reittiere wieder, beäugten den großen Wolf aber noch immer misstrauisch. Doch dieser interessierte sich nicht für sie.
Heinrich musterte das Tier wohlwollend.
„Du hattest uns auf dem Fest von ihm erzählt, erinnere ich mich. Um ehrlich zu sein, damals habe ich es ein wenig für Aufschneiderei gehalten."
Erwin, Tilo und Hanno nickten stumm.
„Damit warst du nicht allein, Condottiere", bestätigten sie.
Cadoc strich seinem Hengst beruhigend über die Nüstern.
„Mir hast du einen ziemlichen Schrecken eingejagt, mein Freund. Es hat nicht viel gefehlt und ich hätte zu meinem Langbogen gegriffen."
Ausgiebig musterte er das Tier.
„In Frankreich habe ich schon einige Wölfe zu Gesicht bekommen. Aber noch niemals zuvor sah ich ein so großes Tier. Wie hast du es geschafft, ihn an dich zu gewöhnen?"
„Vor einem guten Jahr hat einer der Jäger des Bojaren eine Wölfin getötet, die sich weigerte wegzulaufen. Kurz darauf fanden wir ihren Bau, in dem nur noch dieser Welpe am Leben war. Ich habe ihn gewärmt und mit Milch aufgezogen, bis er Zähne bekam und die ersten Brocken Fleisch fraß. Seitdem weicht er mir nicht mehr von der Seite. Er hat mir schon mal das Leben gerettet."

Cadoc lächelte bei diesen Worten.
„Und sein Herr mir“, erinnerte er ihn an den Jagdausflug im Spätsommer letzten Jahres.
Sie beobachteten schweigend den Wolf, während Sigurd einige Knechte herbeirief. Er bezahlte sie dafür, dass sie die vielen Bündel auf den Packtieren festbanden. Die Arbeit ging ihnen schnell von der Hand, so dass es nicht lange dauerte, bis sie endlich aufbrechen konnten.
„Ihr seid sicher, dass ihr diese ganzen Bündel mitnehmen wollt?“, fragte Arnold mit skeptischem Blick. „Da haben die Packtiere gut zu schleppen.“
Torben wies zu den in festen Bündeln verpackten Fellen hinüber, die mittlerweile auf den Packpferden befestigt waren.
„Die Fellieferung aus Nowgorod war ursprünglich zehnmal so umfangreich. Das dort sind nur noch die allerbesten Hermelin- und Zobelfelle. Die wären selbst eines Königs würdig.“
Er zog einen Zobelpelz hervor und warf ihn Arnold zu. Dieser strich prüfend darüber und pfiff anerkennend durch die Zähne.
„Hübsche Felle. König müsste man sein. Unsereins kann sich einen solchen Pelz nicht leisten.“
Torben verpackte das Fell wieder und schwang sich in den Sattel seines Pferdes. Auch Sigurd saß bereits im Sattel und klopfte sanft einer grauen Stute den Hals. Das Tier bedankte sich mit einem zutraulichen Schnauben.
Torben grinste seinem Freund zu.
„Na, habt ihr schon Freundschaft geschlossen?“
Sigurd nickte kräftig. Noch bevor er etwas erwidern konnte, gellte Heinrichs Ruf zu ihnen hinüber.
„Vorwärts!“
Der Trupp setzte sich in Bewegung. Die meisten Reiter führten eines der Packtiere hinter sich her, so dass sich ihre Kolonne ein wenig auseinanderzog.
Torben und Sigurd reihten sich weiter hinten ein.
Endlich konnte ihr Abenteuer beginnen.

In den nächsten Tagen ritten sie von Sonnenaufgang bis Sonnenuntergang. Heinrich hatte ihnen angedroht, dass sie kaum aus dem Sattel kommen würden. Doch das schreckte die jungen Kaufleute nicht.
Das Wetter war warm und die Sonne schien verschwenderisch auf

sie herab. Die Wege waren kaum mehr als einfache Pfade. Sie waren unbefestigt, doch zumindest hier im Norden noch breit genug, so dass hier selbst Pferdewagen gut vorankommen konnten. Sobald die Sonne im Osten allmählich versank, suchten sie sich einen Lagerplatz abseits der Wege. Sie wollten ungestört sein und Räuberbanden aus dem Weg gehen, die überall entlang der Handelspfade ihr Unwesen trieben.
Meist fanden sie eine Lichtung im angrenzenden Wald oder eine geschützte Mulde, in der sie die Tiere an Bäumen festbanden. Dort konnten die Tiere Gras fressen und neue Kraft schöpfen. Torben war anfangs verwundert, wie viel Sorgfalt Heinrich und seine Söldner ihren Tieren zukommen ließen.
Doch Rupert, Tilo und Hanno, die Männer, die bereits in Norditalien im Dienst des Grafen gestanden hatten, klärten die Kaufleute schnell auf.
„Unser Reisetempo wird von den Pferden bestimmt“, stellte Hanno klar. „Wir können hungern und Durst leiden. Das ist nicht weiter schlimm. Hier gibt es alle paar Meilen ein Gasthaus, in dem wir uns versorgen können. Aber gute Reitpferde sind schwerer zu bekommen. Der Graf hat sich diese Pferde etwas kosten lassen.“ Er wies zu den Tieren hinüber, die genüsslich das saftige Gras abweideten.
„Aber wenn die Pferde leiden, kommen wir kaum noch voran. Deshalb kümmert euch um eure Tiere. Nehmt ihnen die Lasten ab, sobald wir Rast machen. Wenn wir abends lagern, reibt jeder Mann sein Pferd ab und gibt ihm zu fressen, falls es nicht genug Gras gibt. Erst kommen die Pferde, dann wir.“
Die Kaufleute befolgten den Rat sogleich. Sobald diese Arbeit verrichtet war, kümmerten die Männer sich um das Lager. Einige Söldner suchten Holz zusammen und zündeten ein kleines Feuer an. Torben bemerkte, dass sie darin einige Erfahrung hatten. Doch etwas irritierte ihn.
„Was machst du da?“, fragte er Tilo.
Dieser hob eine kleine Kuhle aus. Als er damit zufrieden war, suchte er sich dürre Zweige und stellte diese sorgfältig zusammen. „Wir bleiben gern unter uns“, erklärte er Torben. „Wenn wir unser Lagerfeuer einfach irgendwo auf offener Fläche aufbauen, ist es in der Dunkelheit eine halbe Meile weit zu sehen. Doch wenn wir es in einer kleinen Grube entfachen, trägt der Flammenschein nicht weit und wir gehen unliebsamen Begegnungen leichter aus dem

Weg."
Er zwinkerte ihm zu.
„Vielleicht sind einige von uns schon zu lange Söldner. Da sitzt das Vertrauen in das Gute im Menschen nicht mehr sonderlich tief."
Das leuchtete Torben natürlich ein. Manchmal war er in diesen Dingen vielleicht ein wenig sorglos. Er beschloss, soviel wie möglich von diesen Männern zu lernen. Wer weiß? Vielleicht rettete ihm ein solches Vorgehen sogar einmal das Leben.
Don kam näher und kauerte sich zu seinen Füßen zusammen.
Allmählich versammelten sich alle Männer um das größer werdende Feuer. Proviant wurde ausgepackt und unter den Kameraden verteilt. Es hatte seine Vorteile im Gefolge eines Grafen zu reisen, stellte Torben mal wieder fest.
Es gab einen großen Laib Käse, von dem sich jeder mit seinem Messer ein Stück abschnitt. Würzige Würste wurden verteilt. Bei dem herzhaften Geruch hob auch Don den Kopf und leckte sich die Lefzen.
Tilo warf Torben zwei Würste über das Feuer zu und deutete auf Don.
„Gib ihm lieber eine ab, bevor er mich anspringt und meine frisst", rief er grinsend.
Torben dankte ihm.
Hungrig vertilgten sie ihre Ration. Zwei prallgefüllte Weinschläuche machten die Runde. Es war ein guter Tropfen. Kein saures Zeug, wie es in einigen der Herbergen am Wegesrand ausgeschenkt wurde und bei dem einen der Hals brannte.
„Wie weit ist es noch bis nach Lüneburg?", fragte Erwin in die Runde.
Richard, Arnold und er selbst waren erst vor kurzer Zeit in den Dienst des Grafen getreten und noch nie so weit weg von ihrer bäuerlichen Scholle gewesen. Außer Rendsburg hatten sie noch nie eine andere Stadt gesehen und konnten es kaum erwarten, all die Dinge zu erleben, von denen ihre erfahreneren Begleiter ihnen im langen Winter vorgeschwärmt hatten.
Tilo verzog kurz das Gesicht. Zusammen mit seinen Kameraden Rupert und Hanno hatten sie Graf Heinrich den langen Weg von Norditalien zurück nach Rendsburg begleitet. Sie kannten den Weg und wussten um die Gefahren der Reise.
„Morgen gegen Abend müssten wir die Stadt erreicht haben", legte er sich fest.

Torben hob warnend die Hand.
„Habt ihr von dem Krieg gehört, der zwischen den Lüneburgern und dem Braunschweiger Herzog Magnus II. ausgebrochen ist?"
Die Söldner hoben wie auf Kommando die Köpfe und starrten Torben an.
Dieser berichtete ihnen knapp, was sie von dem Lüneburger Kaufmann gehört hatten.
„Dann sollte der Konflikt ja vorüber sein", murmelte Heinrich nachdenklich. „Allerdings könnten in den Wäldern noch jede Menge versprengte Truppen stecken, die nach dem missglückten Überfall aus Lüneburg geflohen sind. Wir sehen besser zu, dass wir dieses Gebiet umgehen. Anderenfalls ist unsere Reise schneller vorbei, als wir uns das gedacht haben."
Sie sahen sich bedeutungsschwer an.
„Wäre das ein großer Umweg?", fragte Torben.
„Nicht sonderlich", beruhigte ihn der Graf. Er trat einen Schritt vor und malte mit dem rechten Fuß eine Furche in die Erde.
„Hier, bei Lauenburg, haben wir die Elbe überquert. Wenn wir uns dicht am Fluss halten, können wir auf dieser Seite bleiben und haben trotzdem genug Abstand zu Lüneburg. Dann folgen wir dem Fluss bis zu dem Ort Hitzacker. Von dort aus schwenken wir dann wieder ein und halten auf Braunschweig zu. Das kostet uns keine zwei Tage. Ist aber deutlich sicherer, als mitten in den Wäldern auf raubgierige Truppen zu treffen, die sich an uns schadlos halten wollen."
Damit waren Torben und Sigurd sogleich einverstanden. Ihre Reise würde Monate dauern. Was machten da schon zwei Tage?
Plötzlich vernahmen sie laute Rufe aus der Ferne. Sogleich sprangen sie auf und lauschten aufmerksam. Danach wurde es wieder ruhig. Doch wenig später hörten sie Schwerterklirren und Kampflaute.
Heinrich nickte Arnold und Tilo zu.
Die beiden verschwanden in den Wäldern und pirschten sich vor, um der Sache auf den Grund zu gehen. Die Ruhe, die sich über das Lager gelegt hatte, war verflogen.
Heinrich ging kein Risiko ein. Auch wenn ihr Feuer nur wenig Rauch abgab, ließ er es mit Erde löschen.
Nach weniger als einer Stunde kamen die beiden ausgesandten Späher wieder zurück.
„Da sind Lüneburger Söldner und Soldaten des Herzogs von

Braunschweig aneinandergeraten", berichteten sie. „Wir haben die Wappen auf den Umhängen der Toten erkannt. Aber das war nicht alles. In den Wäldern treiben sich noch mehr von ihnen herum. Da kann man leicht zwischen die Fronten geraten", bemerkte Tilo warnend.

Heinrich ließ seinen Blick kurz auf den Kaufleuten ruhen. Die Warnung hatte sich als zutreffend erwiesen. Jedem war klar, dass sie diesem Ärger besser aus dem Weg gingen.

Der Rest der Nacht verlief ruhig. Ein Feuer wurde nicht mehr entzündet. In dieser Nacht mussten sie besonders wachsam sein. Das musste Heinrich ihnen nicht einschärfen.

Schon bald suchten sie sich einen Schlafplatz und hüllten sich in ihre Decken. Heinrich hatte festgelegt, dass jeweils ein Mann Wache hielt, der alle zwei Stunden abgelöst wurde. Er war ein umsichtiger Anführer, der sehr auf ihre Sicherheit bedacht war.

Torben schlief sogleich ein und wurde gegen zwei Uhr in der Früh von Erwin geweckt.

„Du bist dran mit der Wache. Bisher war alles ruhig. Schlaf nur nicht wieder ein, hörst du?"

Torben nickte verschlafen, bis ihm auffiel, dass Erwin das in der Dunkelheit nicht sehen konnte.

„Ich bin wach", murmelte er hundemüde.

Erwin brummte etwas und zog sich auf seinen Schlafplatz zurück. Kurze Zeit später war schon sein leises Schnarchen zu vernehmen. Torben beneidete ihn darum, dass dieser seine Wache schon hinter sich hatte. Er schlug die Decke zurück und rappelte sich auf. Es war in der Nacht empfindlich kalt geworden. Ende Mai waren die Tage zwar warm, doch nachts fror er unter seiner dünnen Decke. Don war aufgesprungen und folgte ihm, als Torben sich zum Rand des Lagers begab.

Dort setzte er sich an einen Baum und lehnte den Kopf gegen den Stamm. Wie gern hätte er jetzt geschlafen. Doch seine Reisegefährten verließen sich auf ihn. Also nahm er sich zusammen und zwang sich dazu, die Augen offenzuhalten. Schließlich wollte er nicht schuld sein, wenn sich fremde Soldaten an sie heranschlichen und sie überfielen.

Es war eine sternenklare Nacht. Schon lange hatte er nicht mehr so viele Sterne am Himmel gesehen. Don hatte sich neben ihm niedergelegt und schien zu schlafen. Sein Atem ging gleichmäßig. Plötzlich schreckte Torben hoch, als der Ruf eines Käuzchens die

Nacht durchdrang. Wie unheimlich solche Laute doch waren, wenn man allein mitten in der Nacht in einem Wald saß. Er freute sich darüber, dass wenigstens Don ihm Gesellschaft leistete. Dann fühlte er sich nicht ganz so allein. Hoffentlich waren seine zwei Stunden bald verstrichen. Dann würde er Hanno wecken und sich endlich wieder hinlegen können.
Als Don ohne Laut den Kopf hob und in die Finsternis starrte, war Torben sofort hellwach.
„Was ist los, mein Junge?“, flüsterte er leise.
Er wusste, dass Don schärfere Augen und einen viel ausgeprägteren Geruchsinn besaß. Daher würde er eine Gefahr lange vor ihm bemerken.
Don erhob sich und lief zwei Schritte in Richtung Wald. Torben war sich nun sicher, dass sich ihnen irgendein Lebewesen näherte und erhob sich ebenfalls. Kurz überlegte er, ob er die Männer wecken sollte. Doch dann beschloss er, damit noch zu warten, bis er sich sicher war, was hier los war. Trotzdem legte er die rechte Hand auf den Knauf seines Schwertes und lauschte angespannt in die Nacht hinaus.
Dann ging alles ganz schnell. Im Unterholz knackte es laut. Es klang so nahe, dass sich Torben die Haare auf den Unterarmen aufstellten. Ein Rudel Rehe mit einem großen Hirsch an der Spitze preschte aus dem Dickicht und überquerte in wenigen, schnellen Sprüngen die kleine Lichtung, um auf der andern Seite Schutz im Dickicht zu suchen.
Torben blieb beinahe das Herz stehen, als die Rehe so dicht an ihm vorbeiliefen. Ihr Weg führte sie mitten zwischen den Schlafenden hindurch. Don war erstaunlicherweise ruhig geblieben. So schnell wie der Spuck aufgetaucht war, waren die Tiere auch wieder im Dickicht verschwunden.
Einige Söldner waren alarmiert aufgesprungen und sahen sich lauernd um. Doch dann legten sie sich einfach wieder hin.
Arnold lachte gutmütig.
„Sieh bloß keine Gespenster“, murmelte er in Torbens Richtung. Dann drehte er sich auf die andere Seite und schlief einfach weiter. Sigurd hingegen hatte von dem Lärm nichts mitbekommen. Torben beneidete ihn um seinen festen Schlaf.
Da erst die Hälfte seiner Wachzeit verstrichen war, nahm er seufzend seine vorherige Position am Baumstamm wieder ein. Als er schließlich der Meinung war, dass die zwei Stunden um waren,

lief er zu Sigurds Lagerplatz und schüttelte ihn kräftig an der Schulter. Das musste er zweimal tun, bevor Sigurd endlich die Augen aufschlug. Als sein Freund sich erhob, ließ Torben sich erleichtert auf sein Lager sinken. Doch er brauchte lange, um wieder zur Ruhe zu finden. Im Osten war bereits ein fahles Licht zu sehen, als er endlich wieder einschlief.

Bolko von Wreden hatte den bulligen Kopf eingezogen, als er im strömenden Regen über den Hof seiner kleinen Burg stampfte. Sein Familiensitz, die Preensburg, erhob sich mehr als zwanzig Meilen von der kleinen Stadt Uelzen entfernt auf einem Bergrücken. Die Burg lag abgelegen inmitten einiger dichter Wälder. Allerdings war es nicht mehr weit bis zur Elbe. Zu seinem Besitz gehörten fünf kleinere Dörfer, die kaum genug Abgaben einbrachten, um ihn und seine Familie am Leben zu halten. Dieser Umstand ärgerte ihn mit jedem Jahr mehr. Schließlich gehörte er zum Adel und damit zur Oberschicht dieses Landes. Zudem war er ein gefürchteter Ritter. Trotzdem besaß er kaum genug Geld, um die nötigsten Reparaturen an seiner Burg ausführen zu lassen. Das Mauerwerk musste dringend instandgesetzt werden. Es bröckelte an allen Ecken.
Einzig seine beiden Ecktürme erstrahlten in neuem Glanz und machten einen wehrfähigen Eindruck. Es hatte ihn ein Vermögen und eine Bauzeit von fünf Monaten gekostet, um diese Arbeiten von Steinmetzen abschließen zu lassen. Gerne hätte er noch weitergemacht. Aber ihm war mal wieder das Geld ausgegangen. Am liebsten hätte er die Handwerker aus Braunschweig dazu gezwungen, auch die Arbeit an der Mauer zu vollenden. Aber dann hätte er der Stadt einen weiteren Vorwand geliefert, sich gegen ihn zu stellen.
Dieses verfluchte Geld!
Er spuckte eine Ladung Rotz zu Boden, der sogleich vom prasselnden Regen fortgewischt wurde. Seine angehobenen massigen Schultern ließen ihn noch kompakter wirken. In einer solchen Haltung wirkte er oft wie eine Bulldogge, die keinem Kampf aus dem Weg ging, hatte sein Vater einmal zu ihm gesagt. Dieser Vergleich hatte ihm so gut gefallen, dass er ihn sich gemerkt hatte.
Sein Vater war schon vor vier Jahren an einem schlimmen Keuchhusten gestorben, den er sich in der zugigen, kalten Burg

zugezogen hatte. Er hatte seinem einzigen Sohn kaum genug Geld für die Beerdigung und den Pfarrer hinterlassen. Es war ein Trauerspiel. Schon bei der Erinnerung daran wurde Bolko von einem Wutanfall geschüttelt. So mittellos sollte ein Ritter des Heiligen Römischen Reiches Deutscher Nation nicht vor seinen Schöpfer treten müssen. Bolko hatte im ersten Jahr versucht mit den kläglichen Mitteln hauszuhalten, die ihm die geringen Abgaben eintrugen. Natürlich hatte er die Abgaben erhöht. Doch das war ein zweischneidiges Schwert, wie er schnell festgestellt hatte. Die Bauern in seinen Dörfern hatten kaum selbst genug zu beißen. Jede Milchkuh, die er von seinen Waffenknechten wegtreiben ließ, zwang die Bauern im nächsten Winter zu hungern. Die letzten Ernten waren schlecht gewesen. Erst hatte es zu wenig geregnet, sodass das Korn auf den Feldern verdorrte und kaum wuchs. Als dann doch noch der Regen kam, war dieser so heftig, dass es drei Wochen lang beinahe ohne Unterbrechung schüttete. Die wenigen Halme, die der Trockenheit widerstanden hatten, fielen im Anschluss dem Regen zum Opfer und verfaulten. Er wusste, dass es seinen Bauern schlecht ging. Aber er hatte nicht die Mittel, um ihnen durch den nächsten Winter zu helfen. Sollten sie Stroh fressen. Ihm war es gleich. Es waren zu wenige junge Leute in den Dörfern. Das war ihm schon lange aufgefallen. Vielen war die Plackerei auf den Feldern, die kaum genug zum Leben einbrachte, zu anstrengend. Sie wanderten in die Städte ab und kehrten dem alten Leben den Rücken. Dort fanden sie Arbeit, die anständig bezahlt wurde und konnten sich eine Existenz aufbauen. Am liebsten würde er sie mit der Peitsche zurück auf die Felder treiben. Aber er konnte nicht überall sein. Er war nie ein Mann gewesen, der sich etwas vorgemacht hatte. Daher ahnte er, dass das Leben, so wie er es noch aus seiner Jugend kannte, der Vergangenheit angehörte.
Selbst seine Ritterfreunde, die ein Stück weiter im Westen ihre eigenen Burgen führten, berichteten von ähnlichen Entwicklungen auf ihrem Land. Und an all dem waren nur die aufstrebenden Städte schuld. Die Kaufleute wurden immer einflussreicher und saßen mittlerweile in vielen Städten im Rat und bestimmten über die Geschicke ihrer Heimatstadt. Wann hatte es das schon einmal gegeben? Das konnte doch nicht die gottgewollte Ordnung sein! Zudem wurden diese Pfeffersäcke immer reicher. Sie wohnten in großen Häusern, besaßen riesige Lagerhäuser und reisten in ganz

Europa herum, auf der Suche nach noch größerem Profit. Wie er diese aufgeblasene Kaste hasste. Nachdem er eingesehen hatte, dass sein altes Leben unwiederbringlich vorbei war, hatte er seine Gefolgsleute versammelt und ihnen seinen neuen Plan bekanntgegeben. Sein drei Jahre jüngerer Neffe, Hinnerk, hatte schnell verstanden, dass es für sie nur einen Weg gab, um aus ihrer Notlage herauszufinden und zustimmend genickt. Einzig der alte Anführer seiner Waffenknechte, der schon seinem Vater treu gedient hatte, hatte sich lange nichts anmerken lassen. Doch dann hatte er ganz leicht die Lippen gekräuselt. Bolko musste genau hinsehen, doch dann erkannte er, dass dieser alte Soldat lächelte. Das war in seinem verwitterten Gesicht, das von tiefen Furchen durchzogen wurde, nun wirklich nicht leicht zu erkennen.
„Und was machen wir mit den Pfeffersäcken, wenn wir sie überfallen haben?", hatte Hinnerk gefragt. „Wir werden uns doch kaum mit diesem Pack abmühen wollen, oder? Das sind doch nur weitere Mäuler, die es zu stopfen gilt."
Bolko hatte nur träge gegrinst.
„Wer sagt denn, dass wir welche am Leben lassen?", gab er zurück. „Wenn wir einen Kaufmannszug überfallen, entscheiden allein wir, wen wir am Leben lassen und wen nicht. Wer reich ist, landet im Kerker. Dort darf er sich dann im finsteren Loch überlegen, ob ihm seine Freiheit ein hübsches Sümmchen wert ist, oder ob er sich weiterhin von den Ratten anknabbern lassen will. Ich sage euch, wer von denen mal eine Weile richtigen Hunger kennengelernt hat, wird gleich viel umgänglicher."
Er ließ ein gehässiges Grinsen folgen.
„Und arme Schlucker, die kein Lösegeld wert sind, erschlagen wir an Ort und Stelle und lassen ihre Überreste verschwinden. Und wenn einer nach ihnen fragt, zucken wir mit den Schultern. Im Land herumzureisen ist gefährlich. Woher sollen wir denn wissen, was ihnen zugestoßen sein könnte?"
Daraufhin tauschten sie ein kehliges Lachen.
Elric zog an seinem rostigen Kettenhemd, von dem er sich niemals trennte. Er behauptete immer, dass ein Kämpfer sich an das Gewicht gewöhnen musste. Nur dann würde er in einem Kampf über genug Ausdauer verfügen, um seine Gegner zu besiegen.
„Das bedeutet, wir legen uns im Unterholz auf die Lauer und überwachen die beiden wichtigsten Wege?", fragte er mit lauerndem Blick. Sein hageres Gesicht erinnerte Bolko immer ein

wenig an einen Totenschädel. Als wenn die Haut zu festgespannt worden wäre.
„Was anderes wird uns wohl kaum übrigbleiben", raunte Bolko. „Aber wir werden die Zeit schon totschlagen. Die Aussicht auf reiche Beute wird uns wachhalten. Das ist schon etwas anderes, als Jagd auf Rotwild zu machen."
Er bemerkte Hinnerks nachdenklichen Blick und nahm das Kinn hoch.
„Was gibt es, Neffe? Gefällt dir mein Plan nicht?"
Hinnerk hatte den Kopf schräggelegt und beobachtete einen Raben, der über dem Burgtor kreiste. Bolko wollte immer mit dem Kopf durch die Wand. Wenn er länger über ein Problem nachdenken sollte, hatte er schon keine Lust mehr, sich damit zu beschäftigen. Deshalb ließ er es in den Augen seines Neffen oft ein wenig an Raffinesse mangeln. Doch das war nichts, was man vorbringen durfte, wenn man nicht Gefahr laufen wollte, sich eine schallende Ohrfeige einzuhandeln. Trotzdem ließ Hinnerk den Gedanken an ihr Vorhaben noch ein wenig in seinem Kopf umherkreisen, auch wenn er wusste, dass er Bolko damit zur Weißglut brachte, wenn er es übertrieb.
Bolko schnaufte ungehalten. Sein Neffe schwieg noch immer. Wenn sich einer seiner Waffenknechte so etwas herausgenommen hätte, dann hätte Bolko ihm längst die rechte Faust krachend an den Kopf geschlagen. Doch er musste zugeben, dass meist etwas Brauchbares dabei herausgekommen war. Deshalb beherrschte er sich, auch wenn es ihm sichtlich Mühe bereitete.
„Späher", stieß Hinnerk plötzlich hervor und grinste dreckig.
Bolko wurde ungehalten.
„Was soll das heißen? Erkläre das mal genauer."
„Wir schicken Waffenknechte als unsere Späher aus. Sie sollen die größeren Wege im Blick behalten. Dafür kehren sie in Wirtshäusern ein, beobachten die Reisenden und halten Augen und Ohren offen. Wenn ein Trupp zu stark geschützt wird, lassen wir ihn passieren. Doch sobald sich ein Trupp Kaufleute auf den Weg macht und nicht von einem Geleit an Waffenknechten begleitet wird, kehren unsere Späher auf schnellen Pferden zurück und informieren uns. Dann haben wir genug Zeit, um auszurücken und einen Hinterhalt zu legen. Außerdem müssen wir dann nicht wochenlang im Wald sitzen und uns den Hintern abfrieren."
Bolko blickte lauernd zu Elric.

„Also sind wir die Spinne die im Warmen sitzt und abwartet, bis ihre Beute im Netz zappelt. Das gefällt mir schon besser. Bist ein heller Kopf, Neffe. Der Plan hätte glatt von mir sein können", behauptete er gutgelaunt.
Nein, könnte er nicht, dachte Hinnerk. Gab sich dabei aber alle Mühe, das Lächeln seines Onkels zu erwidern. Und als warmen Sitz würde er diese nasskalte und zugige Burg auch nicht gerade bezeichnen. Doch auch das war nichts, was er seinem Onkel unbedingt mitzuteilen gedachte.
Elric ließ sich zu einem knappen Nicken herab, was Hinnerk nicht überraschte. Der alte Truppführer hatte genug Verstand, um einen guten Plan zu erkennen.
„Ich werde drei Waffenknechte auswählen und ihnen unsere schnellsten Pferde zuteilen", rief Elric mit seiner heiseren Reibeisenstimme. Für Hinnerk klang die Stimme immer ein wenig, als würde sie aus einer Gruft zu ihm heraufsteigen. Irgendwie unheimlich. Dabei war er nun wirklich kein Mann, der sich schnell fürchtete.
„Mach das!", rief Bolko gutgelaunt.
Sobald es etwas zu tun gab, steigerte das die Laune seines Onkels erheblich. Hinnerk zuckte mit den Schultern. Wie es aussah hatte er in den nächsten Tagen kaum mehr zu tun, als Pacht einzutreiben und sich nach den leidlich hübschen Mägden umzusehen. Er würde die Zeit schon sinnvoll verbringen. Da hatte er keine Sorgen. Mit einem breiten Grinsen ging er davon.
Schon in der nächsten Woche hatten sie drei Waffenknechte ausgesandt. Es war Bolko schwergefallen, ihnen jeweils einige Münzen zuzustecken. Schließlich sollten sie sich unterwegs in den besseren Schenken herumtreiben und dabei kein Aufsehen erregen. Zehn Tage vergingen, ohne dass sie ein Lebenszeichen erreichte. Bolko bekam immer schlechtere Laune.
„Wenn sie unterwegs nur mein Geld versaufen und rumhuren, dann können sie was erleben", drohte er nicht zum ersten Mal. Elric wusste, wie er seinen Herrn wieder auf andere Gedanken bringen konnte. Er rief die sechzehn verbliebenen Waffenknechte zusammen und drillte sie gnadenlos. Jeden Tag dachte er sich neue Übungen aus, um die Männer an ihre Grenzen zu bringen. Bolko nahm sich jeden Tag einige Stunden Zeit, um seinen Männern zuzusehen. Manchmal machte er auch mit, wenn ihm die Übungen zusagten. So trainierten sie auf dem Sandplatz mit stumpfen

Waffen bis zur Erschöpfung. Am nächsten Tag wurde ein Zielschießen mit Pfeil und Bogen angesetzt. Einige Männer waren besser im Umgang mit dieser Waffe. Der Bogen erforderte eine ruhige Hand und viel Übung. Für Bolko war das nichts. Während er im Kampf mit dem Schwert als Sieger vom Platz ging, trat er hier gar nicht erst an. Doch Zuschauen gefiel ihm ausnehmend gut. Er sparte nicht mit Spott, wenn ein Pfeil von der hölzernen Scheibe abglitt und gegen die Burgmauer prallte. Doch auch anerkennende Worte waren von ihm zu vernehmen, wenn ein Pfeil den roten Farbpunkt im Ziel mittig traf.
Am zwölften Tag nach ihrem Aufbruch sprengte einer der ausgesandten Waffenknechte auf einem abgekämpften Pferd durch das Burgtor. Das Tier war am Ende seiner Kräfte. Schaumflocken fielen vom Maul herab. Der Reiter sprang ab, warf die Zügel einem Knappen zu und lief stolpernd auf seinen Herrn zu.
Bolko fletschte die Zähne.
„Lass hören. Ich bin neugierig, warum du das gute Pferd beinahe zu Schanden reitest."
Der Waffenknecht war so scharf geritten, dass er völlig außer Atem war. Er sog keuchend die Luft ein und beruhigte sich allmählich.
„Kaufleute", stieß er abgehackt hervor.
„Das habe ich mir gedacht." Bolko rollte ungeduldig mit den Augen. „Nur aus dem Grund habe ich dich ausgeschickt. Genauer, Mann!", zischte er mit scharfer Stimme.
Der Waffenknecht riss sich zusammen.
„Eine Gruppe von sieben Hamburger Kaufleuten zieht von Norden heran. Darunter drei bewaffnete Knechte. Ich habe sie in einer Schenke belauscht. Sie wollen westlich an Uelzen vorbei und sind auf dem Weg nach Braunschweig."
Bolko leckte sich aufgeregt über die Lippen. Sein Jagdinstinkt war erwacht.
„Was haben sie für Waren bei sich? Konntest du etwas erkennen?"
Der Waffenknecht wischte sich den Schweiß von der Stirn. Sein Mund war furchtbar trocken. Doch er wusste, dass sein Brotgeber ihn erst gehen lassen würde, wenn er die wichtigsten Antworten geliefert hatte.
„Nur Packpferde. Keine Karren."
Bolko starrte nachdenklich zu Boden. Das sagte ihm, dass die Kaufleute schnell unterwegs waren und vielleicht genug Münzen bei sich trugen, um in Braunschweig noch Waren zu erwerben, wie

er hoffte.
„Sie haben einige Säckchen mit Salz aufgeladen. Ansonsten nur eine Menge Proviant. Die Knechte murrten, dass die Kaufleute es eilig hatten und kaum mal eine Rast einlegten. Sie glauben, dass sie Angst haben überfallen zu werden, wenn sie sich zu lange auf den unsicheren Straßen aufhalten."
Bolko blies die Backen auf.
„Wie kommen sie denn auf die Idee?"
Dann lachte er dröhnend.
Als sie sich am nächsten Morgen zum Aufbruch sammelten, erreichte ein weiterer Waffenknecht die Burg.
„Auf dem Westufer der Elbe reitet ein Trupp Kaufleute und Söldner mit einer Menge Packpferde gen Süden. Sie sahen gutbewaffnet aus. Aber die Beute würde sich lohnen. Soweit ich sehen konnte, waren sämtliche Packpferde vollbeladen. Ich ritt so nahe an ihnen vorbei, dass ich eine große Ladung Felle erkennen konnte. Das war sicher nicht alles. Einige Pferde hatten auch schwere Leinensäcke umgehängt. Aber alles Weitere verbarg sich vor meinem Blick."
„Söldner?", murmelte Hinnerk abwägend.
Der Waffenknecht nickte.
„Insgesamt zehn Mann. Die meisten davon waren Söldner. Aber auch ein Araber und mindestens zwei Kaufleute. Angeführt werden sie von einem alten Mann, der bestimmt ein Adliger oder so ist. Das erkennt man sofort. Merkwürdige Reisegruppe, wenn Ihr mich fragt."
Hinnerk, Elric und Bolko tauschten einen schnellen Blick. Gier flackerte in ihren Augen auf.
„Ein Adliger? Interessant. Das verspricht ein gutes Lösegeld. Die Kerle sollten wir in unser Verlies werfen und dort ein paar Wochen schmoren lassen. Danach ist aus ihnen sicher ein hübsches Sümmchen herauszupressen", warf Hinnerk ein.
„Welchen Weg nehmen sie?", fragte Elric nach.
„Sie haben Lüneburg weitläufig umgangen. Dort haben schließlich bis vor kurzem noch Kämpfe getobt. Sie sind bis Hitzacker geritten", berichtete der Waffenknecht. Seine Augen leuchteten vor Aufregung.
„Wenn sie nach Magdeburg weiterreisen wollen, entkommen sie uns", gab Hinnerk zu bedenken. Der Waffenknecht schüttelte grinsend den Kopf.

„Sie sind nach Hitzacker gen Westen abgebogen. Sieht so aus, als wäre Braunschweig ihr Ziel."
Bolko lächelte zufrieden.
„Wer sagts denn? Erst tut sich nichts. Und dann fordern gleich zwei Trupps unsere ganze Aufmerksamkeit. Das ist beinahe zu viel des Guten für uns zwanzig Mann. Aber ich will auf keine der Gelegenheiten verzichten. Auch wenn diese zweite Gruppe recht wehrhaft klingt, so scheint sie das Risiko doch wert zu sein. Allerdings könnten uns zehn gute Kämpfer eine Menge Probleme bereiten. Die werden uns ihre Ladung kaum freiwillig aushändigen. Wir müssten sie schon überraschen, so dass sie erkennen, dass jeder Widerstand sinnlos wäre."
Elric und Hinnerk schwiegen nachdenklich. Dann schnipste Hinnerk mit den Fingern.
„Hermann Riebe", sagte er lächelnd.
Während Elric keine Miene verzog, musste Bolko breit lächeln. Ihm war sofort klar geworden, was Hinnerk plante.
„Wenn wir diesen Bastard beteiligen, will er aber auch was von der Beute abhaben", überlegte er.
Hinnerk nickte gemächlich.
„Dafür bringt er aber bestimmt mehr als dreißig Bewaffnete mit und hat eine Menge Erfahrung in diesem Handwerk. Er hat schon einige Kaufmannszüge überfallen und war sogar schon mal mit einem Kirchenbann belegt worden. Doch nachdem er Abbitte geleistet und zudem eine großzügige Spende an einen Kirchenstift getätigt hatte, empfing ihn die Kirche wieder mit offenen Armen. Dabei war das damals nicht einmal ein Drittel der umfangreichen Beute gewesen, wie Hermann ihnen zwinkernd gestanden hatte.
„Wenn wir jetzt losreiten, klopfen wir heute Abend an sein Burgtor", murmelte Elric. „Seine Burg liegt sogar in der richtigen Richtung, um die Hamburger Kaufleute abzufangen."
Bolko zögerte einen winzigen Moment.
„Wird er sich uns anschließen?"
Hinnerk nickte kräftig, während Elric ein heiseres Lachen ertönen ließ.
„Jede Wette!"
„Also gut. Statten wir unserem Nachbarn einen Besuch ab."
In einer langgezogenen Reihe brachen sie auf. Ihr Weg führte über schmale Pfade durch unberührte Wälder. Einmal begegneten ihnen einige Bauern, die beim Anblick der gepanzerten Streitmacht eiligst

in den Wäldern verschwand.
Die Stimmung der Truppe war ausgezeichnet. Endlich hatte der harte Waffendrill ein Ende. Zudem gab es nun Aussicht auf Beute, was die harten Augen der Waffenknechte funkeln ließ. Auch ohne Kommando trieben sie ihre Pferde immer wieder unerbittlich an. Am späten Nachmittag zeichnete sich vor ihnen die Burg Eggstein am Horizont ab. Diese Burg war größer als seine eigene, wie Bolko widerwillig zugeben musste. Als sie näher heranritten, stellte er missmutig fest, dass sie sich auch in einem erheblich besseren Zustand befand. Die Mauern sahen widerstandsfähig aus. Bei ihrem Anblick ertönte ein Signal und wenig später ließ sich der Burgherr auf den Mauern blicken.
Bei ihrem Anblick verzog er grinsend das Gesicht.
„Sieht mir nicht nach einem Freundschaftsbesuch aus, Bolko“, rief Hermann Riebe mit kraftstrotzender Stimme. Er hatte die Arme verschränkt und ein halbes Dutzend Bogenschützen um sich versammelt. Die Burgwache war in Alarmbereitschaft und konnte jeden Augenblick das Burgtor schließen.
„Darf ich fragen, warum du mit allen deinen Männern schwer bewaffnet vor meinen Mauern erscheinst?“
Bolko winkte ihm freundlich zu.
„Ziehe keine voreiligen Schlüsse, mein Freund. Ich habe dir ein Angebot zu machen, an dem du sicher interessiert sein wirst.“
„Na dann. Herein mit dir, Bolko. Nimm gern zwei Männer mit. Der Rest muss draußen warten. Ich mag es nicht, wenn sich so viele fremde Soldaten innerhalb meiner Mauern aufhalten.“
Bolko erklärte sein Einverständnis. Er hätte sicher ähnlich gehandelt. Ihre Väter waren Freunde gewesen, die sich vor Jahrzehnten bei einer Fehde gegen einen Ritter beigestanden hatten, der einen Teil ihrer Ländereien beansprucht hatte. Dieser hatte sein Vorpreschen schnell bereut und im Streit einlenken müssen. Die Söhne verband wenig miteinander, außer die schwierigen Umstände, die das Leben als Burgherr mit sich brachte. Außerdem teilten sie ein ausgewiesenes Gespür für Chancen. Darauf setzte Bolko auch heute. Und sollte nicht enttäuscht werden.
Hermann führte ihn zu einem schattigen Plätzchen. Dort ließen sie sich auf einer grobbehauenen Bank nieder und streckten die Beine aus. Ein Knecht brachte zwei Becher und einen Krug verdünntes Bier zu ihnen und goss die Becher bis zum Rand voll. Dann

entfernte er sich mit einer Verbeugung. Hermann beachtete ihn nicht.
„Erzähl schon“, forderte er seinen alten Bekannten auf. Dieser ließ sich nicht lange bitten. Er berichtete davon, was ihn bewogen hatte, sich an Kaufmannszügen schadlos zu halten. Dabei schwoll seine Stimme an. Es machte ihm erkennbar zu schaffen, dass er als Ritter zu solchen Maßnahmen greifen musste, um ein Auskommen zu finden. Doch dann beherrschte er sich wieder und erzählte von den Meldungen der ausgesandten Späher. Hermann zog beeindruckt die Augenbrauen in die Höhe.
„Ich bin nicht arm, weißt du“, vertraute er Bolko an. „Aber ein Raubzug kann schnell mehr einbringen, als sämtliche Steuern und Abgaben eines Jahres. Da fällt es schwer, nein zu sagen. Wenn Kaufleute aus Braunschweig unter ihnen wären, würde ich mir das Ganze noch einmal überlegen. Aber aus dem Norden? Die reichen Pfaffen aus Hamburg und Lübeck? Pah!“
Er stieß abwehrend die Luft aus.
„Sie werden schon bald feststellen, dass es gefährlich ist, sich den einsamen Wegen unserer Heimat anzuvertrauen.“
Sie tauschten ein vertrautes Grinsen und stießen krachen die Becher zusammen.
„Auf einen erfolgreichen Raubzug“, brachte Bolko vor.
Hermann hatte die Lippen geschürzt und leerte durstig seinen Becher.
„Lass uns keine Zeit verlieren“, trieb Bolko dann zur Eile an. „Es wäre zu schade, wenn uns eine der Gruppen entwischen sollte. Deshalb sollten wir morgen bei Sonnenaufgang aufbrechen. Wie viele Männer kannst du aufbieten?“
Herrmann ließ seinen Blick kurz über das Tor seiner Burg wandern.
„Ich würde die Burg nur ungern ohne Schutz zurücklassen. Aber dreißig Mann werde ich zusammenbekommen.“
Bolko nickte zufrieden.
„Fünfzig guten Kämpfern kann niemand widerstehen. Damit könnten wir sogar eine kleinere Stadt im Handstreich einnehmen.“
Hermann ließ ein trockenes Lachen ertönen.
„Immer eins nach dem anderen, mein Freund.“
Sie erhoben sich von der Bank.
„Du, dein Neffe und Elric, der alte Rekrutenschinder, sind mir als Gäste gern willkommen. Deine Männer müssen allerdings ihr Lager

draußen vor der Burg aufschlagen."
Bolko nickte sogleich. Es war Ende Mai und die Nächte waren mild. Seinen Männern würde eine Nacht im Freien nicht schaden. Elric bedankte sich, lehnte die Einladung aber umgehend ab. Er wollte bei seinen Männern sein und mit ihnen unter freiem Himmel nächtigen.
„In einem Bett verweichliche ich. Daran ist mein Körper nicht gewöhnt", murmelte er knapp zu Bolko, seinem Dienstherrn. Dann ritt er aus der Burg.
Bolko und Hinnerk mussten lächeln.
Der alte Waffenmeister war fünfzehn Jahre älter und hatte in mehr Gefechten seine Haut aufs Spiel gesetzt, als Bolko Finger an den Händen hatte. Elric trug eine Menge Narben mit sich herum, die von seinem Kriegerleben zeugten. Aber er war noch am Leben und zäher als je zuvor. Er würde schon wissen, was gut für ihn war.
Hermann ließ sich nicht lumpen und teilte seinem Besuch Verpflegung und Bier zu. Sogleich stieg die Stimmung der Männer an.
Längst hatte Hermann auch seinen Waffenmeister zu sich heran gewunken und ihm Instruktionen aufgegeben. In der Zwischenzeit besah Bolko sich die Burg ein wenig genauer. Was er sah, ließ ihn neidisch die Augen zusammenkneifen.
Die Burg hatte nur ein einziges Burgtor, das Zugang zur Anlage gewährte. Doch im Gegensatz zu seiner kleinen Burg, verfügte diese über eine Vorburg mit etlichen Verwaltungsgebäuden. Hier arbeiteten Handwerker und Bäcker. Das monotone Hämmern eines Schmieds drang zu ihnen herüber. Dahinter lag ein weiteres Burgtor, welches noch einmal aufwendig geschützt wurde. Dieser Zwinger wies einen überdachten Holzbau zur Verteidigung auf. So waren die Verteidiger vor Pfeilen der Angreifer geschützt. Als letzte Zuflucht gab es einen Turm, dessen Eingangstür nicht ebenerdig lag. Man musste eine Einstiegsleiter verwenden, um ihn zu betreten. Das verstärkte den Schutz noch einmal deutlich. Zudem wies dieser Turm ganz sicher unterirdische Stockwerke, Lagerräume und Keller auf. Das konnte er anhand der massiven Bauweise erkennen. Er hätte schwören können, dass diese Burg auch über einen Geheimgang verfügte. Aber es hatte wenig Sinn, Hermann danach zu fragen. Ganz sicher hätte er nur ein spöttisches Grinsen als Antwort bekommen. Dabei war es naheliegend, dass irgendwo ein Geheimgang verlief, der im nah

angrenzenden Wald endete und ihm und seinen wichtigsten Männern die Flucht ermöglichte, falls die Burg einmal von einer überwältigenden Übermacht belagert werden würde.
Hermanns Männer waren hervorragend ausgebildet worden, das musste er dem Ritter lassen. Bis zum Einbruch der Dunkelheit hatte die Besatzung der Burg ihre Vorbereitungen abgeschlossen. Waffen, Ausrüstung und Verpflegung wurde bereitgestellt, so dass dreißig Waffenknechte am nächsten Tag zum Aufbruch gerüstet sein würden. In dieser Nacht gingen alle früh schlafen. Am nächsten Tag würden sie schon bei Sonnenaufgang aufbrechen.
Bolko schlief schlecht in dieser Nacht. Irgendwann nach Mitternacht wachte er schweißgebadet auf, fuhr hoch und lauschte seinem wild klopfenden Herzen. Er verstand nicht, was mit ihm los war. Angst kannte er nicht. Bilder aus seiner Vergangenheit quälten ihn auch nicht. Zwar hatte er in seinem Leben schon häufiger getötet. Doch das hatte ihm noch nie den Schlaf geraubt. Auch heute sah er keine Bilder aus seiner Vergangenheit vor seinem inneren Auge. Benommen wischte er sich den Schweiß von der Stirn. Was konnte sonst für seine Unruhe verantwortlich sein? War es, weil er seit vielen Monaten die erste Nacht außerhalb seiner eigenen Burg verbrachte? Unwillig schüttelte er den Kopf. Bei Hermann war er genauso sicher, wie in seinem eigenen Heim.
Ihm wollte einfach nichts einfallen. Allmählich beruhigte sich sein Atem wieder. Dann streckte er sich wieder lang aus. Neben sich hörte er den ruhigen Atem seines Neffen. Beneidenswert, dachte er bei sich. Bolko dachte an die Beute, die hoffentlich üppig in seine Taschen fließen und seine erbärmlich leere Schatzkammer auffüllen würde. Was konnte er damit nur alles anfangen! Pläne nahmen in seinem Kopf Gestalt an. Er würde die Mauern ausbessern lassen. An einer Stelle war die Mauer so in sich zusammengesackt und baufällig, dass sich eine Bresche abzeichnete, durch die man ohne größere Mühen hindurchklettern konnte. Sobald er wieder über Geld verfügte, würden seine Mauern genauso stolz im Sonnenlicht glitzern, wie die seines Verbündeten Hermann. Das nahm er sich fest vor. Dann würde er auch die Gelegenheit nutzen und das Burgtor verstärken lassen. Er wollte es etwaigen Belagerern schwer machen, auf das sie irgendwann unverrichteter Dinge wieder abziehen mussten. Allerding ließ ihn ein Gedanke nicht mehr los: Er wollte endlich einen Geheimgang haben, eine Art Fluchttunnel. Ein solcher Gang sollte bis zum angrenzenden Wald führen und

ihm einen Ausweg verschaffen, wenn es einmal hart auf hart ging und sich seine Mauern doch als überwindbar erwiesen. Wenn er sich vorstellte, wie ein riesiges Aufgebot aus Braunschweig vor seinen Mauern stand und nach monatelanger Belagerung durch seine Mauern brach, nur um dann festzustellen, dass er schon lange ausgeflogen war, zeichnete sich ein diebisches Grinsen auf seinem Gesicht ab. Bei diesem Gedanken kam er endlich zur Ruhe und schlief wieder ein. Schon bald erfüllte sein lautes Schnarchen den Raum.

Als es vernehmlich an ihre Tür pochte, brummte Bolko ungehalten. Er hatte das Gefühl, sich gerade erst hingelegt zu haben. Doch dann fiel ihm wieder ein, was für ein Tageswerk vor ihnen lag. Sogleich warf er die Decke zurück. Hinnerk sprang wie eine junge Katze auf die Beine, was Bolko ein missmutiges Brummen entlockte.

Sie gingen eine schmale Treppe in den Aufenthaltsraum hinab. Dort wuselten einige Mägde herum und stellten den Männern Schalen mit Getreidebrei hin. Bolko langte tüchtig zu. In den nächsten Tagen würden sie ihre Kraft noch brauchen. Nach dem Frühstück begrüßten sie Hermann, der sich in einen teuren Brustpanzer gezwängt hatte.

„Wir überfallen ein paar Kaufleute“, brummte Bolko abfällig. „Niemand hat gesagt, dass wir in den Krieg ziehen.“

Hermann grinste schief.

„Vergiss mir die Söldner nicht. Das kann ein harter Brocken werden. Lieber bin ich auf alles vorbereitet, als dass ich unvorsichtig meinen Hals riskiere.“

„Wir sind fünf zu eins überlegen und haben unsere besten Kämpfer versammelt. Es gibt keinen Grund, sich zu sorgen“, brummte Bolko abfällig. „Und wenn ich eines in meinem Leben gelernt habe, dann das: Überlegenheit macht alle Fehler wett.“

Hermann blickte gedankenverloren zu seinen Männern, die sich im Hof sammelten. Doch er verkniff sich eine Antwort. Kurz darauf waren die Vorbereitungen abgeschlossen. Die gerüsteten Waffenknechte ritten in einer langgezogenen Reihe aus der Burg. Ihre Waffen funkelten in der aufgehenden Sonne. Außerhalb der Burg wurden sie von den Männern der Preensburg unter dem Kommando von Elric erwartet. Dieser sah ihnen mit unbewegtem Gesicht entgegen. Als die Reiter an ihnen vorbeitrabten, schlossen sie sich ihnen an. In dichten Pulks ritten sie durch den

anbrechenden Morgen. Vorfreude lag in der Luft.
Auch Hermann ließ sich von der guten Stimmung anstecken. War er bisher ein wenig zurückhaltend gewesen, so stieß er jetzt die Faust in die Luft und rief seinen Soldaten lauthals zu.
„So Gott will, werden wir schon bald reich sein, Männer!"
Seine Soldaten brüllten wie ein Mann zurück:
„Gott will es!"
Bolko und Hinnerk tauschten einen überraschten Blick. Ihnen war bekannt, dass Hermann sich als junger Mann einmal einem Kreuzzug ins Pruzzenland angeschlossen hatte, um die heidnischen Stämme der Einheimischen zum einzig wahren Glauben zu bekehren. Er hatte nur selten darüber gesprochen, denn viel Ruhm gab es dort wohl nicht zu erringen. Aber seinen bescheidenen Wohlstand hatte er nicht der Teilnahme an diesem Kreuzzug zu verdanken, soviel hatte er dann doch erkennen lassen. Denn das Volk der Pruzzen war arm und die Beute kaum der Rede wert gewesen. Aus dieser Zeit stammte auch sein Kampfruf „Gott will es!", mit dem er seine Männer antrieb. Bolko hatte nichts dagegen. Ein wenig Beistand von ganz oben konnte ihnen nur recht sein.
Sie schickten zwei Späher voraus, um sich vor unliebsamen Überraschungen zu schützen. Außerdem schickten sie zwei schnelle Reiter los, um die Gruppe der Hamburger Kaufleute aufzuspüren.
Auf abgelegenen Pfaden ritten sie voran. Einmal durchquerten sie einen Bachlauf. Dieser war so seicht, dass das Wasser kaum die Fesseln der Pferde benetzte. Bolko musste sich zwingen, sein Pferd nicht zu einem schnelleren Galopp anzutreiben. Das Jagdfieber hatte ihn gepackt und würde nicht von ihm weichen, bis er diesen Trupp zur Strecke gebracht hatte. Er fühlte sich hervorragend. Alle Sorgen waren vergessen. Er atmete tief ein und fühlte sich frei wie schon lange nicht mehr.
Als am späten Nachmittag die Späher zurückkehrten, stoppte ihr Trupp sogleich.
„Habt ihr sie gefunden?", rief Hermann ihnen entgegen.
Die beiden Waffenknechte wirkten so aufgeregt bei der Aussicht auf Beute, dass ihren harten Gesichtern ein Leuchten innewohnte.
„Sie lagern am Bachlauf. Nur zwei Meilen nordwärts von hier."
Bolko ballte erleichtert die Fäuste. Nun erst war er sich sicher, dass sie ihnen nicht mehr entkommen konnten.
Hermann blickte zur Sonne auf, die schon ein ganzes Stück nach

Westen gewandert war.
„Es wird noch drei Stunden hell bleiben. Ich schlage vor, wir lagern hier zwei Stunden. Dann reiten wir los und überfallen sie mit dem letzten Tageslicht. Dann rechnen sie mit keiner Überraschung mehr.“
Bolkos Augen glitzerten böse.
„Einverstanden.“
Mit einer Geste ließen sie ihre Streitmacht absitzen. Die Männer streckten sich und schüttelten die Anspannung aus den Knochen. Sie banden ihre Pferde an Bäumen fest. Ließen ihnen dabei aber genug Freiraum, so dass diese das üppige Gras abweiden konnten. Dann ließen sich die Waffenknechte ins Gras niedersinken. Einige fanden sich zu kleinen Gruppen zusammen und sprachen leise miteinander. Andere nutzten die Zeit, um ein wenig zu schlafen. Hinnerk ging zum Bachlauf, zog die Stiefel aus und kühlte seine Füße. Was für eine Wohltat. Bienen schwirrten umher und flogen von Blüte zu Blüte. Die Natur war erwacht und wirkte so friedlich, dass er lächeln musste. Kaum zu glauben, dass sie in Kürze Blut vergießen würden. Aber so war das Leben nun einmal. Nur die Stärksten überlebten.
Hermann behielt die Sonne im Auge und nickte schließlich seinem Waffenmeister zu. Dieser trieb die Soldaten innerhalb kürzester Zeit wieder zusammen.
„Aufsitzen!“, ertönte der raue Befehl.
Dann setzte sich einer der Späher an ihre Spitze und führte den Trupp im Schritttempo am Bachlauf entlang. Der Weg war nur ein besserer Wildpfad, so dass nur ein Reiter hinter dem anderen her reiten konnte. Immer wieder mussten sie die Köpfe einziehen, um nicht von Ästen getroffen zu werden.
Es dauerte nicht lange, bis der Späher warnend die Hand hob.
„Hinter dieser Biegung dort vorn haben sie ihr Lager aufgeschlagen“, raunte er Hermann zu, der direkt hinter ihm ritt.
Hermann nickte nachdenklich und suchte Bolkos Blick.
„Wir müssen absitzen“, murmelte er ihm zu. „Von hier geht es nur noch zu Fuß weiter.“
Bolko knurrte unwillig. Er schätzte es überhaupt nicht, wenn ihm jemand vorgab, was zu tun war. Am liebsten wäre er mitten ins Lager der Kaufleute geritten. Doch Hermann hatte die Lage richtig eingeschätzt, wie er zugeben musste. Hier am Bachlauf war der Bewuchs zu dicht, als dass sie auf Pferden näher herankamen. Also

nickte er Elric auffordernd zu, der sogleich die entsprechenden Befehle gab.
„Drei Männer bleiben bei den Pferden“, meldete Hermann sich wieder zu Wort. „Alle anderen folgen mir und dem Späher. Seid gefälligst leise und achtet auf Baumwurzeln. Ab sofort kein Wort mehr, sonst lernt ihr mich kennen.“
Er stiefelte los und schritt neben dem Späher her. Die restlichen Soldaten folgten in einer langgezogenen Reihe. Die Sonne ging gerade unter und warf ihr Licht verschwenderisch über den Wald. Doch die Bäume trugen schon ihr frisches Laub, so dass es am Bachlauf bereits tiefe Schatten gab. Von nun an würde es schnell dunkel werden, wusste Bolko.
Nur das angestrengte Atmen der Soldaten war zu vernehmen. Einmal trat einer in die Hacken seines Vordermannes und wurde mit einem Fluch belohnt. Hermann, der noch immer an der Spitze des Trupps ging, legte verärgert die Stirn in Falten. Wie er Disziplinlosigkeiten hasste. Jede Kleinigkeit konnte sie frühzeitig verraten und ihnen ihr Vorhaben erschweren.
Endlich hatten sie die Biegung erreicht. Vor ihnen erstreckte sich eine kleine Lichtung. Es war ein idyllischer Flecken, den die Kaufleute sich ausgesucht hatten. Sie lagerten um ein kleines Feuer, das gerade in Gang gesetzt wurde. Die Flammen leckten gierig am Holz, mit dem zwei der Knechte es fütterten. Dabei scherzten die Kaufleute miteinander. Hermann verstand nicht, was sie sagten. Doch eines wusste er genau: Die friedliche Stimmung würde nicht lange anhalten.
Geduldig wartete er, bis die Waffenknechte aufgeschlossen hatten. Mit einer Handbewegung gab er ihnen zu verstehen, dass sie sich in einem Halbkreis am Waldesrand aufstellen sollten. Es war gerade noch hell genug, um sein Zeichen zu erkennen. Der flackernde Schein des Feuers tanzte über den Waldrand. Die Kaufleute ließen einen Weinschlauch herumgehen und tranken durstig. Heinrich lächelte. Den Wein würde er sich in Kürze schmecken lassen. Er wartete noch einen Moment, bis seine Männer Zeit genug gehabt hatten, seiner Aufforderung Folge zu leisten. Dann zog er sein Schwert, blickte nach links und rechts, und marschierte mitten auf das Lager zu. Nach wenigen Schritten begann er zu laufen. Neben ihm folgten seine Waffenknechte. Wie ein Rudel Wölfe fielen sie über die ahnungslosen Kaufleute her. Der Angriff erfolgte schweigend. Die Kaufleute, die bis eben noch in die Flammen

gesehen hatten, wandten ihnen zwar misstrauisch den Blick zu, als sie dumpfe, polternde Schritte hörten. Doch bis ihre Augen sich an das Dämmerlicht gewöhnt hatten, waren sie schon dem Tode geweiht. Angstschreie ertönten, die von brutalen Hieben beendet wurden. Die beiden Knechte, die aufrecht standen, versuchten auf der anderen Seite den Wald zu erreichen. Doch schon nach wenigen Schritten wurden sie niedergeschlagen und getötet. Innerhalb weniger Atemzüge war alles vorbei. Nun erhellte der Schein des Feuers ein Schlachtfeld.
„Haben wir alle erwischt?“, rief Hermann, der ein wenig außer Atem geraten war.
Sein Waffenmeister wischte seine Klinge am Wams eines Kaufmanns sauber.
„Alle sieben sind tot, Herr.“
Hermann wischte sich Blutspritzer aus dem Gesicht und schnaufte zufrieden.
„Schafft alle Güter her. Sehen wir doch mal, ob sich diese Unternehmung gelohnt hat.“
Die Waffenknechte wuchteten im Schein des Feuers die Ladungen herbei. Die Pferde der Kaufleute wieherten laut. Der Geruch von Blut hatte sie unruhig werden lassen. Nach und nach türmten sich etliche Säcke aufeinander.
Bolko und Hermann tauschten ein Lächeln aus, während sie mit großem Interesse verfolgten, wie ihre Waffenknechte mit kundigen Händen die Waren durchsuchten. Auch die Toten wurden durchsucht und ausgeplündert. Schnell fanden sich Geldbörsen, kostbare Ringe und sogar eine dicke goldene Kette auf einer Decke wieder.
„Sieben Säcke mit Salz, vermutlich aus Lüneburg. Außerdem einige verzierte Trinkbecher, die auch einem Fürsten zur Ehre gereichen würden“, vermeldete Hermanns Waffenmeister schließlich.
„Und die Geldbörsen?“, rief Hermann ungeduldig. Er war kein Krämer und hatte keine Lust, sich mit dem Weiterverkauf der Waren zu beschäftigen.
Sein Waffenmeister zeigte ein verklärtes Grinsen.
„Die Geldbörsen haben nur wenige Münzen. Aber am Pferd eines der Kaufleute hingen zwei Säcke vollgestopft mit Silbermünzen. In jedem Sack einhundertfünfzig klirrende Münzen.“
Bolko lachte befreit.
„Da hat sich der Spaß doch schon gelohnt.“

Seine Gedanken kreisten längst um die Arbeiten an seiner Burg, die er nun endlich wieder aufnehmen lassen konnte.
„Ich nehme die Ringe und die Halskette", rief Hermann. „Du kannst das Salz und die Becher behalten. Die Silbermünzen teilen wir uns."
Auf Bolkos Gesicht tanzte der Flammenschein.
„Einverstanden", erwiderte er. „Aber beim nächsten Überfall nimmst du die Waren. Sonst muss ich mir noch Fuhrwerke zulegen und von Stadt zu Stadt tingeln, um das ganze Zeug loszuwerden."
Hermann nickte widerwillig.
Bolko tat nur so, als wüsste er damit nichts anzufangen. Dabei hatte er einen guten Kontakt zu einem Kaufmann aus Braunschweig, der ihm sämtliche Waren zu einem guten Preis abnehmen würde, ohne ihn mit Fragen nach dem Woher zu behelligen. Das war für beide Seiten ein lohnendes Geschäft. Zudem brachte es ihm eine gute Verhandlungsposition, wenn er sich beim nächsten Überfall überreden ließ, die Waren doch noch zu nehmen. Denn in diesem Fall waren die Waren mehr wert, als die paar Ringe und die eine Kette. Bolko war mal wieder so richtig zufrieden mit sich.
„Was soll mit den Toten geschehen?", unterbrach Hermanns Waffenmeister das Schweigen.
Bolko lächelte geringschätzig.
„Schleift sie tiefer in den Wald. Sollen sich die Tiere ihrer annehmen. Schon bald wird es kaum noch Spuren geben, denen man folgen könnte. Niemand wird wissen, dass wir hier unsere Finger im Spiel hatten."
Hermann war einverstanden. Die Waffenknechte folgten dem Befehl und schon bald lag die kleine Lichtung verlassen vor ihnen. Nur das Feuer und das aufgewühlte Gras verrieten, dass hier Menschen gelagert hatten. Bolko wurde allmählich ungeduldig. Er wollte hier nicht noch mehr Zeit verlieren.
„Nehmt die Beute und die Pferde an euch und dann zurück zu unseren Pferden", wies er die Waffenknechte an. „Je eher wir zurück sind, umso länger könnt ihr schlafen, ihr faulen Hunde. Aber seid gewarnt! Bei Sonnenaufgang reiten wir nach Westen. Da wartet noch ein zweiter fetter Happen darauf, von uns gefressen zu werden."
Die Waffenknechte grinsten erwartungsfroh. Von dieser Beute würden sie einen hübschen Anteil erhalten. Das konnte gern so

weitergehen. Einige malten sich schon aus, was sie mit ihrem Anteil alles anstellen würden. Doch die meisten Männer hatten wenig Phantasie und kamen über die Vorstellung, mal einige Wochen lang in Wirtshäusern ordentlich saufen und herumhuren zu können, kaum hinaus. Einer gab kund, dass er überlegte, sich ein kleines Haus in Uelzen zu kaufen und wurde dafür von seinen Kameraden gutmütig verspottet. Schließlich waren sie Waffenknechte und der Tod ihr Geschäft. Männer wie sie wurden nicht sonderlich alt und nur die wenigsten starben im Bett. Wer dachte da an seine Zukunft?

Als sie im Fußmarsch zu den Pferden zurückkehrten, kam ihnen der Weg doppelt so lang vor. Mittlerweile war es stockfinster und sie hatten gut zu schleppen. Doch dann wurden sie endlich von ihren zurückgelassenen Wachen angerufen und gaben sich lautstark zu erkennen. Fröhliche Worte flogen umher. Schließlich suchten sich die Männer einen ruhigen Platz unter Bäumen und wickelten sich in ihre Decken. Obwohl sie allesamt todmüde waren, bestand Hermann darauf, dass jeweils zwei Mann den Wachdienst übernahmen. Er hatte im Krieg gelernt, dass solche Mühen Leben retten konnten.

Als er das Bolko erklärte, verzog dieser missmutig das Gesicht.

„Wir sind hier aber nicht im Krieg“, entgegnete er störrisch.

Hermann stieß die Luft aus.

„Das haben die Kaufleute vorhin in ihrem Lager auch gedacht“, gab er zurück.

Darauf fiel Bolko nichts mehr ein. Schulterzuckend gab er nach und legte sich schlafen.

Nach einer kurzen Nacht rappelten sich die Waffenknechte bei Sonnenaufgang von ihrem Lager auf. Einige wuschen sich im Fluss das Blut ab, das ihnen ins Gesicht und auf den Körper gespritzt war. Bolko und Hermann verloren keine Zeit und sandten erneut zwei Späher aus. Diese sollten sich gen Südwesten orientieren, um die zweite Reisegruppe so schnell wie möglich ausfindig zu machen. Jeder Späher bekam noch ein schnelles Ersatzpferd mit, damit er notfalls wechseln konnte und das Reittier nicht zu Schanden ritt. Dann setzte sich auch der Haupttrupp in Bewegung, wenn auch ein wenig langsamer als am Tag zuvor. Zur Sicherheit hatten sie einen Treffpunkt ausgemacht, an dem die Späher wieder zu ihnen stoßen sollten.

Bolko sandte ein Stoßgebet zum Himmel, auf dass es ihnen gelang,

auch diese zweite Reisegruppe noch abzufangen. Beide Gruppen waren kaum einen Tagesritt auseinander gewesen. Doch sollte die zweite Gruppe, die sich wohl aus Kaufleuten und Söldnern zusammensetzte, irgendwo einen anderen Weg eingeschlagen haben, dann waren sie in diesem riesigen unübersichtlichen Gebiet kaum noch aufzustöbern.
Am nächsten Tag ritten sie knappe zwanzig Meilen gen Südwesten. Damit näherten sie sich wieder der Elbe. Mit angespanntem Blick musterten sie immer wieder den Weg. Doch keine Staubwolke kündigte ihren Späher an. Es war zum verrückt werden.
Hermann erkannte Bolkos Anspannung. Während seine Waffenknechte ihrem Herrn in dieser Stimmung lieber aus dem Weg gingen, löste er einen Weinschlauch vom Sattel, den sie den Kaufleuten abgenommen hatten.
„Trink einen Schluck!“, forderte er ihn auf. „Mit deinem Blick machst du die Männer nervös.“
Bolko fuhr sich durchs schweißnasse Haar. Es war warm geworden. Den ganzen Tag hatten sie kaum mehr gesehen als zwei halbzerfallene Dörfer und riesige Waldgebiete, in denen sich eine ganze Armee hätte verstecken können.
„Wenn doch endlich dieser verfluch….“
Er brach ab und richtete den Blick zum Horizont. Ein Reiter näherte sich ihnen. Und er wollte verdammt sein, wenn das nicht einer seiner Waffenknechte war. Der Mann war sein bester Reiter und verschmolz geradezu mit seinem Pferd. Das Ersatzpferd führte er am Zügel mit sich. Bolko begann zu grinsen. Sein Gebet war erhört worden.
Als ihr Späher sie erreichte, seufzte er erleichtert. Seine Kleidung war über und über mit Staub bedeckt. Selbst sein Gesicht war zu einer starren Maske geworden. Nur der Schweiß hatte Linien darin gezogen. Er wollte sprechen, doch nur ein Krächzen kam aus seinem Mund.
Bolko hielt ihm gönnerhaft den Weinschlauch hin.
„Trink, Mann. Du hast dich nicht geschont und dir den guten Wein verdient.“
Der Waffenknecht trank gierig. Welch eine Labsal nach dem anstrengenden Ritt.
„Ich habe sie gefunden“, setzte er erneut an. „Sie sind schon etliche Meilen von der Elbe entfernt gen Südosten unterwegs. Sicher wollen sie nach Braunschweig.“

„Wie weit von hier?“, schaltete sich Hermann ein.
„Vielleicht zehn Meilen“, schätze der Späher. „Aber wir müssen schnell sein. Wenn wir sie morgen nicht erwischen, erreichen sie die alte Salzstraße, die schließlich bis nach Gifhorn führt. Dieser Weg ist deutlich belebter. Außerdem gibt es dort eine Mautstation und Männer des Landvogts, die darauf patrouillieren. Dann ist die Gefahr entdeckt zu werden, viel zu hoch.“
Hermann nickte zustimmend.
„Guter Mann“, murmelte er anerkennend. Dann tauschte er einen knappen Blick mit Bolko. Hier war Eile geboten. Sogleich gaben sie den Befehl zum Aufbruch und schwangen sich in den Sattel.
Die nächsten Stunden trieben sie ihre Pferde unerbittlich voran. Schließlich hob der Späher die Hand und der ganze Zug machte Halt.
„Dort vorn müssten sie entlangkommen, wenn sie auf dem Weg geblieben sind.“
Bolko beobachtete das Gelände. Ihm gefiel, was er sah. Die Gegend war menschenleer. Kein einziges Dorf lag in der Nähe. Sie waren die ganze Zeit keiner Menschenseele begegnet, so dass auch kein Verdacht auf sie fallen würde. Das Gelände war hügelig und bewaldet. Es würde leicht sein, sich hier Deckung zu suchen.
„Wenn sie den Pfad entlangreiten, nehmen wir sie in die Zange“, legte er fest. „Hermann, du und deine Soldaten greifen die Gruppe dort von dieser Anhöhe aus an. Da könnt ihr euch zwischen den Bäumen verstecken.“
Hermann war einverstanden.
„Und du, Bolko?“
Dieser grinste träge.
„Wir verstecken uns hinter diesem Hügel dort. Ihr müsstet sie zuerst zu Gesicht bekommen. Wollen wir hoffen, dass es nicht allzu lange dauert. Sobald ihr sie seht, winkt uns von der abgewandten Seite aus zu. Sobald ihr hervorbrecht, greifen wir ebenfalls an. Wir müssen wie ein Sturmwind über sie kommen. Diese Kerle will ich lebend haben und ein saftiges Lösegeld für sie kassieren.“
Hermann nickte knapp. Der Plan war gut. Wenn sie die Ruhe behielten und den richtigen Moment abpassten, hatte die Reisegruppe kaum eine Chance. Zumal sie deutlich überlegen waren. Voller Vorfreude rieb er sich die Hände.
„Mir nach!“, trieb er seine Männer an.

Wenig später lag der Pfad einsam und verlassen in der Nachmittagssonne.

Torben ritt gedankenversunken am Ende ihrer Gruppe. Sein Wolf durchstreifte irgendwo westlich von ihm die Wälder. Bestimmt würde er nicht vor dem Abend zu ihnen stoßen. Staubwolken waberten umher und hüllten ihn ein. Doch er beachtete dies kaum. Er brauchte Zeit, um die Ereignisse der letzten Tage zu verarbeiten. Bisher war ihre Reise ein spannendes Abenteuer gewesen. Doch wie schnell ein Unglück über einen hereinbrechen konnte, hatten sie vor zwei Tagen erlebt. Waren sie zuvor meist auf einige Handwerker und Bauern getroffen, die ins nächste Dorf oder in die nächstgelegene Stadt strebten, so waren sie vor zwei Tagen von einer merkwürdigen Truppe überholt worden.
Als sie am späten Nachmittag bereits ihr Lager aufgeschlagen hatten, zog ein hagerer junger Mann an ihnen vorbei. Sie hatten ihn schon von weitem gehört. Er hielt eine Laute in den Händen, auf der er gekonnt spielte. Dabei gab er einige wohlklingende Melodien zum Besten. Dazu sang er mit einer Stimme, die sie berührte und schnell in ihren Bann zog.
Mit weittragender Stimme sang er von einem Burgfräulein, die in einem Turm schmachtete und von ihrem grausamen Vater nicht herausgelassen wurde, weil sie sich in einem Mann weit unter ihren Stand verliebt hatte. Der Sänger ließ die Saiten seines Instruments dabei so zart anklingen und seine Stimme mal gefühlvoll, mal drohend, dann wieder einschmeichelnd und warm klingen, dass es eine wahre Freude war, ihm zu lauschen.
Ihm hatten sich zwei junge Kerle und ein hübsches Mädel angeschlossen. Sie sahen nicht so aus, als würden sie einem Tagwerk nachgehen. Doch die Sangeskünste ihres Anführers schienen zu genügen, um sie alle am Leben zu halten.
Sie grüßten höflich, als sie an den lagernden Männern vorbeiliefen. Nur den großen Wolf bedachten sie mit einem misstrauischen Blick. Auch wenn Don sich kein bisschen um die vier heruntergekommenen Gestalten kümmerte.
Hermann gefiel dieser Sänger. Sie lauschten einer weiteren Melodie, bevor er ihn zu sich rief und ihm eine Silbermünze in die Hand drückte. Davon würde diese Gruppe sicher drei Tage lang gut speisen können. Bestimmt sang es sich mit vollem Bauch leichter. Der Sänger dankte mit einem entrückten Lächeln. Dann zogen sie

ihrer Wege, in den allmählich hereinbrechenden Abend hinein. Torben seufzte hörbar und half dabei, die kleine Feuerstelle vorzubereiten.
„Wenn ich so singen könnte, würde ich jeden Tag davon Gebrauch machen. Das ist eine beeindruckende Fähigkeit."
Turan lächelte listig.
„Was du manchmal morgens mit deinem Schwert anstellst, das nenne ich beeindruckend. Singen kann in meiner Heimat jedes Kind. Wir üben einfach mehr als ihr."
Torben sah ihn zweifelnd an.
„Heißt das, du könntest auch so wundervoll singen, wie dieser Troubadour vorhin?"
Der Araber wölbte die Lippen vor und räusperte sich. Dann richtete er den Oberkörper auf und begann mit warmer, tiefer Stimme zu singen. Die Reisegefährten sahen sich verblüfft an. Doch niemand wollte diese Darbietung mit einem Ausruf stören. Verzückt lauschten sie Turan, auch wenn sie kein Wort von dem verstanden, was dieser ihnen vorsang. Als er geendet hatte, baten gleich drei der Söldner ihn darum, noch ein weiteres Lied für sie zu singen. Turan willigte gern ein.
Erneut erhob er die Stimme. Diesmal ließ er sie dunkel, schwer und sehnsuchtsvoll klingen. Es war so wunderschön, dass auch die hartgesottensten Söldner ergriffen lauschten.
Heinrichs Augen funkelten voller Freude.
„War das ein Lied aus deiner Heimat?", fragte er leise.
Turan nickte langsam.
„Ich habe es seit Jahren nicht mehr gesungen. Anfangs war ich mir nicht sicher, ob ich den Text noch kannte. Aber als ich anfing, fiel mir alles wieder ein."
Bei diesem schönen Gesang hatte Torben die kleine Gruppe von zuvor schnell wieder vergessen. Doch am nächsten Morgen sahen sie sie wieder. Sie lagen mit durchschnittener Kehle abseits des Weges. Das hübsche Mädchen hatte am meisten leiden müssen. Die Kerle, die diesen heimtückischen Überfall durchgeführt hatten, hatten sie an einen Baum gebunden und gnadenlos vergewaltigt. Als sie genug von ihr hatten, töteten sie sie, als wäre sie ein Katzenjunges, das man einfach ertränken konnte.
Torben bekam einen harten Blick, als er diesen grauenhaften Anblick in sich aufnahm.
„Die Seefahrt mag ein unkalkulierbares Risiko darstellen",

bemerkte er mit rauer Stimme zu Heinrich. „Und ganz sicher wäre die Reise mit einer Kogge unglaublich lange gewesen. Aber sonderlich sicher kommen mir die Wege an Land gen Süden auch nicht vor."

Heinrich nickte stumm. Die Menschen taten ihm leid. Doch er war schon zu lange in diesem Geschäft, um sich so etwas noch zu Herzen zu nehmen.

„Das waren Wegelagerer. Die würden für ein Paar Stiefel töten. Oder eine Frau", bemerkte er säuerlich. Dann deutete er auf die Spuren, die sich im Sand abzeichneten.

„Sie können nicht weit gekommen sein. Vielleicht kreuzen sie ja unseren Weg."

Ein Funkeln trat in die Augen der Männer. Ohne weitere Worte trieben sie ihre Pferde zum Galopp an. Es war noch nicht einmal Mittag, als sie die Räuber einholten. Als diese bemerkten, dass ihnen Reiter folgten, versuchten sie in den Wald zu fliehen. Doch dafür war es längst zu spät. Tilo und Richard schnitten ihnen den Weg ab und trieben sie auf den Pfad zurück. Es waren fünf Kerle. Allesamt Halunken, denen ihre Arglist anzusehen war. Torben spürte den Wunsch nach Rache in sich aufsteigen. Eigentlich war er kein blutrünstiger Mensch. Doch noch immer hatte er das Gesicht des jungen Mädchens vor sich. Dieses Bild in seinem Kopf war nur mit Blut abzuwaschen.

Hermann ließ die fünf Kerle eng zusammentreiben.

Zwei der Halunken sanken auf die Knie und beteuerten lauthals ihre Unschuld. Doch Heinrich gab nichts auf ihre Lügen.

„Ihr habt gemordet. Dafür zahlt ihr mit eurem Blut. Möge Gott euch eure Sünden vergeben. Wir werden es nicht tun."

Bei seinen Worten zogen seine Männer ihre Schwerter und hieben die Gestalten ohne Gnade zusammen. Als es vollbracht war, ritten sie weiter, als wäre nichts geschehen. Doch das Schweigen zwischen ihnen hielt noch lange an.

Torben wischte sich über die Stirn, um die trüben Gedanken zu vertreiben. Er war noch nicht ganz in der Wirklichkeit angekommen, als er beinahe auf seinen Vordermann aufgeritten wäre.

„Was ist? Warum halten wir?", wollte er von Sigurd wissen, der aber nur angespannt den Kopf schüttelte.

Hanno ritt an der Spitze und musterte das vor ihnen liegende Gelände. Als langjähriger Söldner hatte er gelernt, seinem Instinkt

zu vertrauen. Und dieses Gelände weckte seinen Argwohn, auch wenn von ihrem vorausgeschickten Späher Rupert nichts zu sehen war. Gerade wollte er Heinrich um Rat fragen, als es am Waldrand oben auf der Anhöhe lebendig wurde.
„Überfall!“, schrie Hanno und zückte sein Schwert.
Dreißig gutbewaffnete Reiter hielten direkt auf sie zu. Gleichzeitig galoppierten zwanzig Reiter hinter dem Hügel hervor, der links von ihnen lag. Sie waren direkt in eine Falle geraten.
Zwar hielten sie allesamt ihre Waffen in den Händen, doch gegen fünfzig Gegner würde ihnen das kaum helfen.
„Steckt die Waffen weg!“, dröhnte eine barsche Stimme zu ihnen herüber.
„Falls nicht, töten wir euch auf der Stelle. Und mit dem da fangen wir an.“
Er wies zum Waldrand hinüber. Dort zerrten soeben zwei Männer Rupert ins Freie. Seine Hände waren gefesselt, so dass er sich nicht wehren konnte. Ihr Späher war dieser Streitmacht direkt in die Arme gelaufen und hatte keine Möglichkeit zur Flucht gehabt. Jetzt lag ein Langschwert an seiner Kehle. Der Anführer musste nur mit dem Finger schnippen und es war um ihn geschehen.
„Was erwartet uns, wenn wir uns ergeben?“, versuchte Heinrich zu verhandeln.
„Ihr bleibt am Leben und wir finden einen hübschen Platz in meiner Burg für euch. Vorausgesetzt, eure Familien sind willens ein prächtiges Lösegeld für euch zu zahlen. Wenn nicht, ist euch ein schneller Tod gewiss.“
Heinrich kräuselte die Lippen. Sie hatten es mit Raubrittern zu tun. Er hatte selbst schon Dinge getan, auf die er nicht stolz war. In den Auseinandersetzungen zwischen den norditalienischen Stadtstaaten hatte auch er belogen, betrogen, Bündnisse geschlossen und verraten, wie es ihm passte. Er hatte auch schon einflussreiche Männer entführen lassen, um eine Entscheidung zu seinen Gunsten zu erzwingen. Daher erschreckte ihn das Vorgehen dieser Ritter kein bisschen. Andererseits hatte er immer gehofft, solche Sitten wären auf dem Gebiet des Heiligen Römischen Reiches Deutscher Nation nicht sonderlich stark ausgeprägt. Nun, da hatte er sich wohl geirrt. Hatte denn heutzutage niemand mehr Lust, sein Geld mit ehrlicher Arbeit zu verdienen?
„Rührt meine Männer nicht an. Dann werden wir uns schon einig“, lenkte Heinrich ein.

Bolko nickte grinsend.
„Ein einsichtiger Mann. Das ist gut. Mit dir lässt es sich reden.“
Er wandte sich an seine Waffenknechte.
„Nehmt ihnen die Waffen ab. Dann fesselt unseren Gästen die Hände auf dem Rücken zusammen. Schön fest, wenn ich bitten darf. Bewegung! Wir wollen hier nicht den ganzen Tag verbringen. Nicht, dass hier noch weitere Reisende unterwegs sind, die uns sehen. So viel Platz gibt mein Kerker nun auch wieder nicht her.“
Er lachte blechern.
Heinrich nickte Rupert zu, der zu ihnen getrieben worden war. Als er seinen verlegenen Blick erkannte, schüttelte er als Antwort stumm den Kopf. Gegen einen solchen Hinterhalt war er machtlos. Deshalb machte er ihm keine Vorwürfe.
„Bleibt alle ruhig, Männer. Wir zahlen ein ordentliches Lösegeld und gehen als Freunde auseinander“, beruhigte er seine Begleiter.
Tilo und Hanno hatten ein spöttisches Grinsen im Mundwinkel. Die beiden Kaufleute mochte der Graf damit vielleicht überzeugen. Aber sie als altgediente Söldner wussten genau, dass ihr *Condottiere* niemals Lösegeld zahlen würde. Entweder sie schafften es, sich aus eigener Kraft zu befreien, oder sie würden in dem Verlies verrotten. Doch den Waffenknechten, die ihnen die Hände banden, schienen diese Worte zu gefallen. Sie zwinkerten sich zu und waren voller Vorfreude auf die Beute, die schon bald ihre Taschen füllen würde. Bestimmt sahen sie schon einen großen Berg Münzen vor sich liegen. Die beiden Söldner waren sich sicher, dass genau das das Ziel des Grafen gewesen war.
Als sie verschnürt waren und sich kaum noch rühren konnten, ritten sie in langer Reihe tiefer in die Wälder hinein. Irgendwann nahmen sie eine Abzweigung, die ihnen wohl kaum aufgefallen wäre. Von da an ritten sie den ganzen Tag, ohne auch nur einen Schluck Wasser zu bekommen. Erst gegen Abend zerrte man sie vom Pferd und brachte sie zu einem kleinen Bachlauf, wo sie trinken konnten. Zu essen gab es nichts.
„Auf so viele Gefangene waren wir nicht vorbereitet“, spottete einer ihrer Anführer. Torben hatte längst gehört, dass einer der Männer ihn Bolko nannte.
„Aber sobald wir meine Festung erreicht haben, bekommt ihr was zu beißen.“
Den Söldnern war es gleichgültig. Ein Tag ohne Nahrung war nun wirklich nichts, was sie nicht schon häufiger erlebt hatten. Einige

der Gefangenen prüften unauffällig ihre Fesseln. Sie tauchten die Stricke in den Bach, um mehr Spielraum zu bekommen und sich vielleicht herauswinden zu können. Doch Bolko und Hermann lächelten böse und wiesen ihre Waffenknechte an, alle Fesseln zu prüfen und für die Nacht neu zu binden. Doch die Gefangenen blieben ruhig. Es würde sich sicher noch eine neue Gelegenheit ergeben.
Als sie am nächsten Tag die kleine Burg vor sich aufragen sahen, wies Bolko stolz voraus.
„Kommt nur näher. Vor euch liegt die Preensburg. Sie befindet sich seit Generationen im Besitz meiner Familie“, erklärte er stolz.
Erwin hustete und flüsterte dabei: „So sieht sie auch aus.“
Das brachte ihm einen Hieb von einem der Waffenknechte ein. Doch den Schlag steckte er mit einem Grinsen weg. Ungerührt zwinkerte er Torben zu.
Torben blickte sich immer wieder suchend um. Er hatte Don noch immer nicht entdeckt. Wehmütig ließ er die Schultern sinken. Vielleicht sah er seinen Wolf nie wieder?
Die Waffenknechte führten sie in den Burghof. Dort zerrten sie ihre Gefangenen von den Pferden und trieben sie in einer Ecke zusammen. Heinrich und seine Männer ließen ihre Blicke schweifen. Kein Detail entging ihnen. Doch viel Zeit bekamen sie nicht.
„Nun zum Geschäftlichen“, wandte sich Bolko ihnen wieder zu. „Ihr bestimmt einen Mann, der losreiten darf, um uns das Lösegeld zu überbringen. Wir geben euch Zeit bis zum nächsten Vollmond. Also ziemlich genau vier Wochen. Wenn er bis dahin nicht zurück ist, heißt das, eurer Leben ist nichts wert. Entsprechend werden wir euch behandeln. Als Lösegeld fordern wir achthundert Mark lübisch. Habt ihr das verstanden?“
Torben zuckte bei dieser Summe kurz zusammen. Von diesen achthundert Mark lübisch könnte dieser Raubritter sich zweihundert Ochsen kaufen. Andererseits verschlang wahrscheinlich allein die Instandsetzung seiner Burgmauer leicht die doppelte Summe. Was auch immer das Leben noch für Torben bereithielt. Burgherr wollte er nun wirklich niemals sein.
Der Graf trat entschlossen vor. Die Summe hatte ihn kein bisschen beeindruckt, auch wenn er sich einen anderen Anschein gab. Diese Raubritter hatten keine Ahnung, wer er war. Hätten sie gewusst, dass sie den Grafen von Holstein-Rendsburg in ihrer Gewalt

hatten, so hätten sie diese Summe sicher deutlich erhöht. Beinahe musste er grinsen. Allein die Hochzeit seiner Tochter im letzten Jahr hatte das Vierfache dieser Summe gekostet.
„Haben wir. Für Eure Taten werdet Ihr Euch vor Gott verantworten müssen. Aber auch wenn es mich große Mühen kostet, so werden wir das Geld doch aufbringen."
Er wandte sich zu seinen Gefährten um.
„Tilo! Du wirst losreiten."
Der Angesprochene verzog keine Miene. Doch sein Blick war starr auf seinen Herrn gerichtet. Er ließ sich keine noch so kleine Regung entgehen.
„Reite wie der Wind. Ich will hier nicht länger als nötig verbringen. Treib die Summe auf und komme so schnell wie möglich zurück. Wir alle setzen unser Leben auf dich. Wie ich es all die Jahre erzählt habe. Hast du das verstanden?"
Tilo nickte knapp.
Und ob er das verstanden hatte. Mehr als einmal hatte er Heinrich sagen hören, dass er niemals Lösegeld zahlen würde. Daher wusste er, dass der vorletzte Satz allein für seine Ohren bestimmt waren. Er würde seinen Kameraden dabei helfen müssen, aus dieser Burg zu entkommen. Auch wenn er noch keine Ahnung hatte, wie er das bewerkstelligen sollte.
Er nickte seinen Kameraden noch einmal aufmunternd zu. Dann hielt er dem Waffenknecht die gefesselten Hände hin.
„Schneide die Fesseln durch", knurrte er ihn an. „Wie soll ich sonst reiten?"
Dieser zückte sein Messer und die Stricke fielen zu Boden. Ohne weitere Zeit zu verlieren, schwang Tilo sich auf sein Pferd und galoppierte los.
Seine Kameraden sahen ihm mit harten Gesichtern hinterher.
„So!", rief Bolko und rieb die Hände aneinander. „Dann führt unsere Gäste in ihre Gemächer", spottete er mit einem bösen Grinsen.
Sechs Waffenknechte stießen die Gefangenen vor sich her und zwängten sie in Richtung des Bergfrieds. Dort öffneten sie ein rostiges Gitter, das protestierend quietschte. Eine halbzerfallene, mit Moos bewachsene Treppe führte hinab ins Dunkle. Torben musste schlucken. Das hier schien ihm eher ein Verlies der dreckigsten Sorte zu sein. Er hatte zwar schon mal in einem Gefängnis ausgeharrt. Aber das war in Brügge gewesen. Der Stein,

wie das Gebäude hieß, war kein Vergleich zu diesem dunklen hoffnungslosen Ort gewesen. Einer der Waffenknechte entzündete eine Fackel und wies ihnen einladend den Weg.
„Vorwärts. Sonst machen wir euch Beine."
Die Männer stolperten mit gefesselten Händen die feuchten Treppenstufen einer Wendeltreppe hinab. Torben hatte das Gefühl, mit jedem Schritt in die Tiefe schlechter atmen zu können. Es roch muffig und schimmlig. Als sie unten angekommen waren, erwartete sie ein schmaler Gang. Links und rechts gingen Zellen ab. Torben hatte Mühe, sich seine Angst nicht anmerken zu lassen. Bis eben hatten sie wenigstens noch frische Luft atmen können. Nun sah er nur noch Gitter und mit Schimmel übersäte Wände. Bevor er einen klaren Gedanken fassen konnte, bekam er einen Tritt in den Rücken und fiel durch die geöffnete Zellentür in einen Raum, der vielleicht zehn mal zehn Schritte maß. Auch seine Gefährten wurden rücksichtslos in den Raum gedrängt. Eine Gestalt fiel über ihn und fluchte gotteslästerlich. Es war Hanno, wie er ohne Mühe erkannte.
Kurz darauf schloss sich die Zellentür hinter ihnen.
„Uns wurde etwas zu essen versprochen", erinnerte der Graf ihre Wachen. „Euer Herr hat nichts davon, wenn wir hier unten vor Hunger sterben."
Die Wachen lachten dröhnend.
„Wäre nicht das erste Mal", erwiderten sie und ließen ihre Gefangenen allein zurück.
Hermann ließ sich zu Boden sinken und lehnte sich mit dem Rücken an das Gitter. Einige Söldner taten es ihm nach. Andere liefen herum und rüttelten an den Stäben, um vielleicht eine Schwachstelle zu finden. Schließlich sackten die meisten niedergeschlagen in sich zusammen.
Torben versuchte eine bequeme Position zu finden. Doch mit gefesselten Händen war das nicht so einfach. Zumal es im Verlies dreckig und nass war.
„Immerhin haben sie uns nicht gleich aufgehängt", murmelte er in dem durchschaubaren Versuch, Zuversicht zu verbreiten.
„Ja toll", erwiderte Sigurd angesäuert. „Ich könnte vor Freude die Hände zusammenklatschen. Ach nein, ich bin ja gefesselt und kann kaum den kleinen Finger rühren."
Torben gab es auf und atmete mühsam die modrige Luft ein. Obwohl er kaum eine Stunde hier unten zugebracht hatte, begann

er zu ahnen, was sein Vater und sein Bruder durchgestanden haben mussten. Und die waren eine lange Zeit ohne Aussicht auf Rettung gefangen gewesen.
„Ob wir uns mal an dem Schloss versuchen?“, fragte Hanno unternehmungslustig.
„Nur zu“, bemerkte Heinrich. „Womit willst du es denn aufbrechen?“
„Ich dachte da an das kleine Messer, welches du so kunstvoll am Unterarm versteckt hattest, als wir durchsucht wurden“, entgegnete dieser.
Torben glaubte sich verhört zu haben. Auch andere Köpfe fuhren hoffnungsvoll zu ihnen herum.
„Das hast du also bemerkt“, raunte Heinrich anerkennend.
Hanno lächelte stolz, auch wenn das im flackernden Licht der rußigen Fackel nur schwer zu sehen war.
„Schon als du sagtest, dass wir ein ordentliches Lösegeld zahlen würden und dann als Freunde auseinandergingen, habe ich gewusst, dass das nur eine Ablenkung für die Kerle war, die uns gerade durchsucht hatten. Und da du hingebungsvoll die Arme erhoben hattest, kam keiner auf die Idee, dir die Unterarme abzuklopfen.“
Heinrich lächelte sanft.
„Wir reiten schon zu lange zusammen, Hanno. Dir kann ich nichts mehr vormachen.“
„Was ist jetzt mit dem Schloss?“, fragte Sigurd mit hoffnungsvoller Stimme nach.
„Gemach, mein junger Freund“, bremste ihn der Graf.
„Es mag nicht so aussehen. Aber aus dieser Zelle herauszukommen, ist nicht unser größtes Problem. Selbst wenn wir es in den Burghof schaffen, sind wir dort von einer Übermacht umgeben und kennen uns nicht aus. Ich hoffe, ihr habt genau aufgepasst, als wir dort oben standen?“
Seine Männer nickten kräftig.
„Unsere Pferde sind in den Ställen gegenüber dem Burgtor untergebracht“, warf Richard ein. „Hoffentlich finden wir da auch unsere Waren. Ohne diese brauchen Sigurd und ich gar nicht erst aufzubrechen.“
„Das Burgtor ist meine größte Sorge“, murmelte Erwin schlechtgelaunt. Doch sogleich schüttelte Rupert den Kopf.
„Falsch. Wir können leicht durch die Bresche verschwinden. Wenn

wir die Pferde am Zügel nacheinander hindurchführen, sieht uns niemand."
„War die Bresche groß genug?", fragte Erwin hoffnungsvoll.
„Jede Wette", erklärte Rupert. „Ich war so nahe an der Stelle, wie es mir diese Kerle erlaubt haben. Dort ist unser Fluchtweg. Aber selbst, wenn wir uns dort ins Freie schleichen können, fangen unsere Sorgen erst an. Die Kerle werden uns jagen. Sie haben keine Packtiere und kennen hier jeden Wildpfad."
Heinrich nickte knapp.
„Das wird uns nicht von einem Versuch abhalten", erklärte er entschlossen.
Hanno nickte zustimmend.
„Vergesst Tilo nicht. Er ist irgendwo da draußen."
„Na und? Er ist nur ein Mann. Was kann er allein schon ausrichten?", fragte Sigurd zweifelnd.
Hanno verschränkte die Arme und beobachtete zwei Ratten, die im Halbdunkel dahinhuschten.
„Du weißt nicht viel über Tilo", bemerkte er leise. „Wie auch. Er spricht nicht gern über seine Taten. Aber euch sagt doch der Name Bernabò Visconti etwas. Oder?"
Torben und Sigurd nickten verblüfft.
„Der Fürst von Mailand. Über den hat uns unser venezianischer Freund Gian so einiges an Schauergeschichten erzählt. Manchmal wussten wir kaum, ob wir seinen Worten Glauben schenken sollten. So furchtbar klangen seine Erzählungen."
Torben erinnerte sich an einige Geschichten.
„Gian hat berichtet, dass der Fürst am liebsten auf die Eberjagd geht. Und wer ihn dabei stört, den lässt er hinrichten. Er soll 5.000 Jagdhunde halten und die Bürger Mailands dazu zwingen, sie zu füttern. Und sollte es einem Tier nicht gut gehen, so zieht er die Menschen zur Verantwortung."
Hanno verzog das Gesicht.
„Glaubt es ruhig. Das war nur ein kleiner Teil der Berichte, die man sich über ihn erzählt. Und sie haben alle eines gemeinsam. Sie sind wahr."
Er wandte den Blick von den Ratten ab, die im Dunkeln verschwanden. Nur ihr Piepsen war noch zu hören.
„Vor drei Jahren hat der Visconte die Tochter eines Adligen aus Verona geraubt. Einfach nur so, weil sie ihm gefiel. Ihren Vater hat er auspeitschen lassen. Er hatte großes Glück, dass er mit dem

Leben davonkam. Er wusste sich keinen Rat mehr und wandte sich an unseren *Condottiere*."

Hanno schwieg nun. Doch alle Blicke ruhten auf dem Grafen.

„Das stimmt", bemerkte er beiläufig. „Ich konnte kaum etwas für ihn tun. Schließlich verfügt Mailand über eine starke Armee und mächtige Befestigungen. Mit einer Söldnertruppe, egal wie stark diese auch sein mochte, war hier wenig zu gewinnen. Aber Tilo machte mir einen anderen Vorschlag. Der klang verrückt. Aber oft sind das die besten Ideen. Und es stand eine Menge Gold auf dem Spiel. Denn der Adlige war bereit, sein halbes Vermögen für seine Tochter herzugeben. Tilo wollte sich in die Stadt schleichen, die Tochter ausfindig machen und aus der Stadt schmuggeln. Es klingt einfach, wenn man es so erzählt. Aber ihr müsst wissen, dass die meisten Menschen schon zu zittern anfangen, wenn nur der Name Bernabò Visconti fällt. Sollte Tilo entdeckt werden, stand ihm ein furchtbarer Tod bevor. Bernabò ist bekannt dafür, dass er seine Opfer eigenhändig quält. Er liebt es, ihnen die Haut vom Leib zu ziehen. Dann reißt er ihnen die Gliedmaßen ab. Wenn der Gemarterte irgendwann starb, verfüttert er die Reste an seine Jagdhunde. Nun, Tilo schreckte das nicht. Er machte sich auf den Weg und lief im Strom der Menschen mit, die morgens in die Stadt strebten. Dann sah er sich zwei Tage lang um und schaffte es tatsächlich, das Mädchen ausfindig zu machen. Einmal kam er dabei Bernabò Visconti so nah, dass er ihn mit der Hand hätte berühren können. Als die Nacht dem Tag wich, schlich er sich in den Palast. Die Wachen waren müde und träumten von einem weichen Bettlager. Er erschlug zwei Wachposten und verschaffte sich Zutritt zu der jungen Frau. Als er ihr berichtete, dass ihr Vater ihn schickte, brach sie in Schluchzen aus. Doch er beruhigte sie und führte sie aus dem riesigen Anwesen hinaus. Doch dieser Palast wurde nicht umsonst eine Festung genannt. Eine Wache entdeckte die beiden und schlug Alarm. Sogleich wurden einige Jagdhunde losgebunden und auf die beiden Fliehenden gehetzt. Tilo warf das Mädchen über eine Mauer und kämpfte gegen diese abgerichteten Tölen. Dabei hat er zwei getötet und zwei weitere so schwer verletzt, dass sie winselnd das Weite suchten. Er selbst hatte zwar einen Biss in den linken Unterarm erhalten, doch der war nicht tief genug, um ihn ernsthaft zu behindern. Auf Schleichwegen, die er zuvor erkundet hatte, führte er das Mädchen aus der Stadt und übergab sie wohlbehalten ihrem Vater. Ihr könnt

euch sicher vorstellen, wie überschwänglich dieser sie wieder in die Arme schloss. Schließlich hatte er geglaubt, sie niemals wiederzusehen.“
Der Graf sah die Kaufleute nachdenklich an.
„Das hätte kein anderer Mann zu Wege gebracht. Darum habe ich ihn ausgewählt. Wenn einer einen Weg findet, uns aus diesem Rattenloch herauszuholen, dann Tilo.“
Torben schloss kurz die Augen. Wie gern würde er Heinrich glauben. Wo bist du, Tilo, fragte er sich nicht zum ersten Mal.

Tilo war in rasendem Galopp aus der Burg geprescht, bis er im Wald verschwand. Dann ritt er gemächlich zurück. Jetzt saß er bereits seit Stunden im Geäst einer Eiche. Von hier oben hatte er einen guten Blick auf die Burg. Längst hatte er festgestellt, dass die Mauer kein ernsthaftes Hindernis darstellte, weil sie an zwei Stellen halbzerfallen war und eine tiefe Bresche aufwies.
In der Burg liefen bis in den späten Abend hinein die Männer umher, die sie so heimtückisch überfallen hatten. Die Burg war recht klein. Er kannte viel größere Wehranlagen. Mit mehr als fünfzig Bewaffneten innerhalb der Mauern war sie überbelegt. Er glaubte nicht daran, dass alle diese Männer hierhergehörten. So wie er ihre Entführer einschätzte, waren es zwei Burgherren, die sich für diesen Raubzug zusammengeschlossen hatten.
Bedeutete das, dass die eine Hälfte der Männer in Kürze abrückte? Dann müsste er einfach abwarten, um seine Chancen zu verdoppeln. Doch insgeheim bezweifelte er das. Der zweite Adlige würde nicht eher abziehen, bis das Lösegeld eingetroffen war. Und das würde niemals geschehen, da musste Tilo ihn enttäuschen.
Nur wie sollte er in diesem Ameisenhaufen seine Gefährten befreien? Zumindest war die Stimmung unter den Waffenknechten prächtig. Der Burgherr ließ Fässer in den Hof rollen, um den Erfolg gebührend zu feiern. Schon bald lagen sich die Männer in den Armen und tranken einander fröhlich zu.
Tilo biss knirschend die Zähne zusammen. Er spürte den Hunger in seinen Eingeweiden rumoren. Ein nahrhaftes Bier wäre jetzt genau das richtige gewesen, um ihn auf andere Gedanken zu bringen. Und diese Gestalten ließen sich in Sichtweite volllaufen. Andererseits wollte er sich auch nicht beschweren. Hier draußen war es allemal besser als dieser dunkle Turm, in den die Raubritter seine Kameraden gesteckt hatten. Er hatte dieses Gebäude genau

im Blick. Dort gab es ganz sicher keine besseren Unterkünfte für hohe Herren. Das konnte nur das Verlies sein. Zudem hatte er die Hoffnung noch nicht aufgegeben, dass die Feier nicht so schnell ein Ende finden würde. Vielleicht hatte er ja Glück und die Kerle würden sich ihrem Rausch ergeben. Dann wäre es wesentlich leichter für ihn, sich dort hineinzuschleichen.
Nachdenklich blies er die Backen auf. Der Graf erwartete viel von ihm. Sollte er Pech haben und ihren Peinigern in die Hände fallen, gab es keinen Grund mehr, sie noch länger am Leben zu lassen. Es war ein gewagtes Spiel, auf das er sich hier einließ. Aber er hatte keine Wahl. Seine Kameraden zählten auf ihn.
Zufrieden beobachtete er, wie ein weiteres Fass in den Hof gerollt wurde. Das sah immer mehr nach einer großen Siegesfeier aus. Nur weiter so, dachte er. Das Fell eines Bären sollte man erst verteilen, wenn er erlegt ist, hatte ihm schon sein Großvater immer wieder vorgebetet. Vielleicht war da ja mehr dran, als er früher immer wahrhaben wollte, dachte er grimmig. Er kannte den Grafen seit zwei Jahrzehnten. In der Vergangenheit hatte es sich immer wieder als Fehler herausgestellt, ihn zu unterschätzen. Man wurde nicht Graf von Holstein-Rendsburg, einem in der Vergangenheit mehrfach hart umkämpften Gebiet, wenn man nicht über einige ganz besondere Fähigkeiten verfügte. Mehrfach hatte Heinrich, zusammen mit seinem Bruder Nikolaus, immer wieder die Eroberungsversuche der Nordfriesen und der Dänen erfolgreich zurückgeschlagen. Er würde alles tun, um seinem Condottiere in dieser dunklen Stunde beizustehen. Egal, was es ihn auch kosten sollte.
Allmählich wurden ihm die Arme lahm. Mit einem letzten Blick vergewisserte er sich, dass die Soldaten weiterhin eifrig dem Bier und Wein zusprachen. Selbst die beiden Wachen auf dem restaurierten Turm sahen mehr in den Innenhof, als ins Vorfeld der Burg. Sicher konnten sie es kaum erwarteten, bis sie endlich abgelöst wurden und sich an der Feier beteiligen konnten.
Vorsichtig kletterte er wieder hinab. Der Aufstieg war ihm leichter vorgekommen. Einmal hätte er in der Dämmerung beinahe den Halt verloren. Gerade noch rechtzeitig bekam er einen Ast zu packen und schnaufte erst einmal durch, bis sich sein Atem wieder beruhigt hatte. Unten angekommen zitterten ihm die Beine vom stundenlangen angespannten Kauern in einer Astgabel in luftiger Höhe. Er lehnte sich mit dem Rücken gegen den Stamm und

dachte nach. Es wurde schnell dunkel. Normalerweise würde er alle seine Sinne benötigen, um in der Finsternis den richtigen Weg einhalten zu können. Doch er hatte sich den Pfad, den er einschlagen wollte, genau eingeprägt. Außerdem bekam er Hilfe von unerwarteter Stelle. Denn auch wenn er kaum noch die Hand vor Augen sah, so würde ihm das grölende Lachen der Betrunkenen zielgenau den Weg weisen. Er musste nur die Bresche finden und diese lautlos bewältigen.

Langsam ließ er den Kopf auf die Knie sinken und schloss die Augen. Er versuchte Kraft zu schöpfen und seine Augen an die Dunkelheit zu gewöhnen. Einmal musste er kurz eingeschlafen sein. Aber das war in Ordnung. Umso wacher würde er sein, wenn es darauf ankam. Angestrengt horchte er auf die Geräusche, die aus der Burg drangen. Wenn ihn seine Ohren nicht täuschten, dann wurde der Lärm allmählich etwas weniger. Vielleicht hatten sich die ersten Männer schon schlafen gelegt? Nur die Wildesten fanden kein Ende und würden wohl erst aufhören, wenn sämtliche Fässer leer waren oder jemand für Ordnung sorgte.

Tilo beschloss, dass der richtige Moment gekommen war. In seinem Kopf hatte er sich einen Plan zurechtgelegt, wie er vorgehen wollte. Er ahnte, dass der Graf diese Nacht zur Flucht nutzen wollte. Eine bessere Gelegenheit würde vielleicht niemals kommen. Bevor er den Versuch unternahm, seine Gefährten aus dem Verlies zu befreien, würde er sich im Stall umsehen und alles tun, um ihre Flucht zu unterstützen. Denn sobald er die Männer befreit hatte, mussten sie so schnell wie möglich eine große Entfernung zwischen sich und ihre etwaigen Verfolger bringen.

Er erhob sich und klopfte noch einmal seine Kleidung ab, ob dort irgendetwas Metallisches hing, das ihn verraten konnte. Dann bewegte er sich langsamen Schrittes voran.

Seine Sinne waren angespannt. Die Augen zu Schlitzen zusammengekniffen. Jetzt waren seine Ohren die wichtigsten Sinnesorgane. Der Weg war nicht weit. Er hielt sich so dicht an der Burgmauer, dass er diese als dunkle Erhebung zu seiner Linken erkennen konnte. Er hielt genug Abstand, um nicht von einem aufmerksamen Wachposten entdeckt zu werden. Schließlich erreichte er den Punkt, an dem irgendwo vor ihm die Bresche beginnen musste. Als er beinahe über einen Stein stolperte, war er sich sicher, die richtige Stelle gefunden zu haben. Hier lag noch mehr Geröll herum, so dass er unheimlich aufpassen musste. Ganz

vorsichtig, Schritt für Schritt, schlich er hinauf. Dabei suchte er immer wieder Deckung zwischen den Mauerstücken. Steine knirschten unter seinen Stiefeln. Es war nur ein leises Geräusch, das von den Rufen einiger Betrunkener übertönt wurde. Doch ihm kam es furchtbar laut vor. Sogleich tauchte er ab und verschmolz mit dem dunklen Untergrund. Hatte der Burgherr an dieser gefährlichen Stelle eine Wache aufgestellt, um sich vor Überraschungen zu schützen? Oder vertraue er auf seine große Zahl an Soldaten? Wer war schon verrückt genug, sich mitten in eine vollbesetzte Burg zu schleichen? Tilo wartete noch immer ab. Als Söldner hatte er gelernt, schnell zu handeln und jede Gelegenheit auszunutzen. Doch gleichzeitig wusste er wie wichtig es war, den richtigen Moment abzuwarten. Dafür war Geduld erforderlich. Er blinzelte einen Schweißtropfen weg und senkte den Kopf zu Boden. Während er die Augen geschlossen hielt, konzentrierte er sich ganz auf seine Ohren. Als er sich schon erheben wollte, ließ ein rollender Kiesel kaum vier Schritte vor ihm ihn sogleich wieder erstarren. Ein Mann stand beinahe in Griffweite vor ihm. Als er aus seiner tiefen Position hinaufsah, konnte er ihn als dunklen Schatten vor dem Nachthimmel sehen. Vor Schreck vergaß Tilo für einen Moment Luft zu holen. Beinahe wäre er in diesen Kerl hineingelaufen. Erneut wartete er ab, bis er den Schrecken verdaut hatte und wieder gleichmäßig atmete. Die Wache bewegte sich nicht. Der Mann hatte den Blick soeben über den Burghof wandern lassen, auf dem die letzten Zecher sich dem Trunk hingaben. Sicher tat es ihm leid, sich hier die Beine in den Bauch zu stehen, während seine Kameraden das gute Bier in sich hineinschütteten. Er hatte einen Fuß auf ein abgebrochenes Stück der Mauer gestellt und blickte in die Schwärze der Nacht.
Tilo durfte nicht länger warten. Auf Händen und Knien kroch er langsam näher heran. Er hatte keine Wahl. Die Wache musste ausgeschaltet werden. Sonst war eine Flucht unmöglich. Behutsam schob er sich näher heran, bis er ihn hätte berühren können. Seine Hände tasteten umher, bis er einen Gesteinsbrocken fand, der gut in seine Hand passte. Dann schnellte er hoch und ließ diesen auf den Kopf des Wachpostens niedergehen. Mit einem Ächzen sackte der Kerl in sich zusammen. Tilo bremste seinen Sturz und bettete ihn zwischen den Felsstücken. Er wollte diesen Kerl nicht einfach umbringen. Es reichte vollkommen, wenn dieser außer Gefecht gesetzt war. Morgen würde er höllische Kopfschmerzen haben,

soviel war sicher.
Tilo schlich weiter, bis er die Bresche hinter sich gelassen hatte. Dann richtete er sich auf und lief weiter, ohne sich zu verstecken. Er war in der Burg. Ab sofort wäre es verdächtig, wenn er versuchte den Blicken auszuweichen. Von irgendwo war trunkener Gesang zu hören. Tilo lächelte trotz der Anspannung. Sogleich wurde sein Gang wankend. Einmal tat er so, als würde er das Gleichgewicht verlieren. Dann schimpfte er mit verwaschener Stimme, so dass selbst seine Mutter ihn nicht erkannt hätte. Eine Gruppe Soldaten lief an ihm vorbei. Sie stützten sich gegenseitig und hatten genug mit sich selbst zu tun. Hier erregte ein Mann keinerlei Aufmerksamkeit. Diesen Umstand galt es auszunutzen. Er lief quer über den Innenhof. Einmal kam er den Feiernden so nahe, dass er deutlich zu sehen war. Statt sich abzuwenden, lief er direkt auf sie zu. Dann schnappte er sich einen Becher und trat zum Fass, um sich auch einen Schluck Bier zu gönnen. Niemand beachtete ihn. Er füllte den Becher und trank durstig. Ein Soldat wankte auf ihn zu und hielt ihm seinen Becher hin. Tilo dachte, er wollte mit ihm anstoßen. Doch als er bemerkte, dass der Becher leer war, half er ihm und füllte diesen erneut. Der Betrunkene klopfte ihm dankbar auf die Schulter. Er lallte irgendetwas, was Tilo aber nicht verstand. Statt einer Antwort hob Tilo grüßend seinen Becher in die Höhe und trank erneut. Der Betrunkene hatte sich längst wieder abgewandt.
Tilo spähte umher, doch bis auf zwei Dutzend Männer, die alle recht betrunken wirkten, war der Burghof leer. Er nahm sich die Zeit, um sich einen Überblick zu verschaffen. Am liebsten wäre er sofort seinen Kameraden zur Hilfe geeilt. Doch zuvor musste er sich um die Pferde kümmern. Zu seiner Linken sah er den Stall verlassen im Mondlicht liegen. Er wankte darauf zu und verschwand in dem langgestreckten Gebäude. In einer Box lagen drei Soldaten und schliefen schnarchend ihren Rausch aus. Tilo ging weiter. Er kam an mehreren Boxen vorbei, in denen Pferde angeleint waren. Doch es dauerte eine Weile, bis er ihre eigenen Tiere gefunden hatte. Die Pferde hatten frisches Heu und Wasser bekommen. Aber niemand hatte sich die Mühe gemacht, ihnen die Sättel abzunehmen. Auch die Packpferde waren noch beladen. Tilo beglückwünschte die Soldaten zu ihrer Faulheit. Sie hatten wohl vorgehabt, sich ihre Beute erst am nächsten Tag bei Tageslicht anzusehen. Tilo war das mehr als recht. Auch ihre Waffen fand er

nach einigem Herumsuchen. Sie lagen achtlos in einer Ecke auf einem Haufen. Selbst die beiden Langbögen waren an die Wand des Stalls gelehnt. Tilo schnaufte erleichtert durch. Das vereinfachte sein Vorhaben. Trotzdem blieb ihm noch genug zu tun übrig. Nacheinander band er die Pferde los und führte sie behutsam zum Ausgang. Dort band er sie wieder an. Eines der Tiere schnaubte laut. Doch Tilo sprach beruhigend auf das Pferd ein und es gelang ihm, es wieder zu beruhigen. Als es vollbracht war, lief ihm der Schweiß den Rücken hinab. Jeden Moment rechnete er damit, von einem aufmerksamen Soldaten angerufen zu werden. Doch nichts geschah.
Er wischte sich den Schweiß von der Stirn und sammelte sich kurz. Die Gruppe der Trinkenden war kleiner geworden. Der Mond stand als schmale Sichel am Himmel. Immer wieder zogen Wolken am Himmel entlang und tauchten alles in tiefe Finsternis.
Tilo wartete, bis der Mond erneut hinter Wolken verschwand, bevor er schwankend auf das massive Gebäude auf der anderen Seite zuhielt, in das man seine Kameraden geführt hatte. Als er die massive Gittertür aufstemmte, quietschte diese in den rostigen Angeln. Tilo verzog schmerzhaft das Gesicht. Dieses Geräusch war laut genug, um Tote aufzuwecken. Doch niemand kümmerte sich um ihn. Jetzt oder nie, dachte er und verschwand geschmeidig im Inneren. Dort folgte er einer Wendeltreppe in die Tiefe und betrat einen Gang, der ihn zu einigen Zellen führte. Er lief fast lautlos. Nur manchmal knirschten kleine Steine unter seinem Schritt. Er hoffte, dass er hier unten auf keine Wachen stieß. Angespannt schlich er weiter voran.

Torben kam diese Nacht endlos lang vor. Anfangs war er noch einige Schritte umhergelaufen. Doch das half ihm nicht dabei zur Ruhe zu finden. Also setzte er sich neben die übrigen Männer auf den schmutzigen Boden und zog die Beine an.
„Hab Vertrauen, mein Freund“, munterte Rupert ihn auf. „Tilo wird uns hier rausholen. Ich verspreche es dir.“
Torben war nicht überzeugt.
„Was macht dich so sicher, dass Tilo ein solch waghalsiges Unterfangen versuchen wird?“
Rupert grinste wissend.
„Ich schulde ihm noch acht Schilling vom letzten Würfelspiel. Das ist so ziemlich genau der Tageslohn eines Handwerkermeisters.

Den wird er sich nicht entgehen lassen wollen.“
Torben blickte zweifelnd umher. Für so eine geringe Summe würde er seine Haut wohl kaum aufs Spiel setzen. Aber er hatte längst verstanden, dass es eher das Band der Kameradschaft war, welches diese Männer fest miteinander verknüpfte. So hoffte er darauf, dass sowohl Heinrich als auch Tilo sich etwas einfallen lassen würden.
Die Stunden zogen träge dahin. Von draußen drang der Lärm feiernder Soldaten zu ihnen herunter. Als auch noch der Duft von gebratenem Fleisch hinzukam, stöhnte Rupert gequält auf.
„Wenigstens etwas zu Essen hätten diese Halunken uns abgeben können.“
Cadoc und Dylan, die beiden walisischen Bogenschützen, hatten sich einige Schritte abseits von den anderen neben das Gitter gestellt und redeten leise in einer unbekannten Sprache miteinander.
Rupert wollte gerade weiterschimpfen, als Erwin ihm zuvorkam.
„Da kommt jemand“, murmelte er.
Gleich darauf hörten sie feste Schritte, die auf sie zuhielten. Zwei Soldaten schleppten einen Eimer herbei und stellten ihn so heftig ab, dass ein Schwall des Inhalts überschwappte und den Boden benetzte. Einer der Kerle warf eine Kelle hinein und schob ihnen den Eimer näher ans Gitter heran.
„Hier, was zu Fressen für euch. Sollt uns ja nicht verhungern. Ist ganz was Leckeres. Falls euch das zu wenig Fleisch ist, könnt ihr ja ein paar Ratten fangen und hineinstippen. Hier laufen ja genug herum.“
Wie um seine Worte zu unterstreichen, trat er nach einer, verfehlte sie aber. Dann zog er sich mit seinem Kumpan zur Tür zurück, blieb aber dort auf den Treppen sitzen.
Rupert und Arnold zogen den Eimer näher zu sich heran und griffen nach der Kelle. Sie schnupperten vorsichtig daran. Dann ließen sie die Kelle angewidert wieder in den Eimer sinken.
„Riecht wie Katzenpisse. Das können sie schön alleine Essen. Lieber hungere ich“, murmelte Arnold enttäuscht. Rupert kam zu demselben Schluss und so schoben sie den Eimer so weit wie möglich von sich weg.
Misstrauisch blickten sie zu den beiden Wachen hinüber, die keine Anstalten unternahmen, den Kerker wieder zu verlassen. Sigurd wusste sich zu helfen.
„Wie ist die Feier dort draußen?“, erkundigte er sich gutgelaunt.

„Das geht dich einen Scheiß an“, bellte einer der Kerle zurück. „Schlimm genug, dass wir Befehl haben, den Rest der Nacht bei euch zu bleiben und auf euch aufzupassen. Schluss mit Bier und Braten. Verdammt noch mal.“
Die Gesichter der Söldner verfinsterten sich. Aber das fiel den beiden Wachen bei dem schummrigen Licht, das die einzige Fackel spendete, nicht auf.
„Was machen wir jetzt?“, flüsterte Rupert dem *Condottiere* zu.
Dieser rieb sich nachdenklich den Nacken. Er hatte gehofft, dass es draußen allmählich ruhig wurde und er in der Nacht einen Versuch starten könnte, dieses elendige Schloss mit seinem Messer zu knacken. Das sie auf einmal zwei Wachen vor die Nase gesetzt bekamen, machte diesen Plan undurchführbar.
„Abwarten“, knurrte er zurück. „Die Nacht ist noch lang. Die Kerle werden uns nicht die ganze Zeit beobachten. Dafür haben sie zuvor zu sehr mitgefeiert. Sieh doch! Dem linken Kerl fallen schon ständig die Augen zu.“
Rupert sah aufmerksam hin und nickte dann. Das war ihm zuvor nicht aufgefallen. Der Graf besaß scharfe Augen. Vielleicht war ja doch noch nicht alles verloren.
Doch die nächste Bemerkung der rechten Wache ließ diese Hoffnung ersterben.
„Bleib ja wach, Hans. Sonst hängt Bolko dich an deinen Eiern auf und verfüttert deinen Kadaver an die Schweine. Wenn er dich erwischt, wie du auf Wache pennst, dann bist du tot. Das sage ich dir.“
Hans zuckte zusammen und setzte sich aufrecht hin.
„Ich bleib wach, ich verspreche es.“
Heinrich schnalzte ungehalten mit der Zunge. So kamen sie nicht weiter.
„Darf ich die Herrschaften daran erinnern, dass wir immer noch gefesselte Hände haben?“, rief er den beiden Wachen laut zu. „Das ist doch nicht nötig. Denn wir sitzen doch schon hinter Gittern.“
„Das lass mal unsere Sorge sein“, erwiderte Bertram, der zweite Wachposten ungnädig.
„Vielleicht lasse ich mir diese Annehmlichkeit ja etwas kosten?“, lockte Heinrich die beiden Soldaten.
Diese blickten sich zögerlich an.
„Womit willst du uns denn locken. Man hat euch doch schon fast alles weggenommen.“

Heinrich hob seine Hände in die Höhe. An jeder Hand prangte ein prachtvoller Ring. Besonders der Siegelring an seiner Rechten funkelte verführerisch im trüben Lichtschein.
„Wie wäre es mit meinen beiden Ringen. Die sind kostbar. Für jeden bekommt ihr genug Silber, um euch ein Jahr lang in den Schenken betrinken zu können. Als Gegenleistung müsst ihr nur dafür sorgen, dass unser Aufenthalt bei euch ein wenig angenehmer ausfällt als es bisher der Fall war. Wie sieht es aus? Kommen wir ins Geschäft?"
Die beiden Wachen tauschten einen gierigen Blick. Die Müdigkeit war verflogen. Sie kamen auf die Beine und näherten sich dem Grafen.
Dieser hielt ihnen auffordernd die Hände hin.
„Also, was ist nun?"
„Wir bekommen die beiden Ringe, wenn wir euch die Fesseln abnehmen, richtig?"
Der Graf nickte langsam.
„So war es abgemacht. Und dann könnt ihr uns morgen ja vielleicht was Richtiges zu essen besorgen. Nicht solch einen Schweinefraß."
Die beiden Wachen kicherten.
„Da haben etliche Männer hineingepisst. Das können wir euch auch nicht empfehlen. Also gut, aber erst die Ringe."
Heinrich schüttelte bestimmt den Kopf.
„In Anbetracht unserer Lage ziehe ich es vor, zuerst die Hände frei zu haben. Sicher versteht ihr, dass wir noch ein wenig an eurem Wort zweifeln."
Die beiden Wachen nickten lauernd. Das verstanden sie durchaus. Sie hätten sich längst mit den Ringen zurückgezogen, wenn dieser merkwürdige alte Adlige sich tatsächlich darauf eingelassen hätte. Also zogen sie ihre Messer hervor und durchtrennten nacheinander die Fesseln der Gefangenen. Nachdem das erledigt war, trat Heinrich ans Gitter und versuchte die Ringe von seinen Fingern abzuziehen.
„Es geht ein wenig schwer", erklärte er. „Ich habe sie seit zwanzig Jahren nicht mehr abgelegt."
Er fummelte an ihnen herum und versuchte sie zu drehen. Die beiden Wachen traten erwartungsvoll näher heran. Was sollte ihnen schon passieren? Schließlich trennte sie noch immer das massive Gitter.

„Du musst die Finger mit Spucke anfeuchten“, rieten sie ihm. Heinrich hätte beinahe gelacht. Das wusste er auch. Er hatte nur nie vorgehabt, die Ringe jemals abzuziehen. Er wartete noch einen Augenblick, bis die beiden Wachposten völlig in den Anblick der beiden schimmernden Ringe versunken waren. Dann zog er sein Messer hervor und jagte es dem Größeren der beiden mit einer beiläufigen Bewegung in die Kehle. Im gleichen Moment hatte Hanno neben ihm den zweiten Kerl am Hals gepackt. Dieser wand sich hilflos. Doch gegen Hannos Kräfte kam er nicht an. Irgendwann knackte es vernehmlich. Hanno ließ den Mann zu Boden sinken, wo dieser auf seinem Kumpan zu liegen kam.
„Meine Ringe wollten sie haben. Stellt euch das mal vor“, murmelte Heinrich noch immer ernstlich entrüstet. Dann machte er sich mit seinem blutbefleckten Messer am Schloss zu schaffen. Doch im Dämmerlicht war dies alles andere als leicht. Zumal sich das Schlüsselloch auf der anderen Seite befand und er nichts sehen konnte. Die Zeit verstrich.
„Soll ich es mal versuchen?“, erbot sich Hanno.
Torben lauschte angespannt.
„Kommt dort hinten jemand?“, fragte er flüsternd.
Hanno rollte mit den Augen.
„Male bloß nicht den Teufel an die Wand.“
„Gottverflucht“, raunte Heinrich und verstärkte seine Anstrengungen. Nun ging es um Leben oder Tod.
„Schön habt ihr es hier“, raunte eine dunkle Stimme durch die Dunkelheit. Sie klang, als würde der Mann lächeln.
„Habt neue Freunde gefunden, was?“
Torben hatte zwar geahnt, dass sich ihnen jemand näherte. Doch bei den Worten war er heftig zusammengezuckt. Seinen Kameraden erging es kaum besser.
„Tilo, du Teufelskerl“, rief der Graf. „Ich will gar nicht wissen, wie du das wieder angestellt hast. Hilf uns, aus diesem Rattenloch rauszukommen. Ich sehe einfach zu wenig, um dem Schloss mit meinem Messer beizukommen.“
Tilo eilte herbei und machte sich an dem Schloss zu schaffen. Innerhalb weniger Atemzüge hatte er es geknackt und riss die Tür auf. Eine Welle der Erleichterung durchfuhr Torben.
„Wie sieht es draußen aus?“, fragte Heinrich.
„Ruhig“, gab Tilo zurück. „Es gibt noch eine Handvoll Säufer, die nicht genug bekommen. Die Übrigen liegen überall in der Burg

herum und schnarchen, dass sich die Balken biegen. Im Stall übrigens auch. Ich war dort und habe unsere Pferde in der Nähe des Eingangs angeleint. Sie waren erfreulicherweise noch gesattelt. Auch die Packpferde sind noch beladen."
Sigurd und Torben blinzelten überrascht. Vielleicht war ja doch noch nicht alles verloren. Jetzt mussten sie nur noch lebend entkommen.
„Bei der Bresche stand eine Wache. Die habe ich ausgeschaltet. Weitere Überraschungen bleiben uns hoffentlich erspart. Passt aber auf, dass man euch vom Torhaus aus nicht sieht. Von dort haben ihre Wachen einen guten Überblick über den Hof."
Die Männer raunten ihre Zustimmung.
„Dann los", murmelte Heinrich. „Du gehst vor, Tilo. Aber immer nur in Zweiergruppen, damit wir keine Aufmerksamkeit erregen."
Tilo schlich voran, dicht gefolgt von Arnold. Die beiden schlüpften aus der Tür, die sie vorsichtig Zoll für Zoll geöffnet hatten. Die übrigen Männer hielten sie auf, damit diese sie durch lautes Quietschen nicht verriet.
Nach und nach schlenderten die Männer über den Hof und sickerten in den Stall ein. Als alle versammelt waren, banden sie ihre Pferde los. Torben schlug das Herz bis zum Hals. Wenn nur ein Pferd laut wieherte, während sie es über den Burghof führten, würden die Wachen am Tor sofort Verdacht schöpfen.
Nacheinander tauchten sie in die Dunkelheit ein. Jeder Mann sprach dabei beruhigend auf sein Tier ein. Die meisten Söldner und die Kaufleute führten zudem noch eines der Packtiere mit sich, die ihnen gutmütig folgten. An der Bresche stauten sie sich. Der Weg war schon bei Tageslicht nicht einfach. Jetzt bei Dunkelheit musste jeder Schritt bedacht werden. Wie leicht konnte sich ein Stück Mauerwerk lösen und die Wachen alarmieren? Tilo und Arnold verschwanden ohne Vorkommnisse zwischen den Felsen.
„Die nächsten beiden, los", raunte Tilo ihnen zu.
Als nächstes folgten die beiden Waliser. Einer von ihnen knickte um und fluchte vernehmlich. Doch innerhalb der Burg blieb alles still. Torben hatte schweißfeuchte Hände. Als nächstes waren Sigurd und er an der Reihe. Langsam suchten sie den richtigen Pfad. Einmal rutschte eines der Packtiere mit der Hinterhand weg. Einige Steine kullerten den Abhang hinab. Torben stockte der Atem. Angestrengt lauschten sie in die Nacht.
„Ist da wer?", rief eine Stimme durch die Nacht.

Eine der Torwachen hatte aufgepasst.
„Friedrich, war das bei dir an der Mauer?", bohrte die Stimme weiter.
Niemand meldete sich.
„Vorwärts jetzt", trieb Heinrich sie an.
Nun kam es nur noch darauf an, von hier zu verschwinden.
Sie drängten durch die Bresche und lösten dabei eine Lawine von Steinen aus. Hinter ihnen schwoll der Lärm an. Alarmrufe durchdrangen die Nacht. Gestalten liefen über den Hof.
Doch Heinrich und seine Männer hatten es durch die Bresche geschafft und sich in den Sattel geschwungen.
„Mir nach", rief Tilo und setzte sich an die Spitze des Zuges.
Er hatte sich den ganzen Abend den Kopf zerbrochen, welche Route sie am schnellsten von hier wegführen würde. Der leichteste Weg führte zurück zum Fluss. Also galoppierten sie durch die Nacht, um den Abstand zu ihren etwaigen Verfolgern so schnell wie möglich zu vergrößern.
„Ob sie uns verfolgen werden?", fragte Turan hoffnungsvoll.
Tilo machte ihm nichts vor.
„Wir haben zwei ihrer Männer getötet und einen niedergeschlagen. Außerdem ist ihnen eine vielversprechende Beute zwischen den Händen hindurchgeschlüpft. Und ob sie uns verfolgen werden. Das hier ist ihr Gebiet. Diese Hurensöhne kennen jeden Weg und Steg. Wir können nur hoffen, dass es uns gelingt, irgendwie unsere Spuren zu verwischen."
Weiter ging die wilde Jagd. Torben peitschten Zweige ins Gesicht. Aber er achtete nicht darauf. Mit jedem Atemzug fühlte er sich freier. Noch einmal würde er sich nicht einsperren lassen, das nahm er sich fest vor.
Nach einer ganzen Weile verfielen sie in einen ruhigen Trab, den sie einige Stunden beibehielten. Schließlich durften sie ihre Tiere nicht überanstrengen. Längst war es hell geworden. Torben blickte immer wieder über seine Schulter. Doch noch war hinter ihnen nichts von ihren Verfolgern zu entdecken.
Er ließ die Schultern kreisen und legte dann die linke Hand auf seinen Schwertknauf. Auch wenn er sich ein wenig zerschlagen fühlte, tat es gut, die beruhigende Kühle des Stahls zu spüren.
„Wie weit ist es noch zur Elbe?", fragte Sigurd, der der Ruhe auch nicht recht zu trauen schien.
„Höchstens einige Meilen. Sie müsste schon bald vor uns im

Sonnenlicht glitzern. Wir versuchen am besten auf die andere Seite überzusetzen. Dort sollten wir erst einmal in Sicherheit sein."
Torben horchte auf.
„Und wie kommen wir auf die andere Seite? Eine Brücke habe ich nicht gesehen. Wenn uns diese Kerle einholen, kann sich der Fluss schnell als Mausefalle erweisen. Und das Wasser ist zu tief, als dass wir hindurchreiten oder schwimmen könnten", gab er zu bedenken.
Einige Männer blickten sorgenvoll zu ihnen hinüber. Sie schienen Torbens Meinung zu teilen.
Doch Tilo winkte ab.
„Hast du die kleine Fähre bemerkt, an der wir vorbeigekommen sind?"
Torben witterte Morgenluft.
„Die habe ich glatt vergessen. Sie könnte uns das Leben retten, wenn sie denn auf unserer Seite liegt."
„So lange euch nichts Besseres einfällt, sollten wir es versuchen", rief Tilo und trieb sein Pferd wieder zu einer schnelleren Gangart an. Auch Heinrich drängte nun sein Pferd an ihnen vorbei. Er erkannte eine Chance, wenn sich ihm eine darbot.
„Vorwärts!", rief er nur und stieß seinem Hengst die Hacken in die Seiten.
Weiter ging die wilde Jagd. Nur das sie die Beute waren, wenn sie nicht schleunigst Fersengeld gaben. Nach einer ganzen Weile tauchte das glitzernde Band der Elbe vor ihnen auf. Torben begrüßte den Anblick wie einen alten Freund. Sie ritten weiter und erreichten das Ufer. Weit und breit waren weder eine Brücke noch eine Furt zu sehen. Auch eine Übersetzungsmöglichkeit war nirgends zu erblicken. Doch Tilo gab sich unbeeindruckt. Er lenkte sein Pferd nach Nordwesten, in die Richtung, aus der sie gestern gekommen waren.
Nach einer ganzen Weile streckte er triumphierend den Arm aus.
„Seht ihr?"
Torben suchte das Ufer ab. Dann sah er die kleine Prahm am Ufer vertäut liegen. Es war eine flache Fähre, mit der Menschen, Vieh und Karren übergesetzt werden konnten. Das schlanke Gefährt lag ruhig auf dem Wasser. Die flache Rumpfform sah nicht sonderlich vertrauenserweckend aus. Doch Torben erschien sie wie ein Geschenk des Himmels.
Sie ritten heran und saßen ab. Torben dehnte verstohlen den

Rücken. Nach der Nacht im Verlies hatte ihm der Ritt nicht sonderlich dabei geholfen, seine Muskeln zu lockern.
Der Fährmann und sein Gehilfe sahen ihnen erwartungsvoll entgegen.
„Möchten die Herren aufs andere Ufer übersetzen?“
„Erraten“, gab Tilo kurz angebunden zurück. „Und zwar so schnell wie möglich. Also mach die Taue los. Dann gibt es auch ein hübsches Trinkgeld.“
Der Fährmann nickte eilfertig und machte sich an die Arbeit.
Die Söldner führten die Pferde auf die Prahm. Die Pferde scheuten ein wenig. Doch nach gutem Zureden ging es.
Der Fährmann hatte Erfahrung mit Pferden, die anfangs ein wenig scheuten. Er ließ sie so anbinden, dass sie ihn in seiner Arbeit nicht behindern konnten. Dann löste er die Taue und griff nach einer großen Stake. Auch sein Gehilfe schnappte sich eine Stake und stellte sich auf der anderen Seite bereit. Mit viel Erfahrung begannen sie, die Prahm vom Land abzustoßen.
„Die Elbe führt viel Wasser um diese Jahreszeit“, berichtete der Fährmann. „Sie ist ein rauer Fluss, der tückisch werden kann, wenn man ihn nicht gut kennt. Am besten haltet ihr euch in der Mitte auf und steht uns nicht im Weg. Sobald wir die Mitte des Flusses erreicht haben, sollte die Fahrt ruhiger werden“, versprach er.
Doch die Augen der Söldner wandten sich plötzlich von ihm ab und dem Ufer zu.
„Verdammt! Sie haben uns eingeholt“, rief Hanno laut.
Durch das Erlengebüsch blitzten Rüstungen auf. Hufschlag ertönte. Im Nu wimmelte es an der Ablegestelle von Berittenen, die drohend die Faust reckten.
„Beruhigt die Pferde“, befahl Heinrich. „Der Rest sucht Deckung hinter der flachen Bordwand. Sie werden gleich auf uns schießen.“
Der Fährmann fluchte unentwegt.
„Das hat man nun davon, wenn man helfen will. Wenn ich diesen Halsabschneidern in die Hände falle, stehe ich noch heute Abend vor Gott.“
Die Söldner rollten mit den Augen. Für Feigheit hatten sie nichts übrig.
Die beiden Fährleute stießen sich wie wild ab, um so schnell wie möglich den Abstand zu vergrößern. Sobald sie die Mitte des Flusses erreicht hatten, waren sie nicht mehr in Gefahr,

weil die Entfernung zu groß wurde. Doch bis dahin mussten sie noch eine größere Distanz hinter sich bringen.
Ein Armbrustschütze drängte sich durch einen Buschgürtel und hob seine Waffe an. Noch ehe er sie an seine Schulter anlegen konnte, sprang ihn ein großer Schatten an. Der Aufprall war so kräftig, dass der Schütze hilflos ins Wasser plumpste. Dabei verlor er seine Armbrust und ruderte hilflos mit den Armen herum.
„Don!“, schrie Torben verblüfft.
Sie starrten zum Ufer hinüber. Dort sprang der Wolf mit einem großen Satz ins Wasser und paddelte auf sie zu. Schnell wurde er von der Strömung erfasst und ein Stück weit abgetrieben. Doch Don gab nicht auf und steuerte immer wieder auf die Prahm zu. Schließlich schaffte er es, das ruhigere Fahrwasser zu erreichen. Beharrlich kam er näher, bis Torben ihn mit einem kräftigen Ruck an Bord ziehen konnte.
„Don, du Himmelhund. Wo kommst du denn so plötzlich her? Ich dachte schon, ich sehe dich nie wieder.“
Dons Antwort bestand darin, sich ausgiebig zu schütteln, so dass Torben eine ordentliche Ladung Wasser abbekam. Doch das war ihm herzlich egal.
Am Ufer tauchte nun ein ganzes Rudel Soldaten auf. Einige hielten Bögen in den Händen und zogen Pfeile aus dem Köcher an ihrer Seite. Auch einige Armbrustschützen traten hinzu.
„Nehmt die Köpfe herunter“, knurrte Heinrich erneut.
Die meisten Männer folgten seinem Befehl. Nur die beiden Waliser standen aufrecht und hakten die Sehne an ihrem Bogen ein. Torben wusste, wieviel Kraft diese Bewegung kostete. Doch bei ihnen sah das ganz leicht aus. Dann nockte jeder von ihnen einen langen Pfeil ein und zog kraftvoll die Sehne bis zum Ohr. Ihre Abschüsse erfolgten zeitgleich. Die Entfernung betrug kaum achtzig Yards, vergrößerte sich aber schnell. Während um die kleine Prahm sirrend Pfeile und Armbrustbolzen einschlugen, trafen die Pfeile der Waliser zwei Bogenschützen und rissen sie von den Beinen. Sogleich wichen die übrigen Schützen zurück und suchten Deckung.
Nun wurde die Prahm von einer Welle erwischt und drehte sich hilflos umher. Die Waliser stellten den Beschuss ein. Mittlerweile waren sie zu weit abgetrieben worden.
Die Prahm erreichte die Flussmitte. Dort bildeten sich in der leichten Strömung Schaumkronen auf dem Wasser. Erneut erfasste

die Strömung sie und drehte die Fähre herum. Die Männer fluchten.
„Wir können nichts tun. Staken hilft hier draußen nichts."
„Einfach treiben lassen", rief der Graf. „Hauptsache fort von hier."
Doch dann bemerkte er, wie es neben dem Fluss aufblitzte.
„Verdammt! Sie verfolgen uns. Seht doch."
Eine große Gruppe ihrer Verfolger hatte die Jagd aufgenommen und witterte ihre Chance, sie doch noch abzufangen.
„Können wir nicht auf der anderen Seite anlegen?"
Der Fährmann schüttelte den Kopf.
„Dort gibt es Strudel und Felsen unter der Wasseroberfläche. Da kentern wir sicher. Dann verliert ihr nicht nur eure Ladung, sondern auch noch das Leben."
Zwei der Söldner blickten sich unsicher um.
„Wir können nicht schwimmen", murmelten sie verlegen.
Torben winkte ab.
„Das würde euch bei dieser Strömung auch nicht viel nützen. Bleibt auf jeden Fall an Bord. Ganz gleich, was geschieht. Krallt euch ins Holz, wenn es sein muss."
Die Männer folgten seinem Rat und kauerten sich eng an die Planken. Ihr Prahm drehte sich wie wild umher. Sie hatten Mühe, die Pferde ruhig zu halten. Doch noch ging es gut. Allmählich blieben die Verfolger hinter ihnen zurück. Die Stimmung an Bord besserte sich augenblicklich.
Sigurd pfiff vergnügt eine Melodie, während Hanno sich die Fingernägel mit einem kleinen Messer reinigte, welches er hinten im Gürtel mit sich herumtrug. Die beiden mussten Nerven wie Drahtseile haben.
Torben war noch reichlich angespannt. Doch fürs erste erlaubte er sich tief durchzuatmen.
Doch kurz darauf rammte ein Baumstamm sie so heftig, dass Arnold direkt neben Sigurd emporgeschleudert wurde und ins Wasser fiel. Sigurd versuchte ihn mit der Stake aufzufischen, doch die Strömung trieb den Mann zu schnell ab. Der Unglückliche ruderte wild mit den Armen, versank aber immer wieder in den schnellfließenden Fluten.
Torben zog sich sein Wams über den Kopf und fingerte an seinen Stiefeln herum.
„Was machst du da, zum Teufel?", schrie Sigurd.
Auch der Graf schaltete sich ein.

„Arnold ist verloren. Lass es sein. Wir verlieren nur noch einen Mann."
Doch Torben hatte die Zähne voller Wut so fest zusammengebissen, dass ihm der Kiefer schmerzte. Er würde nicht zusehen, wie einer ihrer Gefährten vor seinen Augen ertrank.
Mit einem Hechtsprung klatschte er ins Wasser. Als er wieder auftauchte, begann er sich zu orientieren. Als er den hilflos von der Strömung herumwirbelnden Arnold entdeckte, begann er mit der Strömung zu kraulen. Dabei hob er immer wieder den Kopf, um die Richtung zu korrigieren.
Der Graf schüttelte wütend den Kopf.
„Heldenhaft, aber dumm. So etwas machen nur junge Burschen, die von ihrer Unsterblichkeit überzeugt sind. Hoffentlich ist es ihm vergönnt, so alt wie ich zu werden. Dann hat er eine Menge zu erzählen."
Sigurd erwiderte nichts. Ohne es zu bemerken, hatte er begonnen mit den Zähnen zu knirschen.
Torben durchpflügte das Wasser mit aller Kraft. Sie trieben schnell dahin. Doch allmählich näherte er sich Arnold. Dieser hatte alle Mühe an der Oberfläche zu bleiben. Er wirbelte hilflos in der Strömung umher, schaffte es aber immer wieder Atem zu holen.
Die Strömung war stark. Doch Torben kämpfte nicht gegen sie an. Das hätte nur Kraft gekostet. Stattdessen nutze er sie, um sich ihm so schnell wie möglich zu nähern. Als er nur noch wenige Yards von Arnold entfernt war, verschwand dieser erneut unter Wasser. Torben kippte ab und tauchte hinterher. Nach drei Schwimmzügen hatte er ihn erreicht und krallte seine rechte Hand in seinen Kragen. Mit aller Kraft schwamm er zur Oberfläche und zerrte Arnold mit sich, der längst die Orientierung verloren hatte. Als sie das Wasser durchbrachen, atmeten sie beide keuchend ein.
Arnold wollte weiter um sich schlagen, doch Torben klatschte ihm kräftig mit der Hand links und rechts ins Gesicht.
„Halt still, verdammt! Oder wir ersaufen beide. Ich bring dich hier raus, aber du bewegst dich nicht mehr. Hast du verstanden?"
Der Söldner nickte verdattert. Seine Augen waren weitaufgerissen. Die Angst loderte in seinem Blick. Doch er vertraute Torben. Deshalb bemühte er sich, die Arme zu senken und Torben nicht zu behindern. Dieser zog ihn mit sich durch die Fluten. Noch immer kam es vor, dass ihre Köpfe untertauchten. Doch nun geriet er nicht mehr in Panik und so kamen sie gut voran. Torben versuchte

aus den wildesten Fluten herauszukommen und ruhigeres Fahrwasser zu erreichen. Immer wieder sah er sich nach der Prahm um, die sich ihnen allmählich näherte.
Und dann waren sie endlich in Reichweite der Staken und Sigurd und Tilo holten sie mit lautem Ächzen an Bord.
Dort lagen sie wie Fische auf dem Trockenen und schnauften um die Wette. Torben spürte seine Arme nicht mehr. Er war vollkommen erledigt und am Ende seiner Kräfte. Wenn diese Tortur nur noch ein wenig länger gedauert hätte, wäre er wahrscheinlich ersoffen. Doch aufgegeben hätte er auf keinen Fall. Das wusste er.
„Du Wahnsinniger!“, rief der Graf ihm zu.
Aber in seiner Stimme lag Hochachtung.
Torben schloss für einen Moment die Augen und versuchte wieder zu Atem zu kommen.
Neben ihm lag Arnold, der am ganzen Körper zitterte. Er drehte sich zur Seite und erbrach Wasser. Danach schien es ihm allmählich besser zu gehen, auch wenn er bleich wie der Tod war.
„Sind wir in Sicherheit?“, fragte er mit einer Stimme, die aus einer Gruft zu kommen schien.
Der Graf nickte bedächtig.
„Ich würde sagen, fürs Erste.“
„Gott sei es gedankt. Ich habe genug Aufregung für heute“, murmelte er und ließ sich wieder auf die Planken hinabsinken.
Die Männer lachten mitfühlend.
Torbens Blick fiel auf den Fährmann, dessen Blick sich plötzlich verfinstert hatte.
„Was ist?“, fragte Torben alarmiert.
Der Fährmann kratzte sich mit der schmutzigen rechten Hand im Nacken.
„Im nächsten Ort gibt es eine kleine Brücke über den Fluss. Wenn sie vor uns dort sind, können sie uns abschießen, wie die Hasen.“
Die Blicke der Männer huschten unruhig umher.
Wenig später zeichnete sich die Brücke schon am Horizont ab.
„Sie haben es auch gesehen und jagen schon heran“, rief Torben.
Die Reiter näherten sich im rasenden Galopp.
Bolko, der Burgherr, ritt auf einem weißen Pferd und peitschte seine Männer gnadenlos voran. Dabei fuchtelte er wild mit dem Schwert und schrie Befehle. Sie erreichten die schmale Brücke, noch ein ganzes Stück vor ihnen.

Der Graf schnalzte mit der Zunge.
„Cadoc und Dylan, jetzt könnt ihr zeigen, wie gut ihr wirklich seid. Wenn wir uns nicht wehren, schießen sie uns einfach zusammen. Der Rest geht in Deckung. Wir haben mit dem Ausgang des Kampfes nichts zu tun."
Eine ganze Weile sahen sie hilflos mit an, wie die Reiterhorde sie überholte. Dann bogen die Reiter ein und erreichten die Brücke. Donnernder Hufschlag war zu hören, als sie in wildem Galopp über die bebenden Bretter galoppierten.
Bolko und Hermann an der Spitze der gepanzerten Schar ließen ihre Soldaten absitzen. Die Männer griffen nach ihren Bögen und nahmen am Geländer Aufstellung. Dann geschah eine Weile nichts, weil die Entfernung noch zu groß war. Doch diese schmolz schnell zusammen.
Torben kam das Warten fast noch nervenaufreibender vor als das Sirren der Pfeile.
Endlich schwirrten die ersten Pfeile heran. Einige fielen hinter ihnen ins Wasser. Immer wieder schlugen welche krachend in die Bordwand. Einer traf ein Pferd und ließ es wiehernd ausschlagen. Die Prahm zitterte unter den Hufschlägen.
„Jetzt sind wir geliefert", rief der Fährmann beklommen.
„Halt die Klappe", zischte Hanno ihm zu.
Mehrere Pfeile zischten bedrohlich auf sie zu. Eines der Packtiere bekam einen Pfeil durch den Hals und wieherte anklagend. Dann schlug es wild um sich und riss einen Söldner zu Boden. Schließlich sprang es über Bord.
Torben fuhr entsetzt auf.
„Welches Packtier war das?", rief er Sigurd zu.
Dieser hob den Kopf und warf einen prüfenden Blick auf den leeren Platz, wo das Tier eben noch gestanden hatte. Dann fluchte er, wie Torben es noch nie zuvor gehört hatte.
„Womit war es beladen?", ließ Torben nicht locker.
„Mit sechzig guten Fellen und unserem gesamten Muschelschmuck."
Jetzt war es an Torben übelste Beschimpfungen auszustoßen.
Am liebsten hätte er sich noch einmal in die Fluten gestürzt. Aber das wäre sein sicherer Tod gewesen. Zumal das Packtier längst versunken war.
Wutbebend ballte er die Hände.

„Wenn diese Kerle uns nicht umbringen, wird Katja es tun. Und dann wird es bestimmt schmerzvoller."
„Sind die Herren Kaufleute endlich fertig mit ihrem Selbstmitleid?", erkundigte sich Hermann. Dann nehmt die Köpfe runter und seid froh, wenn ihr diesen Tag überlebt."
Sie fluchten noch immer, taten aber, was Hermann gesagt hatte. Schnell näherten sie sich der Brücke. Die Pferde stampften unruhig.
„Haltet um Gottes Willen die Pferde ruhig", rief der Fährmann. „Sonst…"
Seine Stimme brach ab.
Dann stieß er mit dem Rücken gegen die Bordwand und fiel nieder. Aus seiner Brust ragte ein schwarz gefiederter Pfeil mit einer langen blutgetränkten Eisenspitze.
Er sah ungläubig auf die Pfeilspitze und wollte noch etwas sagen. Doch dann sank ihm das Kinn auf die Brust und sein Blick wurde starr.
Die Bogenschützen brauchten keine Aufforderung, um den Kampf zu beginnen. Sie hatten ihre Köcher zu sich herangezogen und schossen Pfeil um Pfeil ab. Ihre Schussgeschwindigkeit ließ die Männer staunen.
Die Todesboten zogen den Soldaten sirrend entgegen. Und kein einziger Pfeil verfehlte sein Ziel.
Auf der Brücke entstand Verwirrung. Die gepanzerte Schar war ihnen fünf zu eins überlegen. Eine ganze Wolke von Pfeilen flog der Prahm entgegen. Doch die meisten klatschten ins Wasser oder bohrten sich in die Bordwand.
Währenddessen räumten die walisischen Bogenschützen mächtig auf unter ihren Feinden, die sich ihrer Beute schon sicher geglaubt hatten. Innerhalb weniger Augenblicke sanken vier weitere Schützen tot zu Boden.
Die ersten Schützen ließen verängstigt ihren Bogen sinken. Gegen solche Gegner hatten sie noch nie zuvor gekämpft. Einige Armbrustschützen griffen in den Kampf ein. Doch sie brauchten zum Laden dreimal so lange wie die Bogenschützen. Zudem zogen sie es vor, schnell wieder in Deckung zu gehen, kaum dass sie ihre Waffe abgefeuert hatten. Zu zielsicher schossen diese Waliser.
Ein ganzes Stück abseits der Stelle, an der die Soldaten Stellung bezogen hatten, durchfuhren die Söldner die Brücke und nun vergrößerte sich der Abstand schnell wieder.

Noch immer wurden sie beschossen. Doch der Beschuss wirkte nun hastig und ungezielt.
Schließlich erreichten ihre Pfeile die Prahm kaum noch. Daraufhin stellten die Soldaten den Beschuss ein.
Bolko, der breitbeinig auf der Brücke stand, schäumte vor Wut. Er schrie, fuchtelte wild mit den Armen und zeigte auf die Prahm, die sich schnell flussabwärts entfernte.
Die beiden Waliser tauschten einen kurzen Blick aus. Dann suchten sie sich einen festen Stand und griffen nach einem guten Pfeil. Sie zogen die Sehne ihres Bogens bis zum Ohr, zielten kurz und lösten diese gleichzeitig.
Ihre beiden Pfeile schwirrten dahin wie Brüder. Gleich darauf riss es Bolko und Elric, den Waffenmeister, der direkt neben seinem Herrn stand, von den Beinen. Elric wurde so heftig getroffen, dass er ins Wasser fiel und in seiner Rüstung sogleich versank.
Die übrigen Soldaten wichen furchtsam zurück. Mit wem hatten sie sich da nur angelegt? Eine solche Treffsicherheit hatten sie noch nie erlebt. Das musste doch mit dem Teufel zugehen. Nach Bolkos Tod gab es nur noch Hinnerk, der die Männer seines Onkels anführen konnte. Doch dieser hatte genug von diesem Kampf. Auch Hermann verspürte keine Lust mehr, sich mit hochgerüsteten Söldnern anzulegen, die ihre Fähigkeiten soeben eindrucksvoll unter Beweis gestellt hatten. Daher blieben sie einfach stehen und sahen der Prahm nach, die langsam am Horizont verschwand.
Irgendwann setzten die Söldner die Prahm knirschend auf einer Sandbank auf und verließen ihr Gefährt mit steifen Gliedern. Sie zahlten dem Gehilfen des Fährmanns ein stattliches Trinkgeld und schwangen sich dann wieder in den Sattel. Vor ihnen lag noch ein langer Weg.
Am Nachmittag machten sie Rast. Das Wetter war schön. Die Sonne brannte vom Himmel und trocknete ihre Stiefel und Beinkleider. Auch Torben und Arnold hatten endlich wieder ihre Sachen an. Einige Mücken umschwärmten sie. Das war lästig, aber allemal besser als Pfeile. Die Pferde rupften genüsslich das frische Gras ab. Als sie wenig später ein kleines Lagerfeuer wärmte und die Mücken vertrieb, hätte es kaum schöner sein können.

Die nächsten Wochen verliefen erfreulich ereignislos und sie kamen gut voran. Sie ritten an Braunschweig vorbei, passierten Goslar und Erfurt und waren vielleicht noch zwei Tagesreisen von

Bamberg entfernt.
Das Wetter war ihnen wohlgesonnen. So dass die Pfade meist trocken blieben.
„Diese Wege sind unbefestigt und bestehen aus nichts weiter als der blanken Erde. Nur manchmal sind sie mit Steinen, Bohlen oder Reisigbündel verstärkt“, hatte Tilo ihnen erklärt. „Sobald es länger regnet, werden diese Wege schnell grundlos. Dann verwandelt sich unser Pfad in Morast, in dem Karren und Wanderer kaum mehr als zwei oder drei Meilen am Tag vorankommen. Selbst wir schaffen dann deutlich weniger Meilen.“
Erneut war Torben heilfroh, dass sie nur mit Packtieren reisten.
Immer wieder trafen sie tagsüber auf kleine Grüppchen von Reisenden. Manchmal waren es Kaufleute, die auf schmalen Ochsen- oder Pferdekarren ihre Waren transportierten. Manchmal auch Bauern auf dem Weg in die nächstgelegene Stadt. Meist machten sie ihnen schnell Platz, damit sie vorbeireiten konnten.
Allmählich gewöhnten sich Sigurd und Torben an die langen Tage im Sattel. Trotzdem war es schön, bei Anbruch der Dämmerung endlich vom Pferderücken absteigen zu können.
Doch ihre fest verschworene Gemeinschaft machte das Reisen leicht. Oft wurden Sprüche ausgetauscht und witzige Anekdoten zum Besten gegeben, so dass die Männer immer wieder in lautstarkes Gelächter ausbrachen.
Torben fühlte sich an die Zeit in Kopenhagen erinnert, als er sich an das Söldnerleben ebenfalls schnell gewöhnt hatte.
Manchmal nutzte er morgens die Zeit und vollführte seine Übungen. Das war ihm so sehr zur Gewohnheit geworden, dass er nicht davonlassen wollte. Zumal er den Rest des Tages dann andere Muskelpartien beanspruchen würde.
Meist fand sich auch einer der Söldner, die sich bereitwillig als Übungspartner zur Verfügung stellten. Sie alle kämpften gern und waren hervorragend geschult im Umgang mit dem Schwert.
Gerade mit Tilo und Arnold lieferte er sich gern packende Duelle.
Tilo war zehn Jahre älter als Torben. Er war hochgewachsen, kräftig und hatte lange Arme, was ihm beim Schwertkampf zugutekam. Zudem war er vollkommen unberechenbar, was ihn brandgefährlich machte. Tilo kämpfte unorthodox. Er machte niemals, was sein Gegner von ihm erwartete. Manchmal brach er einen Angriff einfach ab und trat zwei Schritte zurück. Doch sobald er mit den Bedingungen zufrieden war, steigerte er sich in

einen wahren Rausch hinein. Dann blitzte seine Klinge so schnell auf, dass Torben Mühe hatte, ihr zu folgen. Sobald man die Klinge nur einmal aus den Augen verlor, war es zu spät und sie verharrte kurz vor einer Körperpartie, deren Treffer unweigerlich den Kampf beendet hätte. Es war Torben immer wieder ein Rätsel, wie ein Mann so schnell sein konnte. Selbst wenn der Kampf an Härte gewann, wirkte Tilo niemals angestrengt. Nach einer Übung war er in der Regel nicht einmal groß außer Atem geraten. Tilo hatte einige Jahre Erfahrung als Söldner vorzuweisen und beherrschte eine Vielzahl an schmutzigen Tricks. Selbst wenn Torben ihm tüchtig zusetzte, ging dieser doch meist als Sieger vom Platz. Torben ärgerte das sehr. Doch er lernte auch aus jedem Kampf.
Arnold kämpfte anders. Er hatte als Junge viel auf dem Feld gearbeitet, um seinen Eltern zu helfen, die als Bauern ihr Dasein fristeten. Das war kein Leben für ihn gewesen. Deshalb war er in den Dienst des Grafen getreten. Seitdem hatte er jeden Tag Waffendrill erhalten. Das erwartete der Graf von seinen Männern. Arnold war massiger gebaut und längst nicht so schnell wie Tilo. Doch seine Angriffe waren präzise und so kraftvoll, dass es schwer war, sich dagegen zu verteidigen. Zudem besaß er die Geduld abzuwarten, bis sein Gegner einen Fehler machte oder sich eine Blöße gab. All das machte ihn zu einem gefährlichen Kämpfer, der oft siegreich vom Platz ging.
Der Graf sah es mit Wohlwollen, wenn seine Männer sich im Kampf übten. Wenn die jungen Kaufleute sich daran beteiligten, lief oft ein breites Lächeln über sein Gesicht.
Manchmal gab er Torben einen Ratschlag, den dieser gern beherzigte. Nach einem Kampf gegen Tilo, den Torben nur knapp verlor, tröstete Heinrich ihn wohlwollend:
„Nicht viele haben so lange standgehalten, wenn sie mit Tilo die Klinge gekreuzt haben. Darfst dir was darauf einbilden, Kaufmann."
Er betonte das Wort Kaufmann immer etwas stärker. Gewöhnlich konnte er mit diesem Menschenschlag nichts anfangen. Doch Torben und Sigurd hatten längst seinen Respekt errungen.
Cadoc und Dylan übten jeden Tag mit ihren Langbögen. Sie sagten, dies müsste so sein, da sie sonst das Gefühl für ihre Waffe verlieren würden. Sie seien eben keine Armbrustschützen. Um eine Armbrust zu bedienen bedurfte es kaum besonderer Fähigkeiten. Die Waffe war leicht zu spannen und musste dann nur in Richtung

des Ziels gehalten werden. Daher verachteten sie diese Waffe.
Ihr Stolz auf ihren Bogen war berechtigt. Sie schossen nicht nur auf größere Entfernung treffgenauer als jede Armbrust. Sie konnten auch bis zu zehn Pfeile innerhalb einer Minute auf den Weg bringen, während ein Armbrustschütze kaum mehr als zwei, höchstens drei Bolzen abschießen konnte.
Torben und die Söldner des Grafen sahen ihnen gern zu, wenn sie eine ihrer Übungen abhielten. Meist befestigten sie eine winzige hölzerne Zielscheibe, die sie mit roter Farbe bestrichen hatten, an einem Baum. Dann nahmen sie in einer Entfernung von mehr als hundert Schritten Aufstellung.
Ihre Bögen spannten sie erst unmittelbar vor einem Einsatz. Das half dabei, die Spannkraft des Holzes zu bewahren, hatten sie ihren Gefährten erklärt. Dann steckten sie ein halbes Dutzend Pfeile mit den Spitzen voran in die Erde. Die Pfeile hatten sie sich zuvor genau angesehen, ob die Federn am Schaft unbeschädigt waren. Dann prüften sie den Wind, musterten die Baumwipfel und registrierten wie stark und aus welcher Richtung dieser wehte. Torben bewunderte sie für ihre Umsicht. Er hatte sich noch nie darum gekümmert, aus welcher Richtung der Wind blies.
Erst wenn diese Vorbereitungen abgeschlossen waren, verständigten sie sich mit einem kurzen Blick und begannen in schneller Folge ihre Pfeile zu versenden.
Die Pfeile flogen so schnell, dass die Söldner Mühe hatten, ihrer Flugbahn zu folgen. Wie an der Schnur gezogen flogen sie los und senkten sich wie von Geisterhand gesteuert direkt ins Ziel. Alle zwölf Pfeile der beiden Schützen trafen die kleine Zielscheibe, die kaum breiter war als Torbens Handfläche. Er sah ihnen oft zu. Doch jedes Mal war er aufs Neue erstaunt über die Fertigkeiten dieser beiden Schützen.
Auch Heinrich, den in der Ausübung des Waffenhandwerks kaum noch etwas beeindrucken konnte, nahm sich manchmal die Zeit die beiden Waliser zu beobachten. Dann hatte er ein wölfisches Lächeln im Gesicht und nickte ihnen nach ihrer Darbietung anerkennend zu. Er wusste sehr genau, warum es ihm so wichtig gewesen war, diese beiden Bogenschützen in seinen Reihen zu wissen.
Ihr Aufbruch erfolgte meist schweigend. Längst hatte sich eine Routine entwickelt. Erwin und Richard waren oft die Letzten, die es in den Sattel schafften. Währenddessen löschte Torben die

Überreste des Feuers und prüfte, ob sie nichts Wichtiges übersehen hatten.
An der Spitze ihres kleinen Zuges ritt abwechselnd einer der drei Söldner, die mit Heinrich in Italien gedient hatten. Torben kam es so vor, als kannten sie hier jeden Weg und Steg. Er bewunderte sie für ihre Übersicht. Er hätte nicht zu sagen gewusst, wo sie sich gerade befanden.
Der Graf ritt meist knapp hinter ihnen. Dabei hielt er immer die Augen auf seine Umgebung gerichtet. Torben und Sigurd war es längst aufgefallen, wie wachsam ihre Begleiter waren. Ihre Aufmerksamkeit stieg sogar noch an, wenn der Pfad unübersichtlich wurde und der Waldrand näher heranrückte. Dann warnte sie ihr Instinkt vor einer Gefahr und ließ sie hellwach werden.
Erst wenn der Weg breiter wurde und der Blick mühelos das vor ihnen liegende Gelände übersehen konnte, legte sich die Unruhe. In solchen Momenten erzählte einer der Söldner gern eine Geschichte aus seinem bewegten Leben, um seine Kameraden zu unterhalten. Oft war es auch Heinrich, der mit jeder Stadt und jedem höhergestellten Namen eine spannende Geschichte verband. Dann rückten seine Männer näher auf, um ihm zu lauschen. Denn Heinrich verstand es, diese Erzählungen so unterhaltsam vorzutragen, dass die Zeit im Nu verflog.
Mittags hielten sie an einem kleinen Bachlauf und erfrischten sich in dem klaren Wasser. Die Sonne brannte vom wolkenlosen Himmel. Sie zogen sich in den Schatten einiger Bäume zurück, aßen etwas kaltes Fleisch und teilten ihr letztes Brot miteinander, das schon drei Tage alt war und furchtbar trocken schmeckte. Selbst der Wein war ihnen ausgegangen.
„Beim nächsten Wirtshaus kehren wir ein und lassen uns einen saftigen Braten auftischen“, kündigte Heinrich an. Er wusste genau, wie er die Stimmung der Männer heben konnte.
Johlende Zustimmung erklang. Heinrich schaufelte sich eine Ladung Wasser ins Gesicht und prustete laut dabei.
„Also mir ist das noch zu kalt“, beschwerte sich Richard.
Tilo zwinkerte ihm zu.
„Dabei könnte es ausgerechnet dir nicht schaden.“
Richard zog argwöhnisch die Augenbrauen in die Höhe. Er ahnte den Spott seines Kameraden. Doch Heinrich kam ihm zuvor.
„Das Wasser ist doch nicht kalt. Weiter im Süden, wenn wir die

Berge erreichen, stoßen wir in der Höhe auf Gebirgsseen, die sich aus Gletscherwasser speisen. Die sind so kalt, dass einem die Haut prickelt, wenn man die Hand hineintaucht."
Turan rückte näher heran. Genau wie den übrigen Männern gefiel es ihm sehr, wenn der Graf ihnen etwas von der Welt erzählte. Als vielgereister Mann konnte auch er immer wieder etwas dazu beitragen.
„In Syrien wird es in der Sommerglut in den Ebenen so heiß, dass man es draußen kaum aushält", berichtete er.
„Südlich von Damaskus gibt es Berge, deren höchste Erhebungen die meiste Zeit des Jahres mit Schnee bedeckt sind. Die Menschen in den umliegenden Dörfern holen das Eis von dort und packen es in Kisten in ihre tiefsten Keller, so dass es nur ganz langsam taut. In den heißesten Monaten trinken sie dann gekühltes Wasser mit einem Spritzer Zitrone. Der Transport ist mühselig und sehr zeitraubend. Doch es gibt nichts Köstlicheres bei dieser Hitze. Deshalb nehmen die jungen Männer den langen Weg gern auf sich."
„Sicher nicht ganz ungefährlich, ein solcher Weg hoch in die Berge", murmelte Richard.
Turan und Heinrich nickten gleichzeitig.
„Dort muss man genau darauf achten, wohin man seinen Fuß setzt. Ein falscher Schritt kann den Tod bedeuten. Das sollte jedem von uns bewusst sein", brummte Heinrich.
„Aber es gibt auch noch andere Gefahren, die wir im Blick behalten müssen. Da geht es uns nicht anders als den Kaufleuten, die auf ihren langen Reisen immer Augen und Ohren offenhalten müssen, um vor ihnen liegende Gefahren rechtzeitig zu erkennen."
Torben und Sigurd waren sogleich hellhörig geworden.
„Worauf spielst du an? Hast du Informationen, dass wir in gefährliche Landstriche kommen? Ist hier irgendwo ein bewaffneter Konflikt ausgebrochen?"
Heinrich hob beruhigend die Hand.
„Jeder gute *Condottiere* hat ein Netzwerk an Informanten. Ich für meinen Teil gebe Unsummen dafür aus, um von Konflikten und bewaffneten Auseinandersetzungen zu erfahren. Schließlich weiß man nie, welche Vorteile sich daraus ziehen lassen. Das heißt aber nicht, dass man tatsächlich von jeder Gefahr rechtzeitig Wind bekommt. Wir sind auf uns allein gestellt und tun gut daran, uns niemals sicher zu fühlen. Das sollte ein jeder von uns immer im

Hinterkopf behalten."
Die Männer nickten stumm. Für die Söldner war dies selbstverständlich und auch Turan, Torben und Sigurd waren schon oft genug durch fremdes Land gereist, um diesen Ratschlag zu beherzigen.
Heinrich kratzte sich nachdenklich den Bart.
„Das Zusammentreffen mit diesen Raubrittern ging für uns ja gerade noch mal glimpflich aus. So bleibt es hoffentlich auch. Ich habe unsere Route schließlich mit Bedacht gewählt. Sobald wir größere Städte erreichen, herrscht dort Recht und Gesetz. Dort kann man nachts beruhigt die Augen zumachen. Aber ihr wisst, dass es selbst in einer sonst so ruhigen Stadt wie Lüneburg kürzlich zu Kämpfen kam."
Bei diesen Worten nickte er den Kaufleuten knapp zu.
„Aber das Heilige Römische Reich Deutscher Nation ist riesig. Vor unserem Aufbruch wurde mir zugetragen, dass es in Köln zu einem Aufstand der Weberzunft gekommen ist."
Torben runzelte die Stirn.
„Dieser Konflikt tobt schon seit zwei Jahren."
Heinrich nickte ungerührt.
„Aber in der letzten Woche gab es innerhalb der Mauern einen offenen Kampf zwischen der Zunft der Weber und den Truppen der Stadt. Die Weber unterlagen. Einige wurden getötet, andere ins Verlies geworfen. Jeder Weber, der der Zunft angehörte, musste Köln verlassen."
Sigurd lächelte finster.
„Mir scheint, Köln ist gerade nicht unbedingt eine Reise wert. Dabei ist die Stadt bekannt dafür, dass sich in ihren Mauern viele Handwerker der Schmiedekunst angesiedelt haben. Sie verstehen sich aufs Vortrefflichste auf die Produktion von Rüstungen und Waffen. Diese Kriegswaren sind überall begehrt. Auch in den italienischen Stadtstaaten werden sie hoch gehandelt. Dieser Konflikt ist da bestimmt nicht förderlich."
Torben blickte mit verkniffenem Gesicht zum Waldrand hinüber.
„Das ist längst noch nicht alles. In Hessen tobt gerade der sogenannte Sternerkrieg. Da versucht die Landgrafschaft Hessen mit ihren Verbündeten ihre Landeshoheit auszubauen. Doch zahlreiche Ritter innerhalb Hessens als auch das Kurfürstentum Mainz als Nachbar wollen diese Bestrebungen nicht einfach hinnehmen. Sie beschuldigen sich gegenseitig, Boten überfallen und

Raubzüge begangen zu haben. Bisher gab es eine Vielzahl von Scharmützeln. Die Lage ist so unübersichtlich, dass man ganz Hessen und das Umland am besten meidet. Natürlich leiden der Handel und die Bauern wie üblich am stärksten unter dem Konflikt der hohen Herren", schloss er vielsagend.
Die Männer tauschten nachdenkliche Blicke.
„Genug gefaulenzt!", rief der Graf. „Auf die Pferde. Wir müssen weiter."

Anton Zimmer rückte sein Bündel zurecht und folgte weiter dem schmalen Pfad, der sich vor ihm durch die Wälder zog. Zusammen mit Walter Hinze, seinem Kaufmannsgefährten, sowie zwei Knechten, hatten sie sich auf den Weg gen Nordosten gemacht. Ihr Ziel war der Rammelsberg im Harz, wo es ein bedeutendes Kupferbergwerk gab. Südlich von Goslar, am Nordrand des Harzes gelegen, wurden dort bedeutende Mengen Kupfer abgebaut. Anton wusste, dass Kupfer fast so wichtig wie Eisen war. Daher hatten Walter und er es sich zum Geschäft gemacht, zu den Kupferbergwerken zu fahren und dort so viel davon aufzukaufen, wie sie auf ihren zwei großen Fuhrwerken verladen konnten.
Im gesamten Süden des Heiligen Römischen Reiches Deutscher Nation gierten die Handwerker nach Eisen, Kupfer und weiteren wichtigen Metallen, die sie brauchten, um ihre Produkte herzustellen.
Der Bedarf war so groß, dass selbst aus dem Königreich Schweden Eisen und Kupfer aus den dortigen Bergwerken in die Hansestädte geliefert wurden. Die überwiegende Mehrheit dieser Güter ging nach Lübeck, wie er wusste. Doch von dort war es noch ein weiter Weg bis in die südlicheren Herzogtümer. Daher hatten Walter und er schon vor über einem Jahrzehnt erkannt, dass sich aus diesem Umstand für sie gute Chancen ergaben. Bisher hatten sie jedes Jahr gute Gewinne erwirtschaftet. Sicher, die Fahrten waren anstrengend und nicht ohne Risiko. Einmal hatten sie eine Horde Räuber in die Flucht schlagen müssen, waren aber mit einem Schrecken davongekommen.
In Köln hatten sich ihnen noch einige weitere Reisende angeschlossen. Darunter waren zwei gutbetuchte Bürger, die auf dem Weg nach Erfurt waren. Sie machten kein Hehl daraus, dass sie sich für etwas Besseres hielten. Zwar wollten sie nicht so recht sagen, woher sie genau kamen, oder was für Geschäfte sie nach

Erfurt führten. Dafür ließen sie schon am ersten Tag jedermann wissen, dass sie wichtige Herren seien, die sich auch eine Kutsche hätten leisten können, wenn sie das denn gewollt hätten. Ihre Rösser waren feurig und mussten von ihren Reitern immer wieder gezügelt werden, um sich an das gemächlichere Tempo der beiden Fuhrwerke anzupassen.
Anton Zimmer machte sich nichts daraus. Der Weg war lang. Auch wenn der leere Wagen für die beiden Zugpferde keine große Last darstellte, sah er doch nicht ein, die Tiere unnötig anzutreiben. Schließlich sollten sie bei Kräften bleiben.
Außerdem hatte sich ihnen noch ein Handwerksbursche angeschlossen, der als Zimmermann sein Auskommen fand und Richtung Berlin unterwegs war. Sie hatten der Gesellschaft gern zugestimmt. Die Zeiten waren unsicher. Auf diesen abgelegenen Landstraßen trieb sich eine Menge Diebesgesindel herum, die nur darauf warteten, Alleinreisende zu überfallen. Da war es sicherer, in einer größeren Gruppe zu reisen.
Er gestand es sich nicht gern ein. Doch er war ein wenig besorgt. Schließlich führten Walter und er einen gutgefüllten Sack voll Silbermünzen mit sich herum. Zwar hatten sie die Münzen auf den beiden Wagen versteckt. Aber Räuber würden das Geld schon zu finden wissen.
Am liebsten hätte Anton Zimmer in Köln noch einige Söldner angeworben, um sich besser vor Überfällen zu schützen. Doch Walter Hinze hatte sich dagegen ausgesprochen.
„Wir sind vier stramme Kerle, die sich schon zu verteidigen wissen. Außerdem passen wir aufeinander auf. Was soll uns schon passieren?“, hatte er getönt.
„Zudem sind die Kosten für ein bewaffnetes Geleit unverschämt teuer“, hatte er Anton bedrängt. „Da können wir die ganze Fahrt auch gleich sein lassen. Wie sollen wir da Gewinne erzielen?“
Anton hatte ihm schließlich Recht gegeben. Die Fahrt sollte ihnen eine hübsche Summe einbringen. Doch dafür mussten ihre Pläne auch in Erfüllung gehen.
Er war daher durchaus erleichtert gewesen, als sich ihnen unterwegs noch einige weitere Reisende angeschlossen hatten, die einen Teil der Strecke mit ihnen zusammen reisen wollten. Mit sieben Männern fühlte er sich ein wenig sicherer. Jeder der beiden vornehmen Herren trug zudem ein gutes Schwert an seiner Seite. Ob sie damit umzugehen verstanden, wusste er nicht. Doch

eindrucksvoll war der Anblick auf jeden Fall.
Der Zimmermann war zu ihm auf den Fuhrwagen geklettert und hatte es sich auf einigen leeren Säcken gemütlich gemacht. Obwohl die schlechten Pfade dafür sorgten, dass sie ordentlich durchgeschüttelt wurden, schien es den jungen Mann nicht zu stören. Er hatte die Arme unter den Kopf geschoben, sich einen Grashalm zwischen die Zähne gesteckt und starrte vergnügt in den Himmel. Er schien mit seinem Schicksal recht zufrieden zu sein.
In den ersten Wochen rumpelten sie bis zum späten Nachmittag dahin, bevor sie ihr Lager für die Nacht aufschlugen. Dies war auch heute wieder der Fall und wurde allmählich zur Routine. Sie trieben ihre Fuhrwerke eine kleine Anhöhe hinauf und hielten an einer Baumgruppe an. Auch heute waren sie bei bestem Wetter gut vorangekommen und durchaus zufrieden mit der bisher zurückgelegten Strecke.
Während die Pferde das saftige Gras abweideten, suchten die beiden Kaufleute mit ihren Knechten genug Holz zusammen.
Als die Sonne allmählich im Westen versank, flackerte schon bald ein hübsches Lagerfeuer, um das sich auch die übrigen Männer ihrer Reisegruppe versammelten.
„Stimmt es eigentlich, dass ihr Kaufleute eure Ladung verliert, wenn eurer Wagen auf dem Land eines Fürsten umkippt?", fragte einer der Herren, die es nicht für nötig gehalten hatten, sich an der Holzsuche zu beteiligen.
Anton nickte gemächlich.
„Da ist schon etwas dran. Es gilt das Grundruhrrecht. Sollte auf dem schlechten Weg einer der Wagen vollbeladen umstürzen, hätte der hier herrschende Fürst das Recht, die Ware in seinen Besitz zu nehmen. Es würde schon reichen, wenn eine Wagenachse oder ein Wagenrad brach. Ja selbst wenn ein Tier stürzte oder etwas vom Wagen herunterfallen würde. Dann gehört die Fracht dem jeweiligen Grundherrn."
Die hochgestellten Herren verzogen amüsiert das Gesicht.
„Da muss ein Adliger ja nicht viel tun, um einen Kaufmann um seine Habe zu bringen."
Walter Hinze spuckte angewidert zu Boden.
„Das machen diese Adligen gern, vor allem, wenn man das für vollkommen überhöhte Gebühren angebotene Geleit zum Schutz vor Räuberbanden ausgeschlagen hat. Wer da einen Unfall erleidet, hat schlechte Karten."

Anton Zimmer sprang seinem Gefährten bei.
„Auch wenn wir uns an einer Zollstation herumschleichen und uns auf versteckten Pfaden durchs Dickicht schlagen würden, wären die Landesherren sehr erpicht darauf, es uns heimzuzahlen. Deshalb fahren wir vorsichtig. Denn auf diesen schmalen Pfaden fährt es sich schwer. Gerade wenn wir auf der Rückfahrt schwer beladen sind. Ihr habt die Wege ja gesehen. Sie haben tiefe Schlaglöcher, sind aufgeweicht und holprig. Das führt schnell zu Stürzen oder Unfällen. Die Grundherren haben kein Interesse daran, die Wege auszubessern. An schlechten Pfaden verdienen sie mehr. Es ist eine Schande."
Die beiden hohen Herren schmunzelten erheitert. Ihnen schien die bedrohliche Lage der Kaufleute nicht sonderlich nahezugehen. Einzig der Zimmermann stemmte erbost die Hände in die Hüften.
„Das ist ja nichts weiter als Raub. Die Ware gehört doch den Kaufleuten. Wie erfahren sie denn davon? Meist ist doch niemand in der Nähe, wenn so etwas geschieht."
Anton Zimmer nickte besänftigt, weil einer seine Lage verstand.
„Richtig. Aber es ist ein altes Recht aller Grundherren. Und sie verdienen zu gut daran, als dass sie auf ihr angestammtes Recht verzichten würden. Die Grundherren sind in der Regel weit weg. Aber wachsame Anwohner der nächstgelegenen Ortschaft haben ein Auge darauf, ob so etwas in ihrem Umfeld geschieht. In einem solchen Fall würden sie den Vorgang sogleich weitermelden. Denn es lohnt sich sehr für sie. Die Hälfte der beschlagnahmten Güter erhält der Grundherr. Die andere Hälfte darf der wachsame Einwohner behalten."
Und dann wäre alles unwiederbringlich verloren?", fragte der Zimmermann, der auf den Namen Heiko hörte, nach.
Anton Zimmer verzog das Gesicht.
„Im besten Fall darf der Eigentümer seine Ware mit der Hälfte des Wertes wieder auslösen", brummte er missmutig.
„Das erinnert doch sehr an das Strandrecht", bemerkte einer der hohen Herren mit einem launischen Lächeln. Dabei biss er von einer riesigen Wurst ab, die er in seiner Satteltasche mit sich geführt hatte.
„Was bedeutet das?", fragte Anton nach. Er war sein Lebtag noch nicht auf einem Schiff gesegelt und hatte auch nicht vor, es jemals zu tun.
Der linke der beiden vornehmen Herren setzte sich aufrecht hin.

Er strich sich eine schwarze Haarlocke aus der Stirn und sah seinen Freund an, der noch immer kräftig kaute.
„Das Strandrecht regelt, was zum Beispiel mit einer Kogge geschieht, die im Sturm beschädigt und an Land geworfen wird. Die Küstenbewohner, meist arme Fischer, haben dann das Recht, die Überreste samt Waren in ihren Besitz zu nehmen."
Er hob warnend den Zeigefinger der rechten Hand.
„Allerdings nur, wenn es keine Überlebenden gibt, die Anspruch darauf erheben können."
Sein Begleiter lächelte boshaft.
„Sicher könnt ihr euch vorstellen, dass die Fischer mitunter nachhelfen, damit es keine Seeleute gibt, die das Unglück überleben. Sie sehen das Strandgut als zusätzliche Einnahme- und Versorgungsquelle an. Es kam sogar vor, dass Schiffe absichtlich fehlgeleitet wurden, um diese Quelle des Reichtums weiterhin zu gewährleisten."
Der Zimmermann rutschte unbehaglich auf seinem Hintern umher.
„Wie haben sie das denn vollbracht?", wollte er wissen.
„Oh, das ist nicht weiter schwer", gab der Mann gutgelaunt zurück.
„Auf See kann man sich nur schwer orientieren. Wer die markanten Landmarken wie Berge, Buchten oder ein Flussdelta nicht kennt, ist auf Leuchtfeuer angewiesen. Und diese lassen sich leicht dazu nutzen, Schiffe in die Irre zu führen, indem man ein Leuchtfeuer versetzt und somit Schiffe näher an gefährliche Klippe n heranführt."
Der junge Zimmermann staunte mit offenem Mund.
„Menschen können furchtbar sein, wenn es ihnen einen Vorteil verschafft", bemerkte er leise.
„Ganz recht", fiel der Herr wieder ein. „Deshalb wurde auch vor sechs Jahren in Stralsund beschlossen, dass in den Territorien der Hanse der Kauf- oder Verkauf von Schiffsbruchgütern verboten ist. Das soll dazu beitragen, diesem unchristlichen Treiben ein Ende zu setzen."
Eine Weile kehrte nachdenkliches Schweigen ein.
„Woher wisst ihr so viel von solchen Dingen? Ihr seid doch keine Kaufleute, oder?", fragte Anton Zimmer misstrauisch nach.
Die beiden gutgekleideten Männer schmunzelten selbstsicher.
Der linke Mann war von untersetzter Gestalt. Seinen Händen sah man an, dass er wusste, was harte Arbeit bedeutete. Allerdings verrieten seine vornehme Kleidung und sein Auftreten, dass er sich

heute nicht mehr selbst die Hände schmutzig machen musste.
„Ich bin Jesko Grimm aus dem schönen Schwarzwald. Ich habe viele Jahre lang als Steinmetz gearbeitet und es dabei zu einiger Fertigkeit gebracht. Dabei hatte ich es ständig mit den Stadträten, Kirchenoberen und sogar Fürsten zu tun. Da erfährt man eine Menge Dinge, die einem manchmal weiterhelfen können. Ich habe auch mal einen Auftrag in Hamburg angenommen. Aber das ist schon eine ganze Weile her. Daher kenne ich einige Gepflogenheiten in den großen Hansestädten."
Selbstsicher blickte er sich um.
„Heute spreche ich nur noch größere Aufträge ab und habe meine Leute, die die Arbeit verrichten. Da reicht es, wenn ich manchmal vor Ort bin und nach dem Rechten sehe. Bei komplizierteren Arbeiten werde ich natürlich vorab konsultiert."
„Kennt man denn eines der Bauwerke, an denen du beteiligt warst?", fragte der Zimmermann neugierig nach.
„Das will ich meinen", brummte Jesko selbstgefällig.
„Mein Können hat sich schnell herumgesprochen. Deshalb kamen immer wichtigere Personen auf mich zu. Ich habe an großen Kirchen mitgebaut. Sicher habt ihr schon mal vom Dom zu Speyer gehört."
Anton Zimmer tauschte einen knappen Blick mit dem Zimmermann aus, der wortlos den Kopf schüttelte. So weit war er in seinem Leben noch nicht herumgekommen.
„Der Dom zu Speyer wurde vom salischen Kaiser Konrad II. in Auftrag gegeben. Er wollte die größte Kirche seiner Zeit errichten. Nun, das ist ihm gelungen. Die Weihe des Doms hat er zwar nicht mehr erlebt, aber seine Enkel haben den Dom immer wieder umbauen lassen. Heute ist der Dom die größte romanische Kirche überhaupt."
Die Zuhörer staunten. Selbst die Knechte lauschten aufmerksam. Von solchen Dingen wussten sie nichts. Das war nicht ihre Welt.
„Vier Kaiser, drei Kaiserinnen und Könige aus den Häusern Habsburg, Staufen und Nassau liegen dort begraben. Damit ist der Dom die bedeutendste Grablege auf deutschem Boden", fuhr Jesko fort.
Ihm war am Feuer warm geworden, so dass er sich die Ärmel hochschob. Es schien ihm zu gefallen, in seinen Reisegefährten interessierte Zuhörer gefunden zu haben.
„Ich wurde beauftragt, die Kirche mit einer vollständig

umlaufenden, begehbaren Zwerggalerie auszustatten. Damit ist sie die erste dieser Art", lächelte er stolz.
„Aber das ist noch nicht alles", fuhr er sogleich fort.
„Auf dem Südwestturm des Doms habe ich eine Aussichtsplattform in schwindelerregender Höhe gebaut. Der Aufstieg beginnt in der Vorhalle und führt zunächst über 90 Stufen in den Kaisersaal. Von dort aus geht es über 214 weitere Stufen hinauf zur Turmspitze. Es braucht etwas Ausdauer, um bis nach oben zu gelangen. Doch der Weg lohnt sich! Von der Aussichtsplattform aus bietet sich dem Besucher ein einzigartiger Rundblick über die Stadt Speyer und die Rheinebene. An Tagen mit guter Fernsicht überblickt man eine Entfernung von gut 40 Meilen."
Die Knechte lauschten mit offenem Mund. Anton nutzte die einsetzende Stille, um einige dickere Äste ins Feuer zu werfen. Funken stoben auf und waberten durch die Luft. Die Hitze war kaum auszuhalten, so dass sie ein kleines Stück abrückten.
„Und was ist dein Broterwerb?", fragte Anton den zweiten der vornehmen Herren.
Dieser wölbte die Lippen und lächelte geheimnisvoll.
„Ich war lange Jahre Münzmeister in Regensburg. Damit stand ich einer Münzerhausgenossenschaft vor, die sich aus den reichsten Bürgern der Stadt zusammensetzte. Das waren vor allem Kaufleute, Goldschmiede und Edelmetallhändler. Diese Genossenschaft ist für die Produktion neuer Münzen verantwortlich. Dabei müssen natürlich Gewicht, Feingehalt und Prägung genauestens festgelegt werden. Es ist eine große Verantwortung. Dafür erhalten die Mitglieder von der Stadt einige Privilegien und Rechte wie Zollfreiheit, Steuerbefreiung und eine eigene Gerichtsbarkeit. Damit geht eine große Macht einher, die es wohlüberlegt einzusetzen gilt. Ich habe es in diesen Jahren zu einigem Reichtum gebracht und vor zwei Jahren mein Amt niedergelegt. Doch manchmal vermisse ich den Prozess, wenn neue Münzen entstehen. Wir haben das Silber von Kaufleuten aufgekauft und die Münzen eigenhändig geprägt. Dabei wird mit einem Hammer der Stempel auf die Rohlinge geschlagen. Das habe ich immer gern beaufsichtigt."
Er seufzte leise.
„Aber genug von mir. Sagt uns lieber, was euch umtreibt. Mit zwei Fuhrwerken wollt ihr doch sicher eine größere Ladung aufkaufen.

Mit was für Waren handelt ihr denn eigentlich?"
Anton Zimmer schwieg überrascht. Er hatte den beiden so lange gelauscht, dass ihm die plötzliche Gegenfrage die Sprache verschlug.
„Kupfer", entgegnete Walter Hinze und half seinem Freund damit aus der Verlegenheit.
„Dieser Rohstoff ist so wichtig wie Eisen. Die wichtigsten Lagerstätten liegen am Nordrand des Harzes bei Goslar und Mansfeld. Es gibt auch noch eine im Sauerland. Aber im Harz werden größere Mengen gefördert."
„Und wen beliefert ihr damit?", fragte der ehemalige Münzmeister.
Anton beugte sich ein Stück weit vor.
„Eigentlich ist jede größere Stadt für uns interessant. Überall dort gibt es Handwerker, die händeringend auf gutes Kupfer warten. Und selbst der beste Handwerker kann ohne unsere Lieferung nicht arbeiten. Man glaubt gar nicht, wobei Kupfer überall Verwendung findet. Für bronzene Kirchenglocken sind riesige Kupfermengen nötig. Und wie ihr ja nur zu gut wisst, will jede Kirche eine besonders imposante Glocke ihr Eigen nennen. Aber das ist ja längst nicht alles! Kirchen geben auch Kirchtüren, Taufbecken sowie aufwendig gestaltete Grabplatten in Auftrag. Einige Kirchen haben riesige Kupferblechdächer. Zum Beispiel die St. Simonis et Juda in Goslar oder auch der Bamberger Dom. Bei Letzterem weiß ich es ganz genau, denn wir haben das Kupfer geliefert. Dieser Auftrag hat wahrlich Spaß gemacht."
Er rieb sich die Hände. Aber auch so wusste jeder, worauf er anspielte.
„Die Hildesheimer Kirche hat sogar einmal eine riesige Christussäule in Auftrag gegeben. Die Kunstschmiede, die diese Säule in monatelanger Arbeit fertigten, haben dafür mehrere hundert Zentner Kupfer aufgekauft. Das war beinahe die Jahresfertigung eines Bergwerks. In diesem Jahr gingen die Preise sogleich steil nach oben, denn es war nirgends mehr etwas zu bekommen."
Er trank einen Schluck aus seinem Becher, den ihm einer der Knechte aufmerksam gefüllt hatte.
Der Zimmermann streckte die Füße aus und stieß einen dicken Ast weiter ins Feuer.
„Was ist eigentlich mit dir, Heiko?", fragte Anton Zimmer ihren jungen Gefährten, der bisher noch nichts über sich hatte verlauten

lassen.
Dieser blinzelte überrascht.
„Was soll mit mir sein?“, fragte er zurück. Es war ihm ein wenig unangenehm, plötzlich sämtliche Augenpaare auf sich gerichtet zu sehen.
„Aus welchem Grund hast du dich uns angeschlossen? Als Zimmermann würdest du doch bestimmt auch in Bamberg oder Nürnberg dein Auskommen finden, oder?“
Heiko nickte nachdenklich.
„Sicher. Gute Handwerker finden schnell Arbeit. Aber ich habe in Nürnberg gerade erst meine Lehre beendet. Laut den Statuten meiner Zunft beginnt im Anschluss daran die Zeit der Wanderschaft. Das ist eine Grundvoraussetzung dafür, dass ich irgendwann die Meisterprüfung machen kann. Durch die Wanderschaft soll ich fremde Orte und Regionen kennenlernen und dort neue Arbeitspraktiken und auch neue Techniken erlernen. Das macht mich hoffentlich zu einem so guten Handwerker, dass ich irgendwann selbst jungen Burschen das Handwerk beibringen kann. So hat es mein Vater mit mir schließlich auch gemacht.“
Jesko war beeindruckt.
„Du warst bei deinem Vater in der Lehre? Das ist bestimmt auch nicht so einfach. Sicher forderte er von dir noch mehr als von anderen zukünftigen Gesellen, oder?“
Heiko nickte kräftig.
„Das glaube ich auch festgestellt zu haben. Aber ich will mich nicht beklagen. Schließlich habe ich eine Menge gelernt. Aber um Meister werden zu dürfen, muss ich nun drei Jahre lang durch die Fremde wandern und mich dort verdingen, um mir meinen Lebensunterhalt zu verdienen. Ich dachte mir, dass ich mein Glück als erstes im Harz versuche.“
„Warum ausgerechnet dort?“, fragte Anton neugierig nach.
„Nun, ich arbeite für mein Leben gern mit Holz. Das bringt mein Beruf schließlich so mit sich. Dazu muss ich alles über diesen Werkstoff wissen. Welches Holz sich wofür eignet, wie die Beschaffenheit und Eigenschaften sind. Wie man es bearbeitet und wo die Holzfasern verlaufen und vieles mehr. Der Stiel des Hammers an meinem Gürtel ist zum Beispiel aus Eschenholz.“
Er zog den beeindruckend großen Hammer aus einer Gürtelschlaufe.
„Von diesem Werkzeug trenne ich mich nie. Das ist schließlich

mein wichtigstes Utensil, um in meinem Handwerk arbeiten zu können. Seht ihr den Griff? Der ist drei Jahre alt, sieht aber so gut wie neu aus. Eschenholz ist ein schweres und hartes Holz. Es übertrifft sogar Eichenholz, was die Zugfestigkeit und Biegefestigkeit angehen. Daher ist es elastisch, abriebfest und zäher als die meisten anderen Holzarten."

Er ließ den Hammer mit einer geschmeidigen Bewegung wieder in der Schlaufe verschwinden.

„Und in den Harz möchte ich gern gehen, weil die Städte dort mutiger sind als andere."

Er bemerkte die verständnislosen Blicke und lächelte sanft.

„In Quedlinburg werden zum Beispiel die meisten Häuser als Fachwerkhäuser gebaut. Dort lernen angehende Zimmerleute wie ich am meisten. Denn diese Bauart erfordert neben einem großen Wissen auch viel Erfahrung. Diese Häuser werden im Skelettbau aus Holz gebaut. Um der Windbelastung standzuhalten, werden Verstrebungen schräg eingebaut. Die Zwischenräume anschließend mit einem mit Lehm verputzten Holzgeflecht oder auch Mauerwerk ausgefüllt. Als Bauholz werden Rundhölzer zu einstieligen Balken mit quadratischem Querschnitt behauen. Und besonders beeindruckt mich, dass die Bauhölzer unter Verzicht von Nägeln oder Schrauben miteinander verbunden werden. So etwas vollbringen nur Meister ihrer Kunst. Eines Tages möchte ich selbst in der Lage sein, solche Häuser errichten zu können."

Anton strich sich über das Knie und wischte einen Funken weg.

„Wir kennen Quedlinburg. Die Stadt ist etwas ganz Besonderes. Aber kennst du auch das Rathaus in Wernigerode?"

Heiko schüttelte stumm den Kopf.

„Das musst du unbedingt sehen. Da wird dir das Herz aufgehen. Das Rathaus war ursprünglich ein gräfliches Spielhaus, das Graf Heinrich schließlich der Stadt schenkte. Es diente auch als Handels- und Gerichtshaus. Es ist eines der beeindruckendsten Fachwerkhäuser, die ich je gesehen habe. Es hat zwei schlanke, den Eingang flankierende Erker. Diese stehen auf freistehenden Ständern und überragen die Traufe des Hauses um ein verschiefertes Geschoss. Sie verfügen über kleine Giebelchen und laufen in schlanken Spitzdächern aus. Da waren Männer am Werk, die ihr Fach verstanden. Das sieht man sofort."

Heikos Augen leuchteten, als er den Worten des Kaufmanns lauschte. Unwillkürlich hatte er sich ein Stück weit zu ihm

hinübergebeugt.
„Ich kann auch verstehen, was dich an solchen Bauten reizt. Denn das Rathaus ist eine einzigartige Konstruktion. Es gibt kunstvolle Figuren an den Seiten des Gebäudes. Einige Heilige sind dort dargestellt, aber auch Spielleute, Narren, Trinker und auch Tänzer mit der Maikönigin. Man kann sich kaum sattsehen an diesen Darstellungen. Sämtliche Balkenköpfe wurden beschnitzt. Jeder Reisende, der das Rathaus zum ersten Mal sieht, bleibt dort wie gebannt stehen. Ihr werdet es ja sehen“, schloss er seine Rede.
„Dann kehrst du also nach drei Jahren nach Nürnberg zurück?“, fragte er Heiko.
Dieser schüttelte kaum wahrnehmbar den Kopf.
„So schnell sicher nicht.“
Während er mit seinen Gefährten sprach, hatte er die ganze Zeit an einem kleinen Stück Holz gearbeitet, das in seinen großen Händen beinahe verschwand. Mit einem kleinen Messer, dass hinten in seinem Gürtel steckte, schnitzte er daran herum. Holzspäne fielen ins Gras. Doch was genau er da fertigte, war in der flackernden Dunkelheit nicht wirklich zu erkennen.
Unablässig fuhren seine Hände über das Stück Holz, während er fortfuhr.
„Wenn ich mir dieses Wissen angeeignet habe, werde ich irgendwann in meine Heimat zurückkehren. Dort werde ich dann einige Jahre arbeiten, um zu beweisen, dass ich das Zeug zum Meister habe. Denn erst wenn ich Meister bin, habe ich das Niederlassungsrecht und damit die Eintragung als Bürger ins Bürgerbuch der Stadt. Erst dann kann ich auch heiraten und eine Familie gründen.“
Anton schmunzelte.
„Du bist noch so jung. Lass dir bloß Zeit damit.“
Heiko erwiderte das Lächeln, als er weitersprach.
„Doch zuvor möchte ich einmal in meinem Leben bis an die Küste gelangen und das Meer sehen. Ich möchte mit den Füßen im Sand stehen und die Wellen sehen, die an Land schlagen. Diesen Wunsch hat in meiner Familie niemand verstehen können. Doch mir hat schon als kleiner Bub mal ein Spielmann so lebhaft vom Meer vorgeschwärmt, dass ich dieses Wunder einmal mit eigenen Augen sehen möchte. Ich wäre der erste aus meiner Familie, den es so hoch in den Norden verschlagen hätte. Davon würde ich noch erzählen, wenn ich längst alt und grau bin. Das weiß ich genau.“

Das war ein schönes Bild. Die Männer, die das Meer kannten, konnten den Wunsch durchaus nachvollziehen. Einträchtige Ruhe kehrte ein, als alle für eine Weile ihren Gedanken nachhingen. Heiko hatte endlich seine Arbeit am Stück Holz beendet. Als letztes hatte er mit großem Geschick einige Löcher in die Oberseite eingekerbt. Dann säuberte er sein Messer an seiner Hose und ließ es hinten im Gürtel verschwinden. Nun hob er die winzige Flöte an und setzte sie sich an die Lippen.

Eine Melodie ertönte und seine Reisegefährten blickten ihn überrascht an.

Der Zimmermann spielte einige Laute, die wohltönend klangen und lange in der Luft hingen.

Als er die gebannten Blicke bemerkte, spielte er noch eine Weile weiter. Dann ließ er die Flöte in seinem Wams verschwinden.

„Das hast du nicht zum ersten Mal gemacht“, stellte Jesko fest. „Du hast großes Geschick darin bewiesen. Und diese winzige Flöte klingt erstaunlich gut. Du könntest sicher auch damit dein Geld verdienen.“

Heiko winkte ab und gähnte herzhaft.

„Reisen macht müde“, lächelte Jesko ihm zu. „Es wird allmählich Zeit, dass wir uns zur Ruhe begeben. Morgen wird ein weiterer langer Tag vor uns liegen.“

Der Rat wurde beherzigt. Längst waren die Sterne aufgegangen. Das Feuer war niedergebrannt. Nur die Glut leuchtete tiefrot auf und gab noch etwas Wärme ab. Die Männer suchten sich ums Lagerfeuer herum ihren Schlafplatz und wickelten sich in ihre Decken. Schon bald war nur noch das tiefe Schnaufen und Schnarchen der Reisenden zu hören.

Heiko wälzte sich unruhig auf seinem Lager. Er hatte zu viel Bier getrunken und spürte seine volle Blase. Doch er war noch viel zu müde, um jetzt aufzustehen. Zudem war es stockfinster und er sah kaum die Hand vor seinen Augen. Der Mond war von dichten Wolken verdeckt.

Er war das Leben in der Stadt gewöhnt. Sein kleines Zimmer in Nürnberg teilte er mit zwei weiteren Lehrlingen. Im windschiefen Haus in der Nähe des Stadttores waren noch fünf weitere Menschen untergebracht. Da gab es immer irgendwelche Geräusche zu hören. Jeder wusste, ob der Hausherr getrunken oder Streit mit seiner Frau hatte. Auch wenn sie sich versöhnten und

Liebe machten, blieb das niemandem verborgen. Die jungen Burschen machten dann Witze darüber und stellten sich vor, wie es wohl wäre, mit seiner jungen Frau das Bett zu teilen. Diese war einige Jahre älter als die drei Lehrlinge. Doch manchmal bedachte sie diese mit Blicken, dass den jungen Männern heiß und kalt wurde. Manchmal träumte Heiko dann von ihr. Doch ihr Mann war einer der Vorarbeiter, ein rauer, kräftiger Kerl, mit dem niemand der Lehrlinge Ärger gesucht hätte.

Heiko richtete sich auf dem linken Ellenbogen auf und starrte in die Schwärze der Nacht. Allmählich gewöhnte er sich an die Dunkelheit. Einige Konturen glaubte er bereits ausmachen zu können.

Eigentlich hatte er gedacht, dass die Nacht totenstill sein würde. Schließlich waren sie hier ein Stück abseits der Wege. Doch das ließ sich nun wirklich nicht behaupten. Er hörte, wie sich die Baumwipfel im leichten Wind wiegten. Äste knarrten in der Nacht. Ein Waldkauz ließ seinen langgezogenen Ruf ertönen. Heiko hatte diesen schon häufiger gehört. Aber hier, mitten im Nirgendwo, klang der Ruf unheimlich in seinen Ohren. Wenn das nur kein schlechtes Vorzeichen war, hoffte er inständig.

Er stieß die Luft aus und schlug die Decke weg. Er musste seine Blase leeren. Es half alles nichts. Nur dann würde er wieder Ruhe finden und noch einmal einschlafen können. Mühsam rappelte er sich auf. Selbst im Schlaf hatte er sein kleines Messer und den großen Hammer an seinem Gürtel belassen. Manchmal drückte der Hammer ihm in die Seite. Doch sobald er ihn abnahm, fehlte ihm das vertraute Gewicht.

Er wischte sich übers Gesicht und lief einige Schritte zum Waldrand hinüber. Ganz undeutlich erkannte er die langgestreckten Gestalten seiner Kameraden und zwängte sich zwischen ihnen hindurch. Er lief noch etwas weiter. Schließlich wollte er niemanden wachmachen.

Dort lehnte er sich an einen Baum und schlug sein Wasser ab. Fast wäre er dabei eingeschlafen.

Ein Knacken in der Ferne ignorierte er. Im Wald gab es genug Tiere, die nachts auf Beutefang gingen. Doch diese hatten es wohl kaum auf ihn abgesehen. Allerdings sorgte der Gedanke, unverhofft einem Wolf zu begegnen, dafür, dass sich ihm unverhofft die Nackenhaare aufstellten.

Erneut erklang ein trockenes Knacken, viel dichter diesmal.

Argwöhnisch zog er seine Hose hoch und blickte sich um. Es war viel zu dunkel, um Einzelheiten ausmachen zu können. Aber dieses zweite Geräusch hatte seine Müdigkeit schlagartig vertrieben. Er tastete mit seiner Hand an einem Baum vorbei und versuchte einen Blick auf das Lager zu werfen.

Spielten ihm seine Ohren einen Streich oder hörte er ein leises Wispern? Es konnten keine Wölfe sein, wenn sie sich etwas zuraunten. Aber vielleicht waren es Wölfe auf zwei Beinen? Das würde seine Lage nicht gerade verbessern.

Er senkte den Kopf und verließ sich ganz auf seine Ohren. Sein Vater hatte ihm vor vielen Jahren einmal erzählt, dass man im Wald besser hören konnte, wenn man den Kopf senkte und die Augen schloss. Irgendwie konnte er sich plötzlich daran erinnern.

Da war es wieder!

Das waren Stimmen, da war er sich jetzt sicher. Er hob den Kopf und versuchte die Dunkelheit mit seinen Blicken zu durchdringen. Dabei kniff er angestrengt die Augen zusammen. Links von ihm, am Rand der kleinen Lichtung, schoben sich mehrere dunkle Gestalten hervor. Sie waren kaum zehn Schritte von ihm entfernt. Heiko wagte kaum zu atmen. Unwillkürlich kauerte er sich zusammen und lehnte sich dabei an einen Baumstamm. Er hoffte, dass er auf diese Weise mit dem Baum verschmolz und nicht zu erkennen war.

Was sollte er tun? Laut rufen? Dann würde er seine Position verraten und unweigerlich alle Aufmerksamkeit auf sich ziehen. Doch er konnte seine Kameraden auch nicht so einfach im Stich lassen. Sein Herz hämmerte so laut in seiner Brust, dass er glaubte, die Gestalten müssten es bis dort drüben hören können.

Er gab sich einen Ruck. Sein Vater hatte keinen Feigling erzogen. Er würde hier nicht tatenlos zusehen, wie seinen Gefährten etwas Furchtbares zustieß. Kurzentschlossen riss er den Mund auf und sog die Luft ein. Er würde einen Schrei ausstoßen und sie warnen. Er bezweifelte, dass sie das retten würde. Aber zumindest hätte er dann seine Schuldigkeit getan.

Als sein Mund schon den ersten Buchstaben formte, hörte er hinter sich ein heiseres Lachen. So leise, dass es kaum zu hören war. Unwillkürlich erstarrte er. Selbst wenn er gewollt hätte, wäre ihm nun kein einziger Laut über die Lippen gekommen. Es war, als hätte es ihm die Sprache verschlagen. Todesangst griff nach seinem Herz. Beinahe hätte er sich übergeben, so schlecht wurde ihm

plötzlich. Seine Finger krallten sich in die Rinde des Baumes.
Bis eben hatte er friedlich geschlafen, nur, um in diesem Albtraum zu erwachen. Was geschah hier bloß, zum Teufel?
Er drückte sich so fest an den Baum, wie er nur konnte. Seine Lippen formten ein lautloses Gebet. Hören konnte er nichts, so sehr er sich auch anstrengte. Dafür stieg ihm plötzlich ein scharfer Geruch in die Nase. Es roch nach altem Schweiß und verdreckter Kleidung. Kaum eine Armeslänge von ihm entfernt schob sich eine massige Gestalt an ihm vorbei, näher an den Lagerplatz heran. Hinter dieser folgten noch ein halbes Dutzend weiterer Schatten, die sich vorantasteten. Das alles geschah so schnell, dass er keinen klaren Gedanken mehr fassen konnte. Trotzdem war er irrsinnig erleichtert, dass diese Männer nicht mehr in seinem Rücken standen und ihn auch nicht entdeckt hatten.
Er versuchte bei Verstand zu bleiben, auch wenn die Angst ihn fast wahnsinnig machte. Am liebsten wäre er weggerannt. Aber zu Fuß durch den Wald laufen, zudem bei Nacht, war keine gute Idee. Diese Männer schienen sich im Wald eindeutig besser zurechtzufinden als er. Sie würden ihn aufspüren und töten. Da war er sich sicher. Zudem waren sie gute dreißig Meilen von der nächsten Stadt entfernt. Viel zu weit, um es zurück zu schaffen, mit so vielen Verfolgern im Nacken.
Reiß dich zusammen, rief er sich zur Ordnung. Noch immer schlug sein Herz viel zu schnell. Aber wenigstens konnte er allmählich wieder klar denken. Die Schockstarre fiel von ihm ab. Ein kurzer Blick verriet ihm, dass es um die zwanzig Gestalten waren, die das Lager eingekreist hatten. Zu rufen wagte er nicht mehr. Doch dann fiel ihm etwas anderes ein. Er bückte sich und tastete nach einem Stein. Er fand keinen. Dafür aber ein Stück Holz. Ohne weiter darüber nachzudenken, warf er das Holzstück in hohem Bogen ins Lager. Der Aufprall war bis zu ihm zu hören. Einer der Knechte fuhr auf und sah sich erschreckt um.
„He! Was soll das?“
Dann erkannte er die vielen Gestalten und verstummte vor Schreck.
Die Räuberbande hatte ein Menge Erfahrung mit Überfällen in der Dunkelheit. Sie wussten, dass sie ihren Opfern keine Zeit geben durften, um zur Besinnung zu kommen. Von allen Seiten fielen sie über die zumeist noch Schlafenden her und stachen sie hinterrücks ab. Der Knecht wimmerte noch um Gnade. Doch als ihm einer der

Angreifer ein Stück blanken Stahl in die Brust bohrte, brach sein Flehen ab.
„Ich habe doch gesagt, das hier wird ein Kinderspiel“, rief einer der Männer fröhlich aus.
Nun, da ihr Überfall geglückt war, hatten sie keinen Grund mehr leise zu sein.
„Die Kerle haben zwei Fuhrwerke“, rief ein weiterer in die Nacht.
„Das sind Kaufleute. Die müssen eine Menge Geld bei sich haben. Bestimmt wollten sie davon Waren kaufen. Mit ein bisschen Glück haben wir die nächsten Monate ordentlich was zu beißen.“
Jubelschreie erklangen.
„Ist jemand verletzt worden?“, fragte eine raue Stimme.
„Mich hat es erwischt. Dieser Kerl hat so wild mit seinem Schwert herumgefuchtelt, dass er mich am Arm getroffen hat. Es blutet ziemlich doll.“
„Hör auf zu jammern und lass dich verbinden. Zwei der Kerle trugen Schwerter. Sie waren wohl was Besseres. Genützt hat es ihnen jedenfalls nichts.“
Mehrere Stimmen redeten wild durcheinander.
„Ich kann es kaum erwarten, bis es endlich hell wird. Ich habe mir im Wald beinahe den Schädel an einem Baum eingerannt. Außerdem können wir bei Tagesanbruch endlich sehen, wie hoch die Beute ausfällt.“
Zwei Männer tuschelten dicht neben dem Anführer. Der eine wollte erneut auf etwas hinweisen, doch sein Kumpan wies ihn zum wiederholten Male ab.
Die stämmige Gestalt des Anführers richtete sich kerzengerade auf. „Was gibt es, Rolf? Ihr zankt euch wie Gänse. Wenn es uns alle angeht, sprecht lauter. Ansonsten haltet gefälligst die Schnauze.“
„Steffen hat Gespenster gesehen“, brummte dieser übellaunig.
„Habe ich nicht“, verteidigte sich eine helle Stimme. „Aber der Holzknüppel dort zwischen den Toten ist über unsere Köpfe hinweggeflogen. Ich habe es gegen den helleren Himmel gesehen und auch den Aufprall gehört.“
„Bist du schon wieder betrunken?“, fragte einer seiner Kumpane. „Warum sollte denn hier jemand mit Ästen schmeißen? Das ergibt doch überhaupt keinen Sinn.“
Marcel, der Anführer dieser Räuberbande, rieb sich nachdenklich die Stirn. Irgendwie kam ihm das Ganze nicht geheuer vor. Übersah er hier etwas?

„Wie viele Reisende haben wir erschlagen?“
Seine Männer suchten das Lager ab.
„Sechs Mann. Sie sind alle mausetot. Wir haben es noch einmal überprüft.“
Die Stimme des Anführers klang rau und gefährlich, als er sich zu Wort meldete.
„Es gibt aber sieben Schlafplätze, wenn ich das richtig sehe. Das dort vorn ist doch eine Decke, oder? Da lag auch jemand. Der Platz ist leer. Wo also ist er hin?“
Steffen meldete sich trotzig aus der Dunkelheit.
„Ich habe es euch gesagt. Aber mir wollte ja niemand glauben.“
Eine überhebliche Stimme erklang.
„Das ist nur ein Mann. Der stolpert jetzt bestimmt voller Todesangst durch die Nacht. Wie soll der uns gefährlich werden? Lasst ihn doch laufen, sag ich.“
„Halt dein dummes Maul, Rupert“, rief Marcel lauthals durch die Nacht.
Sogleich herrschte Totenstille.
„Du bist zu dämlich um zu erkennen, dass uns hier Gefahr droht. Jagt diesen Kerl und tötet ihn. Wir können niemanden gebrauchen, der in der nächsten Stadt Anklage gegen uns erhebt. Dann rücken irgendwann Soldaten aus und kommen uns auf die Schliche. Wir müssen im Geheimen zuschlagen und wieder in den Wäldern verschwinden. Auf einen offenen Kampf mit der Obrigkeit dürfen wir uns nicht einlassen.“
„Wo sollen wir ihn suchen?“, fragte eine eifrige Stimme.
„Der ist nicht weit gekommen“, brummte Marcel, der sich wieder etwas beruhigt hatte. „Bestimmt ist er ganz in der Nähe und beobachtet uns noch. Anderenfalls wären wir längst über ihn gestolpert und hätten ihn gehört. Also bleibt dicht beieinander und durchkämmt den Waldrand. Dann werdet ihr ihn schon aufscheuchen. Wer ihn fängt, darf sich aus der gesamten Beute bei Tagesanbruch zwei Dinge aussuchen, die ihm gefallen.“
Johlende Pfiffe brachen los. Das gefiel den Männern.
„Ich will neue Stiefel“, brummte einer, während ein weiterer hastig in Richtung Waldrand loslief.
„Nicht wenn ich ihn vor dir zu fassen kriege. Außerdem will ich eines der Schwerter für mich haben.“
Die Gier der Räuber war geweckt. Sie schwärmten aus und durchkämmten die Wildnis. In der Dunkelheit war das ein

schwieriges Unterfangen. Doch sie waren in den Wäldern zuhause und wussten genau, wie man flüchtiges Wild aufschreckte.

Heiko hatte die Worte der Räuber mit wachsender Besorgnis verfolgt. Als der Anführer die richtigen Schlüsse zog und seine Decke bemerkte, stöhnte er leise auf. Hätte er doch nur die Decke auf einen der Karren geworfen. Dann wären die Räuber niemals darauf gestoßen, dass es noch einen weiteren Reisenden gab. Erneut kam es ihm vor, als griffe eine eiskalte Hand nach seinem Herz. Obwohl die Nacht kühl war, begann er zu schwitzen.
Ich muss hier weg, hämmerte nur ein einziger Gedanke durch seinen Schädel. Er wusste, dass die Jagd auf ihn sogleich eröffnet wurde. Diese Bande würde ihn ohne zu zögern aus dem Weg räumen. Gleichgültig, wie sehr er um sein Leben betteln würde.
Er machte sich Vorwürfe, dass es ihm nicht gelungen war, das Leben seiner Gefährten zu retten. Das waren allesamt gute Männer gewesen, mit denen er gern die nächsten Tage verbracht hätte. Er gab sich die Schuld an ihrem Tod. Bestimmt wäre ihm noch etwas eingefallen, um sie zu retten. Wenn er doch nur mehr Zeit gehabt hätte. Aber Vorwürfe halfen ihm jetzt nicht weiter. Und wenn er nicht sofort tiefer in den Wald hinein floh, brauchte er sich auch nie wieder um etwas Gedanken machen. Dann teilte er das Schicksal seiner Reisegefährten.
Er schüttelte die bleierne Schwere ab, die ihn erfasst hatte. Es war schwer, seine verkrampften Hände von dem Baumstamm zu lösen. Ganz langsam zog er sich zurück. Erst einen Schritt. Dann noch einen. Vorsichtig tastete er umher, um nicht auf einen trockenen Ast zu treten und sich dadurch zu verraten. Viel zu langsam kam er vorwärts. Es konnte nicht mehr lange dauern, bis im Osten ein fahles Licht zu sehen war. Dann war er so leicht zu fangen, wie ein Kaninchen, welches sich in einem kleinen Garten verirrt hatte.
Trotz stieg in ihm auf. Er wollte noch nicht sterben. Seine Hand tastete nach dem Hammer, der beruhigend schwer an seiner Seite hing. So leicht wollte er es diesen Mördern nicht machen, nahm er sich vor.
Es gelang ihm, sich langsam weiter ins Dickicht zurückzuziehen. Schon fühlte er sich ein wenig sicherer und traute sich auch wieder tiefer zu atmen. Doch dann drangen von rechts Geräusche zu ihm herüber. Diese Kerle waren schlau. Sie hatten sich in Zweiertrupps aufgeteilt und zogen Kreise um das Lager. Jeder von ihnen wurde

angetrieben von der Aussicht auf Beute. Als auch von links Stimmen zu hören waren, ließ er sich zwischen Buschwerk niedersinken. Es mussten niedrige Farne sein, vermutete er. Er verbarg sich in dem kniehohen Bewuchs und verschmolz mit dem Untergrund. Solange es dunkel genug war, hatte er hier wenig zu befürchten. Es musste schon mit dem Teufel zugehen, wenn sie ihn hier aufstöberten. Er musste nur die Ruhe bewahren.
Als wenn das so leicht wäre!
Sein Atem rasselte so laut, dass er glaubte diese Mörderbande würde ihn bis ins Lager hören können. Sein ganzer Körper vibrierte vor Anspannung. Am liebsten wäre er aufgesprungen und so schnell gelaufen, wie er nur konnte. Aber irgendetwas sagte ihm, dass dies die falsche Entscheidung wäre.
Es war unglaublich anstrengend, einfach auf den Boden gepresst liegenzubleiben. Die Rufe näherten sich. Unerbittlich zogen seine Häscher ihr Netz näher.
„Hier drüben ist nichts“, rief eine Stimme, der man die Enttäuschung anhörte.
„Er muss bei euch da drüben sein“, erwiderte die Stimme des Anführers. „Bestimmt ist er vor Angst tiefer in den Wald geflüchtet.“
Wäre ich gern, dachte Heiko. Aber dann hättet ihr mich längst gehört und mich gejagt, bis ich atemlos zusammenbreche.
Direkt vor sich vernahm er Schritte. Sie waren auf dem Waldboden merkwürdig gedämpft und kaum zu hören. Hier wusste jemand genau, wie er sich zu bewegen hatte, ohne gehört zu werden. Heiko schloss die Augen und drückte sich noch dichter an den Waldboden. Er spürte, wie die Nässe durch seine Kleidung drang. Sein Herz pochte wie verrückt und er wagte kaum zu atmen. Geh weiter, flehte er lautlos.
Der Kerl vor ihm ragte wie ein Baum in die Höhe. Hörbar sog er die Luft ein, als wollte er sein Wild wittern.
„Er ist hier irgendwo“, raunte er seinem Gefährten zu. „Ich spüre das.“
„Weiter“, war alles, was sein Kumpan erwiderte.
Heiko hatte den zweiten Mann nicht einmal gehört. Diese Kerle machten ihm eine Heidenangst. Er wartete ab, bis sich die kaum hörbaren Schritte entfernt hatten. Dann wartete er noch einhundert Herzschläge lang ab, bevor er sich langsam in die Hocke aufrappelte. Hier zwischen den Bäumen war es stockfinster. Er

hatte Angst, dass er gegen einen Baum rannte, wenn er loslief. Vorsichtig erhob er sich, streckte die Hände aus und ging los. Sein Knie knackte vernehmlich, als er die ersten Schritte lief. Bestimmt hatte er zu lange in dieser unbequemen Haltung verharrt. Er zuckte zusammen und stand still, bis er sich sicher war, nicht gehört worden zu sein.
Schweiß lief ihm übers Gesicht. Er versuchte ihn wegzublinzeln. Doch das gelang nicht recht, so dass es in seinem linken Auge zu brennen begann. Als von links Geräusche näherkamen, ließ er sich erneut zu Boden fallen. Das war schon einmal gutgegangen. Vielleicht hatte er ja wieder Glück. Irgendwann mussten diese Kerle die Jagd doch mal aufgeben.
Hier war etwas hohes Gras und einzelne Büsche. Das sollte als Deckung reichen, um unsichtbar zu bleiben.
Schnelle Schritte näherten sich. Diese beiden Männer bewegten sich lautlos und sprachen nicht. Es sollte sie nichts von der Jagd ablenken. Der erste Mann kam so dicht an ihm vorbei, dass er hörte, wie dieser einen Busch streifte. Der Geruch des Mannes stieg ihm in die Nase. Er roch Blut. Ein schwerer, metallischer Geruch, der ihn fast zum Würgen brachte. Diese Kerle waren gefährlich. Bestimmt hatten sie seine schlafenden Kameraden ermordet und trugen noch deren Blut an ihrer Kleidung.
Der erste Mann lief an ihm vorbei. Dicht dahinter folgte der zweite Mann nach. Dieser ging etwas versetzt. Heiko presste sich an den Boden und hoffte auf sein Glück. Dann spürte er, wie sich der Stiefel des Mannes auf seine linke Hand stellte.
„Was war das denn?“, raunte der Kerl und beugte sich, um die Gräser mit seinen Händen zu durchstreifen.
„Was hast du?“, fragte sein Kumpan, der sogleich stehengeblieben war.
„Bin auf was getreten. Fühlte sich komisch an.“
Er ließ sich auf die Knie nieder und tastete mit den Händen den Boden ab.
Heiko schob sich auf den Knien weiter nach hinten, um aus der Reichweite des Kerls zu kommen. Doch er war nicht schnell genug. Er fühlte, wie eine Hand über seinen Kopf fuhr.
„Hier ist einer!“, rief der Kerl und versuchte ein Messer aus seinem Gürtel zu ziehen.
Heikos Verstand setzte aus. Sein schlimmster Albtraum war soeben wahrgeworden. Ohne darüber nachzudenken sprang er auf, zog

seinen Hammer und ließ das schwere Werkzeug kraftvoll niederfahren. Er traf den Kerl an der Schulter. Ein lautes Knacken ertönte, als ein Knochen brach. Der Getroffene stieß einen Schmerzensschrei aus. Die Hand mit dem Messer fiel kraftlos herab. Heiko stieß ihn von sich und lief los. Er entfernte sich in großen Sätzen. Die Bäume tauchten nur schemenhaft vor ihm auf. Einmal prallte er mit der Schulter aus vollem Lauf dagegen und wurde beinahe umgerissen. Die Schmerzen waren furchtbar. Doch seine Todesangst war größer und half ihm dabei, alles andere auszublenden. Er lief weiter, während all seine Sinne hellwach waren.

Wo war der zweite Kerl abgeblieben? Er hörte nur den Kerl, den er mit dem Hammer getroffen hatte. Dieser schrie wütend durch die Nacht. Doch seine Stimme klang schmerzverzerrt. Von dem hatte er nichts zu befürchten.

Als er langsamer wurde und seinen Atem kontrollierte, lauschte er hinter sich. Hatte er seine Verfolger vielleicht schon abgeschüttelt? Erst hörte er nichts und schnaufte beruhigt durch. Seine Knie zitterten. Er musste sich wieder in den Griff bekommen, wenn er am Leben bleiben wollte. In langsamerem Tempo hastete er weiter, bemüht, so viel Abstand wie nur möglich zwischen sich und diese Wegelagerer zu bringen.

Dann hörte er ihn. Der zweite Mann hatte nicht aufgegeben, wie Heiko insgeheim gehofft hatte. Wie ein Bluthund hatte er Witterung aufgenommen und ließ sich nicht abschütteln. Wie machte der Kerl das, fragte sich Heiko? Zwar war im Osten der beginnende Tag schon zu erahnen. Doch hier zwischen den Bäumen war es noch immer so dunkel, dass er die Umrisse der Bäume oft erst im letzten Moment erahnen konnte.

Heiko lief schneller. Er streifte Büsche, rammte Bäume und gab doch nicht auf. Zwei Rehe schreckten vor ihm auf und rannten so dicht an ihm vorbei, dass sie ihn beinahe gestreift hätten. Zweige peitschten ihm ins Gesicht. Ein Ast bohrte sich schmerzhaft in seine Rippen. Allmählich wurden seine Beine schwer. Erneut wurde er langsamer. Als er es wagte sich umzudrehen und hinter sich zu horchen, stieg Hoffnung in ihm auf. Das musste doch gereicht haben, um seinen ärgsten Verfolger abzuschütteln. Oder? Ein gedämpfter Laut ließ seine Hoffnung ersterben. Diesen Kerl wurde er einfach nicht los. Was soll ich nur tun, fragte er sich? Davonlaufen kann ich ihm nicht. Er ist der Jäger und ich bin das

Wild, das an Kraft verliert und immer langsamer wird. Er spürte das Gewicht des Hammers an seiner Seite. Noch einige schnelle Schritte, dann hatte er sich zu einem Entschluss durchgerungen. Wenn er schon sterben sollte, dann nicht ohne Kampf. Er würde sich nicht hilflos abschlachten lassen, wie seine Gefährten.
Wut stieg in ihm auf. Er zog den Hammer aus der Schlaufe und ließ sich hinter einem wuchtigen Baum auf die Knie nieder. Sein Atem ging viel zu schnell und er versuchte sich zu beruhigen. Nach einiger Zeit gelang es ihm. Seine Augen versuchten das Dunkel vor ihm zu durchdringen. Doch sie waren ihm kaum eine Hilfe. Hier kam es auf die Ohren und den Instinkt an. Kurzentschlossen schloss er die Augen und senkte den Kopf.
Da war etwas!
Er vernahm gedämpfte Schritte, die sich ihm leichtfüßig näherten. Der Kerl wurde einfach nicht müde. Jetzt war er dicht vor ihm. Der Schritt verharrte kurz. Heiko wagte kaum zu atmen. Dann hörte er, wie ein Stiefel auf dem weichen Waldboden aufsetzte. Der Kerl bewegte sich weiter voran. Heiko kam hinter dem Baum hervor und warf sich in seiner gebückten Haltung nach vorn.
Sein Verfolger witterte die Gefahr. Er hielt eine lange Klinge in den Händen. Das Eisen blitzte in der Nacht auf. Schwungvoll stieß er die Klinge nach vorn. Doch da war niemand. Heiko schlug mit seinem Hammer von der Seite auf Kniehöhe zu. Er traf das rechte Knie und vernahm ein knirschendes Geräusch.
Der Kerl verlor seine Klinge und brach zusammen. Gleich darauf wand er sich vor Schmerzen am Boden.
„Bastard“, zischte er keuchend.
Dann rappelte er sich auf und wollte um Hilfe schreien. Schon hatte er den Mund weit aufgerissen, da fiel Heiko erneut über ihn her. Sein schwerer Hammer schwang herab und traf ihn seitlich am Kopf. Der dumpfe Laut klang schauderhaft. Ein Zittern durchlief den Körper seines Verfolgers. Dann fiel dieser seitlich um und rührte sich nicht mehr.
Hatte er ihn getötet? Totgeschlagen wie einen Hund? Heiko wollte nicht darüber nachdenken. Er wusste nur, dass er selbst des Todes gewesen wäre, wenn es dem Kerl gelungen wäre seine Kumpane auf seine Fährte zu locken.
Blut lief warm am Stiel des Hammers entlang und benetzte Heikos Hand. Am liebsten hätte er diesen fallenlassen. Doch es war sein Hammer. Er liebte dieses Werkzeug. Jetzt hatte es ihm das Leben

gerettet. Er würde sich unter keinen Umständen davon trennen. Seine Hand zitterte leicht, als er seinen Hammer an der Kleidung des Mannes trockenwischte. Dann befestigte er diesen wieder an der Schlaufe an seinem Gürtel. Noch ein letzter prüfender Blick zurück, bevor er tief durchatmete. Diese Mörderbande würde nicht so schnell von ihm ablassen, befürchtete er. Und wenn sie diesen Kerl fanden, würden sie wissen, in welche Richtung er geflüchtet war. Das brachte ihn auf eine Idee. Er packte den Kerl unter den Schultern und zerrte ihn ein Stück mit sich, wo das Unterholz am dichtesten war. Dort ließ er den Körper liegen. Es war zu dunkel, um diese Stelle zu tarnen. Aber vielleicht hatte er ja Glück. Dann lief er weiter. Allerdings änderte er seine Fluchtrichtung, damit die Verfolger seine Spur verloren. Jetzt hielt er sich mehr nach Osten, dem beginnenden Morgen entgegen. Er würde erst Halt machen, wenn er genügend Abstand zwischen sich und seinen Verfolgern gewonnen hatte. Dann würde er sich einen Unterschlupf suchen und versuchen ein wenig zu schlafen, denn er war hundemüde. Es erschien ihm das Beste zu sein, aus einem sicheren Versteck heraus abzuwarten, ob sie ihn noch jagten.

Torben hatte an diesem sonnigen Tag so viel Staub geschluckt, dass seine Kehle ganz ausgedörrt war. Seit Sonnenaufbruch saßen sie nun schon bis auf eine kleine Unterbrechung im Sattel. Sie waren gut vorangekommen und selbst Heinrich war zufrieden. Torben hatte keine Ahnung, wie der Mann in seinem hohen Alter jeden Tag solche Strapazen bewältigen konnte. Er selbst spürte jeden Knochen im Körper und konnte es kaum abwarten, endlich abzusitzen und sich lang auszustrecken.
Don lief noch immer neben ihnen her, als könnte er das Ganze stundenlang durchhalten. Dieses Leben war wie gemacht für ihn. Manchmal verschwand er längere Zeit in den Wäldern. Dann jagte er und kam erst zurück, wenn er Beute gemacht hatte.
Die Männer hatten sich schnell daran gewöhnt, dass ein echter Wolf zu ihrer Begleitung zählte. Nur anfassen durften sie ihn nicht. Wer es trotzdem versuchte, wurde mit einem drohenden Knurren empfangen, woraufhin jedermann eilig seine Hand zurückzog.
Als Heinrich endlich einen Lagerplatz fand, den er guthieß, rutschte Torben stöhnend vom Pferd. Doch noch konnte er sich nicht ausruhen. Längst hatten sie verinnerlicht, dass zuerst die Pferde an die Reihe kamen. Dann musste Feuerholz gesammelt

werden. Erst dann konnten sie sich um das Feuer versammeln und die schmerzenden Glieder ausstrecken.
„Gegen eine gutgepolsterte Strohmatratze hätte ich nun wirklich nichts einzuwenden“, murmelte Sigurd leise.
Heinrich hatte ihn gehört und verzog das Gesicht zu einem höhnischen Lächeln.
„Ist es den Herren Kaufleuten bei uns nicht bequem genug? Ich dachte, ihr hättet euch allmählich an ein solches Leben gewöhnt. In eurem Alter habe ich wochenlang kein festes Dach über dem Kopf gehabt. Aber ich muss sagen, dass ihr euch bisher gut gehalten habt. Turan räusperte sich.
„Die letzte Herberge, in die wir vor vier Tagen eingekehrt sind, war aber auch erbärmlich gewesen. Die Zimmer waren voller Ungeziefer. Zwar hatten wir ein Dach über dem Kopf, aber dazu noch eine Menge Flohbisse. Und auf die kann ich gern verzichten. Da schlafe ich lieber unter freiem Himmel.“
Torben stimmte ihm kräftig nickend zu.
„Wir haben gutes Wetter. Da ist es schön, den weiten Himmel über sich zu haben. So etwas kennen wir aus der Stadt nicht. Und die Luft ist hier auch viel besser.“
Sigurd lächelte zufrieden.
„Und Hunger mussten wir bisher nie leiden. Da hätte es uns schlimmer treffen können.“
Die Söldner stimmten gutmütig zu. Sie schätzten die Nächte im Freien. In Norditalien lagerten sie oft das ganze Jahr vor den Toren einer verbündeten Stadt. Zwar waren die Tavernen und Freudenhäuser innerhalb der Mauern nicht zu verachten. Doch die Enge der Stadt war nicht jedermanns Sache.
Als die Dämmerung einsetzte, hing ein junger Rehbock über dem Feuer. Der Braten ließ den Männern das Wasser im Mund zusammenlaufen.
„Ihr habt euer Können einmal mehr unter Beweis gestellt“, lobte Tilo die beiden Waliser.
Die Bogenschützen nahmen das Kompliment reglos entgegen. Für sie war ihr Jagderfolg nichts Besonderes gewesen.
Am frühen Nachmittag hatte sich ein junger Rehbock aus dem Wald gewagt. Er hatte den Kopf in die Höhe gereckt und Witterung aufgenommen. Doch Heinrich und seine Gefolgsleute standen gegen den Wind, so dass sie nicht bemerkt wurden. Sogleich glitten die Waliser von ihren Pferden und pirschten sich

etwas näher heran.
Sie hakten die Sehnen ihres Langbogen ein und zogen zwei Pfeile aus ihrem Köcher. Einen legten sie sogleich auf die Sehne, während sie den zweiten zwischen die Zähne nahmen.
„Ich wette, dass sie den zweiten Pfeil nicht brauchen“, flüsterte Turan Torben zu, der neben ihm ritt. Doch zu einer Wette kam es nicht, denn Torben war nicht verrückt genug, gegen die Waliser zu setzen.
Gespannt verfolgten die Männer, wie die beiden Waliser sich aus ihrer gebückten Haltung aufrichteten.
„Das sind mindestens hundertzwanzig Schritte“, raunte Arnold aufgeregt. „Auf diese Entfernung würde ich wahrscheinlich nicht einmal eine Scheune treffen. Falls mein Pfeil überhaupt so weit fliegen würde.“
Das Jagdfieber hatte sie gepackt. Gemeinsam verfolgten sie, wie die Waliser ihren Bogen spannten und die Sehne mit einer gleichmäßigen Bewegung bis zu ihrem rechten Ohr zogen. Es sah so leicht aus. Dabei wussten sie genau, wie schwer dies war. Schließlich hatten sie es in den letzten Tagen alle einmal ausprobiert. Nur die Stärksten hatten es geschafft. Doch dabei hatten ihnen die Arme so sehr gezittert, dass sie dabei unmöglich auch noch ruhig zielen konnten. Es war ihnen ein Rätsel, wie diese Waliser das fertigbrachten.
Als die Bogenschützen ihre Sehnen lösten, jagten die Pfeile so schnell dahin, dass ihnen das Auge kaum zu folgen vermochte. Der Rehbock spielte mit den Ohren. Er schien der Ruhe nicht zu trauen. Doch bevor er sich mit einem schnellen Sprung zurück ins Dickicht in Sicherheit bringen konnte, trafen ihn beide Pfeile beinahe im gleichen Moment. Das Tier wurde niedergerissen und war auf der Stelle tot.
„Blattschuss“, kommentierte Heinrich mit einem anerkennenden Nicken. „Beide Pfeile sitzen kaum zwei Finger breit nebeneinander.“
Torben blinzelte aufgeregt. Hätte er das nicht mit eigenen Augen gesehen, hätte er diese Leistung kaum für möglich gehalten.
Auf diese Weise lernte er drei Dinge:
Heinrich hatte verdammt scharfe Augen, dass er das auf diese Entfernung feststellen konnte. Die Waliser bewiesen mit jedem Tag mehr, dass sie ihren Sold wert waren. Und ihre Gruppe musste sich um ihre Versorgung keine großen Sorgen machen. Denn schon in

den letzten Tagen hatten die beiden Schützen regelmäßig für einen üppig gedeckten Tisch gesorgt. Sie bedachten die Waliser mit anerkennenden Blicken und sparten nicht mit Lob, als diese mit der Jagdbeute zurückkehrten.
Die Waliser hatten eine Menge Erfahrung. Sie hatten den Rehbock aufgebrochen und die Innereien Don hingeworfen, der das Blut gewittert hatte und schon unruhig vor Torben auf und ablief. Blitzschnell vertilgte er den Leckerbissen und leckte sich dann das Blut von der Schnauze.
Torben verdrängte die Erinnerung an den Jagderfolg und sah hungrig dabei zu, wie der Braten allmählich eine herrliche Bräune annahm. Die Waliser wussten, was sie taten. Tilo steuerte einige einheimische Gewürze bei, die er in einem Beutel mit sich herumtrug. Torbens Magen grummelte voller Vorfreude. Der lange Ritt hatte die Männer hungrig gemacht.
Schon bald schnitt sich jeder ein großes Stück Fleisch aus dem Braten und machte sich darüber her. Dazu gab es drei Tage altes Brot. Aber, was viel wichtiger war, auch guten Wein, an dem es Heinrich nur selten mangeln ließ.
„Was waren das eigentlich für Reiter, die gestern Nachmittag unseren Weg kreuzten?“, fragte Turan in die Runde.
Die meisten Söldner zuckten ratlos mit den Schultern. Doch Sigurd bequemte sich zu einer Erklärung.
„Das sind Männer des Marktgrafen gewesen. Ich glaube, hier regiert Friedrich III., Marktgraf von Meißen und Landgraf von Thüringen. Er wird auch Der Streitbare genannt.“
Heinrich lächelte mokant.
„Mit dem würden wir uns sicher prächtig verstehen.“
Sigurd verzog das Gesicht.
„Davon bin ich überzeugt. Aber ich denke, wir werden nichts mehr von ihnen hören. Denn wir haben brav ihren Wegezoll bezahlt. Und nur darauf kam es ihnen an.“
Heinrich verzog bei der Erinnerung an die üppige Zollgebühr das Gesicht.
„Diese Blutsauger treiben so hohe Zölle ein, dass ich mir allmählich arm vorkomme. Die nehmen jeden Reisenden und vor allem die Händler ja aus wie eine Weihnachtsgans. Dabei durchreist man nur deren Gebiet. Und die Wege sind nun wirklich keine Kupfermünze wert.“
„Das grenzt an Wucher“, stimmte Sigurd zu. „Zumal diesen

Wegegeldeintreibern nicht zu trauen ist. Oftmals ist die Höhe des Wegegeldes nirgends festgeschrieben worden. Damit ist der Übergang vom Einkassieren der Gebühr zum Raub fließend. Wieviel davon tatsächlich der Landesherr sieht, ist nicht festgelegt. Die meisten Eintreiber bestimmen die Höhe selbst. Natürlich arbeiten sie dann in die eigene Tasche und versuchen für sich etwas herauszuschlagen. Da ist es kein Wunder, dass die Waren aus dem Süden mit jedem Tagesritt gen Norden im Preis steigen."
Torben warf Don einen Knochen zu, an dem er etwas Fleisch übriggelassen hatte. Dann wischte er sich die fettigen Hände im Gras ab.
„Am Straßenzwang kommen wir aber nicht vorbei", rief er ihnen in Erinnerung. „Ihr habt die Meilensteine gesehen und auch die Wegweiser, die die vorgeschriebenen Straßen kennzeichnen. Sobald wir auf verbotene Wege ausweichen, haben wir die berittenen Streifen im Nacken, die uns wie Jagdhunde aufzustöbern versuchen. Das sind zwar oft nicht genug, um alle Wege zu kontrollieren. Aber diesen Ärger will man sich sicher gern ersparen. Einige Adlige haben sogar Hohlwege unpassierbar gemacht, um die Reisenden zu zwingen, auf ihren Wegen zu bleiben. Erst gestern sind wir an einer solchen Stelle vorbeigekommen."
Heinrich nickte ärgerlich.
„Ich habe es gesehen. Da haben sie sich die Mühe gemacht, Gräben und Wälle anzulegen, damit niemand in den Hohlweg einbiegt. Sie sind schon schlau, diese Geldeintreiber."
„Wieviel hat eigentlich das Passieren der Brücke gekostet, die wir vor drei Tagen passiert haben?", fragte Torben neugierig nach.
Heinrich schnaufte schwer.
„Sieben Pfennig pro Mann. Ich sage ja, ich werde arm, noch bevor wir die Alpen überquert haben. Mich hat nur gewundert, dass wir für deinen Wolf nicht auch noch etwas zahlen mussten. Zuzutrauen wäre es diesen Blutsaugern."
Torben lächelte amüsiert. Solange der Graf schimpfte, war alles bestens. Soviel wusste er längst. Als Söldneranführer nahm er lieber Geld ein, als dass er es ausgab. Seine Männer hatten den Kaufleuten längst zu verstehen gegeben, dass sie auf solche Schimpfereien nichts geben sollten. Heinrich musste sich nur mal ordentlich Luft machen, dann ging es wieder.
Torben legte den Kopf in den Nacken und starrte zum Himmel empor. So viele Sterne hatte er in Lübeck noch nie gesehen. Das

Herumreisen gefiel ihm. Morgens nicht zu wissen, wo er am Abend sein Haupt betten würde, verlieh ihm ein Gefühl von Freiheit. Noch heute beglückwünschte er sich dafür, dass sie auf Heinrich und seine Söldner gestoßen waren und die Reise zusammen antraten. Das machte vieles leichter und vor allem sicherer.
Mit einem Ohr lauschte er, wie Tilo und Arnold darüber stritten, wer auf der Hochzeit der Tochter des Grafen wen unter den Tisch getrunken hatte. Er mochte beide und es war ihm ziemlich egal. Gerade wollte er wieder den Blick gen Himmel heben, als ihm eine Veränderung in Dons Verhalten auffiel.
Dieser hatte sich erhoben. Das war nicht weiter ungewöhnlich. Don war ein Freigeist und lief herum, wie es ihm gefiel. Doch jetzt war sein Gang steifbeinig geworden. Seine Lefzen kräuselten sich kaum sichtbar. Dann kam er zu Torben und stupste ihn mit der Schnauze an. Torben brauchte nicht mehr zu sehen, um zu wissen, dass Don etwas entdeckt hatte. Er wusste, dass Don sich nicht durch lautes Knurren verraten würde. Der Wolf griff ohne Vorwarnung an.
Den übrigen Männern blieb Dons Verhalten verborgen. Einzig Rupert und Hanno bedachten ihn mit einem schweren Blick. Sie waren neben Tilo die Männer mit der meisten Erfahrung als Söldner. Ihnen konnte man nur schwer etwas vormachen.
Torben wartete, bis Rupert ihm in die Augen sah. Dann deutete er unauffällig auf die kleine Armbrust, die immer an Ruperts Hüfte hing. Dieser verstand, ließ sich aber nichts anmerken. Sogleich beschrieb er Hanno lautstark und raumgreifend, wie hübsch doch die Bedienung im letzten Gasthof gewesen war, bei dem sie eingekehrt waren. Die beiden lachten dröhnend. Obwohl sie beide wussten, dass die Bedienung die Frau des Betreibers gewesen und ein zänkisches und unansehnliches Weib gewesen war.
Hanno wusste sogleich, dass etwas nicht stimmte. Als langjähriger Söldner war ihm das Verhalten seines Kameraden Warnung genug. Wenn man sich jahrelang in Gefahr begab, entwickelte man entweder einen Sinn dafür. Oder man starb eines gewaltsamen Todes.
Auch Heinrich hatte sogleich registriert, dass etwas in der Luft lag. Er ließ sich nichts anmerken, aber seine Augen streifen wie zufällig über den Waldrand.
Während Hanno mit weitausholenden Bewegungen Holz ins Feuer warf, lud Rupert unauffällig seine Armbrust und gab auch zwei

weiteren seiner Kameraden zu verstehen, dass vielleicht Gefahr im Verzug war.
Währenddessen hatte Torben sich erhoben und Don über den Kopf gestreichelt.
„Komm mit, Don, alter Junge“, rief er gutgelaunt. „Wir werden uns noch ein wenig die Beine vertreten.“
Don folgte seinem Herrn. Seite an Seite verschwanden sie in der Dunkelheit.
Torben wusste, dass ihnen keine unmittelbare Gefahr drohte. Wenn mehrere Gestalten den Versuch unternommen hätten, sich an sie heranzuschleichen, hätte Don sich wie toll gebärdet.
„Wo will er hin?“, fragte Tilo. „Hat er noch nicht genug von fünfundzwanzig Meilen im Sattel?“
„Vielleicht hat er sich den Hintern wundgeritten und kann nicht mehr sitzen?“, mutmaßte Arnold. Doch sein Blick war zweifelnd. Sie beobachteten ihre Kameraden, die sich nichts anmerken ließen. Aber die Stimmung hatte sich spürbar verändert.
Heinrich begann wortreich über die vor ihnen liegende Wegstrecke zu sprechen. Spätestens da wurde auch der letzte Mann hellhörig. Denn Heinrich war kein Mann, der über Nebensächlichkeiten viele Worte verlor. Er und die drei Männer, die ihm auf dem Rückweg von Norditalien begleitet hatten, kannten den Weg. Aber sie würden nie so ausschweifend darüber reden. Also spielten sie mit und zogen die Aufmerksamkeit eines unsichtbaren Beobachters auf sich.
Torben hatte sich in die entgegengesetzte Richtung begeben. Sobald er außer Sicht war, ließ er sich zu Boden sinken und huschte in einem großen Bogen zum gegenüberliegenden Waldrand zurück. Seine Sinne waren aufs Äußerste konzentriert. Don jagte neben ihm her. Ein lautloser Schatten in der Nacht. Torben wusste, dass Don ihn ganz nah an ihren ungebetenen Besuch heranbringen würde. Dann würde Torben schnell feststellen, ob er doch besser die Unterstützung der Söldner in Anspruch nahm.
Don lief jetzt einige Schritte voraus. Gerade dicht genug, so dass Torben ihn in der Dunkelheit noch sehen konnte. Als sie in einem weiten Halbkreis zurückkehrten und der Waldrand dunkel vor ihnen aufragte, ließ Don ihn dichter herankommen. Torben legte ihm eine Hand auf den Rücken, um den Kontakt nicht mehr abreißen zu lassen.
Wo habt ihr euch versteckt, fragte Torben sich, während er

vorsichtig zwischen den Bäumen eintauchte.

Der junge Zimmermann war die halbe Nacht auf den Beinen gewesen und hatte versucht, so viel Abstand wie nur möglich zu der Bande zu gewinnen, die seine Reisegefährten kaltblütig gemeuchelt hatte. Bei Tagesanbruch hatte er sein Tempo noch einmal beschleunigt. Er lief gen Norden, wie er am Stand der Sonne erkennen konnte. Doch eigentlich war ihm die Richtung gleichgültig. Hauptsache es gelang ihm, diese Halsabschneider abzuschütteln. Am späten Nachmittag wurde er schließlich so müde, dass es keinen Sinn mehr hatte jetzt noch weiterzulaufen. Er suchte sich ein Wäldchen abseits des Pfades und zog sich in ein dichtes Gestrüpp zurück. Unterwegs hatte mehrfach ein Bach seinen Weg gekreuzt. Daher hatte er seinen Durst stillen können. Aber zu Essen hatte er nichts gefunden. Sein Magen knurrte vernehmlich. Aber das war auszuhalten. Seine Füße schmerzten vom langen Weg. Er war sicher, dass er noch nie zuvor so lange an einem Stück gelaufen war. Er wusste schon, warum er lieber auf dem Karren Platz genommen hatte. Sogleich fiel er in einen tiefen Schlaf.
Als er irgendwann aufschreckte, schlug sein Herz wie verrückt. Hatte er tatsächlich ein Geräusch gehört oder war das nur in seinem Traum gewesen? Er erinnerte sich, dass ihn diese Bande wieder durch die Wälder gejagt hatte. Bestimmt waren sie furchtbar wütend auf ihn. Schließlich hatte er zwei ihrer Leute schwer verletzt. Den einen vielleicht sogar getötet. Aber das hatte er tun müssen, rief er sich in Erinnerung. Anderenfalls wäre er es gewesen, der nun aller Sorgen enthoben wäre. Da schlug er sich lieber mit einem knurrenden Magen herum.
Die Sonne stand bereits tief im Westen, stellte er fest. Müde rieb er sich den Schlaf aus den Augen. Sein Hunger war größer geworden. Jetzt fiel ihm ein, dass er noch ein saftiges Stück Schinken in seinem Gepäck gehabt hatte. Dieses hatte ihm sein Vater mitgegeben, damit er Kraft für die Reise hatte. Sollten diese verfluchten Kerle doch daran ersticken, wenn sie sich darüber hermachten.
Ein Lachen drang zu ihm herüber. Sofort versteifte sich sein ganzer Körper. Hatten ihn seine Verfolger entdeckt? Er saß zu tief im Unterholz, als dass er hätte sehen können, wer sich da draußen herumtrieb. Eigentlich sträubte sich alles in ihm, das sichere

Gestrüpp zu verlassen. Andererseits war er inmitten des dichten Dickichts wie blind. Er musste unbedingt wissen, zu wem diese Stimmen gehörten, die er da vernommen hatte.
Sein Magen knurrte so laut, dass er Sorge hatte, dort draußen gehört zu werden. Noch einmal zögerte er kurz. Dann stand sein Entschluss fest. Er ließ sich auf alle Viere nieder und kroch ganz vorsichtig in Richtung des Waldrands. Schon bald wurden die Stimmen lauter. Er konnte ein Feuer riechen. Wenig später zog ein Bratengeruch zu ihm herüber, der ihn beinahe wahnsinnig machte. Ihm blieb aber auch nichts erspart.
Allerdings sah er kein Feuer. Wie konnte das sein? Auf der Lichtung erkannte er schemenhaft einige Gestalten. Er war sich ziemlich sicher, dass es sich bei diesen nicht um die Bande handelte, die ihn und seine Gefährten überfallen hatten. Aber sonderlich vertrauenserweckend sahen sie auch nicht aus. Sie schienen bewaffnet zu sein und wirkten wie ein Haufen rauer Kerle, die sich vor nichts fürchteten.
Gerade wollte er abwägen, ob er sich zu erkennen geben sollte, als ein riesiger Hund vor ihm auftauchte und ihn mit gefletschten Zähnen ansah. Heiko erschrak zutiefst. Noch immer befand er sich auf allen Vieren und der Hund überragte ihn ein ganzes Stück. Aber war das überhaupt ein Hund? Wenn er genauer hinsah, hatte das Tier mehr Ähnlichkeit mit einem Wolf. Heiko wagte es nicht, sich zu rühren.
Ein scharfer Ruf hielt den Wolf zurück.
Ein Wolf, der auf das Kommando eines Menschen hört? Was geschieht hier?
„Wie viele seid ihr?“, fragte der Mann, der dem Wolf nun die Hand auf den Rücken gelegt hatte. Dieser ließ es geschehen, ließ den Lehrling aber dabei nicht aus den Augen.
Vor Schreck verschlug es ihm die Sprache. Angestrengt räusperte er sich.
„Komm da raus! Sonst lernst du uns kennen.“
An allen Gliedern bebend erhob er sich und wankte vorwärts. Einmal wäre er beinahe über eine Baumwurzel gestolpert.
Heiko stand nur noch wenige Schritte vor dem Mann mit dem Wolf. Näher heranzugehen traute er sich nicht.
„Bist du allein?“
Er nickte verängstigt.
„Was machst du da im Wald? Vor wem versteckst du dich? Erkläre

dich gefälligst. Oder ich lasse dich spüren, wie scharf die Zähne eines Wolfs sind."
Heiko streckte abwehrend die Hände vor.
„Alles, bloß das nicht", brachte er endlich hervor.
Torbens Anspannung legte sich sogleich. Dieser junge Kerl sah nun wirklich nicht so aus, als hätten sie von ihm viel zu befürchten. In beinahe gutmütigem Tonfall beruhigte Torben ihn.
„Komm mal mit zu unserem Feuer. Dort kannst du alles erklären. Dann musst du auch nicht alles zweimal erzählen."
Heiko nickte willig. Plötzlich fand er seine Lage gar nicht mehr so schlimm. Vielleicht bekam er sogar etwas von dem köstlichen Braten ab, der so unvergleichlich duftete.
Der Wolf hatte das Interesse an ihm verloren. Das Tier schien genau zu spüren, dass von ihm keine Gefahr ausging.
Als Torben mit seinem Fang zum Feuer zurückkehrte, musterten die übrigen Männer seinen Begleiter argwöhnisch. Aber dann hatten sie ihr Urteil schnell gefällt. Rupert entlud seine kleine Armbrust, während Hanno sein Schwert wieder tiefer in die Scheide schob.
„Was hast du uns denn da mitgebracht, Torben? Nachtisch?", flachste Hanno gutmütig.
„Ich bin nämlich schon recht satt. Aber wir können ihn uns ja mal ansehen."
Dann wandte er sich direkt an den unerwarteten Besuch.
„Ist es nicht ein wenig einsam, dort hinten ganz allein im Wald?"
Heiko hatte seine Angst verloren. Er glaubte nicht mehr, dass diese Männer ihm etwas zuleide tun wollten.
„Ich habe mich dort hinten im Dickicht verkrochen", gestand er mit leiser Stimme.
Heinrich musterte ihn neugierig. Dabei ließ er seinen Blick ganz langsam über den jungen Mann gleiten. Kurz blieben seine Augen am Hammer hängen, der an seiner Seite hing. Ihm fielen sogleich die dunklen Blutschlieren auf. Auch die anderen Männer rückten dichter. Dies versprach eine willkommene Abwechslung zu werden.
„Handwerker, he?"
„Zimmermann", korrigierte Heiko den Grafen.
„Du siehst aus, als hättest du eine schwere Zeit hinter dir. Erzähle uns doch, was vorgefallen ist. Das ist sicher allemal spannender, als sich die Suffgeschichten von einigen hier Anwesenden anzuhören."

Dabei streifte er Tilo und Arnold mit einem spöttischen Blick. Doch diese ließen sich nichts anmerken und winkten den jungen Kerl noch etwas näher heran, damit sie ihn besser sehen konnten. Dieser folgte dem Wink zögerlich und blieb dann inmitten der fremden Gruppe stehen. Jetzt erkannte er auch, warum er kein Feuer gesehen hatte. Sie hatten eine kleine Grube ausgehoben und darin das Feuer entfacht. Schlau von ihnen. So war der Flammenschein in der dunklen Nacht nicht meilenweit zu sehen.
„Mein Name ist Heiko“, begann er mit zittriger Stimme.
„Zimmermann aus Nürnberg. Ursprünglich wollte ich in den Harz, um mich dort in meinem Handwerk ausbilden zulassen. Dazu hatte ich mich einer Reisegruppe von sechs Kaufleuten und Bürgern angeschlossen. In der letzten Nacht hat uns eine Räuberbande überfallen. Sie ermordeten meine Gefährten und jagten mich durch die Nacht. Nur mit Gottes Hilfe bin ich ihnen entkommen.“
Heinrich schürzte die Lippen.
„Es kann nie schaden, Gott auf seiner Seite zu haben. Ich bin jedoch ziemlich sicher, dass du selbst einiges dazu beigetragen hast, dass du hier lebendig vor uns stehst.“
Er bemerkte Heikos verständnislosen Blick und deutete vielsagend auf den Hammer.
Heiko griff unwillkürlich nach dem schweren Werkzeug.
„Zwei von ihnen hätten mich beinahe zufassen gekriegt. Sie trugen Messer, so lang wie mein Unterarm. Ich habe noch das getrocknete Blut meiner Gefährten darauf gesehen. Ohne groß darüber nachzudenken habe ich mit meinem Hammer zugeschlagen. Es mag sein, dass ich einen von ihnen erschlagen habe.“
Trotz klang in seiner Stimme durch. Er hatte nichts Unrechtes getan, sondern nur sein Leben verteidigt.
„Gut gemacht!“, vertrieb Heinrich seine Zweifel.
„Bist ein mutiger Kerl. Und es war bestimmt nicht leicht, ihnen zu entkommen.“
Nachdenklich ließ er den Blick über seine Männer streifen.
„Eine Räuberbande, sagst du? Wie viele sind es, was glaubst du?“
„Ungefähr zwanzig Mann habe ich gezählt“, erwiderte er mit einer Stimme, die allmählich an Selbstvertrauen gewann.
Heinrich schmunzelte leicht.
„Du bist sogar noch dazu gekommen, sie zu zählen? Sehr gut. Nun, es ist nicht ungefährlich, durch das Gebiet einer Horde Gesetzloser zu ziehen. Allerdings hast du ja noch eine Rechnung

mit ihnen offen. Und wir wiederum schätzen es überhaupt nicht, wenn ein solches Gesindel die Straßen unsicher macht und harmlose Reisende im Schlaf erschlägt."
Seine Männer nickten zufrieden. Die letzten Wochen waren doch sehr eintönig verlaufen. Arnold und Tilo strichen beinahe liebevoll über ihr Schwert.
Heiko riss die Augen auf.
„Ihr wollt euch freiwillig in Gefahr begeben?"
Seine Stimme klang ungläubig.
„Einer muss es tun, mein Junge", erwiderte Rupert gelassen. „Und wenn der Landesherr nicht durchgreift, sind wir es, die hier für Ordnung sorgen. Schließlich müssen wir genau dort entlang, wo du gerade herkommst. Ich schätze, das wird sich nicht vermeiden lassen. Und der Teufel soll uns holen, wenn wir wegen solchem Pack einen Umweg machen."
Beinahe angewidert spuckte er ins Feuer, so dass es leise zischte.
Heinrich nickte gemächlich. Seine Augen funkelten vor Tatkraft. Torben kam es so vor, als würde Heinrich mit jeder Woche ihrer Reise unternehmungslustiger werden. Die zahllosen Verpflichtungen, die ihm das Amt eines Grafen aufgebürdet hatten, fielen allmählich von ihm ab und ließen ihn freier und unbeschwerter werden. Hier draußen fand er immer mehr zu der Person, die sein Wesen ausmachte. Denn im Grunde seines Herzens war er ein Krieger, der nichts mehr liebte, als seine Truppen mit Geschick zu führen und dabei die Interessen der Mächtigen gegeneinander auszuspielen. Schließlich kannte er beide Seiten und wusste sich daher auch in den schwierigsten diplomatischen Verhandlungen wie ein Fisch im Wasser zu bewegen.
„Nimm was vom Braten, mein Junge", murmelte Heinrich. „Du siehst hungrig aus. Und dann leg dich schlafen. Morgen früh bei Sonnenaufgang wirst du uns zeigen, wo du diese Bande zuletzt gesehen hast. Alles weitere übernehmen wir."
Heikos Blick flackerte kurz. Einerseits hatte er furchtbare Angst, dorthin zurückzukehren. Auf der anderen Seite war dies die Gelegenheit, diese Teufel für ihr Wüten zu bestrafen. Er hatte seit letzter Nacht so oft Todesangst durchgestanden, dass er sich beinahe an das dumpfe Ziehen in seiner Magengrube gewöhnt hatte. Die Aussicht, nicht mehr weglaufen zu müssen und sich an seinen Peinigern rächen zu dürfen, gefiel ihm.

Heinrich hob die Hand und spreizte zwei Finger ab. Seine Männer nickten stumm. Sie brauchten keine Worte, um das Offensichtliche zu bereden. Heute Nacht würden zwei Männer Wache schieben. Zwar glaubten sie nicht, dass ihr Besuch noch verfolgt wurde. Aber sie waren Söldner. Als solche waren sie noch am Leben, weil sie nur kalkulierte Risiken eingingen und gelernt hatten, mit Gefahren umzugehen.

Die beiden Waliser blickten noch einmal sehnsüchtig zum Weinschlauch hinüber. Dann kippten sie den kläglichen Rest, den sie noch in ihren Bechern hatten, auf dem Boden aus. Morgen gab es Arbeit zu verrichten. Da war es besser, eine ruhige Hand zu haben.

Die Söldner tauschten noch einige launige Erzählungen aus. Doch als das Feuer niederbrannte, legte niemand mehr Holz nach. Schon bald wickelten sich die Männer in ihre Decken und schliefen, während Torben und Turan die erste Wache übernahmen.

Am nächsten Morgen weckten Richard und Tilo, die die letzte Wache übernommen hatten, ihre Kameraden mit einem leichten Fußtritt. Nur Heinrich wurde respektvoll an der Schulter gerüttelt, bis er die Augen aufschlug.

Torben rieb sich den Schlaf aus den Augen. Er hatte nach seiner Wache tief und fest geschlafen. Eigentlich hätte er sich Sorgen machen müssen, wegen dem, was heute auf sie zukam. Doch erstaunlicherweise hatten ihn diese Aussichten nicht weiter belastet. Ihm war schon zuvor aufgefallen, dass er hier draußen unter freiem Himmel hervorragend schlief. Während er in der Stadt manchmal zum Grübeln neigte, war er auf ihrer Reise jeden Abend so erschöpft vom langen Ritt, dass er sogleich in einen tiefen, traumlosen Schlaf fiel.

Sie aßen etwas kaltes Fleisch von gestern Abend und tranken Wasser aus ihren Schläuchen. Das Wasser schmeckte schal. Es wurde Zeit, dass mal wieder ein Bachlauf ihren Weg kreuzte, damit sie frisches Wasser trinken konnten.

Sie brachen auf, noch bevor die Sonne es über die Baumwipfel geschafft hatte. Allmählich wurde es wärmer. Vögel sangen ihr Lied. Ein Eichhörnchen tobte durchs Geäst einer Eiche und machte dabei einen riesigen Radau.

Don tat so, als würde er dem Eichhörnchen keine Beachtung schenken. Aber Torben wusste, dass er nur auf einen Moment der

Unachtsamkeit lauerte. Die Wildnis war gnadenlos, wusste er.
Heiko führte sie zielsicher den Weg zurück, den er hergekommen war. Er besaß ein hervorragendes Gedächtnis und konnte sich gut orientieren. Wenn er doch mal unschlüssig wurde, drehte er sich manchmal im Kreis, um eine bessere Umsicht zu erlangen. Meist fand er dann einen Hügel, Baum oder eine sonstige einprägsame Geländemarke, die ihm dabei half sich zurechtzufinden.
Heinrich führte seinen kleinen Trupp immer wieder vom Pfad weg und suchte sich seinen eigenen Weg. Heiko leuchtete sogleich ein, was er damit bezweckte. Schließlich wollte er der Truppe von Halsabschneidern nicht direkt in die Arme reiten.
Zudem sandte Heinrich zwei Späher aus, die immer einige hundert Yards weit vorausritten und sich unauffällig einen Überblick verschafften. Dabei achteten diese darauf, dass sie sich immer im Auge behielten und auch von Heinrichs Truppe regelmäßig gesehen wurden.
Torben war von diesem Vorgehen beeindruckt. Immer wieder spürte er die langjährige Erfahrung der Söldner. Sie würde man nicht so leicht überraschen können.
Am frühen Nachmittag ritt Tilo ein gutes Stück vor ihnen über eine Anhöhe. Dabei ritt er auf eine Baumgruppe zu, um sich so gut wie möglich vor Blicken zu schützen. Er war noch nicht dahinter verschwunden, als er stoppte und warnend die Faust in den Himmel reckte. Dann saß er ab und war nicht mehr zu sehen.
Der zweite Späher jagte bereits zum Haupttrupp zurück. Kurz darauf war auch Tilo wieder zu sehen. Er führte seinen Hengst am Zügel hinter sich her.
Heinrich ließ seine Männer absitzen und führte sie in den Schutz eines dichten Gestrüpps.
„Was hast du gesehen?“, fragten seine Kameraden ihn aufgeregt, als Tilo sie erreicht hatte.
„Zwei Fuhrwerke, die von einem Trupp Vagabunden begleitet werden. Ich hätte blind sein müssen, um sie zu übersehen. Sie ziehen gen Nordosten.“
Schweigen breitete sich aus.
„Vielleicht wollen sie nach Lichtenfels oder Kronach?“, mutmaßte Rupert.
Obwohl es schon zwei Jahre her war, dass er an der Seite des Grafen diesen Weg genommen hatte, kannte er sich noch immer erstaunlich gut aus.

„Das könnte sein“, bestätigte Heiko. „Dort gibt es jeweils unter der Woche kleinere Märkte, auf denen Bauern und Handwerker regen Handel treiben. Wenn sie ihre Fuhrwerke loswerden wollen, dann dort. Nach Bamberg können sie schließlich nicht gehen. Dort liefen sie Gefahr, dass jemand die Gefährte wiedererkennt und ihnen eine hübsche Schlinge um den Hals legt.“
„Wie wollen wir vorgehen?“, fragte Rupert den Grafen.
Dieser versammelte seine Männer näher um sich herum. Dann brach er sich einen Zweig von einem Gebüsch ab und begann in der Erde herum zu zeichnen.
Dies ist unsere Position“, murmelte er, als er fertig war. Dann deutete er auf einen Punkt, den er mit einem großen Kreuz gekennzeichnet hatte. „Dort sind die Kerle mit den Fuhrwerken.“
Die Söldner und auch Heiko rückten näher heran, um auf die kreuz und quer verlaufenden Striche zu blicken. Es dauerte eine Weile, bis sie die Zeichnung verstanden hatten.
„Was liegt dort im Nordosten?“, fragte Heinrich schließlich.
Rupert zuckte ratlos mit den Schultern.
„So weit bin ich noch nicht gekommen.“
Auch Heiko sah auf, blickte nach Nordosten und richtete den Blick dann wieder gen Boden.
„Ich weiß es nur aus Erzählungen der beiden Kaufleute. Sie meinten, der Weg wäre für ihre Fuhrwerke durchaus geeignet. Je weiter wir nordöstlich gelangen, umso hügeliger wird das Gelände. Irgendwann kommt dann ein Fluss, der sich nur über eine Brücke passieren lässt. Dort gibt es wohl eine Zollstation, an der man sich nicht vorbeischleichen kann.“
Heinrich zeigte sein wölfisches Lächeln und tauschte einen knappen Blick mit Rupert aus.
„Also schlagen wir zu, noch bevor sie den Fluss erreichen“, las Rupert die Gedanken des Grafen.
Dieser nickte zufrieden.
„Das hügelige Gelände wird uns einen Vorteil verschaffen.“
Er nickte Hanno zu, der die scharfen Augen eines Raubvogels besaß.
„Beobachte die Kerle. Sobald ersichtlich ist, welchen Weg sie einschlagen, kommst du zurück. Dann werden wir ihnen eine Überraschung bereiten.“
Hanno nickte mit einem boshaften Lächeln im Gesicht. Dann schwang er sich auf sein Pferd und ritt ein Stück des Weges zurück.

Kurz darauf war er ihren Blicken entschwunden.
Heinrich führte seinen Trupp in das hügelige, immer wieder stärker bewaldete Gebiet im Nordosten. Den ganzen Tag sahen sie keine Spuren von Menschen. Manchmal kreuzten sie einen Wildpfad, der sich zwischen den Bäumen entlang zog.
Als die Sonne am Nachmittag schon weit gen Westen gewandert war, ließ Heinrich die Männer anhalten und bezog ein Lager in einer kleinen Bodensenke. Hier waren sie vor Blicken geschützt und konnten sich ein wenig ausruhen.
Während einige Männer des Grafen sich ins Gras legten und sogleich schliefen, tobten in Torben widersprüchliche Gefühle. Er beneidete die Söldner um ihre Ruhe. Sie blendeten die vor ihnen liegende Konfrontation einfach aus. Damit hatte er sich schon immer schwergetan. Er neigte dazu, immer und immer wieder über etwas nachzudenken, bis er sich sicher war, die beste Lösung gefunden zu haben. Und selbst dies war keine Garantie dafür, dass sein Kopf endlich Ruhe gab. Sigurd hatte sich neben ihm ins Gras gekauert, sich den rechten Arm unter den Kopf geschoben und die Augen geschlossen. Dabei atmete er so gleichmäßig, dass Torben sich nicht sicher war, ob sein Freund schlief. Jeder hatte seine Art, mit der Aufregung umzugehen. Torben blickte Turan in die Augen, der ihn in diesem Moment zu mustern schien. Turan schien nur darauf gewartet zu haben und rückte sogleich näher heran. Dabei wich er geschickt einem Schlafenden aus.
„Wie machen diese Kerle das nur?“, raunte er Torben zu. „Mir kribbeln schon die Hände, wenn ich nur daran denke, was vor uns liegt.“
Torben fühlte sich ein wenig erleichtert, dass es ihm nicht allein so ging.
„Vielleicht wird man so, wenn das Töten zum Beruf geworden ist“, murmelte er nachdenklich. „Sigurd und ich waren für unsere Heimatstädte auf dem Kriegszug gegen Dänemark dabei. Da wurden auch viele Söldner verpflichtet, für die Hanse zu kämpfen. Das waren gute Kameraden. Und doch spürte man, dass sie ihre Menschlichkeit ein Stück weit aufgegeben haben. Irgendwann hat man als Söldner vielleicht zu viel Not, Elend und Tod gesehen, als dass man noch darüber nachdenkt. Deshalb bleiben auch nur die Hartgesottenen in diesem Beruf. Alle anderen haben irgendwann genug vom Blutvergießen und suchen sich ein Handwerk, in dem die Seele weniger Schaden nimmt.“

Turan blickte ihn forschend an.
„Wahr gesprochen. Erstaunliche Worte für jemanden, der jeden Tag mit dem Schwert übt."
Torben schnaufte bitter.
„Nicht um das Kriegshandwerk zu erlernen. Das Schwert hat meinem Großvater gehört. Daher war es mir immer wichtig, damit auch umgehen zu können. Und in den letzten Jahren hat es sich durchaus als hilfreich erwiesen, dass ich die Waffe zu führen verstand. Es ging mir dabei immer nur darum, mich und meine Begleiter beschützen zu können."
Turan nickte verstehend.
„In meiner Heimat werden die Jungen aus vornehmen Familien im Kriegshandwerk unterrichtet. Sie lernen zu reiten, den Krummsäbel zu schwingen und mit kurzen Bögen zu schießen. Sogar den Umgang mit der Lanze bringt man ihnen bei. Ich war gut darin und hatte Spaß dabei, mich zu beweisen. Allerdings habe ich einmal versucht, mit einem eurer Langschwerter einen Übungskampf zu bestreiten. Doch da bin ich kläglich gescheitert. Es ist mir ein Rätsel, wie ihr eine so schwere und unhandliche Waffe in einem Kampf führen könnt. Es erfordert unheimlich viel Kraft und man ermüdet schnell. Das ist in einem Kampf nicht gerade von Vorteil."
Torben lächelte sanft. Er hatte noch nie einen Krummsäbel in der Hand gehabt. Doch er wusste, dass diese Waffe wesentlich leichter als eines der großen abendländischen Schwerter war.
„Darum üben wir so viel damit, um uns an das Gewicht zu gewöhnen", erklärte er.
Eine Weile schwiegen sie und hingen ihren Gedanken nach. Torben sah zum Rand der Bodensenke hinauf, wo Richard Position bezogen hatte. Von dort konnte er über den Rand Ausschau halten und etwaige Fremde früh genug erkennen, um seine Gefährten zu warnen. Doch er saß mit angezogenen Beinen da und wirkte recht entspannt. So schnell drohte ihnen keine Gefahr.
„All das Waffentraining gefiel den jungen Männern", fuhr Turan schließlich fort. „Sie wollten sich beweisen und in den Augen ihrer Väter bestehen. Doch das waren nur Übungen gewesen, in denen es um nichts ging."
Torben blickte ihn prüfend an. Er ahnte, dass Turan ihm etwas zu sagen versuchte, was Spuren bei ihm hinterlassen hatte. Daher war

er nicht überrascht, als Turan fortfuhr.
„Übungen bereiten einen ein Stück weit auf den Ernstfall vor. Doch wenn es tatsächlich soweit ist, dass man seine Kenntnisse und Fähigkeiten abrufen muss, entscheiden noch ganz andere Dinge über Leben und Tod."
Erneut sammelte er sich kurz. Doch Torben hütete sich davor, ihn zu unterbrechen.
„Ein einziges Mal war ich bisher gezwungen worden, Leben zu nehmen", fuhr er schließlich fort. Seine Stimme war dunkler geworden. Torben blickte ihn aufmerksam an. Er glaubte Schmerz in den Augen des Arabers zu erkennen.
„Als ich fünfzehn Jahre alt wurde, fiel ein räuberischer Wüstenstamm in das Herrschaftsgebiet ein, welches meine Heimatstadt Homs für sich beanspruchte. Sie überfielen Zeltlager, raubten Frauen und rafften alles an sich, was für sie Wert hatte. Homs blieb zwar von einem direkten Angriff verschont. Doch die Angreifer waren so zahlreich, dass sich der Emir von Homs seiner Herrschaft außerhalb der Mauern nicht sicher sein konnte."
Torben verschränkte die Hände vor sich und lauschte gespannt, wie es weiterging. Nicht zum ersten Mal wurde ihm klar, dass er mit seiner Heimatstadt Lübeck ein gutes Los gezogen hatte. Denn Lübeck verfügte nicht nur über starke Mauern und Verteidigungsanlagen. Es hatte auch starke Verbündete, die in einem Konflikt zur Hilfe eilen konnten.
Turan atmete tief durch, bevor er fortfuhr. Sein Blick war dabei auf einen weit entfernten Punkt gerichtet.
„Der Emir rief seine Offiziere zusammen und befahl ihnen, den Wüstenstamm wieder dorthin zurückzujagen, wo er hergekommen war. Daraufhin wurde jeder Mann zu den Waffen gerufen, der ein Krummschwert schwingen konnte. Mein Vater war schon damals ein hoher Beamter in Homs. Doch zum Kämpfer taugte er nie. Ich aber wollte mich beweisen und habe mich sogleich freiwillig gemeldet. Mein Vater zürnte mir. Schließlich hatte er anderes mit mir vor. Ihm wäre es lieber gewesen, wenn ich mich mehr den weisen Schriften gewidmet hätte und in seine Fußstapfen getreten wäre. Schließlich war er ein wichtiger Mann im Dienst des Emirs. Ihm oblag die Wasserversorgung von Homs. Eine Aufgabe von allerhöchster Wichtigkeit für das Überleben der ganzen Stadt. Daher war er auch zu wichtig, als dass er sein Leben auf dem Schlachtfeld riskieren durfte. Mein Vater überhäufte mich mit

Vorwürfen, dass ich auf ihn zu hören hätte. Er glaubte, auch mich vor diesem Feldzug bewahren zu können. Doch das wollte ich um nichts auf der Welt. Alle meine Freunde nahmen daran teil. Die halbe Stadt zog hinaus, um unsere Feinde in die Schranken zu weisen. Wie sollte ich da zurückbleiben und in der Sicherheit der Stadtmauern verweilen? Ich hätte meinen Freunden niemals wieder in die Augen schauen können.
Mein Vater war natürlich anderer Ansicht. Er beschwor mich, meinem falschen Stolz abzuschwören. Was nützte mir mein guter Ruf, wenn ich tot auf dem Schlachtfeld lag?
Er warf mir vor, nicht nachzudenken. Ich wäre für Aufgaben bestimmt, die nichts mit dem Schwert zu tun hatten. Man kann einem Herrscher auf verschiedene Weise dienen, versuchte er mir zu erklären. Ich aber hielt ihn für feige und wollte nun erst recht zeigen, was in mir steckte."
Gedankenverloren rupfte er einen Grashalm ab, rollte ihn zwischen den Fingern hin und her. Dann warf er ihn zu Boden. Torben spürte die Anspannung des Arabers.
„Wir ritten bei strahlendem Sonnenschein aus der Stadt. Unser Reiterheer zählte mehr als dreitausend Mann und war ein hoffnungsvoller Anblick. Die Soldaten waren gut ausgebildet und einheitlich bewaffnet. Die Pferde ausgeruht und gewillt, auf ein Kommando ihres Herrn loszupreschen. Uns folgte eine Heeresmacht von zwölftausend Fußsoldaten. Die Sonne wurde von den vielen Rüstungen reflektiert und blendete die Bevölkerung, die zu Tausenden auf die Mauern geströmt waren, um ihre Väter, Brüder, Söhne und Onkel zu verabschieden und ihnen Glück im Kampf zu wünschen. Ich sehe noch immer das Bild vor mir, wie die Frauen Blumen schwenkten und uns die Kinder zujubelten. Ich fühlte mich wie ein Held. Dabei war ich selbst noch fast ein Kind. Vom Krieg wusste ich nichts. Doch ich vertraute unseren Offizieren. Denn diese waren im Töten ausgebildet und hatten wochenlang über Plänen gebrütet, wie sie das Reitervolk besiegen konnten.
Als wir ausrückten, zogen sich die Späher des Feindes in die umliegenden Hügel zurück. Jedem Kampf wichen sie aus. Ihre Pferde waren ausgeruht und schnell.
Am Abend schlugen wir ein Lager auf, stellten Wachen auf und versammelten uns um die Lagerfeuer. Dort wurden große Reden geschwungen. Die Soldaten des Emirs prahlten damit, was sie dem

Feind alles antun wollten und wie leicht es sein würde, diesen zu besiegen. Nur ein alter, vernarbter Soldat spuckte verächtlich in den Sand, als er diese Worte hörte. Ich wusste mir auf sein Verhalten keinen Reim zu machen und fragte ihn, was das bedeuten würde. Er sah mich verächtlich an. Doch da ich kein Dummschwätzer, sondern tatsächlich an seiner Meinung interessiert war, zeigte er neben sich und erklärte es mir.
„Diese jungen Kerle, die hier so weit das Maul aufreißen, haben noch nie einen Gegner getötet. Sie reden viel und prahlen vor ihren Freunden. Doch sobald am Horizont Staubwolken aufsteigen, weil der Feind mit aller Macht über uns herfällt, wird sich zeigen, wie es um ihre Kühnheit bestellt ist. Vorher hat das alles keinen Wert," erklärte er mir. Ich fragte ihn, ob er wirklich daran glaubte, dass dieser Wüstenstamm sich trauen würde, uns anzugreifen. Ich erinnere mich, dass er darauf nur ein höhnisches Lachen übrighatte.
„Warum sollten sie nicht?", fragte er zurück. „Glaubst du etwa, unsere glitzernden Rüstungen jagen ihnen Angst ein? Unsere funkelnden Speerspitzen, die schon seit Jahren nicht mehr von Blut benetzt worden waren? Wann hast du das letzte Mal gehört, dass Homs mit jemandem im Krieg lag?"
Daraufhin stutzte ich, denn ich konnte mich nicht daran erinnern. Homs wurde im Jahre 1260 von einer mongolischen Streitmacht unter dem Befehl von Hülegüs eingenommen. Später vertrieben die Mamelucken die Mongolen und übernahmen die Herrschaft. Seitdem gab es kleinere Feldzüge, die meist unblutig endeten. Erst da fiel mir auf, wie wenig Erfahrung unsere Armee vorzuweisen hatte. Der vernarbte Soldat lächelte gutmütig, als er meine Bestürzung bemerkte. „Noch ist nichts verloren", bemerkte er lächelnd. „Wir dürfen uns nur nicht den Kampfstil der Wüstenstämme aufdrängen lassen. Dann würden wir unweigerlich unterliegen."
Ich wollte lernen. Daher fragte ich ihn sogleich, was das für eine Kampfesweise wäre. Ich konnte mir darunter wenig vorstellen. In meiner Phantasie rückten einfach zwei große Armeen aufeinander zu, mit wehenden Fahnen und blitzenden Waffen. Und dann gewann derjenige, der die tapfersten Männer unter seinem Befehl hatte und durch Allah begünstigt wurde. Heute weiß ich, dass diese Vorstellung ein wenig blauäugig war.
Der alte Haudegen blickte mich wissend an.

„Sie werden uns immer weiter in die Hügel locken“, erzählte er mir. „Sie werden versuchen, unsere Armee weit auseinanderzuziehen, bis wir die Ordnung verlieren und unser Wasser knapp wird. Schon jetzt ist unser Fußvolk einen halben Tagesmarsch hinter uns zurückgeblieben. Sie hatten also schon Erfolg mit ihrer Strategie. Doch erst dann, wenn sie den Augenblick für günstig erachten, werden sie wie ein Sturm über uns herfallen. Und Allah strafe uns, wenn wir darauf nicht vorbereitet sind.“
Turan blickte Torben vielsagend an.
„Und?“, fragte dieser. „Wart ihr darauf vorbereitet?“
Turan seufzte schwer.
„Unsere Befehlshaber wollten ihrem Emir einen großen Sieg zu Füßen legen und drängten auf eine Entscheidung. Sie hielten unsere Streitmacht gegenüber dem Wüstenstamm für überlegen und trieben uns unerbittlich weiter voran. Irgendwann bemerkten wir dann, dass die Verpflegung nicht mehr hinterherkam. Ausgeschickte Trupps wurden abgefangen und niedergemacht. Irgendwann erreichte uns die Meldung, dass unser nachfolgendes Heer aus Fußsoldaten Halt gemacht hatte. Die Soldaten waren in einer Woche mehr als hundert Meilen kreuz und quer durchs Land marschiert, ohne vom Feind mehr zu sehen als das, was dieser sie sehen lassen wollte. Erst da dämmerte unserem General, dass der Feldzug nicht so verlief, wie er sich das in seinem gemütlichen Quartier in Homs ausgemalt hatte.
Am nächsten Tag erfolgte ein Angriff der Wüstenkrieger. Sie brachen aus einem Tal hervor und fielen in unsere linke Flanke. Unsere Späher hatten sie entweder nicht entdeckt oder waren von ihnen niedergeschossen worden, noch bevor sie uns warnen konnten. Sie kamen wie ein Unwetter über uns. Einige unserer Krieger, die am Abend zuvor noch große Reden geschwungen hatten, blickten diesem Ansturm mit weitaufgerissenen Augen entgegen und waren wie zur Salzsäule erstarrt. Die Bemühungen unserer Offiziere, Ordnung in unsere Reihen zu bringen, erfolgten zu spät. Die Wüstenkrieger waren in Schussweite, noch bevor wir uns umgruppieren konnten. Sie stießen schrille Schreie aus, die mir durch Mark und Bein fuhren. Ich hatte furchtbare Angst. Innerhalb weniger Augenblicke sah ich Dutzende unserer Männer zu Boden gehen. Sie wurden von Pfeilen getroffen, die sich wie eine Wolke erhoben und auf uns niederprasselten. Zwei dieser langen

Todesboten fuhren krachend in meinen Schild, den ich mit zitternden Händen fest umklammert hatte. Dann waren diese Teufel heran und fuhren mitten zwischen uns. Ihr Angriff schlug tief in unsere Reihen. Als die ersten unserer Reiter die Hoffnung fahren ließen und ihre Pferde zur Flucht herumrissen, war es drei Offizieren zu verdanken, dass sich unser Heer nicht in Windeseile auflöste. Sie beschworen uns, ihnen zu folgen und wieder gegen den Feind zu reiten. Da wir endlich jemanden gefunden hatten, der klare Befehle gab, folgten wir ihnen willig und nahmen den Kampf an. Es war ein fürchterliches Hauen und Stechen. Unsere erfahreneren Kämpfer führten Lanzen mit sich, mit denen sie feindliche Reiter aus dem Sattel stechen konnten. Überall entbrannten Nahkämpfe. Hunderte Krummsäbel schlugen funkensprühend gegeneinander. Pferde wieherten gepeinigt. Männer schrien vor Wut oder Angst durch das Durcheinander der Schlacht. Das Geschehen hatte nichts mit dem zu tun, was uns die älteren Soldaten in den Tagen zuvor am Lagerfeuer erzählt hatten. Doch wir hielten ihnen stand. Und je länger der Kampf andauerte, umso mehr begann sich abzuzeichnen, dass wir die Oberhand gewinnen würden."

Turan atmete angestrengt. Die Erinnerungen beschworen so viele Bilder in seinem Kopf herauf, die er längst vergessen geglaubt hatte. Fahrig wischte er sich über die Stirn.

„Ich weiß noch, dass meine Angst plötzlich verschwunden war. Neben mir waren Freunde gefallen, mit denen ich mein ganzes Leben verbracht hatte. Mir blieb keine Zeit sie zu betrauern, denn fremde Gestalten drangen auf mich ein und ich hatte alle Hände voll zu tun, mich meiner Haut zu wehren. Wie ich die ersten Attacken überlebt habe, vermag ich nicht zu sagen. Aber dann gewann rasender Zorn die Oberhand. Ich traf einen bärtigen Mann mit einem grünen Turban auf dem Kopf. Seine dunklen Augen blitzten mich wütend an. Doch ich zog ihm meinen Krummsäbel quer übers Gesicht und er fiel schreiend von seinem schwarzen Hengst. Ab diesem Moment wurde ich von einer Raserei ergriffen, die ich noch nie zuvor gespürt hatte. Wie von Sinnen galoppierte ich in den dichtesten Pulk der Angreifer und schlug zornbebend um mich. Ich hieb zwei Wüstenkrieger aus dem Sattel. Zwar trafen auch mich Schläge. Doch diese landeten entweder auf meinem Schild oder meiner Rüstung. Neben mir griffen weitere Kameraden an, die die Schwäche unserer Feinde spürten. So konnten wir die

Schlacht noch wenden und sie bis weit in die Hügel hinauf verfolgen und noch hunderte ihrer Kämpfer auf der Flucht erschlagen. Es war ein großer Sieg, erzählten uns unsere Anführer hinterher voller Stolz. Wir hatten eine Übermacht vernichtend geschlagen. Nach dieser Schlacht verschwand der Wüstenstamm so spurlos, wie er aufgetaucht war. Wahrscheinlich hatte er nicht daran geglaubt, dass wir ihm erfolgreich Widerstand leisten konnten. Doch auch wir hatten blutig für diesen Sieg bezahlt. Ein Drittel unserer Reitertruppe war tot oder verwundet. Allein drei Jünglinge, mit denen ich mich täglich auf dem Übungsplatz gemessen hatte, wurden tot geborgen.
Auch unsere Infanterie hatte einige Verluste zu beklagen gehabt. Sie hatten sich nur mühsam gegen die blitzschnellen Reiterangriffe verteidigen können und schon bald nicht einmal mehr ihr Lager verlassen. Diese Männer trafen erst nach der Schlacht ein und wurden damit beauftragt, unsere Toten einzusammeln und die Beute zusammenzutragen. Unsere Anführer versammelten die noch kampffähigen Reiter und verfolgten die Eindringlinge bis an die Grenzen unseres Reiches. Es kam zu keinem Aufeinandertreffen mehr. Unterwegs kamen wir in ihr Lager, in dem sie ihre Beute gesammelt hatten, die sie von überall her zusammengerafft hatten. Wir befreiten viele unserer Landsleute und wurden mit Segenswünschen überschüttet. Durch uns blieb diesen Menschen ein schlimmes Schicksal erspart. Das war ein gutes Gefühl gewesen. Doch die Rückkehr nach Homs ist mir in keiner guter Erinnerung geblieben. Wir kamen immer wieder durch verbrannte Dörfer und verwüstete kleinere Städte. Der Geruch von Tod und Verwesung lag noch immer in der Luft. Als wir schließlich im Triumphzug nach Homs hineinritten, empfing uns der Emir mit großem Pomp. Unser Sieg hatte sich wie ein Lauffeuer verbreitet. Doch als die Menschen der Stadt sahen, wie viele Pferde ohne Reiter zurückkehrten, konnte auch die Beute nicht darüber hinwegtäuschen, dass wir diesen Sieg teuer bezahlt hatten. Ich erinnere mich, dass Mütter auf uns zueilten und uns nach ihren Söhnen fragten. Manchmal konnten wir sagen, dass er nur verwundet war und sicher bald in die Stadt gebracht wurde. Doch meistens schüttelten unsere Männer nur stumm den Kopf. Dann rauften die Frauen sich vor Gram die Haare. Viele schluchzten herzzerreißend. Einige schnitten sich zum Zeichen ihrer Trauer den kleinen Finger ab. Es war furchtbar, dies

mitanzusehen. Selbst Monate später lag die Schwermut noch wie eine dunkle Wolke über der ganzen Stadt. Mein Vater war unsagbar froh, als er mich wieder in die Arme schließen konnte. Unser Streit war vergessen. Doch ich hatte etwas gelernt. Ich fand keinen Gefallen daran, andere Menschen zu töten. Auch wenn sie es verdient hatten. Daher gab ich mir Mühe, mich in die Schriften meines Vaters zu vertiefen, um ihm ein folgsamer Sohn zu sein. Doch ein Mann kann nicht wider seine Natur handeln, wenn er ein glückliches Leben führen will. Auch das erkannte ich schließlich. Daher trieb ich mich immer häufiger in den Bergen herum. Dort entdeckte ich meine Liebe zu den Raubvögeln. Stundenlang verfolgte ich ihren Flug am Himmel. Wie sie majestätisch den Wind nutzten und scheinbar schwerelos schwebten. Manchmal dauerte es eine Ewigkeit, bis sie wieder mit den Flügeln schlugen. Daran konnte ich mich niemals sattsehen. Zwar betrieben zwei Brüder meines Vaters schon in zweiter Generation die Beizjagd mit Würgfalken. Doch bisher hatte mein Vater es nicht gern gesehen, wenn ich ein solches Prachtexemplar auf der Faust sitzen hatte. Nach dem Kampf gegen den Wüstenstamm änderte sich das endlich. Mein Vater sah ein, dass ich niemals wie er sein würde und billigte mir widerstrebend die ein oder andere Freiheit zu."

Er warf einen Blick zu den Söldnern hinüber. Einige schliefen. Tilo und Hanno würfelten abseits von den anderen.

Torben beobachtete ihn grübelnd. Ihm gingen so viele Fragen im Kopf herum. In seltener Klarheit erkannte er, dass sie sich recht ähnlich waren. In den letzten Wochen hatten sie nur selten tiefgründigere Gespräche geführt, da sie meistens nicht allein waren. Doch er fand es spannend, dass Turan sich für einen anderen Weg entschieden hatte, als den, den sein Vater für ihn vorgesehen hatte.

„Vermutlich wollte dein Vater nur das Beste für seinen Sohn. Als hoher Beamter des Emirs hätte er dich sicher an einflussreicher Position unterbringen können. Dann hättest du dir um dein Auskommen nie wieder Sorgen machen müssen", gab er zu bedenken.

Turan verbarg ein Lächeln und hob den Blick.

„Jetzt klingst du wie mein Vater. Und das sagt ausgerechnet der Mann, der mehr als einmal sein Leben aufs Spiel gesetzt hat, nur um seinen eigenen Weg gehen zu dürfen."

Torben lächelte wehmütig.

„Du hast ja recht. Auch wenn es manchmal erschreckend vernünftig klingt, wenn man sich die Worte unserer Väter mal in Ruhe durch den Kopf gehen lässt."
Turan strich sich eine Strähne seines schwarzen Haares aus der Stirn.
„Du verdankst deinen Erfolg deinem unbeugsamen Willen. Das zeichnet dich aus. Damit hast du es weitergebracht, als es dein Vater jemals schaffen wird. Sicher, auch mir hätte ein ähnlicher Weg offen gestanden, wie mein Vater ihn eingeschlagen hat. Vielleicht wäre ich zu einem der wichtigsten Berater des Emirs und seiner Söhne aufgestiegen. Ich kannte sie gut. Nach der Schlacht wurden wir Freunde, weißt du. Aber das hätte auch bedeutet, dass mir bis zum letzten Tag meines Lebens andere sagen würden, was ich zu tun hätte. Das widersprach meiner Natur. Daher machte ich mich auf den Weg, um die Länder im Westen kennenzulernen. Denn wen auch immer ich fragte – kein weiser Mann aus Homs konnte mir mehr über die Welt dort draußen erzählen. Sie kannten sie einfach nicht. Die Kreuzzüge lagen mehr als achtzig Jahre zurück. Seitdem hatten sie kaum noch Christen kennengelernt. Nur wenige arabische Händler setzen sich heute noch der Gefahr aus und reisen bis in die christlichen Königreiche. Sie treffen dort ihre wenigen Handelspartner und sind schon bald wieder auf dem Rückweg, ohne Land und Leute wirklich kennenzulernen. Meist sind es die Kaufleute der italienischen Stadtstaaten, die im Gegenzug bis in die Levante reisen. So bezeichnen die Italiener die gesamte Ostküste des Mittelmeeres, also auch unsere syrischen Küsten. Sie betreiben fleißig Handel. Gerade die Venezianer und Genuesen scheuen keine Mühen, um an die kostbaren Gewürze und Seidenstoffe zu kommen. Doch ich wollte mehr über eure Länder wissen. Daher reiste ich auf eigene Faust herum und kehrte in Königshöfen ein, wann immer mir der Sinn danach stand. Ich war Gast an vielen hohen Tafeln. Es gab viele gekrönte Häupter, die sich mit meiner Anwesenheit schmücken wollten und ihrer Tafel Glanz verliehen. Das ließ sie noch mächtiger und weltmännischer wirken. Daher bewirteten sie mich gut und behandelten mich als hohen Gast. Ich habe viele Menschen kennengelernt und würde heute sogar einige von ihnen zu meinen Freunden zählen. Was mich aber immer wieder verblüffte: Heute vermag kaum noch jemand von ihnen sagen, warum wir in den Jahrhunderten zuvor so verbissen gegeneinander Krieg geführt

haben. Mir kam schon häufiger der Gedanke, dass wir vielleicht mehr Menschen ermöglichen sollten, die uns fremden Kulturen kennen und auch verstehen zu lernen. Man hasst, was man nicht kennt. Doch wer zusammen gefeiert und Zeit miteinander verbracht hat, der wird nicht gegeneinander in den Krieg ziehen. Davon bin ich überzeugt.“

Torbens Augen glänzten.

„Manchmal klingen deine Worte, als kämen sie aus dem Mund eines viel älteren Mannes. Vielleicht würdest du eines Tages doch einen guten Berater für deinen Emir abgeben.“

Turan dankte ihm mit einem verschmitzten Lächeln. Er fühlte sich wohl in seiner Nähe. Daher fiel es ihm leicht, seine Gedanken so offen darzulegen.

Er streckte den linken Zeigefinger in die Luft, als er fortfuhr.

„Natürlich gab es auch hässliche Begegnungen. Manchmal weigerten sich Einheimische, mir etwas zu Essen zu geben, obwohl ich dafür bezahlt hätte. Aus einigen Städten ritt ich schnell wieder davon, weil mir die Stimmung vor Ort nicht behagte. Und ich will auch nicht verhehlen, dass ich in Nowgorod beinahe einem Mordanschlag zum Opfer gefallen wäre. Nur dank eines glücklichen Zufalls konntest du mir dort das Leben retten. Aber vielleicht war dies auch Allahs Wille, damit wir uns kennenlernen?“

Torben erwiderte das Lächeln. An Allahs Willen glaubte er so wenig, wie an das Gewäsch der Priester, die ständig von Gottes Vorsehung redeten. Er hatte keine Ahnung, was das sollte. Für ihn waren dies nichts weiter als Zufälle, denen er keine tiefere Bedeutung beimaß.

„Was genau macht dein Vater als Berater und hoher Beamter eigentlich in Homs?“, fragte er Turan, nachdem sie eine Weile geschwiegen hatten.

Turan strich sich über die Oberlippe.

„Ich bin schon eine ganze Weile von zu Hause fort.“

Er grübelte kurz und zog dann die Augenbrauen in die Höhe.

„Es sind schon mehr als drei Jahre, glaube ich. Damals war mein Vater ein wichtiger Berater, der zu offiziellen Anlässen immer an der Seite des Emirs stand. Mein Vater versteht viel von Technik und Ingenieurskunst. Als mehrere langanhaltende Dürren das Land plagten, hat er sich über Monate zurückgezogen und an einer Konstruktion gebrütet, die er schließlich dem Emir vorstellte. Er hatte ein Wasserschöpfrad ersonnen, das er am Ufer des Orontes

errichten ließ. Mithilfe solcher Wasserschöpfräder war es möglich, die umliegenden Felder zu bewässern und so vor Trockenheit zu schützen. Es ist eine Konstruktion, die ich auf meinen Reisen in ähnlicher Form schon häufiger gesehen habe“, gab er zu. „Aber er verbesserte seine Erfindung ständig weiter. Jedes Wasserrad hatte zwischen fünfzig und hundertzwanzig Wasserkübel. Wenn die hölzernen Schaufelräder ins Flussbett sanken, beschleunigte er die Umdrehung noch, indem er kleine Dämme bauen ließ, um das Wasser zu stauen und schneller in die sogenannten Buchten fließen zu lassen. Dann traf das Wasser mit Wucht in die einzelnen Schöpfkästen, sodass die großen Wasserräder sich drehen und das Wasser darin nach oben tragen konnten. Sobald sie den höchsten Punkt erreicht hatten, entleerten sich die Kübel in große offene Wasserleitungen. Diese Viadukte genannten Leitungen führten dann das Wasser zu den höher gelegenen Feldern.“
Er breitete die Arme aus.
„Damit konnten die Felder um Homs zu jeder Zeit bewässert werden. Die ganze Region wurde fruchtbarer. Die Bauern bauten Weizen, Mais, Hirse, Baumwolle, Obst und Gemüse an und konnten von ihren Erträgen leben.“
Er lächelte bei diesen Worten. Torben spürte, dass ihm das Schicksal der Bauern am Herzen lag. Er gelangte immer mehr zu der Überzeugung, dass Turan sich sehr wohl als Berater des Emirs oder seiner Söhne eignen würde.
„Homs wurde in der Vergangenheit von mehreren schweren Erdbeben heimgesucht,“ fuhr Turan nachdenklich fort. „Diese haben furchtbare Verwüstungen angerichtet und viele Menschenleben gekostet. Aber es hätte uns noch schlimmer treffen können.“
„Wie das?“, fragte Torben neugierig.
„Homs liegt an einem See. Dieser wurde vor beinahe tausend Jahren von den Römern gestaut, damit die Region fruchtbarer wird. Dieser Stausee wird von einer knapp zwei Meilen langen und beinahe acht Yard hohen Staumauer umfasst. Durch die Erdbeben wurde auch diese Mauer in Mitleidenschaft gezogen. Aber mein Vater hat sich mit den besten Baumeistern zusammengesetzt und die Mauern nach und nach wieder ausgebessert. Sie wurden mit einer Basaltsteinverkleidung versehen, um die Festigkeit noch zu erhöhen. Zudem spielt Homs in die Hände, dass das Staubecken nur in sehr geringem Maße verlandet. Und dass, obwohl es schon

vor so langer Zeit angelegt wurde."
Torben nickte nachdenklich. Er konnte sich nur schwer vorstellen, was es hieß, von Trockenheit bedroht zu sein. Im Heiligen Römischen Reich deutscher Nation gab es so viele Flüsse, die das Land durchzogen, dass bestimmt nirgends eine ausgewiesene Trockenheit zu befürchten war. Lübeck wurde sogar von gleich zwei Flüssen begrenzt, der Trave und der Wakenitz. Mangel an Wasser gab es dort nun wirklich nicht.
Torben atmete tief durch und lockerte seine Schultern. Die langgezogene Senke, in der sie Unterschlupf gefunden hatten, war mit üppigem Gras bedeckt. Kleine Sträucher standen dicht aneinandergedrängt. Ihre Pferde hatten sie an den Vorderbeinen zusammengebunden, so dass sie sich nur in kleinen Schritten vorwärtsbewegen konnten. So konnten sie ungestört das Gras abrupfen. Es war ein schöner Flecken Erde, fiel Torben auf. Beinahe vergaß er dabei, zu welchem Zweck sie hier gelandet waren. Doch die Wirklichkeit holte ihn schnell wieder ein.
Ein leiser Pfiff ertönte vom Rand der Bodensenke. Richard hatte endlich ihre Aufmerksamkeit und hob warnend den rechten Arm. Sofort war es mit der Ruhe vorbei. Heinrich stieß einige Schläfer mit dem Fuß an. Diese grummelten zwar, waren aber schnell wieder wach und sahen sich aufmerksam um. Sie blickten nun allesamt gespant zu Richard hinauf, der ihre Blicke ungerührt erwiderte. Dann wies er mit ausgestrecktem Zeigefinger nach links hinüber. Gleich darauf hörten sie Hufschlag. Wenig später ritt Hanno bis an den Rand der Senke, sprang aus dem Sattel und lief den Abhang hinunter. Vor Heinrich blieb er schnaufend stehen und wischte sich den Schweiß von der Stirn.
„Unsere Freunde kommen genau auf uns zu. Aber sie bewegen sich recht langsam voran. Sie haben wohl nur wenig Erfahrung mit den Fuhrwerken."
Er blickte nach der Sonne, die schon ein ganzes Stück gen Westen gewandert war.
„Wir könnten sie heute Abend überfallen, wenn sie irgendwo vor uns ihr Lager aufschlagen", schlug er vor.
Heinrich schüttelte den Kopf.
„Diese Nacht sollen sie sich noch sicher fühlen und ihren gelungenen Überfall begießen. Sobald sie morgen früh aufbrechen, gehören sie uns."
Hanno schmunzelte. Diesem Plan konnte er durchaus etwas

abgewinnen. Mit steifen Knochen wollte er zu seinem Pferd zurückkehren, um sich zuerst um das Tier zu kümmern. Doch Torben erhob sich und schüttelte den Kopf. Hanno dankte ihm mit einem erleichterten Lächeln. Während Torben sich um sein Pferd kümmerte, ging Hanno zu seinen Kameraden und ließ sich mit einem wohligen Stöhnen ins Gras hinabsinken.
Unmerklich ging der Nachmittag in den Abend über. Diesmal zündeten sie kein Lagerfeuer an. Schließlich wollten sie nicht riskieren, die Räuberbande auf sich aufmerksam zu machen.
Bevor es zu dunkel wurde um etwas zu erkennen, schlich sich Rupert noch einmal hinaus. Er war nicht lange weg und kam so lautlos zurück, wie er aufgebrochen war.
„Sie lagern nur ein kleines Stück von dem Flecken entfernt, den du mir beschrieben hast, Hanno. Sie trinken geraubten Wein und krakelten herum, so dass ich sie schon von weitem hören konnte. Es war wahrlich kein Kunststück, sich an sie heranzuschleichen. Keiner von ihnen wird sich die Mühe machen, die weitere Umgebung ihres Lagerplatzes abzusuchen. Daher droht uns keine Gefahr."
Heinrich nickte zufrieden und kaute auf einem Stück altbackenen Brot herum. Es schmeckte nicht. Doch es machte satt. Das war etwas, was Torben dem Grafen zugutehielt. Dieser konnte sich jeden Tag ein üppiges Festmahl leisten. Doch darauf legte er keinerlei Wert. Ihm schmeckte auch ein Teller angebratener Haferbrei, wenn er diesen nur in Gesellschaft seiner Männer essen konnte. Bekamen seine Männer nichts Besseres, so war das Essen auch für ihn gut genug. Natürlich bemerkten seine Söldner dies genau. Auch das half dabei, ein festes Band zwischen ihnen zu knüpfen, das weit über das Verhältnis zu einem normalen Dienstherrn hinaus ging.
Mit Einbruch der Dunkelheit wickelten sie sich in ihre Decken und schliefen. Wie immer hielten zwei Mann Wache, die alle zwei Stunden abgelöst wurden.
Als sich im Osten allmählich ein fahles Licht abzuzeichnen begann, weckten Richard und Tilo, die die letzte Wache gehabt hatten, ihre Kameraden.
Torben war schon länger wach gewesen. Ihn hatte die Anspannung gepackt und nicht mehr losgelassen. Daher war er beinahe froh darüber, dass das Herumwälzen im Gras ein Ende hatte. Die Söldner hatten solche Anwandlungen nicht. Und wenn doch,

wussten sie diese gut zu verstecken. Rupert, Tilo und Hanno, die erfahrenen Kämpfer unter ihnen, flachsten herum und tauschten immer wieder launige Sprüche aus, so dass selbst Heinrich sich eines Grinsens nicht erwehren konnte.
Sie sattelten ihre Pferde und machten sich zum Aufbruch bereit. Als die Sonne über den Horizont stieg, stiegen sie auf und ritten in einer langgezogenen Reihe aus der Talsenke. Hanno war wieder als Späher unterwegs und ließ die Räuberbande nicht aus den Augen. Sie mussten eine Menge Geduld üben, bevor Hanno sich wieder bei ihnen einfand.
„Die Kerle sind ein wenig verkatert. Bei so viel gutem Wein haben sie gestern sicher erst spät ein Ende gefunden. Daher dauerte es ewig, bis sie endlich aufbrachen. Aber sonderlich eilig scheinen sie es nicht zu haben“, berichtete er. „Jetzt sind sie gleich hinter diesem Waldstück dort hinten. Der Weg zieht sich diesen Hügel dort hinauf. Wenn sie den hinter sich gelassen haben, erreichen sie den Pfad, auf dem wir hergeritten sind. Dieser ist gut einsehbar und für einen Überfall nur wenig geeignet.“
Heinrich hatte längst einen Plan gefasst.
„Herhören, Männer! Sobald sie um diesen Hügel dort vorn kommen, greifen wir sie aus der Flanke an. Die Waliser geben uns mit ihren Langbögen Deckung. Knallt so viele von diesen Hunden ab, wie ihr könnt. Wir rollen sie von der Flanke auf und jagen sie vor uns her. Bevor sie erkannt haben, was da auf sie zukommt, sind sie alle tot.“
Dann wandte er sich an Torben, Sigurd und Turan.
„Ihr drei bleibt bei unseren Lastpferden. Damit habt ihr nichts zu tun.“
Die drei zögerten kurz. Doch dann schüttelten sie allesamt den Kopf.
„Haben wir doch“, entgegnete Turan störrisch.
„Wir reisen zusammen, wir kämpfen zusammen“, erwiderte Torben verbissen.
Sigurd nickte bekräftigend.
„Heiko wird auf die Pferde aufpassen. Das genügt vollkommen.“
Heinrich schnaufte und zog fragend eine buschige Augenbraue in die Höhe. Kurz sah es so aus, als wollte er etwas entgegnen. Aber dann besann er sich eines Besseren.
„Reitet nicht in die Schussbahn der Waliser“, knurrte er nur. Doch seine Augen blitzten voller Vorfreude. Insgeheim schien es ihm zu

gefallen, dass die beiden jungen Kaufleute und auch der Araber sich nicht hinter ihnen zu verstecken versuchten.
Erneut begann das Warten. Darin war Torben nun wirklich nicht gut. Er erinnerte sich, wie er auf einer Kogge im Verband der Flotte der Hanse in den Hafen von Kopenhagen eingelaufen war. Damals hatten sie zweitausend Bewaffnete an Bord ihrer Schiffe gehabt. Jeder einzelne Bewaffnete hatte es damals kaum erwarten können, endlich von diesem Schiff runterzukommen, auf dem sich jeder wie eingesperrt gefühlt hatte.
Nun durchlebte er diesen Moment erneut. Wieder einmal wusste er nicht genau, was ihn erwarten würde. Seine Phantasie malte ihm Schreckensszenarien, in dem sie gegen eine Übermacht fechten würden und um ihr nacktes Leben kämpfen mussten. Er spürte, wie sich sein Bauch grummelnd zu Wort meldete. Sein Atem ging viel zu flach und angestrengt.
Mühsam schloss er einen Moment die Augen und atmete tief ein. Gleich ging es ihm besser. Als er die Augen aufschlug, fand er den Blick von Cadoc auf sich gerichtet. Der Waliser wirkte so entspannt, als würde er über den heimatlichen Hof schlendern. Torben bewunderte ihn dafür.
„Du bist nicht das erste Mal in einer solchen Situation, wie ich gehört habe“, raunte dieser ihm zu.
Torben nickte kaum wahrnehmbar. Nach Reden war ihm gerade nun wirklich nicht zumute.
„Wenn es losgeht, verfliegt die Anspannung. Das tun sie immer.“
„Ich weiß“, gab Torben zerknirscht zurück. „Aber sie macht mir trotzdem zu schaffen.“
„Bewahre dir das“, riet dieser ihm. „Sonst würde es bedeuten, dass du dich an das Töten gewöhnt hast. Und das willst du nicht.“
Torben schluckte nervös. Auch wenn er die Söldner um ihre Selbstsicherheit, zumindest nach außen hin, ein Stück weit beneidete, wollte er doch nie einer werden. Er war sich sicher, dass ein solches Leben seine Seele verändern würde. Das wollte er nicht riskieren.
Cadoc sah ihn wissend an.
„Ich bin gut in dem, was ich tue. Aber ich bin auch froh darüber, dass ich aus der Ferne töte“, erklärte er ihm. „Damit bleibt mir das Gesicht meines Opfers, sein Schmerz, ja selbst der Geruch des Todes erspart.“
Torben nickte langsam. Das verstand er sehr gut. Er begann die

beiden Bogenschützen mit anderen Augen zu sehen.
Hanno unterbrach seine Gedanken.
„Ich kann sie hören. Die Kerle machen einen Krach, als wären sie ganz allein auf der Welt.“
Heinrich zog sein Schwert und legte es vor sich auf die Knie.
„Sie sind zwanzig bewaffnete Männer“, gab er gutgelaunt zurück.
„Wovor sollten sie Angst haben?“
Dabei zwinkerte er Torben und Sigurd breit grinsend zu. Seine Männer lachten über seine Bemerkung. Es war leicht zu erkennen, dass Heinrich das hier mit jeder Faser seines Herzens genoss. Das war etwas anderes, als sich um seine vielfältigen Pflichten als Graf eines großen Lehens zu kümmern. Hier war er wirklich frei und traf Entscheidungen auf Leben und Tod.
Die Stimmen vor ihnen wurden lauter. Kurz darauf tauchte der erste Trupp vor ihnen auf. Dahinter rollten die beiden Fuhrwerke heran. Es waren sperrige Gefährte, die den Räubern in der nächsten Stadt ein hübsches Sümmchen einbringen würden.
Lauernd beobachteten die Männer des Grafen die Halunken aus dem Hinterhalt.
„Sind sie das?“, fragte Heinrich den jungen Zimmermann, nur um ganz sicher zu gehen.
Heiko nickte angespannt und schluckte schwer. Es machte ihm furchtbar zu schaffen, diese Diebesbande so dicht vor sich zu sehen. Einer der Männer trug einen blutbefleckten Verband um die Schulter. Die Verletzung habe ich ihm zugefügt, dachte er sogleich. Doch sicher war er sich nicht. Es war so dunkel gewesen, dass er kein einziges Gesicht wiedererkannte. Doch das brauchte er auch nicht, um jeden Rest von Zweifel zu tilgen. Schließlich waren das die Fuhrwagen, die er sehr gut kannte. Auf einem von ihnen war er schließlich eine Weile mitgefahren. Und da war noch mehr, wie er gleich darauf feststellte. Er erkannte zwei Stimmen wieder. In dieser Nacht hatten sie sich in seinem Kopf festgesetzt. Er würde sie überall heraushören können. Die eine Stimme war etwas heller. Sie kam ihm gleichzeitig ein wenig knarrend vor. Bei ihrem Klang stellten sich ihm die Nackenhaare auf. Es war die Stimme des Mannes, der ihn in seinem Versteck aufgestöbert hatte und der zuvor gerufen hatte „Er ist hier irgendwo. Ich kann es spüren.“
Wie recht er damit doch gehabt hatte. Wenigstens hat er diesem Kerl einen kräftigen Schlag mit seinem Hammer versetzen können. Der durchblutete Verband verriet ihm, dass er ihn gut getroffen

hatte.
Die zweite Stimme war die des Anführers. Sie war schneidend scharf, unangenehm und kalt. Ihm genügte die Stimme, um zu wissen, dass dieser Mann gefährlich war. Das musste er wohl auch sein, wenn er eine solche Bande anführen wollte.
Währenddessen hatten die beiden Waliser ihre Langbögen aus einer Hülle genommen, in der das Eibenholz und die Bogensehne vor Feuchtigkeit geschützt waren. Jeder der beiden Schützen suchte sich ein gutes Dutzend Pfeile aus, die er mit der Spitze voran in die Erde steckte. Dabei achteten sie genau darauf, ob die Befiederung in Ordnung war. Denn das würde die Flugeigenschaften des Pfeils beeinflussen.
Schließlich ergriffen sie den ersten Pfeil und nockten diesen an der Sehne an.
Heinrich wartete noch einen winzigen Moment ab. Dann stieß er den linken Arm nach vorn und gab seinem Pferd die Sporen. Seine Männer folgten ihm dichtgedrängt. Torben, Sigurd und Turan hatten Mühe, an ihnen dran zu bleiben.
Ihr Angriff erfolgte schweigend. Die Hufe der Pferde wirbelten Erde auf. Sie hatten schon dreißig Yards zurückgelegt, bevor die ersten Räuber sie entdeckten. Zwei Männer wiesen mit ausgestrecktem Arm auf die Herangaloppierenden. Ihre Münder waren zu einem Schrei geöffnet. Doch noch bevor sie etwas rufen konnten, schlugen zwei gefiederte Todesboten mit sirrendem Geräusch in ihre Oberkörper. Der Aufprall war so heftig, dass die beiden Männer von den Füßen gerissen wurden. Entsetzt sahen sich die übrigen Männer um. Selbst Torben erkannte die Panik in ihren Augen.
Einige standen unentschlossen da, während sich zwei ihrer Kameraden zur Flucht wandten. Kurz darauf fegten zwei weitere Pfeile heran und wieder wurden zwei Männer tödlich getroffen. Torben wusste, dass die Waliser zehn Pfeile in der Minute losjagen konnten, die mit tödlicher Präzision ihr Ziel erreichen würden.
Die Stimme ihres Anführers riss die Räuber aus ihrer Erstarrung. Einige ergriffen ihre Waffen und reckten sie den anstürmenden Reitern entgegen. Diejenigen, die die Lage besser einschätzen konnten, suchten Schutz hinter den Fuhrwerken. Dort waren sie besser vor den Pfeilen geschützt und konnten den Reitern auf gleicher Höhe begegnen. Einige der Räuber schrien ihre Wut hinaus. Sie waren in der Überzahl. Doch die Angreifer waren aus

dem Nichts gekommen und ließen ihnen keine Zeit, ihre Abwehr zu organisieren. Ein bärtiger Kerl hielt ein langes Messer abwehrend von sich gestreckt, als würde ihn das vor den Reitern schützen können. Die Söldner des Grafen waren heran und begannen unter den Räubern zu wüten. Ihre Schwerthiebe trafen von oben herab mit großer Wucht die Köpfe oder Schultern ihrer Gegner. Das war kein Kampf, dies glich eher einer Hinrichtung. Schnell lag ein halbes Dutzend Männer blutig niedergestreckt am Boden. Einer wurde einfach niedergeritten und geriet dabei unter die stampfenden Hufe eines Pferdes. Seine Todesschreie gellten durch die Luft und brachen dann abrupt ab.
Die Kerle, die es nicht zu den Wagen geschafft hatten, lagen kurz darauf tot im Gelände verstreut. Doch die Hälfte der Männer hatte sich auf die Fuhrwerke gerettet. Zornig streckten sie den angreifenden Reitern ihre Waffen entgegen. Doch diese Männer waren keine ausgebildeten Kämpfer. Daher hatten sie den gutbewaffneten Söldnern kaum etwas entgegenzusetzen. Immer mehr sanken getroffen nieder. Um den Anführer hatten sich noch fünf Mann versammelt, die verbissen zurückschlugen. Sobald ihnen die Reiter zu sehr zusetzten, wichen sie zur anderen Seite der Ladefläche aus und konnten sich somit vorerst in Sicherheit wägen. Zornig wollten Richard und Tilo eine weitere Attacke starten, währen Torben und Hanno sich anschickten, von ihrem Pferd zu springen und auf die Ladefläche zu klettern.
Heinrich stieß einen durchdringenden Pfiff aus, der seine Männer zurückhielt. Mit einer Geste bedeutete er ihnen, die Schussbahn für die Bogenschützen freizugeben. Sie begriffen sofort und folgten dem Befehl.
Die Räuber brauchten einen Atemzug länger um zu erkennen, was die Angreifer damit bezweckten. Doch gleich darauf schlugen Pfeile in ihre dichtgedrängte Gruppe. Schnell hintereinander sanken drei Männer zu Boden. Einem Vierten steckte ein Pfeil in der Schulter. Noch bevor er seinen Schmerz hinausschreien konnte, erwischte Hanno ihn mit seinem Schwert und trennte ihm beinahe den Kopf von den Schultern.
Als letztes stand nur noch der Anführer der Bande aufrecht. Wutschnaubend hatte er den Untergang seiner Kumpane miterlebt. Sein Gesicht war krebsrot angelaufen. Mit weit aufgerissenen Augen starrte er die Männer an, die wie aus dem Nichts über ihn hergefallen waren.

„Bastarde", stieß er hervor. Die Hilflosigkeit seiner Lage machte ihn beinahe wahnsinnig.
„Was wollt ihr für mein Leben?", flehte er plötzlich.
Heinrich lächelte böse und schüttelte ablehnend den Kopf. Er hatte nichts übrig für Männer, die im Angesicht des Todes zu jammern anfingen. Erneut winkte er seine Männer zur Seite.
Zwei Pfeile schlugen mit so großer Wucht in die Brust des Kerls, dass dieser von den Geschossen über den Rand des Fuhrwerks getrieben wurde und mit einem harten Aufprall auf den Boden schlug.
Eine große Stille senkte sich über den Kampfplatz. Torben sah nach den beiden Kerlen, die zu flüchten versucht hatten. Sie hatten keine zwanzig Schritte hinter sich gebracht. Dann hatten die Waliser sie mit ihren langen Pfeilen erwischt. Beide lagen in verkrampfter Haltung im Gras.
„Ist jemand verletzt?", fragte Heinrich.
Seine Männer schüttelten den Kopf.
„Aber die Bogenschützen sind ganz brauchbar", lobte Hanno. „Sie haben uns eine Menge Arbeit erspart."
Heinrich sah dies ähnlich und streckte anerkennend die Hand in die Luft und zollte den Schützen seinen Respekt.
Die beiden Waliser nahmen bereits die Sehne von ihrem Langbogen und verstauten beides in den Hüllen.
Heiko kam zu ihnen gelaufen und sah sich die Gesichter der Toten an. Es war kein schöner Anblick. Doch Heinrich ließ es zu. Er ahnte, dass Heiko dies brauchte, um damit abschließen zu können. In der letzten Nacht war er keuchend aufgeschreckt. Man musste kein Prophet sein, um zu ahnen, dass der junge Mann die grauenvolle Nacht und die Flucht durch die Wälder wieder und wieder durchlebt hatte. Da half es ihm bestimmt, wenn er die Männer, die dafür verantwortlich waren, erschlagen vor sich liegen sah. Dann würden diese Träume hoffentlich endlich enden und nie wieder zurückkehren.
Hanno blickte sich auf den Wagen um.
„Viel Beute haben diese Kerle nicht gerade gemacht. Die Wagen sind fast leer."
Torben schürzte die Lippen.
„Dafür wird sie ein prall gefüllter Beutel mit Silbermünzen ganz sicher entschädigt haben. Und vergiss die beiden Wagen und die vier Pferde nicht, die die Wagen gezogen haben."

Hanno blickte missmutig zu den sperrigen Fuhrwerken hinüber. „Sind die überhaupt etwas wert?“, fragte er den Kaufmann. Torben nickte bekräftigend.
„Und ob. Für ein gutes Pferd bekommt man sicher acht Mark ausgezahlt. Und die beiden Wagen bringen noch einmal je zehn Mark ein. Das ist ein kleines Vermögen. Gerade wenn man bedenkt, dass ein Zimmermann am Tag ungefähr zwölf Pfennige verdient. Damit müsste er allein zwölf Tage arbeiten, um sich ein neues Paar Schuhe leisten zu können.“
Die Söldner schwiegen beeindruckt. Von solchen Dingen verstanden sie wenig. Meistens brachten sie ihr Geld sowieso in Schenken durch. Darum waren sie so erpicht darauf, endlich wieder unter dem Befehl des Grafen in Norditalien auf Beutezug zu gehen. Denn das versprach ihnen ein großartiges Leben, in dem sie wenig kämpfen, aber umso mehr das Leben genießen konnten. Krieg war durchaus erstrebenswert für sie. Er durfte nur nicht allzu blutig ausfallen. Und natürlich musste man auf der Seite der Sieger stehen.
„Wir sollten diese Sachen in der nächsten Stadt loswerden“, schlug Torben vor.
„Ich kann den Familien der beiden Kaufleute das Geld zukommen lassen“, bot sich Heiko an. „Wenn ich es einigen Kaufleuten mitgebe, die auf dem Weg nach Köln sind, wird es dort sicher ankommen und das Leid der Hinterbliebenen lindern helfen.“
Heinrich war einverstanden.
„Ein guter Gedanke. Wir sind nicht mehr weit von Lichtenfels entfernt. Dort versuchen wir die Wagen und Pferde zu verkaufen. Sie halten uns sonst zu sehr auf. Aber wir haben ja Kaufleute in unseren Reihen“, schmunzelte er. „Da sehe ich keine Probleme.“
Noch vor Einbruch der Dunkelheit erreichten sie die kleine Stadt Lichtenfels. Vor dem Stadttor saßen sie ab und führten die Pferde am Zügel hinter sich her. Einzig Hanno und Richard, die die schweren Gespanne lenkten, zuckelten weiter und passierten das schmale Stadttor. Eine Wache sah ihnen misstrauisch entgegen. Der Mann hatte einen grauen Bart und trug eine Lanze, deren scharfe Spitze in der untergehenden Sonne funkelte. Doch Heinrich grüßte höflich und fragte ihn sogleich nach dem besten Wirtshaus der Stadt. Daraufhin wurde er umgänglicher und wies ihnen den Weg. Als Heinrich ihm dann zum Dank noch eine blitzende Münze zuwarf, war es um die Laune des Mannes sogleich

besser bestellt.
Hinter ihnen schloss sich krachend das Stadttor. Sie hatten es gerade noch geschafft. Wer jetzt noch kam, musste sich vor der Stadt einen Schlafplatz suchen, bis das Tor gegen Morgen wieder geöffnet wurde.
Torben seufzte erleichtert. Die Aussicht, mal wieder in einer Herberge einzukehren, beschwingte ihn. Auch wenn er den Nächten unter freiem Himmel einiges abgewinnen konnte, würde es ihm sein Rücken ganz sicher danken, wenn er mal eine Nacht auf einer dicken Schicht frischen Strohs verbrachte. Auch ein Dach über dem Kopf war sicher nicht zu verachten. In der letzten Nacht waren sie von einem heftigen Regenschauer überrascht worden, der sie bis auf die Haut durchnässt hatte. Zwar war dieser schnell vergessen, wenn am Morgen die Sonne aufging und sie mit ihren warmen Strahlen trocknete. Doch bis dahin hatte Torben erbärmlich gefroren.
Bis zum Wirtshaus war es nicht weit. Zwei Knechte halfen ihnen beflissen dabei, ihre Pferde und die Fuhrwerke im Stall unterzubringen.
„Nehmt den Lasttieren die Ware ab und stapelt sie dort hinten an der Wand. Dann reibt die Pferde ab und füttert sie. Und spart nicht am frischen Wasser“, knurrte Heinrich ihnen zu. „Der Stall muss bewacht werden, damit die Ladung morgen auch noch da ist, habt ihr mich verstanden?“
Die beiden Knechte nickten eifrig.
„Wir schlafen an der Tür, Herr. Den Pferden und der Ware wird nichts geschehen“, versicherten sie ihm.
Heinrich nickte zufrieden. Erneut nestelte er an seinem Wams und fingerte eine Münze hervor, die er mit geübtem Schwung dem größeren der beiden Knechte zuwarf. Dieser fing sie geschickt auf und dankte mit einem Lächeln.
„Morgen gibt es mehr davon, wenn alles zu unserer Zufriedenheit ausfiel“, ermunterte er sie.
Dann hielten sie auf das Wirtshaus zu und betraten den Schankraum. Dort war es warm, auch wenn die Luft reichlich abgestanden war. Sogleich kam ihnen der dicke Schankwirt entgegen, der bei dieser größeren Gruppe ein unverhofftes Geschäft witterte.
„Wir brauchen eine Unterkunft für die Nacht“, bellte Heinrich.
Der Wirt deutete eine Verbeugung an. Seine Schweinsäuglein

blitzten vergnügt.
„Damit kann ich selbstverständlich dienen, meine Herren. Sie befinden sich hier am besten Platz der Stadt."
„Sicher auch am einzigen Platz der Stadt, wenn ich mir dieses kleine Kaff so ansehe", schmunzelte Sigurd Torben leise zu. Dieser gab sich keine große Mühe, sein Grinsen zu verstecken.
„Was gibt es zu essen?", fragte Heinrich, während er sich voller Vorfreude die Hände rieb.
Die letzten Tage hatten sie von ihren Vorräten gelebt und den letzten Tag nur noch wässrigen Wein und altbackenes Brot verschlungen, das ihnen mittlerweile zum Hals heraushing. Schon die Vorstellung, sich an einem Braten gütlich zu tun, ließ ihnen das Wasser im Mund zusammenlaufen.
„Wir haben Schweinebraten und frischgefangene Bachforellen. Dazu gibt es Wirsing, Kohlrabi und Champignons."
Auf den Gesichtern der Söldner zeichnete sich ein verklärtes Lächeln ab.
„Schaff alles herbei. Und zwar reichlich", beauftragte ihn der Graf. Sogleich verschwand der Wirt in der Küche. Mit bellender Stimme trieb er seine Frau und den Koch an. Wenig später zog ein appetitlicher Geruch durch das Wirtshaus.
Bis auf vier einheimische Gäste, die sich den ganzen Abend an ihrem Bier festhielten, waren sie die einzigen Gäste. Der Wirt wusste genau, was er an ihnen hatte und ließ sich nicht lumpen. Der Braten war ausgezeichnet und die Forellen waren so gut durchgebraten, dass sich die Flosse leicht ablösen ließ. Die Fische schmeckten herrlich und zergingen beinahe auf der Zunge. Als der gröbste Appetit gestillt war, sprachen sie auch dem Bier tüchtiger zu. Der Wirt pries sein Bier in den höchsten Tönen. Doch Torben kam aus Lübeck und wusste daher, wie das beste Bier schmecken musste. Das einheimische Bier, welches ihnen hier aufgetischt wurde, war in Ordnung, doch er wusste genau, dass es seinen Freunden in Lübeck kaum ein Wort wert gewesen wäre. Das hat man davon, wenn man verwöhnt ist, dachte er flüchtig. Trotzdem schmeckte es allemal besser als wässriger, saurer Wein oder Flusswasser.
Als der Wirt ihnen die nächste Runde Bier an den Tisch brachte, winkte Torben ihn zu sich heran.
„Wir möchten einige Pferde und zwei Fuhrwerke verkaufen. Mit wem reden wir da am besten?"

Der Wirt wischte sich seine fetten Pranken an seiner ehemals weißen Schürze ab. Der Schweiß glitzerte auf seiner Stirn, während seine Schweinsäuglein angestrengt die Dachbalken musterten, die dunkelgefärbt an der Decke verliefen.
Dann hellte sich seine Miene auf.
„Damit geht Ihr am besten zum alten Wendel“, schlug er vor. „Ihr habt es auch nicht weit.“
Mit dem Daumen der rechten Hand wies er über seine Schulter zu dem Tisch, an dem die vier Einheimischen in ein leises Gespräch vertieft waren.
„Der ältere Mann mit den silbernen Schläfen, der gerade das Wort führt. Er ist der reichste Kaufmann hier im Ort. Zudem ist er der Einzige, der sich häufiger auf Reisen begibt, um seine Waren auch nach Bamberg oder sogar Nürnberg zu fahren. Da stehen die Chancen sicher nicht schlecht.“
Torben nickte ihm dankbar zu. Dann tauschte er einen kurzen Blick mit Sigurd aus. Diese Dinge zu verkaufen war eindeutig eine Aufgabe für sie. Schließlich war das der letzte Dienst, den sie den Familien der erschlagenen Kaufleute erweisen konnten. Sie schoben ihre Stühle zurück und erhoben sich. Dann gingen sie zu dem Tisch der einheimischen Wirtshausgäste. Das Gespräch erstarb sogleich, als diese die beiden Männer erblickten.
„Können wir Euch weiterhelfen?“, fragte Wendel mit zerfurchter Stirn. Er klang nicht unfreundlich, schien aber ein wenig skeptisch zu sein, was die Fremden von ihnen wollten.
„Wir hörten, dass Ihr ein Kaufmann seid. Wir hätten Euch vielleicht ein Geschäft vorzuschlagen, welches Euer Interesse wecken könnte“, bemerkte Sigurd.
Der Kaufmann neigte sich ein Stück weit vor. Unverkennbar war er interessiert.
„Ihr seid fremd hier. Normalerweise mache ich keine Geschäfte mit Leuten, die ich noch nie zuvor gesehen habe.“
Torben nickte zustimmend.
„Wir auch nicht. In der Regel ziehen wir zuvor Erkundigungen ein, um auszuschließen, dass uns jemand über den Tisch ziehen will. In diesem Fall stellen sich die Dinge aber recht einfach dar. Wir zwei sind Hansekaufleute, die in den Süden ziehen. Deshalb haben wir uns diesen Herren dort angeschlossen, damit wir sicherer reisen als allein. Unterwegs haben wir eine Räuberbande niedergemacht, die eine Gruppe Reisender hinterrücks überfallen und gemeuchelt hat.

Der junge Mann dort drüben am Tisch ist der einzige Überlebende dieser Gruppe."
Torben deutete zu Heiko hinüber, der in diesem Augenblick zu ihnen herübersah.
„Das ist ja furchtbar", bemerkte einer der jüngeren Männer an ihrem Tisch.
Der Wirt hatte seine Ohren überall und kam sogleich einen Schritt näher.
„Von dieser Bande haben wir schon gehört. Erst im letzten Monat haben sie eine ganze Familie entführt und wollten Lösegeld für sie einstreichen. Als ihnen das Lösegeld zu gering erschien, haben sie die Familie einfach ausgelöscht. Eine Woche lang sind ihnen einige Büttel des Vogts hinterhergeritten. Doch irgendwo in den Hügeln haben sie ihre Spuren verloren. Das sind schlimme Zeiten."
Wendel war bei diesen Worten ein wenig blass geworden. Er betrachtete die beiden jungen Kaufleute aufmerksam. Dabei bemerkte er auch das Schwert an Torbens Seite. Nach einem langen prüfenden Blick war er zu einem Urteil gelangt.
„Wir sind Euch zu großem Dank verpflichtet. Schon seit letztem Sommer haben diese Leute ihr Unwesen getrieben und dem Handel Schaden zugefügt. Gerade mir haben sie mehr als eine schlaflose Nacht bereitet, denn ich bin oft auf den Pfaden des Landes unterwegs und hatte durchaus die Angst im Nacken, unverhofft auf dieses Gesindel zu stoßen. Als Kaufmann hat man es nicht immer leicht in diesen Tagen."
Er legte die Hände auf dem Tisch ab und blickte nacheinander Torben und Sigurd in die Augen. Was er dort sah, sagte ihm durchaus zu.
„Von was für einem Geschäft sprecht Ihr?"
Torben zog sich einen Stuhl heran und Sigurd tat es ihm nach. Dann erklärten sie es ihm. Wendel tat, als hätte er für solche Dinge keine Verwendung. Aber Torben wusste es besser. Dies war ein zu gutes Angebot für einen Fernhandelskaufmann, als dass man es ausschlagen konnte.
Sie feilschten lange und hartnäckig. Schließlich bestellte Torben eine neue Runde Bier, was ihm ein erfreutes Lächeln der übrigen Gäste eintrug.
„Wenn wir uns nicht einig werden sollten, ist das kein Beinbruch. Dann fahren wir mit den Fuhrwerken in die nächstgrößere Stadt", trug Sigurd schließlich vor. „Das können wir problemlos tun. Dort

würden wir sicher auch einen besseren Preis erzielen können."
„Aber das wäre ein weiter Weg", gab Wendel zu bedenken.
Torben lächelte verschmitzt.
„Aus diesem Grund sitzen wir ja zusammen und unterhalten uns so angeregt."
Wendel musste ebenfalls schmunzeln. Auch wenn die beiden Kaufleute noch recht jung waren, verstanden sie es doch, ihre Interessen mit Nachdruck zu vertreten.
„Lasst mich die Pferde und die Wagen einmal in Augenschein nehmen. Es geht schließlich um viel Geld."
„Sie stehen im Stall", sagte Sigurd sogleich zu. „Folgt uns, es sind ja nur wenige Schritte und niemand kauft gern die Katze im Sack."
Zusammen statteten sie dem Stall einen Besuch ab und sahen sich sowohl die Wagen als auch die Pferde genau an.
Wendel nickte anerkennend.
„Hervorragende Tiere. Und die Wagen sind bestens in Schuss und ihr Geld allemal wert."
Eine Weile überlegte er angestrengt.
„Lasst uns wieder in die warme Schenke gehen. Beim Bier redet es sich leichter", schlug Torben vor.
Schweigend liefen sie zurück und setzten sich wieder zusammen an den Tisch.
„Also gut", lenkte Wendel schließlich ein. „Kommt mir noch ein Stück entgegen und ich nehme Euch beide Fuhrwerke und die vier Pferde ab. Bisher verlangt Ihr zweiundfünfzig Mark für alles zusammen. Was sagt Ihr?"
Sigurd kräuselte die Lippen und sog tief die Luft ein.
„Fünfundvierzig Mark. Unser letztes Angebot."
Auffordernd streckte er Wendel die Hand hin.
Dieser schnaufte schwer. Dann gab er sich einen Ruck und schlug krachend ein.
„Wann fahrt Ihr wieder nach Bamberg?", fragte Sigurd ihn.
„In spätestens vier Wochen wird es wohl wieder so weit sein", überlegte der Kaufmann. „Jetzt muss ich ja nicht mehr fürchten, unterwegs überfallen zu werden."
„Reist trotzdem nicht allein", riet ihm Torben.
Wendel schüttelte den Kopf.
„So verrückt bin ich nicht. Ich werde drei bewaffnete Knechte mitnehmen und vielleicht auch noch einige Büttel anwerben. Ich hänge doch ein wenig an meinem Leben", lächelte er ihnen zu.

„Könnt Ihr uns einen Gefallen tun und den Familien der Erschlagenen das Geld überbringen?", fragte Sigurd. „Sie sind aus Köln. Der Zimmermann hat Euch den Namen und Wohnsitz der beiden armen Kerle aufgeschrieben, die es samt ihrer Knechte erwischt hat. Übergebt das Geld in Bamberg am besten Kaufleuten, die auf dem Weg nach Köln sind."
Der Kaufmann nickte kräftig.
„Das verspreche ich Euch. Bei meiner Ehre und vor diesen Zeugen."
Zufrieden lehnten sich die Männer zurück. Nun, da alle geschäftlichen Belange geklärt waren, ließen sie sich das Bier schmecken und tauschten fröhlich Erinnerungen an ihre spannendsten Reiseerinnerungen aus. Mit jeder Runde Bier wurde die Stimmung ausgelassener. Irgendwann gab der Graf einige launige Erzählungen aus seiner Zeit als Condottiere zu besten. Hier erwies sich mal wieder das große erzählerische Geschick des Grafen. Dieser verstand es, seine Zuhörer einzufangen und nicht wieder von der Leine zu lassen. Natürlich berichtete er nicht von den blutigen Seiten seines Handwerks. Dafür gab er lustige Zoten zum Besten, die immer wieder für Lachsalven sorgten. Der Mond stand schon lange als schmale Sichel hoch am Himmel und tauchte alles in sein kaltes, gelbes Licht, als sie sich voneinander verabschiedeten und schlafen gingen.

Am nächsten Morgen saßen die Männer schweigsam beim Frühstück. Mehr als einige Löffel Haferbrei bekam niemand hinunter. Einzig der Graf ließ sich einige frische Hühnereier schmecken. Kaum hatten sie ihre Mahlzeit beendet, trat auch schon Wendel zur Tür herein. Sofort erhoben sich Torben und Sigurd und führten ihn samt einiger Knechte in den Stall.
„Ich hoffe, wir kommen nicht ungelegen", begrüßte Wendel sie.
„Keineswegs", entgegneten die Kaufleute. „Lasst uns die Geschäfte abschließen und die Waren übergeben. Wir werden sowieso in Kürze aufbrechen."
Sie fuhren die Fuhrwerke aus dem Stall und verabschiedeten sich dann herzlich voneinander.
Auch Heiko reichte ihnen die Hand und dankte jedem einzelnen Mann für die Rettung seines Lebens.
„Viel Glück im Harz", wünschte ihm Torben. „Hoffentlich lernst du dort so viel über dein Handwerk, dass du dich unentbehrlich

machst."
Heiko strahlte ihn mit funkelnden Augen an und wollte sich schon abwenden, als Heinrich ihn zurückrief.
„Nicht so schnell, junger Mann."
Er griff an seinen Gürtel und zog einige Silbermünzen hervor, die er ihm in die Hand drückte.
„Hier, damit du auf dem Weg dorthin nicht Hunger leiden musst und vielleicht auch mal im frischen Stroh schlafen kannst."
Heiko dankte ihm überschwänglich. Zwar war er Entbehrungen gewohnt und hatte keine Angst vor der Reise. Aber es vereinfachte sein Vorhaben auf jeden Fall. Fröhlich winkend verließ er die Stadt auf einer nördlichen Route, während die Reisegruppe des Grafen gen Südwesten aufbrach. Nun, da sie die sperrigen Fuhrwerke losgeworden waren, kamen sie auch wieder gut voran.
Nach vier Tagen ohne Vorkommnisse erreichten sie Bamberg. Hier ließ Heinrich seine Männer einen Tag allein, um alte Freunde aufzusuchen, wie er sich ausdrückte. Torben ahnte, dass es Männer aus seiner Vergangenheit waren, mit denen er in Norditalien dem Söldnerhandwerk gefrönt hatte. Als er am Abend des darauffolgenden Tages wieder zu ihnen stieß, hatte er sechs Männer im Schlepptau, die den erfahrenen Söldnern in Nichts nachstanden. Die Männer tauschten ein knappes Grinsen. Kämpfer erkannten einander, wenn sie sich sahen. Zumal es so aussah, als würden sie in Zukunft gemeinsam unter dem Grafen dienen.
Torben und Sigurd war das nur recht. Sie hatten im Verlauf dieser Reise festgestellt, dass eine größere Gruppe Schutz bedeutete. Je mehr kampferfahrene Männer sich ihrem Zug anschlossen, umso sicherer fühlten sie sich. Das Wegenetz war gut ausgebaut, so dass sie am Tag in der Regel dreißig Meilen zurücklegten und sehr gut vorankamen.
Die nächste Station auf ihrem Weg war Nürnberg.
„Wart ihr schon einmal dort?", fragte Heinrich die jungen Kaufleute, während er sein Pferd an ihre Seite drängte.
Torben und Sigurd schüttelten den Kopf.
„Eine beeindruckende Stadt", rief der Graf ernstlich beeindruckt.
„Nürnberg ist eine sogenannte Freie Reichsstadt. Sie verfügt über das Münzrecht, Zollfreiheit und legt die Reichssteuern selbst an. Außerdem platzt sie bald aus allen Nähten. Sie ist schon heute eine der größten Städte im Reich."
Auf den Straßen waren nun immer mehr Handwerker, Bauern und

Kaufleute zu sehen, bis sich schließlich ein endloser Strom von Menschen den Toren der Stadt näherte.
Schon von weitem bewunderten sie die meilenlange Stadtmauer. Endlich näherten sie sich dem Haupttor im Nordwesten, dem spitzbogigen Tiergärtnertor, welches aus einem Torturm mit quadratischem Grundriss bestand. Auf den Straßen war es so voll, dass sie absaßen und ihre Pferde am Zügel hinter sich herführten. Als sie an einem großen Stall vorbeikamen, stellten sie ihre Tiere für die Nacht unter. Die Söldner halfen den beiden Kaufleuten dabei, ihre Packen mit Fellen und Bernstein im nächsten Gasthaus unterzubringen. Denn in dieser wuseligen Stadt war es ihnen lieber, ihre wertvollen Waren in Sicherheit zu wissen.
„Hast du genug Zimmer für uns, Gastwirt?“, fragte einer der Söldner im nächsten Gasthaus an. „Es ist auch nur für eine Nacht.“
Der Gastwirt nickte kräftig.
„Freilich. Wenn ihr dafür zahlen könnt, wird sich schon etwas Schönes finden lassen. Auch wenn es gerade recht voll in der Stadt ist.“
Während Heinrich ihm eine Anzahl Münzen in die Hand drückte, schlich sich sogleich ein zufriedenes Lächeln in sein Gesicht.
„Ich habe auch eine Kammer, in der ihr die Waren unterstellen könnt. Sie wird bewacht. Es kann also nichts passieren. Und euren Haufen bringen wir auch noch unter. Hinten zur Rückseite haben wir ein Dutzend Zimmer. Die könnt ihr gern für eine Nacht haben.“
Er zeigte ihnen ihre Schlafkammern und half mit einigen Knechten dabei, die Waren der Kaufleute in der Kammer zu stapeln.
„Die Straßen sind recht voll, wie uns aufgefallen ist“, knüpfte Torben an das Gespräch an. „Das klingt nach guten Geschäften.“
Der Gastwirt zwinkerte ihm verschmitzt zu.
„Ich will mich nicht beklagen. Schließlich lebt unsereiner davon, das Nürnberg jedes Jahr wächst und mit der ganzen Welt Handel treibt.“
Er ließ den Männern eine Runde Bier bringen und setzte sich zu ihnen.
„Die Lage Nürnbergs ist für Geschäfte aller Art bestens geeignet“, schwärmte er begeistert. „Auf allen großen Handelswegen kreuzt man unweigerlich unsere Stadt“, fuhr er fort. „Wenn man von Hamburg nach Venedig will, von Brüssel nach Wien, von Breslau

nach Genf, he? Na, wo kommt man da wohl entlang?"
Torben und Sigurd spielten mit.
„Nach Nürnberg, wir haben es verstanden."
Während Torben das Bier probierte und genießerisch die Augen verdrehte, beugte Sigurd sich ein Stück vor.
„Aber sag einmal, warum sind denn hier alle so aus dem Häuschen. Die Menschen sind so gutgelaunt, dass es einem Angst machen kann. Viele singen und jauchzen vor Glück. Als wir aus dem Pferdestall traten, ist mir eine hübsche Magd um den Hals gefallen und hat mich mitten auf den Mund geküsst. Das passiert mir nicht jeden Tag."
Torben schmunzelte und wischte sich ein wenig Schaum von der Oberlippe.
„Das glaub ich dir sofort."
Sigurd rieb sich die Knöchel und blickte seinen Freund abschätzend an. Dann beugte er sich zu Don herunter, der ihn sogleich ansah.
„Das lassen wir ihm noch mal durchgehen, was Don? Bestimmt weiß er es einfach nicht besser."
Don legte den Kopf schräg. Dann ließ er sich auf die abgewetzten Bretter niedersinken und schloss die Augen.
Der ältere Schankwirt kratzte sich aufgeregt den fast kahlen Schädel.
„Damit hat es eine besondere Bewandtnis", setzte er zu einer Erklärung an.
„Heute Abend hat eine Meldung die Runde gemacht, die die ganze Stadt in Aufruhr versetzt hat."
„Das muss aber schon etwas Besonderes gewesen sein, wenn eine große Stadt wie Nürnberg in einen solchen Freudentaumel gerät", entgegnete Torben erstaunt.
Der Schankwirt nickte frohlockend.
„Habt ihr schon mal den Namen Eppelein von Gailingen gehört?"
Die Kaufleute schüttelten den Kopf. Selbst Heinrich, der sich schon überall herumgetrieben hatte, wölbte fragend die Lippen.
„Wer soll das sein?", fragte Sigurd.
„Ein Raubritter der schlimmsten Sorte", fuhr der Schankwirt fort.
„Diesem sogenannten Ritter war unsere Stadt schon immer ein Dorn im Auge. Das Rittergeschlecht von Gailingen hatte vom Grafen von Hohenlohe ein kleineres Lehen erhalten. Das war aber nicht groß genug, um die ganze Sippe durchzubringen. Sie waren

von ihren Bauern abhängig, die recht karges Land bewirtschafteten. Daher hatten sie schon immer einen Hass auf die reichen Nürnberger Bürger, gerade auf die Kaufleute, die mit jedem Jahr mächtiger wurden. Irgendwann entwickelte sich das Ganze zu einer Fehde mit dem Grafen von Hohenlohe und den Gailingen auf der einen und der Stadt Nürnberg und ihrem hohenzollerischen Burggrafen auf der anderen Seite. Das waren blutige Zeiten. Zwar konnten derer von Gailingen kaum genug Geld auftreiben, um ihre Mannen mit ihren Einnahmen zu finanzieren. Auch der Unterhalt der kleinen Burg und der Schlachtrösser verschlang ein Vermögen. Doch sie wussten sich zu helfen, indem sie Kaufmannszüge überfielen und niedermachten. Manchmal warfen sie die armen Leute auch einfach ins Verlies und warteten, bis deren Familien ein hohes Lösegeld zu zahlen bereit waren. Auf diese Weise hatten sie ein auskömmliches Leben."
Heinrich und seine Männer tauschten einen bedeutungsvollen Blick. Mit Raubrittern hatten sie nun wirklich schon genug eigene Erfahrungen gesammelt.
„Jeder Handelszug, egal ob nach Nürnberg oder aus Nürnberg heraus, war fortan in großer Gefahr. Daher wagten es einzelne Reisende schon bald nicht mehr, sich nach Nürnberg zu begeben. Die Kaufleute schlossen sich zu größeren Trupps zusammen. Manche suchten sich andere Wege und kehrten Nürnberg den Rücken. Die meisten aber heuerten Söldner an und versuchten auf diese Weise der Gefahr zu begegnen. Doch das verteuerte ihre Waren und erschwerte ihre Geschäfte. Zudem waren diese Raubritter tückisch und kannten im ganzen Umland jeden Steg und Weg. Daher schlugen sie zu, wenn die Kaufleute und deren Begleiter dies am wenigsten erwarteten. Wenn diese sich anschickten einen Fluss zu überqueren, oder nachts ihr Lager aufschlugen."
Heinrich verzog das Gesicht zu einem boshaften Grinsen und raunte seinen Söldnern zu: „Macht das nicht jeder gute Anführer, um das Blut seiner Männer zu sparen?"
„Jedenfalls trieb er es so wild, dass ein Nürnberger Gericht die Reichsacht über ihn verhängte. Außerdem verlor er seine Burg Wald bei Gunzenhausen und einige kleinere Güter bei Nürnberg."
„Was heißt das, wenn du sagst, er verlor seine Festung Wald?", fragte einer der Söldner nach. „Wurde sie ihm entrissen oder hat er sie freiwillig übergeben?"

„Unsere Stadt stellte ein Heer auf und heuerte Söldner an. Dann umzingelten wir die Burg und zerstörten sie mit schwerem Kriegsgerät. Zwar gelang es Eppelein von Gailingen zu entkommen und sich in Sicherheit zu bringen. Doch seine Burg ging verloren und wurde von Kaiser Karl IV. an Friedrich V., den Burggrafen von Nürnberg, verliehen."
Plötzlich verkniff er das Gesicht und sah auf die Straße hinaus, von der der Lärm der Passanten herüberdrang.
„Man sollte meinen, damit würde endlich Ruhe herrschen. Doch weit gefehlt. Kurz darauf überfiel er einen großen Wagenzug einheimischer Kaufleute. Doch die Männer des Burggrafen verfolgten ihn in wilder Jagd und es gelang ihnen, seiner habhaft zu werden. Sie brachten ihn in die Stadt, wo er von einem einberufenen Gericht zum Tode durch den Strang verurteilt wurde."
„Na bitte", rief Richard zufrieden. „Dann hatte sich das Ganze ja erledigt."
„Leider nicht", entgegnete der Schankwirt zerknirscht.
Richard zog die Stirn kraus.
„Wie denn das?"
Der Schankwirt rang nach Worten. Das Geschehen war ihm offensichtlich ein wenig unangenehm. Die Söldner rückten dichter zusammen. Jeder wollte hören, was er wohl verkünden würde.
„Unglücklicherweise gelang es ihm seine Fesseln zu lösen", fuhr er schnaufend fort.
„Na und?", entgegnete Arnold trocken. „Das wird ja wohl kaum genügt haben, um aus der Stadt zu fliehen. Er war doch sicher von Wachen umgeben?"
Der Schankwirt nickte betrübt.
„Er muss mit dem Teufel im Bunde gewesen sein. Er täuschte vor, dass er noch gefesselt sei. Urplötzlich riss er sich dann los und sprang auf ein Pferd, welches Knechte an ihm vorbeiführten. Dann sprang er in einem tollkühnen Sprung über die Stadtmauer. Dort wurde gerade gebaut und in dem Abschnitt war sie nur hüfthoch. So gelang es ihm in die Wälder zu fliehen. Wir schickten zwar Büttel hinter ihm her. Doch die kamen unverrichteter Dinge wieder zurück."
Die Söldner hatten Mühe, ein Schmunzeln zu unterdrücken.
Der Schankwirt winkte mit seiner dicken Hand ab.
„Das Treiben dieses Raubritters hielt dann noch ein weiteres langes

Jahr an. Er hat eine Menge Beute gemacht und vielen harmlosen Menschen Leid zugefügt. Selbstverständlich ging die Jagd nach ihm weiter. Mehrmals entkam er seinen Häschern nur um Haaresbreite."
Er stieß triumphierend den rechten Zeigefinger in die Luft.
„Aber dann wendete sich das Blatt endlich. Vor einigen Tagen hat er einen Kaufmannszug aus Köln überfallen. Auf diese Weise brachte er eine große Wagenladung kostbarer Güter an sich, die er für weit weniger als die Hälfte des tatsächlichen Wertes an seine Mittelsmänner weiterreichte. Ihm blieb noch mehr als genug, um in Saus und Braus zu leben. Das tat er auch ausgiebig. Denn er hatte den Winter über gedarbt und genug davon, jede Münze umdrehen zu müssen. Also ließ er es sich und seinen Kumpanen gutgehen. Sie kehrten in Gasthäusern ein, in denen sie sich sicher fühlten und soffen und hurten die ganze Nacht. Am nächsten Tag verschwanden sie dann wieder in den Wäldern und versteckten sich. Doch vor zwei Tagen kehrte er in den Ort Postbauer zurück und besuchte dort das Wirtshaus Zum Schwarzen Kreuz. Dort gibt es einen Pfarrer, der nicht bereit war, bei dem gottlosen Treiben wegzusehen. Er eilte nach Nürnberg und informierte den Burggrafen von Nürnberg. Dieser rief sogleich einige Soldaten und auch Söldner zusammen und rückte noch in der Nacht aus. Sie trafen in Postbauer ein, als die Bande des Raubritters schon so volltrunken war, dass sie sich kaum noch zu wehren wussten. Sie wurden schnell überwältigt und gestern nach Nürnberg zurückgebracht."
Nun strahlte er seine Gäste so glücklich an, dass seine Augen funkelten. Seine buschigen Brauen waren so dicht, dass sie beinahe eine geschlossene Linie bildeten.
„Jetzt sitzt er mit seinen Helfershelfern im Verließ. Ein Dutzend Wachen lassen ihn keinen Moment aus den Augen. Sein Schicksal ist besiegelt. Und wie vor zwei Stunden der Rat der Stadt verkündete, sollen er und sein Schwiegersohn, sowie dessen Bruder, allesamt aufs Rad gebunden und qualvoll hingerichtet werden. Sechs weiteren Knechten, die ihn auf seinen Raubzügen begleitet haben, wird hingegen zügig der Kopf abgeschlagen. Die Aussicht auf dieses Schauspiel hat auch den letzten Bürger Nürnbergs auf die Straße gebracht. Außerdem kommen sicher noch viele Menschen aus den umliegenden Dörfern und Städten, um sich dieses Spektakel nicht entgehen zu lassen."

Torben tauschte einen missmutigen Blick mit Sigurd aus. Er verabscheute übertriebene Gewalt, auch wenn dieser Raubritter und seine Spießgesellen eine solche Strafe ganz sicher verdient hatten. Außerdem würden auf diese Weise vielleicht Nachahmer abgeschreckt. Denn diese Hinrichtung würde sich wie ein Lauffeuer verbreiten. Mit eigenen Augen hatte er noch nie mitangesehen, wie ein Verurteilter aufs Rad gebunden wurde. Doch er kannte genug Erzählungen und hatte ausreichend Vorstellungskraft, sich den Rest zusammenzureimen. Er wusste, dass der Zweck, einen Verbrecher aufs Rad zu binden, nicht vorrangig darin bestand, diesen schnell zu töten. Im Gegenteil. Ihm wurden durch ein Richtrad mit eisernen Kanten die Knochen gebrochen. Meist ging es bei den Beinen los. Dann arbeitete sich der Scharfrichter bis zu den Armen seines Opfers hinauf. Wenn der Scharfrichter ein Einsehen hatte, konnte er den Verurteilten am Ende dieses ersten Akts mit einem Gnadenstoß in Herz oder Hals erlösen. Manchmal wurde dieser aber im Anschluss auch an einem Pfahl aufgerichtet und enthauptet. Da das Ideenreichtum der Menschen, gerade was das Peinigen ihrer Mitmenschen anging, nahezu unbegrenzt war, gab es auch Scharfrichter, die ihre Opfer im Anschluss bei lebendigem Leib verbrannten. Trotzdem soll es einigen Geräderten gelungen sein, ihrem Schicksal noch einmal zu entgehen. Es hielten sich hartnäckig Gerüchte, dass in seltenen Fällen eines dieser bemitleidenswerten Geschöpfe lebend vom Rad fiel. Wenn dies geschah, oder die Hinrichtung aus einem anderen Grund misslang, wurde dies als Eingreifen Gottes interpretiert. Es würde sicher genug Zuschauer geben, die auf ein solches Ereignis, so selten es auch immer sein mochte, zu wetten bereit waren. Doch für Torben war das nichts. Und Sigurd hatte ihm mit einem Blick zu verstehen gegeben, dass auch er sich davon fernhalten würde.
Auch Heinrich verzog das Gesicht. Er führte selbst ein gewalttätiges Leben und war als Condottiere nun wirklich nicht sonderlich zart besaitet. Doch stundenlang dabei zuzusehen, wie ein Mann aufs Rad gebunden und gequält wurde, war nichts für ihn.
„Wann soll die Hinrichtung denn erfolgen?“, fragte Heinrich.
„In drei Tagen. Sie wollen kein langes Federlesen machen. Schließlich ist er schon einmal entkommen.“
Der Graf nickte knapp.

„Bis dahin sind wir längst wieder auf dem Weg. Hauptsache, ihr lasst ihn nicht wieder entkommen“, schloss er schmunzelnd.
Torben und Sigurd atmeten auf. Wenigstens das blieb ihnen erspart.
Am nächsten Tag zog Heinrich mit seinen altgedienten Söldnern Rupert, Tilo und Hanno los,
um einige Erkundigungen einzuholen und alte Kontakte zu erneuern. Er ermahnte seine übrigen Männer, sich zusammenzureißen und vom Glücksspiel und den Hurenhäusern fernzuhalten. Er wollte nicht die Gefängnisse der Stadt absuchen müssen, wenn er in Kürze aufzubrechen gedachte.
Torben und Sigurd zogen ebenfalls umher und liefen über die Märkte der Stadt. Die Straßen quollen beinahe über vor Menschen. Doch ein solches Gedränge kannten sie auch aus Lübeck. Daher ließen sie sich davon nicht abschrecken. Karren voller Getreide und Gemüse rumpelten vor ihnen durch die Gassen. Die beiden Kaufleute ließen sich einfach im Strom der Handwerker, Tagelöhner, Dienstmägde und Bauern mittreiben, die es allesamt zum großen Markt zog. Von dort drangen schon laute Rufe zu ihnen herüber. Kaufleute priesen lauthals ihre Waren an und fanden immer wieder neue Beschreibungen, warum sie besser waren, als alle ihre Kontrahenten.
Ein Schuster hatte bei einem Interessenten Maß genommen und werkelte vor ihnen an seinem Stand herum. Er hatte Sohlen geschnitten und war gerade dabei, daraus ein hübsches Paar Stiefel zu fertigen.
Als er fertig war, gab er die Stiefel dem Käufer zum Anprobieren. Dieser schlüpfte hinein und wippte vor und zurück. Sein zufriedener Blick sagte mehr als genug.
„Dafür bekomme ich elf Schillinge“, sagte der Schuster und streckte fordern die Hand aus.
Der Käufer zog seufzend seinen Geldbeutel vom Gürtel hervor. „Können wir uns auch auf neun Schilling einigen?“, fragte der Käufer, ein korpulenter Mann mit einem wuchtigen Spitzbauch, der schwer über seinen Gürtel hing.
Der Schuster lachte dröhnend.
„Sicher doch. Schließlich liebe ich Kunden, mit denen ich mir handelseinig war und die anschließend den Preis zu drücken versuchen, sobald sie die Ware haben.“
Sein Lachen verschwand.

„Elf Schilling, sagte ich. Für neun Schilling dürft Ihr genau einen Stiefel behalten. Dafür dürft Ihr Euch dann aussuchen, ob es der linke oder der rechte sein soll."
Der dicke Käufer druckste noch ein wenig verschämt herum. Doch als er sah, dass bereits einige Marktbesucher über ihn grinsten, zählte er verschämt das Geld ab, drückte es dem Schuster wortlos in die Hand und verschwand gleich darauf in der Menge.
Der Schuster schüttelte den Kopf.
„Es ist doch immer das Gleiche. Die Stiefel fertige ich aus bestem Leder. Wenn ein Käufer sie sich nicht leisten kann, soll er sich Schuhe machen lassen. Die kosten bei mir nur fünf Schilling."
Er zuckte mit den Schultern und machte sich wieder an die Arbeit.
Torben und Sigurd zogen weiter. An einer Ecke verkaufte ein Bauer einen ausgewachsenen Ochsen für vier Mark. Der stolze neue Besitzer zog das störrische Tier hinter sich her.
„Vielleicht sollten wir dir auch einen kaufen", stichelte Sigurd. „So wie du reitest, wird dir der Unterschied überhaupt nicht auffallen."
Torben verzog keine Miene.
„Ich würde es glatt in Erwägung ziehen. Aber wir haben keine vier Mark."
Da war etwas dran. Ihr ganzes Geld steckte in ihren Waren. Zwar hatten sie einige Münzen bei sich. Doch der Weg nach Venedig war noch weit und bis dahin musste ihr Geld reichen. So schlenderten sie seufzend an Ständen vorbei, an denen Honiggebäck feilgeboten wurde. Allein der Geruch war schon ein Erlebnis.
Gleich daneben waren Beinschnitzer dabei, aus Knochen fein verzierte Messergriffe und Spielwürfel herzustellen. Auch an Töpfern herrschte kein Mangel. Überall wurden ihnen Töpfe, Teller, Schüsseln und Krüge angeboten. Doch die beiden winkten ab und zogen weiter. Vorbei an Garküchen, aus denen es appetitlich duftete. Gleich daneben hatte ein Weinhändler seinen Stand. In seinen Regalen drängten sich Amphoren mit Wein aus Italien sowie Olivenöl aus Iberien. Die reichen Bürger Nürnbergs ließen sich solche Köstlichkeiten gern schmecken und bezahlten bereitwillig die hohen Preise.
Wenig später zog Torben seinen Freund am Ärmel und deutete auf einen Händler, der diverse Gewürze im Angebot hatte. Sie sahen Leinensäcke voller Salz, Gefäße mit getrockneten Feigen und Datteln, kleine Säckchen voller Gewürznelken, Muskatnuss, Zimtstangen und selbst Safran aufgereiht nebeneinanderliegen.

Torben konnte nur schwer den Blick abwenden.
„Warum wollen wir noch gleich nach Venedig reisen?“, fragte Sigurd ihn flüsternd.
Torben hob die Hand und brachte Sigurd auf diese Weise zum Schweigen. Gespannt verfolgten sie, wie einige reiche Bürger Nürnbergs mit dem Kaufmann um diese Waren feilschten. Jedes einzelne Gewürz war hochbegehrt. Doch die Preise waren so unverschämt hoch, dass die meisten unverrichteter Dinge weiterzogen. Und sollten sie sich doch einmal handelseinig geworden sein, so handelte es sich jeweils um sehr geringe Mengen.
Torben schüttelte den Kopf.
„Das es in Nürnberg sämtliche Gewürze zu kaufen gibt, ist keine Frage. Diese Stadt liegt wie eine Spinne mitten im Netz der Handelswege. Aber bei diesen Preisen werden wir niemals zum Zuge kommen. Das grenzt an Wucher.“
Sigurd seufzte schicksalsergeben.
„Ich hatte mir so etwas schon gedacht.“
Als sie schließlich zu ihrer Unterkunft zurückkehrten, war der Graf mit seinen drei Begleitern noch immer nicht zurück. Selbst als sie sich schlafen legten, blieb Heinrich verschwunden. Er tauchte erst wieder am nächsten Morgen auf. Dann allerdings nicht nur mit seinen drei Söldnern, sondern einem guten Dutzend weiterer Kämpfer, die sich von ihm hatten anwerben lassen.
Auf diese Weise war ihre Zahl bei ihrem Aufbruch auf fast dreißig Köpfe angewachsen.
„Wenn das so weitergeht, sind wir eine kleine Armee, noch bevor wir die Alpen erreicht haben“, raunte Sigurd Torben grinsend zu.
Diesem war das nur recht. Jeder Raubritter würde sich sicher leichtere Beute suchen, als sich mit fast dreißig gutbewaffneten Söldnern anzulegen.
Ihre nächsten Stationen waren Ingolstadt, München, Innsbruck und schließlich Bozen. Die Wege waren gut ausgebaut und mit Reitpferden gut zu bewältigen. Zudem hatten sie genügend Männer in ihrer Truppe, die sich hier auskannten und auch den weiteren Weg schon mehr als einmal hinter sich gebracht hatten.
Torben beobachtete einen der Männer, die in Nürnberg zu ihnen gestoßen waren. Der Mann war um die dreißig Jahre alt, untersetzt und hatte bemerkenswert gute Laune. Ganz egal, ob die Sonne schien oder es wie aus Kübeln goss. Als er Torbens Blick bemerkte, deutete er auf seinen abgewetzten Hut, von dem er sich

niemals trennte.
„Ist mein Glücksbringer“, erklärte er auf Nachfrage. „Solange ich ihn trage, kann mir nichts geschehen.“
Torben nickte beeindruckt. Er fragte sich immer, woher solche Menschen diese Zuversicht nahmen. Aber ihm konnte es egal sein. Hauptsache, das Glück des Trägers färbte im Verlauf ihrer weiteren Reise ein wenig auf sie ab.

Andrea Contarini, der sechzigste Doge von Venedig, hatte sich in seinen prunkvollen Palast zurückgezogen, der seit dem neunten Jahrhundert Sitz des Dogen und der Regierungsorgane der Republik Venedig war. Der Palast war ein bedeutsames Symbol für die Größe und Macht der Seerepublik. Hier war der Versammlungsort des Großen Rates, aus dem sich die Mitglieder aller Regierungsorgane rekrutierten. Auch der Kleine Rat, der ihm als Kontrollinstanz zur Seite gestellt worden war, saß hier im Zentrum der Macht. Trotzdem hatte allein der Doge in Kriegszeiten den Oberbefehl inne. Auch einen Stellvertreter gab es nicht. Damit war er die wichtigste Person des Seestaates, der die Geschicke der Stadt lenkte.
Der Palast lag direkt am Wasser. Die Innenräume waren groß, hell und üppig mit Stuck, vergoldeten Schnitzereien und riesigen Historiengemälden der großen Maler Venedigs ausgestattet. In solchen Sälen warteten Botschafter und Gäste fremder Länder auf ihre Audienz. Sie sollten beeindruckt werden, vom Reichtum und Glanz Venedigs. Dazu trug auch der prachtvolle Innenhof bei, der für die Bevölkerung Venedigs frei zugänglich war.
Dieser war riesig. Frauen schöpften hier ihr Wasser. Hier wurden Amtshandlungen, Versammlungen, Feste und Turniere durchgeführt. Sogar eine Stierhatz gab es einmal im Jahr. Ein unvergessliches Ereignis, bei dem es jede Menge Zuschauer gab. Natürlich gab es auch noch einen kleinen Platz links des Haupthofs, der den Senatoren vorbehalten blieb. Hier trafen sie sich zu ihren Sitzungen und konnten dann bequeme Treppen direkt zu ihren Amtsstuben nutzen.
Doch wenn er die strahlenden Blicke der Besucher aus aller Welt registrierte, musste Andrea Contarini oft ein wenig innehalten, um sich ein Lächeln zu verkneifen. Nicht alles im riesigen Palast des Dogen war so verschwenderisch ausgestattet, dass es beinahe an die besten Zeiten von Byzanz erinnerte. Im Keller gab es eine

Reihe von Gefängnissen, in denen es ausgesprochen ungemütlich zuging. Dort war es kalt und das regelmäßig eindringende Lagunenwasser sorgte für harte Haftbedingungen. Im Dogenpalast wurden allerdings nur Staatsgefangene oder Hochverräter inhaftiert, denen man solche Zustände gern zumutete. Für normale Verbrecher gab es überall in der Stadt eigene Gefängnisse.
Dabei musste er an die beiden roten Säulen denken, die auf der Platzseite des Palastes im ersten Geschoss standen. Beinahe jeder Besucher fragte nach diesen beiden Säulen und warum sie rotgefärbt waren. Die Antwort jagte jedem Gast einen Schauer über den Rücken. Schließlich war das der Ort, an dem Todesurteile verkündet wurden. Er erinnerte sich noch gut an den Versuch eines Staatstreichs vor etlichen Jahren. Dabei wurden zehn einflussreiche Männer eingekerkert und schließlich zum Tode verurteilt. Sie wurden vor dem Palast geköpft, um Nachahmer abzuschrecken.
Ein harter Zug trat um seine Mundwinkel. Macht musste errungen werden. Niemandem fiel sie einfach so in den Schoß. Wer zögerte, wenn sich ihm eine Gelegenheit bot, würde es niemals bis an die Spitze schaffen.
Zwei seiner Berater traten ehrfürchtig auf ihn zu und rissen ihn aus seinen Gedanken. Mit einer Geste forderte er sie zum Sprechen auf. Sie informierten ihn darüber, dass die erwartete Kornlieferung zur Versorgung Venedigs seit mittlerweile sechs Wochen überfällig war.
Andrea Contarini verschränkte die Hände vor dem Leib und lauschte vorgeblich aufmerksam. Seine Augen waren nur noch einen Schlitz weit geöffnet. Das Thema war für ihn nur von mäßigem Interesse. Er wusste, dass die Kornspeicher seiner wachsenden Stadt noch immer gut gefüllt waren. Daher schenkte er den Worten nur wenig Aufmerksamkeit und erlaubte es seinen Gedanken wieder in die Vergangenheit abzutauchen.
Hinter ihm lagen kräfteraubende Zeiten. Seit elf Jahren hatte er das verantwortungsvolle Amt des Dogen inne. In dieser Zeit hatte Venedig neue Handelskolonien in Besitz genommen, Aufstände niedergeschlagen, der Kriegsflotte Venedigs zu neuem Glanz verholfen und Kriege geführt.
Er hatte das Gefühl, dass die Zeit davonjagte wie ein Pferd im Galopp. So viele Ereignisse prasselten gleichzeitig auf ihn ein und bedurften einer schnellen Entscheidung. War das Leben früher langsamer verlaufen? Rückte die Welt immer enger zusammen und

beschleunigten sich deshalb sämtliche Ereignisse? Oder bildete er sich das alles nur ein? Mittlerweile war er siebenundsiebzig Jahre alt und spürte das Alter jeden Tag mehr in den Knochen. Er war müde, unsagbar müde.
Doch für ihn gab es keinen Ausweg. Der Doge wurde stets auf Lebenszeit gewählt. Dieser konnte zwar abgesetzt werden, es war ihm aber verboten zurückzutreten. Also hatte er sich auch weiterhin allen Herausforderungen zu stellen. Und davon gab es viele.
Eilige Schritte näherten sich. Der Doge schreckte auf. Seine Berater stockten und machten dem Kanzler Platz, der im Dogenpalast für sämtlichen Schriftverkehr verantwortlich war.
Andrea Contarini hielt viel von seinem Vertrauten, einem bedächtigen Mann von sechzig Jahren, der einen Kranz silbriger Haare auf dem Kopf trug. Dieser ließ sich nie aus der Ruhe bringen und behielt noch im größten Durcheinander die Übersicht. Zudem war er immer bestens informiert und war deshalb ein gefragter Gesprächspartner des Dogen. Nicht zuletzt war er der Einzige, der sich für dieses Amt anhand überprüfbarer Kriterien hatte messen lassen müssen. Sämtliche anderen Posten wurden per Wahl vergeben, sobald ein Bewerber als halbwegs geeignet erschien.
„Giovanni", begrüßte er ihn mit einem müden Lächeln, während er seine Berater mit einer knappen Geste entließ. Die beiden Männer entfernten sich mit einer Verbeugung.
Der Kanzler trat näher und senkte ergeben das Haupt. Der Doge seufzte leise. „Du hast mich vor einem langweiligen Bericht über Venedigs Versorgungslage bewahrt. Ich hoffe doch, du wirst mich nicht auch noch einschläfern wollen?"
Der Kanzler verzog keine Miene.
„Keineswegs."
Der Doge nickte bedächtig und vollführte eine auffordernde Handbewegung. Sein Kanzler räusperte sich leise.
„Ihr erinnert Euch vielleicht, dass wir vor knapp zwanzig Jahren erstmalig Emissäre an den osmanischen Hof sandten. Damals sollten sie Murad I. zur Eroberung von Edirne und zur Thronbesteigung gratulieren."
Der Doge rieb sich die zerfurchte Stirn. Daran erinnerte er sich noch gut. Es gab damals lange Debatten, ob man diesen Osmanen nicht zu viel Aufmerksamkeit zuteilwerden ließ. Schließlich hatte

man keinerlei gemeinsame Grenzen und diese waren nur ein kleines Volk in Kleinasien. Also wozu der Aufwand?
Doch seitdem hatte sich einiges geändert. Die Osmanen hatten das Byzantinische Reich in den letzten Jahren aus Kleinasien herausgedrängt. Mittlerweile gehörten auch zahlreiche Stützpunkte in der Ägäis zum Herrschaftsgebiet. Längst besaßen sie einige Küstengebiete am Schwarzen Meer und in Thrakien. Mit Gallipoli wurde die erste byzantinische Stadt auf europäischem Boden erobert. Nur wenige Jahrzehnte später gelang ihnen schließlich die Eroberung des Serbischen Makedoniens sowie Bulgariens. Spätestens ab diesem Zeitpunkt war offensichtlich, dass dieser Gegner nicht unterschätzt werden durfte und sein Landhunger noch lange nicht gestillt war.
„Und ob ich mich erinnere“, bemerkte der Doge. „Was bezweckst du mit dieser Erwähnung?
Der Kanzler verzog die schmalen Lippen.
„Erstmals haben auch die Osmanen uns einen Emissär gesandt. Er ist heute Morgen an unserem Hof eingetroffen und bittet um ein Gespräch mit Euch noch in dieser Woche.“
Der Doge rieb sich die Nase.
„Was ist von dem Besuch der Osmanen zu erwarten?“
„Sie sind eine junge Nation, ehrgeizig, stolz und selbstbewusst, weil sie in den letzten Jahren große Erfolge zu verzeichnen hatten. Als wir vor zwanzig Jahren Kontakt zu ihnen aufnahmen, war eine solche Entwicklung noch nicht absehbar. Doch nun gereicht uns dieser Umstand zum Vorteil. Denn die Osmanen sehen uns nicht als direkten Feind an. Ihr größter Konkurrent ist das Byzantinische Reich, auf dessen Kosten sie ihr Gebiet erheblich ausgedehnt haben. Sie werden sich vergewissern wollen, dass wir ihnen nicht im Kampf entgegentreten und ihre Interessenssphären mit uns abgleichen. Noch haben wir keine gemeinsamen Grenzen mit den Osmanen, was es uns erleichtert, freundlich gesinnte Beziehungen aufzubauen. Doch unser Verhältnis kann schnell konfliktreich werden. Schließlich besitzen wir Handelsstützpunkte im östlichen Mittelmeer. Außerdem sind dort einige unserer reichsten Kolonien, die für den Wohlstand Venedigs entscheidend sind.“
Der Doge nickte nachdenklich.
„Welche unserer Handelsstützpunkte wären gefährdet?“
„Nun, Konstantinopel wurde schon mehrfach angegriffen. Die Mauern konnten bisher allen Angriffen standhalten. Doch wer

vermag schon in die Zukunft zu sehen? In Konstantinopel unterhalten wir eine unserer bedeutendsten Handelsniederlassungen. Auch Trapezunt, die große Hafenstadt am Schwarzen Meer, ist über kurz oder lang gefährdet. Dieser Verlust würde Venedig hart treffen. Nachdem uns Genua von der Krim verdrängt hat, war Trapezunt von immenser Bedeutung für uns. Nur wegen unserer Handelsaktivitäten mit dem Orient blüht die Stadt. Zahlreiche Bauwerke wurden mit unserem Geld bezahlt. In dieser Zeit hat sich die Einwohnerzahl verdoppelt. Somit fließen auch mehr Steuern und Abgaben, was den Aufschwung noch weiter befeuert. Daher ist es zwingend erforderlich, mit den Osmanen zu einem Vertrag zu kommen, der uns Handelsprivilegien gewährt."
Der Doge nickte schwermütig. Mit einer müden Geste streifte er sich den Corno ab. Dieser war eine steife Kappe mit einer hornartigen Spitze und einem kronenartigen Metallring und bildete das Würdezeichen des Dogen von Venedig. Unter dem Corno trug er die Cuffia, eine Mütze aus feinen Leinen. Um seinen Leib hatte er sich einen Umhang mit Stehkragen gewickelt, der mit einer goldenen Schnalle gegürtet worden war. Der Stehkragen war aus Hermelinfell gefertigt.
„Was werden sie im Gegenzug für Handelsprivilegien von uns einfordern wollen?", fragte er nach einer längeren Pause angestrengten Nachdenkens.
„Alles, was Konstantinopel stärkt, werden sie verhindern wollen", erwiderte der Kanzler. „Dazu gehören unzweifelhaft auch unsere umfangreichen Getreidelieferungen in die Stadt."
Der Doge setzte sich den Corno wieder auf und schlug mit beiden Händen klatschend auf die Armlehnen seines üppig mit Schnitzereien versehenen Sessels.
„Dann sei es so. Wir sind eine Seefahrernation, die ihren Aufstieg der Flotte und dem Handel verdanken. Alles hat seinen Preis. Dies ist unserer. Wenn unser Handel ungestört bleibt, werden wir uns mit den Osmanen verständigen."
Kurz starrte er seinem Kanzler in die Augen. Dieser hielt dem Blick stand. Es war eine harte Entscheidung. Doch sie musste getroffen werden.
„Was ist, wenn die Osmanen Interesse an Kreta, unserer wichtigsten Kolonie, erkennen lassen?", fragte der Kanzler.
Der Doge schnaufte ungehalten. Allein die Vorstellung bereitete

ihm körperliches Unbehagen. Schließlich hatte es große Mühen gekostet, sich dieser reichen Insel zu bemächtigen und vor allem die Herrschaft aufrechtzuerhalten. Als im Rahmen des vierten Kreuzzugs die Armeen der Kreuzfahrer, mit venezianischer Unterstützung, Konstantinopel eroberten, plünderten und zerstörten, wurden auch die meisten Gebiete des Byzantinischen Reiches unter den Kreuzfahrern aufgeteilt. Bonifazius von Monferrat, der sich Kreta gesichert hatte, verkaufte die Insel schließlich im Jahre 1204 für 1.000 Silberstücke an Venedig. Damit begann ein neuer kultureller Höhepunkt in der Geschichte der Insel. Gelehrte aus Konstantinopel suchten auf Kreta Zuflucht und entwickelten Schriften und Künste weiter.

Es entstand ein unverwechselbarer Kunststil, der unter dem Namen „Kretische Schule" berühmt wurde. Viele Klöster wurden zu Zentren der Gelehrten und trugen erheblich dazu bei, dass dreißig Prozent der Bevölkerung lesen und schreiben konnten. Ein ungewöhnlich hoher Wert, an den nicht einmal Venedig heranreichte.

Der Doge verklärte den Kauf gern, indem er diesen zum uneigennützigen Vorteil auch für Kreta erklärte. Doch das war nur die halbe Wahrheit. Längst nicht alle Entwicklungen waren positiv. Venedig setzte hohe Steuern durch. Schließlich war Kreta eine Kolonie, die zum Reichtum Venedigs beitragen sollte. Dies und die Beschlagnahmung von privatem Besitz, hatte die Bevölkerung schnell gegen die von Venedig eingesetzte Regierung aufgebracht. Tausende Venezianer siedelten auf die Insel über und nahmen das Land in Besitz. Daher dauerte es nicht lange, bis die ersten Aufstände losbrachen. Kreta wurde nie gänzlich befriedet. Der längste Aufstand dauerte fast sechzehn Jahre, wenn er sich recht erinnerte. Und das war nicht die einzige Gefahr. Genua und auch Byzanz unternahmen immer wieder Versuche, die Insel in ihren Besitz zu bringen. Bisher allerdings vergeblich. Und das sollte auch so bleiben. Schließlich entwickelte sich Kreta mehr und mehr zur Goldgrube Venedigs. Die Hauptstadt Candia entwickelte sich zum wichtigsten Handelsposten im östlichen Mittelmeer. Auch die Bevölkerung wuchs. Betrug die Einwohnerzahl bei der Machtübernahme Venedigs noch 50.000 Menschen, so war sie mittlerweile auf 200.000 angestiegen. Neuerdings rebellierten selbst die venezianischen Siedler gegen die hohen Steuern. Doch auch das würde Venedig nicht zum Einlenken bringen.

Daher schüttelte der Doge ablehnend das Haupt.
„Dazu wird es nicht kommen. Die Osmanen haben genug damit zu tun, Konstantinopel an die Gurgel zu gehen. Auch ihre neuesten Eroberungen wie Bulgarien müssen erst einmal befriedet werden. Sollten sie ihre gierigen Hände nach Kreta ausstrecken, werden wir ihnen diese abschlagen. Kreta ist noch keine zweihundert Jahre in unserem Besitz und ich denke nicht daran, dieses Kleinod jemals wieder herzugeben."
Eine längere Pause kehrte ein. Der Doge suchte eine bequemere Sitzposition und schnaufte angestrengt.
Der Kanzler wartete geduldig, bis er sich der Aufmerksamkeit des Dogen wieder sicher war.
„Und dann ist da noch etwas, Monsignor es Doxe. Bisher ist es nur ein Gerücht. Aber es kommt aus dem Mund eines unserer besten Spione. Die Genuesen rüsten gegen Venedig."
Der Doge schnaubte ungeduldig.
„Die Genuesen rüsten seit hundert Jahren ihre Flotte und ihr Heer, um Venedig an die Gurgel zu gehen. Das ist nichts Neues."
Der Kanzler nickte betrübt.
„Aber diesmal halten sie sich für stark genug, uns sowohl auf See als auch an Land anzugreifen. Sie haben vor, unsere Seerepublik ein für alle Mal als Konkurrenten auszuschalten. Unsere Spione in Genua berichten übereinstimmend, dass die Vorbereitungen Genuas nahezu abgeschlossen sind. Sie werden kommen und dann müssen wir gerüstet sein", erklärte er eindringlich.
Andrea Contarini dachte angestrengt nach.
Genua war wie ein Stachel im Fleisch, den man einfach nicht loswurde. Im Laufe der Zeit hatte es einige italienische Stadtstaaten gegeben, die es dank ihrer Flotte zu Reichtum gebracht hatten. Nach und nach eroberte jeder größere Stadtstaat sich ein Handelsimperium und auch eigene Kolonien, aus denen teure Waren ins Mutterland flossen. Anfangs war das kein Problem. Das Mittelmeer war groß und bot lange Zeit genug Platz für alle. Zudem hatten sie gemeinsame Feinde. Die Sarazenen, die immer mächtiger wurden und denen nur gemeinsam Einhalt geboten werden konnte. Piratenvölker an der Küste Nordafrikas, die Einzelfahrer aufbrachten und die Besatzung als Sklaven verkauften. Doch je engmaschiger das dichte Netz von Handelsstützpunkten und Kolonien wurde, umso mehr nahmen die Spannungen zwischen den Seerepubliken zu. Jeder verfolgte seine eigenen

wirtschaftlichen und militärischen Interessen, die sie nun immer stärker in ein Konkurrenzverhältnis brachten. Schon bald entlud sich die Spannung in blutigen Kriegen.
Der Doge wusste nur zu gut, dass Venedig sich die unterschiedlichen Interessen der Seerepubliken lange zu Nutzen gemacht hatte. Wie eine Spinne im Netz hatte Venedig die eine Seite gegen die andere ausgespielt. Und mehr als einmal Verträge geschlossen, nur um sie kurz darauf wieder zu brechen, weil dies erhebliche Vorteile mit sich brachte. Doch allmählich hatte sich Genua als vorherrschende Macht etabliert. Vor knapp hundert Jahren konnte Genua schließlich den Konkurrenten Pisa in einer großen Seeschlacht bei Meloria besiegen. Es war eine der größten Seeschlachten gewesen. Die Flotte der Pisaner hatte einhundertzwanzig Schiffe umfasst und war der Flotte Genuas damit sogar zahlenmäßig überlegen gewesen. Doch das Geschick ihres Admirals Doria sicherte Genua einen überwältigenden Sieg. Fünfunddreißig Schiffe Pisas sanken oder wurden erobert. Fünftausend Seeleute starben, elftausend gerieten in Gefangenschaft. Von diesem Aderlass hatte sich Pisa nie wieder erholen können. Seitdem konnte Genua sich nahezu ungehindert im Mittelmeer ausbreiten.
Auch Venedig war schon oft mit Genua aneinandergeraten. Doch in kleineren Seegefechten hatte es oftmals den Kürzeren gezogen. Sollte Genua sich nun für so stark halten, dass sie es auf einen Entscheidungskampf ankommen lassen wollten?
Dabei waren die finanziellen Mittel Venedigs angespannt. Die Flotte war nicht groß genug, um allen Gefahren im Mittelmeer begegnen zu können.
Dann waren da noch die weitverzweigten Handelsrouten. Bis nach Ägypten und die Ostküste des Libanon fuhren ihre Schiffe. Dabei mussten sie sich vieler Konkurrenten und in immer stärkerem Ausmaß auch gegen Piraten verteidigen, die das große Geschäft witterten. Sie waren wie Wölfe, die eine Schafherde einkreisten. Je mehr die Byzantiner mit ihrer einstmals großen Flotte an Einfluss verloren, umso schneller breitete sich ein Machtvakuum im Mittelmeer aus, was unweigerlich zu einem Aufleben der Piraterie führte. Der Doge erinnerte sich noch gut daran, wie sie vor Jahren beschlossen, diesem Treiben nicht länger tatenlos zuzusehen. Als die Verluste an Handelsschiffen sich häuften, ergriff Venedig energische Maßnahmen und rüstete eine Flotte von einunddreißig

Galeeren aus, die sich ihrem ärgsten Piratenwidersacher stellte. Es war ein Mann namens Leo Vetrano, ein berühmt-berüchtigter Piratenkapitän, der aus einigen kleineren Buchten der Peleponnes aus operierte. Er war mal Händler gewesen, bis die Venezianer ihm sein Geschäft kaputt gemacht hatten. Damals hatte er schnell erkannt, dass er sein Geld auch auf leichtere Weise verdienen und zudem seinem großen Feind Venedig Schaden zufügen konnte. Schnell hatte er Getreue um sich versammelt, die genauso beutehungrig waren wie er. Und mit jedem erfolgreichen Überfall war die Zahl seiner Männer und Schiffe angestiegen.
Als die venezianische Flotte eines Morgens vor den Schlupfwinkeln der Piraten auftauchte, kam es zum erbitterten Kampf. Die Flotten waren beinahe gleich stark. Doch die Besatzungen der venezianischen Galeeren waren besser ausgebildet und zudem disziplinierter als die Horden der Piraten. Es gelang Venedig, neun Galeeren der Piraten zu erobern und fünf weitere zu versenken. Die Hälfte der Piratenstreitmacht wurde getötet oder gefangen genommen. Viele Piraten sprangen ins Wasser und versuchten das nahe Ufer zu erreichen. Doch die Brandung war stark und die meisten konnten kaum schwimmen. So ertranken viele bei dem Versuch, sich zu retten. Wenigstens diese Gefahr konnte Venedig ausmerzen. Doch das war nur ein Tropfen auf den heißen Stein. An jeder Küste versammelten sich Männer, die es auf die Handelsgüter der Seefahrernationen abgesehen hatten. Und ausgerechnet jetzt erhob auch noch Genua sein hässliches Haupt, um seinen Konkurrenten Venedig endgültig niederzuringen.
Der Doge seufzte leise.
Sein Blick fiel auf ein riesiges Gemälde, welches ein venezianischer Künstler gemalt hatte. Es zeigte einen venezianischen Galeerenverband mit vom Wind aufgeblähten Segeln. Der Stolz auf seine Heimatstadt schwang in jedem Pinselstrich mit.
Doch die Wirklichkeit sah trüber aus. Schon in den letzten Jahrzehnten hatten auch genuesische Schiffe keine Gelegenheiten ausgelassen, venezianische Schiffe aufzubringen, wenn sich ihnen eine gute Gelegenheit bot. All diese Erschwernisse hatten ja erst dazu geführt, dass die Handelsflotte verpflichtet wurde, sich zu Konvois zusammenzuschließen.
Zweimal im Jahr, im Frühjahr und im August, stachen nun Schiffskonvois in See, die ihre weit entfernten Ziele ansteuerten. Meist waren es drei bis fünf Galeeren, die strikt darauf achteten,

dass niemand aus dem Verband fiel. Denn wer als Einzelfahrer zurückblieb und den Kontakt zu den anderen verlor, wurde schnell ein Opfer der Piraten.
Das hatte er in letzter Zeit nun wirklich schon zu oft gehört. Und jeder einzelne Vorfall war einer zu viel.
Wehmütig betrachtete er seine linke Hand. Sie zitterte leicht. Das hatte er zuvor noch nie beobachtet. Zwei dicke Siegelringe schmückten seine Finger. Doch seine Haut war welk geworden.
Entschlossen stieß er die Luft aus.
Venedig durfte nicht vor Genua zu Kreuze kriechen. Zu viel Blut, Geld und Arbeit hatte der Aufstieg in den letzten Jahrhunderten gekostet. Vielleicht lag es daran, dass er schon so alt war und er ein so gutes Gedächtnis wie eines dieser riesigen Tiere aus Afrika hatte, deren Stoßzähne die venezianischen Flotten aus Ägypten als kostbares Handelsgut mitbrachten. Er konnte sich jedenfalls noch gut daran erinnern, wie stark Venedig vor vierzig Jahren durch die Pest gelitten hatte. Damals waren zehntausende Menschen gestorben. Heute zählte Venedig fast 100.000 Einwohner. Doch durch die vielen Handelsniederlassungen und Kolonien hatte Venedig auch große Bevölkerungseinbußen hinnehmen müssen.
Daher hatte Venedig früh daraufgesetzt, Spezialisten zuwandern zu lassen, um die Lücken zu füllen und gleichzeitig Wissen in die Stadt zu holen, welches die weitere Entwicklung Venedigs vorantreiben würde. Einfache, unwissende Bauern konnten ihnen dabei nicht helfen. Doch Handwerker waren gesucht. Mühlenbauer und Bäcker aus dem Römisch-deutschen Reich waren heiß begehrt. Auch Seidenweber wurden gern willkommen geheißen. Solche Menschen brachten die Wirtschaft voran und trugen durch ihre Steuern zum Wohlstand bei. Außerdem gab es bald zahlreiche ausländische Händler, die in der Stadt ihre Geschäfte verrichten wollten. Eine große Gruppe Mailänder tummelte sich in einer ihnen zugewiesenen Gasse in der Nähe der Rialto-Brücke. Auch Toskaner kamen, die im Tuchhandel großes Wissen erworben hatten. Natürlich auch die Florentiner, die im Bankgewerbe eine wichtige Rolle spielten. All diese Menschen ermöglichten Venedig erst den Aufstieg der letzten Jahrzehnte.
Dank ihnen wuchs die Stadt hauptsächlich nach innen. Dort, wo die Stadtteile bisher durch weitläufige Gärten und Sümpfe geprägt waren, wurden zunehmend Häuser gebaut.
Doch immer wichtiger wurden die Besucher aus dem Reich – die

Deutschen, die Ungarn oder Böhmen. Daher beschloss der große Rat Venedigs schließlich, die Wege nach Venedig zu befestigen. Dabei handelte es sich um Saumpfade, gerade gut genug instandgesetzt, um mit Karren auf ihnen entlangzufahren. Doch es ermöglichte den ausländischen Händlern die Alpen einfacher über den Brenner in Richtung Venedig zu überqueren und kurbelte somit den Handel an. Dies erwies sich als sinnvolle Investition, die schnell Früchte trug. Manchmal brauchte es eben Weitblick. Dabei erwies sich das Alter oft als hilfreich, wie er nicht zum ersten Mal festgestellt hatte.
Er ertappte sich dabei, wie seine Gedanken abschweiften. Der Kanzler stand noch immer vor ihm und räusperte sich leise. Andrea Contarini fand in die Wirklichkeit zurück.
„Noch heute soll der Große Rat informiert werden. Dann sollen mit entschiedener Dringlichkeit alle Vorbereitungen anlaufen, um gegen Genua gerüstet zu sein. Es geht um das Überleben unseres Seestaats."
Der Kanzler nickte ergeben. Er würde augenblicklich alles Nötige in die Wege leiten.
„Haben wir genug Galeeren, um den Genuesen entgegenzutreten?", fragte der Doge ein wenig beklommen.
Der Kanzler nickte vorsichtig.
„Fünfunddreißig Galeeren sind kriegsbereit. Jedes Handelsschiff, welches uns in den nächsten Wochen erreicht, wird sogleich umgerüstet und mit Soldaten bemannt. Schon bald sollten wir gerüstet sein."
Der Doge nickte zufrieden. Sie waren vorbereitet. Schließlich musste Venedig schon seit vielen Jahren auf der Hut sein und hatte immer wieder Kriege führen müssen.
„Die Werften sollen Tag und Nacht arbeiten. Jedes einzelne Schiff zählt, um unsere Freiheit zu verteidigen."
Der Kanzler nickte entschlossen.
Sie wussten beide, dass Venedig nicht mehr über das nötige Holz verfügte, das sich für den Schiffbau eignete. Schon vor fast fünfzig Jahren waren die letzten alten Wälder abgeholzt worden und die besten Stämme als Kiel oder Planken einer Galeere verarbeitet worden. Heute kam das Holz den langen Weg aus Trentino oder Tirol. Selbst aus Istrien. Selbst Pech und Hanf waren Produkte, die von Händlern nach Venedig gebracht wurden und dort für gutes Geld aufgekauft wurden. Der Kanzler erinnerte sich, dass allein im

letzten Jahr fast 500.000 Libre Hanf aufgekauft worden waren. Genug, um eine ganze Flotte Galeeren auszurüsten.
„Verlasst Euch auf mich, Monsignor el Doxe."
Mit einer Verbeugung verabschiedete er sich vom Dogen und verließ eiligen Schrittes den Raum. Auf ihn wartete eine Menge Arbeit. Es war nicht allein die Flotte, um die er sich kümmern musste. Auch die Truppen Venedigs an Land mussten zusammengerufen und verstärkt werden. Jeder Mann, der eine Waffe halten konnte, würde seine Pflicht tun müssen. Außerdem galt es Söldner in Dienst zu nehmen, um die Reihen zu verstärken. Unzählige Trupps durchzogen den Norden Italiens. Immer auf der Suche nach einem Geldgeber mit tiefen Taschen, der sie für ihre Waffendienste bezahlte. Venedig würde seine Staatskasse plündern müssen, um möglichst viele dieser Männer an sich zu binden, bevor Genua es tat. Diese Männer konnten entscheidend sein, denn sie verstanden ihr Handwerk.
Bei dem Gedanken, das Schicksal seiner Heimatstadt in die Hände solcher Männer zu legen, zog sich ihm schmerzhaft die Brust zusammen. Doch eine andere Wahl hatten sie nicht.

Torben schlug die Augen auf. Er war schon seit einigen Stunden wach. Die klirrend kalte Luft hatte ihn immer wieder geweckt. Jetzt fühlte er sich müde und zerschlagen von den Anstrengungen der letzten Tage und Wochen. Wie hielt Heinrich das nur aus, fragte er sich nicht zum ersten Mal.
Allerdings hatte der abgewetzte Hut, den einer ihrer neu hinzugestoßenen Kameraden voller Stolz mit sich herumtrug, ihnen tatsächlich so etwas wie Glück gebracht. Zumindest war ihnen seit ihrem Aufbruch aus Nürnberg nichts Schlimmes mehr widerfahren.
Vielleicht lag es aber auch nur an der großen Zahl ihrer Truppe, dass sie in den nächsten Wochen keine unliebsamen Überraschungen mehr erleben mussten.
Somit hatten sie in den letzten Wochen die weiteren Stationen ihrer Reise unbeschadet passiert. Städte wie Ingolstadt, München, Innsbruck und Bozen blieben hinter ihnen zurück. In der Nähe von München verloren sie einen Mann aus ihrer Gruppe bei einer Auseinandersetzung in einer Schenke. Er hatte sich betrunken mit einem Einheimischen angelegt, der schneller mit dem Messer war. Sie machten daraufhin, dass sie weiterkamen. Denn das war nicht

ihr Kampf gewesen.
Torben hatte in den letzten Monaten so viele Städte und Gegenden kennengelernt, dass er Zeit brauchte, um diese zahlreichen Eindrücke zu verarbeiten. Das Reisen gefiel ihm, stellte er mal wieder fest. Die Landschaft war schön und die Menschen meist freundlich und hilfsbereit. Auch wenn er immer mehr Mühe hatte, den Dialekt zu verstehen, je südlicher sie kamen.
Doch am meisten hatten es ihm die Berge angetan. Die Alpen waren ein Erlebnis, das er nie wieder vergessen würde, ganz gleich, wie viele Lebensjahre ihm noch vergönnt waren.
Als sie die Ebenen allmählich hinter sich ließen, erwarteten sie Tage, an denen keiner dem anderen glich. Sie wanderten durch schroffe Höhen und sanfte, sattgrüne Täler. In ihren Reihen hatten sie eine Handvoll Männer, die schon mehrfach bis nach Oberitalien gereist waren, so dass sie sich ihres Weges immer sicher waren.
Eines Morgens passierten sie einen Bergsee, dessen Wasser smaragdgrün schimmerte. Ein leichter Dunst lag über dem Wasser. Es war so still, dass Torben dies beinahe unwirklich vorkam. Kein Windhauch kräuselte die Wasseroberfläche. Weder das Plätschern eines Fisches noch der Schrei eines Wasservogels störte die Ruhe. Er streckte probehalber seine Hand ins Wasser und stieß überrascht einen leisen Pfiff aus.
„Verdammt ist das kalt!“
Vorsichtig schöpfte er mit zusammengelegten Händen Wasser und trank einen Schluck. Das eiskalte Wasser ließ seine Lippen taub werden und verursachte Schmerzen an seinen Zähnen. Einer seiner Gefährten, der Mann mit dem abgewetzten Hut, grinste listig.
„Diese Seen werden mit Eiswasser aus den Bergen gespeist. Da bekommen mich keine zehn Pferde hinein.“
„Solltest du aber“, schmunzelte Cadoc gutmütig.
Er hatte sich auf der langen Reise als guter Kamerad erwiesen und mit seinen Schießkünsten unentbehrlich gemacht. Oftmals hatten sie es allein seinem Landsmann und ihm zu verdanken, dass sie frisches Fleisch zu essen bekamen. Immer wieder schossen sie blitzschnell ihre Pfeile ab und erlegten einige Murmeltiere, die ihren Speisezettel bereicherten.
Eigentlich hatte Torben angenommen, dass es in diesen Höhen kaum noch Wild gab, das sich jagen ließ. Doch diese Annahme hatte sich als falsch erwiesen. Sie sahen die Tiere der Bergwelt und kamen aus dem Staunen nicht mehr heraus.

Steinböcke, die sich trittsicher und leichtfüßig an Hängen entlangbewegen, die Torben niemals zu betreten gewagt hätte. Manchmal vollführten sie weite Sprünge, bei denen den Söldnern schier der Atem stockte. Doch immer ging alles gut. Diese Tiere mussten wahre Meister im Klettern sein.
Einmal entdeckte Cadoc aus der Ferne einen Braunbären, doch sie hielten genügend Abstand, um ihn nicht zornig zu machen. Am beeindruckendsten aber war der Steinadler, der manchmal am Himmel seine Kreise zog. Er flog so hoch, dass sie die Köpfe in den Nacken legen mussten. Seine Flügelspannweite war beeindruckend. Turan seufzte leise, als er dieses prachtvolle Exemplar beobachtete.
„So einen würde ich gerne fangen und abrichten."
Torben verzog das Gesicht. „Mir würde schon reichen, wenn er dort oben bliebe und uns nicht mit einem Steinbock verwechselt und als Beute in seinen Horst schleppt."
Sigurd schmunzelte leicht. Aber er konnte sich durchaus vorstellen, dass Turan als ausgewiesener Kenner, was die Aufzucht von Raubvögeln anging, dies als eine reizvolle Aufgabe ansah.
Ihr Weg durch das Alpenmassiv führte sie von Innsbruck kommend bis auf den höchsten Punkt des Brenner-Passes. Unterwegs stießen sie immer wieder auf ausgedehnte tiefgrüne Wiesen, die sich vor ihnen die Hänge hinaufzogen. Hier gedieh eine Vielzahl von Pflanzen. Kurz darauf plätscherte ein Gebirgsbach durch schroffe Geröllfelder. Schluchten und Spalten durchschnitten die Hänge. Ihre Augen konnten sich kaum sattsehen an den unterschiedlichen Landschaften.
Am späten Abend, wenn die Sonne tief am Horizont stand, wurden nur die Spitzen der höchsten Berge in ein warmes Licht getaucht. Der Anblick war atemberaubend.
Bisher hatte er immer geglaubt, der Anblick des Meeres sei durch nichts zu übertreffen. Doch die Alpen belehrten ihn schnell eines Besseren. Er beobachtete, wie Farne und Moose an dauerfeuchten Steinen mitten in Bächen Halt fanden.
„Hier oben gibt es kaum noch Laubbäume", rief Heinrich ihnen zu. „Nadelbäume kommen mit der Kälte und der Höhe anscheinend besser zurecht. Noch weiter oben gibt es dann auch keine Nadelbäume mehr. Nur noch Krüppelgehölze wie die Zirbelkiefer dort, seht ihr? Die wachsen dann nur noch bodennah."
Der Mann mit dem abgewetzten Hut, Torben konnte sich seinen

Namen einfach nicht merken, berichtete ihnen von Höhlen, die es in den höheren Lagen geben sollte. Als er ihre ungläubigen Blicke bemerkte, nickte er nachdrücklich.
„So hoch treiben sich nur selten Menschen herum. Es ist ein lebensfeindliches Gebiet. Aber wenn einen dort oben ein Sturm überrascht, kann so eine Höhle einem das Leben retten. Vorausgesetzt, ein Bär hatte nicht schon vor dir die gleiche Idee."
Er bleckte grinsend die kräftigen Zähne.
„Dort oben wird die Luft dünn, so dass das Atmen bei jedem Schritt schwerer fällt", fuhr er fort. „Dort gibt es auch Eishöhlen, Kavernen genannt, in denen ganzjährig Schnee und Eis liegt. Wenn das Eis schmilzt, entstehen bizarre Eisformationen, die einen zum Staunen bringen, das kann ich euch sagen."
Sigurd runzelte die Stirn.
„Hast du das mit eigenen Augen gesehen?"
Der Mann nickte erneut.
„Was treibt dich so hoch ins Gebirge? Dort oben gibt es nicht einmal diese kaum erkennbaren Pfade wie hier. Da reicht ein Fehltritt und du stürzt ab."
Nun zog sich der Naturbursche den abgewetzten Hut noch ein wenig tiefer ins Gesicht.
„Stimmt alles", bestätigte er. „Aber ich bin hier aufgewachsen. Kenne jedes Tal und eine Menge Gegenden, in die noch kein Mensch seinen Fuß gesetzt hat. Dort oben kann ich nachdenken, wenn ich vom Trubel in den Ebenen, unter all den Menschen, einmal die Schnauze voll habe. Versteht ihr?"
Torben nickte kräftig.
Dies nachzuvollziehen fiel ihm leicht. Auch wenn er dafür nicht erst auf irgendwelche Berge kraxeln musste. Ihm reichte dafür ein ruhiger Flecken an der Trave oder am Meer.
Nachdem sie die Brennerhöhe überschritten hatten, gelangten sie über Brixen nach Klausen. Dann folgten sie dem Kuntersweg nach Bozen.
„Vor sechzig Jahren gab es diesen Weg noch nicht", bemerkte Heinrich beiläufig. „Da war das hier ein mühsamer Auf- und Abstieg. Bozen hat von dieser Aufwertung merklich profitiert und wurde dank der ausgebauten Brennerstrecke zu einer der bedeutendsten Handelsstädte Tirols."
Torben nickte beeindruckt. Er wollte sich lieber nicht vorstellen, wie sich Kaufleute auf diesen schmalen Pfaden mit Pferdekarren

durch das Gebirge schoben. Doch mit ihren Packpferden war es leichter zu bewerkstelligen.
Von Bozen gelangten sie durch das Etschtal über Trient an das letzte Hindernis, die Veroneser Klause. Hier verengte sich das Etschtal noch einmal, so dass nur ein schmaler Pfad vorhanden war. Über diesen gelangten sie endlich nach Verona. Sie zogen an der Stadt vorbei und schlugen ihr Lager in einem angrenzenden Waldstück auf, noch in Sichtweite der Stadtmauern.
„Wir haben es fast geschafft“, ermunterte Tilo die beiden Kaufleute. Torben und Sigurd mussten wohl misstrauisch ausgesehen haben, denn auch Hanno beeilte sich, kräftig zu nicken. „Höchstens drei Tage noch. Dann habt ihr euer Ziel erreicht.“
„Das ist die beste Nachricht des Tages“, gab Sigurd erleichtert zurück. „Obwohl ich mich allmählich an das Reisen gewöhnt habe. Noch nie habe ich so viele Nächte unter freiem Himmel verbracht. Bestimmt fällt es mir irgendwann schwer, wieder ein festes Dach über mir zu haben.“
Die Männer nickten tief in Gedanken verloren.
„Das Reisen verändert einen“, bestätigte Hanno. Heute gibt es für mich nichts Schöneres, als mir einen ruhigen Schlafplatz auf einer Lichtung zu suchen. Die Luft ist frisch. Zudem ist mir in einer Stadt zu viel los. Dort rattern in aller Hergottsfrühe schon die ersten Karren in Richtung Markt und geschwätzige Mägde lärmen herum.“
Heinrich näherte sich grinsend.
„Deshalb haben wir auch einen Bogen um Verona gemacht.“
„War das der einzige Grund?“, fragte Torben nach. Er hatte schon vor Monaten erkannt, dass Heinrich jede seiner Entscheidungen genau abwägte.
Dieser wölbte die Lippen vor.
„Verona hatte im letzten Jahrhundert unter einem Erdbeben und einem Stadtbrand gelitten, bei dem große Teile der Stadt abbrannten. Noch immer sind die Spuren deutlich zu sehen. Deshalb war ich nicht sonderlich erpicht darauf, dass wir uns in irgendein Wirtshaus quetschen müssen. Dort erwarten uns höchstens überteuerte Kammern voller Ungeziefer.
Außerdem habe ich dort vor vielen Jahren mal einen Betrüger erschlagen, der mit gezinkten Karten gespielt hat. Ich will keine schlafenden Hunde wecken. Wer weiß? Vielleicht erkennt mich einer wieder und schlägt Alarm? Sowas gibt nur Ärger.“

4. Kapitel

Als sie zwei Tage später schon Venedig in der Ferne vor sich aufragen sahen, kamen ihnen einige Einwohner mit Pferdekarren entgegen. Sie hatten Äxte und Sägen dabei und wollten wohl Holz schlagen. Als sie Heinrich erblickten, grüßten sie respektvoll. Einer murmelte ehrerbietig: „Condottiere", und senkte dabei das Haupt. Heinrich erwiderte den Gruß lächelnd. Es war nicht ganz klar, ob diese Menschen ihn kannten, oder einfach aufgrund seiner Gefolgschaft eine naheliegende Vermutung aufstellten. Doch sein Gefühl sagte Torben, dass da mehr dahintersteckte.
„Standest du schon einmal im Dienst Venedigs?", fragte Torben ihn.
Der Graf nickte wohlwollend.
„Drei Jahre lang", bestätigte er. „Es war eine lukrative Partnerschaft", fügte er schmunzelnd hinzu.
Torben wunderte sich nicht darüber. Der Graf schien sich in Norditalien besser auszukennen, als in seiner eigenen Grafschaft.
„Also ist es kein Zufall, dass du uns bis Venedig begleitest?"
Heinrich schmunzelte.
„Venedig ist immer eine Reise wert. Zudem hat es als reiche Handelsstadt immer Bedarf an Söldnern. Und wenn die Gerüchte stimmen, die uns unterwegs erreicht haben, könnte dieser Bedarf in nicht allzu ferner Zukunft noch steigen. Da ist es sicher nicht falsch, sich einmal umzuhören, ob dreißig kampfkräftige Söldner gebraucht werden. Zumal es ja auch noch Genua gibt, die sicher auch nicht uninteressiert wären."
Sein Lächeln war so ungetrübt, dass Torben und Sigurd gar nicht anders konnten, als es zu erwidern. Sie hatten sich schon gedacht, dass es kein Zufall war, dass Heinrich nicht von ihrer Seite gewichen war.
Endlich sahen sie in der Ferne das Meer glitzern. Unwillkürlich ritten sie schneller. Es war ein eindrucksvoller Anblick, der sich ihnen darbot.
„Venedig liegt an der adriatischen Küste zwischen den Mündungen des Piave im Norden und der Etsch im Süden. Zwei Flüsse, Brenta und Sile, münden direkt in die Lagune", erklärte Heinrich ihnen.
„Die Lagune ist gute dreißig Meilen lang und zehn Meilen breit", berichtete Heinrich weiter. „Venedig selbst besteht aus mehr als

hundert Inseln, die durch die Anschwemmung von Schlamm und Sand entstanden sind."
Er grinste breit.
„Manchmal braucht es nicht viel mehr, um eine Seemacht zu begründen."
„Das bedeutet, es gibt dort eine Menge Brücken, oder?", schloss Torben.
Heinrich zeigte sein Raubtierlächeln und entblößte seine kräftigen weißen Zähne.
„Ich habe schon vor zwanzig Jahren mehrere hundert Brücken gezählt. Dazu kommen jede Menge Kanäle, die das Stadtgebiet durchziehen. Aber der Großteil der Lagune besteht aus Watt und Marschland. Dort gibt es auch ergiebige Fischgründe. Was ein großer Vorteil ist. Schließlich hat Venedig keinen Platz für den Anbau von Korn und muss sich Nahrung von Handelsflotten anliefern lassen."
In einer langgezogenen Kolonne zogen sie in den Stadtstaat ein. Wachleute blickten ihnen misstrauisch entgegen. Sie durften das Stadtgebiet erst betreten, nachdem man ihnen ihre Waffen abgenommen hatte. Auch ihre Pferde mussten sie in weitläufigen Stallungen abgeben. Torben und Sigurd war es nicht ganz wohl dabei, ihre Waren hier zurücklassen zu müssen. Doch die venezianischen Beamte empfingen sie mit professioneller Freundlichkeit und fragten sie gezielt aus. Händler wie Torben und Sigurd wurden ausgesucht zuvorkommend empfangen und mit den örtlichen Gegebenheiten vertraut gemacht. Ihnen wurde sogleich ein Beamter, der Sensal genannt wurde, zugeteilt, der sie zum Handelshaus führen sollte, in dem sie für die Zeit ihrer Anwesenheit auch untergebracht sein würden. Ihr Freund Gian hatte ihnen bereits in Brügge erklärt, dass sie im Fondaco dei Tedeschi, dem „Lagerhaus der Deutschen", untergebracht wurden, direkt neben der Rialtobrücke im äußersten Norden des Sestiere San Marco.
Doch auch die Söldner wurden respektvoll begrüßt. Für sie war eine Unterkunft auf einer der anderen Inseln vorgesehen. Somit würden sich ihre Wege vorerst trennen. Torben und Sigurd nickten den meisten ihrer Gefährten freundlich zu und tauschten launige Bemerkungen aus. Doch zu den Söldnern des Grafen, die mit ihnen von Rendsburg aus aufgebrochen waren, hatten sie ein besonderes Zusammengehörigkeitsgefühl entwickelt. Daher

reichten sie einander die Hand und verabschiedeten sich von jedem von ihnen. Über die letzten Monate waren sie gute Kameraden geworden und hatten mehr als einmal brenzlige Situationen durchstehen müssen. Cadoc hielt Torbens Hand ein wenig länger gepackt. Seine schwielige Hand fühlte sich wie ein Schraubstock an. Sein Blick war eindringlich, als er Torben beschwörend ansah.
„Ich schulde dir noch ein Leben, Torben. Wenn es Gottes Wille ist, sehen wir uns wieder."
Torben schüttelte lächelnd den Kopf.
„Du schuldest mir nichts, Cadoc. Nur wegen eurer Bogenschießkünste sind wir noch am Leben. Sonst wären wir im Verlies verrottet. Das weiß ich ganz sicher."
Cadoc lächelte sanft, erwiderte aber nichts mehr darauf.
Vor Heinrich verweilten sie länger. Dieser alte Haudegen hatte sie über all die Zeit in sein Herz geschlossen und ließ sie nur ungern ziehen.
„Mittlerweile vergesse ich oft, dass ihr nur Kaufleute seid", empfing er sie schmunzelnd. „Vielleicht solltet ihr noch mal darüber nachdenken, ob so ein freies Leben als Söldner nicht doch etwas für euch wäre. Es lohnt sich, ein Kämpfer zu sein. Unsere Klingen werden fürstlich bezahlt. Vielleicht solltet ihr in diesem Land an unserer Seite bleiben. Ihr habt euch gut geschlagen. Und wärt uns willkommen", lockte er sie.
„Dieses Leben könnte euch gefallen. Niemand wird es wagen, euch schief anzusehen, wenn ihr zu uns gehört. Das ist doch allemal besser, als in euren staubigen Schreibstuben zu sitzen und endlose Reihen an Zahlen zu addieren, oder? Dabei wird man doch verrückt im Kopf."
Doch Torben und Sigurd lächelten nur. In den letzten Wochen hatten sie diese Unterhaltung mehr als einmal geführt. Zwar kannte Torben das Gefühl, wenn die Abenteuerlust ihn packte. Nur darum hatte er sich auf diese große Reise eingelassen. Aber er wollte handeln, nicht töten. Wenn er ein gutes Geschäft abgeschlossen hatte, fühlte er sich großartig. Nachts konnte er gut schlafen. Doch als Söldner würde Blut an seiner Klinge kleben und der Tod sein Geschäft sein. Er hatte Angst davor, so zu verrohen, wie diese Männer es waren. Auch wenn sie sich allesamt als gute Kameraden erwiesen hatten, denen er bedenkenlos sein Leben anvertrauen würde.
Auch für Turan war es an der Zeit, seinem eigenen Weg zu folgen.

Er nutzte die Gelegenheit, sich ebenfalls von Heinrich und seiner Gefolgschaft zu verabschieden.
„Es ist für mich an der Zeit, nach Homs zurückzukehren. Ich werde mir ein Schiff gen Osten suchen und so schnell wie möglich in See stechen."
Heinrich seufzte schwer, denn er vermisste schon jetzt gute Kameraden, mit denen er gern die manchmal karge Kost am Lagerfeuer geteilt hatte.
Er ergriff Turans seine Hand.
„Gute Reise, mein Freund. Möge Allah über dich wachen und dir den rechten Weg weisen."
Turan dankte ihm mit einer Verbeugung.
Mehrere Söldner riefen ihnen Abschiedsgrüße zu.
„Wir sehen uns wieder", rief ihnen Tilo hinterher, als sie winkend auseinandergingen.
Schon bald verloren sie sich aus den Augen, als Turan und die beiden Kaufleute dem Beamten folgten, der ihnen zugeteilt worden war.
Dieser war ein hagerer Mann von vierzig Jahren. Er wirkte ein wenig missmutig. Vielleicht machte er diese Arbeit schon zu lange und hatte keine große Lust mehr, ausländische Kaufleute bei ihren Geschäften zu überwachen.
„Ich werde Euch zum Fondaco dei Tedeschi bringen, dem Handelshaus für alle Deutschen, die in Venedig Handel treiben wolle", erklärte dieser ihnen.
„Darf ich mich anschließen?", fragte Turan den Beamten. Ich möchte zum Hafen und bin auf der Suche nach einem Schiff, welches mich gen Osten bringt."
Dieser musterte ihn kurz.
„Ich bin nur für diese beiden Kaufleute zuständig. Wo sie hingehen, gehe auch ich hin."
Torben schmunzelte leicht.
„Dann gehen wir alle zusammen zum Hafen. Wir möchten unseren Freund begleiten und ihm gern bei der Suche nach einem Schiff helfen. Vielleicht könnt Ihr uns ja dabei ebenfalls behilflich sein?"
Der Beamte nickte schicksalsergeben.
„Warum nicht? Schließlich liegt es beinahe auf unserem Weg."
Turan bedankte sich und gemeinsam folgten sie dem Venezianer durch die engen Gassen. Nachdem sie vier Brücken überquert hatten, war Torben gerade dabei, die Orientierung zu verlieren.

Doch dann hatten sie plötzlich freien Blick auf eine hübsche Kirche, die vor ihnen aufragte.
„Dies ist die Kirche von San Basilio“, erklärte der Sensal. „Nach ihr sind hier ein Campo, eine Gasse und auch der große Bootskai benannt, der gleich dahinter beginnt. Von dieser Anlegestelle stechen jeden Tag Kapitäne mit ihren Galeeren in See. Ob auch einer von ihnen in nächster Zeit gen Osten segelt, müsst Ihr erfragen.“
Turan bedankte sich bei dem Beamten und machte sich an die Arbeit. Torben und Sigurd halfen ihrem Freund dabei. Vor ihnen lagen acht große Galeeren vor Anker. Torben hatte noch nie einen solch großen Hafen gesehen.
„Nehmt ihr Reisende mit?“, fragte Turan einen braungebrannten Mann, der eine weite Plunderhose trug. Dazu ein Hemd, das bis zum Bauchnabel geöffnet war. Eine leichte Brise ließ den feinen Stoff flattern.
„Wenn du zahlen kannst, bist du hier gern gesehen. Fragt sich nur, was dein Ziel ist? Wir brechen morgen gen Tripolis und Tunis auf. Danach nehmen wir Kurs auf die Balearen.“
Turan winkte bedauernd ab.
„Ich will nach Osten, in die Levante. Am liebsten wäre mir eine Galeere, die Akkon anläuft.“
Der braungebrannte Seemann verzog nachdenklich das Gesicht.
„Das ist nicht leicht. Da fällt mir niemand ein.“
Nachdenklich musterte er die sich leicht in der Dünung wankenden Schiffsrümpfe. Dann schnippte er mit den Fingern.
„Versuche dein Glück bei Matteo. Das ist der Kapitän der Galeere, die dort drüben gerade beladen wird.“
Er deutete hinüber und Turan erkannte einen bulligen Kerl, der gerade auf einige Seeleute einsprach.
Turan lief hinüber und wiederholte sein Anliegen. Doch der Kapitän verschränkte die Arme vor der Brust.
„Die Richtung stimmt schon. Aber ich fahre nur bis Kreta. Dort liefere ich Eisen an und fahre mit Südfrüchten wieder zurück nach Venedig.“
Kurz rieb er sich das stachelige Kinn.
„Aber von Kreta aus, ist es nicht mehr weit bis an die Küste der Levante. Bestimmt findest du jemanden, der dich dort hinbringt. Außer meinem Schiff wüsste ich niemanden, der diese Woche in diese Richtung aufbricht.“

Turan ergriff die Möglichkeit sogleich beim Schopfe.
„Besser als nichts. Ich bin dabei."
Der Kapitän nickte wohlwollend.
„Dann komm an Bord. Wir brechen morgen früh auf. Allerdings wird dich die Fahrt zwei Grosso kosten."
Turan zuckte nicht einmal mit der Wimper. Torben überschlug kurz, dass er für die Summe ein fettes Mastschwein kaufen könnte. Doch Turan schien mit seiner Arbeit als Falkner in den letzten Jahren gutes Geld verdient zu haben.
„Abgemacht", erklärte er knapp.
Dann wandte er sich seinen Freunden zu.
„Es sieht so aus, als trennten sich hier unsere Wege. Ich danke Allah, dass er uns Freunde werden ließ. Viel Glück bei euren Geschäften und eine sichere Heimkehr. Und wenn es euch einmal an die Levante verschlägt, heiße ich euch in Homs jederzeit willkommen."
Torben und Sigurd schüttelten ihm die Hand und wünschten auch ihm eine gute Reise.
Dann ging jeder seiner Wege.
Der Beamte schnaufte erleichtert, dass er die Kaufleute endlich zum Handelshaus bringen konnte.
Leicht vornübergebeugt schlurfte er voran und die beiden Kaufleute folgten ihm willig. Er erklärte ihnen, dass ihre Waren noch im Laufe des Tages im Handelshaus angeliefert würden, so dass sie schon morgen früh mit dem Handel beginnen könnten, so ihnen der Sinn danach stünde.
Das erleichterte die beiden ein wenig. Auch wenn sie in ihren Gedanken noch bei Turan verweilten.
Der Venezianer führte sie zu einem großen, massiven Gebäude, welches sich in der Nähe der Rialtobrücke erhob. Dort blieb er etwas zurück, weil er mit einem der Torwächter lamentierte. Mit einer Handbewegung wies er sie an, schon einmal einzutreten.
Torben und Sigurd folgten der Aufforderung. Kurz darauf tauschten sie einen überraschten Blick. Dieses Gebäude würde also auf unbestimmte Zeit ihr neues Heim werden. Das Treiben in diesem riesigen Haus erinnerte sie an einen Ameisenbau. Durch die offenen Arkaden im Erdgeschoss wurden Waren ein- und ausgeladen. Auf Anhieb zählten sie fast vierzig Kaufleute, die allesamt beschäftigt umhereilten.
„Willkommen im Fondaco dei Tedeschi", begrüßte sie ein

dickbäuchiger Kaufmann. „Ich bin der Franz aus Nürnberg. Seid ihr das erste Mal hier im schönen Venedig?"
Torben und Sigurd ließen sich kräftig die Hände schütteln und nickten dazu.
„Wir kommen aus Lübeck und Elbing. Beides nicht weniger schöne Städte als Nürnberg, wenn du uns die Bemerkung gestattest", schmunzelten die beiden. „Das wissen wir, denn Nürnberg lag auf unserem Weg", ergänzte Sigurd. „Als wir dort Quartier nahmen, waren sie gerade dabei einen Raubritter namens Eppelein von Gailingen den Prozess zu machen. Sie wollten ihn aufs Rad binden und qualvoll hinrichten. Wenn es ihm nicht wieder gelingen sollte zuvor zu entkommen. Das Kunststück ist ihm nämlich wohl schon einmal gelungen."
Der Nürnberger tätschelte sich den imposanten Bauch und wirkte plötzlich interessiert.
„Haben sie diesen Teufel endlich dingfest gemacht. Das ist eine gute Nachricht. Dieser Hundsfott hat auch mal einen meiner Warenzüge überfallen und geplündert. Das war ein halbes Vermögen, von dem ich mich damals verabschieden musste, das sage ich euch. Ich habe drei Jahre gebraucht, um wieder auf die Beine zu kommen."
Er winkte ab.
„Aber was rege ich mich auf. Geschehen ist geschehen. Nun haben sie ihn ja. Und das Rad ist die richtige Strafe für so einen Kerl."
Er stemmte die stämmigen Fäuste in die Hüften.
„Aber jetzt kommt erst einmal hinein. Im Handelshaus gibt es insgesamt sechsundfünfzig Kammern, die uns Kaufleuten als Wohn- und Werkstätten dienen. Sämtliche Waren lagern in den Gewölben. Zurzeit haben wir noch einige Kammern frei, in denen wir euch unterbringen können. Hier ist einiges los, wie ihr seht. Die einzigen Kerle, die gelangweilt herumstehen, sind die Venezianer, die uns beaufsichtigen als wären wir Verbrecher. Die haben immer ein Auge darauf, dass wir nur ja keine Geschäfte machen, von denen sie nichts mitbekommen. Ihr müsst nämlich wissen, dass es uns Deutschen streng verboten ist, außerhalb des Warenhauses Geschäfte zu tätigen. Nur unter Aufsicht des euch zugeteilten Beamten dürft ihr mit Venezianern handeln. Das haben sich diese Brüder schlau ausgedacht. Denn so stellen sie sicher, dass sie an jedem Geschäft ordentlich mitverdienen. Sie verlangen nämlich eine üppige Zollgebühr von jedem sogenannten Deutschen. Dazu

zählen sie allerdings auch Österreicher, Ungarn und selbst Flamen. Keine Ahnung, wie sie dazu kommen."
Sie liefen durch schmale Gänge, in denen sich Truhen, Ballen und Säcke stapelten. Kaufleute liefen umher. Einige nickten ihnen grüßend zu. Doch die meisten waren zu sehr auf ihre Arbeit konzentriert.
„Hier dürfen nur Venezianer hereinkommen und mit uns Handel treiben", fuhr Franz in seinen Erklärungen fort. „Jede Warenlieferung, jeder Besucher wird am Tor kontrolliert und registriert. Einen Makler für eure Geschäfte haben sie euch ja schon zugeteilt, wie ich sehe. Diese Aufpasser werden Sensal genannt und werden euch genauestens im Blick behalten. Ich kann euch nur raten, euch keine krummen Touren zu leisten."
Beschwörend zog er die buschigen Augenbrauen in die Höhe.
„Ein Kaufmann aus Wien hat im letzten Herbst seinen Sensal zu bestechen versucht. Er wollte die üppigen Abgaben sparen und Geschäfte außerhalb des Handelshauses abschließen. Dabei ist er aber an den Falschen geraten. Jetzt sitzt er bei Wasser und Brot im Gefängnis. Und bei Flut und starkem Wind bekommt er nasse Füße in seiner Zelle und fragt sich, ob es das wert war."
Vielsagend ließ er seinen Blick auf ihnen ruhen.
Torben und Sigurd hatten verstanden und folgten ihm wortlos. An ihnen hasteten Lastenträger, Ballenbinder, Diener und Beamte vorbei. Es war ein Gewusel, an das sie sich erst einmal gewöhnen mussten.
Plötzlich stoppte der dicke Kaufmann vor ihnen. Er blinzelte ihnen listig zu und sah sich kurz um. Dann trat er näher und raunte ihnen zu.
„Wenn euch diese arroganten Beamten fragen, wo ihr herkommt, dann sagt ihr ihnen am besten, dass ihr beide aus Lübeck kommt."
Sigurd blinzelte verständnislos.
„Warum sollte ich das tun? Ich bin stolz auf meine Heimatstadt Elbing."
Der dicke Nürnberger lächelte überlegen.
„Das kannst du auch. Ich will dir nicht zu nahetreten. Es ist nur ein gutgemeinter Rat. Aber ihr solltet wissen, dass die Venezianer strenge Regeln haben, was den Umgang mit fremden Kaufleuten angeht. Hier im Fondaco gibt es zum Beispiel zwei Tafeln, an denen alle zugereisten Kaufleute speisen. Diese spiegeln zudem auch die Rangfolge wieder, in der die Kaufleute stehen. Kaufleute

aus Regensburg, Augsburg, Konstanz oder Wien und Salzburg gehören der Regensburger Tafel an. Diese gilt als zweite Liga. Dort wird nicht nur weniger üppig gespeist, was mir ein wichtiges Anliegen ist, wie ihr mir unschwer ansehen könnt. Nein, dort werden auch nur die weniger lukrativen Geschäfte besprochen. Denn die Venezianer haben die Erfahrung gemacht, dass die Kaufleute aus diesen Städten wenig Kapital und die weniger nachgefragten Waren einführen. Anders sieht es mit den Kaufleuten aus Nürnberg, Köln, Frankfurt, Mainz und Lübeck aus. Diese Herrschaften speisen an der sogenannten Lübecker Tafel im ersten Obergeschoss. Dort gibt es alles, was das Herz begehrt. Dazu den neuesten Klatsch aus Venedig und den übrigen Stadtstaaten, garniert mit etlichen lukrativen Geschäften. Was will ein Kaufmann mehr, he?“

Sigurd war überzeugt.

„Das klingt in der Tat spannend. Danke für diesen guten Rat. Dann werde ich schweren Herzens meine Heimat verleugnen und Lübecker werden. Ist ja auch wirklich eine schöne Stadt.“

Dabei zwinkerte er Torben wohlwollend zu.

Der dicke Nürnberger lief schon wieder voraus. Trotz seiner Leibesfülle war er erstaunlich flink unterwegs.

„Hier ist eure Kammer. Sie ist nicht sonderlich groß und das Fenster lässt nicht viel Tageslicht herein. Aber immerhin habt ihr eure eigene Unterkunft. Euer venezianischer Begleiter hat uns gleich wieder eingeholt. Er wird euch zeigen, wo ihr eure Waren unterstellen könnt. Dann kommt erst einmal gut an und erholt euch von der beschwerlichen Anreise. Und wenn ihr Fragen habt, kommt gern zu mir. Ich bin schon das dritte Mal in Venedig und kenne alle Abläufe.“

Torben und Sigurd dankten ihm herzlich. Erneut schüttelten sie sich kräftig die Hände. Dann lief Franz wieder ins Erdgeschoss, um seine Waren zu beaufsichtigen und ließ sie allein zurück.

Währenddessen hatte der Beamte sie erreicht und musterte sie argwöhnisch.

„Sobald eure Waren im Lager verstaut sind, machen wir eine genaue Bestandsaufnahme. Ihr dürft ausschließlich innerhalb des Fondaco dei Tedeschi Handel treiben. Denkt immer daran. Jedes Geschäft wird mit Zöllen belegt. Deshalb muss ich bei jedem Geschäft anwesend sein und es durch einen Stempel und eine Urkunde beglaubigen. Nur dann ist es rechtskräftig und erst dann

fließen die erhobenen Steuern an Venedig. Habt ihr das verstanden?"
Die Kaufleute nickten folgsam.
„Heißt das, dass jeder Besucher Venedigs in solchen Handelshäusern einkehren muss?", fragte Torben nach.
Der venezianische Beamte kratzte sich ausgiebig am Nacken.
„Nicht wenn er Söldner, Diplomat oder von adliger Herkunft ist. Dann kann er jederzeit in der Stadt Unterkunft finden. Sei es in einer der Herbergen oder auch wenn er lieber bei Freunden oder Bekannten zu Gast ist. Als Kaufleute jedoch ist die Unterbringung hier im Handelshaus verpflichtend. Nur so ist sichergestellt, dass meine Stadt auf jedes Geschäft die ihr zustehenden Abgaben eintreiben kann."
Er hatte die Augen zu Schlitzen zusammengekniffen und musterte sie abschätzig.
„Wir hatten hier schon eine Menge Schlauberger, die sich vor den Abgaben und Steuern drücken wollten. Wie schnell fällt mal ein kostbares Säckchen Safran zwischen ein paar Stoffballen ohne beim Kauf angegeben zu werden. Aber seid gewarnt. Dies ist bei Strafe verboten. Ich weiß es wirkt verführerisch, einen der zahlreichen Barkenführer, die überall auf Kundschaft warten, darum zu bitten, euch durch die Kanäle zu schippern. Dort lassen sich sicher irgendwo gute Geschäfte anbahnen. Doch diesen Leuten ist es strengstens untersagt, Kaufleute an einen anderen Ort zu fahren. Schließlich profitieren auch sie von den Steuern, die Venedig erhebt."
Er sah ihnen nacheinander in die Augen.
„Ab morgen könnt ihr mit dem Handel beginnen. Ich habe schon gehört, dass ihr mit Fellen und Bernstein handeln wollt. Da werden sich sicher einige Interessierte finden. Die Tore des Handelshauses öffnen um zehn Uhr morgens. Dann werde auch ich wieder hier sein. Bis dahin einen angenehmen Tag, meine Herren Kaufleute."
„Herzlichen Dank für die erklärenden Worte", entgegnete Torben höflich. „Aber eine Frage habe ich noch."
Der Beamte wandte sich ihm mit zerfurchter Stirn zu.
„Wir würden gern einen Freund von uns über unser Eintreffen informieren. Könntest du uns dabei behilflich sein?"
„Wer ist denn euer Freund?"
„Der venezianische Kaufmann Gian Pazzi", entgegnete Torben.
Sogleich trat ein überraschter Ausdruck in das Gesicht des

Beamten.
„Ihr kennt einen Kaufmann der Pazzi-Familie und bezeichnet ihn als euren Freund?“, vergewisserte er sich ungläubig.
Torben und Sigurd nickten wortlos.
„Dann ist es mir eine Ehre euch weiterzuhelfen“, beeilte sich der Beamte zu versichern. „Noch heute erhält er die Botschaft eures Eintreffens. Das versichere ich euch.“
Gleichzeitig schenkte er ihnen ein gewinnendes Lächeln und gab damit ein vollkommen anderes Bild ab als zuvor.
Torben und Sigurd dankten ihm höflich. Dann verabschiedete sich der Beamte von ihnen und ging pfeifend davon.
„Kannst du dir darauf einen Reim machen?“, fragte Torben erstaunt.
„Muss ich gar nicht“, erklärte Sigurd trocken. „Ich bin sicher, Gian kann uns das erklären, sobald wir ihn wiedersehen.“
Damit gab sich auch Torben zufrieden. Den Rest des Tages schlenderten sie auf dem Areal des Handelshauses herum und machten Bekanntschaft mit einigen Kaufleuten aus Frankfurt und Salzburg. Die meisten waren einige Jahre älter als sie. Doch es gab auch eine Handvoll junger Kaufleute, mit denen sie sich gut verstanden. Die Stimmung war voll gespannter Erwartung. Jeder träumte von guten Geschäften, die durch die Berichte der Kaufleute, die schon länger in Venedig weilten, noch befeuert wurden.
Jede Menge Fragen flogen umher und wurden von den erfahreneren Kaufleuten so gut es ging beantwortet.
„Ich habe Metalle über die Alpen gebracht“, berichtete ein Händler aus Erfurt. „Messing, Eisen, Kupfer und Zinn. Damit sollen sich hier gute Geschäfte machen lassen, hat man mir in meiner Heimat berichtet“, erklärte er mit einer Stimme, in der ein wenig Unsicherheit mitschwang.
Franz, der Nürnberger Kaufmann, nickte gutmütig.
„Metalle verkaufen sich hier gut. Da wirst du genug Abnehmer finden, um ordentlich feilschen zu können. Lass dich nur nicht vom ersten Angebot über den Tisch ziehen. Das gilt übrigens für euch alle. Die Venezianer handeln jeden Tag mit den Kaufleuten im Handelshaus. Sie wissen genau, welchen Wert die Waren haben und wieviel sie ausgeben dürfen, damit sich ihr Geschäft lohnt. Also setzt euch Grenzen, ab denen ihr bereit seid zu verkaufen. Und wenn noch kein passendes Angebot dabei ist, habt Geduld.

Niemand muss in den ersten Tagen seine Waren losschlagen. Ein Kaufmann muss auch auf den richtigen Moment warten können. Wer diese Fähigkeit nicht beherrscht, wird niemals ein guter Kaufmann."

Eine Weile herrschte Schweigen, als alle über seine wohlmeinenden Worte nachdachten.

„Wie sieht es mit Schleiern, Hüten und Kleidern aus Wolle aus?", fragte ein Kaufmann aus Schweinfurt. „Davon habe ich nämlich zwei Fuhrwerke voll", berichtete er stolz.

Franz hob die schweren Schultern in die Höhe.

„Damit kenne ich mich ehrlich gesagt nicht so gut aus. Aber wenn nicht gerade eine ganz merkwürdige Mode angesagt ist, wirst du auch diese Dinge gut verkaufen können. Ich selbst handele übrigens mit solch unterschiedlichen Dingen wie Leinwand, Mehl, Holz und sogar Nüssen. Es ist immer wieder erstaunlich, wie lukrativ solche auf den ersten Blick nicht sonderlich gewinnträchtigen Produkte sind."

Er grinste zufrieden.

„Was wollt ihr losschlagen?", fragte er die beiden zuletzt eingetroffenen Kaufleute.

Torben und Sigurd ließen ihren Blick über die versammelten Männer wandern.

„Bestes Pelzwerk aus den Tiefen der russischen Wälder", hob Torben an.

Beifälliges Gemurmel erklang.

„Das verkauft sich hier praktisch von selbst. Jeder Adlige will damit seinen Status unterstreichen", brummte ein älterer Kaufmann aus Regensburg.

„Da hätte ich nichts einzuwenden", murmelte Torben mit einem Lächeln.

Sigurd holte eine Kette aus Bernstein unter seinem Hemd hervor und wartete, bis Ruhe eingekehrt war.

„Ich versuche mein Glück mit dem Gold der Küste. Auch Bernstein genannt. Es kommt aus dem Gebiet Preussens, in dem der Deutsche Orden die Herrschaft ausübt. Ich bin sicher, dass die hohen Herren Venedigs einen Blick für die Schönheit dieser Steine haben."

Franz trat näher und besah sich die Kette genauer.

„Vor Jahren habe ich auch einmal Bernstein in Venedig verkauft. Das war damals meine beste Handelsfahrt, das gebe ich gern zu.

Und die Steine sind hübsch. Da hat sich jemand daran zu schaffen gemacht, der etwas davon verstand."
Sigurd lächelte stolz, bevor er die Kette wieder verschwinden ließ. Noch weitere Kaufleute stellten sich vor.
Ein stämmiger Kaufmann aus Augsburg berichtete, dass er den Italienern eine Menge kirchlicher Ausstattungsgegenstände verkauft hatte, die diese ihm mit Begeisterung aus den Händen gerissen hatten.
„Was denn zum Beispiel?", fragte Torben nach. Er wollte nicht skeptisch klingen. Schon Gian hatte ihm in Brügge erzählt, dass die Italiener strenggläubig waren und beim Thema Kirche keinen Spaß verstanden. Daher hatte er beschlossen, seinen mangelnden Glauben unter keinen Umständen zum Thema werden zu lassen und sich mit unüberlegten Sprüchen zurückzuhalten. Seine Einstellung zu Gott ging schließlich nur ihn etwas an.
Der Augsburger ließ sich Zeit mit seiner Antwort. Sein Gehabe erinnerte Torben sehr an einen Priester. Zumindest das passte dann schon mal.
„Silberne Teller, mit Heiligenfiguren verziert, laufen immer gut", berichtete er schließlich. „Aber auch Paternoster, dreiarmige Kerzenhalter und selbst ein Taufbecken habe ich schon verkauft." Er legte die Stirn in Falten und richtete den Blick zur Decke. Kurz hatte Torben die Befürchtung, dass er gleich mit einem Gebet beginnen würde. Dabei schien dies nur seine Art zu sein, sich zu konzentrieren.
„Sogar eine Kollekte, die mit der Jungfrau Maria verziert war, habe ich an eine der hier ansässigen Kirchen verkauft. Bei Gott sitzt den Priestern das Geld recht locker", bemerkte er mit einem untypischen Grinsen.
Zwei Brüder aus der Nähe Münchens handelten mit Pferden und Zugtieren. Sie hatten eine größere Anzahl der Vierbeiner über den Pass getrieben und bei der anstrengenden Reise nur ein einziges Pferd verloren, das an einer Kolik zugrunde gegangen war.
„Da wird sich der Steinadler sicher gefreut haben", bemerkte Sigurd mitfühlend.
Einer der Brüder schnaufte schwer.
„Damit liegst du richtig. Wir waren kaum eine halbe Meile entfernt, als sich schon einer dieser erhabenen Raubvögel aus großer Höhe auf das tote Tier stürzte und sein Festmahl begann. Wenigstens er konnte von unserem Verlust profitieren. Das Leben ist ein

ständiger Kampf. Das kennen wir doch alle. Auch wenn es bei uns der Kampf um den besten Handelsabschluss ist und nicht mit der blanken Waffe in der Hand."

Diese Worte ließen die Männer eine Weile nachdenklich vor sich hinstarren. Dann war es wieder Franz, der sie auf andere Gedanken brachte.

„Es ist erfreulich zu hören, dass wir uns mit unserem Warenangebot kaum Konkurrenz machen. Damit gibt es keinen Grund für Neid und Missgunst. Das habe ich hier vor einigen Jahren schon ganz anders erlebt. Allerdings ist das nur die halbe Wahrheit. Denn jeder von uns will ja auch Waren einkaufen, mit denen er in der Heimat Gewinne erzielen möchte."

Er zwinkerte den übrigen Kaufleuten gewinnend zu.

„Also, wie sieht es aus? Was ist es, wonach ihr hier Ausschau halten werdet, nachdem ihr eure Pferde verkauft habt?", fragte er die beiden Brüder.

„Waffen", antworteten diese ohne zu zögern. „Nürnberg ist eine hervorragende Waffenschmiede. Aber in Venedig gibt es Panzer, Kürasse und Sturmhauben von erlesener Qualität zu kaufen. Die können wir in unserer Münchener Heimat an zahlreiche Adlige zu hohen Preisen wieder losschlagen. Der Adel ist eitel. Ein jeder will mit etwas glänzen, was sein Nachbar nicht zu bieten hat. Das lassen sie sich gern ein stattliches Sümmchen kosten."

Sein Bruder ergänzte mit einem Lächeln.

„Selbst wenn sie einen unverschämten Preis bezahlen müssen, ist dieser vergessen, sobald ein adliger Nachbar neidvoll das Gesicht verzieht."

Der Augsburger Kaufmann nickte betulich.

„Das kennen wir doch alle. Und wir leben nicht schlecht davon. Ich werde nach Glaswaren Ausschau halten. Damit kenne ich mich gut aus. Gern auch Papier, sogar Salpeter, wenn es sich ergibt. Auch Schleifsteine haben ihren Reiz, wenn nur die Qualität und der Preis stimmen."

Die übrigen Männer nickten zustimmend. Franz sah Sigurd an.

„Und wie steht es mit euch beiden?"

„Uns haben es die erlesenen Dinge des Lebens angetan. Dinge, die den Alltag der Reichen verzaubern. Gewürze wie Pfeffer, Ingwer, Zimt, gerne auch Safran und Feigen", berichtete Sigurd freimütig.

Torben legte nach.

„In Venedig soll man auch zu akzeptablen Preisen an Rosinen und

Mandeln kommen. Aber auch Rhabarber und Weihrauch ist für uns von Interesse."

Franz musterte die beiden Kaufleute länger als zuvor.

„Sieh an. Da werden wir sicher noch voneinander zu hören bekommen. Denn dies sind Dinge, die durchaus auch mein Interesse wecken. In Nürnberg gibt es so viele Kaufleute und Adlige, die ihren Reichtum zur Schau stellen. Was eignet sich besser dafür, als ein Fest zu geben, bei dem an solch erlesenen und seltenen Gewürzen nicht gespart werden muss? Vor zehn Tagen habe ich bereits drei Säckelchen voll mit Safran erworben. Der Preis war nicht so günstig wie erhofft, allein das Angebot ist recht knapp, wie ich feststellen musste. Mir wurde zwar versichert, dass eine venezianische Flotte in den nächsten zwei bis drei Tagen in die Lagune einlaufen soll und diese genug Gewürze an Bord hätte, um den Bedarf bis zum Winter zu decken. Aber diese Nachricht ist eine Woche alt und seitdem hat sich nichts getan."

Er wölbte die Lippen vor und wirkte plötzlich nachdenklich. Auch Torben und Sigurd hatten die Stirn in Falten gelegt. In ihrer Vorstellung hatten sie lange Reihen von Säcken vor sich aufgereiht gesehen. Jeder einzelne Sack prall gefüllt mit den kostbarsten Gewürzen der Levante. Auf ihrer langen Reise hatten sie sich mehr als einmal ausgemalt, wie sie diese Gasse entlanggingen, wie Händler sie ansprachen und an ihren Stand zu lotsen versuchten. Die Gerüche, die schwer und geheimnisvoll in der Luft lagen und an ferne Länder erinnerten. Die Enttäuschung war ihnen anzusehen. Doch Rückschläge waren ihnen nicht fremd, daher sahen sie keinen Grund schon jetzt Trübsal zu blasen.

„Was hast du mit dem Safran gemacht?", fragte Torben neugierig.

Franz musterte ihn erneut.

„Als ich feststellte, dass das Angebot zumindest für eine Weile begrenzt sein würde, habe ich die Säcke zusammen mit einer größeren Ladung Rohseide, Flachs, Samt und Barchent auf den Weg gebracht. Meine Gehilfen kennen den Weg über die Alpen sehr gut. Sie haben genaue Anweisungen, wem sie in München die Waren anbieten sollen und vor allem zu welchem Preis. Denn der Markt für Gewürze ist ausgetrocknet. Dieser Umstand schreit danach, höhere Preise auszuloten."

Er grinste zufrieden.

„Derweil gehe ich in aller Ruhe vor und schaue einmal, was sich mir hier noch für Möglichkeiten bieten. Eine solche Gelegenheit zu

erkennen, zeichnet schließlich einen guten Kaufmann aus."
Gleich darauf hellte sich sein Blick auf, als ein venezianischer Knecht den Versammlungsraum betrat, um den Kaufleuten mitzuteilen, dass das Abendbrot angerichtet sei. Torben und Sigurd schlossen sich den Kaufleuten an, die ins Obergeschoss strebten, um an der Lübecker Tafel Platz zu nehmen. Sie bemerkten auch die missmutigen Blicke einiger Kaufleute, die mit der Regensburger Tafel Vorlieb nehmen mussten, die im Erdgeschoss aufgebaut worden war.
„Sind die Speisen an der Regensburger Tafel tatsächlich nicht mit der unsrigen vergleichbar?", fragte Torben bei Franz nach.
Dieser lächelte verschmitzt.
„Ich habe es anfangs nicht glauben wollen. Das Essen dort ist gut und schmackhaft. Kein Grund zu klagen. Doch wenn du die Lübecker Tafel einmal erlebt hast, dann willst du nicht mehr zurück. Der Mensch kann sich schnell an Luxus gewöhnen. Das habe ich immer wieder festgestellt. Unten gibt es Wein, der mit Wasser versetzt wird. Dazu Obst aus den Gärten der Stadt, Getreidebrei und einen schmackhaften Eintopf. Manchmal auch eine Fischsuppe. Dazu Graubrot, soviel man nur will."
Torben und Sigurd tauschten einen schnellen Blick.
„Klingt für mich nicht verkehrt", bemerkte Sigurd.
Franz hob eine Augenbraue. In seinen Mundwinkeln nistete ein Lächeln.
„Da hast du sicher recht", bemerkte er, während er sie in einen sonnendurchfluteten Raum führte, in dem an einem massiven Tisch allerlei erlesene Speisen aufgetischt worden waren.
Torben liefen beinahe die Augen über. Kurz fühlte er sich an die Tafel des Grafen zurückversetzt, als er all die Köstlichkeiten bemerkte, die dort auf sie warteten.
„Ich glaube, ich beginne zu verstehen, was du uns sagen wolltest", sagte er staunend.
Franz sog tief die Luft ein und leckte sich dann über die fleischigen Lippen. Der Geruch von gebratenem Geflügel lag in der Luft. Knechte brachten Tablets voller Suppen, köstlich duftendes Weißbrot lag in Körben bereit. Gleich daneben standen zwei riesige Teller, die üppig mit gebratenem Fisch beladen waren.
Franz nickte andächtig. Mit Kennerblick begann er aufzuzählen:
„Ich empfehle den Aal, die Meeräsche, den Wolfsbarsch und natürlich auch die Goldbrasse. Nicht zwingend in dieser

Reihenfolge. All diese Fische sind fangfrisch, direkt aus der Lagune. Ein Genuss, der keine Reue kennt. Und an den Gewürzen haben sie auch nicht gespart, wie ich sehe."

Torben lief das Wasser im Mund zusammen. Sie nahmen Platz und machten sich gemeinsam über die Leckereien her. Einige Knechte brachten Weinkrüge vorbei und stellten diese vor ihnen auf dem Tisch ab. Franz ließ es sich nicht nehmen, den Kaufleuten selbst einzuschenken. Mit sicherer Hand goss er ihnen ihre grünlich schillernden Kelche voll.

Auch sich vergaß er dabei nicht. Schließlich hob er seinen Kelch und musterte die hier versammelten Kaufleute, die ein gutes Dutzend zählten.

„Auf gute Geschäfte und eine gesunde Heimkehr."

Sogleich streckten sich ihm ein Dutzend Kelche entgegen, die den Trinkspruch erwiderten. Torben trank durstig. Doch kaum hatte er seine Lippen benetzt, verharrte er kurz. Das war kein gewöhnlicher Wein, das schmeckte er sofort. Auch wenn er auf diesem Gebiet kein Kenner war. Doch selbst der Trank, den er beim Ratsherrn Johann Steinhoff oder sogar am Hof des Grafen genossen hatte, konnte sich mit diesem hier nicht vergleichen. Jeder Tropfen war ein Genuss, der seinem Gaumen schmeichelte.

Franz lächelte wissend.

„Das ist ein griechischer Wein. Man schmeckt, dass die Trauben die schwere griechische Sonne bis zuletzt ausgekostet haben. Aber wenn euch dieser Wein schon zusagt, probiert unbedingt mal den goldgelben Malvasia", forderte er sie auf.

Das taten Torben und Sigurd gern. Der goldgelbe Wein funkelte im Sonnenlicht. Torben nahm nur einen winzigen Schluck. Mühelos stellte er fest, dass dieser Trunk etwas Besonderes war. Er schmeckte Kernobst und Akazienhonig. Selbst den Geschmack von Muskat glaubte er festzustellen. Genussvoll schloss er für einen Moment die Augen und ließ den Geschmack nachwirken.

„Habe ich euch zu viel versprochen?", fragte Franz nach.

Torben und Sigurd strahlten um die Wette.

„So etwas habt ihr hier jeden Tag? Warum sollte man dann in seine Heimat zurückkehren wollen? Mir kommt das hier wie das Paradies auf Erden vor", bemerkte Sigurd.

Die übrigen Kaufleute lächelten zustimmend.

„Aber vergesst dabei nicht, dass dies alles seinen Preis hat", erinnerte Franz sie.

„Die Venezianer sind hervorragende Kaufleute, die wissen, dass man seine Handelspartner bei Laune halten muss. Daher sei euch versichert, dass diese listigen Kerle uns jeden einzelnen Trank und jede Speise berechnen. Sie werden ihre Preise, die sie uns für unsere Güter zahlen, dahingehend angepasst haben. Und da wir in Venedig nur mit ihnen Geschäfte machen dürfen, sind wir ihnen ein Stück weit ausgeliefert. Sonst könnten wir sicher höhere Preise erzielen. Auf der anderen Seite gibt es nur hier die Erzeugnisse, die Venedig aus seinen Kolonien importiert und uns damit ermöglicht ganz besondere Waren zu erwerben."
Er schnalzte genießerisch mit der Zunge.
„Ich will nicht verhehlen, dass diese Weine mich ebenso reizen wie Seide oder Gewürze. Wer seine Gäste mit solchem Trank bewirtet, erwirbt sich einen Ruf, der weit über die Grenzen des Heims hinausgeht."
Es fiel Torben nicht schwer, diesen Worten Glauben zu schenken. Erneut nahm er einen Schluck, größer diesmal. Die Geschmacksexplosion ließ ihn andächtig verweilen. Bisher hatte er sich nie viel daraus gemacht, was er trank. Meist war er durch zwielichtige Spelunken gezogen, in denen das Bier von zweifelhafter Qualität war. Dabei war ihm die Gesellschaft, in der er den Abend genoss, immer wichtiger gewesen, als das Bier, das dort ausgeschenkt wurde. Vielleicht war dies eine Sache der Erfahrung, überlegte er. Er musste plötzlich an den Ratsherrn Johann Steinhoff denken. Dieser war mit edlen Weinen vertraut und würde diesen zu schätzen wissen. Wer weiß? Vielleicht ergab sich eine Gelegenheit, ihm ein Fläschchen mitzubringen, wenn die Reise ein Erfolg wurde. Bei dem Gedanken musste er schmunzeln. Die Vorstellung gefiel ihm.
Sie machten sich über die Speisen her und sprachen auch dem Wein tüchtig zu. Die Kaufleute, die schon länger in Venedig verweilten, gaben Anekdoten zum Besten. Gerade über die venezianischen Beamten, die einem jeden Kaufmann zugeteilt worden waren, ergoss sich eine Menge Hohn und Spott. Am Tag konnte man kaum einen Schritt tun, ohne ihren wachsamen Augen zu entgehen. Daher war es naheliegend, am Abend, wenn die Kaufleute unter sich waren, nach Herzenslust zu spotten.
„Mein Aufpasser heißt Fabricio, aber ich habe ihn Geier getauft", berichtete ein junger Kaufmann aus Stuttgart. „Er hat einen langen dürren Hals, den er erstaunlich weit herumdrehen kann. Ihm

entgeht nichts. Dabei hat er immer einen leidvollen Blick, als würde die Schwere der Welt auf seinen Schultern lasten."
Er führte die Haltung des Beamten vor und erntete gutmütiges Grinsen. Als er dann noch die Lippen vorwölbte und mit den Händen einen müden Flügelschlag andeutete, brachen die Kaufleute in Gelächter aus.
Ein Kaufmann aus Mainz übertönte den Lärm.
„Meiner ist herzensgut und zu jedem Scherz bereit. Daher will ich mich nicht beschweren. Allerdings habe ich ihn im Verdacht, ziemlich schlechte Augen zu haben. Er kommt immer ganz nahe und kneift angestrengt die Augen zusammen. Ich habe schon überlegt, ob ich ihn einmal auf die Probe stelle."
„Schenke ihm doch aus einer Amphore Öl ein und gib es ihm zu trinken", schlug Sigurd vor. „Wenn er dann zugreift und ansetzt, kannst du dir sicher sein. Natürlich solltest du ihm den Becher dann unter einem Vorwand wieder wegnehmen. Sonst wäre euer Verhältnis ein wenig belastet."
Der Mainzer Kaufmann lächelte. Doch in seinem Kopf nahm bereits ein Plan Gestalt an.
„Dann könnte ich ihm sicher auch vorgaukeln, ein Geschäft viel günstiger abgeschlossen zu haben, als es tatsächlich der Fall war, um auf diese Weise Abgaben zu sparen. Es käme auf einen Versuch an. Vielleicht wage ich es einmal."
Franz zwinkerte ihm zu.
„Aber treibe es nicht auf die Spitze. Ich will nicht unser gutes Verhältnis zu den Beamten aufs Spiel setzen."
Sie prosteten sich erneut zu und leerten die Weinkrüge, die von aufmerksamen Bediensteten sogleich nachgefüllt wurden.
Der Abend war herrlich kurzweilig und verging viel zu schnell. Jeder trug etwas zur Unterhaltung bei. Selbst kaufmännische Fehlentscheidungen wurden erstaunlich offen benannt und ernteten ein gutmütiges Lächeln. Hinterher war man halt immer schlauer. Hauptsache, man hatte etwas daraus gelernt.
Torben sackte ein wenig in sich zusammen. Der schwere Wein zeigte allmählich Wirkung. Er war satt und zufrieden. Sie hatten die lange und gefahrvolle Reise nach Venedig erfolgreich gemeistert. Dieser Umstand erfüllte ihn ein Stück weit mit Stolz. Jetzt malte er sich die Zukunft in rosigen Farben aus. Er sah sich schon vollbepackt mit den erlesensten Gewürzen in seine Heimatstadt zurückkehren und für lange Zeit sämtlicher Sorgen enthoben.

Zuversicht breitete sich warm in seiner Brust aus. Was sollte jetzt noch schiefgehen?
Durch die Fenster drang Mondlicht in den Raum. Trotzdem war es noch angenehm warm. Ein leichter Wind vom Meer sorgte für Erfrischung und vertrieb die schwüle Luft, die tagsüber geherrscht hatte. Plötzlich spürte Torben, wie die Müdigkeit von ihm Besitz ergriff.
Als er sich ächzend erhob und von den übrigen Kaufleuten verabschiedete, nutzten auch Sigurd und eine Reihe anderer Männer die Gelegenheit, sich zur Nachtruhe zu begeben. Es war ein langer Tag gewesen. Außerdem würden sie schon morgen damit beginnen, ihre Waren zu verkaufen. Da konnte ein klarer Kopf nicht schaden.
Mit dem Gedanken an ihre rosige Zukunft schlief er sogleich ein.

Am nächsten Morgen wurden sie durch gleißendes Sonnenlicht geweckt. Torben öffnete die Augen und schloss sie sogleich wieder. Die Helligkeit tat seinen Augen weh.
Sigurd war ebenfalls wach.
„Obwohl wir gestern den einen oder anderen Becher Wein zu viel genossen haben, habe ich keinen schweren Schädel", stellte er fest.
„Das unterstreicht die Qualität des Weines", überlegte Torben. „Von dem Fusel, den sie uns in Lübeck als Bier verkaufen, habe ich immer Kopfschmerzen bekommen."
Unternehmungslustig sahen sie sich an.
„Ich glaube, ich bin erst zufrieden, wenn wir unsere Waren zu einem guten Preis losgeschlagen haben", bekannte Sigurd. „Das Gefühl, mit den Taschen voller Geld herumzulaufen und diese Sorge los zu sein, wird mir sicher gefallen."
Torben nickte. „An uns soll es nicht liegen. Bin gespannt, was die Venezianer uns anzubieten haben."
Sie wuschen sich notdürftig. Nachdem Torben den Kopf in einen Eimer kaltes Wasser getaucht hatte, fühlte er sich erfrischt und klar. Nach einem Frühstück, bei dem sie sich ein wenig zurückhielten, begaben sie sich ins Erdgeschoss. In den offenen Arkaden waren trotz der frühen Stunde schon einige Kaufleute zugange. Sie überprüften ihre Waren und packten Dinge aus, die sie den venezianischen Händlern zu zeigen gedachten.
Torben und Sigurd machten sich daran, ihre Felle und Bernsteine auszupacken. Ihre Waren hatten durch die lange Reise keinen

Schaden genommen. Doch Torben bedauerte noch immer, dass ihnen auf der Flucht vor den Raubrittern ein Packtier mit einem großen Bündel Felle sowie dem Korallenschmuck verloren gegangen war. Aber seine Reisen hatten ihn eines gelehrt: Verpassten Chancen nachzutrauern war sinnlos. Stattdessen musste er das Beste aus dem machen, was ihm zur Verfügung stand. Und genau das hatte er vor. Schließlich hatten sie noch immer eine Menge großartiger Waren zu bieten.
Gemeinsam hievten sie die schweren Felle auf kleine Stapel und strichen immer wieder bewundernd darüber. Sigurd hängte ein Dutzend Bernsteinketten an einigen Nägeln auf, damit man sich besser ein Bild davon machten konnte. Einige hübsche Steine drapierte er auf einem festen Tisch, der ihnen als Tresen diente. Dieser war mit einem weißen Leinentuch bedeckt und war hervorragend geeignet, einige auserlesene Stücke ins rechte Licht zu setzen.
Sie waren noch lange nicht damit fertig, als sie Schritte vernahmen. Neugierig blickten sie auf. Das Tor des Handelshauses war von zwei Angestellten geöffnet worden. Sogleich drängten einige gutgekleidete Gestalten herein und hielten auf die Arkaden zu. Während die meisten ziellos umherstreiften, um sich einen Überblick zu verschaffen, hielt ein Mann direkt auf sie zu.
Die Sonne blendete sie, so dass sie sein Gesicht noch nicht erkennen konnten. Doch die Bewegungen wirkten vertraut. Torben begann zu lächeln.
„Willkommen in Venedig, meine Freunde“, begrüßte sie Gians herzliche Stimme.
Mit ausgebreiteten Armen kam er auf sie zu und umarmte die beiden Kaufleute nacheinander. Torben klopfte ihm kräftig auf den Rücken und hielt ihn dann ein Stück von sich weg, ohne die Hände von seinen Schultern zu nehmen.
„Es ist fast ein Jahr verstrichen, seit wir uns zuletzt gesehen haben, Gian. Damals hast du uns in Brügge die Flucht ermöglicht. Wie du siehst, ist das Abenteuer gut für uns ausgegangen.“
Gian strahlte sie voller Freude an.
„Wir haben diesen Mailändern ein Schnippchen geschlagen. Das wird ihrem Stolz nicht gefallen haben. Aber für uns hat sich alles zum Besten gefügt. Dank Gottes Hilfe!“
Er griff nach einer Kette mit einem dicken silbernen Kreuz, die schwer um seinen Hals hing.

Torben schmunzelte zufrieden. Er glaubte zu wissen, dass Gott nicht das Geringste damit zu tun hatte. Wenn er sich recht erinnerte, hatten sie ihre geglückte Flucht allein den außergewöhnlichen Fähigkeiten eines Schmugglers, genannt der Schwede, zu verdanken gehabt. Außerdem hatten sie eine Menge Glück gehabt, als es ihnen gelang die Wachen zu überwältigen, die im Auftrag der Mailänder die Brücken bewachten. Aber das hatten sie allein ihrer zupackenden Art zu verdanken gehabt, statt inbrünstiger Gebete. Doch er gedachte nicht, dieses Thema zu vertiefen.
„Du siehst gut aus, Gian. Das ist schön zu sehen. Die Wärme Venedigs ist ein Geschenk. Denn der zurückliegende Winter war hart. In Lübeck lag fast einen Monat lang der Schnee knöchelhoch auf den Wegen."
Gian lächelte stolz.
„Venedig liegt direkt am warmen Mittelmeer. Das sorgt für milde Winter. Deshalb lässt es sich hier gut aushalten."
Er blickte zu Don, der sich nicht stören ließ und ausgestreckt halb unter dem Tisch verborgen am Boden lag.
„Das ist also dein Wolf, von dem du mir erzählt hast. Beeindruckend. Hoffentlich erkennt er, dass ich euer Freund bin."
Torben nickte schmunzelnd.
„Das hört er schon an unserer Stimme. Sonst hätte er dich anders begrüßt. Er war uns auf unserer langen Reise ein hervorragender Wächter."
„War eure Reise anstrengend?"
Sigurd verzog kurz das Gesicht.
„Wir haben alles gut überstanden", bemerkte er dann vielsagend.
Gian nickte nachdenklich. Seine Freunde würden bei einem abendlichen Glas Wein ganz sicher mehr darüber erzählen. Deshalb beließ er es vorerst dabei.
„Unser Sensal, den man uns zugeteilt hat, war übrigens wie ausgewechselt, als er deinen Namen von uns hörte. Plötzlich wurde er beinahe umgänglich. Kannst du dir darauf einen Reim machen?", fragte Torben.
Gian nickte sogleich.
„Das ist nicht sonderlich schwer zu erklären. Der Mann weiß genau, dass meine Familie zu den ältesten und reichsten Handelsfamilien Venedigs zählt. Wenn es um die Vergabe der Posten sowie das Pachten von Schiffsraum geht, haben wir meist

ein Wörtchen mitzureden. Deshalb ist ein Beamter durchaus daran interessiert, uns einen Gefallen zu tun, da dieser sich in der Regel dreifach für ihn auszahlt. In seinem Fall ist er wahrscheinlich einfach nur scharf auf ein üppiges Trinkgeld. Deshalb hat er mir auch sogleich einen Boten zukommen lassen, als ihr meinen Namen nanntet. Ich werde ihm einige Piccoli in die Hand drücken und ihm sagen, dass mir euer Wohlwollen am Herzen liegt."
Er kramte in seiner Tasche und holte einige matt schimmernde Münzen hervor.
„Seht ihr? Diese Silbermünzen nennen wir Piccoli, genannt der Kleine. Sie sind für den täglichen Bedarf unser gebräuchlichstes Zahlungsmittel. Dann gibt es noch den Grosso, genannt der Dicke. Der ist unser wichtigstes Zahlungsmittel für größere Transaktionen. Ein Grosso entspricht ungefähr 26 Piccoli. Aber der Piccoli wurde schon mehrfach abgewertet. Daher lasst euch lieber mit dem Dicken bezahlen. Der ist übrigens auch wertstabiler als der Dukat oder der Goldgulden."
Torben und Sigurd starrten ihn überrascht an. Sie kannten sich mit zahlreichen Währungen aus. Das brachten ihre Geschäfte mit sich. Und wenn sie sich doch einmal unsicher waren, bestanden sie halt auf eine Bezahlung, die sich problemlos wieder umtauschen ließ. Ging das nicht, wichen sie lieber auf Silber und Gold aus. Aber das eine Silbermünze sich als wertstabiler erwies als Goldmünzen, hatten sie auch noch nicht gehört.
„Warum denn das?", riefen beide wie aus einem Munde.
„Eine Eigenheit Venedigs", begann Gian zu erklären. „Silber gewinnt gegenüber dem Gold an Wert in letzter Zeit. Das klingt erst einmal merkwürdig. Aber vor zwanzig Jahren betrug der Gold- gegenüber dem Silberkurs noch 1:15. Seitdem ist er immer mehr gebröckelt. Zurzeit steht der Kurs bei 1:10. Ihr seht also, Silber steigt im Wert. Das liegt daran, dass Venedig alle kostbaren Waren in der Levante in Silber bezahlt. Dieses Edelmetall fließt in einem großen Strom ab und der Mangel an Silber wird jedes Jahr deutlicher. Gold hingegen fließt aus Afrika auf den Markt. Der Zustrom ist stetig und unterliegt natürlich auch Übertreibungen. Vor einigen Jahren begab sich der König von Mali auf eine Pilgerreise nach Mekka. Dabei führte er neben einem riesigen Gefolge einen Goldschatz mit sich, der so bedeutend war, dass er auf zwanzig Fuhrwerken verladen werden musste. Es hielten sich hartnäckige Gerüchte, dass die Pferdegespanne größte Mühen

hatten, das Gold zu ziehen, so schwer waren die Fuhrwerke beladen. Zudem prasste der König mit seinem Reichtum, so dass Venedig vom Gold beinahe überflutet wurde. Da wurde es beinahe unmöglich, den Golddukaten zu stützen. Venedig versucht zwar durch Zollbefreiungen die Zufuhr des Silbers zu erleichtern. Aber der ganze Markt für Zahlungsmittel ist sehr komplex und schwierig auszutarieren."

Die Kaufleute nickten ihrem Freund verstehend zu.

„Zu allem Überfluss lieferten in den letzten Jahren auch die ungarischen Minen große Goldmengen. Das alles drückt den Wert der Goldmünzen. Doch wenn ich eine Prognose wagen sollte, dann würde ich mich mal weit aus dem Fenster lehnen und behaupten, dass auch diese Entwicklung nicht von Dauer sein wird. Euch muss ich das nicht sagen. Als Kaufleute wisst ihr so gut wie ich, dass eine Ware, die besonders stark nachgefragt wird, in den Folgejahren den Markt überschwemmt, weil mehr davon produziert wird und neue Händler auf das Geschäft aufspringen. Damit ist der nächste Absturz nie allzu weit entfernt. Wer Geduld und eine gute Beobachtungsgabe hat, kann sich dies wiederum zu Nutzen machen."

Er zwinkerte ihnen zu.

„Wer sagt denn, dass der Goldfluss immer so weitergehen muss? Vielleicht versiegen die ungarischen Bergwerke bald? Oder es bricht ein Krieg aus und keine einzige Goldladung erreicht mehr die Märkte der christlichen Königreiche. Ihr seht, vielleicht wäre es gerade schlau, sich mit Gold auszahlen zu lassen."

Torben und Sigurd nickten ahnungsvoll. Dieses Risiko musste ein Kaufmann eingehen.

„Jedenfalls ist das Geld in euren Sensal gut investiert. Dann hat er ein Auge auf euch und legt euch keine Steine in den Weg. Denn von diesem Kerl hängt ab, ob und welche Geschäfte ihr tätigen dürft. Er notiert alles. Die Mengen, Preise und auch die Namen der Käufer. Erst wenn er den Abschluss bestätigt, erhaltet ihr einen Zollschein für die Ausfuhr. Und erst dann dürft ihr das Handelshaus mit euren Waren verlassen. Hier muss alles seine Ordnung haben."

Torben und Sigurd seufzten übertrieben laut. Dabei hatte Gian sie schon damals in Brügge vorgewarnt, so dass sie nun nicht sonderlich überrascht waren.

„Habt ihr eure Zollgebühr für eure Waren schon bezahlt?", fragte

er die beiden Kaufleute.
Sigurd verzog das Gesicht.
„Haben wir. Kurz bevor du kamst. Die Gebühren beliefen sich auf acht Dukaten. Ziemlich üppig, was Venedig einstreicht."
„Da kann ich nicht widersprechen", entgegnete Gian. „Um ehrlich zu sein: Im letzten Jahr hat Venedig allein durch Zolleinnahmen, der sogenannten tassa doganale, 20.000 Dukaten eingenommen. Es lohnt sich also. Das Geld fließt fast vollständig in den Ausbau unserer Handelsflotte. Denn nur wenn wir diese aufrüsten und seetüchtig halten, werden unsere Galeeren auch weiterhin entfernte Küsten ansteuern und Waren aus aller Herren Länder heranbringen."
Einige weitere Venezianische Kaufleute kamen neugierig näher. Sie streiften die ausgebreiteten Waren mit neugierigen Blicken. Gian trat zurück, um ihnen Platz zu machen und zwinkerte seinen Freunden zu.
„Wir sehen uns heute Abend. Der Wein geht auf mich", lud er sie ein.
Torben und Sigurd signalisierten grinsend ihre Zustimmung.
Einige der Kaufleute gingen schnell weiter. Doch immer wieder blieben welche bei ihnen stehen und hatten Fragen zu den unterschiedlichen Fellen und auch zum Bernsteinschmuck.
Torben und Sigurd lächelten geduldig und beantworteten alle Fragen. Das Interesse der Venezianer war spürbar. Doch der Handelstag hatte gerade erst begonnen. Sie schienen es allesamt nicht sonderlich eilig zu haben. Natürlich wussten sie auch, dass die Händler aus dem Norden ihnen nicht weglaufen würden. Schließlich konnten sie nur im Fondaco dei Tedeschi mit den Venezianern Handel treiben.
Der Tag verstrich, ohne dass sie es so recht bemerkten. Mittags aßen sie mit anderen Kaufleuten zusammen eine Kleinigkeit und tauschten sich über die neuesten Geschehnisse aus. Der Kaufmann aus Augsburg hatte unverschämt gute Laune. Es war ihm gelungen, nach längerem Feilschen ein halbes Dutzend Silberteller, die mit Heiligenfiguren bemalt waren, an den Mann zu bringen. Ein hübsches Säckchen voller Münzen hatte den Besitzer gewechselt. Torben war ein wenig neidisch, versuchte sich aber nichts anmerken zu lassen. Er wusste, dass er einfach noch ein wenig Geduld haben musste.
Auch am Nachmittag führten sie einige Gespräche. Torben und

Sigurd verkauften einige Gebetsketten sowie eine Handvoll hübscher Ringe aus Bernstein. Bei den Preisen, auf die sie sich vorab geeinigt hatten, zuckten einige Venezianer zusammen. Sie taten, als wären diese viel zu hoch. Einer beschwerte sich sogar lautstark, dass er bei diesen Preisen keinen Gewinn mehr machen würde. Doch Franz, der die Szene beobachtet hatte, lächelte nur vielsagend.

„Eure Preise sind gerechtfertigt. Der Händler ist bekannt dafür, dass er zur Theatralik neigt. Zaghafte Gestalten vermag er damit vielleicht zu verunsichern. Aber ihr seid gestandene Hansekaufleute. Bleibt ruhig und haltet den Kurs."

Die beiden Kaufleute dankten ihm für seine hilfreichen Worte. Auch bei den nächsten Gesprächen ließen sie durchaus mit sich handeln. Schließlich waren sie bewusst ein wenig höher eingestiegen, um bei den Preisen noch nachgeben zu können. Sie wussten, dass sämtlichen Italienern das Handeln im Blut lag und mit großer Leidenschaft um jeden Piccoli gefeilscht wurde. Doch meist war es erst ein vorsichtiges Abtasten, um einander Kennenzulernen. Als sie erwähnten, dass sie vor allem an Gewürzen interessiert wären, wackelten die meisten nachdenklich mit dem Kopf.

„Die Lager sind leer", bekamen sie immer wieder zu hören. „Habt Geduld", riet man ihnen. „Die Flotte, die Gewürze aus der Levante herbeiholt, ist schon auf dem Weg und wird in den nächsten Tagen erwartet. Dann ertrinkt Venedig in Gewürzen."

Torben und Sigurd wollten ihnen gern Glauben schenken.

Am Abend holte Gian sie am Tor ab und führte sie durch einige Viertel Venedigs. Immer wieder blieben Torben und Sigurd stehen und ließen sich etwas erklären. Gian war ein hervorragender Fremdenführer. Zudem lebte seine Familie seit Generationen hier, womit er auch mit der Geschichte bestens vertraut war.

„Dort vorn seht ihr die Pfarrei San Bartolomeo. Dorthin gehen die deutschen Kaufleute, wenn sie Gott nahe sein wollen. Die Pfarrei ist nur wenige hundert Schritte vom Handelshaus entfernt."

Er zwinkerte Torben vergnügt zu.

„Aber wenn ich mich recht erinnere, hat dieser Umstand keine sonderlich große Bedeutung für dich."

Torben war überrascht, dass Gian sich das gemerkt hatte.

„Stattdessen seht euch lieber mal diese große Reihe an

Vorratsspeichern an, die sich von hier gen Norden erstrecken. Venedig baut zwar kein Getreide an, da uns der Platz dafür fehlt. Doch unsere Flotten sind einer der größten Importeure von Getreide. Schließlich ist das ein wichtiges Grundnahrungsmittel. Die Versorgung ganz Oberitaliens hängt von der Größe unserer Vorratsspeicher ab. Es liegt in unserer Hand Hungersnöte zu verhindern, wenn wir klug gehandelt haben."

„Das schafft sicher auch Abhängigkeiten, oder?", bemerkte Sigurd. „Was macht ihr, wenn eine Stadt euren Wünschen nicht nachkommt und vielleicht gar mit einem Konkurrenten anbandelt?"

Gian nickte entwaffnend ehrlich.

„Wir stehen im Konkurrenzkampf mit großen Seemächten. Da ist die Versorgung auch immer ein Mittel politischer Erpressung, wenn es gar nicht anders geht. Aber wohler ist uns natürlich, wenn wir nicht zu solchen Maßnahmen greifen müssen. Denn Hunger trifft in erster Linie die Armen, die am allerwenigsten für den Zwist der Mächtigen können."

Sie tauschten nachdenkliche Blicke und setzten ihren Weg schließlich fort.

„Für Venedig als Lagunenstadt ist Salz übrigens eines der wichtigsten Handelsgüter. Wir besitzen das Monopol darauf und verdienen gut daran, Fleisch und Fisch zu konservieren. Damit sind wir Lüneburg nicht unähnlich, wie ich gelernt habe."

Sie überquerten einige Brücken. Unter ihnen fuhren Ruderboote entlang, die von kundiger Hand gesteuert wurden. Anschließend schlenderten sie über einen kleinen Platz. Zwei Männer grüßten Gian ehrerbietig und dieser erwiderte den Gruß höflich.

Dann blieb er stehen und wies auf eine unscheinbare Weinstube, die nur durch ein verwittertes Holzschild auf sich aufmerksam machte.

„Da wäre ich glatt daran vorbeigelaufen", gab Torben zu.

Gian wies einladend hinein.

„Das wäre schade. In Venedig gibt es viele gute Weinstuben. Aber diese hier gehört meinem Vetter Miguel. Und der hat ein ganz besonderes Händchen für Gäste. Deshalb sind wir hier gut aufgehoben."

Er zwinkerte ihnen zu.

„Außerdem lässt es sich hier vertraulich sprechen, ohne dass fremde Ohren etwas davon mitbekommen."

Torben und Sigurd nickten wissend. Das klang natürlich überzeugend.
Sie betraten die gemütliche Weinstube und wurden vom Wirt, einem glatzköpfigen Mann mit drahtiger Gestalt, überschwänglich begrüßt. Nachdem Gian seine Gäste vorgestellt hatte, versicherte Miguel ihnen wortreich, dass er sich persönlich um sie kümmern werde und sie sich hier ganz wie zuhause fühlen sollten.
Er geleitete sie an einen ruhigen, ein wenig abgelegenen Tisch in einer Ecke und lief los, um ihnen sogleich etwas zu servieren.
Gian und seine Freunde nahmen Platz und streckten die Beine aus. Torben sah sich neugierig um.
Auf Mauervorsprüngen standen zahllose Flaschen in den unterschiedlichsten Formen. Große, kleine, mit Etikett oder ohne. Einige bauchig, andere so schlank und hoch, dass Torben Angst hatte, sie würden umfallen. Miguel eilte mit einer verstaubten Flasche zurück, die er an seiner Schürze blank rieb. Dann schenkte er ihnen einen kräftigen Schluck in hübsch geschliffene Kelche ein.
„Ihr dürft seinem Geschmack vertrauen“, erklärte Gian mit einem Augenzwinkern.
Sie stießen an und ließen sich den Trunk schmecken. Nach einem ersten Schluck rollten sie genießerisch mit den Augen.
„Eure Weine sind gefährlich“, erklärte Torben. „Danach rührt man nie wieder einen anderen an.“
Sie tauschten ein vertrautes Grinsen.
„Es tut gut, euch gesund wiederzusehen“, gab Gian zurück. „Ich habe mich nach eurer Abfahrt lange gefragt, ob es euch geglückt ist, heil aus Brügge herauszukommen. Erst als du, Torben, mir geschrieben hast, konnte ich mir sicher sein.“
Sie tauchten eine Weile in die Erinnerungen ein und Torben und Sigurd beschrieben ihm ihre Flucht noch einmal in allen Einzelheiten.
„Auf den Schweden!“, fasste Gian ihren Bericht zusammen und so stießen sie erneut die Gläser zusammen.
Nachdem der Wirt ihnen mit einem listigen Grinsen nachgeschenkt hatte, lehnte Torben sich zurück und entspannte sich sichtlich.
„Wir haben noch viel zu wenig von deiner schönen Heimatstadt gesehen, Gian“, bemerkte er schließlich.
Er strich mit einer Hand über die frisch verputzte Wand.
„Venedig wurde auf unzähligen Holzpfählen errichtet, die man in den Untergrund gerammt hat“, berichtete Gian. „Damals hat man

früh entdeckt, dass sich unter der Schlammablagerung fester Lehmboden befand. Somit war es problemlos möglich, auf den Pfählen Gebäude zu errichten. Auf der ersten Ebene ruht eine Art Ponton aus zwei Schichten Lärchenbohlen, die mit Backsteinen befestigt wurden. Das hielt erstaunlich gut. Die Bauten selbst wurden dann, um Gewicht zu sparen, aus leichten, hohlen Tonziegeln gebaut, Mattoni genannt."
Torben lauschte interessiert. Auch hierin fand er eine Parallel zur Entstehung Lübecks, wie ihm vor Jahren der Ratsherr Johann Steinhoff mitgeteilt hatte.
„Jedenfalls ist Venedig wunderschön. Es gibt jede Menge Kanäle, wie ihr ja schon gesehen habt. Allein gut vierzig Kanäle münden aus den Stadtvierteln in den Canal Grande. Einige Kanäle wurden zugeschüttet und dienen heute als Straßen und Wege. Aber das Besondere an dieser Stadt sind die 380 Brücken, die man überall antrifft. Zwischen den Häusern gibt es immer wieder kleine Teiche, in denen man baden und fischen kann. Nur die wenigen Hauptstraßen sind gepflastert, aber das ist bei euch sicher ähnlich."
Torben und Sigurd bestätigten dies mit einem knappen Nicken.
„Lübeck und Hamburg haben schon eine Menge Brücken. Aber 380 davon in einer Stadt hätte ich nicht geglaubt", warf Torben ein.
„Aber als Lagunenstadt, die von unzähligen Kanälen durchzogen wird, bleibt einem ja nichts anderes übrig. Ich finde das wunderschön."
Gians Augen leuchteten.
„Die Brücken sind alle aus Holz und haben kein Geländer. Sie sind alle sehr flach gebaut, so dass auch Pferde mit Karren hinüberfahren können. Die müssen allerdings gut gelenkt werden. Denn ohne Geländer muss man aufpassen, wenn man jemandem ausweicht. Wir hatten schon störrische Dickschädel, von denen keiner ausweichen wollte. Die trafen sich dann in der Mitte der schmalen Brücke und versuchten sich aneinander vorbei zu zwängen. Dabei kam es vor, dass einer von ihnen im Wasser landete. Dann war das Geschrei natürlich groß."
Vorwurfsvoll schüttelte er den Kopf.
„Meine Landsleute regen sich halt schnell auf. Aber sie beruhigen sich auch genauso schnell wieder. Dafür sind sie gastfreundlich und haben ein Herz aus Gold, wenn man sie erst einmal kennengelernt hat."
Torben erhob erneut den Kelch in die Luft.

„Das können wir nur bestätigen."
Sie genossen den dunklen Wein.
„Hast du eigentlich unsere Waren, die du uns in Brügge abgekauft hast, gut weiterverkaufen können?", fragte Sigurd neugierig.
Gian nickte zufrieden.
„Das war leicht. Eure Felle und die geschliffenen Bernsteine wurden mir beinahe aus den Händen gerissen. Ich habe davon im letzten Herbst eine Menge Gewürze in der Levante gekauft, die ich bis zum Frühjahr komplett losgeschlagen habe. Es war ein gutes Handelsjahr."
Torben beugte sich ein Stück vor.
„Wir glauben, dass wir unsere Ladung gut losschlagen können. Aber niemand konnte uns bisher im Gegenzug Gewürze anbieten. Wann rechnest du mit dem Eintreffen der Flotte aus der Levante?"
Gian sog zischend die Luft ein.
„Fünf Schiffe sind im Verband losgesegelt gen Osten, um auf den großen Märkten in Alexandria und Beirut günstig die Schätze des Orients aufzukaufen. Wir genießen dort Handelsprivilegien und zahlen kaum Steuern. Deshalb sind die Preise für viele Waren spottbillig. Ich kenne drei der Kapitäne, die im Verband losgesegelt sind. Erfahrene Männer, die mit den Tücken des Mittelmeeres bestens vertraut sind. Sie sind tapfer und gerissen. Mit fünf Schiffen ist ihr Verband zu groß, als dass sich Piraten an sie herantrauen würden. Soweit ich weiß, sollen drei der Schiffe die Gewürze des Orients an Bord nehmen."
Er sah sich kurz um, ob sie unter sich waren. Dann legte er seine Stirn in Falten.
„Es gibt zwei Dinge, die mir Sorgen machen."
Torben und Sigurd rückten noch ein Stück näher. Im Handelshaus bekamen sie von der Außenwelt wenig mit. Gian war durch seine Kontakte bestens vernetzt und wusste sicher mehr, als jeder der dort eingesperrten Kaufleute.
„Die Schiffe sind seit gut zwei Wochen überfällig. Und soweit ich gehört habe, gab es keinen Sturm, der ein Ausbleiben rechtfertigen könnte. Außerdem habe ich Gerüchte gehört, dass Genua gegen uns rüstet. Die Genuesen haben in den letzten hundert Jahren wiederholt versucht, Venedig in die Knie zu zwingen und uns als stärksten Konkurrenten um die Herrschaft auf See auszuschalten. Wenn sie ihre gewaltige Flotte gegen uns werfen, steht uns ein Kampf auf Leben und Tod bevor. Ich möchte nicht daran glauben.

Aber wenn meine Vermutung stimmt, dann kann es sein, dass unsere Gewürzflotte dem Feind in die Hände gefallen ist. Das wäre ein schwerer wirtschaftlicher Schlag für uns. Zugleich würde dies bedeuten, dass wir uns im Krieg befinden und um unser Überleben kämpfen müssen."
Er ließ seinen Freunden Zeit, seine Worte zu verarbeiten.
„Ich neige nicht zum Schwarzmalen", setzte er nach. „Aber ich habe gelernt, dass es nicht hilft, den Kopf in den Sand zu stecken und auf das Gute zu hoffen."
Torben schob den Kelch von sich weg. Die Lust auf Wein war ihm schlagartig vergangen. In seinem Bauch rumorte es. Sie hatten sich mit ihrer Reise nach Venedig so große Ziele gesetzt. Zwar gab es immer wieder Situationen, in denen sie sich behaupten mussten. Doch wenn sie nun tatsächlich in den Zweikampf zweier Seemächte gerieten, dann war das mehr als nur Pech. Es konnte sie alles kosten, was sie sich bisher so mühevoll erarbeitet hatten.
Er versuchte sich zu beruhigen, indem er sich einredete, dass es nur Geld war, dass für sie auf dem Spiel stand. Die Genuesen hatten kein Interesse daran, sie zu töten. Und er würde nicht für eine fremde Stadt in den Krieg ziehen. Trotzdem saß der Schock tief. Er hatte sich alles leichter vorgestellt. Plötzlich schoss ihm ein Gedanke ein.
„Turan", stieß er besorgt hervor.
„Was ist mit ihm?", fragte Gian.
„Turan war einer unserer Begleiter in der Gefolgschaft des Grafen. Er stammt aus der Levante, der Stadt Homs, um genau zu sein. Er ist gestern Vormittag mit einer Galeere gen Osten aufgebrochen. Ihr Ziel war Kreta. Von dort wollte er weitersehen."
Gian wölbte die Lippen vor.
„Dann könnte er in Gefahr sein. Liege ich mit meinem Verdacht richtig, wird er viel Glück brauchen, um der Flotte der Genuesen zu entkommen."
Ihr Gespräch erstarb. Jeder hing seinen Gedanken nach und hatte genug mit sich selbst zu tun. Ihre gute Laune war dahin. Sie tranken noch ihre Becher aus und verabschiedeten sich schließlich voneinander. Gian versprach, sich schon bald wieder bei ihnen zu melden. Sie drückten sich fest die Hand und gingen mit besorgten Mienen auseinander.

Am nächsten Tag hatten Torben und Sigurd das Glück auf ihrer

Seite. Die Qualität ihrer Waren hatte sich schnell herumgesprochen. Kaum wurde das Tor geöffnet, strebte eine Gruppe von Venezianern auf sie zu und begann mit ihnen zu feilschen. Diesmal waren die Gespräche hartnäckiger. Das war kein Abtasten mehr. Jetzt ging es ums Geschäft. Keine Stunde später hatte Torben alle noch übrigen Felle auf einen Schlag verkauft. Zwei Venezianer lieferten sich ein Wettbieten, an dem Torben seine helle Freude hatte. Als der unterlegene Kaufmann entnervt die Segel strich, besiegelten sie das Geschäft mit dem Venezianer per Handschlag.
Dieser winkte sogleich einige Gehilfen herbei, die ihrem Herrn einige prallgefüllte Säcke hinhielten.
„Ich zahle in Piccoli und Golddukaten", kündigte er selbstsicher an. „Vierundzwanzig Piccoli je Grosso. Das ist der aktuelle Umrechnungskurs."
Torben hob sogleich die Hand.
„Der Umrechnungskurs liegt bei 26 zu 1. Und wir nehmen zwei Drittel der Summe in Grosso, das letzte Drittel in Golddukaten. Sonst schleppen wir zu viel Gewicht mit uns herum."
Der venezianische Kaufmann stockte kurz.
„Wie lange seid Ihr schon in Venedig, sagtet Ihr? Zwei Tage? Mir will scheinen, Ihr kennt Euch recht gut aus mit den örtlichen Gegebenheiten."
Torben nickte beiläufig.
„Solltet Ihr Vorbehalte gegen die Abwicklung des Geschäfts haben, so lasst es uns jetzt wissen. Noch können wir den unterlegenen Bieter zurückrufen. Ein Wort genügt."
Der Venezianer wirkte ein wenig zerknirscht.
„Eure Felle sind den Preis wert. Da will ich mal nicht knauserig sein. Ihr bekommt Eure Grosso und Golddukaten."
Er ließ einen Bediensteten die Münzen abzählen. Bei der Abwicklung des Kaufs stand der Sensal direkt neben ihnen und ließ sie keinen Augenblick aus den Augen. Der Beamte zählte auch die Münzen nach, damit alles seine Richtigkeit hatte. Nachdem er alles geprüft hatte, stellte er eine Urkunde aus und beglaubigte diese mit einem Stempel und seiner Unterschrift. Torben verwahrte diese in seinem Wams und brachte sowohl die Münzen als auch die Urkunde in die Sicherheit des Handelshauses.
Beim Verkauf des Bernsteins verhielt es sich anders. Hier kauften die Kaufleute nie mehr als drei, höchstens vier auserwählte Stücke.

Meist umfasste ein solcher Kauf einen Ring mit Schmuckstein, eine Bernsteinkette und wenn es gut lief noch eine Brosche sowie eine Gebetskette dazu. Ihr Bestand schmolz schnell zusammen. Noch vor Einbruch der Dunkelheit waren sie restlos ausverkauft. Als der letzte Ring den Besitzer gewechselt hatte, lief Torben zu Sigurd und legte ihm beschwörend die Hände auf die Schultern.
„Wir haben in Venedig dreimal so viel Geld verdient wie in Brügge im letzten Jahr."
Sigurd schüttelte staunend den Kopf.
„Das hätte ich nur schwer für möglich gehalten. Bisher haben sich unsere Mühen ausgezahlt. Und wenn wir mal den Aufenthalt im Verlies ausblenden, hat doch auch alles wie am Schnürchen funktioniert. Vielleicht hat Gian ja unrecht mit seiner Schwarzmalerei und wir sind in wenigen Monaten als reiche Männer mit einer großen Ladung Gewürze zurück in Lübeck."
Torben nickte kräftig. Doch sie spürten beide, wie die Ungewissheit an ihnen nagte.

Der nächste Morgen weckte sie mit gleißendem Licht. Schnell wurde es so warm, dass Torben kaum wusste, was er anziehen sollte. Diese Hitze war er aus der Heimat einfach nicht gewöhnt. Während Torben sich beim Frühstück mit ein wenig Obst begnügte, dachte er unentwegt darüber nach, was ihnen nun noch zu tun übrigblieb. Sie hatten die Taschen voller Geld und keinerlei Beschäftigung, denn all ihre Waren hatten sie restlos verkauft. Der Sensal hatte ihnen ihre Papiere ausgestellt und alles sorgfältig abgestempelt. Damit waren sie auf der sicheren Seite und konnten tun und lassen, wonach ihnen der Sinn stand.
Es war ein gutes Gefühl, sich damit mancher Sorge entledigt zu haben. Doch umso intensiver dachte er über ihre nächsten Schritte nach. Was sollten sie tun, wenn die Schiffe aus der Levante nicht bald in die Lagune einliefen?
Sigurd, der neben ihm saß, kannte diese Zurückhaltung nicht. Er konnte sogar schon ein Stück kaltes Fleisch mit weißem Brot essen und dabei genießerisch schmatzen. Die vier übrigen Kaufleute, die mit ihnen frühstückten, sprachen leise miteinander. Doch Torben war in seinen Gedanken ganz weit weg. Erst als er polternde Schritte vernahm, schreckte er auf. Auch die übrigen Kaufleute starrten den neuen Gast an, der so plötzlich vor ihnen stand. Es war ein Araber, den sie nie zuvor gesehen hatten.

Torben und Sigurd hingegen traf der Anblick ihres Freundes wie ein Schlag ins Gesicht.
Sigurd krächzte hilflos, weil er seine Stimme nicht wiederfand. Vielleicht hatte er aber auch nur den Mund zu voll.
Torben suchte den Blick ihres Weggefährten, mit dem sie monatelang durch die Welt gezogen waren. Turans Augen hatten ihren Glanz verloren. Er wirkte ratlos. Dabei rang er nach Atem und suchte gleichzeitig nach Worten. Doch Sigurd und Torben hatten schon begriffen, dass ihre schlimmsten Befürchtungen Wirklichkeit geworden waren.
„Die genuesische Flotte hat die ganze Bucht abgeriegelt", berichtete Turan schleppend. „Wir hatten keine Möglichkeit, ihrem Zugriff zu entschlüpfen. Deshalb zogen wir es vor, wieder nach Venedig zurückzukehren. Doch während es uns gelang, wieder in die Lagune zu segeln, bemerkten wir eine kleine Flotte von fünf Galeeren, die von den Genuesen eingekreist und aufgebracht wurde. Sie mussten die Segel streichen und sich der Übermacht ergeben."
Torben stieß die Luft aus, die er viel zu lange zurückgehalten hatte.
„Die Gewürzflotte aus der Levante", sprach er mit einer Stimme, aus der so viel Hoffnungslosigkeit sprach, dass Turan ihn erschrocken ansah. Doch ihm blieb nichts weiter übrig, als die Worte mit einem Nicken zu bestätigen.
„Unser Kapitän hat die Flaggen erkannt. Es war der erwartete Konvoi aus dem Osten. Venedig wird für lange Zeit keine Gewürze haben, um damit Handel zu treiben.
Damit haben sich eure Pläne fürs erste zerschlagen. Und meine auch. Jetzt steht in den Sternen, wann ich meine Heimat wiedersehe."
Torben nickte, während Sigurd ein leises Seufzen erklingen ließ.
„Schlimmer noch", warf Torben ein. „Es wird Krieg geben. Und wir sitzen hier gemeinsam in der Falle."
„Was sollen wir tun?", fragte Turan.
Torben lachte bitter.
„Was können wir denn tun?", fragte er zurück. „Lasst uns heute Nachmittag mit Gian reden. Der weiß sicher mehr als wir. Und heute Abend setzen wir uns alle zusammen und schmieden neue Pläne."
Sigurds Augen blitzten.
„Das ist die richtige Einstellung, Torben. Habe ich dir ja doch

etwas beibringen können."
Er zwinkerte dem Freund zu. Dann nahm seine Stimme einen beschwörenden Ton an, als er sich an seine Gefährten wandte.
„Das ist ein Rückschlag. Mehr nicht. Dort draußen braut sich ein Sturm zusammen. Er mag heftig werden. Aber irgendwann wird er sich ausgetobt haben. Dann sehen wir wieder das blaue Meer in der Sonne glitzern. Auf unseren Reisen hatten wir immer wieder mit Rückschlägen zu kämpfen. Aber wir haben niemals aufgegeben. Das werden wir auch jetzt nicht tun."
Torben blickte Turan an, der tapfer nickte. Er seufzte leise. Dabei hatte der Tag so schön begonnen.

Ende Teil 3

Vorschau:

Teil 4 der großen Hanse-Saga ab 01. Oktober 2022 auf Amazon.de

Hansesturm

Mit hohem Einsatz

Torben und Sigurd haben Venedig erreicht. Ihre Waren konnten sie mit guten Gewinnen verkaufen. Doch dann bricht das Unheil über Venedig herein. Genua greift die Lagune an, um den leidigen Widersacher endlich auszuschalten.
Die beiden Kaufleute wollen nicht für einen fremden Staat in den Krieg ziehen. Doch Venedigs Überleben hängt am seidenen Faden. Fällt die Stadt, werden sie niemals an ihre begehrten Gewürze kommen. Als für ein waghalsiges Unternehmen Männer mit besonderen Fähigkeiten gesucht werden, stehen sie Venedig zur Seite.
Dieser Einsatz wird nicht vergessen und so bietet sich den Kaufleuten die Gelegenheit, sich nach Beendigung des Krieges an der nächsten Handelsfahrt der Venezianer zu beteiligen.
Gemeinsam mit ihrem Freund Turan brechen sie auf, um die Schätze der Levante zu entdecken und dort ihr Glück zu versuchen. Dabei müssen sie mehr als einmal über sich hinauswachsen. Denn nicht nur Diebe und Piraten machen ihre Handelsfahrt zu einem gefährlichen Unterfangen.

Liebe Leserin, lieber Leser,

an dieser Stelle dankt ein Autor normalerweise allen Personen, die ihm bei der Verwirklichung seines Romans geholfen haben. Da finden wir dann den Agenten, die Ansprechpartner im Verlag und den Lektor.
In diesem Buch ist das nicht der Fall – und der Grund dafür ist einfach: Bis auf die Hilfe einer befreundeten Grafikerin beim Titelbild habe ich dieses Buch selbst geschrieben und veröffentlicht. Hinter mir steht kein Verlag, der mich unterstützt und mir Hürden aus dem Weg räumt.
Mir geht es allein um das Erzählen von Geschichten. Dafür greife ich Themen auf, die mich interessieren und über die ich selbst gern ein Buch lesen würde.
Bedanken möchte ich mich deshalb allein bei Ihnen. Denn was wäre die schönste Geschichte ohne Sie, liebe Leserin oder lieber Leser.
All die vielen Stunden, die ich in dieses Projekt gesteckt habe, sind vergessen, wenn eine positive Rezension auf Amazon.de meine Arbeit wertschätzt.
Deshalb meine Bitte an Sie:
Sagen Sie mir gern, ob „Hansegold", der dritte Teil meiner Hanse-Saga, Ihnen gefallen hat. Wenn ich Sie in dieser hektischen Zeit ein paar Stunden auf andere Gedanken bringen konnte, habe ich mein Ziel erreicht!
In diesem Sinne verbleibe ich bis zum nächsten Buch – „Hansesturm – Teil 4" – mit den besten Wünschen.

Herzlichst
Martin Ostheim

Printed in Poland
by Amazon Fulfillment
Poland Sp. z o.o., Wrocław

84272558R00202